누가 이 생각을 이루어 주랴

1

지은이 홍길주(洪吉周, 1786~1841)

조선 후기, 특히 19세기 한문학을 대표하는 문장가이다. 자는 헌중(憲仲)이고, 호로는 항해자(沆瀣子)·현산자(峴山子)·수일재(守一齋) 등을 사용했다. 기발한 발상과 절묘한 구성으로 변화가 백출하는 개성적인 문장을 구사함으로써, 박지원 이후 새롭고 개성적인 문학을 추구하는 문풍을 계승한 것으로 평가된다. 박지원의 아류는 아니어서, 박지원·홍석주·정약용 등 18세기 작가들의 영향권에 있었으나 이들과는 다른 자신만의 산문 세계를 개척하였다. 조선 후기 대표적인 문한 벌열가인 풍산 홍씨(豊山洪氏) 집안에서 태어났으나, 과거를 통한 입신을 포기하고 전업 작가로 살았다. 저서로 『현수갑고(峴首甲藁)』·『표롱을첨(縹礱乙籤)』·『항해병함(沆瀣丙函)』의 삼부작 문집, 「수여방필(睡餘放筆)」·「수여연필(睡餘演筆)」·「수여난필(睡餘瀾筆)」과 「수여난필 속(睡餘瀾筆續)」의 삼부작 필기인 '수여삼필(睡餘三筆)', 그리고 『숙수념(孰遂念)』과 편저인 『서림일위(書林日緯)』가 있다.

옮긴이 박무영(朴茂瑛)

이화여자대학교 대학원에서 정약용의 문학에 대한 연구로 박사학위를 취득했고, 2003년부터 연세대학교 국어국문학과에 재직하고 있다. 정약용의 문학으로부터 시작해, 조선 후기 한문학과 문화사에 대한 연구가 주된 관심 분야이다. 그 일환으로 홍길주의 산문에 대한 연구들이 있고, 홍길주의 삼부작 문집인 『현수갑고(峴首甲藁)』·『표롱을첨(縹礱乙籤)』·『항해병함(沆瀣丙函)』의 번역 프로젝트를 수행하여 출간했다. 최근엔 주로 조선시대 여성 작가와 젠더 상황에 대한 연구를 하고 있다.

누가 이 생각을 이루어 주랴 1
孰遂念 숙수념

초판 1쇄 발행 2021년 8월 31일

지은이 | 홍길주
옮긴이 | 박무영
펴낸곳 | (주)태학사
등록 | 제406-2020-000008호
주소 | 경기도 파주시 광인사길 217
전화 | 031-955-7580
전송 | 031-955-0910
전자우편 | thspub@daum.net
홈페이지 | www.thaehaksa.com

편집 | 조윤형 여미숙 김선정
디자인 | 한지아 이보아
마케팅 | 김일신
경영지원 | 정충만
인쇄·제책 | 영신사

값 35,000원

ISBN 979-11-6810-012-1 94810
ISBN 979-11-6810-011-4 (세트)

책임편집 | 조윤형
표지디자인 | 이보아
본문디자인 | 최형필

누가 이 생각을 이루어 주랴

1

執逐念 숙수념 ——

홍길주 지음
박무영 옮김

태학사

머리말

　홍길주는 매혹적인 작가이다. 종잡을 수 없는 상상력으로 사람을 휘젓는
가 하면 짓궂은 어조 속에 심각한 주제를 넣어 놓기도 하고, 때론 독자와 게
임을 하기도 한다. 당대 최고의 변려문 작가로 평가받는 그는 과시라도 하듯
회문回文으로 변려문을 짓기도 한다. 그러다 난데없이 게임 매뉴얼을 꼼꼼
하게 만들어 보여 주기도 하고, 그러다가는 국가 기획을 펼쳐 보이기도 한
다. 귀족적인 우수도 풍긴다. 어디로 튈지 알 수 없는 벽공돌출의 작가이면
서, 걸음마다 발밑에 묻힌 지뢰를 짐작할 수 없는, 난해한 작가이기도 하다.
번역자에게 홍길주, 특히 그의 『숙수념』은 조선에서 만나게 되리라고 기대
하지 못했던 것이었다. 조선의 한문학이 여기까지 도달했다는 놀라움을 던
져 준 작가이며 작품이었다.
　19세기 조선의 한문학을 소위 '실학' 이후의 반동적인 시대로 바라보는 부
정적 시각은 이제 벗어났다고 보인다. 그러나 19세기 한문학의 정체는 여전
히 전모가 아리송하다. 홍길주의 문학은 19세기 전반의 한문학 혹은 문화의
향방을 보여 주는 하나의 나침반이 될 수 있을 것이다. 그는 박지원과 정약
용, 홍석주의 후배 세대로, 그들과의 연속성 속에 존재하지만 그들과는 다른
19세기적 개성을 확립한 작가이다.
　연세대학교에 부임하던 첫해, 홍길주 문집의 유일본이 연세대학교 도서
관에 소장되어 있다는 인연으로 그의 삼부작 문집 『현수갑고』, 『표롱을첨』,
『항해병함』을 번역하는 프로젝트를 수행하게 되었었다. 이후 『숙수념』의

번역은 마음속에 오랜 과제로 있었다. 일상 속에서 작업은 한없이 느려졌다. 결국 지키지 못하는 약속이라면 양보하라는 충고를 듣고서야 끝내게 되었다. 번역이란 역자와 필자가 적어도 대등한 지적 위치에 있어야 가능한 것이 아닐까 싶다. 이번에도 오역과 오해가 많을 것이다.

여러 사람의 도움을 받았다. 특히, 꼼꼼하게 교정을 봐 주면서 여러 가지 조언을 해 주고 번역에 대한 의견도 내 준 김성은 선생이 있다. 덕분에 오류가 많이 줄었을 것이다. 특별한 감사의 말을 하고 싶다. 무엇보다 홍길주와 『숙수념』에 매혹당한 사람끼리 나누는 수다는 외로운 작업 중의 큰 즐거움이었다. 김성은 선생의 후속 작업도 즐거운 마음으로 기대한다.

삼부작 문집에 이어 이번에도 출판을 맡아 주신 태학사에도 깊은 감사를 드린다. 홍길주 저작의 번역 전체를 한 출판사에서 출판하게 되어 다행이다. 이 독특한 형식의 옛 책을 현대의 책으로 재편집하는 일은 아주 까다로운 작업이었다. 태학사 편집실 식구들에게도 감사드린다.

이제 이 매혹적인 저작은 연구자에게나 일반 독서인에게나 접근하기에 조금은 더 만만한 것이 되려나? 그것을 기대한다.

2021년 여름
수산리 파란집에서 역자가

'숙수념'이란 공간, 『숙수념』이라는 책,
'숙수념'이란 생각, 그리고 홍길주

1.

책상과 책꽂이 사이에 손바닥을 세워야 겨우 들어갈 만한 아주 좁은 틈이 있다. 여기에 손을 들이미는 순간 빨려 들어간다. 정신을 차려 보면 다른 세상에 와 있다. 세계 사이의 균열을 통해, 제2세계로 이동한 것이다.

북쪽의 산北山과 남쪽의 강南江, 동쪽의 시내東溪와 서쪽의 호수西湖로 둘러싸인 이곳은 외부 세계로부터 떨어진 별세계이다. 이곳에서는 천여 호의 민가가 농사짓고 고기잡이하며 산다. 군자들은 착실하게 학예를 닦고, 아이나 부녀자까지도 유가적 윤리를 실현하며 욕심 없이 살아간다. 그들 사이에는 현인과 은자들이 섞여 살고, 도道가 높은 승려나 도사도 산다. 북산은 깊고 험하지만, 맹수가 없어 어린아이가 밤에 홀로 잠들고, 온갖 약재와 유용한 것들이 난다. 남강 주변으론 아름다운 경치가 펼쳐져 뱃놀이가 벌어지고, 먹을 것이 풍성하지만 고래나 악어, 독을 지닌 물고기는 없다. 사람 사는 곳 주변으론 뱀이나 해충 따위도 없다. 동계와 서호는 사시사철 아름다운 경치로 유람 공간을 제공한다.

그 중앙, 북산 아래에 항해자沆瀣子의 거대한 저택이 있다. 저택은 크게 세 부분 — 사당 공간과 바깥채 공간, 안채 공간으로 구성되어 있다. 저택의 중심은 주인이 거처하는 바깥채角巾堂이다. 저택의 정중앙에 위치한 이 바깥채는 거대한 도서관縹礱閣과 개인 서재靜存齋를 부속 건물로 거느리고, 작은 연못과 정자淸芙亭가 있는 정원이 딸려 있다. 바깥채 서쪽에는 큰 연못이 있고, 꽃과 나무로 가득한 속에 세 개의 별원西別院이 있다. 별원에는 방이 많아서 식객들과 친구들이 머문다. 주인과 문사들의 공간이다. 안채禾嘉閣는 안식구들을 위한 공간이다. 회랑으로 둘러싸인 앞뜰과 뒤뜰이 있는데, 회랑엔 방들이 있어서 부녀자들이 거처한다. 부엌 공간은 별도로 마련되어 있다. 이 안채의 남쪽에도 연못이 있고 꽃과 나무들로 가득한 속에 세 개의 별원南三院이 있다. 이곳은 소실들의 공간으로, 주인의 하렘이다. 중문과 대문 사이엔 창고와 마구간, 행랑채가 있다. 행랑채와 이어지는 회랑엔 역시 방들이 있어서 하인들이 산다. 집안의 중심인 바깥채와 집안의 주요 건물들은 지붕 있는 복도 같은 회랑으로 연결된다. 복도엔 작은 방들이 많이 있어서 식객들과 방문객, 일하는 사람들이 머문다.

저택의 동쪽 담장 밖엔 병원用壽院, 빈민 구제 기관三再院, 교육·출판 기관津逮舘이 붙어 있다. 이 기관들은 저택 구성원과 인근 백성들을 돌보고 교육과 출판 사업을 담당하면서 저택 공간과 천여 호의 민가로 이루어진 마을을 연결한다.

남강과 서호 주변에는 이 저택의 별장들沆瀣樓, 雲水樓이 있다. 안채와 바깥채를 갖춘 별장으로, 가족들과 함께 옮겨 와 살기도 하고, 항해자가 저술에 전념하기도 하는 공간이다.

이 저택에 딸린 사람들 ─ 가족, 집 안팎의 일을 담당하는 하인들과 집 밖에 거주하는 노비들, 식객과 친구들, 각각의 업무를 담당하는 집사들, 부속 시설의 구성원들은 잘 기획된 조직으로 편제되어, 가정을 경영하고 부속 기관을 운영하며 교육과 사교를 담당하면서 항해자의 문교 사업을 돕는다.

이상이 그 좁은 틈으로 빨려 들어온 방문자의 눈앞에 펼쳐질 광경이다. 눈

길을 돌려 북산으로 향하면, 저택의 뒤편 북산 기슭으로부터 이 저택에 부속된 거대한 원림이 펼쳐진다吾老園. 아름다울 뿐 아니라 신비한 장소이기도 하다. 아름답고 장대한 폭포들과 폭포 밑의 깊은 연못들西潭, 東潭이 있고, 그 곁엔 정자들壯哉亭, 巢松亭이 있다. 비밀스런 삼광동천三光洞天의 별세계가 있고, 거기엔 신선들의 거처太虛府, 絳霄臺가 자리 잡고 있다.

　이것이 '숙수념孰遂念'이다. '숙수념'은 "누가 이 생각을 이루어 줄까."라는 뜻이다. 책 이름이기도 하지만, 홍길주가 상상으로 지어낸 세계의 이름이기도 하다. 배산임수의 지형에, 온갖 것이 풍성하지만 인간에게 위해를 가할 요소는 제거된 완벽한 자연조건 ― 그 길지吉地에 자리 잡은 별세계이다. 그 한가운데 자리 잡은 항해자의 저택은 은자의 소박한 거처가 아니다. 두 곳의 별장과 거대한 원림이 딸린, '회랑과 건물들이 굽이굽이 이어지는' 대저택이다. 많은 구성원들에 의해 조직적으로 운영되고, 일상과 사업이 자족적으로 영위되는 공간인 동시에 '천여 호의 민가'와 시혜와 봉사로 상호 연결된, 마치 작은 왕국처럼 보이는 공간이다. 무엇보다 이곳은 항해자를 중심으로 하는 학술과 문예의 공간이다. 수많은 문사들이 함께 기거하면서 토론하고 창작하고 놀이하는 모든 일상적 활동이 새로운 저술과 창작, 출판으로 이어지는 곳이다. 저택이 마을에 연결된 공간이라면, 원림은 항해자가 사적으로 누리는 공간이다. 이 공간은 '숙수념' 속에 존재하지만 종종 인간계를 벗어난 초월적 공간이거나, 혹은 그 초월적 공간의 '그림자'이다. 환상 속의 환상 공간이 출현하는 것이다. 여기서는 거주 공간이 지니는 유가儒家적인 현실성이 도가道家적인 초월성으로 바뀐다.
　'숙수념'은 이 두 가지 성격의 공간이 얽힌 장소이다. 이 공간의 주인인 항해자는 유가적 문예 왕국의 주인이자 도가적 '지인至人'의 모습을 함께 갖춘 인물이다.

책으로서의『숙수념』은 이 공간을 책 걸이, 혹은 글 걸이로 사용한다. 각종 건축물을 지어 놓았으니, 건물마다 건물기建物記와 상량문이 있어야 한다. 예론禮論에서 논란이 있는 영당影堂을 세워 놓았으니, 영당에서 지내는 제사에 대한 논술議이 있어야 한다. 건물 내부를 채우는 기물들에는 기물명器物銘이 있어야 한다. 새로 고안된 기물에는 그 제도를 설명하는 도면과 설명문도 필요하다. 거대한 도서관과 출판소가 있으니 그곳의 책에 대해 서술해야 한다. 서가에 꽂힌 책에는 서문과 발문이 있어야 하고, '작가의 말'도 있어야 한다. 종종 책을 펼쳐 내용을 보기도 해야 할 것이다. 그런가 하면 앞으로의 저술에 대한 기획안도 필요하다. '숙수념'엔 많은 구성원들이 제각기 자기 직책을 수행하며 함께 산다. 따라서 직책마다 준수할 지침이 필요하다. 저택 내의 일상생활에 대한 지침과 훈계도 있어야 한다. 그래서 '잠箴'과 '계誡'가 등장한다. 각종 의례가 이곳 사람들의 삶에 질서를 부여한다. 그러니 의례의 절차를 명시한 의례식儀禮式이나 의식문도 필요하다. 학술과 문예를 함께 하는 공동체가 이 공간의 핵심이니, 일상의 토론이나 대화 내용도 기록되어야 한다. 이 세계는 외부로부터 떨어져 있지만 단절된 곳은 아니어서, 주인을 초빙하는 사절이 오기도 한다. 손님과 나눈 대화의 기록도 필요하다. 우아한 놀이로 문학 게임의 매뉴얼도 필요하다. 저택 안에선 자제들을 교육하고 저택 밖에도 교육기관이 있으니, 학업에 대한 훈계나 지침, 학업 내용과 학사일정에 대한 규정도 필요하다. 공부 시간표와 필독서 목록도 필요하다. 삶에서 여행이 빠질 수는 없으니, 여행의 세부 사항에 대한 지침이 있고, 여행을 기록하는 데 사용할 투식도 고안된다. 그런가 하면 정신적인 유람을 떠나는 노정기路程記도 있고, 북산으로의 유람기도, 신선의 거처를 방문하고 지은 노래도 있어야 한다.

저자 홍길주洪吉周는 제2세계의 세부를 이렇게 글로 채워 나갔고, 그 결과물이『숙수념』이라는 책이다. 즉 '숙수념'이 홍길주가 건설한 세계라면,『숙수념』은 그 세계에 필요한 모든 종류의 글이 모여 있는 곳이다. 홍길주는 세계란 하나의 거대한 책이며, 이 세계 속에서 의식을 지니고 산다는 것은 그 책에 대한 독서 행위라고 종종 말한다. 이제 『숙수념』이란 책은 거꾸로 홍길주가 건설한 '세계'가 된다. 그는 글들을 구체적인 공간에 배치하는 이런 형식으로, 일상의 놀이에서부터 국가 기획까지 세상의 모든 일에 대해 이야기하고, 문예적 글로부터 게임 매뉴얼과 기하학 예제에 이르기까지 모든 형식의 글쓰기를 구사한다. '숙수념'은 홍길주의 의식 세계 그 자체이고, 『숙수념』은 세상이라는 '도서관'이다. 『숙수념』을 읽는 우리의 독서는 그 세상을 '구경하는觀' 일이다.

2.

『숙수념』은 홍길주가 43세 되던 무렵인 1829년에 지어졌다. 이 저작은 전체 16관觀 10념念과 「여는 관肇觀」으로 구성되어 있다.(『숙수념』에선 권卷·편篇 대신 '관觀'·'념念'을 사용한다.) 본문 앞에 위치한 「여는 관」은 〈일러두기標例〉와 〈조목별 개괄條括〉, 〈보는 이들에 대한 경계誡觀〉로 구성되어 있다. 이하 각각의 '생각念' — 주제별로 서술된 내용을 미리 둘러보자觀.

제1·2관인 「원거념爰居念」은 공간에 대한 생각이다. 본문을 통해 '숙수념'의 공간을 구성하고, 공간과 관련된 기記, 상량문, 명銘과 시 등을 통해 각 장소의 구체적인 모습과 성격을 설정하고 있다. 앞에 요약된 '숙수념'의 모습이다.

제3관 「각수념各授念」은 가정 운영에 대한 생각이다. '예禮'와 '헌憲', '도서圖書', '서무庶務', '재무財務'로 가정 사무를 나누고, 자제와 종족, 빈겸賓傔을 업무별로 나누어 배치하고, 이예吏隸들도 배치해 놓았다. 여기에 부속 기관을 관장하는 직책까지, 해당 업무의 내용과 관장하는 사람의 자격 및 인원 등도 세세히 규정해 놓았다. 국가의 육관六官 제도를 '감히 참칭할 수 없다.'고 하는 말로써, 이 조직이 사실상 육관의 제도 같은 것에서 연역된 '제도'임을 암시한다. 수록된 글은 모두 '잠箴'으로, 업무별 담당자들에게 내린 일종의 업무 수칙들이다.

'숙수념'의 실질적인 운영은 '빈겸賓傔'들을 통해 이루어진다. 조상의 유물이나 재산을 관리하는 등 반드시 자제나 종족이 맡아야 하는 직책을 뺀 모든 업무에 이들이 배치되어 있다. '빈겸'이란 말은 손님이란 뜻의 '빈'과 시중꾼이란 뜻의 '겸'의 합성어이다. 이 빈객들은 외부자이면서 '숙수념'의 각 부분에 배치되어 실질적인 운영을 담당한다. 이들과 주인인 항해옹과의 관계는 대등하기보다는 종속적이다. 항해옹의 일종의 '통치자'이고 빈겸들은 일종의 '가신家臣'에 해당하는 관계로 비유할 수 있다. 한 가지 더 재미있는 것은 '문우文友'와 '담우談友'까지 장례掌禮나 장헌掌憲 등처럼 일종의 직책으로 설정해 놓았다는 사실이다. 이들은 주인의 말벗과 글벗으로, 경전과 역사를 토론하고 시문을 창화하며, 자제들의 교육과 공부를 돕고, 주인의 여가를 함께하는 역할을 맡는 사람들이다. 이들 역시 빈겸들로 주인의 일상에 존재한다. 이들은 거주 공간 내의 도서관과 서재, 별원들을 가득 메우며 주인과의 지적·문예적 담론을 계속한다. 주인의 감농監農이나 여행에 동반하기도 한다.

제4관 「유질념丙有秩念」은 가정의례家庭儀禮에 대한 생각이다. 관혼상제로부터 가정 내의 일상적 문안과 강학, 종족과의 친목회敦會, 외부 인사들을 초청한 대규모 학술 모임嘉會, 집 안팎의 젊은이들이 참석하는 독서·창작 모임文會, 노비들의 점고와 문안에 대한 규정까지, 저택의 일상은 의례를 통해 상징적 질서를 구현하도록 고안되어 있다. 특히 저자가 고안한 돈회·가회·문회의 세 가지 의례는 의식의 세세한 절차와 의식용 문장까지 상세하게 설계되어 있다.

제5·6·7관 「오거념五車念」은 책에 대한 생각이다. '숙수념' 속 표롱각, 각 건당, 사당의 협실, 여러 별원들, 그리고 항해루와 진체관, 태허부 등에 소장된 서적들에 대해 서술하고, 책의 보관과 관리에 대해서도 언급한다.

5관에서 다루는 책은 '새로 지어진 책'이라는 설정이지만 사실은 새로운 저술에 대한 '기획'으로, 책마다 서문을 지어 해당 기획의 취지와 구성, 주제에 대한 자신의 견해를 피력해 놓았다. 유가 경전과 제자서諸子書, 역사서와 역대 문선 같은 전통적인 학술 문예 분야뿐 아니라 자서字書와 농업 서적, 의학서와 군사 서적兵書까지 포괄하는 방대한 범위의 도서 기획이다. 그 서문들에선 종종 혁신적인 논의들이 제출되기도 한다. 한 예로 〈『회아』서문薈雅序〉에선 글자字의 출현을 우주 창조 과정에서 천·지·인天地人과 대등한 위치를 지니는 제4원소로 다루는 독특한 문자관을 피력하기도 한다.

6·7관은 항해루에 별도 소장된 홍씨 가문의 저작들에 할애되었다. 모두 실재 저작들인데, 아버지 홍인모와 특히 형 홍석주의 저작이 많다. 저자 자신의 저술로는 『운수루초사敍雲水樓草史』가 언급된다. 이 역사서는 '지금 짓고 있지만, 세상이 끝나야 끝날' 저술이다. 즉 『운수루초사』는 '역사' 그 자체이고, 그 서문은 '역사'라는 개념 자체를 상징을 통해 다루고 있다. 그 장소를 묘사하는 〈운수루기雲水樓記〉는 『숙수념』에서 가장 환상적 문체를 구사하는 문장 중 하나로, 홍길주 문장의 개성이 잘 드러나는 글이기도 하다.

제8관 「삼사념三事念」은 산업의 경영과 재물의 사용법에 대한 생각이다. '재물은 천하의 공공재일 뿐 사적으로 축적할 수 없다.'는 기치 아래 주로 시혜와 구휼에 대해 이야기한다. 하지만 분량의 대부분은 '숙수념'에서 사용되는 기물들에 붙인 명銘이나 찬贊, 지識로 채워져 있다. 이 글들은 백성을 걱정하는 유가적 지배자의 윤리를 표명하지만, 그보다 인상적인 것은 이 글들을 통해 표현되는 기물들의 정체이다. 이 기물들에는 일상 생활용품들과 마법적 성격을 지닌 '새롭고 기이한新奇' 기물이 섞여 있고, 새로 고안된 수학적 기물의 설계도 및 설명서에서부터 유교 경전의 목차로 만든 병풍의 제도까지, 다양한 성격의 기물들과 기획들이 공존한다. 〈여의침에 새긴 명如意枕銘〉에 붙은 긴 서문은 '숙수념'이라는 환상 세계 안에서 또 다른 환상 세계인 꿈으로의 여행을 다루며, '숙수념'의 세계를 다중 차원의 것으로 만들기도 한다.

과학과 수학, 유학적 지식이 현실과 환상을 넘나드는 상상력으로 버무려져, 이 기물들의 공간은 마치 '연금술사의 방'처럼 보인다.

제9관「긍준념兢遵念」은 일상에서의 행동 지침에 대한 생각이다. 언어와 주색, 출입과 교유, 의복과 음식, 기물과 기예에 대한 경계를 기술하고 있다. 그러나 분량의 대부분을 채우는 것은 문학과 수학을 이용한 놀이의 매뉴얼들이다. 기예에 대한 경계를 기술하고 있지만, 문예적 기예에 대한 서술이 실제 분량의 대부분을 차지하고 있는 것이다. 그가 고안하고 있는 문학놀이들은 고도의 문학적 숙련도와 방대한 문화적 자산의 습득을 전제하고서야 참여할 수 있는 놀이들이다. 한편 이 놀이 매뉴얼들은 실제 놀 수 있을 만큼 충분히 구체적이지만, 쉽사리 놀기엔 지나치게 복잡하고 다층적이다. 문학놀이를 만드는 과정에서 작동되는 문학적, 기호적 상상력을 극단까지 추구해본 결과물로, 유희 정신의 극단적 결과물이라고 할 것이다.

제10관「식오념式敖念」은 여가 생활에 대한 생각이다. 여가 생활에 대한 생각은 유람, 벗들과의 학예적 담론, 놀이를 겸한 독서로 채워져 있다. 먼저, 저택 안팎의 유람과 연회들에 대해 서술하고 있는데, 서호와 남강, 동담과 서담, 태허부와 북산, 죽림도관竹林道觀과 신원사神園寺 등에 이르기까지 사계절에 걸친 유람을 설정하고, 이러한 유람에서 산출되었다고 상상된 시들과 유람기가 실려 있다. 또 집안에서 벌어지는 연회에서 농사와 양잠을 감독하는 일과 노비들끼리의 술추렴에 이르기까지, 연회 성격을 지닌 행사들을 모두 의례儀禮화하여 그 의례儀例를 자세히 마련해 놓았다.

여가 생활의 핵심은 벗들과의 담론과 독서이다. '숙수념' 대저택의 안팎에 존재하는 수많은 식객·빈객들과 가벼운 학예적 담론을 나누는 것이 여가 생활의 주요 부분이다. 한편으론 학문적 탐구의 무거움을 덜고 놀이를 겸하는 다양한 독서 방법도 제시하고 있다. 그중 한 방식인 '상우법尚友法'에 관련된『상우서尚友書』는 저작 전체가 실려 있어서「식오념」의 많은 분량을 채우고 있다. 이 책은 서적을 통해서만 만날 수 있는 옛사람들과의 교유를 주제로 한다. 한편 극도로 까다롭게 설계된 문학적 양식이나 수수께끼를 포함하는 희작들이 오락거리로 예시와 함께 소개되고 있다. 이러한 희작들에는 홍석주와 주고받았거나 합작한 작품들도 들어 있다.

제11관 「동지념動智念」은 여행에 대한 생각이다. 행장 꾸리기와 일행 선발로부터, 여행 중의 공부와 독서에 이르기까지 여행에 대한 자세한 지침과 아이디어를 서술하고 있다. 여행의 개념을 정신적 여행神遊까지 확대하고 있는 것도 '숙수념'의 세계에선 자연스럽게 어우러진다. 실제 서술의 대부분은 상상의 노정기路程記인 〈필유기筆游記〉가 차지하고 있다. 〈필유기〉는 중국 전역 851곳을 경유하는 총 66,793리(별로別路와 수로水路 제외)의 노정기이다. 홍석주의 저작을 초록한 것인데, 홍석주의 지리학적 작업이 홍길주에게 와서 정신적 오락의 텍스트로 소비되는 모습을 보여 준다.

제12·13·14·15관 「거업념居業念」은 학업에 대한 생각이다.

12관에는 경·사·자·집經史子集 4부에 걸친 필독서 내용과 이를 소화하기 위한 다양한 방식의 시간표가 고안되어 있다.

13관에서는 홍길주 자신의 저술과 저술 기획이 서술된다. 우선 '오묘한 깨달음'과 '숨겨진 뜻'이 있다는 홍길주의 문장들을 수록하고 있는데, 스스로 『숙수념』의 관건이 여기에 있다고 지목하는 『진장경眞藏經』을 비롯하여, 우화적 혹은 유희적인 형식 속에 현실에 대한 비판이 숨겨진 글들이 실려 있다. 홍길주 문장의 연원으로 거론되는 『장자』나 홍석주가 특별한 관심을 가졌던 노자 『도덕경』의 문체가 연상되는 글들이다. 「오거념」에는 홍석주가 자신이 지은 『제자정언諸子精言』에 붙인 발문 33편이 실려 있다. 제자의 학설에 대한 이 형제의 특별한 소양을 드러내는 글들인데, 이곳에 실린 글들에서 그 영향을 가장 잘 볼 수 있다.

13관에는 또 「오거념」과는 또 다른 저술 기획이 제시된다. 여기서 기획되는 저술의 특징은 『성리대전性理大全』·『근사록近思錄』·『세설신어世說新語』·『사문유취事文類聚』·『소학小學』 등의 '동국東國'판이라는 점이다. 이들 기획에 붙인 서문들에선 자국의 문화적 특성에 대한 기술과 함께 자부심이 드러나기도 한다.

14관에는 기타 분야의 저술과 학술에 대한 경계, 월강月講과 월시月試의 규정 등이 실려 있다. 집 안팎 젊은이의 교육에 필요한 강의 및 시험의 방법과 상벌 규정 등이 세세한 부분까지 설계되어 있다. 물론 학문하는 태도와 학술적 동향에 대한 견해 혹은 지침들도 들어 있다. 기타의 저술로『기하신설』 같은 수학 저술이 실려 있고, 여행용 휴대 책자 같은 실용 서적, 애장품으로 편찬된 기문奇文의 편집본에 대한 언급도 있다. 유희 문장을 즐겨선 안 된다는 경계와 함께 유희 문장이 실려 있기도 하다.

제15관에는 학문과 입지에 대한 다양한 충고를 실었다. 역사를 읽는 방법에 대한 경계와 독서 메모에 대한 예시가 실려 있고, 조선의 언어에 대한 고찰도 포함되어 있다. 흥미로운 것은 책 전체가 실려 있는 '표제 없는 책無標題冊子'이다. 우연히 손에 넣은, 제목도 저자 이름도 없고 종종 독해도 불가능할 정도로 낡은 책이라는 설정이지만, 아마도 홍길주 자신의 저술일 것이다.『주관周官』을 연상시키는 이 '표제 없는 책'은 일종의 국가 기획이다. 국가 기획의 핵심이라고 할 조세와 군사 제도에 대한 기술은 빠졌지만, 관료조직의 말단까지 구체적으로 기획되어 있다. 전체적으론 과거 제도에서 추천제를 확대하고 관직 제도에서 음직蔭職의 진출을 제한하며, 국왕 주변의 사인私人을 철저히 봉쇄하고, 재상권과 언로를 확대할 것을 강조한다. 이 '표제 없는 책'의 존재는『숙수념』이 치국평천하의 '정치적' 도구일 수 있다고 이야기되는 까닭을 보여 준다.

제16관 「숙수념執邃念」은 '숙수념' 자체에 대한 생각이다. 전체의 결장結章에 해당한다. 혹은 마지막에 붙어 있는 서장序章이라고도 할 수 있을 것이다.『숙수념』을 저술하는 이유, '숙수념'이란 이름의 유래와 '숙수념' 방문기, 또 '숙수념'이란 명명의 다양한 재해석 가능성 등을 서술하고 있다. 마지막에 있는 〈숙수렴부執隨濂賦〉로『숙수념』전체를 요약하고, 〈숙수렴행執隨濂行〉에서는 『숙수념』의 내용을 소개하고 자신의 소회를 진술하는 등 서문에 해당할 내용을 시로 표현하고 있다.

홍길주는 「여는 관」의 〈보는 이들에 대한 경계〉에서 이 책을 보고는 '정학正學에 대한 논의는 적고, 기문에 대한 서술은 많으며', '유희 문장이 많고 잡다한 기예가 뒤섞이고', 주된 관심이 '은거와 수양, 유희와 오락에 있지, 임금을 높이고 백성을 보호하며 시대를 구원하고 교화를 도우려는 뜻은 전혀 없다'고 생각한다면, 이는 몹시 미혹된 사람이라고 미리 비난한다. 『숙수념』이 한편으로 올바른 학문과 경세제민의 구상을 제시하고, 유가적 경세 윤리를 강조하고 있는 것은 분명하다. 그러나 『숙수념』의 첫인상은 기문과 유희 문장, 잡다한 기예의 강렬함이다. 강렬할 뿐 아니라 서술 분량이나 구체성이라는 측면에서도 『숙수념』에서 압도적인 것은 전자이다. 유가적 현실 참여의 태도보다는 도가적 초월의 태도, 특히 도가적 상상력이 『숙수념』 전체를 관통하기도 한다. 저자 자신이 이를 충분히 의식하기 때문에 독서 지침에서 거듭 강조해서 경계하는 것일 터이다. 즉 저자가 의식적으로 강조하는 것과 실제 독자에게 인상적으로 다가오는 것 사이에는 명백한 간극이 있다. 앞의 내용 소개에서도 이런 이중적 면모가 확인될 것이다. 나아가 무엇보다 인상적인 것은 책의 기발한 편집 형태 그 자체일 것이다.

3.

홍길주의 저작으로는 『현수갑고峴首甲藁』·『표롱을첨縹礱乙㡧』·『항해병함沆瀣丙函』의 삼부작 문집, 「수여방필睡餘放筆」·「수여연필睡餘演筆」·「수여난필睡餘瀾筆」과 「수여난필 속睡餘瀾筆續」의 삼부작 필기인 '수여삼필睡餘三筆', 그리고 『숙수념』과 편저인 『서림일위書林日緯』가 있다. 홍길주는 이 저술들을 제

각기 다른 방식의 개성적인 형태로 편집해 놓았다. 홍길주는 언어에 대한 매우 예민한 감각을 지닌 작가다. 산문에서조차 어떤 자리에 딱 맞는 글자는 세상에 단 하나뿐이라고 단언하는 작가인 것이다. 문집의 편집 형태가 곧 문학적 견해의 표현이라는 점을 예민하게 주목하고, 의식적으로 다양한 편집을 실험했던 작가이기도 하다. 그의 필기류 연작인 '수여삼필睡餘三筆'에는 상투적 형태를 벗어나는 실험적인 시문집 편찬에 대한 각종 구상이 피력되어 있다. 그런 실험의 결말이 『숙수념』이라고 할 수 있다. 『숙수념』은 자타가 공인하는 '이제까지 세상에 없었던' ― 적어도 19세기까지의 동양 문화에는 없었던 독특한 형태의 저작물이다.

앞에서 이야기했듯이 『숙수념』은 '숙수념'이란 가상공간을 마련하고, 그 세부 공간마다 공간의 성격에 어울리는 글들을 배치하는 방식을 고안했다. 여기엔 정통 한문학 장르의 글들뿐 아니라 환타지 성격의 글들, 『기하신설幾何新說』 같은 수학적 저술, 〈묘지식墓誌式〉과 같은 실용 서식, 「문원아희도보文苑雅戲圖譜」 같은 게임 매뉴얼이 뒤섞여 배치되어 있다. 즉 학문과 잡기, 문예문과 실용문, 진지한 창작과 오락이 뒤섞여 배치되어 있다. 포함된 글의 장르가 다양할 뿐 아니라, 타인의 글도 섞여 있고, 새로운 창작 기획도 섞여 있다. 그런가 하면 단일 저작 전체가 단편적인 언급이나 소품들과 한자리에 실려 있기도 하다. 기존의 한문 문집 혹은 전집의 편찬 관습에서는 상상할 수 없었던 형태다.

이런 편집이 산만함을 극복하고 통일성을 지닌 저작으로 성립 가능한 것은 본문의 서술이 공간의 인접성을 바탕으로 진행되기 때문이다. 『숙수념』은 기존 문집의 문체별 분류를 폐기하고 대신 주제念별 분류를 선택해, 공간적 인접성에 따라 글들을 배치했다. '숙수념'이 일상의 세부까지 설계된 하나의 세계이기에, 어떤 종류의 글도 이 틀 안에 들어와 이 세계를 구성하는 세부로 서로 연결되며 맥락을 형성한다. 기존 문집 형태라면 본집과 별집으로 구분되거나, 문체별로 분류, 병렬되었을 글들이 전혀 다른 방식으로 편집된 것이다. 그리고 이러한 편집은 필연적으로 기존 문집 체계에 스며 있는 문체별 위계를 지워 버렸다. 여기선 경전이 병풍이 되고, 국가 기획은 타심통他心通 같은 길거리 오락과 한 차원에 나란히 놓인다.

한편『숙수념』의 서술을 지탱하는 인접성의 원리는 수직적 깊이 대신 수평적 확산을 지향하며, 끝없이 꼬리를 물고 옆으로 미끄러진다. 이러한 연쇄적 상상력의 미끄러짐에서는 집중된 전문적 깊이 대신 폭넓은 다양한 주제가 다루어지게 마련이다. 혹자는『숙수념』을 '조선 후기 유가적 사대부의 교양 세계'라고 한다.『숙수념』이 전문적인 깊이를 추구하기보다는 넓은 범위에 걸친 식견을 드러내고 있기 때문이다.『숙수념』내부에 홍길주 자신의 저작은 기획과 서문으로만 존재하는 경우가 대부분이고, 독립된 문장의 많은 부분이 기존 책들에 붙인 서문이나 발문에 해당하는 글들이라는 사실에서 예견되는 것이기도 하다.『숙수념』의 글쓰기는 애당초 깊이를 지향하는 대신 백과전서적인 지식, 도서관을 지향한다고 보인다. 그런 점에선 분명히 '교양 세계'라고 불릴 만하다.

한편 '숙수념'은 환상 공간이다. '숙수념'은 '책상과 책꽂이 사이에 있는 조그만 틈'으로 들어가면 나타나는 제2세계이며, 환몽소설들처럼 현실과 경계가 모호한 꿈의 세계이기도 하다. 때문에 '숙수념' 안에선 모든 현실적인 법칙에 대한 위반이 가능하다. 이 공간에서는 시간의 선조적 흐름이 무시되기도 하고, 관념과 현실의 경계가 녹아서 흐물흐물해지는 곳이 생기고, 관념이 쌓여 그 정령精靈이 실물로 현현하는 것도 가능해진다. 환상 공간에서는 세계의 안으로도 밖으로도 여행이 가능하다. 현실계의 공간적인 법칙도 무시되는 것이다. '숙수념'의 이러한 특성은 아직 지어지지 않았거나 영원히 끝나지 않을 책의 서문, 틀로만 존재해서 원본을 확정할 수 없는 책의 서문, 실재와 관념을 자유롭게 건너다니는 여행기 등 기발한 발상의 글들이 존재할 수 있는 틀을 제공한다. '예측할 수 없는 기발한 발상'의 기문奇文으로 높은 문학적 평가를 받는 홍길주의 글에 딱 맞는 틀이라고도 할 수 있을 것이다.

이 독특한 형식의 저작이 편저가 아닌 단일 저술이 되게 하기 위해 홍길주가 고안한 또 다른 형식적 장치는 본문 앞뒤에 서장과 결장을 두는 것이다. 「여는 관」의 〈조목별 개괄〉은 목차의 역할을 하면서도 목차보다 상세한 목록의 성격을 지닌다. 제16관 「숙수념孰邃念」에는 『숙수념』 전체 내용을 요약한 〈숙수념부〉가 실려 있다. 이 두 개가 본문의 앞뒤에 배치됨으로써, 이 방대하고 잡다한 내용의 저술은 편저가 아닌 통일성을 지닌 한 부의 저술이 된다. 홍길주는 「수여방필睡餘放筆」에서, 짤막한 『회진기會眞記』로 방대한 『서상기西廂記』의 내용 전체를 짐작할 수 있는 것처럼, 사마광司馬光의 『자치통감資治通鑑』에 별도의 목록이 있는 것처럼, 전체 축약본과 상세 목록을 마련해서 원서原書의 앞에 붙여 둔다면 체재가 참신하고 보기에도 편할 것이라는 구상을 말한 적이 있다. 『숙수념』의 〈조목별 개괄〉로 시험해 보았다고도 했다. 짤막한 전기소설인 『회진기』와 그것을 파격적인 분량의 장편 희곡으로 재탄생시킨 『서상기』― 두 문학작품의 관계를 문집 편찬의 형식으로 전용하고, 역사서의 선례를 기존문집의 목차 형식을 채택하기 힘든 자신의 저작에 전유한 것이다.

그런가 하면, 각 염念마다 제사題辭를 두어 해당 염念을 요약하며 도입부로 삼고, 본부本部의 기술에서는 앞뒤에서 연관되는 내용이 나올 때마다 주석을 달아, 방대한 저작의 유기적 독서를 유도하기도 한다.

『숙수념』이라는 책은 개인의 관심사를 백과전서적 방식으로 늘어놓았으나, 동시에 전체가 유기적 저술이 되도록 치밀하게 고안되었다. 기존 여러 분야의 저작들에서 자신이 필요한 형식을 창조적으로 전유하면서.

당대에도 후대에도 『숙수념』은 황주성黃周星의 〈장취원기將就園記〉에서 발상을 얻은 것이라고 흔히 이야기되었다. 그러나 홍길주 자신은 '사람들은 『숙수념』의 첫 두 권(「원거념」 상·하)만 보고 〈장취원기〉에서 온 것이라고 여기지만, 실제로는 〈장취원기〉의 방식을 완전히 환골탈태한 것'이라고 주장했다.

앞에서 보았듯이『숙수념』은 '상상 속의 정원을 언어적으로 구축하는' 〈장취원기〉의 방식을 가져다 그것을 자신과 형제들의 시문을 걸어 놓기 위한 골조로 이용했다. 그 결과 한편의 원기園記였던 〈장취원기〉의 발상이 전대미문의 새로운 책의 체제로 재탄생한 것이다.『숙수념』의 형식은 사실『숙수념』이 거둔 가장 독특한 성과라고도 할 수 있을 것이다. 그리고 그 형식 속에 바로 홍길주의 개성이 존재하며, 기존 위계를 전복하는 전복성도 숨어 있다.

4.

『숙수념』의 저자인 홍길주(1786~1841)는 19세기 전기의 조선을 대표하는 문장가 중 한 명이다. 그의 산문은 '기발한 발상과 절묘한 구성으로 마치 귀신이 얽어 놓은 듯 변화가 백출하면서 그 속에 사상 감정이 짙게 스며 있어서', '근래 몇백 년 사이에 없었던 문장가'로 '천 년 뒤의 장자莊子요 사마천司馬遷'이라는 소릴 들었다.

본관은 풍산豊山, 자는 헌중憲仲이고, 항해자沆瀣子·현산자峴山子·수일재守一齋 등의 호를 사용했다. 그는 19세기 조선의 대표적 벌열 가문이자 문한가文翰家인 풍산 홍씨 집안에서 홍인모洪仁謨와 서 영수합徐令壽閤 사이의 둘째 아들로 태어났다. 그의 형은 좌의정을 지낸 홍석주洪奭周이고 동생은 부마 홍현주洪顯周이다. 홍석주는 상서학尚書學과 지리학에 조예가 깊은 학자였을 뿐 아니라, 『여한구가문초麗韓九家文抄』에 등재된 당대를 대표하는 문장가이기도 하다. 아우 홍현주는 정조의 부마로서, 서화 수장가로도 유명한 인물이다. 이 삼형제의 문화적 성취는 이 집안의 문한가적 전통과 어우러지면서 이 집안을 당대 조선 문예를 대표하는 국제적 문한가의 위치로 올려놓았다.

홍길주는 특별한 스승 없이 가학을 통해 학문과 문학의 세계에 입문한 것으로 보인다. 아버지 홍인모가 이끄는 이 집안의 문화적 분위기는 특히 인상적인데, 이 집안은 모든 남녀 구성원들, 며느리인 숙선옹주淑善翁主까지 개인 시문집을 남긴, 조선에서는 드문 문화적 분위기를 지닌 집안이었다. 이들 형제는 아버지와 어머니가 자녀들과 함께 일상적으로 가족 시회를 즐기는 분위기에서 성장했다. 외가인 달성 서씨達成徐氏 역시 독특한 가학과 장서로 유명한 집안이다. 어머니 서 영수합은 개인 시집을 가진 시인이었을 뿐 아니라, 당대 최신의 산술학에 정통한 사람이었다고 한다. 산술학은 달성 서씨의 가학이기도 해서, 홍길주의 수학적 관심은 어머니를 통한 외가의 가학에서 촉발된 것일 가능성이 있다.

홍길주의 지적, 문학적 성장에 가장 큰 영향을 미친 사람은 형 홍석주이다. 홍길주 삼형제는 형제간이자 사제師弟이고 동학同學이기도 한 특별한 관계를 형성했다. 특히 열두 살 연상의 홍석주에 대해서는 '글을 알 무렵부터 백형인 연천 선생을 스승으로 삼았다.'고 술회한다. 『숙수념』에는 형제들과 함께 지은 글이나 형제들의 글이 실려 있는데, 특히 홍석주의 글이 많다. 일례로 홍석주가 편찬한 『사부송유四部誦惟』는 홍현주의 요청에 의해 작성된 것이다. 『숙수념』에는 『사부송유』에서 가져온 〈『사부송유』 목록四部誦惟目錄〉과 홍길주의 해설詮이 수록되어 있고, 홍길주가 『사부송유』를 연역해서 지은 『사부송유 별본四部誦惟別本』의 목록과, 외우고 생각하는誦惟 다양한 방식의 시간표들이 고안되어 있다. 홍길주의 지적 작업이 『숙수념』 속에서 홍석주, 홍현주 형제와 어떻게 얽혀있는지를 보여 준다.

홍석주의 영향이 지대한 것은 사실이나, 홍길주의 문장은 홍석주와는 다른 개성을 보여 준다. 홍석주는 정통 당송 고문을 구사하는 작가지만 홍길주는 기발한 발상과 문예적 유희 정신에 충만한 '기문奇文'을 구사한다. 홍석주의 정통 고문보다는 연암燕巖 박지원朴趾源의 문장에 좀 더 가까운 문장을 구사한다고도 할 수 있을 것이다. 홍석주 이외에 홍길주의 문학에서 중요한 인물은 박지원이다. 박지원을 직접 만난 일은 없으나, 『연암집』에 대한 독후감에서 날마다 그날 읽는 연암의 글이 그날의 자기 얼굴 모습이라는 말로 극진한 경모를 표현한다. 문장에서 최대한 원체험原體驗에 가깝게 다가설 것을 주문하고, 문장이 활물活物임을 강조하는 그의 문학적 태도는 연암 계열의 문학적 태도에 그가 접근해 있다는 것을 확인하게 한다. 『숙수념』에 실려 있는 〈십이루기 주관도十二樓記 周觀圖〉에서는 자신의 작업을 박지원의 「방경각외전方瓊閣外傳」에 빗대기도 하고, 가장 기발한 문장의 보물로 박지원의 문장을 거론하기도 한다. 그러나 홍길주의 문학이 박지원 문학의 아류는 아니다. 홍길주의 문학은 박지원과는 다른 결을 지닌다. 오히려 조선 후기 산문이 박지원과 홍석주를 거쳐 새로운 개성을 획득한 결과를 보여 준다고 할 수 있을 것이다.

홍길주의 관력은 간단하다. 열여섯에 초시에 합격하고, 스물두 살에 진사와 생원 양과에 합격했으나 이후 과거를 포기하고 만다. 집안이 너무 번성한 것을 꺼린 서영수합의 권유 때문이었다고 하지만, 당대 현실에 대한 본인의 회의가 주된 원인이었던 것으로 보인다. 서른일곱에 음직으로 휘릉참봉徽陵參奉에 제수된 것을 시작으로, 쉰다섯까지 현감·군수 등에 재임하기도 하지만, 대부분 의례적인 것에 불과하고 재직 기간도 아주 짧다. 그가 자기 시대를 포기한 것은 근본적인 개혁 없이 조선을 개선할 수 없다고 여긴 것이었던 것으로 보인다. 『숙수념』 속에는 국가 경영에 대한 그의 식견과 관심을 보여 주는 '표제 없는 책' 같은 것뿐 아니라 제도와 학술에 대한 근본적인 개혁의 필요를 논하는 혁신적인 언급들이 발견되며, 당대 현실에 대한 은유적 비판으로 읽을 수 있는 글들도 실려 있다. 『숙수념』의 '관건이 있는 문장'이라고 소개하는 「진장경眞藏經」은 노자 『도덕경』을 흉내 내지만, 『도덕경』이 정치철학을 다룬 서적이란 점을 생각하면, 그 역시 개인적인 초월을 다룬 것으로만 치부할 수 없다. 그러나 혁신적인 개혁을 주장하기엔 당로 재상인 형과 부마 신분인 동생의 존재는 부담스러웠을 것이다. 그는 종종 '신성한 사람이 나올 때까지 이 모든 근본적인 혁신에 대한 논의는 중지하고, 우선 현상을 충실히 보존할 수밖에 없다.'는 결론을 피력한다. 이런 태도가 그의 글들을 깊이보다는 교양의 차원에 머무르는 것처럼 보이게 하는 원인 중 하나이다. 그러나 이런 표현들에는 말을 다 하지 못하는 답답함이 배어 있기도 하다.

현실에서 출사의 길을 포기한 대신 홍석주의 생애는 문학 안에 자신의 자리를 마련했다. 그는 '어려서부터 글 짓는 것 이외엔 다른 기호를 지녀 본 적이 없었다.'고 고백한다. 중세 동양 문화권에선 드물게 전업 작가인 셈이다. 그러나 한문학 작품의 상품화를 위한 토대가 형성되지 않았던 조선 후기 사회에서는 귀족적 국외자였다고 할 수 있을 것이다.

'숙수념' ─ '누가 이 생각을 이루어 줄까'라는 명명은 비극적인 색채를 지닌다. 홍길주는 『숙수념』에서 권卷·편篇 대신 '관觀'·'염念'이라는 명칭을 사용한다. '제1관觀 원거념爰居念'처럼 '관/념觀念'으로 나란히 놓으면, 『숙수념』이 관념일 뿐이라는 것을 편마다 강조하는 결과가 된다. 즉 "나의 생각일 뿐 실제는 없다."는 것을 강조하는 것이다. 이것은 '숙수념'이 가상세계라는 것을 이야기하는 것에 그치지 않는다.

항해자도 어릴 때는 우주 끝까지 자유롭게 다니고 사방 바다四海를 타넘어 건너려는 뜻이 있었다. 자라자 그것이 불가능하다는 것을 스스로 깨달았다. 이윽고 책을 읽고 수양해서, 요·순·공자·맹자 같은 여러 성인에 필적하는 사람이 되고 싶었다. 좀 뒤에는 국가를 보좌해서 태평성대를 이루고, 이 백성들을 평화롭고 밝은 땅으로 끌어올리고 싶었다. …… 그 뒤에는 구름을 타고 비룡을 몰며, 노을을 입고 이슬을 먹으며 낭풍閬風·대여岱輿 어름으로 날아올라 해와 달이 [시든] 이후까지도 시들지 않고 싶었다. 얼마 뒤에는 백가의 기예를 모두 정교한 경지에까지 연구하고, 천지사방의 바깥까지 빠짐없이 널리 따져서, 위로는 혼돈의 이전까지, 아래론 끝없는 후대에 이르기까지 모두 명료하게 보고 싶었다. 얼마 되지 않아 이 모든 것이 불가능하다는 것을 다시 스스로 깨닫게 되었다. …… [해서] 붓을 잡고서 책에다 쓰니, 쌓여서 십여만 마디 말이 되었다.

제16관 「숙수념」에서 저술의 의미를 스스로 해설하는 부분이다. 자신의 인생에서 지녔던 모든 포부와 경륜, 정신적 비상이 담겨 있는 것이 『숙수념』이라고 하고 있지만, 그러나 그 저술 행위는 '마지못한' 결과임을 말하고 있다. 현실에서 실현이 가능했더라면 군이 종이 위에 적지 않아도 되었을, '실행 없는 빈말空言'이 『숙수념』인 것이다.

그는 관념, 즉 언어로만 존재하는 실행 없는 빈말의 선례를 공자와 그의 저작들, 즉 경전에서 본다.

> 공자께서는 "봉황이 오지 않고, 황하에서 하도河圖가 나오지 않으니, 나는 끝났구나!" 하셨다. 아! 공자 평소의 뜻을 알 것 같다. 『역易』을 찬술하고 『시詩』를 산정하시고, 『춘추』를 지으신 것은 역시 만년의 부득이했던 일인 것이다. …… 우리 스승께서 『역』을 찬술하시고 『시』를 산정하시고 『춘추』를 지으실 때, 아마도 쓸쓸히 자신을 애도하며 "누가 내게 이런 빈말을 하지 않을 수 없게 했는가?" 하셨을 것이 틀림없다.

공자의 저작들은 현실에서 시행할 수 없었기에 부득이하게 언어로 남겨진 것이다. 현실에서 시행되었더라면 필요 없었을 '빈말'일 뿐이다. 그처럼 『숙수념』은 세상에서 자기 기회를 가질 수 없었던 사람이 마지막 방법으로 채택한 것이다. 그리하여 공자의 빈말이 훗날 경전이 되어 '모든 이들이' 실현해야 할 목표가 되었던 것처럼, 자신의 『숙수념』도 "내 오매불망의 생각을 이루어 줄 힘 있는 호사가"를 만나서 실현될 날이 있으려나 기다린다고 했다. 그래서 이 책의 이름이 '누가 이 생각을 이루어 주랴'이다. 그러니 이 책 제목은 슬프다. 당대에서 자기 자리를 찾지 못한 한 지식인의 슬픔과 자의식의 표현이기 때문이다.

『숙수념』은 당대에 이미 지식인들 사이에 회자되었던 것으로 보인다. 박지원의 손자인 박규수朴珪壽는 원대한 이상을 품었으나 현실에서 좌절한 채

은둔하는 친구들을 위해 〈백설세모행白雪歲暮行〉을 지었다. 『숙수념』을 읽은 후 그는 이 장편시의 제목을 〈숙수념행孰遂念行〉으로 바꿨다. 홍석주의 외손 자인 한장석韓章錫도 '쇠미한 세상에서 뜻을 실천할 수 없었던' 지사志士의 고심이라고 『숙수념』을 읽었다. 그것이 저자가 바랐고 당대의 후배들이 동의했던 『숙수념』의 독법이다.

5.

환상계는 현실계의 그림자이다. 『숙수념』에는 세도정권하 19세기 한양의 일상과 문화, 특히 홍길주가 속해 있던 문한 벌열가의 귀족적 일상 문화가 반영되어 있다.

그 몇몇 면모를 짚어 보자. 무엇보다 '숙수념'은 18세기 이후 한양에 유행한 정원 문화의 산물이다. 정원 문화의 유행은 상상의 정원 — 의원意園 문화를 낳았다. 풍산 홍씨 집안 역시 한양 곳곳에 별장과 정자를 소유했고, 『숙수념』은 이러한 문화의 한 여파이다. 또 이 시대는 백과전서百科全書적 지식이 지적 풍토를 선도하는 시기이다. 책과 서화의 수집 열풍이 불고, 몇만 권 장서를 소장한 가문들이 생겨나는 시기이기도 하다. 풍산 홍씨 역시 장서로도 유명한 집안이며, 홍현주는 중국에까지 알려진 조선의 서화 수집가였다. 부마가인 이 집안은 궁중 내고에 소장된 서적들까지 열람했다. 『숙수념』의 '교양 세계'적 특성 역시 당대의 지적 풍토를 염두에 두고 이해해야 할 부분이고, 책에 대한 당대의 열망은 『숙수념』 속 거대한 도서관으로 현현한다. 그런가 하면, 19세기 전반은 '시회詩會'의 전성기이다. 각종의 시회가 한양 안팎의 곳곳에서 일상적으로 벌어진다. 시회에서 내려지는 시령詩令은 점점 더 교묘한 것이 되었고, 시와 놀이의 결합은 점점 더 활발해졌다. 〈상영도觴詠圖〉 놀이나 그것의 조선판인 〈팔선와유도八仙臥遊圖〉 놀이처럼 문학과 여행을 결합한 문학 게임이 유행했고, 규방에서조차 애정 서사에 한시 게임을 결합한 독서물이 존재했다. 『숙수념』에서 보이는 새로운 문학 게임의 개발이나 문학적 유희들은 이러한 현실 상황의 반영이다. 다만 『숙수념』에서 제시되는 게임들은 현실의 게임들에 비해 더욱 전문적인 지식과 고도로 숙련된 기술을 요구한다. 결코 아무나 함께 놀 수 없는 것이다. 그런 점에서 자신들의 그룹을 문화적으로 구분 짓는 귀족적 의식의 산물이라고도 할 수 있을 것이다. 『숙수념』에는 당대의 문화 학술계에서 벌어졌던 논제들이 포함되어 있기도 하다. 동국 문화에 대한 논의나 고증학에 대한 논의, 문자학에 대한 관심 같은 것들이다. 물론 19세기의 정치사회적 상황이 이 세계에 그림자를 던지고도 있다.

무엇보다 '가家'를 표방하지만 일종의 '왕국'처럼 보이는 '숙수념'의 세계는 19세기 조선 벌열의 겸인傔人 문화를 반영하고 있다. 세도정치하에서 다양한 분야의 지식을 지닌 하급 지식인들이 정상적인 방법으로 공직에 진출하는 것은 거의 불가능해졌고, 이들은 세도가 주변에 모여들어 일종의 가신家臣 그룹을 형성했다. 이들은 세도가와 연대를 유지하며 세도가들의 가정 경영이나 자제 교육을 돕고, 때론 주치의나 막료로도 활동한다. 반대급부로 이들은 관직에 추천되기도 하고 경제적인 지원을 받기도 하며, 무엇보다 '누구의 집안사람家人'으로 사회적인 입지를 마련한다. 사적 네트워크와 공적 네트워크가 일정하게 얽힌 특수한 관계를 형성하는 것이다.

실제 홍길주가 속한 풍산 홍씨 집안에도 많은 겸인들이 존재했다. '수여삼필'에는 "연천 문하의 유세객과 빈객淵泉門下游士賓客"들로 표현되는 다양한 계층의 인물들이 등장한다. 홍석주의 막료幕僚로 있었던 심영숙沈英叔, '우리 집의 고리故吏'라고 표현되는 태복시太僕寺 서리 조손趙孫, 홍낙성의 추천으로 운관雲觀이 되었던 인연으로 홍씨 집을 드나들며 홍길주와 기하학에 대해 토론했다는 김영金泳, 재주와 논변이 뛰어나고 이야기를 잘해 좌중을 포복절도케 하였다는 무인 장윤성張允誠, 『삼한습유』의 저자 김소행金紹行, 단학을 좋아해서 민 선객閔僊客으로 불렸다는 민 씨 등의 하층 사족이나 무인들이 그들이다. 여기에 상득용尙得容이나 이헌명李憲明 같은 인물들도 추가된다.

그중 이헌명의 예를 보자. 이헌명은 무반 출신으로, 홍석주와 홍길주의 제자로 받아들여진 사람이다. 그는 홍씨 일가의 주치의 역할을 하며, 의원 자격으로 홍석주의 연행에 동반하기도 한다. 홍길주의 집에 유숙하면서는 자질들의 가정교사 노릇도 겸한다. 또 집안 살림家政의 보조자로, 홍석주나 홍길주가 지방관으로 부임할 때 따라가 부인의 행차를 호종하거나 임지에 동반한 자제들의 유람 동반자가 되기도 한다. 서 영수합의 상喪에서는 호상의 역할을 맡아『상장일기喪葬日記』에 이름이 오르기도 한다. 그런가 하면 홍석주의 초고를 정리하여 편집하는 역할도 수행한다. 홍석주와 홍길주의 사후에는 이 형제의 '기거주起居注'에 해당하는『서연문견록西淵聞見錄』을 저술하여, 이들의 일상에 대한 기록을 남기기도 했다. 즉 이헌명은 홍석주와 홍길주의 제자로 받아들여진 외부인으로서, 이 집안에서 집사 역할을 비롯한 다양한 역할을 하는 내부인이다.

대신 그는 당대 최고의 문인들로부터 공령문을 배우고 학문을 지도받는 것 이외에도 홍씨 집안의 사회적 연망에 탑승할 수 있다.『서연문견록』을 두고 홍씨들의 명망에 편승하려는 의도라는 세간의 빈축이 있었다는 기록이 역으로 그러한 사실을 확인시켜 준다. 관직으로의 추천 기회도 있었다. 실제 홍석주나 홍석주의 지인이 내의원이나 의약원의 도제조나 제조가 되었을 때 내의원과 의약원의 동참同參으로 물망에 올랐던 기록들이 있다.

이러한 현상은 당대 벌열가가 가정을 운영하던 일반적인 상황이었던 것으로 보인다. 예를 들어 이만수李晩秀는 3대에 걸친 자기 집안 겸인傔人들 35명의 명단을 남겨 놓았다.[「庭陰軸」] 중앙 관서의 아전으로 봉직한 사람이 대부분인데, 3대가 지나도록 매우 긴밀한 연대를 맺고 있다. 이만수는 그들을 '나의 겸인余傔' 혹은 '친한 겸인親傔'으로 표현한다. 이만수의 글은 사적 네트워크의 사람들이 공적 범주까지 연결되고 있음을 분명히 보여 주고 있다. 이것이 19세기 세도정치하에서 세도가들이 가문을 경영하는 일반적인 방식이었을 것으로 짐작된다.

'숙수념'의 운영에서 중추 역할을 하는 빈겸賓傔들의 조직은 이러한 현실을 확대 조직화한 모습일 것이다. 즉 19세기 전반 세도정치가 시작되고, 과거 제도가 실질적인 입신의 관문으로서의 기능을 상실해 가는 상황에서, 한편으로 질적으로나 양적으로 성장한 지식인 집단이 존재하고, 이들이 세도가문의 문객 혹은 막객 노릇을 하는 현상이 관찰된다. 이런 상황에서 이들 문객과 친겸, 막우들을 조직하여, 자족적인 '문화공화국'의 편제를 짜는 것 ― 그것을 꿈꾸는 것이 '숙수념' 기획이라고 보인다. 즉 '숙수념' 속의 세계는 홍길주의 상상이 만들어 낸 세계이지만, 한편으론 그 상상력의 바탕이 된 현실계로부터 출발한 것이다.

〈소송정기巢松亭記〉에서 작중화자는 북산에 있는 소송정이 왕옥산王屋山의 그림자라고 말한다. 왕옥산과 북산은 너무 멀리 떨어져 있고 모습도 같지 않다는 반론에 똑같지 않기에 그림자라고 대답한다. 동시에 이 그림자를 통해 거꾸로 왕옥산의 실체를 이해하게 되었다고도 한다. 이것이 19세기 전반 한양의 문화와 『숙수념』의 관계일 것이다. 즉 『숙수념』은 19세기 전반 한양의 그림자이며, 그것이 홍길주의 상상력 속에서 변환된 모습인 것이다. 그러나 동시에 『숙수념』을 통해 19세기 한양을 이해하게 될 수도 있을 것이다.

6.

『숙수념』은 현재 연세대학교 도서관 소장의 한씨문고본韓氏文庫本 5책, 버클리대학교 동아시아도서관 소장본인 자연경실장본自然經室藏本 8책, 서울대 규장각 소장본 7책, 일본 동양문고본 5책 등 4종이 확인된다. 모두 필사본이다. 그중 버클리본은 자연경실自然經室 원고지에 인쇄된 자연경실장본이다. 『수여난필睡餘瀾筆』에는 서유구徐有榘가 자신의 『동국총서東國叢書』에 수록하기 위해 『수여방필睡餘放筆』·『수여연필睡餘演筆』 및 『숙수념』을 빌려 갔다는 기록이 있다. 따라서 버클리대 소장의 자연경실장본은 이때 필사된 것으로 보인다. 다만 현재 버클리대학이 소장하고 있는 자연경실장본 8책은 제15관 「거업념 계居業念季」가 7책과 8책에 중복 수록되어 있다. 확정하긴 힘들지만, 이때 자연경실에서 필사된 것이 1부가 아니었을 것으로 짐작해 볼 수 있다. 4종의 필사본 사이에서 선본을 확정하는 것은 의미 없는 것으로 판단된다. 대체로 4본 모두 선본으로, 비슷한 정도의 장점과 결점을 동시에 가지고 있다. 다만 연세대본은 〈조목별 개괄〉에서 제시된 내용 항목별 일련번호가 본문에 붙여져 있는 등, 체제를 정리하려는 노력이 가해졌던 흔적이 있다. 4본 사이에 필사 과정의 단순 실수로 판단되는 오기나 누락 이외에 서로 다른 글자를 사용하는 경우도 발견되는데, 대체로 연세대본과 동양문고본, 규장각본과 버클리본이 같은 글자를 사용한다. 『현수갑고』에 실린 문장들이 『숙수념』에 실리거나, 『연천선생문집』에 실린 글이 『숙수념』에 실린 경우엔 글자의 출입이나 표현의 차이가 확인된다. 이는 저자 자신의 퇴고로 인한 차이로 판단된다.

일러두기

· 번역의 저본은 연세대 소장본을 기본으로 했으나, 규장각본, 동양문고본, 버클리본과 대조해 경우에 따라 취사선택하였다. 해당 부분은 원문의 각주로 밝혀 놓았다.

· 연세대본은 이본들 중 가장 적극적으로 형식을 정돈해 놓았는데, 내용별로 일련번호를 붙이고 ○ 등 현대 서적에서는 낯선 약물들을 사용하였다. 연세대 소장본 『숙수념』에서 ○은 본문의 내용 단락을 표시하고, ○○은 그 하위의 설명에 해당하고, ○○○은 관련된 작품임을 표시한다. 각기 1단, 2단, 3단의 내려쓰기도 적용되어 있다. 번역본에서도 이런 체제가 가능한 한 반영되도록 했다. 그러나 원본에서 약물을 사용하는 방식에 일관성이 흔들리는 부분도 있고, 이 체제를 번역에 기계적으로 적용할 경우 가독성을 해친다고 판단되는 부분도 있다. 따라서 부분적으로는 이 약물들을 생략하거나 조정하기도 했다.

거꾸로 원본에서 전혀 단락 표시가 되어 있지 않거나, 현대어역으로 읽으려면 약물을 동원해 단락 표시를 해야 내용이 분명해지는 경우도 있다. 예를 들면, 원본에서는 「기하신설」의 각 예제들을, 문제를 구분하는 약물 없이 서술하고, 풀이는 세주로 처리하고 있다. 그러나 수학 문제와 풀이라는 성격상 번역에선 원문에 없는 약물을 사용하고 수학 문제 풀이법의 방식을 이용하여 번역했다.

이상에 대해서는, 그때마다 각주에 설명해 두었다.

· 변려문 등 현대문학에 없는 형식의 글들은 원문의 형식을 번역에서도 가능한 한 표현하기 위해 노력하였다. 따라서 현대어 번역만으로는 낯설게 보이는 행 구성이 있을 수 있다. 원문을 참조하기 바란다.

· 본문의 서술에서 한자가 필요한 경우엔 괄호 없이 병기하였다. [ ]은 번역 과정에서 한국어 문맥을 다듬기 위해 번역자가 덧붙인 내용이다. 각주에선 한자를 ( ) 속에 넣었고, 한자를 풀어 해설한 경우엔 [ ]에 넣었다.

· 본문에서 사용된 삽도들은 동양문고본을 이용하였다. 가장 정확하고 분명하게 그려져 있다고 판단했다.

여는관
肇觀

○○ 일러두기標例

· '권卷'이란 '말다捲'라는 뜻이다. 옛날 사람들은 글을 대나무 쪽竹簡에 쓰면 엮고編, 비단에 쓰면 말았다捲. 요새 사람들은 종이에 써서 연결해서 책으로 만든다. 그런데도 여전히 '권'이라고 한다. 어떨 땐 두세 권이 합쳐져서 한 권이 되기도 하는데, 전체나 나뉜 것이나 다 '권'이라고 하니, 정말 말이 안 된다. 이 책에서는 '권'을 '관觀'으로 고쳐, 후인들이 볼 차례를 매겼다. '읽는다讀'고 하지 않고 '본다觀'고 하는 것은 누추하고 천박한 [내] 글이 '읽을 만讀'하지 못하기 때문이다.

· 매 편의 제목을 '염念'이라고 했다. [이에 대한] 설명은 제1癸一에 나온다.

· 열 개 '염念'의 차례는 보는 이들이 자연히 알게 될 것이다.

· 각 '염念'에도 몇 개씩의 단락이 있는데, 그 앞뒤 순서엔 그럴 수밖에 없는 이유가 있다. 간혹 글이 진행되면서 섞여 나오거나 상호 드러내는 부분이 없을 수 없을 것이다. 그러나 역시 뜻을 해치진 않는다. 열람하는 사람은 잘 살피시길.

· 앞에서 가볍게 거론하고 뒤에 자세히 나오는 것이 있으면 참고에 편리하도록 주注로 표시했다. 앞에 자세하게 나오고 뒤에서 간단히 [언급되는] 것도 표시해서 보는 사람이 잊지 않도록 했다.

· 조목별 개괄條括을 마련해서, 보는 사람이 먼저 그 대략적인 전모를 알게 했다.

· 시문詩文이나 다른 책에서 가져온 것은 모두 행을 바꾸고 한 글자 내려써서, 관람하기 편하게 했다.

· 시문에는 작자의 별호別號를 주로 달았다. 주를 달지 않은 것은, 보면 그것이 누구의 작품인지 절로 알 수 있는 것들이다.

· 예禮나 학문, 문장에 대한 논의에 있어서 선현의 정론이 있어 세상 모두가 종주로 삼는 것에는 군말을 덧붙이지 않았다. 다만 어리석으나마 내 의

견이 중론과 좀 다른 것만 서술했다. 그러므로 작은 것만 알고 큰 것은 놓쳤다는 비판이 있을 수 있을 것이다. 보는 사람은 혜량하길.

· 재산을 마련하는 일도 사람들이 다 아는 것이기에 생략했다. 아울러 덕을 귀하게 여기고 재화를 천시하는 뜻도 깃들였다.

○○ 조목별 개괄條括

제1관 갑甲. 원거념 상爰居念上

1. 사당의 정침正寢과 영당影堂 제도를 서술했다.

2. 안채 유가합柔嘉閤을 서술했다【상량문이 있다】.

3. 바깥채 각건당角巾堂을 서술했다【상량문이 있다】. 연못가의 정자를 함께 서술했는데, 이름은 '청부淸芙'다【기기가 있다】.

4. 정존재靜存齋를 서술했다【명銘이 있다】. 이어 이름이 표롱각縹礱閣인 장서루를 서술했다【기가 있다】.

5. 서쪽 별원別院 세 곳을 서술했다. 삼뢰헌三籟軒, 소요관逍遙舘, 식언와息焉窩라고 한다【이상 모두 기가 있다】.

6. 남쪽 별원 세 곳을 서술했다【일원一院엔 시詩가 있고, 이원二院엔 부賦가 있고, 삼원三院엔 서문이 딸린 시가 있다】.

7. 창고, 마구간, 행랑, 문을 서술했다.

8. 동쪽 담장 바깥의 세 집을 서술했다. 하나는 용수원用壽院으로, 의약을 관장한다. 하나는 삼재원三再院으로, 돈과 재물을 축적하여 가난한 자들에게 베푸는 일을 관장한다. 하나는 진체관津逮舘으로, 문사들을 모으고 서적을 관장하는 곳이다【이상은 모두 기가 있다】.

제2관 갑甲. 원거념 하爰居念下

9. 오로원吾老園을 서술했다【기가 있다】. 서담西潭엔 폭포가 쏟아지는 아름다운 절벽, 동담東潭엔 웅장한 쌍폭포가 있다【모두 시가 있다】. 두 연못에 모두 정자가 있는데, 서쪽은 장재정壯哉亭, 동쪽은 소송정巢松亭이다【모두 기가 있다】. 삼광동천三光洞天이 있다【부가 있다】. 삼광동천 안에는 태허부太虛府가 있다【기가 있다】. 태허부 안에는 강소대絳霄臺가 있다【명이 있다】. 삼광동천 밖엔 죽림도관竹林道觀이 있다【시가 있다】. 북산北山의 대략적 모습도 잠깐 언급했다.

10. 동계東溪를 서술했다【시가 있다】. 이어 남쪽 기슭에 사는 처사南岸處士를 서술했다〈질빙質聘〉이 있다】. 동계정東溪亭이 있다【기가 있다】. 이어 남강南江도 서술했다【시가 있다】. 항해루沆瀣樓가 있다【기가 있다】. 이어 서호西湖도 서술했다【시가 있다】. 운수루雲水樓가 있다【기가 있다】. 이어 신원사神圓寺도 서술했다【게偈가 있다】.

제3관 을乙. 각수념各授念

1. 장례掌禮에 대해 서술했다【잠箴이 있다】.
2. 장훈掌訓에 대해 서술했다【잠이 있다】.
3. 문우文友에 대해 서술했다【잠이 있다】.
4. 담우談友에 대해 서술했다【잠이 있다】.
5. 장헌掌憲에 대해 서술했다【잠이 있다】.
6. 장장掌藏에 대해 서술했다【잠이 있다】.
7. 장산掌産에 대해 서술했다【잠이 있다】.
8. 장서적掌書籍에 대해 서술했다【잠이 있다】.
9. 장기록掌記錄에 대해 서술했다【잠이 있다】.
10. 장의약掌醫藥에 대해 서술했다【잠이 있다】.
11. 장삼재원掌三再院에 대해 서술했다【잠이 있다】.

12. 진체관장津逮館長에 대해 서술했다【잠이 있다】.

13. 남녀 종에 대해 서술했다【모두 잠이 있다】.

14. 비슷한 것을 겸하는 것에 대해 서술했다.

제4관 병丙. 유질념有秩念

1. 관례冠禮와 혼례婚禮를 총괄 서술했다.

2. 관례에 대해 서술했다.

3. 혼례에 대해 서술했다.

4. 상례喪禮에 대해 서술했다.

5. 제사에 대해 총괄 서술했다. 아울러 생일 제사와 영당 제도에 대해 서술했다【〈영당의影堂議〉가 있다】.

6. 시제時祭에 대해 서술했다.

7. 기일忌日에 대해 서술했다.

8. 묘제墓祭에 대해 서술했다. 아울러 비지碑誌와 석물石物 따위에 대해 서술했다【〈묘지식墓誌式〉이 있다】.

9. 영당제影堂祭에 대해 서술했다.

10. 삭망朔望과 세속 명절, 새벽 참배에 대해 서술했다.

11. 사당의 제도에 대해 서술했다.

12. 지신제地神祭에 대해 서술했다.

13. 집안 예절과 가정 강학講學에 대해 서술했다.

14. 돈회惇會에 대해 서술했다【의례儀禮가 있다】.

15. 가회嘉會에 대해 서술했다【의례가 있다】.

16. 문회文會에 대해 서술했다【의례가 있다. 서문을 부록했다】. 아울러 학업 시간표時課에 대해 서술했다【식式이 있다】.

17. 노비례奴婢禮에 대해 서술했다.

18. 복식 제도에 대해 서술했다.

제5관 정丁. 오거념 상五車念上

1. 옛 서적에 대해 서술했다.

2. 새로 편찬한 서적에 대해 서술했다. 『역집설易集說』, 『서집설書集說』, 『시집설詩集說』, 『삼례집설三禮集說』, 『춘추집설春秋集說』, 『사서집설四書集說』, 『회아薈雅』, 『통감강목회통通鑑綱目會統』, 『전사통全史通』, 『동사강목東史綱目』, 『제자휘諸子彙』, 『농서農書』, 『계의전서稽疑全書』, 『수민전서壽民全書』(『단방초單方鈔』 부록), 『병서兵書』, 『역대문선歷代文選』이 있다【이상 모두 서문이 있다】.

3. 서적 보관에 대해 서술했다.

4. 내가 지은 책들과 참고할 만한 글들에 대해 서술했다.

제6관 정丁. 오거념 중五車念中

5. 별도의 장서를 서술했다. 항해루에 소장된 것은 우리 집안의 글들뿐이다. 『풍산세고豐山世稿』, 『선집先集』, 『가언家言』, 『가정창수록家庭唱酬錄』, 『속사략續史略』, 『공곡합선公穀合選』, 『당명신언행록唐名臣言行錄』【이상엔 서문이나 발문이 있는 것도 있지만 모두 수록하지 않았다】, 『학해學海』 내·외편內外篇, 『항언恒言』, 『속사략익전續史略翼箋』【서문이 있지만 수록하지 않았다】, 『독역잡기讀易雜記』, 『상서보전尙書補傳』, 『춘추비고春秋備考』【서문과 문답問答이 있다】, 『삼한명신록三漢名臣錄』, 『동사세가東史世家』, 『원사략元史略』, 『북행록北行錄』, 『복수쌍회福壽雙會』【서문이 있다】, 『정로訂老』【제제題가 있다】, 『제자정언諸子精言』【발문 33편이 있다】이 있다.

제7관 정丁. 오거념 하五車念下

6. 앞단의 서술을 계속했다. 『기리경記里經』, 『홍씨독서록洪氏讀書錄』, 『의고시집擬古詩集』【이상은 모두 서문이 있다】, 『명문선明文選』【서문과 소지小識 6편이 있다】, 『정관십술靜觀十述』, 『장유팔지壯遊八志』【모두 서문과 의례義例가 있다】,

『영가삼이집永嘉三怡集』【서문이 있지만 싣지 않았다】, 『상예회수象藝薈粹』【서문이 있다. 〈여율고儷律考〉를 부록했다】, 『대동문준大東文雋』【서문과 소제小題가 있다】, 『항해일서沆瀣一書』가 있다.

7. 『운수루초사雲水樓草史』를 서술했다【서문이 있다】.

8. 책을 내다 말리고 술잔치하는 것을 서술했다【〈해서海書〉가 있다】.

제8관 무戊. 삼사념三事念

1. 산업의 경영과 재물 사용법을 서술했다. 그러나 구휼과 베풂을 위주로 했다.

2. 소장한 기물 중 새롭고 신기한 것을 서술했다. 관천경觀天鏡, 관지경觀地鏡, 관해경觀海鏡, 시화時花, 청원통聽遠筩【이상은 모두 명銘이 있다】, 여의침如意枕【서문이 딸린 명이 있다】, 정통주定痛珠, 양렴涼簾, 난구煖裘【이상 모두 찬贊이 있다】, 겸미기兼美刀【명이 있다】, 반원의기半圓儀器, 현조구도懸組矩度, 산기算器【그림이 있다】, 군경목록 병풍群經目錄屛, 역대도 병풍歷代圖屛, 사시도 병풍四時圖屛이 있다.

3. 나머지 기물 중 명이나 지識가 있는 것을 서술했다. 솥鼎, 지팡이, 술병, 목욕통, 안석, 투호, 거문고, 칼, 부채, 작은 수레, 향로, 벼루, 등잔, 물레, 베틀, 자, 휘斛【이상은 모두 명이 있다】.

제9관 기己. 긍준념兢遵念

1. 언어에 대한 경계를 서술했다.

2. 주색에 대한 경계를 서술했다.

3. 출입에 대한 경계를 서술했다. 부녀에 대해서도 아울러 서술했다.

4. 교유에 대한 경계를 서술했다.

5. 의복과 음식, 기물에 대한 경계를 서술했다.

6. 기예에 대한 경계를 서술했다. 아울러 기예 중에 때때로 출입할 만한 것

을 서술했다. 「문원아희文苑雅戱」【도보圖譜가 있다】, 「운희韻戱」【기례記例가 있다】, 「유예보游藝譜」【보譜가 있다】, 집자시集字詩【예시 2편이 있다】, '글자를 흩어 놓고 맞추는 놀이散字合驗之戱', '시심반猜心盤'【도식圖式이 있다】, '시권猜拳의 새로운 방법【예시가 있다】이 있다. 아울러 탐닉해선 안 된다는 뜻을 경계했다.

제10관 경庚. 식오념式敖念

1. 저택 근처의 유람을 서술했다【〈서호의 이른 봄西湖早春〉(시), 〈남강의 늦봄南江晚春〉(시), 〈비갠 서담雨後西潭〉(시), 〈비갠 동담雨後東潭〉(시), 〈가을날 남강에 배를 띄우고秋泛南江〉(시), 〈가을날 동계에 배를 띄우고秋泛東溪〉(시), 〈태허부로 옮기고移居太虛府〉(시), 〈도사를 방문하고訪道士〉(시), 〈스님을 방문하고訪上人〉(시), 〈북산유람기北山遊記〉와 시, 〈동계에 눈 내릴 때 남쪽 기슭의 처사를 방문하고東溪雪中訪南岸處士〉(시)가 있다】.

2. 저택 안의 즐길 거리를 서술했다. 이어서 부녀자에 대해서도 서술했다.

3. 연회에 대해 서술했다. 명절과 구경하고 놀 때의 작은 모임小集이 있다【의례儀禮가 있다】. 밭갈이를 감독하고監耕【의례가 있다. 추수를 감독監種하는 것도 같다】, 들밥 내가는 것을 감독하고督饁【의례가 있다】, 누에를 수확하고 실 잣는 것을 감독하는監穫蠶績【의례가 있다】 절차가 있다. 건축이나 인쇄, 집안의 작은 공사까지 모두 인부와 장인들을 대접하는 자리를 마련한다. 또 섣달이 지난 다음 크게 갹출해서 여는 모임도 있다【의례가 있다】.

4. 즐겁게 변론하고 저술하는 것을 서술했다【〈우담友談〉이 있다】.

5. 서적으로 소일하는 법을 서술했다. '편을 나누어 날마다 읽는 법分篇直日法【예시가 있다】, '경전을 익히며 글자를 찾는 방법溫經覓字法', '상우법尙友法【예시가 있다】이 있다. 겸해서 『상우서尙友書』도 서술했다【전서全書가 있다】.

6. 문학적 유희를 서술했다. 연환과 회문을 겸한 시連環兼回文詩, 회문 형식의 변려문回文儷語【모두 예시가 있다】, 운부집자문韻部集字文【예시 2편이 있다】,

집구문集句文【예시 2편과 후제後題가 있다】, 수수께끼【〈기미奇謎〉 여섯 단락이 있다】가 있다. 이어서 회문回文과 분부합벽체分符合壁體【모두 절반짜리 예시가 있다】는 잘 짓기 어려움을 서술했다. 마지막에는 다시 무익함에 대한 경계를 펼쳤다.

제11관 신辛. 동지념動智念

1. 길 나설 때 행장 꾸리기와 일행으로 적당한 사람에 대해 서술했다.
2. 도중의 순방, 적절하게 가거나 머무는 것, 위험을 피하고 재난을 조심하는 방법을 서술했다.
3. 노비가 운영하는 객점에 대해 서술했다.
4. 부녀자의 여행에 대해 서술했다.
5. 젊은이는 여행 중에도 공부를 멈춰선 안 된다는 것을 서술했다.
6. 도중에 책을 펼쳐 보는 것에 대해 서술했다.
7. 아름다운 경치를 찾아 멀리 떠나는 유람을 서술했다. 아울러 모험을 경계했다. 말미에선 여행을 기록하는 방법을 대략 말했다.
8. 정신적 유람神遊을 서술했다【〈필유기筆游記〉가 있다】.

제12관 임壬. 거업념 백居業念伯

1. 노인도 학문을 폐해선 안 된다는 것을 서술했다.
2. 되새기며 외우는 것溫誦을 서술했다. 그 목록으로 '사부송유四部誦惟'가 있다【목록과 해설이 있다】. 또 별본도 있다【목록이 있다】. 아울러 흡종翕宗에 대해 서술했다【『시언時言』 1단이 있다】.

제13관 임壬. 거업념 중居業念仲

3. 저술에 대해 서술했다【『진장경眞藏經』 전부,『시언時言』 절록 46칙, 〈광우狂吁〉 2편이 있다】. 명목만 있는 저술로는 『동국성리대전東國性理大全』,『동국근사

42

록東國近思錄』, 『동세설東世說』, 『동사문류취東事文類聚』, 『소학속외편小學續外篇』이 있다【이상 모두 서문이 있다】.

제14관 임壬. 거업념 숙居業念叔

4. 여러 학자의 서적 중 연구할 것과 아닌 것을 서술했다【『기하신설幾何新說』이 있다】.

5. 『일함삼보一函三寶』에 대해 서술했다【서문이 있다】. 아울러 소설은 보면 안 된다는 것을 서술했다. 나아가 동시대의 특별히 훌륭한 문장에 대해 서술했다.

6. 『노진路珍』에 대해 서술했다【서문이 있다】.

7. 유희의 문장을 많이 지을 필요가 없음을 서술했다【〈십이루기十二樓記〉가 있다】.

8. 월강月講과 월시月試에 대해 서술했다【모두 규칙이 있다】.

9. 총론을 서술하여 맺었다.

10. 올바른 진퇴에 대해 서술했다.

제15관 임壬. 거업념 계居業念季

11. 부녀자의 교훈을 서술했다.

12. 자제들의 수업과 입지立志에 대해 서술했다. 아울러 과거 응시문應擧文만 공부해선 안 되고, 문장이란 입각한 곳이 높아야 한다는 것을 서술했다.

13. 역사를 보며 고금을 논하는 것에 대해 서술했다【〈분고지焚藁識〉가 있다】. 아울러 『독사삼초讀史三鈔』에 대해 서술하였다【예시 3칙과 제題가 있다】.

14. 우리나라 전고를 충분히 고찰해야 한다고 서술했다【'표제 없는 책無標題冊子'과 〈꿈에서 깨다夢覺〉가 있다】.

15. '자신에게 돌이켜 적용하고, 마음을 거둬들이는 일反己求心'의 요점을

서술했다.

16. 고증의 무익함을 서술했다【〈계언戒言〉 3편이 있다】.

17. 사소한 지혜나 능력을 자랑하는 것에 대한 경계를 서술했다. 아울러 '달과 별의 세계月星世界'와 '하늘에서 땅을 보면自天觀地'이라는 설說에 대해 서술했다.

18. 우리나라 속어東諺에 대해 서술했다【「소초少鈔」 23칙이 있다】. 나아가 우리나라의 한자음이 고대 음에 가깝다는 것을 서술했다.

19. 배움의 시기를 놓친 사람들은 마땅히 힘써야 함을 서술했다.

20. 재앙을 부르는 재화의 무서움에 대해 서술했다.

제16관 계癸. 숙수념孰遂念

1. 저서의 뜻에 대해 서술했다.

2. 책 이름의 근원에 대해 서술했다.

3. '숙수념孰遂念'은 '숙수렴夙隨濂'이라고 해야 맞다는 혹자의 설을 서술했다【부賦와 시詩가 있다】.

○○ 보는 이들에 대한 경계誡觀

· 『숙수념』을 보고, "정학正學에 대한 논의는 적고 기문奇文에 대한 서술은 많다. 중점을 두는 곳을 알 만하다."고 말한다면, 이는 몹시 미혹된 사람이다.

· 『숙수념』을 보고, "문장 유희를 경계하면서도 유희 문장이 많이 실렸고, 잡다한 기예를 경계하면서도 잡다한 기예가 뒤섞여 나온다. 어찌 이처럼 자기모순이 심한가?"라고 말한다면, 이는 몹시 미혹된 사람이다.

· 『숙수념』을 보고, "경계하는 내용에 근신해서 화를 멀리하려는 것이 많고, 자신을 굽히지 않고 도道를 위해 순사하려는 의리는 적다."라고 말한

다면, 이는 몹시 미혹된 사람이다.

· 『숙수념』을 보고, "주된 뜻이 은거와 수양, 유희와 오락에 있지, 임금을 높이고 백성을 보호하며 시대를 구원하고 교화를 도우려는 뜻은 전혀 없다."라고 말한다면, 이는 몹시 미혹된 사람이다.

· 『숙수념』을 보고, "이 정도 배치와 규모면 엄청난 재물이 있어야 마련할 수 있을 것이다. [그러니] 천만년이 지나도 끝내 빈말에 지나지 않을 것이다. 소소한 규모로 만들어서, 애쓰면 마련할 수도 있고 마음을 즐겁게 할 수도 있는 것보다 못하다."라고 말한다면, 이는 몹시 미혹된 사람이다.

· 『숙수념』을 보고, "설령 엄청난 재물이 있다 해도 세상에 이런 곳은 필시 없으리니, 어쩔 것인가?"라고 말한다면, 더더욱 몹시 미혹된 사람이다.

· 작자의 모자란 소견이 모두 도道에 맞을 수는 없을 것이다. 뒷날 보는 사람이 그 오류를 깎아 내고 빠진 것을 보충할 수 있다면, 역시 이 책의 큰 행운일 것이다. 다만 몹시 미혹된 사람만은 붓을 대지 못한다.

· 뒷날의 보는 사람들이 서문이나 발문, 시나 부를 짓기도 하고, '품평品評'이나 '독법讀法'을 짓기도 해서 짓는 대로 합쳐 싣는다면, 아무리 많아도 상관없을 것이다. 다만 몹시 미혹된 사람만은 짓지 못한다.

· 이 책엔 별도로 그림圖繪 한 책이 있어야 할 것이다. 그러나 지금은 겨를이 없다. 뜻있는 자가 이루길 기다리노라.

肇觀

○○ 標例

卷者捲也. 古人文字, 書於竹則編之, 書於帛則捲之. 今人書於紙, 聯之爲冊. 而猶稱以卷. 或二三卷而合爲一卷, 全者分者皆謂之卷, 甚無謂也. 是書改卷爲觀, 紀后之人觀閱之次序也. 不曰讀曰觀者, 淺陋之文不足讀也.

每篇名之以念. 說見癸一.

十念序次, 覽者宜自知之.

每念亦各略有分段, 而其先後之次, 盖有不得不然者. 或因行文帶敍之際, 不能無錯出互見. 而亦皆無害於義. 覽者詳之.

或有微擧于前而詳見于後者, 注標以便參考. 其先詳而後略者, 亦標之, 以御觀者遺忘.

立條括, 俾觀者先知其首尾之大略.

詩文及他編輯之採入者, 皆低一字書于別行, 俾便觀覽.

詩文注作者別號. 其不註者, 覽之, 當自知其爲誰作.

凡論禮論學論文之類, 其有昔賢定論, 世所共宗者, 皆不贅. 而只敍愚見之與衆稍異者. 故或不無識小遺大之歎. 觀者諒之.

財産之制, 亦因人所共知而略之. 兼寓貴德賤貨之義.

○○ 條括

第一觀 甲. 爰居念 上

○一 敍祠堂正寢影堂之制

○二 敍內舍柔嘉閣【有上梁文】.

○三 敍外舍角巾堂【有上梁文】. 帶敍池亭, 名淸芙【有記】.

○四 敍靜存齋【有銘】. 牽敍藏書樓名縹礨閣者【有記】.

○五 敍西別院三所. 曰三籟軒, 曰逍遙舘, 曰息焉窩【以上皆有記】.

○六 敍南別院三所【一院有詩, 二院有賦, 三院有序及詩】.

○七 敍庫廄廊門.

○八 敍東牆外三宅. 一曰用壽院, 掌醫藥. 一曰三再院, 掌蓄錢財施
貧窮. 一曰津逮舘, 聚文士藏書籍之所【以上皆有記】.

第二觀 甲. 爰居念 下

○九 敍吾老園【有記】. 有西潭瀑壁之奇, 東潭雙瀑之雄【皆有詩】. 兩潭皆
有亭, 西曰壯哉亭, 東曰巢松亭【皆有記】. 有三光洞天【有賦】. 洞中有太虛
府【有記】, 府中有絳霄臺【有銘】. 洞外有竹林道觀【有詩】. 仍微及北山之麓.

○十 敍東溪【有詩】. 帶敍南岸處士【有〈質聘〉】. 有東溪亭【有記】. 牽敍南
江【有詩】. 有沆瀣樓【有記】. 牽敍西湖【有詩】. 有雲水樓【有記】. 牽敍神圓寺【有
偈】.

第三觀 乙. 各授念

○一 敍掌禮【有箴】.

○二 敍掌訓【有箴】.

○三 敍文友【有箴】.

○四 敍談友【有箴】.

○五 敍掌憲【有箴】.

○六 敍掌藏【有箴】.

○七 敍掌産【有箴】.

○八 敍掌書籍【有箴】.

○九 敍掌記錄【有箴】.

○十 敍掌醫藥【有箴】.

○十一 敍掌三再院【有箴】.

○十二 敍津逮館長【有箴】.

○十三 敍奴婢【皆有箴】.

○十四 敍類兼.

第四觀 丙. 有秩念

○一 總敍冠婚.

○二 敍冠.

○三 敍昏.

○四 敍喪.

○五 總敍祭祀. 帶論生日影堂之祭【有〈影堂議〉】.

○六 敍時祭.

○七 敍忌日.

○八 敍墓祭. 帶敍碑誌石儀之類【有〈墓誌式〉】.

○九 敍影堂祭.

○十 敍朔望俗節參晨謁.

○十一 敍廟中之制.

○十二 敍地神祭.

○十三 敍居家禮家講.

○十四 敍惇會【有儀】.

○十五 敍嘉會【有儀】.

○十六 敍文會【有儀, 附序】. 帶敍時課【有式】.

○十七 敍奴婢禮.

○十八 敍冠衣之制.

第五觀 丁. 五車念 上

○一 敍古書籍.

○二 敍新修書籍. 有『易集說』·『書集說』·『詩集說』·『三禮集說』·『春秋集說』·『四書集說』·『薈雅』·『通鑑綱目會統』·『全史通』·『東史綱目』·『諸子彙』·『農書』·『稽疑全書』·『壽民全書』(『單方鈔』附焉)·『兵書』·『歷代文選』【已上皆有序】.

○三 敍藏庤.

○四 敍自著書及可考文牘.

第六觀 丁. 五車念 中

○五 敍別藏. 而沆瀣樓之藏, 唯家庭文字. 有『豐山世稿』·『先集』·『家言』·『家庭唱酬錄』·『續史略』·『公穀合選』·『唐名臣言行錄』【已上, 或有序跋, 而皆不錄】·『學海內外篇』·『恒言』·『續史略翼箋』【有序不錄】·『讀易雜記』·『尙書補傳』·『春秋備考』【有序及問答】·『三漢名臣錄』·『東史世家』·『元史略』·『北行錄』·『福壽雙會』【有序】·『訂老』【有題】·『諸子精言』【有跋三十三篇】.

第七觀 丁. 五車念 下

○六 承前段之敍. 有『記里經』·『洪氏讀書錄』·『擬古詩集』【已上皆有序】·『明文選』【有序及小識六篇】·『靜觀十述』·『壯遊八志』【皆有序及義例】·『永嘉三怡集』【有序不錄】·『象藝薈粹』【有序. 附〈儷律考〉】·『大東文雋』【有序及小題】·『沆瀣一書』.

○七 敍『雲水樓草史』【有序】.

○八 敍曝晒燕飲【有〈海書〉】.

第八觀 戊. 三事念

○一 敍理產用財. 而以周卹施予為主.

○二 敍蓄儲器用新異者. 有觀天鏡・觀地鏡・觀海鏡・時花・聽遠筒【已上皆有銘】・如意枕【有銘幷序】・定痛珠・涼簾・煖裘【已上皆有贊】・兼美刀【有銘】・半圓儀器・懸組矩度・算器【有圖】・群經目錄屏・歷代圖屏・四時圖屏.

○三 敍餘器之有銘識者. 鼎・杖・酒壺・浴槃・倚几・投壺・琴・劍・扇・小車・香爐・硯・燈・繅車・織機・尺・斛【已上皆有銘】.

第九觀 己. 兢遵念

○一 敍言語之戒.

○二 敍酒色之戒.

○三 敍出入之戒. 帶敍婦女.

○四 敍交遊之戒.

○五 敍服飡器玩之戒.

○六 敍技藝之戒. 帶敍技藝之時可出入者. 有「文苑雅戲」【有圖譜】・「韻戲」【有記例】・「游藝譜」【有譜】・集字詩【有發例二篇】・散字合驗之戲・猜心盤【有圖式】・猜拳新方【有發例】而仍戒不可耽着之義.

第十觀 庚. 式敖念

○一 敍近宅游覽【有〈西湖早春〉詩・〈南江晚春〉詩・〈雨後西潭〉詩・〈雨後東潭〉詩・〈秋泛南江〉詩・〈秋泛東溪〉詩・〈移居太虛府〉詩・〈訪道士〉詩・〈訪上人〉詩・〈北山遊記〉及詩・〈東溪雪中訪南岸處士〉詩】.

○二 敍宅中玩賞. 帶敍婦女.

○三 敍燕會. 有俗節及游賞時小集【有儀】. 有監耕【有儀, 監穫同】・督餂【有儀】・監穫蚕積成【有儀】之節. 凡築室鈔書及宅小役, 皆有工匠之饋. 又有臘後大釀【有儀】.

　　○四 敍談辯著述之適情【有〈友談〉】.

　　○五 敍書籍消遣. 有分篇直日法【有發例】·溫經覓字法·尚友法【有發例】. 帶敍『尚友書』【有全書】.

　　○六 敍翰墨游戲. 有連環兼回文詩·回文儷語【皆有發例】·韻部集字文【有發例二篇】·集句文【有發例二篇及後題】·猜謎【有〈奇謎〉六則】. 牽敍回文及分符合璧體【皆有半例】之難工. 末又申無益之戒.

第十一觀 辛. 動智念

　　○一 敍行路裝齎及從率之宜.

　　○二 敍途中詢訪行住之宜, 避危愼患之方.

　　○三 敍奴店.

　　○四 敍婦女行役.

　　○五 敍少年行役中不可廢業.

　　○六 敍途中繡書.

　　○七 敍遠遊勝觀. 帶申冒險之戒. 尾及紀行之略.

　　○八 敍神遊【有〈筆游記〉】.

第十二觀 壬. 居業念 伯

　　○一 敍老人之不可廢學.

　　○二 敍溫誦. 其目有'四部誦惟'【有目錄幷詮】. 又有別本【有目錄】. 帶敍翁宗【有『時言』一段】.

第十三觀 壬. 居業念 仲

　　○三 敍著述【有『眞藏經』全部·『時言』節錄四十六則·〈狂吽〉二篇】. 其著爲名目者, 有『東國性理大全』·『東國近思錄』·『東世說』·『東事文類聚』·『小學續外篇』【已上皆有序】.

第十四觀 壬. 居業念 叔

○四 敍百家書之奚究奚否【有『幾何新說』】.

○五 敍『一函三寶』【有序】. 帶敍小說之不可看. 牽敍幷世文章之奇偉者.

○六 敍『路珍』【有序】.

○七 敍游戲之文不必多作【有〈十二樓記〉】.

○八 敍月講月試【皆有規】.

○九 總論以結之.

○十 敍出處之宜.

第十五觀 壬 居業念 季

○十一 敍婦女訓範.

○十二 敍子弟修業立志. 帶敍應舉文之不宜專治, 文章立脚之宜高.

○十三 敍觀史論古今【有〈焚藁識〉】. 帶敍『讀史三鈔』【有發例三則幷題】.

○十四 敍本朝典故之當熟考【有『無標題册子』及〈夢覺〉】.

○十五 敍反己求心之要.

○十六 敍考證之無益【有〈戒言〉三篇】.

○十七 敍小知小能夸矜之戒. 帶敍月星世界自天觀地之說.

○十八 敍東諺【有「少鈔」二十三則】. 牽敍東人字音之近古.

○十九 敍失學者當務.

○二十 敍貨財召栽之可懼.

第十六觀 癸 孰邃念

○一 敍著書之意.

○二 敍名書之原.

○三 敍或人之說執逾念當作夙隨濂【有賦及詩】.

○○ 誠觀

觀『執逾念』而曰:"論正學少, 而敍奇文多. 所輕重可知." 是大迷惑人.

觀『執逾念』而曰:"戒游戲之文, 而游戲之文多載, 戒駁雜之藝, 而駁雜之藝錯出. 何自相牴牾若是?" 是大迷惑人.

觀『執逾念』而曰:"箴戒多在謹身遠禍, 而少直躬殉道之義." 是大迷惑人.

觀『執逾念』而曰:"主意在栖遁修養游戲娛樂, 而絶無尊主庇民抹時裨敎之義." 是大迷惑人.

觀『執逾念』而曰:"此個排鋪經濟, 非許大賮積, 不能辦. 雖閱千萬年, 竟不免爲空言而止. 恐不如作小小鋪置, 可以力致而亦足以娛悅心志者." 是大迷惑人.

觀『執逾念』而曰:"設有許大賮積, 其如世必無此境何?" 尤大大迷惑人.

作者謭淺之見, 亦恐不能盡合于道. 后之觀者, 或能刪其謬而補其漏, 亦是書之厚幸也. 惟大迷惑人不可下筆.

后之觀者, 或作序跋詩賦, 或作評品讀法, 隨作合載, 不厭其多. 惟大迷惑人不可作.

是書宜別有圖繪一册, 而今姑未遑. 冀有志者之成之云.

제1관
갑甲. 원거넘 상愛居念上

집이 환하지 않으면 뜻이 넓지 못하고,

시야가 트이지 않으면 정신이 활발하지 않다.

하물며 온갖 좋은 것을 모으고 많이 저장하려는 건

내 종족을 보호하려는 것이지,

나 개인을 봉양하려는 것 아님에랴.

갑甲. 「원 거넘愛居念」을 서술한다.

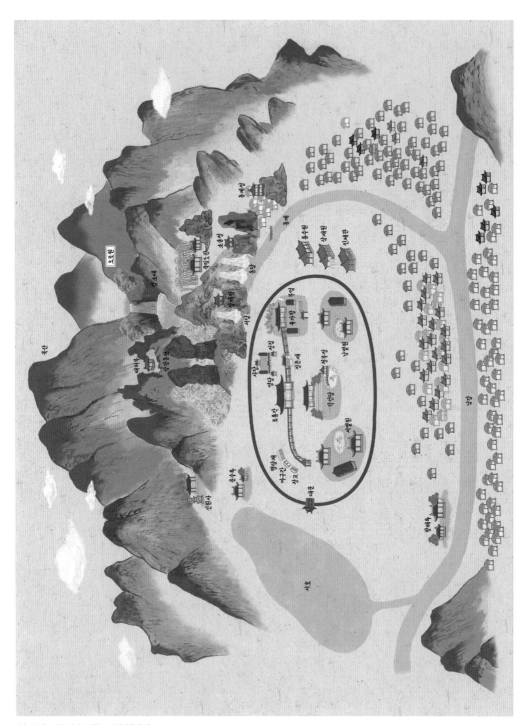

〈숙수념도(孰遂念圖)〉. 그림 임경선.

1.

군자가 집을 지을 땐 사당부터 세운다. 사당은 반드시 정남향이어야 한다. 동서로 네 칸, 남북으로 두 칸이고, 단청을 칠해서 단장한다. 전헌前軒은, 동서는 당堂과 같고 남북은 한 칸이다. 동쪽 계단과 서쪽 계단이 있다. 뜰은 널찍하게 만들고 좌우로 복도를 세운다. 좌우 복도 북쪽엔 모두 협실夾室을 둔다. 뜰 동쪽엔 비碑를 세우고, 뜰 남쪽엔 행각行閣을 세운다. 행각 바깥엔 삼문三門[1]을 세운다. 문밖 동쪽에 정침正寢을 만든다. 남향이고, 동서로 세 칸, 남북으로 두 칸이며, 단청을 칠해 단장한다. 전헌은 동서는 당과 같고 남북은 한 칸이다. 동쪽 계단과 서쪽 계단이 있다. 문밖 서쪽엔 영당影堂[2]을 만든다. 제도는 정침과 같다.

2.

안채는 정침 동쪽에 있다. 이름은 유가합柔嘉閤이다. 동서로 방이 있고, 가운데는 대청이다. 모두 남향이다.

○○○ 〈유가합 상량문柔嘉閤上樑文〉[3]

엎드려 생각하니,

---

1 삼문(三門) : 중앙의 문과 좌우의 협문, 이 세 개의 문으로 이루어진 대문을 말한다.
2 영당(影堂) : 조상의 초상(肖像)이나 영정(影幀)을 모시는 곳이다. 영당의 존재와 영당에서의 제사는 그 정당성에 대한 논란이 많았다. 『숙수념』 제4관 「유질념(有秩念)」에 이 문제를 다루는 〈영당의(影堂議)〉가 있다.
3 변려문의 형식으로 행을 처리하였다. 원문도 변려문의 형식으로 정돈해 두었다.

오륜五倫의 도타운 시작이니,[4] 하도河圖[5]에선 중궤中饋[6]의 점괘였으며,

모든 복이 돌아갈 근원, 정다운 물수리를 보고 좋은 짝 생각했네.[7]

향낭 차고[8] 자리 깔 곳 여쭙고,[9] 주신 향초 받들고 기쁜 얼굴을 하고,[10]

왕골자리와 대자리로 태胞를 편안케 하며,[11] 태학의 이웃에 살아 가르

---

4 오륜(五倫)의 도타운 시작이니 : 『예기』「교특생(郊特生)」에 "혼례는 만대의 시초이다(昏禮
萬世之始也)."라고 하였고, 『중용장구』 제12장에 "군자의 도는 부부에게서 단서가 시작된
다(君子之道, 造端乎夫婦)."라고 하였다.

5 하도(河圖) : 원문은 '여도(驪圖)'이다. 복희씨(伏羲氏) 때 황하(黃河)에서 여룡(驪龍)이 『주역』
팔괘(八卦)의 근원이 된 하도를 지고 나왔다고 한다. 여기서는 『주역』을 가리킨다.

6 중궤(中饋) : 『주역』 가인괘(家人卦)의 괘사에 "성취할 바가 없으니, 음식을 공양하는 것에
있다(無攸遂, 在中饋)."고 했다. 공영달(孔穎達)은 주소에서 "부인의 도는 …… 그 직분이 집
안에서 음식을 대접하고 제사를 받드는 것일 뿐이다(婦人之道 …… 其所職, 主在於家中饋食供
祭而已)."라고 했다.

7 정다운 물수리를 보고 좋은 짝 생각했네 : 좋은 아내의 노릇을 하는 것을 이른다. 『시경』
「국풍(國風)·주남(周南)」의 〈관저(關雎)〉 1장을 인용했다. "꽉꽉 우는 물수리, 황하의 섬에
서 있네. 요조숙녀는 군자의 좋은 짝일세(關關雎鳩, 在河之洲, 窈窕淑女, 君子好逑)."

8 향낭 차고 : 며느리 노릇을 잘하는 것을 이른다. 『예기(禮記)』「내칙(內則)」에 며느리가 시
부모 섬기는 도리를 말하며, "며느리가 시부모를 섬기되, 친정 부모를 섬기듯이 하여, 닭
이 처음 울면 모두 세수하고 양치질하며, 머리 빗어 싸매고, 비녀 꽂고 상투하고 옷 입고
큰 띠를 띤다. 왼쪽에는 수건, 손수건, 작은 칼, 숫돌, 작은 뿔송곳, 금수를 찬다. 오른쪽에
는 바늘통, 실, 솜을 차되 반·질 속에 넣으며, 큰 뿔송곳, 목수를 찬다. 향낭을 차고 신 끈
을 맨다. 그리고 부모와 시부모가 계신 곳에 나아가는데(婦事舅姑如事父母, 鷄初鳴, 咸盥漱,
櫛縰笄總, 衣紳. 左佩紛帨刀礪小觿金燧. 右佩箴管線纊施繁帙大觿木燧. 衿纓綦屨. 以適父母舅姑之所)."
라고 한 것에 나온 말이다.

9 자리 깔 곳 여쭙고 : 『예기』「곡례 상(曲禮上)」에 "앉을 자리를 펼 때는 어느 쪽으로 놓을지
여쭙고, 누울 자리를 펼 때는 어디에 깔지 여쭙는다(請席何鄕, 請衽何趾)."라고 하였다.

10 주신 향초 받들고 기쁜 얼굴을 하고 : 『예기』「내칙(內則)」에 나오는 며느리가 시부모 섬기
는 도리로, "며느리는 누군가가 음식과 의복과 베와 비단과 차는 수건과 향초[芝蘭]를 주
거든 받아서 시부모에게 바쳐야 하니, 시부모가 받으시거든 기뻐하여 누군가 준 것을 새
로 받는 것처럼 여긴다(婦或賜之飮食·衣服·布帛·佩帨·芝蘭, 則受而獻諸舅姑, 舅姑受之則喜, 如
新受賜)."고 하였다. 여기서 인용하였다.

11 왕골자리와 대자리로 태를 편안케 하며 : 여성이 자손을 많이 낳는 것을 이른다. 『시경』
「소아(小雅)·홍안지십(鴻雁之什)」〈사간(斯干)〉의 6장에서 인용했다. "왕골자리 위에 대자
리 겹쳐 까니, 편안히 잠잘 곳이네. 자다가 깨어 일어나, 꿈을 점쳐 보니, 길몽인가 흉몽인
가? 곰도 보았고 말곰도 보았고, 독사도 보았고 뱀도 보았다네(下莞上簟, 乃安斯寢. 乃寢乃興,
乃占我夢, 吉夢維何? 維熊維羆, 維虺維蛇)." 곰과 말곰은 사내아이를 낳을 상서요, 독사와 뱀은

58

침을 바르게 하네.[12]

　　아름다운 말과 착한 행실, 어진 장부에 못지않으니,

　　이어지는 복과 영원한 명예, 현철한 부인에게서 나오네.

　　이러한 까닭에,

　　성인이 나라 다스릴 땐, 집안 다스림부터 시작하셨고,

　　군자가 집을 지을 땐, 반드시 내외 분별을 먼저 하네.

　　깊은 규방 겹문도, 아이 종에게 잘 잠그게 하고,

　　중문의 문을 반만 열어,[13] 친척조차 엄숙히 단속하네.

　　이 집의 안채는,

　　위는 높고 아래는 은밀하고,

　　안은 트이고 밖에선 깊숙하네.

　　빗장과 문 고요하니, 보석 장식 없어도 빛이 찬란하고,

　　창과 창살 그윽하니, 단청을 지웠어도 광채가 찬란하네.

　　넓고 큰 이층 다락, 여름엔 시원하고 겨울엔 따뜻하며,

　　줄줄이 이어진 곡방曲房, 햇볕도 내리쬐지 않고 비에도 젖지 않네.

　　원앙 이불에 공공 담요,[14] 어찌 거문고와 비파로만 벗하며,[15]

여아를 낳을 꿈이라고 한다. 이 시는 새로 지은 궁전에서 왕후가 자손을 많이 생산할 것을 축원한 노래이다.

12 태학의 이웃에 살아 가르침을 바르게 하네 : 원문의 '芹'은 『시경』 「노송(魯頌)·경지십(駉之
什)」 〈반수(泮水)〉 1장의 "즐거운 반수에서 잠깐 미나리를 뜯도다(思樂泮水, 薄采其芹)."에서
나왔다. 고대엔 태학에 반수가 있어, 입학하면 물속의 미나리를 뜯어 나물 반찬을 삼았
다. 이에 태학에 입학하는 것을 '채근(미나리를 뜯는다)'이라고 했다. 여기선 '芹' 자체가
태학의 의미로 사용되었다. '태학의 이웃에 살다'는 자식의 교육환경에 유념한다는 의미
로 쓰여서, 자손들을 잘 교육해 어머니 노릇을 잘 할 것을 말하고 있다.

13 문을 반만 열어 : 원문은 '위문(闈門)'이다. 문을 반쯤만 여는 것이다. 춘추시대 노(魯)의 공
보문백(公父文伯)의 어머니는 계강자(季康子)의 종조숙모(從祖叔母)였는데, 계강자가 찾아
가면 침문(寢門)을 반만 열고 이야기를 나누고 서로 문턱을 넘지 않았다고 한다. 『국어(國語)』
「노어 하(魯語 下)」.

14 공공 담요 : 원문은 '공전(蛩氈)'으로, '공공전(蛩蛩氈)'을 가리킨다. 공공전은 공공거허(蛩蛩
距虛) 도안이 그려진 모직 깔개이다. 공공거허는 전설적 동물이다. 둘이 붙어서 떨어지지

봉황의 털이며 무소의 뿔,[16] 구슬을 쥐어 주고 치마를 입히리.[17]

이 방에 내려오는 자, 소리도 우렁차 뜰에는 아홉 마리 학이 울고[18]

이 문에 들어오는 자, 모습도 아름다워 쟁반에 특돈을 바치리.[19]

색동옷 입고 고개만 끄덕이는 곽부郭府 늙은이, 남녀 자손 대답 소리 구분 못 하고[20]

수건 차고[21] 젖을 먹인 최가의 노파,[22] 자손의 효도와 공경이 모두 이

않고 산다고 하는 공공과 거허라는 두 마리 동물이라고 하기도 하고, 공공거허라는 하나
의 동물이라는 설도 있다. 『회남자(淮南子)』「도덕훈(道德訓)」에 의하면, 공공거허는 잘 달
리는 동물이고 궐(蟨)이라는 짐승은 잘 달리지 못하므로, 궐은 늘 공공거허를 위해 먹이를
구해 주고 급한 일이 있으면 공공거허가 궐을 업고 달아난다고도 한다. 서로 의지하고 돕
는 한 쌍의 상징이다. 따라서 부부의 상징으로 많이 쓰였다. 진(晉) 혜함(嵇含)의 〈항려(伉
儷)〉 시에 "여름엔 비익조 부채를 흔들고, 겨울엔 공공거허 담요에 눕는다(夏搖比翼扇, 冬臥
蛩蛩氈)."라고 한 것이 대표적이다.

15 거문고와 비파로만 벗하며 : 『시경』「국풍·주남」〈관저(關雎)〉의 내용을 인용하였다. 부
   부가 화락하는 모습을 표현한 말이다. "參差荇菜, 左右采之. 窈窕淑女, 琴瑟友之."

16 봉황의 털이며 무소의 뿔 : '봉황의 털[鳳毛]'은 걸출한 능력을 지닌 뛰어난 남의 집 자식을
   일컫는 말이고, '무소의 뿔[犀角]'은 무소의 뿔처럼 앞이마 뼈가 튀어나온 골상을 의미하는
   말로, 귀한 이의 상이다.

17 구슬을 쥐어 주고 치마를 입히리 : 아들을 낳아 잘 기르는 것을 말한다. 『시경』「소아」〈사
   간(斯干)〉을 인용했다. "남자를 낳아서 평상에 재우며, 치마를 입히고 구슬을 희롱하게 하
   니, 우는 소리가 우렁차고 붉은 슬갑이 휘황하여, 가정을 소유하며 군왕이 되리로다(乃生
   男子, 載寢之牀, 載衣之裳, 載弄之璋, 其泣喤喤, 朱芾斯皇, 室家君王)."

18 뜰에는 아홉 마리 학이 울고 : 당의 시인 장구령(張九齡)의 어머니가 학 아홉 마리가 하늘
   에서 뜰로 날아와 모이는 꿈을 꾸고 구령을 낳았다고 한다. 『고금사문유취(古今事文類聚)』「인
   륜부(人倫部)」〈몽구학(夢九鶴)〉. 여기선 훌륭한 아들을 많이 낳을 것이라는 축원의 뜻이다.

19 쟁반에 특돈을 바치리 : 특돈은 제사용 통돼지이다. 『예기』「혼의(昏義)」에 신부가 '현구고
   례(見舅姑禮)'를 시행할 때, 친정에서 마련해 간 특돈을 구고에게 대접하니, 며느리의 순종
   을 밝히는 것이라고 했다. "舅姑入室, 婦以特豚饋, 明婦順也."

20 고개만 끄덕이는 …… 구분 못 하고 : 당의 곽자의(郭子儀)는 손자들이 수십 명이었다고 한
   다. 문안을 받을 때마다 분간할 수 없어 고개만 끄덕였다고 한다. "汾陽郭子儀, 諸孫數十人.
   每問安, 不盡辨, 頷之而已." 『고금사문유취(古今事文類聚)』「인륜부(人倫部)」〈불변군손(不辨羣孫)〉.

21 수건 차고 : 원문은 '분세(紛帨)'인데, 물건을 닦는 데 쓰는 수건으로, 왼편에 찬다고 했다. 『예
   기』「내칙(內則)」에 시부모를 모시는 며느리의 복장을 이야기하는 가운데 나온다.

22 젖을 먹인 최가의 노파 : 당 최관(崔琯)의 증조모인 장손 부인(長孫夫人)이 노쇠해서 밥을
   먹지 못하자 며느리인 당 부인(唐夫人)이 젖을 먹였다고 한다. 『신당서(新唐書)』〈최관열전

와 같기를.

생각건대

온갖 복의 공통되는 건,

게으르지 않은 한 마음이 바탕.

남편을 예로 섬겨, 아침 머리 단장하며 화합과 공경을 돈독히 하고

시아버님 말씀 순종해, 신발 간수하며[23] 유순하고 아름다운柔嘉 터전 세운다.

도씨 집에선 젓갈 보냈다고 슬퍼해서,[24] 영웅이 끝까지 명예로웠고,

정씨 네에선 국 간을 보았다고 꾸짖어,[25] 큰선비가 도道를 넓혔도다.

이는 바로

복을 쌓는 높은 창고,

덕을 심는 기름진 밭,

큰 집에서 이미 편안해졌으니,

착한 경계를 늦출 수 있으랴?

(崔琰列傳).

23 신발 간수하며 : 『예기』「내칙(內則)」에서 인용했다. "부모나 시부모의 옷과 이불, 삿자리와 돗자리, 베개와 안석은 옮기지 않으며, 지팡이와 신은 공손히 간수하고, 감히 가까이하지 않는다(父母舅姑之衣衾·簟席·枕几, 不傳, 杖屨祇敬之, 勿敢近)."

24 도씨 집에선 젓갈 보냈다고 슬퍼해서 : 진(晉) 도간(陶侃)의 어머니 담씨(湛氏)의 일화이다. "간이 젊어서 심양의 현리가 되어, 물고기가 사는 연못을 감독하게 되자 생선 젓갈 한 독을 어머니에게 보냈다. 담씨는 젓갈을 봉하고 편지를 보내 간을 책망하길 '너는 관리가 되어 관청의 물건을 내게 보냈으니 나를 이롭게 해 주지 못했을 뿐 아니라 내 근심을 더했다.'라고 했다(侃少爲尋陽縣吏, 嘗監魚梁, 以一坩鮓遺母. 湛氏封鮓及書, 責侃曰: '爾爲吏, 以官物遺我, 非惟不能益吾, 乃以增吾憂矣')."『진서(晉書)』「열전(列傳)」〈열녀(列女)〉.

25 정씨 네에선 국 간을 보았다고 꾸짖어 : 송의 정호(程顥)·정이(程頤) 형제의 어머니인 후씨(侯氏)의 고사이다. 그는 아들들이 국에 간을 맞추려고 하자 "어려서부터 마음에 맞길 구한다면 자라선 어떻게 되겠느냐?"라고 꾸짖으며 못 하게 했다고 한다. 그러므로 두 형제는 평생 의복과 음식에 가리는 바가 없었다고 한다. "飲食常置二子於座側, 或絮羹, 即叱止之, 曰: '幼求稱欲, 長當何如?' 故明道兄弟平生於飲食衣服, 無所擇."『산당사고(山堂肆考)』「모(母)」〈서갱즉질(絮羹即叱)〉.

좋은 날에 아름다운 들보를 메고,
동풍에 좋은 노래 날려 보내네.

들보 동쪽으로 던져라.
숙녀가 시아비 섬기니, 그 모습 공경스럽다.
띠 두르고 향낭 차고 일어나니, 동틀 무렵이로다.

들보 남쪽으로 던져라.
숙녀가 지아비 섬기니, 그 즐거움 깊고 깊도다.
금슬 소리 조화로우니, 수를 누리고 아들도 많으리.

들보 서쪽으로 던져라.
숙녀가 아들을 가르치니, 그 교훈 엄숙하다.
너의 자손들에게 미쳐, 몹시 착하고 복되리라.

들보 북쪽으로 던져라.
숙녀가 일족과 돈독하니, 재물과 덕으로 하네.
유감없이 베푸니, 큰 복을 심는 것이라.

들보 위로 던져라.
위로 제사가 있으니, 숙녀가 돕는 것일세.
이어 손님께 미치니, 정결하게 덥혀 대접하네.

들보 아래로 던져라.
숙녀를 우러르는 이들, 저 첩들과 계집종들.
거느리고 길쌈하며, 시고 짠 개성들 조화시키네.

엎드려 원하건대, 들보를 올린 뒤로는,

복록이 이에 머물러,

집안이 편안하길.

지아비는 온화하고 지어미는 의롭게, 네 가지 덕[26]을 준수하며 노래
를 이어 가길.

자식은 효도하고 자손은 번창해서, 열 분 현인들과 나란히 그림에 덧
붙여지길.[27]

○ 앞에는 뜰과 회랑, 문과 창고가 있고, 뒤에도 뜰과 회랑 그리고 창고가
있다. 회랑엔 방을 만들어 부녀자들의 거처로 삼기도 한다. 부엌은 따로 안
채의 동쪽에 있어서 음식을 한다.

3.

바깥채는 영당影堂의 남쪽에 둔다. 이름은 각건당角巾堂이다. 동서로 방이
있고, 가운데는 대청이다. 모두 남향이다.

○○○ 〈각건당 상량문角巾堂上樑文〉

대개

---

26 네 가지 덕 : 부인이 갖추어야 할 네 가지 덕성, 즉 부덕(婦德)·부언(婦言)·부용(婦容)·부공
(婦功)을 말한다. 『주례(周禮)』 「천관(天官)·구빈(九嬪)」.

27 열 분 현인들과 나란히 그림에 덧붙여지길 : 열 분 현인[十賢]은 공자가 스스로 거론한 뛰
어난 제자 열 사람이다. 덕행의 안연(顔淵)·민자건(閔子騫)·염백우(冉伯牛)·중궁(仲弓), 언
어의 재아(宰我)·자공(子貢), 정사의 염유(冉有)·계로(季路), 문학의 자유(子游)·자하(子夏)
를 말한다. 『논어』 「선진(先進)」. 이들은 공자의 사당인 문묘(文廟)에 배향된다.

앞으로 만 년 뒤로 억 년 중에, 마침 오늘을 만나,

하늘을 우러르고 땅끝을 바라보며,[28] 그 가운데 내 몸 우뚝하다.

작게는 한 길 돗자리에도 숨을 수 있고,

크게는 대천세계[29]에도 들어가지 않는다.

그렇다면,

오리와 학이 자연이란 점에선 똑같으니,[30] 만물엔 남거나 모자라는 법이 없고,

붕새와 매미가 서로 비웃으며 섞였으니,[31] 세 연못은 내 근본을 떠나지 않은 모습일 뿐.[32]

---

28 하늘을 우러르고 땅끝을 바라보며 : '하늘'의 원문 '구해(九垓)'는 구천(九天) 즉 하늘을 가리키는 말이다. 『회남자(淮南子)』「도응훈(道應訓)」에 "나는 저 한만과 더불어 구해의 밖에서 노닐기로 기약했으니, 여기에 오래 머무를 수가 없다(吾與汗漫期於九垓之外, 吾不可以久駐)."라고 했는데, 이에 대한 고유(高誘)의 주석에서 "구해(九垓)는 구천(九天)의 바깥이다."라고 했다. '땅끝'의 원문 '팔극(八極)'은 팔굉(八紘)과 같다. 여덟 방위의 멀고 너른 범위, 그 끝을 의미하는 단어이다. 즉 온 세상 끝이다.

29 대천세계 : 삼천대천세계(三千大千世界)의 준말로, 불교적 세계관에서 온 세상을 가리키는 말이다. 수미산(須彌山)을 중심으로 그 주위에 네 개의 대주(大洲)가 있고, 그 둘레에 구산(九山)과 팔해(八海)가 있다. 이것이 천 개가 모이면 소천세계(小千世界)가 되고, 소천세계 천 개가 모여 중천세계(中千世界)가 되고, 중천세계 천 개가 모여 대천세계(大千世界)가 되는데, 이것을 총칭하여 삼천대천세계라 한다. 『구사론(俱舍論)』.

30 오리와 학이 자연이란 점에선 똑같으니 : 자연에서 만물은 모두 평등하다는 장자의 제물론을 대표하는 삽화이다. "오리의 다리가 짧아도 이어 놓으면 근심하고, 학의 다리가 길다고 잘라 놓으면 슬퍼한다. 그러므로 본래 긴 것은 자를 것이 아니고, 본래 짧은 것은 이어 줄 것도 아니다. 근심할 것이 없다(鳧脛雖短, 續之則憂, 鶴脛雖長, 斷之則悲. 故性長非所斷, 性短非所續. 無所去憂也)." 『장자(莊子)』「변무(騈拇)」.

31 붕새와 매미가 서로 비웃으며 섞였으니 : 붕새와 매미는 극단적으로 서로 다른 것들이다. 붕새는 한번 날개를 치면 회오리바람을 타고 9만 리 하늘 꼭대기까지 올라가 6개월을 계속해서 난다는 거대한 새이다. 느릅나무 꼭대기에나 겨우 올라가는 매미와 작은 비둘기가 무엇 때문에 그처럼 높이 올라가겠느냐고 비웃었다는 에피소드가 『장자』「소요유(逍遙遊)」에 나온다.

32 세 연못은 내 근본을 떠나지 않은 모습일 뿐 : 여러 가지 모습이 모두 자연 그대로의 모습임을 말한다. 『장자』에 나오는 호자(壺子)의 말을 인용했다. ○ 정(鄭)의 점쟁이 계함(季咸)이 호자(壺子)의 관상을 보았다. 호자는 계함에게 일부러 '대지의 무늬[地文]', '하늘의 모습[天壤]', '더없이 허무하고 흔적이라곤 전혀 없는 모습[太沖莫勝]'의 상(相)을 차례로 보여 주

이러하다면,

어디로 간들 넉넉하며,

어디에 산들 협소하랴?

항해자의 집은,

하늘이 지붕이고 땅이 집터이며,

큰 산을 베개로 베고 강을 둘렀다.

아침저녁 안개와 노을을 맞으니, 여나 닫으나 모두 환하고,

봄가을 빛과 그림자 헤아리니, 향하나 등지나 모두 통한다.

가슴속에서 얻었으니, 어찌 사슴을 쫓기보다 찾기 힘들겠으며,[33]

저 태허太虛의 아랫목을 택했으니, 거북 껍질 태우며 점칠 필요 없네.

안탕鴈宕과 천태天台,[34] 본래 정해진 곳 없고,

용홍龍泓과 임옥林屋,[35] 어찌 처음부터 유명하랴.

어린애 우스갯소리에 터를 잡았으니【제2】, 토목공사 번거로움 없고

솜털 붓을 휘둘러 낙성하니, 때와 시를 물을 것도 없네.

어 계함을 혼란에 빠뜨린다. '세 개의 연못[三淵]'이란 이 세 가지 상을 의미한다. "고래가
이리저리 헤엄치는 깊은 물도 연못이고, 고요히 멈추어 있는 깊은 물도 연못이며, 흘러가
는 깊은 물도 연못이니, 연못에는 아홉 가지 유형이 있는데, 이번에 계함에게 보여 준 것
은 세 가지에 해당한다(鯢桓之審爲淵, 止水之審爲淵, 流水之審爲淵, 淵有九名, 此處三焉)." 마지
막으로 호자가 '아직 나의 근본에서 떠나지 않은 자연 그대로의 모습(未始出吾宗)'을 보여
주자 계함은 달아나 버린다. '오종(吾宗)'의 '종(宗)'은 도(道)를 의미하며, '내 오종으로부터
떠난 적이 없다(未始出吾宗)'는 말은 근본인 도에서 떠나지 않은 자연 그대로의 모습을 뜻
한다. 『장자』「응제왕(應帝王)」, 『열자』「황제(黃帝)」.

33 어찌 사슴을 쫓기보다 찾기 힘들겠으며 : 『사기(史記)』〈회음후열전(淮陰侯列傳)〉에 "진이
그 사슴을 잃으니, 천하가 함께 그것을 쫓는다(秦失其鹿, 天下共逐之)."는 말이 있다. 천하의
패권을 다툼을 가리킨다.

34 안탕(鴈宕)과 천태(天台) : 둘 다 중국 절강성(浙江省)에 있는 산 이름이다. 천하의 비경으로,
신선들의 거처라고 한다.

35 용홍(龍泓)과 임옥(林屋) : 둘 다 골짜기 이름이다. 용홍동은 전당현(錢塘縣)에 있는데 갈선
옹(葛仙翁)이 여기서 득도했다고 한다. 임옥동은 소주부(蘇州府)에 있는데, 도가서에서 말
하는 18동천의 아홉 번째 동천이다. 일명 좌신유허지천(左神幽虛之天)이라고 한다. 『연감
유함(淵鑑類函)』.

그곳은 넓고 커서, 우렁우렁 휠휠, 산을 안고 바다를 품어, 용과 호랑이가 성 내고 봉황과 난새 날아오르는 듯.

그곳은 아름답고 밝아서, 곱디곱고 영롱하니, 옥을 조각하고 금을 깔았으며, 안개와 아지랑이 사라지며 별들이 나타나는 듯.

『원신계援神契』를 살펴봐도, 911만 8,024경頃에 포함되지 않고,[36]

『산해경山海經』을 찾아봐도, 5억 10만 9,808보步가 닿지 못한 곳.[37]

아름다운 구역 굉장한 경치, 교력巧歷[38]도 헬 수 없고,

늘어선 집들 이층의 다락, 웅변으로도 서술할 수 없네.

다만 이 바깥사랑 한 곳은,

온 집의 한가운데 있으니,

이어진 난간과 둥근 기둥, 희씨와 화씨의 흐르는 세월을 출입하고,[39]

---

36 『원신계(援神契)』를 살펴봐도 …… 포함되지 않고 : 『원신계』는 『효경』의 위서(緯書)로, 『효경원신계(孝經援神契)』라고도 한다. ○ 『효경원신계』의 내용 중에 "구주로 나뉜 땅을 혜아려 보니, 큰 산릉이 냇물이 모여드는 곳, 잡풀이 나는 곳, 새와 짐승이 모이는 곳이 911만 8,024경이고, 자갈밭이어서 개간하지 못하는 것이 1,500만 3,000경이다(計九州之別壤, 山陵之大, 川澤所注, 萊沮所生, 鳥獸所聚, 九百一十一萬八千二十四頃, 磽埆不墾者, 千五百萬二千頃)."라는 말이 있다. 『예문유취(藝文類聚)』「지부(地部)」〈지(地)〉.

37 『산해경(山海經)』을 찾아봐도 …… 닿지 못한 곳 : 『산해경』「해외동경(海外東經)」에 "천제가 수해에게 명하여 동쪽 끝에서부터 걸어서 서쪽 끝까지 가게 하니, 5억 10만 9,800보였다(帝命竪亥, 步自東極, 至於西極, 五億十選九千八百步)."라는 말이 있다. 『예문유취(藝文類聚)』「지(地)」에서는 이 부분을 인용하면서 "5억 10만 9,808보(五億十萬九千八百八步)"라고 하였다. ○ 『산해경』은 중국 고대의 지리서이다. 동서남북의 지리·산맥·하천 등을 기록하고 풍속과 산물 등을 다루고 있지만, 신화적 장소와 동식물, 신선과 요괴 등도 다루고 있어 지리서라기보다는 신화집의 성격이 더 강하다고 할 수 있다.

38 교력(巧歷) : 셈이 뛰어난 사람의 대명사이다. 『장자(莊子)』「제물론(齊物論)」에 "일과 말이 이가 되고 이와 일이 삼이 된다. 이로부터는 교력이라도 얻을 수 없을 터인데, 하물며 보통 사람이겠는가?(一與言爲二, 二與一爲三. 自此以往, 巧歷不能得, 而況其凡乎?)"라는 말이 있다.

39 희씨와 화씨의 흐르는 세월을 출입하고 : 원문의 '희화(羲和)'는 요(堯)임금 때 천문(天文)과 역상(曆象)을 맡았던 희씨(羲氏)와 화씨(和氏)이다. '흐르는 세월'의 원문은 '빈전(賓餞)'이다. 요는 희씨와 화씨에게 각각 뜨는 해를 맞이하고[賓] 지는 해를 전송하도록[餞] 했다고 한다. "이에 희씨와 화씨에게 명하시어 큰 하늘을 삼가 따르게 하시고 일월성신의 운행을 관측하게 하여 사람에게 농사의 때를 알려 주게 하였다. 희중에게 나누어 명하시어 우이

연결된 방들과 펼쳐진 집들, 하도와 낙서처럼 빽빽하게 벌여 있다.

주인은 이 당에서 지내면서,

혼원混元[40]에서 노래하고,

우주宇宙를 배회하니

네 바다 거울 같아 파도가 자고,

세 피리가 울자 구멍들은 비었다.[41]

기침 소리와 응답 소리, 헌원씨軒轅氏와 소호씨少昊氏에게 직접 듣고,[42]

먼지 때와 쭉정이로도, 악전偓佺과 안기생安期生을 만들 수 있지만,[43]

에 살게 하시니 곧 양곡이라 한다. 뜨는 해를 공손히 맞아 봄 농사를 고르게 다스리도록 하였다. …… 화중에게 나누어 명하시어 서쪽에 살게 하시니 매곡이라 하였다. 지는 해를 공손히 전송하여 추수를 고르게 다스리도록 하였다(乃命羲和, 欽若昊天, 曆象日月星辰, 敬授人時. 分命羲仲, 宅嵎夷曰暘谷, 寅賓出日, 平秩東作 …… 命和仲, 宅西曰昧谷. 寅餞納日, 平秩西成)." 『상서』「우서(虞書)·순전(堯典)」.

40 혼원(混元) : 천지가 개벽하기 이전의 시간 혹은 혼돈의 상태를 가리킨다. 『운급칠참(雲笈七籤)』에선 "혼원이란 것은 혼돈의 이전, 원기의 처음에 대한 기사이다(混元者, 記事於混沌之前, 元氣之始也)."라고 했다.

41 세 피리가 울자 구멍들은 비었다 : 세 피리는 '삼뢰(三籟)'인데, 인뢰(人籟)·지뢰(地籟)·천뢰(天籟)로, 천지의 온갖 소리를 가리킨다. 인뢰는 사람이 내는 소리로 악기의 소리이고, 지뢰는 대지가 일으키는 소리로 바람 소리이고, 천뢰는 인뢰와 지뢰의 근본이 되는 대자연의 소리이다. ○ '구멍이 비었다'는 것은 『장자(莊子)』「제물론(齊物論)」에서 인용된 것이다. "대저 대자연[大塊]이 숨을 내쉬는데, 그것을 이름 지어 바람이라고 한다. 이 바람이 움직이지 않으면 그뿐이지만, 일단 바람이 일면 온갖 구멍들이 사납게 소리를 낸다. …… [그러다] 거센 바람이 멈추면 모든 구멍은 텅 비게 된다(夫大塊噫氣, 其名爲風. 是唯無作, 作則萬竅怒呺 …… 厲風濟則衆竅爲虛)."

42 기침 소리와 …… 직접 듣고 : 원문의 '타해(唾咳)'는 기침 소리, '우우(于喁)'는 서로 화답하는 소리이다. 『장자』「제물론」의 "앞에서 우 하고 노래하면 뒤따르던 자가 우 하고 노래한다(前者唱于而隨者唱喁)."에서 왔다. ○ 헌원씨(軒轅氏)는 전설상의 고대 제왕인 황제(黃帝)의 이름이고, 소호씨(少昊氏)는 황제(黃帝)의 아들로, 오제(五帝)의 하나로 꼽히기도 한다. 이들과 직접 대면해서 교유한다는 뜻이다.

43 먼지 때와 …… 만들 수 있지만 : 『장자』「소요유(逍遙遊)」에서 신인(神人)의 정체를 묘사한 말 속에 "티끌과 때, 쭉정이와 겨로도 요와 순을 만들 수 있다(是其塵垢粃糠, 將猶陶鑄堯舜者也)."는 말이 있다. 이 말을 비틀어, 요·순 대신 신선들의 이름인 악전(偓佺)과 안기생(安期生)을 넣었다. ○ 악전은 전설상의 선인으로, 괴산(槐山)의 약초 캐는 사람이었는데, 솔방울을 잘 먹고, 몸에는 털이 몇 촌이나 났으며, 두 눈은 네모지고, 달리는 말을 쫓을 정도로

오히려

육예六藝의 문예⁴⁴에 침잠하고,

백가百家의 서적을 파고드네.

질서 정연,⁴⁵ 예악을 고찰하여 틀린 것을 고하고,

전전긍긍, 규범을 준수하여 잘못을 경계한다.

갈옷과 짚신, 비녀와 갓끈보다 아름답게 여기고,

좋은 밥 맛난 반찬, 나물과 현미밥이나 같게 여기네.

위로는 옥황상제를 뵈어, 벽옥을 받들고 규홀을 잡을 수 있고,

아래론 들 노인들과 무리 되어, 술잔 돌리고 자리 다툴 수 있네.

무엇 하는 자인가? 순박한 백성⁴⁶이라,

또한 즐겁지 않은가? 유유자적 사는 것.⁴⁷

날개 펼친 쌍 서까래 무지개처럼 솟고,

종소리처럼 울리는 여섯 노래 회오리친다.

어영차, 들보 동쪽으로 던져라.

동트는 걸 알리며 화사한 바람 불어오니,⁴⁸

말을 잘 탔다고 한다. 안기생 역시 고대의 신선이다. 해변에서 약을 팔았는데, 장수해서 천세옹(千歲翁)이라 불렸다고 한다. 진시황(秦始皇)이 동유(東遊)하였을 때 3주야를 이야 기하고 금옥을 내렸으나 받지 않고 떠나면서 뒷날 봉래산에서 찾아 달라고 말하고는 자취 를 감추었다고 한다. 『사기』 「봉선서(封禪書)」.

44 육예(六藝)의 문예 : 고대에 학생을 교육하던 여섯 가지 과목을 말한다. 예(禮)·악(樂)·활 쏘기[射]·말타기[御]·글씨[書]·수학[數]이다. 『주례(周禮)』 「대사도(大司徒)」.

45 질서정연 : 원문은 '어어아아(魚魚雅雅)'이다. 위의가 정숙한 모양이다.

46 순박한 백성 : 원문은 '종종지민(種種之民)'이다. 『장자』 「거협(胠篋)」에 나오는 말이다. "저 순박한 백성들을 버리고 교활한 아첨꾼이나 좋아하며(舍夫種種之民, 而悅夫役役之佞)." '종 종(種種)'은 순박한 모습이다.

47 유유자적 사는 것 : 원문은 '우우이처(于于而處)'이다. 『장자』 「도척(盜跖)」에 나오는 말이 다. "신농씨의 시대엔 누워서는 안락하게 자고 일어나서는 유유자적하게 생활했다(神農 之世, 臥則居居, 起則于于)."라고 한 것에서 왔다. '우우(于于)'는 자득하는 여유로운 모습이다.

68

은혜의 실마리 날리며 화목한 기운 발하네.

곰실곰실 싹 트도다, 온갖 새싹들이여.

어영차, 들보 남쪽으로 던져라.

강 하늘은 푸르디푸른 쪽빛 울람천蔚藍天[49]

취해 노래하고, 웃으며 이야기하네.

만상은 텅 비어 깊이 잠겼구나.

어영차, 들보 서쪽으로 던져라.

아득한 하늘 끝자락을 잡으니,

구름은 바퀴살통이고 비는 끌채로다.

곤혼과 습붕이 길 잃을까 두렵도다.[50]

어영차, 들보 북쪽으로 던져라.

우주는 넘실넘실 펼쳐져 그 끝을 알 수 없고,

긴 무지개, 왼쪽은 감색 오른쪽은 붉은색일세.

---

48 화사한 바람 불어오니 : 원문은 '광풍(光風)'이다. 광풍은 비가 그치고 해가 나면서 불어와 초목에 빛을 더하는 따뜻한 바람이다. 『초사(楚辭)』〈초혼(招魂)〉의 "화사한 바람 향초를 흔드니, 수많은 난의 꽃향기 떠도네(光風轉蕙, 氾崇蘭些)."에 대해 왕일(王逸)은 "광풍이란 비가 그치고 해가 나면서 바람이 불어 초목에 빛이 나는 것을 말한다(光風, 謂雨已日出而風, 草木有光也)."라고 주석했다.

49 울람천(蔚藍天) : 신선이 사는 금화산(金華山) 위에 있는 하늘이다. 도교 33천(天) 중의 하나라고 한다. '울람' 자체가 맑은 하늘빛을 의미하는 단어로, 하늘의 대명사이기도 하다.

50 곤혼과 습붕이 길 잃을까 두렵도다 : 곤혼(昆閽)과 습붕(謵朋)은 고대 전설의 제왕인 황제(黃帝)의 신하들이다. 황제가 그들과 함께 길을 떠났다가 길을 잃은 삽화가 『장자』「서무귀(徐无鬼)」에 나온다. "황제가 구차산에서 대괴를 만나려고 했다. 방명이 수레 고삐를 잡고, 창우가 뒤에 타고, 장약과 습붕이 선도를 맞고, 곤혼과 활계가 수레의 뒤를 따랐다. 양양(襄城)의 들판에 이르러 일행 일곱 명의 성인들이 모두 길을 잃었는데 길을 물을 사람이 없었다(帝將見大隗乎具茨之山. 方明爲御, 昌寓驂乘, 張若謵朋前馬, 昆閽滑稽後車. 至於襄城之野, 七聖皆迷, 無所問塗)."

나를 공동산空同山⁵¹과 적빙積氷⁵² 사이에 머물게 하라.

어영차, 들보 위로 던져라.

하늘 문을 여니 높고 또 높구나.

잠시 머물고 싶으나 정신이 울렁인다.

바닷물은 출렁출렁, 쌓인 기운은 가득가득.

어영차, 들보 아래로 던져라.

내 영혼을 불러 내 집으로 돌아가,

규장과 속백⁵³을 받들고 풍아風雅⁵⁴를 장식하리.

아, 저 담담함⁵⁵이여, 무엇이 진짜고 무엇이 가짜인가?

엎드려 바라건대 들보를 올린 다음엔,

도道는 호랑이와 용이 이어 가고,

---

51 공동산(空同山) : 황제(黃帝)가 신선 광성자(廣成子)를 찾아가 도를 물었다는 전설적인 산이다. 『장자』「재유(在宥)」.

52 적빙(積氷) : 북방을 가리킨다. 『회남자(淮南子)』「지형훈(墬形訓)」에 "팔인의 밖은 팔굉인데 역시 사방 천리이다. …… [그] 북쪽 방향은 적빙이라 하고, 위우라고 한다(八殥之外, 迺有八紘, 亦方千里 …… 北方曰積氷, 曰委羽)."라고 했다.

53 규장과 속백 : 원문은 '옥백(玉帛)'이다. '옥'은 '규장(圭璋)'을, '백'은 '속백(束帛)'을 가리킨다. 규장과 속백은 천자가 현자를 초청할 때 보내던 예물이기도 하고, 제후가 황제를 조회할 때 올리던 예물이기도 하다. 여기선 예를 갖추어 세상에 나아가 임금을 섬긴다는 뜻으로 이해된다.

54 풍아(風雅) : 원래는 『시경』의 「국풍(國風)」과 「대아(大雅)」, 「소아(小雅)」를 일컫는 말이다. 여기서는 국가의 교화와 문화라는 의미로 쓰였다고 보인다.

55 담담함 : 원문은 '염염(炎炎)'이다. 『장자』「제물론(齊物論)」에서 "큰 언어는 담담하지만, 작은 언어는 수다스럽다(大言炎炎, 小言詹詹)."라고 했다. 훌륭한 말은 자신의 이익을 내세우지 않으므로 담담하지만 잇속을 밝히는 말은 이러쿵저러쿵 시끄럽게 떠든다는 뜻이다. 한편 『강희자전』은 『장자』「제물론」의 '대언염염(大言炎炎)'을 '아름답고 성대한 모양(美盛貌)'으로 주해하기도 한다.

수명은 거북이나 학과 나란하기를.

날아오른 처마와 높이 쳐든 용마루, 기모氣母[56]와 나란히 영원하며,

골수를 단련하고 정기를 살찌우고, 후손을 잉태하여 멀리까지 미치길.

○ 앞에는 층대가 있다. 뜰을 넓게 만들고, 뜰 모퉁이에는 작은 연못이 있고 그 곁에 정자가 서 있는데, 이름은 청부정淸芙亭이다.

○○○ 〈청부정기淸芙亭記〉

각건당 남쪽에 한 이랑 정도의 연못이 있는데, 연꽃을 심고 그 서쪽에 작은 정자를 세워 바라보게 했다. 연꽃은 꽃 중에 으뜸이다. 그러나 연못에 연꽃이 피고, 그것을 마주 보고 있는 정자란 세상에 흔한 것으로, 나 혼자 가진 것이 아니다. [그러나] 나만 독차지할 수 있는 것이 있긴 하다.

한번은 손님들과 이 정자에 기대 이 연못을 내려다보며 이 꽃을 자세히 본 적이 있다. 술이 얼큰해지고 즐거움이 한창일 때, 기분 좋게 손님들에게 물어보았다. "이곳의 아름다움은 어디에 있겠소?" '맑은 물에 있다.'라고도 하고, '아름다운 꽃에 있다.'라고도 하고, '그윽하면서도 탁 트인 정자에 있다.'라고도 했다. 이런 사람들은 모두 함께 구경할 만한 사람들이 아니다.

전에 바위와 산봉우리, 물가 모래섬을 그린 그림을 본 적이 있다. 그 그림을 손가락으로 가리키면서 그 묘함을 논하는 자들은 모두 그림을 모르는 자들이었다. 그림의 품격畫品은 그림 바깥의 여백에 있다. 그림의

---

56 기모(氣母) : 기모는 원기(元氣)의 어머니, 원기의 본원이라는 뜻으로, 근원적인 기를 의미한다. 『장자』 「대종사(大宗師)」에 "시위씨는 도를 얻음으로써 천지를 붙잡았으며, 복희씨는 도를 얻음으로써 기모를 취했으며(豨韋氏得之, 以挈天地, 伏戲氏得之, 以襲氣母)"라고 했는데, 사마표(司馬彪)는 "기모란 원기의 어미이다(氣母, 元氣之母也)."라고 했다.

품격이 여백에 있다는 것을 아는 사람이라면 도道를 배워 오묘한 경지에 나아갈 수 있을 것이고, 만사에 넉넉히 대응할 수 있을 터이고, 천하와 국가를 다스려 이 백성들을 태평한 세상에 둘 수 있을 것이다. 땅 가운데 연못이 있고, 연못 가운데 연꽃이 있고, 연못가에는 정자가 있다. 정자의 바깥과 연꽃의 위쪽은 무엇인가? 이곳은 허공으로 이어지는 경계이다.

연꽃을 노래한 옛 시인들은 수백 명이다. 그러나 이태백의 "연꽃이 맑은 물에서 나오니, 천연스레 꾸밈을 떨쳐 버렸도다淸水出芙蓉, 天然去雕飾."[57]라는 두 구절이 최고의 절창이다. 이 구절이 최고 절창으로 일컬어지는 이유를 물어보았지만 아무도 대답하지 못했다. 이 구절의 묘함이란 그림의 여백과 같고, 정자의 바깥과 연꽃의 위쪽, 허공의 경계와 같다. [그러니] 이 구절 말고는 이 정자의 이름으로 삼을 것이 없고, 이 정자 말고는 이 구절로 이름 지을 것이 없을 것이다. 해서 '청부淸芙'라고 이름 지었다.

4.

안채의 서쪽, 바깥채 동쪽에 따로 작은 서재 하나를 지어 '정존재靜存齋'라고 하였다. 방과 마루가 있다.

○○○ 〈정존재명靜存齋銘〉

이 방에 거처하는 자는,

---

57 연꽃이 맑은 …… 떨쳐 버렸도다(淸水出芙蓉, 天然去雕飾) : 이백(李白)의 〈난리를 겪은 후 황제의 은택을 입어 야랑으로 유배 갔었다. 옛날 노닐던 것을 기억하고 느낀 바를 적어 강하 태수 위양재께 드리다(經亂離後, 天恩流夜郎. 憶舊遊書懷, 贈江夏韋太守良宰)〉 시에 나오는 구절이다.

공부할 때 장난치지 말고, 마음을 놓아 버리지 말고,

앉을 때 걸터앉지 말고, 말을 망령되이 하지 마라.

경서와 문방구가 아니면, 방에 들여오지 말고,

효도하고 우애하는 단정한 이 아니면, 자리에 앉지 마라.

이 방에 들어오는 자는,

허황한 이야긴 하지 말며, 나태한 모습을 하지 마라.

공부에 도움 되지 않으면, 오래 앉아 있지 마라.

○ 각건당 언저리에 불룩 일어선 것은 장서루이다. 이름은 표롱각縹礱閣이다.

○○○ 〈표롱각기縹礱閣記〉

　　전에 연천 선생淵泉先生[58]께서 "항해자沆瀣子[59]의 글은 웅장한 얼개와 긴 용마루를 지녔으면서도 구름이나 물결처럼 변화무쌍하다. 청묘淸廟나 명당明堂[60]이라고 하자니 너무 지나치게 멀고 어렴풋하며, 현포顯圃나 요대瑤臺[61]라고 하자니 너무 치밀하게 갈고 닦았다."라고 말씀하신 적이

---

58 연천 선생(淵泉先生) : '연천'은 홍석주(洪奭周, 1774~1842)의 호이다. 홍길주의 형으로, 자는 성백(成伯), 시호는 문간(文簡)이다. 영의정을 지낸 홍낙성(洪樂性)의 손자요, 우부승지를 지낸 홍인모(洪仁模)와 서영수합(徐令壽閤)의 장남이다. 22세(1795)에 문과에 급제해서, 정조에게 발탁되어 초계문신을 지냈다. 정조 사후에도 관직 생활을 계속해서 여러 관직을 두루 거쳤으며, 61세에는 의정부 좌의정에 올랐다. 두 차례 사신으로 청에 다녀왔고, 청의 학자들과 학문적 교분을 평생 유지했다. 당대를 대표하는 문장가이기도 해서, 김매순(金邁淳)과 함께 '연대문장(淵臺文章)'으로 일컬어진다. 13세에『삼한명신록(三韓明臣錄)』을 저술한 것을 시작으로,『학해(學海)』,『동사세가(東史世家)』,『학강산필(鶴崗散筆)』,『속사략익전(續史略翼箋)』,『상예회수(象藝薈粹)』,『풍산세고(豊山世稿)』,『대기지의(戴記志疑)』,『복수쌍회(福壽雙會)』,『마방통회(痲方統彙)』,『상서보전(尙書補傳)』 등의 저술을 남겼다. 외손인 한장석(韓章錫)이 편집 간행한『연천선생문집(淵泉先生文集)』44권 20책이 있다.

59 항해자(沆瀣子) : 홍길주의 호이다.

60 청묘(淸廟)나 명당(明堂) : 청묘는 주 문왕(周文王)의 종묘(宗廟)이고, 명당은 주 시대에 천자가 의례(儀禮)를 거행하던 곳으로, 후대 궁궐의 정전(正殿)에 해당하는 건물이다.

있다. 항해자는 감당할 수 없는 말씀이라고 생각했다. 항해자의 문장이 이 말씀을 감당할 수 없을뿐더러 고인의 문장에도 이 말씀을 감당할 만한 것은 없을 것이다. 고금 사부四部[62]의 책 천만 권을 모아서 합해 놓으면 혹 비슷할지 모르겠다. 이에 그 말씀을 취해 장서각에 '표롱縹礱'이라는 이름을 붙였다.

이 장서각의 장서는 위로 육경六經에서 시작해 아래로는 백가百家를 두루 포괄했다. 세상의 읽을 수 있는 책으로는 없는 것이 없다. 큰 지붕과 깊은 처마는 그 덕德을 넓히려는 것이고, 비단 책 상자와 수놓은 장정은 그 글을 빛내려는 것이다. 선반으로 나누고, 찌로 표시한 것은 신중하게 구별하려는 것이다. 경전을 높이고 역사를 보좌로 삼으며, 제자諸子의 책과 문집을 그 뒤에 둔 것은 등급을 밝힌 것이다.

어떤 객이 바다 밖의 딴 세상에 갔다가, 공동空同과 완위宛委[63]에서 온 선비를 만나 이야기를 나누게 되었다. 그 사람이 말했다. "내가 전에 그대의 나라를 바라본 적이 있는데, 삼색 구름과 무지개와 노을이 어리비치며 일어나더군요. 영롱하고 찬란해서 오색이 다 갖추어져 있었소. 종종 용이나 규룡, 봉황이나 난새, 비단이나 보석의 모습이 되기도 했소. 그 기운이 쭉 창공을 꿰뚫어 뻗칩디다. 먼 곳을 잘 보는 사람에게 만리경萬里鏡으로 비춰 보게 했더니, 그 아래 아름다운 집이 보였소. 이것을 인간 세상의 건축물이라고 하자니 허공 한가운데 아득히 솟아 있어서 땅

---

61 현포(顯圃)나 요대(瑤臺) : 현포는 곤륜산(崑崙山)의 정상에 있다는 신선의 거처이다. 요대는 보석으로 장식한 누대라는 뜻으로, 신선의 거처를 가리키는 말이다.

62 사부(四部) : 서적을 경부(經部)·사부(史部)·자부(子部)·집부(集部)의 크게 네 가지 부문으로 분류한 것을 일컫는 말이다.

63 공동(空同)과 완위(宛委) : 공동과 완위는 둘 다 신선이 사는 산 이름이다. 공동산은 신선 광성자(廣成子)가 살던 곳으로 황제(黃帝)가 이곳에 도를 물으러 갔던 곳이다. 『장자』「재유(在宥)」. 완위는 우(禹)가 꿈에 신인의 계시를 받고 이 산에 올라 금간옥자(金簡玉字)의 책을 얻고 치수의 이치를 깨달았다고 하는 곳이다. 『오월춘추(吳越春秋)』「월왕무여외전(越王無余外傳)」.

에 기초를 두고 있다고는 생각할 수 없었소. [그렇다고] 인간 세상의 건축물이 아니라고 하자니 그 갈고 닦고 깎고 조각한 것이 또한 천하 뭇 장인들이 온갖 기교를 다 발휘한 것이었소. 그대는 그곳을 아시오?" 객은 반복해 물어보곤 그것이 이 장서각이 아닌가 생각했다. 그리하여 대강 말해주었다.

[그러자] 그 사람은 "책을 소장한 건물들은 세상에 많습니다. 여기보다 더 많은 책을 소장하고, 여기보다 더 화려하게 책 장정을 한 곳도 몇 곳이나 될는지 알 수 없습니다. [그런데] 어째서 이곳만 이런 기운이 있는 걸까요? 이는 필시 그 사람에게 특별한 점이 있는 것이겠지요?"라고 했다. 객이 평소 항해자와 잘 지내던 사이라, 드디어 그의 평생을 장황하게 이야기하고 사는 곳과 저술에 대해서도 대충 이야기했다. 그 사람은 몹시 놀라고 신기하게 여기며 산과 바다로 막혀 교유할 수 없는 것을 한탄했다.

항해자가 [이 이야기를] 듣고는 더욱 감당할 수 없다고 생각했다. [그리하여] 그 아름다움을 이 집에다 돌리고, 책을 담당한 소사小史에게 그 말을 기록해서 현판을 꾸미게 하였다.

○ 정존재와 표롱각의 뒤로는 곡방曲房⁶⁴과 회랑이 계속 이어진다. 서쪽은 바깥으로, 동쪽은 안채에 이르니, 복도와 비슷하다.

5.

바깥채 서쪽에 별원別院 세 곳이 있다. 그중 하나는 삼뢰헌三籟軒이다.

---

64 곡방(曲房) : 후미진 깊은 방, 밀실을 의미한다. 앞의 2. 유가합(柔嘉閤)을 설명하는 부분에서, 안뜰과 뒤뜰의 회랑에 방을 만들어 부녀자들의 거처로 삼는다고 했는데, 이 곡방과 같은 것이다.

○○○ 〈삼뢰헌기三籟軒記〉

어떤 이가 말했다.

"도道를 배우는 것은 산을 오르는 것과 같다. 평지에서 걷기 시작해서 점점 높아진다. 몇십 리까지는 평탄하고 험하며, 쉽고 어려운 차이는 있어도 그래도 덩굴을 붙잡든지 바위를 밟고 오르든지 어쨌든 올라갈 수 있다. [그런데] 그 꼭대기에 이르면, 뚝 떨어져 몇 길이나 까마득히 솟은 것이 갑자기 나타난다. 그 꼭대기에 있는 사람들을 올려다보며 서로 부르고 대답할 수는 있어도, 올라가려고 하면 붙잡거나 타고 오를 만한 것이 없다. 그래서 연공兗公은 '우뚝하다'라며 감탄했고,[65] 추의 늙은이鄒叟는 '알 수 없다'라고 했다.[66] 이런 곳은 인간의 힘으로는 갈 수 없는 곳이다."

이것은 참으로 좋은 비유다. 그러나 여기엔 '까마득히陡然'라는 말이 있어서 오히려 한계가 있다. 여기 어떤 곳이 있다. 갈아 놓은 숫돌처럼 평평한 땅이라 돌계단 하나도 올라갈 필요가 없다. [그러나 바로] 그 사람이 아니면 거기에 도달할 수 없다. 거기 도착하면 집이 하나 있다. 땅에 납작하게 붙어 있어서 섬돌 하나도 올라갈 게 없다. [그러나 바로] 그 사람

---

65 연공(兗公)은 '우뚝하다'라며 감탄했고 : 연공(兗公)은 연공으로 추봉된 안회(顏回)를 가리 킨다. 그가 공자에 대해 찬탄한 말로, 『논어』 「자한(子罕)」에 나온다. "우러러볼수록 더욱 높아지며, 뚫을수록 더욱 단단해지고, 바라보면 앞에 있는 듯더니 갑자기 뒤에 있다. …… 그만두려 해도 그만둘 수 없고, 이미 내 능력을 다했는데도 우뚝 선 것이 있어서, 오 르고자 해도 방법이 없는 것과 같다(仰之彌高, 鑽之彌堅. 瞻之在前, 忽焉在後 …… 欲罷不能, 既 竭吾才, 如有所立卓爾, 雖欲從之, 末由也已)."

66 추의 늙은이[鄒叟]는 …… 없다'라고 했다 : '추의 늙은이'는 추에서 태어난 맹자를 일컫는 말이다. 맹자가 사람이 도달할 수 있는 최고의 경지인 '신(神)'의 단계를 표현한 말이다. 『맹 자(孟子)』 「진심 하(盡心下)」에 나온다. "누구나 하고 싶어 할 만한 것을 선(善)이라 하고, 선 을 자신에게 소유하는 것을 신(信)이라 하고, 충만하게 채움을 미(美)라 하고, 충만하게 채 워 광휘가 있는 것을 대(大)라 하고, 커서[大] 교화[化]하는 것을 성(聖)이라 하고, 성스러워 알 수 없는 것을 신(神)이라 한다(可欲之謂善, 有諸己之謂信, 充實之謂美, 充實而有光輝之謂大, 大 而化之之謂聖, 聖而不可知之之謂神)."

이 아니면 그 집에 들어갈 수 없다. 그 집에 들어서면 색다른 광경이 형형색색 눈을 비추는데, 얇은 갑사나 매미 날개 하나 가린 것이 없다. [그래도 바로] 그 사람이 아니면 그 모습을 볼 수 없다.

그 모습을 본 자가 있기는 할 것이다. [그러나] 그 장소를 [자기 것으로] 소유할 수 있는 자는 극히 드물다. 그것이 만들어 내는 모습은 천태만상에 그치지 않는다. [그러나] 그것을 보는 사람들은 어떤 이는 그중 한둘을 보고, 어떤 이는 그중 대여섯을 보고, 어떤 이는 그중 열 가지나 백 가지를 본다. [이들 모두가] 천만 가지를 다 보진 못했다는 점에서는 똑같다. 천태만상을 모두 [보지] 못한다면 그 장소를 소유했다고 하기엔 부족하다. 그 사물로 나타난 것은 구름과 노을, 시냇가 바위, 꽃과 새 따위다. 그러나 구름과 노을, 시냇가 바위, 꽃과 새들로 나타난 것만 보고 그만인 자는 그 장소를 소유하기엔 부족하다. 이런 이유로 그곳을 '삼뢰헌三籟軒'이라고 부른다.

만약 "이 삼뢰헌에 사는 사람은 반드시 공중의 피리 소리에 귀 기울여야 한다. [여기] 살면서도 듣지 못한다면 이곳을 소유하기에 부족하다."라고 한다면, 이것도 비슷한 것 같지만 또한 아니다. 주인이 살면 그 장소를 소유한다. [그러나] 빈객이 살면, 소유해도 느긋할 수는 없을 것이다. 하물며 그곳에 도달해 그 집에 들어서지도 못한 자이겠는가? 아아! 이 또한 사람의 힘으로 미칠 수 없는 것일까? 어째서 도달할 수 없는 것일까? 어째서 들어서지 못하는 것일까?

○ 하나는 소요관逍遙館이다.

○○○ 〈소요관기逍遙館記〉

옛날엔 『남화진경南華眞經』[67]이 「내편」・「외편」・「잡편」 셋으로 나뉘어 있었다. 「외편」과 「잡편」은 모두 각 편의 첫머리 말로 편명을 지었다. 「내편」만은 그렇지 않다. 「내편」은 책의 핵심으로, 그 지극한 도가 서려 간직되어 있다. 그 편명을 붙인 뜻이 모두 오묘하고 기발해서, 추측할 수도 없고 한 글자도 바꿀 수 없다. 아마도 이 늙은이가 직접 작명한 것인 듯하다. 「내편」은 모두 일곱 편인데, 「소요유逍遙遊」라는 편명은 더욱 기이하다. '열자列子가 바람을 타고 다닌다'라거나 '큰 술잔'과 '큰 나무'의 비유는 그나마 '소요逍遙'와 비슷하다. [그러나] 곤새나 붕새, 명령冥靈, 허유許由가 제왕의 지위를 사양한 일, 막고야藐姑射의 신인神人과 월越나라의 장보章甫는 무슨 [뜻을] 취한 것일까?[68]

이 집의 이름을 '소요'로 지은 것을 두고 주인이 소요하는 곳이기 때문이라고 생각하는 사람이 있는데, 이는 몹시 미혹된 것이다. 이 집의 서까래는 모두 평범한 나무고, 주춧돌과 섬돌도 모두 못생긴 돌들이다. 단청도 하지 않았고 갈고 다듬지도 않았다. [그런데] 어째서 조각한 가래나무와 무늬 그린 느릅나무, 파랗고 노란 단청이 있는 것일까? 어째서 운모와 차거, 매괴와 대모[69]가 사이사이 놓여서 찬란하게 아롱지는 무늬를 만드는 것일까? 높이래야 열 척이 차지 않는데, 어째서 노을 위로 치솟아 날아올라 하늘에까지 닿는 것일까? 넓이래야 기둥 백 개가 안 되건만, 어째서 우주를 감싸 안고 광막한 벌판[70]을 거느린 것일까? 뜰이래야

---

67 『남화진경(南華眞經)』: 『장자』의 별칭이다. 장자(莊子)의 별호가 남화진인(南華眞人)이기에 이렇게 부른다. "장자를 남화진인으로, 문자(文子)를 통현진인(通玄眞人)으로, 열자(列子)를 충허진인(充虛眞人)으로, 경상자(庚桑子)를 통허진인(洞虛眞人)으로 부르고, 이 네 사람의 저서를 진경(眞經)이라 하였다." 『구당서(舊唐書)』 「현종본기 하(玄宗本紀下)」.

68 '열자(列子)가 바람을 …… 취한 것일까? : 이상은 모두 「소요유」편에 나오는 삽화의 내용에서 가져온 것이다. 곤새나 붕새는 전설적인 큰 새이고, 명령은 초(楚)의 남쪽 바다에 산다는 거북이다. 막고야는 막고야 산에 사는 신선이고, 월의 장보는 월 사람들이 쓰는 관이다.

69 운모와 차거, 매괴와 대모: 모두 아름다운 보석이나 귀한 장식물의 재료들이다.

70 광막한 벌판: 원문은 '광막(廣莫)'이다. 『장자』 「소요유(逍遙遊)」에 나오는 '광막한 벌판(廣

수백 보를 넘지 않고, 볼거리래야 연못과 바위, 대나무와 나무들에 지나지 않는다. [그런데] 어째서 드넓은 바다와 거대한 산악, 큰 우주와 높은 궁창穹蒼, 휘황찬란한 온갖 것이 눈앞에 펼쳐지는 것일까? 이는 모두가 곤새·붕새·명령·막고야 같은 것들이다. [그러니] 이 집의 이름이 '소요'인 것도 또한 한 글자도 바꿀 수 없는 일이다.

어떤 이는 "「소요유」편 끝에 '그 아래에서 유유자적 잠이나 잔다逍遙乎寢臥其下.'[71]라는 말이 있는데, 이것으로 편명을 붙였다."라고 하기도 한다. 이 또한 큰 미혹이다.

○ 하나는 식언와息焉窩이다.

○○○ 〈식언와기息焉窩記〉

사악四岳과 고요皐陶·기夔[72] 이하 누구도 길가의 노인만큼[73] 요堯의 덕

莫之野)'을 인용한 것으로, 드넓은 공간으로 가상의 텅 빈 공간이기도 하다.

71 그 아래에서 유유자적 잠이나 잔다 : 「소요유」의 마지막에 나오는 장자의 말이다. "지금 그대는 큰 나무를 가지고 있으면서 그것이 쓸모없다고 걱정하네. 어찌 아무것도 있지 않은 마을이나 아무것도 없는 넓은 들판에 그것을 심고, 그 밑에서 하릴없이 배회하거나 그 밑에서 유유자적 잠이나 자려고 하지 않는가? 도끼에 찍혀 요절하지도 않을 것이고 해를 당할 것도 없을 것이네. 쓸모가 없으니, 괴롭고 힘든 곳이 편안한 곳이련만!(今子有大樹, 患其無用. 何不樹之於無何有之鄕·廣莫之野, 彷徨乎無爲其側, 逍遙乎寢臥其下? 不夭斤斧, 物無害者. 無所可用, 安所困苦哉!)"

72 사악(四岳)과 고요(皐陶)·기(夔) : 사악은 요(堯)의 신하인 희화(羲和)의 네 아들로, 각각 사방의 제후를 맡아보았다. 고요와 기는 순(舜)의 신하들이다.

73 길가의 노인만큼 : 요(堯)가 천하를 다스린 지 50년 만에 천하가 잘 다스려지고 있는지 알 수 없어 미복 차림으로 넓은 거리로 나갔는데, 어떤 노인이 배불리 먹고 배를 두드리면서 이른바 〈격양가(擊壤歌)〉를 부르고 있는 것을 보았다고 한다. "해가 뜨면 나가서 일하고 해가 지면 들어가서 쉬도다. 우물 파서 물을 마시고 밭 갈아서 밥을 먹으니, 임금의 힘이 나에게 무슨 상관이 있으랴(日出而作, 日入而息. 鑿井而飮, 耕田而食, 帝力何有於我哉)."『십팔사략(十八史略)』「제요편(帝堯篇)」.

에 대해서 [잘] 알았던 사람은 없다.『상서』,『논어』,『맹자』이하 어느 것
도 노인의 노래만큼 요의 덕을 잘 형용한 것은 없다. '공경하고 밝으며
빛나고 생각이 깊다欽明文思'[74]는 [칭송] 이하 몇십 마디, 몇백 마디의 말이
모두 '무슨 아랑곳이랴何有'라는 두 글자에 못 미친다. 우둔한 백성이 황
제의 힘이 자신에게 후하게 미쳤다는 걸 알아, 뼛골까지 은혜에 감격하
고 한없이 송축한다면 그 힘이란 게 또한 얄팍한 것이다. '무슨 아랑곳이
랴'라는 것은 자연스럽게 그런 것이지 그렇다는 걸 자각하지 못하는 것
이다. 후대 사람들은「요전堯典」,「대우모大禹謨」,「태백泰伯」,「등문공滕文公」
의 글들[75]을 읽고서 요의 덕을 상상한다. [그러면] 그것이 넓고 크다는 건
알게 된다. 그러나 아직 친히 뵌 사람 같은 핵심적인 한마디는 얻지 못하
다가 돌아가 '무슨 아랑곳이랴'라는 [말을] 탐구한 뒤에야 비로소 완전히
깨달아, 방훈放勳[76]의 눈썹과 머리카락, 풍채를 조석으로 뵐 수 있을 것
이다.

갑진甲辰년 이래 70년의 정치[77]는 백성들이 눈과 귀로 보고 들을 수 있

---

74 공경하고 밝으며 빛나고 생각이 깊다[欽明文思] :『서경』「요전(堯典)」에서 요의 덕을 칭송
한 말이다. "요임금을 상고하건대 '방훈'이시니, 공경하고 밝고 문채가 빛나고 생각이 깊
고 자연스러우며, 진실로 공손하고 능히 겸양하여 광채가 사표에 입혀지고 상하에 이르
렀다(曰若稽古帝堯, 曰放勳, 欽明文思安安, 允恭克讓, 光被四表, 格于上下)."

75「요전(堯典)」,「대우모(大禹謨)」……「등문공(滕文公)」의 글들 :「요전」과「대우모」는『서경』
의 편명,「태백」은『논어』의 편명,「등문공」은『맹자』의 편명이다. 모두 요의 치세에 대해
찬미하는 내용이 들어 있다.

76 방훈(放勳) : 공(功)이 크다는 뜻으로, 요(堯)를 예찬한 말인데, 요의 공이 커서 미치지 않는
곳이 없다는 뜻이다. 요의 별칭으로도 쓰인다.

77 갑진(甲辰)년 이래 70년의 정치 : 갑진년은 요(堯)가 즉위한 해이며, 요의 재위 기간은 70년
이었다고 한다. 요의 원년에 대해서는 이견이 있었으나, 소옹(邵雍)의『황극경세서(皇極經
世書)』이후 갑진년 설이 널리 채택되어,『자치통감 전편(資治通鑑前編)』에서는 요를 기록
하면서 "갑진 원년에 희화에게 명하였다(甲辰元載乃命羲和)."라고 하였다. 또『서경』「요
전(堯典)」에 "제요(帝堯)가 말하기를 '아아 사악아, 짐이 재위한 지 70년인데, 네가 나의 명
령을 받들어 일을 잘하였으니, 짐의 지위를 선양하겠노라.' 하였다(帝曰: '咨四岳. 朕在位七
十載, 汝能庸命, 巽朕位')."라고 하였다.

었다. 나 자신은 요堯[와 같은 우리 임금]의 측근 신하이고 [왕성에서 가까운] 경기 지방의 백성이다. 지금 천하 사람 중 하늘의 은혜를 입지 않은 사람은 없다. 만약 장수하고 부귀하며 높은 지위에 올랐고 자손도 많은 사람이 하늘의 은혜에 감격해 밤낮 그칠 줄 모르고 송축한다면, [이것은 거꾸로] 세상의 빈궁하고 기구한 이들은 하늘이 덮어 주지 못한 것이 된다. 이러한 감사와 칭송은 하늘이 넓지 못하다는 것을 드러낼 뿐이다. 베옷을 입고도 화려한 예복繡黻을 원하지 않고 거친 밥을 먹으면서도 산해진미를 바라지 않으며, 희희낙락 자적하며 하늘이 주신 것을 누리면서도 그렇게 된 이유는 알지 못한다. 이렇게 되어야 하늘이 넓은 것이다.

사람의 복이란 [자기에게] 맞는 것이 제일이다. 장수와 부귀영화는 모두 그 자잘한 항목일 뿐이다. 주인이 여기 식언와에서 지내는데, 보는 것은 눈에 맞고 듣는 것은 귀에 맞고 움직이고 쉬는 것은 몸에 맞는다. 아침과 낮에 만나는 것은 마음과 뜻에 맞고, 밤에 꾸는 꿈은 영혼에 맞는다. 내 평생을 스스로 헤아려 보니 한 가지도 마음대로 되지 않은 것이 없다. 그러나 한 번도 스스로 헤아려 본 적이 없었다. 자신의 행동을 마음속으로 점검해 보니 하나도 부끄러울 것이 없다. 그러나 한 번도 스스로 점검해 본 적이 없었다. 보는 사람들은 모두 그의 즐거움과 완전함을 안다. 그러나 한 번도 칭찬하거나 부러워한 적은 없었다. 하늘이 이처럼 이 사람에게 특별히 후하다. 그러나 한 번도 하늘의 은혜라고 생각해 본 적이 없었다. 그러므로 말한다. 하늘에 대해 알고 싶은 자는 식언와를 보아라.

○ 모두 꽃과 대와 나무를 많이 심는다. 연못을 파고 [그 가운데] 섬을 쌓고, 샘을 끌어대고 바위를 모아 사철 경치를 갖추어 놓고, 시절 따라 옮겨 다니며 산다. 살지 않을 때는 자제와 빈객들이 나누어 살게 한다. 빈방을 많이 마련해서 빈객 가운데 재주와 기예, 언변이 있는 자들을 머물게 한다.

6.

안채 남쪽에도 별원 세 곳이 있다. 모두 서별원과 비슷하니, 때때로 쉬기
도 하고 자기도 하는 곳이다. 첩이 있으면 [여기에] 살게 한다. 그러나 별원을
반드시 채울 필요는 없으니, 혹 비워 두더라도 괜찮다.

○○○ 〈남일원가南一院歌〉

봄바람 삼월 푸른 버들에 불고,
봄바람 붉은 비단 창에 불어 드네.
비단 창에 수놓인 문과 산호 장막,
향연 뿜는 황금 오리 주둥이.[78]
누각 위아래엔 비취와 앵무,
섬돌 좌우엔 작약과 매괴.
그사이 어떤 이 붉은 구슬 관 쓰고,
소박한 몸짓 세심한 마음, 시와 예를 지키네.
아두말[79] 천천히 옮기다 오리 날개처럼 멈추고,
난새 빗 잠깐 정돈하며 고운 이마[80] 수그린다.

---

78 향연 뿜는 황금 오리 주둥이 : 오리 모양의 황금 향로의 주둥이 부분에서 연기가 나온다는
표현이다.

79 아두말 : 원문은 '아말(鴉襪)'로, 아두말(鴉頭襪)을 가리킨다. 엄지발가락이 따로 갈라진 형
태의 버선이다. 이백의 시 〈월녀사(越女祠)〉 첫 수에서 "나막신 위에서 발이 서리 같으니,
아두말을 신지 않았네(屐上足如霜, 不著鴉頭襪)."라고 하였듯이, 미인을 형용하는 전형적인
표현이다.

80 고운 이마 : 원문은 '진수(螓首)'다. 아름다운 여자의 반듯한 이마를 일컫는 말이다. 『시경
(詩經)』 「국풍(國風)·위풍(衛風)」 〈석인(碩人)〉 4장에서 여인의 아름다운 용모를 묘사하는
중에 나오는 말이기도 하다. "손은 띠 싹 같고, 피부는 엉긴 기름 같고, 목은 나무굼벵이 같
고, 이는 박씨 같고, 매미 이마에 나방 눈썹, 생긋 웃는 예쁜 보조개, 아름다운 눈 또렷해라

옥 거문고와 은 아쟁은 타려 하지 않고,

손엔 「소남召南」[81] 옛 시의 책이 들렸네.

혜란 같은 자질로 일찍부터 신선 따라 놀아,

난초 같은 마음엔 티끌 하나 묻지 않았네.

묻노니 신선이란 과연 누군가?

안기생과 선문 늙은이[82] 아니라네.

꽃 앞의 수놓인 비단 깔개 바라보니,

각건[83] 높이 쓰고 금 술동이 대했구나.

아침엔 광막한 벌판廣漠에 놀아 구야九野를 넘나들고,[84]

저녁엔 용몽溶濛에서[85] 밥 먹으며 삼수三壽를 아이로 여기네.[86]

푸른 힘줄에 덥수룩한 눈썹과 노을 같은 기운,

(手如柔荑, 膚如凝脂, 領如蝤蠐, 齒如瓠犀, 螓首蛾眉, 巧笑倩兮, 美目盼兮)."

81 「소남(召南)」:『시경』「국풍(國風)」의 편명이다. 「소남」은 「주남(周南)」과 함께 주공(周公)과 소공(召公)의 채읍이었던 지역에서 채집된 노래로, 주 문왕과 후비의 교화를 증명하는 노래로 일컬어진다. 「주남」은 문왕 후비인 태사(太姒)의 덕을, 「소남」은 후비의 교화를 받은 제후국 왕비들의 덕을 읊은 노래들이다. 이 편들 혹은 여기 실린 시들은 부녀자의 교훈서로 많이 사용되었다.

82 안기생과 선문 늙은이 : 안기생(安期生)과 선문자고(羨門子高)다. 둘 다 진시황이 바닷가에서 만난 선인들이다.『사기』「진시황본기(秦始皇本紀)」, 「봉선서(封禪書)」 등.

83 각건 : 각건(角巾)은 각진 모양의 두건으로, 은사의 복장이다.『숙수념』바깥채가 '각건당' 이기도 하니,『숙수념』의 주인옹인 항해옹을 가리키는 것이기도 하다.

84 아침엔 광막한 …… 구야(九野)를 넘나들고 : 광막(廣莫)은『장자』「소요유」 마지막에 나오는 '광막지야(廣莫之野)'에서 가져왔다. 구야(九野)는 하늘을 가리키는 말이다.『여씨춘추(呂氏春秋)』「유시(有始)」에 "하늘엔 아홉 벌판이 있고, 땅에는 아홉 주가 있다(天有九野, 地有九州)."라고 했다. 이 단어는『열자(列子)』「탕문(湯問)」에도 나오는데, 장담(張湛)은 '구야'에 대해 "하늘의 여덟 방위(八方)와 중앙이다."라고 주석했다.

85 저녁엔 용몽(溶濛)에서 :『초사』「천문(天問)」에 "탕곡에서 나와 몽사(蒙汜)에 머문다(出自湯谷, 次于蒙汜)."라고 하였는데, 그 주(註)에 "서쪽 끝 몽수의 물가(蒙水之涯)로 들어간다는 것"이라고 했다.

86 삼수(三壽)를 아이로 여기네 : '삼수'는 장수한 사람을 말한다.『장자』「도척(盜跖)」편에서는 인간의 장수를 상수(上壽)·중수(中壽)·하수(下壽)로 나누고 있는데, 각각 백 세, 팔십 세, 육십 세이다. 이것을 묶어서 '삼수'라 한다.

가슴과 배 속엔 기성과 두성[87]이 벌여 있다.

막고야의 선인[88]도 내 스승 아니고,

봉래의 도객道客도 내 도반이 아닐세.

예전 복희씨[89] 방에 드나들던 생각 하니,

용마의 갈기를 어루만지며 기모氣母[90]를 탔지.

태극이 하나에서 둘을 낳는 모습[91] 직접 보았고,

『대역大易』의 육과 구를 만들 때[92] 참여해 들었네.

돌아와 느긋이 너희들과 만나면,

거처가 희희낙락 즐겁고 허물없네.

조정에선 고요皐陶와 기夔의 반열에 설 수 있고,

들에선 장저長沮와 걸닉桀溺[93]의 짝이 될 수 있네.

---

87 기성과 두성 : 남기성(南箕星)과 북두성(北斗星)이다. 원문의 '기두(箕斗)'는 뭇 별들을 함께 가리키는 말이기도 하다.

88 막고야의 선인 : 막고야 산에 사는 신선(神仙)을 말한다. 『장자』 「소요유(逍遙遊)」에 "막고야(藐姑射)의 산에 신인(神人)이 사는데, 살결이 빙설 같아서 처녀 같고, 오곡을 먹지 않고 바람을 호흡하며 이슬을 마신다(藐姑射之山, 有神人居焉, 肌膚若冰雪, 若處子, 不食五穀, 吸風飲露)."라고 했다.

89 복희씨 : 원문의 '포희(庖犧)'는 복희를 가리킨다. 복희씨 시절에 황하[河]에서 등에 하도를 진 용마가 나타났으니, 그것을 보고 복희씨가 팔괘(八卦)를 만들었다고 한다.

90 기모(氣母) : 원기(元氣)의 어머니, 근원으로, 기는 만물의 근원이며 만변(萬變)의 근거이기에 이렇게 말한다. 각주 56 참조.

91 태극이 하나에서 둘을 낳는 모습 : 태극에서 음양이 갈려 나오는 것을 말한다. 『주역(周易)』에서는 "태극이 양의를 낳는다(太極生兩儀)."고 했고, 주희(朱熹)는 "이는 다만 하나가 나뉘어 둘이 되는 것이니, 마디마다 이러하여 무궁에 이르도록 모두 하나가 둘을 낳는 것이다(此只是一分爲二, 節節如此, 以至於無窮, 皆是一生兩爾)."라고 해석했다. 『주자어류(朱子語類)』. 여기선 태극이 음양으로 나뉘던 시초를 이야기한다.

92 『대역(大易)』의 육과 구를 만들 때 : 『대역』은 『주역(周易)』이다. 육(六)은 음효(陰爻), 구(九)는 양효(陽爻)를 표시하는 숫자다. 『주역』은 천지만물을 상징하기 위해 64개의 괘를 설정하였는데, 괘를 이루는 효는 '양효(-)와 음효(--)로 구성된다. 64괘는 복희씨가 8괘를 겹쳐서 만들었다고도 하고, 신농씨가 만들었다고도 한다. 여기서는 복희씨가 음효와 양효를 배합해 괘를 만들던 때를 이야기하고 있다.

93 장저(長沮)와 걸닉(桀溺) : 춘추시대 초(楚)의 은사들이다. 세상을 피해 함께 농사지으며 살

태산을 숫돌 삼아 삐뚤빼뚤한 것 갈아 내고,

창해를 목욕탕 삼아 먼지와 때를 씻어 낸다.

너로 인해 남원 동쪽에서 머뭇대니,

고운 꽃 따고 따 뜰이 백 이랑이고,

네게 옥 주미[94]를 가져오게 해,

태허를 가리키며 별들로 달려가네.

하늘이 밝아 올 때까지 거나하게 취하니,

세간의 봄가을은 몇 번이나 지났는가?

○○○ 〈남이원부南二院賦〉

옥 계단 한가롭게 거닐며, 온갖 꽃들 모인 곳 보노라.

산호와 목난이 놓였으니, 붉음과 푸름이 섞였도다.[95]

현란한 수 비단 바삭거리고, 찬란히 번쩍이며 당을 채웠고,

쟁그랑 패옥 소리 귀에 가득해, 즐겁고 기뻐서 끝이 없도다.

거문고와 피리 번갈아 연주하니, 궁음과 상음이 교향하도다.

미처 다 보고 들을 수도 없으니, 정신은 아득히 밖으로 빠져나간다.

왔다.『논어』「미자(微子)」에는 공자가 자로를 보내 이들에게 길을 묻는 일화가 나온다. 그
들은 세상을 바꾸어 보려고 애쓰는 공자의 태도를 비판하는 대답을 한다.

94 옥 주미 : 자루가 옥으로 된 주미(麈尾)이다. 주미는 일종의 먼지떨이로, 도사들이 지녔던
의장이기도 하다.

95 산호와 목난이 …… 푸름이 섞였도다 : 목난(木難)은 금시조(金翅鳥)의 침방울이 변해서 만
들어졌다는 전설이 있는 푸른 보석이다. 이 구절은 조식(曹植)의 〈미녀편(美女篇)〉에서 주
인공 여성을 묘사한 구절을 가져와 녹여 놓았다. "머리엔 금작의 비녀, 허리엔 푸른 낭간
패옥·명주가 같은 몸을 감으니, 산호와 목난이 섞였네(頭上金爵釵, 腰佩翠琅玕, 明珠交玉體,
珊瑚間木難)." 조식의 〈미녀편〉은 혼기를 놓친 미녀를 통해 포부와 재능을 품고도 기회를
얻지 못한 지사의 처지를 비유한 것이라고 한다. 이 작품 내지『숙수념』의 전체적 성격을
생각할 때, 이를 고려한 선택이라고도 할 것이다.

복비憲妃와 금모金母[96]를 모았으니, 또 어찌 여수闔須와 서시西施[97]뿐이 랴?

왼쪽에서 자랑하고 오른쪽에서 뽐내니, 누가 예쁘고 누가 미운지 구 분되지 않네.

내 마음에 어여뻐하는 바 아니니, 어찌 돌아보고 반성하지 않겠는가?

나의 거처는,

목란을 조각해 지붕 만들고, 마노를 갈아 섬돌 만들었네.

단정함과 엄숙함으로 치장해 단청으로 삼고, 곧음과 순종을 굳게 해 아랫목 삼네.

뜰과 연못, 바위와 꽃들, 내 마음에 좋아하는 것과 맞도다.

그중 어떤 이, 정말 그윽하고 아름다우니,

부드러운 모습 유약한 듯, 예의 바른 모습 어리석은 듯,

엄숙한 모습 두려워하는 듯, 즐거운 웃음 장난치는 듯,

여름 난초처럼 무성하고 빼어나며, 가을 연꽃처럼 깨끗하고 곱네.

어린 난새 노을 위로 오르고, 약한 제비 바람 아래 나는데,

빠르지도 않고 늦지도 않게, 빛과 그림자처럼 나란하네.

놀에 닿는 고운 관 받들어 쓰고, 무늬 비단 고운 버선 신고,

구슬 빗장 열치며 살짝 돌아보고, 마노 벽돌 밟으며 천천히 머무네.

부드러운 손길로 꽃을 꺾으며, 누구를 기다리느라 멈추어 머뭇거리나?

펄펄 나는 오색 새 어루만지며, 어여쁜 소리로 말을 주고받는 듯.

이때엔,

---

96 복비(憲妃)와 금모(金母) : 복비는 복희씨의 딸로, 낙수에 빠져 죽어서 낙수의 신이 되었다 는 전설 속의 여성이다. 금모는 서왕모의 별칭이다. 서왕모는 곤륜산에 산다는 최고위직 여신이다.

97 여수(闔須)와 서시(西施) : 여수는 여주(闔姝)라고도 한다. 전국시대 양왕(梁王) 위적(魏翟) 의 미녀이다. 서시는 춘추시대 월(越)의 미인이다. 월왕 구천(句踐)이 오왕(吳王) 부차(夫 差)에게 패한 뒤에, 미인계를 위해 서시를 부차에게 바쳐 오를 망하게 했다.

바다 밑에서 꽃이 피고, 눈 속에 앵무새 노래하고,

포윤包尹[98]이 광대 짓을 하고, 구담瞿曇[99]이 취기를 머금는다.

참으로 성정이 아름답기 때문이지, 어여쁜 얼굴이 사랑받는 것 아닐세.

하물며 사람 대하는 큰 강령이란, 단정하고 조심하는 게 우선임에랴.

명월 같은 보주를 비끄러매고, 고요한 물 담긴 둥근 쟁반 받들었고,

옥을 가르는 긴 칼을 찼으니,[100] 빛이 일렁이며 똬리를 튼다.

정원의 깊숙한 곳을 따라, 빛나는 제철 사물을 관람하고,

깎은 바위를 가지고 우뚝함을 견주고, 네모 연못의 물을 뜨며 맑음을 생각하네.

활짝 핀 예쁜 모습과 이웃하고, 앵앵하며 화답하는 새소리 즐기네.[101]

종려 지팡이 받들고 음성을 기다리며, 내 은애를 받아도 무람없이 함부로 마라.

내 거문고에 어울려 연주하도록 하니, 올망졸망 [마름풀] 거두어 짝이 되리라.[102]

---

98 포윤(包尹) : 개봉부윤(開封府尹)을 지낸 송(宋)의 포증(包拯)을 가리킨다. 그는 개봉부윤 재직 중의 공정한 판결, 특히 권력과 지위를 이용한 부패와 비리를 추상같이 척결하고, 가난하고 약한 자의 편을 드는 판결로 유명하다. 대중적으론 포청천(包靑天)이란 별명으로 더 유명한 사람이다. 시호는 효숙(孝肅)이라, 포효숙으로도 불린다.

99 구담(瞿曇) : 석가모니의 성이 구담이다. 부처의 대칭, 나아가 승려의 대칭으로 쓰인다.

100 옥을 가르는 긴 칼을 찼으니 : 주 목왕(周穆王)이 서융(西戎)을 정벌하고 받았다는 곤오검(錕鋙劍)을 가리키는 듯하다. 한 척 몇 치쯤의 칼인데, 붉은 칼날로 옥을 자르면 진흙이 잘리듯 잘렸다고 한다. 『열자(列子)』「탕문(湯問)」.

101 앵앵하며 화답하는 새소리 즐기네 : '앵앵하며 화답하는 새소리'의 원문은 '앵앵지화명(嚶嚶之和鳴)'이다. 『시경』「소아(小雅)·녹명지십(鹿鳴之什)」〈벌목(伐木)〉의 제1장에서 가져왔다. "떵떵 나무를 베니, 앵앵 새가 우네. 깊숙한 골짜기에서 나와, 높은 나무로 옮겨가네. 그 소리 울림은, 벗을 찾는 소리로다. 저 새들을 자세히 보니, 벗을 찾는 소리로다. 하물며 사람이, 벗을 찾지 않을까. 조심하고 경청하면, 화락하고 평안해지리라(伐木丁丁, 鳥鳴嚶嚶. 出自幽谷, 遷于喬木. 嚶其鳴矣, 求其友聲. 相彼鳥矣, 猶求友聲. 矧伊人矣, 不求友生. 神之聽之, 終和且平)." ○ 벗들과 사이좋게 지낸다는 의미이다. 첩이 주부를 보좌하고 다른 첩들과 사이좋게 지내는 모습을 요구하는 뜻인 듯하다.

102 내 거문고에 …… 짝이 되리라 : 『시경』「국풍(國風)·주남(周南)」〈관저(關雎)〉제3장의

즐거움이 계속돼도 방탕하지 않으니, 번잡한 피리의 어지러운 소리는 배척하네.

달과 별이 지게문에 오기까지 우두커니, 혼자서 이 곧은 마음을 지키고 있으리.

그리하여 시를 지어 칭송하니

산에는 계수나무가 있고, 물에는 족두리풀 있네.
나에게 옥구슬을 주니,[103] 예리하고 빛나도다.[104]
오래 재계하고 은혜로운 음성을 받드나,
못난 그림자 돌아보니, 선뜻 맞이할 수 없구나.

대개
정신이 조화롭고 뜻은 총명하고, 모습은 빼어나니 정이 싹트네.
조용히 예의를 지켜, 사악한 데 발길 닿지 않으니,
어찌 진흙에 붉은 분 바르고 시끄럽게 육의六義[105]를 어지럽히는 자,
동류라 칭하리?

말들을 이리저리 엮어 사용하고 있다. "울명줄명 마름풀, 이리저리 캐네. 요조숙녀를, 금과 슬로 벗하려네(參差荇菜, 左右采之. 窈窕淑女, 琴瑟友之)." 군자와 숙녀가 금슬이 좋은 모습을 형용하는 구절이다.

103 나에게 옥구슬을 주니 : 『시경』 「국풍(國風)·위풍(衛風)」 〈모과(木瓜)〉의 "나에게 모과를 던지매, 옥구슬로 갚도다. 갚으려는 것이 아니라, 길이 좋아하잔 것일세(投我以木瓜, 報之以瓊琚. 匪報也, 永以爲好也)."라는 구절을 변형하고 있다.

104 예리하고 빛나도다 : 원문 '염귀(廉劌)'는 예리한 물건을 뜻한다. 『노자(老子)』에선 "예리하지만 사람을 상하진 않고, 솔직하지만 제멋대로는 아니고, 환하지만 눈부시진 않는다(廉而不劌, 直而不肆, 光而不耀)."라고 했다.

105 육의(六義) : 분명하지 않다. 문맥상 육례(六禮)의 의미로 쓰인 것이 아닌가 한다. 육례는 정식 혼례의 절차로 납채(納采)·문명(問名)·납길(納吉)·납폐(納幣)·청기(請期)·친영(親迎)이다. 육례의 혼인 절차를 통해 가정 내의 유가적 처첩 질서를 상징하고 있다고 보인다.

○○○ 〈남삼원 춘상서南三院春賞序〉¹⁰⁶

들으니

항아는 거울을 나누고, 시영은 백유성에서 빛나고¹⁰⁷

옥녀가 대야를 받들어, 소음을 연화봉에 표시하였네.¹⁰⁸

비록 다시

깊은 연못¹⁰⁹ 맑게 잠겼어도, 불어오는 바람에 잔물결 일고

만상이 텅 비어도,¹¹⁰ 헤살 짓는 봄볕에 마른 등걸 싹을 틔우네.

---

106 시서(詩序)로, 서 부분은 변려문이다.

107 항아는 거울을 …… 백유성에서 빛나고 : 원문의 '소아(素娥)'는 항아(嫦娥)의 다른 이름이
다. 항아는 달의 여신인데, 달빛이 희기 때문에 '소아'라고도 한다. 흐르는 달빛 자체를
가리키는 말이기도 하다. '항아가 나눈 거울'이란 반달을 의미하는 것으로 생각된다. ○
'시영'과 '백유성'은 별 이름이다. 시영성(始影星)은 무녀성(婺女星) 곁의 작은 별인데, 부
녀들이 하지 밤에 이 별에 제사를 지내면 아름다운 얼굴을 얻게 된다고 한다. 『패문운부
(珮文韻府)』 권51. 원문의 '유전(楡躔)'은 백유성(白楡星)으로, 북두성 옆에 있는 별이라고
한다. 악부 〈농서행(隴西行)〉에 "하늘 위엔 무엇이 있는가, 가지런히 백유가 심겨 있네(天
上何所有, 歷歷種白楡)."라고 했는데, 백유(白楡)는 흰 느릅나무로, 별을 가리키는 말이라고
한다. 『악부시집(樂府詩集)』 권37. 이 노래는 아름다운 귀부인이 손님을 잘 접대하고 예
의가 있음을 칭송하는 시이다.

108 옥녀가 대야를 …… 연화봉에 표시하였네 : 화산(華山)에 사는 여선(女仙) 명성옥녀(明星玉
女)의 고사를 사용하고 있다. 화산의 산정에는 돌 거북이 있고, 그 곁에 하늘로 통하는 돌
층계가 있었다고 한다. 옥녀사(玉女祠) 앞에는 돌절구 다섯 개가 있는데, 옥녀가 머리 감
던 대야라고 한다. 『태평광기(太平廣記)』 「여선 4(女仙四)」. ○ '소음'은 서쪽 방위를 가리
킨다. 화산은 서산(西山)이다. 『백호통(白虎通)』에 의하면, "서방은 소음이라 만물을 꽃피
게 한다. 그래서 화산이라고 한다(西方少陰, 用事萬物生華, 故曰華山)."고 했다. 연화봉은 화
산의 주봉이다.

109 깊은 연못 : 원문은 '구연(九淵)'이다. 깊고 깊은 연못이라는 뜻이다. 『장자(莊子)』 「열어구
(列御寇)」에서 "천금의 구슬은 반드시 구중의 연못, 여룡의 턱 아래에 있다(夫千金之珠, 必
在九重之淵, 而驪龍頷下)."라고 하고, 가의(賈誼)가 이것을 이용해 〈조굴원부(吊屈原賦)〉에
서 "구연에 깊이 숨은 신룡이여, 아득히 깊이 잠겨 스스로 진중히 하도다(襲九淵之神龍兮,
沕深潛以自珍)."라고 하였다.

110 만상이 텅 비어도 : 원문은 '삼료(參寥)'이다. 『장자』 「대종사(大宗師)」에 나오는 말로, 텅
비고 높고 멀어, 언어와 문자의 길이 끊어진 현묘(玄妙)한 상태를 의인화한 말이다. "남백
자규가 말하였다. '선생은 홀로 어디에서 그것을 들었습니까?' 여우가 말하였다. '부묵의

이러한 까닭으로

기岐의 성인께선 얽힌 칡덩굴로 복을 누렸고,[111]

노魯의 스승께선 잡목과 쑥대로 경계하셨네.[112]

이것들은 모두

덕을 밝히는 노래에 실렸고,

'현인과 바꾼다'는 훈계[113]에 빛나니,

어둡고 아득한 하늘의 모습을 증명하고, 선경仙經의 기이함에 참여할 뿐만 아닐세.

다만

욕구를 따르다 정을 상하니, 위衛의 장사치 이랬다저랬다 끝까지 하

아들에게서 들었다. 부묵의 아들은 낙송의 손자에게서 들었고, 낙송의 손자는 첨명에게서 들었으며, 첨명은 섭허에게서 들었고, 섭허는 수역에게서 들었으며, 수역은 오구에게서 들었고, 오구는 현명에게서 들었으며 현명은 삼료에게서 들었고, 삼료는 의시에게서 들었다.'(南伯子葵曰: '子獨惡乎聞之?' 曰: '聞諸副墨之子, 副墨之子聞諸洛誦之孫, 洛誦之孫聞之瞻明, 瞻明聞之聶許, 聶許聞之需役, 需役聞之於謳, 於謳聞之玄冥, 玄冥聞之參寥, 參寥聞之疑始')." 여기 나오는 인물들은 모두 어떤 상태에 대한 의인화이다.

111 기(岐)의 성인께선 …… 복을 누렸고 : '기의 성인'은 주 문왕(周文王)을 가리킨다. 기는 문왕의 도읍이다. '가지에 얽힌 칡덩굴[葛藟]'은 『시경』 「국풍(國風)·주남(周南)」의 〈규목(樛木)〉에 나오는 표현이다. 문왕의 후비가 투기하지 않고 후궁들에게 두루 은혜를 베풀어 집안을 편안하게 하였던 덕을 칭송하는 노래라고 한다. "남산 아래 늘어진 나뭇가지 있으니, 칡덩굴이 얽히었네. 즐거우신 군자는 복록으로 편안하도다(南有樛木, 葛藟纍之, 樂只君子, 福履綏之)." 늘어진 가지는 후비를, 가지를 감은 칡덩굴은 후궁들을 비유한다고 한다.

112 노(魯)의 스승께선 잡목과 쑥대로 경계하셨네 : '노의 스승'은 공자를 가리킨다. 공자는 노(魯) 출신이다. '잡목과 쑥대[薪蔞]'는 『시경』 「국풍·주남(周南)」의 〈한광(漢廣)〉에 나오는 표현이다. "쑥쑥 뻗은 잡목 속에 그 쑥대를 베리라. 이 아가씨가 시집가매, 그 망아지에게 먹이를 먹이리라. 한수가 넓어 헤엄쳐 갈 수 없으며, 강수가 길어 뗏목으로 갈 수 없도다(翹翹錯薪, 言刈其蔞, 之子于歸, 言秣其駒, 漢之廣矣, 不可泳思, 江之永矣, 不可方思)." 원래 음탕하던 강·한의 풍속이 문왕에 의해 교화되어 음탕한 풍속이 사라졌으니, 놀러 나온 여자들을 바라보고도 예전처럼 함부로 하지 못함을 탄식하는 노래라고 한다. 이 노래를 『시경』으로 편집한 사람이 공자이니, 그의 교화의 의도가 이 시에 실려 있다는 뜻이다.

113 '현인과 바꾼다'는 훈계 : 『논어』 「학이(學而)」편에 나오는 자하(子夏)의 말이다. "어진 이를 어질게 여기되 여색을 좋아하는 마음과 바꾼다(賢賢易色)."는 것이니, 여색을 좋아하는 마음을 현인을 좋아하는 마음으로 바꾼다는 뜻이다.

지 않고,[114]

시에 돈독하고 예를 지키니, 추鄒의 현인은 [시첩] 수백 명도 하지 않는
다.[115]

두와 변을 차례로 늘어놓고,[116] 〈실솔蟋蟀〉 장 들으며 [지나친] 즐거움을
경계하고,[117]

---

114 위(衛)의 장사치 …… 하지 않고 : 『시경』「국풍·위풍(衛風)」의 〈맹(氓)〉 1장과 4장을 이용
해 변형했다. '위의 장사치'의 원문은 '위무(衛貿)'이다. 〈맹〉의 1장에 "미련한 백성이 베
를 안고 실을 산다더니, 실을 사러 온 것이 아니라, 와서 나를 도모하더라(氓之蚩蚩, 抱布貿
絲. 匪來貿絲, 來卽我謀)."에서 '무(貿)'가 나왔다. 실을 팔러 온 장사치를 뜻하는 말로 전용
되었고, 「위풍」이니 '위(衛)의 실 장수'인 셈이다. '이랬다저랬다 지극하지 않고'는 〈맹〉
의 4장 "여자가 잘못이 아니라, 남자가 그 행실을 바꾸느니라. 남자가 지극함이 없으니,
그 덕을 두세 가지로 하는구나(女也不爽, 士貳其行. 士也罔極, 二三其德)."에서 직접 가져왔
다. 원래 〈맹〉은 여자가 잘못 남자를 택했다가 팔자를 망친 것을 후회하고 원망하는 노
래로 사대부의 입신을 조심해야 한다는 비유로 해석되지만, 여기서는 욕구에 따라 여러
여자를 바꾸는 위나라 실 장수의 행실을 이야기하는 것으로 인용했다.

115 추(鄒)의 현인은 …… 하지 않는다 : '추의 현인'은 맹자이다. 맹자는 추현(鄒縣) 출신이다.
이 말은 『맹자』「진심 하(盡心下)」에 나온다. "대인 앞에서 유세할 때는 하찮게 여기고 드
높은 위세를 보지 말아야 한다. 당의 높이가 몇 길 되는 것과 서까래 머리가 몇 자 되는
것을, 나는 뜻을 얻더라도 하지 않을 것이다. 밥상 앞에 음식이 한 길이나 진열되는 것과
시첩 수백 명이 모시는 것을, 나는 뜻을 얻더라도 하지 않을 것이다. 즐기고 술을 마시며,
말을 달리고 사냥하며, 뒤에 따르는 수레가 천 대인 것을, 나는 뜻을 얻더라도 하지 않을
것이다. 저에게 있는 것은 모두 내가 하지 않을 것들이고, 나에게 있는 것은 모두 옛 법이
다. 내 어찌 저들을 두려워하겠는가?(說大人則藐之, 勿視其巍巍然. 堂高數仞, 榱題數尺, 我得志
弗爲也. 食前方丈, 侍妾數百人, 我得志弗爲也. 般樂飮酒 驅騁田獵, 後車千乘, 我得志弗爲也. 在彼者,
皆我所不爲也, 在我者, 皆古之制也. 吾何畏彼哉?)"

116 두와 변을 차례로 늘어놓고 : 원문은 '질두초변(秩豆楚籩)'이다. 『시경』「소아(小雅)·보전
지십(甫田之什)」〈빈지초연(賓之初筵)〉에 "손님이 처음 자리에 나아갈 때는 좌우가 질서
정연하거늘, 변과 두가 나란히 놓이고 안주와 과일이 진열되어 있도다(賓之初筵, 左右秩
秩. 籩豆有楚, 殽核維旅)."라고 한 것에서 조합했다.

117 〈실솔(蟋蟀)〉 장 들으며 [지나친] 즐거움을 경계하고 : 〈실솔〉은 『시경』「국풍·당풍(唐風)」
의 노래이다. 1장은 "집안에 귀뚜라미, 한 해도 저물어 가네. 지금 내가 즐기지 않으면,
세월은 그냥 가 버린다. 너무 무사태평하지 말고, 집안일도 생각해야지. 즐겁게 즐겨도
지나치지 않으니, 훌륭한 선비는 늘 조심한다네(蟋蟀在堂, 歲聿其莫. 今我不樂, 日月其除. 無
已大康, 職思其居. 好樂無荒, 良士瞿瞿)."이다. 흘러가 버리는 세월에 현재를 즐기자고 이야
기하면서도, 지나친 탐닉을 경계하고 있다.

현과 피리 떠들썩하게 울리니, 〈관저關雎〉의 마지막 장 연주하며 음란할까 조심하네.[118]

이는 그 사람에 달린 것,

어찌 정의 잘못이랴?

하물며 기다리며 노래하는 물줄기의 잉첩이지,[119]

추파를 흘리는 교외의 미인이 아님에랴?[120]

아름다운 덕으로 치장하고 자태를 빛내니, 쌍연 화로[121] 보석 휘장 필

---

118 〈관저(關雎)〉의 마지막 …… 음란할까 조심하네 : 원문의 '저란(雎亂)'이라 한 것은 〈관저〉 편의 마지막 장이라는 의미이다. 고대에는 악곡의 마지막 장을 '난(亂)'이라고 했다. 〈관 저〉는『시경』「주남(周南)」의 첫 작품으로, 문왕(文王)과 후비의 이상적인 유교적 부부 생 활을 노래한 것이다. 『논어』「태백(泰伯)」에는 공자가 〈관저〉의 마지막 장을 연주하는 것을 듣고 남긴 평이 실려 있다. "악사인 지가 처음 벼슬했을 때 연주하던 〈관저〉의 끝 장 악곡이 양양하게 귀에 가득하구나(師摯之始, 關雎之亂, 洋洋乎盈耳哉!)!" ○'음란할까 조 심하네[思淫]' 역시 공자의 말에서 가져왔다. 공자는 〈관저〉에 대해 "즐거우나 음란하지 않고 슬프나 해치진 않는다(樂而不淫, 哀而不傷)."라는 평을 남겼다. 『논어』「팔일(八佾)」.

119 기다리며 노래하는 물줄기의 잉첩이지 :『시경』「국풍(國風)·소남(召南)」의 〈강유사(江有 汜)〉 3장에서 가져왔다. "강에도 갈라진 물줄기가 있거늘, 이 아가씨 시집갈 때 나를 찾 지 않았도다. 나를 찾지 않았으나 휘파람 불다가 노래하도다(江有汜, 之子歸, 不我過, 不我 過, 其嘯也歌)." 소서(小序)에 의하면 문왕 때 적처가 시집가면서 잉첩(媵妾)을 데리고 가지 않자, 잉첩이 부른 노래라고 한다. 고대의 혼인 제도에선 제후의 딸이 시집갈 때 잉첩들 을 거느리고 함께 갔다. 그런데 그것을 기다리고 있던 잉첩을 데리고 가지 않기 때문 에 그 잉첩은 힘든 처지가 되었으나 원망하지 않았기에, 잉첩을 아름답게 여기는 것이라 고 한다.

120 추파를 흘리는 교외의 미인이 아님에랴? : 송옥(宋玉)의 〈등도자호색부(登徒子好色賦)〉에 서 가져왔다. "이때는 봄의 끝자락을 향해 여름의 태양을 맞이하니 꾀꼬리는 지저귀고 여러 여자가 뽕 따러 나옵니다. 이 교외의 미녀들은 아름답고 눈부시니 자태는 아름답 고 용모는 요염해 치장할 필요가 없습니다. …… 기쁨을 머금고 미소 지으며 몰래 보면 서 추파를 흘렸습니다(是時向春之末, 迎夏之陽, 鶬鶊喈喈, 群女出桑. 此郊之姝, 華色含光, 體美容 冶, 不待飾裝 …… 含喜微笑, 竊視流眄)." ○송옥은 전국시대 초(楚)의 사람으로, 굴원(屈原)의 제자이다. 굴원의 뒤를 이어 초사(楚辭)의 대가로 일컬어졌다. 〈구변(九辯)〉, 〈초혼(招魂)〉, 〈풍부(風賦)〉, 〈고당부(高唐賦)〉, 〈신녀부(神女賦)〉, 〈등도자호색부(登徒子好色賦)〉 등의 작 품이 있다.

121 쌍연 화로 : 이백의 〈양판아(楊判兒)〉에서 가져왔다. "백산향로에 침향이 타오를 적에, 두 줄기 연기 하나 되어 붉은 노을로 솟아오르네(博山爐中沈香火, 雙煙一氣凌紫霞)."

요 없고,

온화한 소리로 받들고 예로 접대하니, 어찌 한 섬의 진주 필요하랴?[122]

붉은 연지로 단장함을 비루하게 여기고,

푸른 먹으로 뽐내는 것 부끄럽게 여긴다.

출가 전엔, 곧은 마음과 향기론 모습, 일곱 개 열매를 취해 봄을 그리고,[123]

시집가서는, 찬란한 베개 화려한 이불, 삼성을 바라보며 밤을 모시네.[124]

추운 물가의 화려한 배 안, 쌓인 반비에 놀라지 않고,[125]

---

[122] 어찌 한 섬의 진주 필요하랴? : '한 섬의 진주'의 원문은 '일곡진주(一斛眞珠)'이다. 당 현종의 후궁인 매비(梅妃) 강채빈(江采蘋)의 일화에서 가져왔다. 매비는 양귀비의 등장으로 총애를 뺏기고 상양궁(上陽宮)에 머물렀다. 위로의 뜻으로 황제가 진주 한 섬을 은밀히 하사했다. 매비는 받지 않고 시를 지어 보냈다. "계수나무 이파리 같은 두 눈썹 그리지 않은 지 오래, 지워진 화장이 눈물과 함께 붉은 비단 적신다오. 장문궁에선 종일 세수도 빗질도 않는데, 어찌 반드시 진주가 적막함을 위로하리오(桂葉雙眉久不描, 殘粧和淚濕紅絹, 長門盡日無梳洗, 何必珍珠慰寂寥)." '일곡주(一斛珠)'는 사패(詞牌) 명이기도 한데, 현종은 강채빈의 시를 악곡으로 짓게 하고 그렇게 명명했다고 한다. 『설부(說郛)』〈매비전(梅妃傳)〉.

[123] 일곱 개 …… 봄을 그리고 : '일곱 개 열매를 취해[墍七實]'는 『시경』「국풍·소남(召南)」〈표유매(摽有梅)〉 1장의 "떨어지는 매실이여, 그 열매가 일곱이로다. 내게 구혼할 도련님들, 좋은 기회 붙잡아요(摽有梅, 其實七兮. 求我庶士, 迨其吉兮)."라고 한 것을 인용했다. 〈표유매〉는 혼기에 찬 여성이 좋은 짝을 기다리는 노래라고 한다. ○ '봄을 그리워한다[懷春]'는 「소남(召南)」〈야유사균(野有死麕)〉 1장의 "들에서 잡은 노루를, 흰 띠풀로 곱게 싸네. 봄을 그리는 아가씨, 길사가 유혹하네(野有死麕, 白茅包之. 有女懷春, 吉士誘之)."에서 인용했다. 문왕의 교화로 여자들이 정숙해서 스스로 자신을 지킬 줄 알아 강포한 자에게 더럽혀지지 않음을 노래한 것이라고 한다.

[124] 삼성을 바라보며 밤을 모시네 : 삼성(三星)은 심성(心星)으로, 부부의 만남을 상징한다. 『시경』「국풍·당풍(唐風)」〈주무(綢繆)〉 1장에 나온다. "얽어 묶은 땔나무 다발, 삼성이 하늘에 떠 있도다. 오늘 저녁이 어떤 저녁인가? 이 좋은 분을 만났노라. 그대여, 그대여, 이 좋은 분을 어쩌리오?(綢繆束薪, 三星在天. 今夕何夕? 見此良人. 子兮子兮, 如此良人何?)" '이 좋은 분[良人]'은 남편을 가리키는 말이다. ○ '밤을 모시네[當夕]'는 『예기』「내칙(內則)」에 나오는 말이다. "아내가 없을 때 감히 첩이 밤에 모시지 못한다(妻不在, 妾御莫敢當夕)."고 했는데, 오징(吳澄)은 "옛날엔 처와 첩이 각기 모시는 밤이 있으니, 당석은 처가 모시는 밤이다(古者, 妻妾各有當御之夕, 當夕, 當妻之夕也)."라고 해설했다.

[125] 추운 물가의 …… 놀라지 않고 : 반비(半臂)는 윗옷 위에 덧입던, 깃과 소매가 없거나 소매가 아주 짧은 겉옷이다. 송의 송기(宋祁)의 고사를 사용하였다. 『동헌필록(東軒筆錄)』에는 다음과 같은 기사가 있다. "송자경에게 내총이 많아 후정에 비단옷 끄는 여인들이 매우 많았다. 한번은 금강에서 연희를 즐기다 마침 한기가 약간 느껴져 반비를 가져오라고

밤 누각 붉은 등불 아래, 몸 돌려 안길 품을[126] 사모하겠는가?

주인은

갈천씨葛天氏와 무회씨無懷氏[127]의 유로遺老요,

방호方壺와 원교員嶠[128]의 산선散仙[129]이라.

안개 아씨 구름 여신, 흰 달을 말아 부채로 받치고,

비경飛瓊과 소옥小玉,[130] 붉은 은하수[131] 떠서 주전자 받든다.

학과 난새를 타니, 이름은 『운급칠첨雲笈七籤』[132]의 첫머리에 오고,

명했다. 첩들이 모두 한 벌씩 보내와 10여 벌이 한꺼번에 도착했다. 자경은 이를 보고 망
연자실하다가 후대하고 박대하였다는 혐의를 살까 두려워 입지 않고 추위를 참다가 돌
아갔다(宋子京多內寵, 後庭曳綺羅者甚衆. 嘗宴于錦江, 偶微寒, 令取半臂, 諸婢各送一枚, 凡十餘枚
俱至. 子京視之茫然, 恐有厚薄之嫌, 竟不敢服, 忍凍而歸)." 자경(子京)은 송기의 자(字)이다.

126 몸 돌려 안길 품을 : '회신지포(回身之抱)'는 악부 〈벽옥가(碧玉歌)〉의 내용에서 나왔다.
〈벽옥가〉는 진(晉) 여남왕(汝南王)이 지은 것으로, 벽옥은 여남왕 사마의(司馬義)의 첩 이
름이다. 그 두 번째 수에 "벽옥이 열여섯, 서로 정이 깊었네. 낭군에게 감동해 낭군을 부
끄러워하지 않고, 몸을 돌려 낭군의 품으로 드네(碧玉破瓜時, 相爲情顚倒. 感郎不羞郎, 回身
就郎抱)."라고 했다. 『악부시집(樂府詩集)』.

127 갈천씨(葛天氏)와 무회씨(無懷氏) : 원문은 '갈회(葛懷)'로, 갈천씨와 무회씨의 병칭이다.
두 사람 모두 전설 속의 상고시대 제왕들이다. 이들의 시대는 풍속이 순박하고 백성이
근심 걱정 없었던 시대로 이야기된다. 도잠(陶潛)의 〈오류선생전찬(五柳先生典贊)〉에 "술
을 따르고 시를 짓고, 자신의 뜻을 즐기니, 무회씨의 백성인가, 갈천씨의 백성인가?(酣觴
賦詩, 以樂其志, 無懷氏之民歟, 葛天氏之民歟?)"라고 했다.

128 방호(方壺)와 원교(員嶠) : 원문은 '호교(壺嶠)'로, 전설 속 신선들의 세계인 방호와 원교의
병칭이다.

129 산선(散仙) : 도교 용어로, 아직 선계의 관직을 얻지 못한 신선을 일컫는 말이다.

130 비경(飛瓊)과 소옥(小玉) : 선녀들의 이름이다. 비경은 선녀 허비경(許飛瓊)을 가리킨다.
서왕모(西王母)의 시녀이다. 소옥은 봉래궁(蓬萊宮)의 시녀로 여선(女仙)이다. 백거이(白
居易)의 〈장한가(長恨歌)〉에, "소옥을 시켜 쌍성에게 알리라고 한다(轉教小玉報雙成)."라고
하였다.

131 붉은 은하수 : 원문은 '강한(絳漢)'이다. 은하수를 말하는데 '강하(絳河)'라고도 한다. 은하
수는 북극으로부터 남쪽에 있고, 남방은 화에 속하고 색으로는 적색이니, 남방의 색을
빌려 칭하는 것이다. 한편 『습유기(拾遺記)』에 "강하는 해로부터 남쪽으로 십만 리에 있
어, 파도가 진홍색이다. 적색 물고기가 많은데 살지고 맛이 좋아서 먹을 만하다. 상선(上
仙)이 먹으면 후천으로 화생한다(絳河去日南十萬里, 波如絳色. 多赤色魚, 而肥美可食. 上仙得服
之, 則後天而化)."라고 했다.

132 『운급칠첨(雲笈七籤)』 : 송(宋)의 장군방(張君房)이 진종(眞宗)의 칙령에 의해 도가서를 총

94

용과 호랑이 단련해,[133] 공이 『구정신도九鼎神圖』[134]로 완성되네.

오히려 다시

『이견지夷堅志』[135]의 모호함 물리치고,

『완위여편宛委餘編』[136]의 지리함 싫어하네.

예禮의 밭에다 말을 멈추고,

덕德의 숲에서 궤도를 따르네.

별면鷩冕과 붉은 치마, 삼왕의 옛 제도를 상고하고,[137]

집한 이후, 그 정수를 추려 1만여 조목의 책으로 만든 도가서이다.

133 용과 호랑이 단련해 : 단약을 만든다는 의미이다. 주희는, "용 · 호(龍虎)니 감 · 이(坎離)니 수 · 화(水火)니 연 · 홍(鉛汞)이니 하지만, 단지 서로 그 이름을 바꿨을 뿐 사실은 정(精)과 기(氣) 두 가지의 다른 이름들일 뿐이다. 용(龍)은 수(水)이고 감(坎)이고 수은이며 정(精)이고, 호(虎)는 화(火)이고, 이(離)이고 납이며 기(氣)이다. 따라서 단약을 만드는 법은 정(精)과 기(氣)를 신묘하게 운용하여 맺혀서 단약이 되게 하는 것(坎離水火龍虎鉛汞之屬, 只是互換其名, 其實只是精氣二者而已. 精水也, 坎也, 龍也, 汞也. 氣火也, 離也, 虎也, 鉛也. 其法以神運精氣, 結而爲丹)"이라고 했다. 『주자어류(朱子語類)』 「참동계(參同契)」.

134 『구정신도(九鼎神圖)』 : 아홉 개의 솥을 벌려놓고 혹은 아홉 차례에 걸쳐 단약을 단련하는 방법을 그린 그림이라는 의미로 보인다. 동진(東晉)의 화교(華僑)가 편찬한 『자양진인주군내전(紫陽眞人周君內傳)』에서 주의산(周義山)을 일러 "학명산에 올라, 양안군을 만나 『금단경』과 『구정신단도』를 받았다(乃登鶴鳴山, 遇陽安君受『金丹經』 · 『九鼎神丹圖』)."라고 하였다.

135 『이견지(夷堅志)』 : 송의 홍매(洪邁)가 엮은 설화집이다. 주로 민간의 괴담(怪談)을 모은, 일종의 필기체 지괴소설집(志怪小說集)이다.

136 『완위여편(宛委餘編)』 : 명(明)의 왕세정(王世貞)이 지은 잡록 형태의 유서(類書)이다. ○ 원문은 '완위(宛委)'이다. '완위'라는 이름은 우(禹)가 완위산에서 얻었다는 금간옥자(金簡玉字)의 비서를 의미할 수도 있다. 그러나 여기서는 '지리하다'라는 표현이나, 대구가 되는 『이견지』가 실제 책 이름이라는 점에서 『완위여편』을 의미하는 것으로 보았다. 『완위여편』은 왕세정 독서의 유행과 함께 조선 후기 지식인들 사이에서 매우 널리 읽혔다.

137 별면(鷩冕)과 붉은 …… 제도를 상고하고 : 별면은 주(周)의 천자나 제후가 입었던 예복이다. 『주례(周禮)』 「춘관(春官) · 사복(司服)」. 각기 옥 열두 개를 끼운 아홉 줄의 면류를 드리우고, 상의엔 화충(華蟲) · 화(火) · 종이(宗彝)의 삼종 도안을, 하의엔 조(藻) · 분미(粉米) · 불(黻) · 보(黼) 4종의 도안을 수놓는다. '붉은 치마[彤裳]'는 제복(祭服)이다. 『상서』 「주서(周書) · 고명(顧命)」에 "태보와 태사와 태종은 모두 마면(麻冕)에 붉은 치마를 입는다(太保太史太宗, 皆麻冕彤裳)."라고 했다. ○ 삼왕(三王)은 하(夏)의 우왕(禹王), 은(殷)의 탕왕(湯王), 주(周)의 문왕(文王)을 일컫는 말이다.

동이 속 물고기와 뜰의 풀,[138] 아홉 번 단련한[139] 이전 공은 잊었다.

이때에는

대지는 봄바람을 불어 내고,[140] 새 [봄의] 햇살은 아름다움을 자랑하며,

아름다운 뽕나무[141] 펼쳐져 나오고, 해는 길게 펼쳐지네.[142]

이에 비둘기 우는 꽃길로 가니, 명서풍[143]이 불어오네.

온갖 꽃들 수를 놓아, 도미와 옥예[144]가 고운 모습 겨루고,

온갖 새들 쟁을 연주하니, 까치와 꾀꼬리 교묘함을 다투며,

---

138 동이 속 물고기와 뜰의 풀 : '동이 속 물고기'는 북송 정호(程顥)의 고사이다. 그는 분지(盆池)에다 작은 물고기 몇 마리를 키우면서 때때로 관찰했는데 이유를 묻자 "만물이 자득하는 뜻을 보려고 한다(欲觀萬物自得意)."고 했다고 한다. '뜰의 풀'은 북송 주돈이(周敦頤)의 고사이다. 그는 뜰에 가득한 풀을 베지 않고, 이유를 묻는 이에게 "나의 의사와 일반이다(與自家意思一般)."라고 했다고 한다. 『근사록(近思錄)』. 사물에서 만물을 관통하는 생생지의(生生之意)를 관찰하는, 성리학적 관물법(觀物法)의 전형을 보여 주는 일화들이다.

139 아홉 번 단련한 : 원문은 '구전(九轉)'이다. 도가에서 말하기를 단약을 단련할 때 한 번에서 아홉 번까지 제련하는데, 아홉 번 제련하는 것이 '구전'이다. 아홉 번 제련의 결과 만들어진 구전단(九轉丹)은 복용하면 3일 만에 신선이 된다고 한다. 『포박자(抱朴子)』 〈금단(金丹)〉.

140 대지는 봄바람을 불어 내고 : '대지'의 원문은 '대괴(大塊)'이다. 『장자』 「제물론(齊物論)」에 바람을 '거대한 땅덩어리가 내뿜는 숨[大塊噫氣]'이라고 했다. 여기선 따뜻한 봄기운이 대지에 분다는 뜻이다.

141 아름다운 뽕나무 : 원문은 '상아(桑阿)'이다. 『시경』 「소아·어조지십(魚藻之什)」의 〈습상(隰桑)〉 1장에서 가져왔다. "진펄의 뽕나무 아름다우니, 그 잎새들 무성하도다. 군자를 만났으니, 그 즐거움 어떠한가(隰桑有阿, 其葉有難. 旣見君子, 其樂如何)." '아(阿)'는 아름다운 모양을 의미하고, 〈습상〉은 군자를 만나 기뻐하는 시라고 해석한다.

142 해는 길게 펼쳐지네 : 원문은 '서장지일(舒長之日)'이다. 한(漢) 왕부(王符)의 『잠부론(潛夫論)』 「애일(愛日)」에서 가져왔으니, 태평성대를 말한다. "잘 다스려진 나라의 해는 길게 펼쳐지니, 그 백성은 한가하고 힘에는 여유가 있다. 어지러운 나라의 해는 짧고 급하니, 그 백성은 일에 힘들고 힘이 부족하다(治國之日舒以長, 故其民閒暇而力有餘. 亂國之日促以短, 故其民困務而力不足)."

143 명서풍 : 원문은 '명서지풍(明庶之風)'으로, 춘분에 부는 동풍이다.

144 도미와 옥예 : 둘 다 꽃 이름이다. 도미는 장미과에 속하는 덩굴 식물로, 초여름에 연한 푸른빛을 띤 하얀 꽃이 핀다. 옥예는 덩굴풀로, 흰색과 자색의 꽃이 피는데 향기가 아름답다. 당의 장안(長安)에 있던 당창관(唐昌觀)에는 현종(玄宗)의 딸인 당창공주(唐昌公主)가 심은 옥예화(玉蕊花)라는 꽃이 있었다고 한다.

붉은 언덕 흰 바위, 산호와 대모의 광휘 섞어 늘어놓았고,

푸른 시내 야청빛 연못, 비단 무늬 같은 그림자 일어나네.

사시의 추이를 느끼며,

만물의 소생을 기뻐하고,

꽃피는 시절에 이르러,

이런 좋은 잔치 펼치니,

무늬 진 섬돌에 술잔을 배열하고,

꽃 벽돌에 지팡이와 신을 옮겨 간다.

흰 [손] 빼서 쟁반 받드니, 붉은 낙타를 굽고 야크와 코끼리는 숭숭 썰었고,[145]

붉은 [입술] 열어 노래하니, 오색 난새가 머물고 어린 난새는 날아오른다.

간혹 아묵鵝墨과 교초鮫綃를 가지고, 즐거운 오락을 도우니,[146]

---

145 붉은 낙타를 …… 숭숭 썰었고 : 붉은 낙타의 봉(峰)은 진귀한 음식 재료이다. 야크와 코끼리 고기 요리는 『한비자(韓非子)』 「유노(喩老)」에 기자(箕子)의 말 가운데 나온다. "상아 젓가락과 옥으로 만든 술잔은 명아주 나물국에 필요한 것이 아니니, 야크나 코끼리 고기로 만든 요리와 표범 태반으로 만든 요리에 필요하다(象箸玉杯, 必不羹菽藿, 則必旄象豹胎)." 야크와 코끼리가 육류 중 가장 맛좋은 고기로 꼽힌 것이다. ○ '숭숭 썰었고'의 원문은 '섭(聶)'이다. 섭은 숭숭 써는 것이다. 『예기』 「소의(少儀)」에 "소와 양과 어물의 날고기를 숭숭 썬 뒤에 잘게 저민 것을 회(膾)라고 한다(牛與羊魚之腥, 聶而切之爲膾)."라고 했는데, 『집설(集說)』에선 '먼저 저미면서 큰 살점을 만든 뒤에 다시 잘게 잘라서 회로 만드는 것(先聶爲大臠, 而後報切之爲膾也)'이라고 부연했다.

146 아묵(鵝墨)과 교초(鮫綃)를 …… 오락을 도우니 : 아묵은 먹이라는 뜻으로 사용되었지만, 출처가 정확하지 않다. 왕희지가 거위를 좋아해서 도경(道經)을 베껴 주고 거위를 얻었다는 일화가 있지만, 이 경우에 어떻게 연결되어 있는지는 미상이다. 교초는 전설 속의 교인(鮫人)이 짰다는 비단이다. 옷을 해 입으면 물에 들어가도 젖지 않는다고 한다. 『술이기(述異記)』. 보통 얇고 가벼운 견사(絹紗)를 뜻하는 말로 쓰이는데, 여기서는 종이 대용의 의미로 사용되었다. 『구지필담(仇池筆記)』 〈광리왕소(廣利王召)〉에는 소식(蘇軾)이 꿈에 광리왕(廣利王)에게 불려 바닷속 수정궁전에 가서 한 발 남짓의 교초(鮫綃)에 시를 썼다는 이야기가 있다. ○ 즐거운 오락[嬉笑]은 '희소노매(嬉笑怒罵)'의 준말이다. 이 말은 자신의 글에 대해 "비록 장난치며 웃고 성내어 욕하는 말이라도 모두 써서 외울 만했다

군이 봉황의 생황과 용의 피리 아니라도, 즐거움은 충분하다.

아름다운 시절은 저무는데,

호탕한 정은 아직 족하지 않네.

봄바람[147] 지나자 연못 그림자 주름지고,

숲에 역광이 들자 시내는 푸름으로 덮인다.

날리는 꽃잎은 비단 소매와 다투어 나부끼고,

꽃다운 풀은 비단 깔개와 고움을 시샘한다.

잠깐 사이

옅은 안개가 두르고,

맑은 달이 이어 오니,

둘러싼 꽃그늘, 두어 개 별들 이웃하여 휘장에 비치고,

쟁쟁거리는 계곡 물소리, 깊은 밤 내내 거문고를 울린다.

이에

화려한 구경거리는 서각 단 장막에 가리고,[148]

단 위의 학 울음소리에 귀 기울이네.

밝게 빛나는 기린 촛불, 곧은 거동에 신령한 조명 비추고,

하늘하늘 사향노루 향훈, 엄숙한 언어에 그윽한 향 보내네.

어찌 즐기지 말라 하랴,

(雖嬉笑怒罵之辭, 皆可書而誦之).”고 한 소식의 말에서 가져왔다. 『송사(宋史)』〈소식전(蘇軾傳)〉.

147 봄바람 : 원문의 '조풍(條風)'은 북동쪽에서 불어오는 봄바람을 뜻한다. “조(條)”의 의미는 만물을 다스려 나게 하는 것이므로 조풍이라고 한다고 한다(條之言條治萬物而出之, 故曰條風).”『사기』「율서(律書)」.

148 화려한 구경거리는 …… 장막에 가리고 : 원문의 '영관(榮觀)'은 굉장한 경관이라는 말로, 때로 궁궐을 가리키는 말이기도 한다. 『도덕경(道德經)』에 보이는데, “아무리 굉장한 구경거리가 있다 하더라도 편안하게 거처하며 외물에 초연해한다(雖有榮觀, 宴坐超然).”라고 하였다. ○'서각 단 장막'의 원문은 '유서(帷犀)'이다. 바람에 흔들리지 않도록 네 모서리에 서각(犀角)을 매단 휘장이다.

'너무 지나치지 말지니.'[149]

침실에서 경계의 말을 하도록 고하니,

늦추고 당김이 법도에 맞도록[150] 힘쓰라.

시는 다음과 같다.

삼춘은 포근하고, 삼원은 그윽하니,

즐거운 이곳 삼원이여, 몹시도 한가하고 넉넉하네.

삼원의 즐거움이여, 즐거우나 무람없지 않으니,

술과 단술 취하지 않고, 노래와 피리 흐느끼지 않네.

너의 거동 아름다우며, 너의 덕은 오직 곧음일 뿐

삼춘에 편안하니, 삼원은 길이 꽃피리라.

7.

창고는 바깥채의 서쪽, 중문 바깥 북쪽에 있다. 그 곁에 집과 방들이 있는데, 지키고 관리하는 자들의 거처이다.

---

149 어찌 즐기지 …… 지나치지 말지니.' : 『시경』 「국풍·당풍(唐風)」의 〈실솔(蟋蟀)〉 1장을 인용하였다. "집안에 귀뚜라미, 한 해도 저물어 가네. 지금 내 즐기지 않으면, 세월은 그냥 가 버리네. 너무 무사태평하지 말고, 집안일도 생각해야지. 즐겁게 즐겨도 지나치지 않으니, 훌륭한 선비는 늘 조심한다네(蟋蟀在堂, 歲聿其莫. 今我不樂, 日月其除. 無已大康, 職思其居. 好樂無荒, 良士瞿瞿)." 흘러가 버리는 세월에 현재를 즐기자고 이야기하면서도, 지나친 탐닉은 경계하고 있다. 특히 '너무 지나치지 말지니.'는 이 시의 '무이태강(無已大康)'을 직접 인용했다.

150 늦추고 당김이 법도에 맞도록 : 원문의 '이장(弛張)'은 늦추고 당김을 조절하여 일을 조화롭게 처리하는 것을 말한다. 『예기』 「잡기 하(雜記下)」에 "(활줄을) 당기기만 하고 풀어 주지 않는 것은, 문왕이나 무왕이라도 할 수 없다. 또 풀어 주기만 하고 당기지 않는 것은 문왕과 무왕이 하지 않는 바이다. 한 번 당겼다가 한 번 풀어 주는 것이 바로 문왕과 무왕의 도이다(張而不弛, 文武弗能也. 弛而不張, 文武弗爲也. 一張一弛, 文武之道也)."라고 했다.

○창고 곁엔 마구간이 있다. 그 동남쪽으로 굽은 회랑이 이어지는데, 모두 방을 만들어 하인들이 나눠 살게 한다. 그 바깥은 대문이다.

8.

집의 동쪽 담 밖에 따로 집 하나를 지어 용수원用壽院이라고 한다. 당대의 양의들을 모아 살게 하고 약물도 많이 저장해서, 이웃과 친척 중 병들어도 가난해서 치료할 수 없는 이들을 구제한다.

○○○ 〈용수원기用壽院記〉

관이오管夷吾[151]는 일이 잘 풀리지 않아 도모한 일이 여러 번 실패했다. 환공桓公을 만나서야 [제후들과] 아홉 번 회합해 [천하를] 한번 바로잡고, 백성들이 옷깃을 왼쪽으로 여미는 지경[152]에 이르지 않게 할 수 있었다. 감무甘茂[153]는 의양宜陽을 공격했지만 석 달 동안 이기지 못했다. 진 무왕秦

---

151 관이오(管夷吾) : 관중(管仲)이다. 이름이 이오(夷吾)이고, 자는 중(仲)이다. 춘추시대 제 (齊)의 재상이다. 환공(桓公)에게 기용되어 군사력의 강화, 상업·수공업의 육성을 통해 부국강병을 이루었다. 관중이 등용되자 환공이 패주(霸主)가 되어, 여러 제후와 아홉 번 회맹하여 한번 천하를 바로잡기[九合一匡]를 도모했다. 『사기』「관안열전(管晏列傳)」.

152 옷깃을 왼쪽으로 여미는 지경 : 원문은 '좌임(左衽)'이다. 미개인이라는 뜻이다. 『논어(論語)』「헌문(憲問)」에 "관중이 없었다면 우리는 머리를 풀어헤치고 옷깃을 왼쪽으로 여미 게 되었을 것이다(微管仲, 吾其被髮左衽矣)."라는 말이 있다.

153 감무(甘茂) : 전국시대 진 무왕(秦武王)의 장수다. 무왕은 감무에게 한(韓)의 의양(宜陽)을 공격하게 하면서, 식양(息壤)에서 감무의 의견을 따르겠다는 맹세를 한다. 그러나 5개월 이 넘도록 의양을 함락시키지 못하자, 그 틈에 한을 도우려는 저리자(樗里子)와 공손석 (公孫奭)의 간언이 있었고, 이에 따라 무왕은 군사를 철수하려 했다. 그러자 감무가 식양 의 맹세를 잊지 말라고 상기시켰고, 무왕은 군대를 증원해서 마침내 의양을 함락시켰 다. 『사기』〈저리자감무열전(樗里子·甘茂列傳)〉.

武王이 참소를 듣고 소환했었지만 좀 지나 군사를 증원해 보내서 원조했다. 악의樂毅[154]는 열 달도 되지 않아 제齊의 70여 성을 함락시켰다. [그러내] 즉묵卽墨은 3년이나 [포위하고 있으면서도] 함락시키지 못하였다. [그러대] 연의 소왕燕昭이 사망해 끝내 공을 이루지 못하였다. 백리맹명百里孟明[155]은 전투에서 패배했었다. [그러대] 세 번째 기용되어서야 마침내 서융을 제패했다. 아홉 절도사의 병사는 상주相州에서 궤멸되고, 곽자의郭子儀와 이광필李光弼은 모두 군사를 잃고 달아났었다. [그러내] 전군을 통솔하게 되자 향하는 곳마다 위세를 떨쳤다.[156]

의원을 선택하는 사람이, 어떤 이가 "모 의원은 전에 어떤 이의 병을 치료한 적이 있는데, 효과가 없었다. 좋은 의원이 아니다."라고 이야기한다고, 이 말을 듣는다면 관이오를 잃을 것이다. 어떤 이가 "모 의원은 병을 치료하는데 오랫동안 효과를 보지 못했다. 바꿔야 한다."라고 한다

---

154 악의(樂毅) : 전국시대 위(魏)의 장수다. 연 소왕(燕昭王)의 초빙으로 연으로 가서 조(趙)·초(楚)·한(韓)·위(魏)·연(燕)의 군사를 이끌고 제(齊)를 토벌해 제의 70여 성(城)을 함락시키고, 즉묵(卽墨)만이 남았다. 때마침 소왕이 죽고 혜왕(惠王)이 즉위하자, 제(齊) 전단(田單)이 이간책을 썼고, 그는 조(趙)로 달아날 수밖에 없었다. 『사기』 〈악의열전(樂毅列傳)〉.

155 백리맹명(百里孟明) : 백리씨(百里氏)이고, 이름은 시(視), 자는 맹명(孟明)이다. 춘추시대 진(秦)의 재상인 백리해(百里奚)의 아들이며, 진 목공(秦穆公)의 장수다. 목공 33년에 정(鄭)을 치려 하자 백리해와 건숙(蹇叔)이 반대했지만, 목공은 백리해의 아들 맹명시(孟明視)와 건숙의 아들 서걸술(西乞術) 및 백을병(白乙丙)에게 정벌을 명해 강행했다. 이들은 패해서 포로가 되었다 돌아온다. 목공은 세 사람을 용서하고 후대하였고, 3년 뒤에 다시 이들을 보내 진(晉)을 정벌했다. 목공 37년엔 마침내 12개의 나라를 병합하여 서융을 차지하게 되었다. 『사기』 「진본기(秦本紀)」.

156 아홉 절도사의 …… 위세를 떨쳤다 : 아홉 절도사는 당 숙종(唐肅宗)이 60만 대군으로 상주(相州)를 공격하여 안경서(安慶緒)를 토벌할 당시, 작전에 참가했던 곽자의(郭子儀)·이광필(李光弼) 등 9명의 절도사(節度使)를 말한다. 숙종은 환관 어조은(魚朝恩)에게 대군을 통솔하게 했는데, 어조은은 패했고, 패배의 책임을 곽자의에게 돌려 파직했다. 곽자의는 뒤에 다시 제도병마도통(諸道兵馬都統)으로 기용되어 안사(安史)의 난(亂)을 평정하고 이후로도 연달아 큰 공을 세웠다. 『신당서(新唐書)』 〈곽자의열전(郭子儀列傳)〉 ○ 이광필은 곽자의와 함께 안사의 난을 평정하는 전공을 세워, '이곽(李郭)'으로 병칭되며 명장으로 이름을 떨쳤다. 뒤에 곽자의를 대신해 삭방(朔方)을 맡으면서 천하병마도원수(天下兵馬都元帥)로 명성을 떨쳤다. 『신당서(新唐書)』 〈이광필열전(李光弼列傳)〉.

고, 이 말을 들으면 감무를 잃을 것이다. 어떤 이가 "모 의원은 다른 병에는 여러 번 빠른 효과를 보였다. [그런데] 이번 이 병은 유독 질질 끈다. 아마 마음가짐이 변해서일 것이다."라고 한다고, 이 말을 듣는다면 악의를 잃을 것이다. 어떤 이가 "모 의원이 이미 약을 썼는데 병세가 심해졌다. 빨리 그만두게 해야 한다."라고 한다고, 이 말을 듣는다면 백리맹명을 잃을 것이다. 어떤 이가 "모 의원이 좋은 의원이긴 하나 혼자 맡기긴 어렵다. 여러 명의에게 함께 의논하도록 하는 것이 좋겠다."라고 한다고, 이 말을 듣는다면 곽자의와 이광필을 잃을 것이다.

상앙商鞅이 진 효공秦孝公을 도와 법을 집행해서, 보잘것없던 진이 천하의 강자가 되게 하고, 마침내는 여섯 나라를 모두 병탄하게 했다. 그러나 진이 그 복을 오래 누리지 못했던 것은 가혹한 법 때문이었다.[157] 왕개보王介甫가 은현鄞縣에 청묘법青苗法을 시행하자 백성이 그 혜택을 누렸다. [그러나] 천하에 시행하자, 백성은 흩어지고 국가가 쇠약해졌다.[158] 오늘날의 의원이라는 자들은 독한 약을 투여해서 일시적인 빠른 효과를 노리며, 사람의 원기를 돌보지 않는다. [그런가 하면] 옛날 우연히 시도했던 처방을 고집해 늘 사용하다 끝내 실패하기도 한다. 역시 이 두 사람 같은 부류일 것이다.

---

157 상앙(商鞅)이 진 효공(秦孝公)을 …… 법 때문이었다 : 상앙은 전국시대 진(秦)의 재상이다. 위앙(衛鞅) 또는 공손앙(公孫鞅)으로도 불린다. 형명학(刑名學)에 조예가 깊었다. 진 효공(秦孝公)에게 채용되어 개혁을 단행함으로써 진이 제국으로 성립되는 기반을 세웠다. 그 공적으로 상(商)을 봉토로 받았으므로 '상앙'이라 불렸다. 엄격한 법치주의 정치를 펴 많은 사람의 원한을 샀다. 『사기』〈상군열전(商君列傳)〉.

158 왕개보(王介甫)가 은현(鄞縣)에 …… 국가가 쇠약해졌다 : 개보는 왕안석(王安石)의 자다. 송 신종(宋神宗) 때의 학자·정치가로, 호는 반산(半山)이고 형국공(荊國公)에 봉해졌다. 청묘법은 왕안석(王安石)이 시행한 신법(新法)의 하나이다. 봄가을에 관(官)에서 백성에게 돈과 곡식을 싼 이자로 꾸어 주던 제도이다. 대지주의 고리채로 인한 농민의 몰락을 방지하고 정부의 세입 증가를 도모한 정책이었다. 『송사(宋史)』〈왕안석열전(王安石列傳)〉.

높고 귀한 사람들의 집엔 그 문에 드나드는 양의라는 자가 백 명은 될 것이다. 그러나 높고 귀한 자들이 꼭 다 장수하는 것도 아니고, 그 처자 형제들의 병이 꼭 빨리 낫는 것도 아니다. 뒷골목의 천하고 가난한 이들은 병이 나도 의원을 찾아갈 수 없다. 다행히 용렬한 의원이라도 하나 만나 약을 처방받으면 그것이 찬지 더운지, 독한지 순한지 따지지 않고 먹는다. 병이 더 심해져도 다른 의원은 구할 수 없으므로 다시 그 사람에게 묻고 다시 그의 약을 먹는다. 그러나 뒷골목의 가난하고 천한 이들 중엔 희귀병이나 고질병을 떨치고 일어나는 자들이 종종 있다. 그러므로 의원을 쓸 땐 전담토록 해야 한다. 효과가 없어도 다시 하도록 하면, 그 지혜가 반드시 통한다. 사방으로 [의원을] 찾아 여러 번 바꾸는 자는 반드시 실패한다.

의원은 사람의 생사를 맡고 있다. 그 얼마나 신중하고 두려워해야겠는가? [그런데] 지금은 빠른 말을 타고 하루에도 수십 집에 들른다. 돌아오면, 병자를 업고 찾아와 [진료를] 청하는 자들이 또 수십, 수백 명 기다린다. 몸은 피곤하고 정신은 혼미하니, 입은 미처 다 답변하지도 못하고, 붓은 미처 다 쓰지도 못한다. 그러니 어느 겨를에 깊이 생각하고 자세히 물어보고 넓게 연구하겠는가? 그러므로 의원이 병을 치료하다 어려운 경우를 만나면, 종일 깊이 생각하고 옛 방문들을 참고해서 반드시 정밀하게 추구해야 한다. 하루에도 여러 질병을 다루며 응수하는 것만 능사로 삼아선 안 된다.

지금의 의원들은 대부분 가난한 자들이다. 치료하는 병이 적으면 이익을 얻을 기회도 적어진다. 그러므로 넓게 다루지 않을 수 없다. [그러나] 넓게 다루면 전문적일 수 없고, 전문적이지 않으면 사람을 해치게 된다. 지금 용수원의 의원들이 모두 편작扁鵲이나 화타華佗, 의완醫緩이나 의화醫和[159]는 아닐 것이다. [그러나] 후하게 대우해서 이익을 추구하는 마음을 버리게 한다. 인원을 늘려 수고를 분담하게 한다. 서적을 많이 구비해 정밀하게 연구하도록 한다. 좋은 약재를 구비해 용도에 따라 사용하게 한다. [그리고 그중] 더욱 뛰어난 사람을 택해 원장이 되게 한다. [그리고 나서] 집안에 우환이 있으면 전담시킨다. 천하고 가난한 사람들이 가서 호소하면, 각기 전공이 있어 치료받을 수 없는 병이 없다. 이익에 유혹되지 않으니 그 정신이 완전할 수 있다. 다루는 바가 넓지 않으니 그 생각이 정돈되어 있다. 이렇게 되면 용수원의 의원들은 모두 천하의 양의들일 것이고, 사람들이 그 혜택을 입을 것이다. 그러고 나서 다시 상앙과 왕개보의 일을 고해 의원들을 경계하고, 관이오와 여러 사람의 일을 고해 병자를 경계할 것이다.

아아! 이런 방법으로 사람을 뽑고 법을 시행하며, 이런 방법으로 천하와 국가를 운영한다면, 어찌 억만년만 지속되겠는가? 어째서 그렇게 못하고, 그저 한 병원에 그치는 것일까?

○그 남쪽에 집이 또 하나 있는데, 삼재원三再院이다. 돈과 재물, 곡식과 비단을 저장하고 사람을 뽑아 맡겨서 곤궁한 이들을 구제하게 한다. 옛사람의 의장義莊160과 비슷하다.

---

159 편작(扁鵲)이나 화타(華佗), 의완(醫緩)이나 의화(醫和) : 모두 전설적인 명의의 이름이다. 편작은 전국시대의 명의로 이름은 진월인(秦越人)이다. 장상군(長桑君)에게 배워 의술에 정통하였다. 화타는 동한 말의 의사로, 이름을 부(旉)라고도 하며, 자는 원화(元化)이다. 의완은 춘추시대 진(秦)의 양의이다. 진후(晉侯)의 질병을 치료하면서 질병의 위치가 고황(膏肓) 사이에 있음을 정확히 맞힌 것으로 유명하다. 의화는 춘추시대 진의 양의로, 의료에 종사했기 때문에 '의(醫)'라는 이름을 썼다고 한다.

160 옛사람의 의장(義莊) : 송(宋)의 재상 범중엄(范仲淹)이 전지(田地) 수천 마지기를 사들여 그 수입을 저축해 두었다가 친족 중 혼인이나 장례를 치르지 못하는 자에게 공급해 주었다고 한다. 이것이 의장이다. 『송사(宋史)』 〈범중엄열전(范仲淹列傳)〉.

○○○ 〈삼재원기三再院記〉

집 동쪽, 용수원 남쪽에 원院 하나를 또 세운다. 주인이 재물과 화폐, 옷감과 곡식 등을 쌓아 놓고 가난한 자들을 구제할 곳이다.

모년 모월 모일, 장인들을 모아 공사를 감독한다. 노비들과 이웃 백성 중 굶주리고 곤궁한 자를 뽑아 이 일에서 밥을 얻어먹게 한다. 모월 모일, 삼재원의 건물이 완성된다. 그 스무 날 전, 가장 가난한 노비를, 떨어진 솜옷을 입고 편지를 들고 양식을 꾸려서 백 리 바깥의 가난한 친척들을 부르도록 보낸다. 열흘 전, 조금 덜 가난한 노비를, 거친 베옷을 입고 편지를 들고 양식을 꾸려서 백 리 안의 가난한 친척과 벗들을 부르도록 보낸다. 다시 닷새 전, 몹시 가난하지는 않은 노비를, 거친 면포를 입고 편지를 들고 양식을 꾸려서 오십 리 안의 가난한 친척과 벗들, 그리고 굶주린 사람들을 부르도록 보낸다. 다시 이틀 전, 이웃에 두루 알린다. 완성되는 날이 되면 원근이 모두 모여서 큰 잔치로 낙성연을 한다. 가회嘉會【병15】에 따른다. 낙성연이 끝날 즈음, 가난한 정도와 원근을 따져 조금씩 차이를 두고 곡식을 나누어 준다. 일을 도운 사내들과 손님을 부르러 갔던 노비들에게도 모두 후한 상을 준다.

삼재원을 관장하는 자에게 모임에 참여했던 가난한 이들의 성명을 모두 기록해 놓게 한다. 날짜를 정해 놓고, 모임에 참여했던 사람 중에서 굶주림이나 추위로 위급한 지경을 당하거나 혼사나 장례를 제때 못 치르게 되면 다 와서 고하게 한다. 돌아가서는 참석하지 않았던 어려운 이들에게도 전해서 다들 그렇게 하도록 한다. 혹은 자기가 아는 사정을 알리기도 해서, 모두가 [혜택을 받아, 혜택의 범위개] 좁지 않도록 힘쓴다. 이에 그 조례를 세워 놓고 알려 오는 자를 기다렸다가 곧바로 응한다. 정상을 참작해서 늘이거나 줄이되, 지나치지도 인색하지도 않게 한다. 또 그 살리는 데에도 기술이 있고 계속하는 데에도 규칙이 있으니, 비유하자면 큰 바다의 물이 날마다 미려尾閭[161]에서 새어 나가지만 줄어들지 않는 것과 같다. 대개 장차 끝없이 이어 나갈 방도가 되리니, 한때 아름다운 이름을 날릴 뿐만이 아니다.

그 모임 중에 어떤 자가 술잔을 받고는 머뭇거리며 말했다. "범육장范六丈[162]은 중국의 재상이었지만, 의장義莊으로 자기 종족에게 시혜를 베푸는 것에 그쳤습니다. 그래도 세상에선 어려운 일을 했다고 칭송합니다. 주인옹께서는 일개 필부십니다. [그런데] 지금 시혜가 육장보다 더 넓습니다. 그 덕이 정말 두텁고, 그 재주는 헤아릴 길 없이 큽니다. 그 시혜를 더욱 넓혀 천하에 두루 미치게 하지 못하고 저희만 사사로이 그 은혜를 입으니 애석합니다." 주인은 자리를 피하며 감히 받들 수 없다고 사양했다.

손님 중에 글 잘하는 이에게 원院의 이름을 청해서, 마침내 '삼재三再'로 편액을 하게 되었다. 도주공陶朱公이 '세 번 모아, 두 번 나누어 흩었다'라는 것[163]에서 가져온 것이다.

○ 삼재원 남쪽에 또 집이 하나 있는데, 진체관津逮館이라 한다. 학문하고 글 하는 선비를 모아 살게 한다. 서적을 널리 갖추어 놓고, 내키는 대로 열람하고 편찬과 저술을 하게 한다. 와서 배우는 사람이 있으면 머무르게 허락한다. 빈방을 많이 마련해, 글씨나 그림, 공예 등 한 가지 기예라도 솜씨 있는 사람들을 모두 [여기서] 살게 한다.

---

161 미려(尾閭) : 바다 밑에 있다는, 물이 쉴 새 없이 빠져나간다는 구멍이다.

162 범육장(范六丈) : 범중엄(范仲淹)을 가리킨다. 그의 어머니가 주씨(朱氏)에게 개가했는데, 그때 항렬이 여섯 번째여서 범육장(范六丈)이라 불렸다.

163 도주공(陶朱公)이 '세 번 …… 흩었다'라는 것 : 도주공은 춘추시대 월(越)의 대부(大夫) 범려(范蠡)의 별칭이다. 그는 월왕(越王) 구천(句踐)을 도와 회계(會稽)의 치욕을 씻은 다음에 월을 떠나 제(齊)로 가서 이름을 치이자피(鴟夷子皮)로 바꾸고 농사를 지어 큰 부자가 되었다. 제왕(齊王)이 그를 승상으로 삼으려 하자, 범려는 재물을 모두 친지와 이웃에게 나눠 주고 도(陶)로 가서 다시 재산을 모아 만금에 이르렀다고 한다. 모두 세 번 만금을 모았고, 두 번 가난한 자들에게 흩어 주었다고 했다. 『사기』 「월왕구천세가(越王句踐世家)」.

하도河圖는 오행五行 생성의 그림이다.[165] 낙서洛書는 오행의 양수陽數가 구궁九宮에 나누어 배치된 그림이다.[166] [그렇다면] 오행의 음수陰數가 구궁에 나누어 배치되는 것도 그림으로 그릴 수 있을 텐데, 어째서 옛 성인들은 이것을 그리지 않았을까? 성인의 저술은 그 일단을 제시할 뿐이다. 의리義理란 지극히 심오한 것이다. 어떻게 일일이 다 드러내겠는가? 오행의 수는 무궁하다. 그것을 부연한다면 백 개, 천 개, 만 개의 그림도 만들 수 있을 것이다. 어찌 음수뿐이겠는가?

항해자의 집도 한 본의 '도圖'이다. 오행이 지지地支[167]에 나뉘어 귀속된 것이 열두 자리이다. [이것이] 드디어는 열두 방향의 이름이 되었고, 한 해의 열두 달도 이것으로 불린다. 오행 중의 '토土'는 '진·술·축·미辰·

---

164 〈진체관기(津逮館記)〉: 이름이 된 진체(津逮)는 기본적으론 나루를 통해 어딘가에 도달하는 것을 말한다. 그러나 구도의 길에서 일정한 길을 통과하여 도달하거나 도를 터득하는 것을 비유하기도 하고, 나아가 후학을 인도하는 것을 비유하는 말이기도 하다. 이런 의미가 복합적으로 진체관의 명명에 내포되었다.

165 하도(河圖)는 오행(五行) 생성의 그림이다: 하도는 복희씨 때 황하에서 용마가 등에 지고 나왔다는 그림으로, 52개의 점으로 이루어졌다. 복희씨가 이를 본떠 팔괘(八卦)를 만들었다고 한다. ○ 오행은 만물을 생성하는 금(金)·목(木)·수(水)·화(火)·토(土)의 다섯 가지 원소(元素)이다. 오행상생(五行相生)과 오행상극(五行相剋)의 이치로 만물에 관여되어 있다고 한다.

166 낙서(洛書)는 오행의 …… 배치된 그림이다: 낙서는 우(禹)가 홍수를 다스릴 때 낙수(洛水)에서 나온 거북의 등에 그려져 있었다는 45개의 점으로 된 그림이다. 중앙에 5개의 점이, 남·북·동·서쪽에 각각 9·1·3·7개의 점이, 동남·동북·서남·서북쪽에 각각 4·8·2·6개의 점이 그려져 있다. 『서경(書經)』 홍범구주(洪範九疇)의 근원이 되었다고 한다. ○ 구궁(九宮)은 『주역(周易)』 후천(後天) 팔괘의 여덟 방위와 그 중앙의 한 방위를 합한 아홉 방위를 이르는 말이다. 이(離)·간(艮)·태(兌)·건(乾)·곤(坤)·감(坎)·진(震)·손(巽)의 여덟 개 궁에 중앙궁을 더한 것이다.

167 지지(地支): 원문은 '진(辰)'이다. 진은 십이지지(十二地支)의 총칭이다. 『주례(周禮)』 「추관(秋官)」의 "십이진의 이름(十有二辰之號)"에 대해 정현(鄭玄)은 "진은 자부터 해까지를 이른다(辰謂從子至亥)."라고 주석을 달았다.

戌·丑·未에 분속되어 정해진 위치가 없다. 그러므로 주周의 월령月令은 사계의 각 18일씩을 따로 구분하여 중앙의 토에 소속시켰다. 사시四時[168]를 쪼개서 오시五時로 만들면 각 시時는 72일이다. 열두 달을 쪼개어 열다섯 달로 만들면 각 달은 24일이다. 지금 네 개의 정방향四正[169]과 중앙에 모두 세 개의 동그라미를 그려서 '항택도沆宅圖'라고 한다. 이것이라고 어찌 오행을 미루어 연역한推演 것이 되지 못하겠는가?

진체관의 자리는 '진辰'에 해당한다. '진辰'은 만물이 떨쳐 일어나는 것이다.[170] 만물을 진동시키는 덴 문장만 한 것이 없다. 율律로는 고선姑洗에 해당한다. 옛것을 버리고 새로운 것을 추구하기론[171] 문장만 한 것이 없다. 이달 [3월]엔 생기가 성하니, 굽은 것은 모두 나오고, 싹은 모두 펼쳐진다.[172] 활발함의 극치가 또한 문장만 한 것이 없다. 이달엔 명사를

---

168 사시(四時) : 사계(四季)를 이른다.

169 네 개의 정방향[四正] : '사정(四正)'은 네 개의 정괘, 즉『주역(周易)』팔괘(八卦) 중 감(坎)·이(離)·진(震)·태(兌) 괘를 가리킨다. 방향으론 동서남북의 사방인데, 감은 북, 이는 남, 진은 동, 태는 서다.

170 '진(辰)'은 만물이 떨쳐 일어나는 것이다 : '진(辰)'은 '진(振)'과 같은 뜻이니,『사기』「율력(律書)」에서는 "진은 만물이 꿈틀거리며 일어나는 것을 뜻한다(辰, 言萬物之蜄也)."라고 했고,『석명(釋名)』에서는 "진은 신(伸)이다. 만물이 모두 펼쳐져 나오는 것이다(辰, 伸也. 物皆伸舒而出也)."라고 했다. 봄이 되어 양기가 왕성해지며 만물이 싹트는 것을 말한다. ○ 늦봄인 음력 3월이 지지로는 진(辰)에 해당한다. 따라서 3월의 다른 이름은 진월(辰月)이다. 이하는 모두『예기(禮記)』「월령(月令)」에서 '계춘지월(季春之月)' 즉 음력 3월에 관련된 내용들을 인용하고 있다.

171 율(律)로는 고선(姑洗)에 …… 것을 추구하기론 :『예기』「월령(月令)」'계춘지월(季春之月)'에 "계춘의 달은 …… 그 율은 고선에 해당하고(季春之月 …… 律中姑洗)"라고 했다. 고선은 12율의 세 번째다. 12율은 황종(黃鍾)·대려(大呂)·태주(太簇)·협종(夾鍾)·고선(姑洗)·중려(仲呂)·유빈(蕤賓)·임종(林鍾)·이칙(夷則)·남려(南呂)·무역(無射)·응종(應鍾)의 순으로 되어 있다. 이 12율을 각각 열두 달에 배속시켰는데, 첫 음인 황종(黃鍾)을 양(陽)의 기운이 처음 생기는 동짓달에 배속시켰기 때문에 고선은 3월에 해당한다. 반고(班固)가 편찬한『백호통의(白虎通義)』「오행(五行)」에는 "3월을 고선이라고 하는 것은 무엇 때문인가? 고(姑)는 옛것이고 선(洗)은 새롭다는 것으로, 만물이 모두 옛것을 버리고 새로워져서 선명하지 않음이 없다는 말이다(三月謂之姑洗何? 姑者故也, 洗者鮮也, 言萬物皆去故就其新, 莫不鮮明也)."라고 부연한 구절이 있다. 본문은 이런 말들을 조합하고 있다.

초빙하고 현자를 예우하니[173] 진체관에서 선비를 양성하는 것과 비슷하다. 이달엔 백공에게 재료를 살피도록 해서 혹시라도 불량한 것이 없도록 하니[174] 진체관에서 공장들을 양성하는 것과 흡사하다. 이달엔 크게 악樂을 연주한다.[175] 진체관이 서적을 많이 소유하고 왕성하게 저술하고 창작해서, 천지가 감추어 둔 것을 드러내고, 천지의 큰 조화[176]를 울리는 것이 또한 비슷하다.

'진辰'은 열두 자리[177]의 하나면서, 동시에 열두 자리 전체를 한꺼번에 '진辰'이라 부르기도 한다. 문장은 참으로 백 가지 기예 중 한 가지이지만, 덕행이나 예禮·악樂, 의술이나 점복, 재화 등 천하의 일은 모두가 '문文'이다. 이 또한 진체관이 '진辰'에 해당하지 않을 수 없는 이유다.

장서가 몇만 권이지만, 계속해서 몇 권이나 수집될지 알 수 없다. 선비를 몇십 명이나 양성하지만, 계속해서 몇 명이나 나올지 알 수 없다.

---

172 이달[3월]엔 생기가 …… 모두 펼쳐진다 :『예기』「월령」'계춘지월'의 다음 구절을 인용하고 있다. "이달엔 생기가 바야흐로 성해지고 양기가 쏘아 나온다. 굽은 것은 모두 펴지고 싹트는 것들은 모두 나온다(是月也, 生氣方盛, 陽氣發泄. 句者畢出, 萌者盡達)."

173 이달엔 명사를 초빙하고 현자를 예우하니 :『예기』「월령」'계춘지월'의 다음 구절을 인용하고 있다. "이달에 천자는 …… 천하를 주유하며 여러 제후를 격려하고 명사를 초빙하며 현자를 예우한다(是月也, 天子 …… 周天下, 勉諸侯, 聘名士, 禮賢者)."

174 이달엔 백공에게 …… 없도록 하니 :『예기』「월령」'계춘지월'의 다음 구절을 인용하고 있다. "이달에는 공사에게 명해 여러 공인들로 하여금 다섯 창고에 저장된 양을 헤아리게 한다. 금·철·피혁·힘줄·뿔·이·깃털·화살·뼈·기름·아교·주사·칠이 혹시라도 불량하지 않도록 한다(是月也, 命工師, 令百工, 審五庫之量. 金·鐵·皮·革·筋·角·齒·羽·箭·幹·脂·膠·丹·漆, 毋或不良)."

175 이달엔 크게 악(樂)을 연주한다 :『예기』「월령」'계춘지월'의 다음 구절을 인용하고 있다. "이달 말에는 길일을 택해서 크게 악을 연주한다(是月之末, 擇吉日, 大合樂)." 여기서 "크게 악을 연주한다[大合樂]"는 것은 육률과 오음을 모두 연주하고, 여덟 가지 악기와 모든 춤을 함께 공연하는 것이다.

176 천지의 큰 조화 : 본문은 '대화(大和)'이니, 즉 '태화(太和)'이다. 천지간에 가득한 기운을 일컫는 말이다.『주역(周易)』건괘(乾卦)에 "태화를 보합하니 이에 정이 이롭다(保合大和, 乃利貞)."라고 했는데, 주희(朱熹)는 "태화는 음양이 회합하여 깊이 화합하는 기운이다(陰陽會合沖和之氣也)."라고 풀이했다.

177 열두 자리 : 십이지지(十二地支)를 말한다.

새로운 저서가 몇천 권이지만 계속해서 몇 권이나 지어질지 알 수 없다.
이 또한 하도河圖의 이치理이다.

第一觀 甲. 爰居念 上

居不爽, 志不廣.

觀不敞, 神不旺.

況將集群長, 厚儲藏,

大庇我天黨, 而不以私吾養.

述 甲「爰居念」

一.

君子作室, 先立祠堂. 祠堂必正南向. 東西四楹, 南北二楹, 丹雘以賁之. 前軒東西如堂, 南北一楹. 有阼階西階. 廣其庭, 立左右廡. 左右廡之北, 皆有夾室. 庭之東竪碑, 庭之南立行閣. 行閣之外設三門. 門外之東, 作正寢. 南向, 東西三楹, 南北二楹, 丹雘以賁之. 前軒, 東西如堂, 南北一楹. 有阼階西階. 門外之西, 作影堂. 制同正寢.

二.

內舍在正寢東. 名曰柔嘉閣. 東西有室, 以其中爲堂. 皆南向.

○○○ 〈柔嘉閤上樑文〉

伏以,

五倫敦始, 箓中饋於驪圖,

百福歸原, 興好逑於雎摯.

衿纓請趾, 擎賜苴而愉容,

筦簟寧胞, 隣采芹而正誨.

懿言嫩行, 不讓獻夫,

縣祚永譽, 多基哲婦.

兹故,

聖人治國, 爰自刑家,

君子爲宮, 必先辨內.

重閨複闡, 謹管籥於僮奴,

中閾閽門, 肅防閑於親黨.

維斯宅之內舍,

上崇而下密,

中敞而外深.

扃戶靚幽, 斥瓊瑤而煥彩,

牕櫳窈篠, 屏翠幰而融輝.

舄奕曾軒, 夏則凉而冬則燠,

邐迤曲榭, 暘不曝而雨不霑.

鴛被蚩氈, 詎但友之琴瑟,

鳳毛犀角, 盖將詒厥璋裳.

降兹室者, 聲訏庭鳴九鶴,

入兹門者, 容婉槃饋特豚.

斑衣頷郭府之翁, 男女之唯兪莫辨,

112

紛悅乳崔家之姥, 子孫之孝敬皆如.

惟

百祿之所同,

本一心之匪懈.

事夫以禮, 篤和敬於朝笄,

從舅之言, 基柔嘉於祗履.

戚陶家之遺鮓, 英俊終譽,

訶程氏之絮羹, 大儒弘道.

是乃

積釐之高廩,

種德之腴[1]田.

旣諗宏居,

可徐良誠?

扛華樑於穀晝,

颺善頌於條風.

抛樑東. 淑女事舅, 其儀僮僮. 紳裘以興, 及旭肇曨.

抛樑南. 淑女事夫, 其樂潭潭. 其琴[2]雍雍, 壽且多男.

抛樑西. 淑女誨子, 其訓齊齊. 及爾雲仍, 孔臧且禔.

抛樑北. 淑女敦族, 以富以德. 無憾于施, 景祉攸植.

抛樑上. 上有祀享, 淑女攸相. 爰曁于賓, 寔絜飪饟.

抛樑下. 仰爾淑女, 彼妾婢者. 率爾織紃, 均爾鹽酢.

伏願, 上梁之後,

福祿綏茲,

---

1 腴: 연세대본과 규장각본엔 '腴'로, 동양문고본과 버클리본엔 '腴'로 되어 있다.

2 琴: 규장각본과 버클리본엔 '琴', 연세대본과 동양문고본엔 '琹'으로 되어 있다.

室家寧止.

夫和婦義, 遵四德而繼歌,

子孝孫昌, 併十賢而添繪.

○前有庭廡門庫, 後亦有庭廡及庫. 廡或作房, 俾爲婦女之所分居. 廚房別在內舍之東, 治膳羞.

三.

外舍在影堂南. 名曰角巾堂. 東西有室, 以其中爲堂. 皆南向.

○○○〈角巾堂上樑文〉

盖惟

前萬古而後億年, 適當今日,

仰九陔而覘八極, 中卓吾身.

其微則方丈之茵足以隱,

其鉅則大千之界不能容.

然,

齊鳧鶴於自然, 萬物無有餘不足,

混鵬蜩之相笑, 三淵未始出吾宗.

夫如是則,

奚往而贏,

何居而狹?

沆瀣子之宅,

盖穹址厚,

枕嶽襟流.

挹晨夕之烟霞, 闔開俱朗,

測春秋之暑景, 嚮負咸融.

得諸方寸之間, 尋豈勞於逐鹿,

諏彼太虛之奧, 卜不費於燋龜.

鴈宕天台, 本無定所,

龍泓林屋, 詎有肇名?

基齗齒之笑談【癸二】, 非煩土木,

落氈毫之揮汎, 無問日時.

其廣大則, 閎閎翯翯, 括山包海, 如龍虎奮而鳳鸞騰.

其秀明則, 媚媚瓏瓏, 琢玉鋪金, 若霧靄銷而星宿顯.

稽之『援神契』, 九百十一萬八千廿四頃之所未周,

訂之『山海經』, 五億十万九千八百八步之所未及.

壞區偉賞, 巧歷之不能籌,

列館複軒, 雄談之不能述.

唯此外軒一所,

爰居全宅正中,

迆檻曲楹, 出入羲和之賓餞,

絡房鋪室, 森羅河洛之圖書.

主人之居是堂也,

嘯咏混元,

翔佯宇宙,

鏡四溟而波息,

竽^{3}三籟而竅虛.

喝于唾欬, 親聞軒昊,

塵垢粃糠, 可鑄俉期,

猶且

沉潛六藝之文,

爬抉百家之籍.

魚魚雅雅, 考禮樂而糾違,

戰戰兢兢, 遵規繩而戒失.

葛衣草屨, 旣睆於簪纓,

綺食珍羞, 亦均於蔬糲.

上可覲玉皇大帝, 捧璧執圭,

下可儕野老田翁, 遞杯爭席.

夫何爲者? 種種之民,

不亦樂乎? 于于而處.

虹雙樑之翼展,

颷六唱之鍾呟.

兒郎偉兮抛樑東. 詔開明兮噓光風, 颺緖惠兮穆融, 發芽芽兮群蒙.

兒郎偉兮抛樑南. 江之天兮碧蔚藍, 酣歌兮笑談. 虛萬象兮涵湛.

兒郎偉兮抛樑西. 攬芒芒兮天之倪, 雲爲輻兮雨爲輗. 恐昆謣兮俱迷.

兒郎偉兮抛樑北. 宇宙漫漫兮不知其所極, 長虹兮左紺而右絁. 使余逗兮空同積冰[4]之中域.

兒郎偉兮抛樑上. 闢天門兮崇且閌. 欲少留兮神蕩漾. 海水騰騰兮積氣盎盎.

兒郎偉兮抛樑下. 徵余神明兮返余舍, 秉玉帛兮餂風雅. 噫彼炎炎兮, 孰眞而孰假?

---

3 竽 : 규장각본, 버클리본엔 '竿', 연세대본, 동양문고본엔 '竽'로 되어 있다.
4 冰 : 연세대본과 동양문고본, 버클리본엔 '冰'으로, 규장각본엔 '水'로 되어 있다.

伏願, 上樑之後,

道紹贊龍,

壽齊龜鶴.

鴐檐驤棟, 參氣母而恒存,

煉髓膏精, 孕嶽孫而遐暨.

○ 前有層臺. 廣其庭, 庭隅有小池, 起亭以臨之, 名曰淸芙亭.

○○○ 〈淸芙亭記〉

角巾堂之南, 有池一頃, 種荷, 築小亭其西以覷之. 荷固百花之冠冕也. 然池之有荷, 亭以對之, 天下之所多有, 匪吾可以獨擅者. 唯吾之可以獨擅者, 則有之.

嘗試與客凭斯亭, 臨斯池, 而矚斯花也. 酒醺樂央, 訴然而問客曰: "此境之美奚在?"曰在水之澈也, 曰在花之妍也, 曰在亭之幽而敞也. 是皆不可與偕觀.

嘗觀嵒石峯巒汀洲之畫. 指其畫而論其巧, 皆不知畫者也. 畫之品在畫外之餘地. 人能知畫品之在餘地, 則可以學道而造乎妙, 可以應萬事而有裕, 可以治天下國家而措斯民於雍熙. 地中有池, 池中有荷, 池之畔有亭. 亭之外荷之上, 何物也? 此虛空之際也.

古詩人詠荷者, 百數. 唯李太白之稱 "淸水出芙蓉, 天然去雕飾" 二句語, 爲最絶. 問此語何以稱最絶, 皆不能對. 此句之妙, 猶畫之餘地也, 猶亭之外荷之上虛空之際也. 匪此句, 不可以名此亭, 匪此亭, 不可以此句名. 故名之曰淸芙.

四.

內舍之西, 外舍之東, 別築一小齋, 名曰靜存齋. 有室有堂.

○○○〈靜存齋銘〉

居是室者,
業毋嬉, 心毋放,
坐毋箕, 言毋妄.
匪經籍刀硯, 毋入于室,
匪孝友端良, 毋坐于席.
入是室者,
談毋浮, 容毋惰.
無裨于業, 毋久坐.

○ 堂之畔, 凸起爲藏書之樓. 名曰縹礨閣.

○○○〈縹礨閣記〉

淵泉先生嘗曰: "沆瀣子之文, 如傑構脩棟, 雲譎波詭. 以謂淸廟明堂, 則縹緲太過, 以謂顯圃瑤臺, 則礨砥太密." 沆瀣子以爲不敢當也. 沆瀣子之文, 旣不足以當此, 雖古人之文, 無可以此喩當. 唯集古今四部書千萬卷而合之, 然後或彷佛焉. 于是, 取其語, 名其藏書之閣, 曰'縹礨'.

是閣之藏, 上自六經, 下徧百家. 凡天下可讀之書, 無不在. 大屋深簷, 宏其德也, 綺匣繡裝, 斐其文也. 架庋以別之, 籤軸以識之, 謹其辨也. 尊經佐史, 次以子集, 昭其等也.

客有適海外異方者, 逢空同宛委之士而談焉. 其人曰: "吾嘗望見子之邦, 有霱雲虹霞相暎而起. 瓏璁璀璨, 五采畢具. 往往作龍虬鴛鸞錦綉瓊璜之狀者. 其氣直貫穹霄. 使善觀遠者以萬餘里鏡炤之, 見其下有麗宇. 將謂是人世之築, 則縹緲乎虛空之半, 殆不意其礎于地也. 將謂非人世之築, 則其礱砥斲雕, 又極天下衆匠之巧. 子知之乎?" 客反復而扣之, 疑其爲是閣也. 遂告以檗.

其人曰: "藏書之屋天下多矣. 其卷袠之富於是, 裝軸之奢於是, 又不知有幾所也. 奚獨于玆而有是氣? 是必其人有异乎?" 客素善沆瀣子, 遂盛言其平生, 仍述卜居著書之略. 其人大驚异, 恨山海之隔, 而不能從之遊也.

沆瀣子聞之, 愈自以不敢當. 歸其美于閣, 命治書小史記其語, 賁于扁.

○ 齋閣之後, 有曲房回軒, 連延相絡. 西達于外, 東抵于內, 若複道然.

五.

外舍之西, 有別院三所. 一曰三籟軒.

○○○ 〈三籟軒記〉

或曰: "學道如登山. 自平地而行, 迤而漸高. 凡幾十里, 雖其間有夷截艱易之不同, 尙皆可以攀蘿梯石而至也. 及其頂, 忽陡然而絶者數仞. 仰視其頂上人, 可與喟嘆, 欲上則無可攀且梯也. 故兗公興嘆於卓爾, 而鄒叟有不可知之讚. 是則非人力所及也."

此固善譬爾. 然是猶有'陡然'者, 爲之限也. 有境於此. 砥砥然平地也, 無一塊石之堆. 匪其人, 不能至其境焉. 至其境, 有屋焉. 低低然貼于地,無一級之砌. 匪其人, 不能入其屋也. 入其屋, 有异景焉, 色色然炤于目, 無纖紗蟬翼之障. 匪其人, 不能視其狀也.

視其狀者, 蓋有之矣. 眇有能有其境者. 是其爲狀不止以萬千計. 視之者, 或得其一二, 或得其五六, 或得其數十百. 均乎不全於萬千. 不全於萬千, 不足以有其境. 其爲物也, 蓋亦雲霞碙石花卉禽鳥之類. 而徒見其爲雲霞碙石花卉禽鳥而已者, 不足以有其境也. 是故, 謂之三籟軒.

若曰: "居是軒者, 必耳聾乎空中之籟. 居而不聞, 不足以有其境也." 是又似之而未也. 主人居之, 則有其境. 賓客居之, 則有之而不能裕. 況不能至其境入其屋者乎?

烏虖! 此又非人力之所及耶? 胡爲乎不能至? 胡然而不能入也?

○一曰逍遙館.

○○○ 〈逍遙館記〉

南華之書古分爲三, 曰「內」曰「外」曰「雜」. 其「外篇」·「雜篇」皆以篇首語名篇. 唯「內篇」不然. 內篇是書之宗也, 其至道之蘊也. 其名篇之義皆詭奇冥奧, 不可端倪, 而亦不可易一字. 意是翁之自命也. 「內篇」凡七, 而「逍遙遊」之名爲愈奇. 列子之御風·大罇·大樹之喩, 尚彷彿乎'逍遙'也. 鯤鵬·冥靈·許由之辭帝·藐姑射之神人·越之章甫, 奚取焉?

是館之名以'逍遙'也, 或意其爲主人逍遙之所也, 是大迷惑. 是館也, 棟宇皆凡木, 磧砌皆頑石. 綵腹不施, 礱礪不加. 胡爲而有雕梓·文梗·青黃之朶也? 胡爲而有雲母·車渠·玫瑰·璠瑁間錯斑爛之紋也? 崇不十尺, 胡爲而鶱霞而劘霄也? 敞不百楹, 胡爲而包寰宇而御廣莫也? 庭不過數百步, 觀不過池石竹樹. 胡爲而洪溟·鉅嶽·大宙·崇穹, 瓌瓌瑋瑋, 萬萬種之羅于前也? 是皆鯤鵬·冥靈·藐姑射之類. 是館之名逍遙, 殆又不可一字易也.

或謂“「逍遙遊」篇末有云‘逍遙乎寢臥其下’, 篇以是名.”是又大迷惑.

○一曰息焉窩.

○○○〈息焉窩記〉

自四岳·皐·虁以下, 知堯德者, 無如康衢老人. 自『尙書』·『論語』·『孟
子』以下, 善形容堯德者, 無如老人之歌. 自‘欽明文思’以下, 幾十百言,
皆不及‘何有’二字. 夫以民之至愚而識帝力之厚於己也, 感恩浹骨, 頌禱
之無涯, 則其爲力也亦淺矣. ‘何有’者, 自然而然, 不自知其然也. 后之人
讀「堯典」·「禹謨」·「泰伯」·「滕文公」之文, 而想像乎堯德. 固已見其廣
且大矣. 然猶未能的得一語之要如親覯者, 及歸而求諸‘何有’, 然後始融
然而契, 放勳之眉髮神采, 可朝夕也.

甲辰以來七十年之政治, 民物可耳目也. 吾之身卽堯之左右之臣, 而
邦圻之甿也. 今夫天下之人, 無有不受恩于天者. 苟使壽考貴富顯達而
多子孫者, 感天之德, 日夜頌祝之不知止, 則世之貧窮畸困者, 固天所不
能覆也. 是感而頌也, 適足以顯天之不廣也. 褐衣而不願乎繡黻, 殘糲而
不蘄乎八珍, 熙熙自適, 享天之賜, 而不知其所以. 夫然後唯天爲大.

人之福無過乎適, 壽考榮富皆其細目也. 主人之居是窩也, 觀適於目,
聽適於耳, 動息適於體, 朝晝之接, 適於心志, 而夜之寢夢, 適於魂神. 自
考其平生, 而無一不如意者. 抑未嘗自考也. 以其所爲, 質之於心, 無一
可媿者. 抑未嘗質也. 人之見者, 無不知其快且全也. 抑未嘗稱羨也. 天
之特厚於斯人也盖如是. 抑未嘗以爲天之惠也. 故曰: 欲知天者, 宜觀乎
息焉窩.

○ 皆盛植花卉竹樹. 或鑿池築島, 引泉聚石, 備有四時之觀, 隨時移居之. 不居, 則俾子弟賓客分居. 多寘空屋, 以館賓客有材藝談辯者.

六.

內舍之南, 有別院三所. 皆略如西別院, 以時休憩寢處. 有姬妾則居之. 而院不必充, 或空之, 可也.

○○○〈南一院歌〉

春風三月綠楊柳, 春風吹入紅羅牖.
羅牖繡闥珊瑚帳, 香煙噴噴金鴨口.
翡翠鸚鵡樓上下, 芍藥玫瑰砌左右.
中有人兮冠紫瑛, 體疎意密詩禮守.
鴉襪徐移停鳧翼, 鸞篦整整低螓首.
玉琴銀箏不肯御, 召南古詩編在手.
蕙質夙從眞仙遊, 蘭心判不纖塵受.
爲問眞仙果是誰? 不是安期羨門叟.
試看花前錦繡茵, 角巾峨峨對金卣.
朝遊廣漠凌九野, 暮飡溶濛孩三壽.
綠筋厖眉氣如霞, 胸肚錯落羅箕斗.
姑射仙人非我師, 蓬臺道客非我友.
憶曾出入庖犧室, 手撫驪驥乘氣母.
親見太極一生二, 參聞大易六與九.
歸來漫與汝曹遇, 所居熙熙樂无咎.

122

在朝可與皐夔伍, 在野可與沮溺耦.

岱嶽爲砥磨杈枒, 滄海爲湯澄塵垢.

爲汝跢躅院東畔, 瓊華采采庭百畮,

教汝將來玉塵尾, 指向太虛星辰走.

陶然一醉到天曙, 世間春秋幾度否?

○○○〈南二院賦〉

步逍遙於璃厓兮, 覬衆芳之所囿.

錯珊瑚與木難兮, 丹與翠其雜糅.

絢錦綉而綷縩兮, 爛煌煌其盈堂,

璘璆佩而聒耳兮, 樂忻忻而未央.

絃與管其迭奏兮, 宮與商其繁會.

亮耳目之不暇應兮, 神漫漫而外汰.

集慮妃與金母兮, 又奚獨閭須與西施?

繽左眩而右騁兮, 羌不辨其孰姸而孰媸.

匪余心之所艷兮, 盍將反視?

夫吾居,

雕木蘭而爲屋兮, 砥文石而爲除.

飾端莊而爲牕兮, 固貞順而爲奧.

庭池石與卉萉兮, 偕我心之所好.

中有人焉, 孔幽且都,

宣柔若嬌, 秉禮如愚,

莊唯如恐, 愉笑如娛,

秀茂夏蘭, 淨姸秋芙.

幼鸞霞擧, 弱鷴風低,

匪疾匪徐, 光與影齊.

承狃霞之麗冠, 步文縠之纖襪,

抃珠局而乍顧, 蹦瑪磚而徐歇.

引柔指而折花兮, 蹇誰俟而夷猶?

拊翩翩之綵禽兮, 若嬌音之相酬.

于時,

海底㟙開, 雪中鶯歌,

包尹戲優, 瞿曇含酡.

諒性情之信嘉兮, 匪容華之招憐.

況交接之大綱兮, 執端恪而爰先.

綰明月之寶珠兮, 擎止水之圓槃,

帶切玉之脩釖兮, 光陸離而盤桓.

遵庭院之窈篠兮, 覽時物之華榮,

援竛石而比峭兮, 挹方沼而思淸.

隣灼灼之姣質兮, 樂嚶嚶之和鳴.

奉榍杖而竢音兮, 紹我恩兮不媟以敖.

命我琴而奏諧兮, 撗[5]參差而爲曹.

貫怡怡而不蕩兮, 斥繁笕之亂音.

佇星月之在戶兮, 頋獨保此貞心.

因稱詩曰:

山有桂兮水有蘅.

贈我瓊琚兮, 廉劌而光明.

絜宿齊兮奉惠聲,

---

5 撗: 연세대본과 동양문고본엔 '撗', 규장각본과 버클리본엔 '橫'으로 되어 있다.

顧卑影兮, 不可以驟迎.

盖

神之融而意之慧, 姿之秀而情之芽.

從容乎禮義而不履夫邪,

夫豈泥土之篩紅粉, 啁哇之亂六義者, 可稱類哉?

○○○〈南三院春賞序〉

盖聞

素娥分鏡, 耀始影於楡躔,

玉女擎盆, 標少陰於蓮嶽.

雖復

九淵涵澈, 微波受颶於風交,

萬象參寥, 枯枌啓芽於春媚.

是以

岐聖以藟桴享祉,

魯師以薪蕢興箴.

此皆

載諸昭德之音,

光於易賢之訓,

不唯證杳茫之穹象, 參謰詭於儵經而已也.

唯其

徇欲傷情, 衛貿[6]之二三罔極,

敦詩秉禮, 鄒賢之數百不爲.

---

6 貿: 규장각본, 동양문고본, 버클리본엔 '貿'로, 연세대본엔 '貿'로 되어 있다.

秩豆楚籩, 聆蟋音而戒樂,

繁絃轟管, 奏睢亂而思淫.

是在其人,

豈情之罪?

況待歌之氾朕,

匪流眄之郊姝?

飾令德而榮姿, 不藉雙煙寶幌,

承溫音而接禮, 詎須一斛眞珠?

陋借色於鉛朱,

耻爭姸於黛綠.

其未字也, 貞夷芬襫, 堅⁷七實而懷春,

其已歸也, 粲枕華裯, 瞻三星而當夕.

汀寒彩舫, 不驚半臂之堆,

閣夜紅鐙, 肯戀回身之抱?

主人

葛懷遺老,

壺嶠散仙.

霧姹雲妃, 團素月而擎扇,

飛瓊小玉, 挹絳漢而捧匜.

馭鶴駕鸞, 名弁『七籤雲笈』,

熬龍煉虎, 功圓『九鼎神圖』.

猶復

斥恍惚於『夷堅』,

厭支離於『宛委』.

---

7 堅: 연세대본, 동양문고본, 버클리본엔 '堅'로, 규장각본엔 '繫'으로 되어 있다.

弭驂禮圃,

遵軌德林.

冕鷩裳彤, 稽三王之舊典,

盆魚庭翠, 忘九轉之前功.

于斯時也

大塊噓春, 新陽獻嫩,

桑阿螭拂, 舒長之日.

爰臨花徑鳩鳴, 明庶之風方至.

千葩剪繡, 酴釅玉蘂之交妍,

百舌調箏, 鶯鵠栗留之鬪巧,

丹厓白石, 錯珊瑚璹瑁之輝,

碧磵紺池, 振綺縠紈羅之影.

感四時之推斂,

忻萬品之昭蘇,

及爾華辰,

展玆良醼,

序盃觥於紋砌,

徙杖履於花磚.

擢素捧槃, 皀紫駝而晶旄象,

啓朱宣詠, 駐彩鳶而騰乳鸞.

或將鵝墨鮫綃, 以供嬉笑,

不必鳳笙龍管, 方怢譁娛.

麗候將闌,

豪情未足.

條風過而池影縐,

林照倒而澗翠濛.

飛英共綺袖爭飄,

芳草與錦茵妒昳.

俄而

輕烟屏,

澹月承,

匪匜花陰, 隣數星而透幌,

琮琤谷籟, 徹中夜而鳴琴.

斯洒

翳榮觀於帷扉,

寄餘聽於壇鶴.

煒煌獜燭, 垂靀炤於貞儀,

縈裊麝熏, 送幽馨於莊語.

云胡不樂,

'無已大康.'

詔居寢而颺箴,

勖弛張之合則.

詩曰:

三春靄靄, 三院幽幽.

樂此三院, 孔閑且優.

三院之樂, 樂且無媒,

酒醴不酣, 歌管不咽.

爾儀旣嘉, 爾德惟貞.

三春有晏, 三院長榮.

七.

倉庫在外舍之西·中門外之北. 其畔有堂室, 爲守掌者所居.
○庫之傍有廐. 其東南迤以曲廊, 皆作房, 俾臧獲分居. 其外則大門.

八.

宅東牆之外, 別立一宅, 名曰用壽院. 集當世良醫居之, 盛貯藥物, 以救隣
里親黨之有疾而貧不能療者.

○○○ 〈用壽院記〉

管夷吾之窮也, 謀事數不成. 及遇桓公, 九合一匡, 俾生民不底于左
衽. 甘茂攻宜陽, 三月不克. 秦武王以讒召, 旣又益發兵助援之. 樂毅不
旬月而下齊七十餘城. 圍卽墨三年不能破. 會燕昭薨, 不克終厥功. 百里
孟明一戰而償師. 至三用, 遂覇西戎. 九節度之兵潰相州, 郭子儀·李光
弼皆失師而遁. 至其專統一軍, 則所向無不威.

擇醫者, 或曰: "某毉嘗治某人病, 不驗. 非良醫也", 聽斯言, 則失管夷
吾. 或曰: "某醫治病, 久不見功. 當易之", 聽斯言則, 失甘茂. 或曰: "某醫
治他病, 屢奏捷效. 今獨於此疾而遲之. 殆其心變也", 聽斯言, 則失樂毅.
或曰: "某醫已奏藥, 益其病. 可亟罷", 聽斯言, 則失孟明. 或曰: "某醫雖
良, 難獨任. 可與諸名醫參論", 聽斯言, 則失郭·李.

商鞅佐秦孝公行法, 使區區之秦, 强天下, 卒以幷吞六國. 然秦之不永
其祚, 法之苛也. 王介甫行靑苗法於鄞縣, 民受其利. 行之天下, 民散而
國衰. 今之醫者, 投猛藥以快一時, 而不卹人之元氣. 執疇昔偶試之驗,

而恒用之, 卒以取敗. 亦類是二者.

王公貴人之家, 良醫出入門者百數. 而王公貴人未必皆壽, 其妻子昆弟有疾, 未必速已. 委衖窮賤之人, 病不能尋醫. 幸遇一庸醫, 命之以藥, 不詰其寒熱峻平而服之. 病愈甚, 無從得他醫, 又問於其人, 而又服之. 然委衖窮賤之人, 往往有奇疾沈痾之脫然起者. 故曰: 用醫宜專. 無功而又使之, 其智必通. 謀之廣而易之數者, 必敗.

醫者掌人之死生. 何如其眘且懼也? 今也, 乘快馬, 一日而歷數十家. 旣歸, 而昇疾造請者又數十百人. 身疲神昏. 口不勝答, 而筆不勝書. 顧何暇於思之審問之詳而攷之博耶? 故曰: 醫之治病, 遇其難爲, 宜終日沈思, 參攷古方書, 以求其必精. 不可日御諸疾, 唯應酬是務也.

今之醫率貧者也. 治病少則受利狹. 以故不能不廣其御. 御廣則不專, 不專則傷人. 今用壽阮之醫人, 未必皆扁·陀·緩·和也. 豊其餼, 使絶其利心. 多其員, 使分其勞. 富其書, 使精其究. 良其材, 使盡其用. 擇其尤善者, 使爲之長. 宅有痾恙, 專任之. 窮賤之赴愬者, 各有其主, 無不得其治. 不爲利誘, 得完其神. 御之不廣, 得整其思. 於是乎, 院中之醫皆天下之良, 而人蒙其澤. 旣又告之以商鞅·介甫之事, 以戒醫人, 告之以管夷吾諸人之事, 以戒病者.

嗚呼! 以是道而擇人而用法, 以是道而爲天下國家, 其爲壽奚啻億兆止哉! 胡爲其不能, 而止于一院也?

○ 其南又有一宅, 名曰三再院. 貯錢貨粟帛, 擇人以掌之, 以救濟貧窘. 略如古人之義莊.

○○○〈三再院記〉

宅之東, 用壽院之南, 又起一院. 主人蓄財幣粟帛, 以御貧乏者之所也.

某年月日, 集匠董功. 簡僕隸及隣里氓饑窘者, 俾仰食于役. 某月日, 院屋成. 前成之二旬, 命奴最貧者, 衣弊絮持書橐粮, 速百里外窮親戚. 后十日, 命奴稍貧者, 衣粗絲持書橐粮, 速百里內窮親戚朋友. 又五日, 命奴未甚貧者, 衣麤棉布持書橐粮, 速五十里內窮親戚朋友及士民之饑者. 又二日, 徧告隣里. 至成之日, 遠近畢萃, 大醮以落之. 做嘉會【丙十五】. 會將訖, 視其貧之中下·途之邇遐, 贐粟, 鈔有差. 至其相役之匠夫, 速客之奴隸, 咸有厚賞.

命掌院者, 悉簿記與會貧人名姓. 約曰, 凡與會者, 遇餓凍阽危亟若昏娶殯葬之過時, 悉來告. 歸告未與會之窮者, 皆如之. 因其所知而轉告之, 務咸而毋狹. 於是立厥條例, 竢告, 輒應. 量情增削, 不侈不恡. 又其生之有術, 繼之有規, 譬如溟海之水, 日洩於尾閭而不減. 盖將爲無窮之圖, 不厪市美於一時而已.

方其會也, 有受爵逡巡而言者. 曰: "范六丈中國之宰相, 義莊之施止于宗族. 天下猶稱其難. 及主人翁匹夫也. 而今之施, 博於六丈. 其德固厚矣, 其才之大, 又未可量也. 惜不能益溥厥施, 彌于寰域, 而俾吾儕私蒙其賜也." 主人避席, 辭讓不敢承.

乞院名于賓之文者, 遂以三再扁. 盖取夫陶朱公三致再分散者云.

○ 三再之南又有一宅, 名曰津逮館. 集文學之士, 居之. 廣貯書史, 俾隨意繙閱譔述. 有來學者, 輒許留住. 多置空屋, 凡書畫工匠一技之巧, 率皆館之.

○○○ 〈津逮館記〉

河圖, 五行生成之圖也. 洛書, 五行陽數分于九宮之圖也. 五行陰數之分于九宮者, 亦可以爲圖, 何古聖人之不作此也? 聖人述作, 擧其一端而已. 義理至賾. 何可一一而盡發之耶? 五行之數無窮. 演之, 可以作百千萬圖. 奚特陰數哉?

　沆瀣子之宅, 亦一圖本也. 五行之分於辰者, 爲十二位. 遂爲十二方之名, 而一歲之十二月, 亦以是稱. 五行之土, 分寄於辰戌丑未, 而無定位焉. 故周之月令, 以四季各十八日, 區以別之, 以屬中央土. 盖以四時析爲五時, 而時各七十二日也. 以十二月析爲十五月, 而月各二十四日也. 今於四正及中央, 皆作三圈子, 而名之曰'沆宅圖'. 是獨不爲五行所推演耶?

　津逮館之位, 當乎辰. 辰, 萬物之所振也. 振動萬物, 莫如文章. 於律爲姑洗. 去故就新者, 莫如文章. 是月也, 生氣方盛, 句者畢出, 萌者盡達. 發活之極, 又莫文章如也. 是月也, 聘名士禮賢者, 館之養士, 近之. 是月也, 令百工審材, 毋或不良. 館之畜工匠, 似之. 是月也, 大合樂. 館之富有書籍, 昌其述作, 以宣天地之大蘊, 以鳴天地之大和, 又類之矣.

　辰固十二位之一, 而十二位又總名爲辰. 文固百藝之一, 而德行禮樂醫卜貨財, 凡天下之事皆文也. 此又斯館所以不得不當乎辰也.

　藏書凡若干萬卷, 而嗣聚者, 不可知其數也. 養士凡若干十人, 而嗣至者, 不可知其數也. 新著書凡若干千卷, 而嗣述者, 不可知其數也. 此又河圖之理也.

132

제2관
갑甲. 원거념 하爰居念下

9.

집의 북쪽은 북산北山으로 이어지는 원림園林이다. 동서로 10리이고 남북
도 마찬가지다. 전체를 오로원吾老園이라 부른다. 집의 서북쪽 담 모퉁이에
작은 문이 있다. 이 문으로 나가 동북쪽으로 꺾어서 2리쯤 되는 곳에 이르면
울창한 숲의 푸름이 사람을 엄습한다. 이곳이 원림의 시작이다.

○○○ 〈오로원기吾老園記〉

항해자의 저택에 들어와 여러 방과 집, 관館과 원院을 둘러보면, 눈이
휘둥그레지면서, 생전에 한 번도 본 적 없는 것이니 남들에게 자랑할 만
하겠다고 생각한다. 좀 지나 오로원吾老園으로 데리고 들어와, 두 연못의
폭포 떨어지는 절벽을 보여 주고 삼광동천三光洞天을 엿보게 하고 태허
부太虛府를 만나게 하면, 다시 망연자실해져 지난날 자랑했던 것을 후
회한다.

예전에 모르던 것을 깨닫고는 성급하게 [이제] 알았다고 생각하는 사
람이 있다. [이는] 그가 아는 것이 아는 것이 아니었던 적은 없건만, 아는
것 외에 또 미처 알지 못하는 것이 있다는 사실은 모르는 것이다. 아는
것知은 끝이 없다. 자신이 이미 다 안다고 생각하는 자는 알지 못하는 자
이다.

오로원을 보지 못한 사람이라도 원림을 모르진 않는다. [그러나] 오로
원을 본 뒤에는 지난날 알던 것이 다 아는 것이 아니었다는 것을 알게 된
다. 두 연못을 보지 못한 자라도 폭포가 떨어지는 절벽 밑에 여울지는 깊
은 연못을 모르진 않는다. [그러나] 두 연못을 본 뒤엔 지난날 알던 것이
다 아는 것이 아니었다는 것을 알게 된다. 삼광동천과 태허부를 보지 못
한 자라도 골짜기와 대臺와 정자를 모르진 않는다. [그러나] 삼광동천과

태허부를 본 뒤엔 지난날 알던 것이 다 아는 것이 아니었다는 것을 알게 된다. 그러나 오로원과 두 연못, 삼광동천과 태허부를 보고서 "이제 내가 다 알았다."라고 한다면, 이는 예전과 똑같이 알지 못하는 것이다. 지난날 안다고 여긴 것이 틀렸다면, 지금 다 안다고 여기는 것도 뒷날 보면 또 틀린 것이 아닐 줄 어찌 알겠는가? 오로원 너머엔 북산이 있다. 북산 너머엔 어떤 곳이 있는지 알 수 없고, [그] 어떤 곳 너머에 또 어떤 곳이 있는지도 알 수 없으니, 면면히 넓고 넓게 이어져서 끝도 마침도 없다. 아! 도道를 배우는 자가 성급하게 말할 수 있겠는가?

오로원은 주인 늙은이가 인생의 마지막을 보내려는 곳이다. 그 대체적인 모습은 원래의 지原識에 이미 있다.[1] 지識에서 언급하지 않은 것은 붓과 먹으로 묘사할 수 있는 것이 아니다. 그 지를 읽은 자는 삼가 자신이 이 원園을 안다고 여기지 마라.

○ 다시 동쪽 2리쯤에 수십 길 높이로 깎아지른 듯 솟은 석벽이 있다. 폭포가 곧장 날아 떨어지는데, 그 근원은 북산에서 나온다고 한다. 아래에서 바위에 부딪히며 못을 이루는데, 이름이 서담西潭이다. 못의 둘레가 몇십 걸음쯤 된다. 동쪽으로 흘러 샘이 되고 시내가 되고 여울이 된다. 좌우 양쪽으로 흰 바위들이 시내를 끼고 있는데, 옥을 깎아 만들어 놓은 듯 밝고 깨끗하다. 콸콸 뿜으며 쏟아지는 물이 부서진 옥가루가 날리는 것 같다. 가다가 다시 물결을 가로막는 큰 바위를 만나면 거세게 일렁이며 출렁인다. 여기부터 동쪽으로 6~7리가 모두 그렇다. 그 사이 바위벼랑과 돌길, 꽃과 나무, 물고기와 새들의 다양한 모습은 이루 다 거론할 수 없다.

---

1 오로원에 대해 지은 지(識)가 있다는 언급인데, 현재 남아 있는 그의 저작에선 찾을 수 없다.

○○○ 〈서담시西潭詩〉

물을 사랑하지 않는 이라면,
원대한 지식 없는 것이고,
바위를 사랑하지 않는 이라면,
곧은 덕이 없는 것일세.
일어나 짧은 지팡이 짚고,
저 바위 골짜기 따라가니,
야청빛 샘과 붉은 절벽,
걸음마다 물색이 달라진다.
중도엔 문득 놀라 바라보고,
마주치니 가슴 뛰어,
주저하며 못 나가다,
한참 만에야 붙잡고 오른다.
퍼붓는 눈보라 눈을 가리고,
빠른 우렛소리 귀를 막으니,
시내 입구 안팎이 헷갈리고,
계곡 숲은 남북을 모르겠네.
학 날개처럼 우뚝 선 누대,
가까이 보며 다가서기 어렵다가,
그 위에 몸을 세우고야,
비로소 몰아쉬던 숨이 편안해진다.
안개 먼지도 없이 맑게 개어,
갈아 놓은 듯 평탄히 펼쳐지고,
아득히 하늘 바깥 바라보니,
쉭쉭 바람은 팔극을 넘나든다.[2]

순간에 두려움과 기쁨 뒤바뀌니,

조화는 정말 예측하기 어렵네.

드리워진 천 길 비단,

태고부터 험한 산을 둘로 나눠 놓았는데,

폭포는 영원히 마르지 않고,

가파른 골산 기어코 쪼개지지 않네.

궁륭 모양 하늘을 이고,

혼돈은 조각을 거부하고,[3]

무지개는 방황을 막고,

별들은 은둔을 추천하네.

바닥없는 못에 떨어져 내려,

암흑에서 허명虛明이 생기고,

뿜어내는 구슬 천 가마,

날마다 교룡의 차지일세.

삼광三光[4]은 빛과 어둠 교체하고,

만상은 공포와 의혹 교차하니,

그 처음 이런 기이奇異를 만든 이,

묻노니 누구의 힘이런가.

길게 노래하며 허공에 기대니,

---

2 아득히 하늘 …… 팔극을 넘나든다 : 원문의 '구해(九垓)'는 구천의 바깥, 즉 하늘 그 너머를 가리키는 말이다. 『회남자(淮南子)』 「도응훈(道應訓)」에 "나는 저 한만과 더불어 구해의 밖에서 노닐기로 기약했으니, 여기에 오래 머무를 수가 없다(吾與汗漫遊於九垓之外, 吾不可以久駐)."라고 했는데, 이에 대한 고유(高誘)의 주석에서 "구해(九垓)는 구천(九天)의 바깥이다."라고 했다. 구천은 하늘을 가리키는 말이다. ○ 원문의 '팔극(八極)'은 팔굉(八紘)과 같다. 여덟 방위의 멀고 너른 범위, 그 끝을 의미하는 단어이다. 즉 온 세상이다.
3 혼돈은 조각을 거부하고 : 원시의 혼돈은 인위의 조각을 거부한다는 말이다.
4 삼광(三光) : 해·달·별을 삼광이라 한다.

천공은 씻은 듯 맑구나.

○그 끝에 문득 다시 절벽 하나가 일어나 굽은 병풍처럼 북동쪽으로 꺾어져 있다. 높이가 수십 길이다. 한 쌍의 폭포가 절구질하듯 같은 못에 나란히 떨어진다. 못의 둘레가 또 40~50걸음이고, 이름은 동담東潭이다. 세 물줄기三水가 만나는 곳이다. 세 물줄기는 이 못에서 새어 나가 남쪽으로 흘러 남강南江으로 들어간다.

○○○ 〈동담시東潭詩〉

동담의 아름다움 참으로 말하기 어려우니,
거센 비와 요란한 천둥이 섞여 들리는 듯.
양쪽 절벽 횅하니 열리고 쌍폭이 걸렸으니,
산 도깨비 마주 서 절구질, 보석 공이 휘두르네.
처음엔 공중에서 용과 호랑이 다투나 싶다가,
번뜩 물 밑에서 교룡과 악어 뒤치나 놀라네.
누가 한가운데 깊은 못을 파 놓았나?
폭포가 날아 떨어져 성을 돋우려 하네.
좌우 번갈아 두드리는 큰북 작은북의 소리,
밤낮 번갈아 연주하는 생황과 퉁소의 울림.
긴 바람도 그로 인해 성난 고함 그치고,
낮 해도 그로 인해 흐린 햇무리 만든다.
칡이 얽힌 언덕은 주름진 용 비늘인 듯,
이끼 덮인 바위는 터진 거북의 등인 듯.
조화[5]의 힘은 헤아릴 수 없으니,
누가 이것을 주관하는가, 하늘의 운행일세.

우리 동담의 주인 늙은이 불러다,

붉은 난간에 기대 향기론 술잔 기울이네.

○ 두 못 옆에는 각각 작은 정자가 있다. 서쪽은 장재정壯哉亭이라고 한다.

○○○ 〈장재정기壯哉亭記〉

천하에 놀라운 일이 세 가지 있다. 창해의 경관이나 탁록의 전투,⁶ 내리치는 우레와 천둥, 맹수나 도깨비의 일격 같은 것들은 여기에 들어가지 않는다. 첫째는 서시西施의 용모이고, 둘째는 사마장경司馬長卿의 〈유렵부游獵賦〉⁷요, 셋째는 오로원 서담의 폭포다. 천하에 즐거운 일이 세 가지 있다. 아름다운 음악이나 여자, 진기한 음식, 천자의 귀한 신분, 신선이 [되어] 대낮에 승천하는 일 따위는 여기에 들어가지 않는다. 첫째는 중니仲尼의 문하에 노는 것이고, 둘째는 『상서尚書』의 「우공禹貢」편⁸을 읽는 것이고, 셋째는 오로원 서담의 장재정에 오르는 것이다.

옛날에 어떤 사람이 친구와 함께 명산을 유람했다. 전부터 그 산의 아름다움에 대해선 질리도록 들어 봉래산이나 천태산 같은 것이겠거니 상

---

5 조화 : 원문은 '도균(陶匀)'이다. '도균(陶鈞)'과 같다. 원래는 도자기를 만드는 물레지만, 천지조화를 가리키는 말로 쓰인다.

6 탁록의 전투 : 탁록(涿鹿)은 황제(黃帝)가 치우(蚩尤)를 멸한 전쟁의 장소이다. 『사기(史記)』「오제본기(五帝本紀)」에 나온다. "치우(蚩尤)가 멋대로 하며 황제의 명령을 듣지 않았다. 이에 황제는 여러 제후를 소집해서 탁록의 벌판에서 치우와 전쟁을 벌여, 마침내 치우를 잡아 죽였다(蚩尤作亂, 不用帝命. 於是, 黃帝乃徵師諸侯, 與蚩尤戰於涿鹿之野, 遂禽殺蚩尤)."

7 사마장경(司馬長卿)의 〈유렵부(游獵賦)〉 : 사마장경은 한(漢)의 문인 사마상여(司馬相如)이다. 〈유렵부〉는 사마상여가 한 무제(漢武帝)를 위해 지은 부(賦)이다. 제후들의 화려한 사냥놀이에 대한 경계를 주제로 하고 있지만, 동시에 천자와 제후들의 원림과 원림에서의 사냥에 대한 화려한 묘사가 그 자체로 인상적인 작품이기도 하다.

8 『상서(尚書)』의 「우공(禹貢)」편 : 「우공」은 『상서』의 「하서(夏書)」 4편 가운데 한 편이다.

상했었다. [그런데] 그 부근에 이르자 머리를 빼고 바라보더니 한참 동안 말이 없었다. 친구가 "어떤가?" 하고 묻자, 천천히 대답했다.

"글쎄 …… 옥이 아무리 아름다워도 사람들은 특별하게 여기지 않지. [그러나 만일] 번쩍이며 빛나는 흙덩이가 있다면 황옥이나 패옥보다 갑절은 소중하게 여길 걸세. 새나 짐승이 한마디라도 말을 한다면 사람들은 소진蘇秦이나 서수犀首[9]의 달변보다 더 놀랍게 여기겠지. 다섯 자 정도 되는 어린아이가 석 자 정도의 채찍을 쥐고 담소하는 틈을 타 느닷없이 내리친다면, 온갖 전쟁을 겪으면서 한 번도 다치지 않은 훌륭한 장수라도 울부짖지 않을 자가 없을 걸세.

지금 이미 그 명성을 듣고 놀랐고, 이미 그 경치를 상상하면서 즐거워했네. 간혹 그 상상이 심해져서 그 궁극의 경지를 가상으로 만들어 눈앞에 펼쳐 놓아 보기도 했네. 그리곤 '내 상상이 극에 달했구나. 진짜라도 어찌 이렇기까지야 하랴.'라고 생각했네.

그런 지 오래되어서야 그 진경眞境에 나아오게 되었네. 가까이 와서 아직 도착하기 전까지 다시 종횡무진 생각해 보지 않은 모습이 없었네. [그런데] 문득 마주치고 보니, 전날 들었던 것은 백에 한둘도 못 되네. 전날 상상하던 것들은 그 찌꺼기도 못 되네. 가상으로 만들어 눈앞에 펼쳐 놓으며 '어찌 이렇기까지야 하랴.' 했던 것들은 또 그 종놈 정도도 못 되네. 좀 전 종횡무진, 해 보지 않은 생각이 없었던 것 또한 어림도 없는 똥 흙이었네. 몇만 섬 야광주가 갑자기 눈앞에 흩어져 눈을 어지럽게 하니, 눈에 백태가 낀 사람 같네. 몇만 근 철퇴가 벌건 대낮에 허공에서 날아떨어져 베고 있던 머리 밑 바위를 부수어 간담을 서늘케 하니, 중풍 걸린

---

9 소진(蘇秦)이나 서수(犀首) : 둘 다 전국시대의 유세가들이다. 소진은 동주(東周) 사람으로 제(齊)·초(楚) 등 여섯 나라를 돌아다니면서 연합해서 진(秦)에 대항하는 합종책(合縱策)을 유세했다. 서수는 공손연(公孫衍)이다. 그가 위(魏)에서 서수의 관직에 있었기에 서수라고 칭한다. 진을 위하여 제와 위에 유세해 소진의 종약(縱約)을 깼다.

사람 같네. 몇만 무리의 여자 신선들이 주름진 무지개 치마를 입고 붉은 깃발을 끌며, 비단 노을과 붉은 하늘 사이에 빽빽이 늘어서니, 구경하는 재미가 태어나 한 번도 제 마을을 벗어나 보지 못한 사람 같네."

어떤 이가 "천하에 놀라운 일이 네 가지 있고, 천하에 즐거운 일도 네 가지가 있지."라고 하자, 함께 크게 웃고 다시 반박하지 않았다.

○ 동쪽은 소송정巢松亭이라고 한다.

○○○ 〈소송정기巢松亭記〉

"왕옥산王屋山[10]에 들어간 사람이 있었네. 바위 골짜기 사이를 걸어가는데, 동쪽에서 생황과 경쇠 소리, 학 울음소리가 들려왔네. 그 소리를 찾아 동쪽으로 갔으나, 몇백 걸음 못 가서 [이번엔] 그 소리가 서쪽에서 났지. [그러더니] 순식간에 남쪽에서, 또 순식간에 북쪽에서 났네. 몹시 놀라고 이상했지만 찾을 순 없었네. 그만두고 몇 리 밖으로 나오니 소리는 점차 들리지 않았고, 드디어 잊고 말았네. 다음 날 어느 한 곳에 도착했는데, 오래된 절이나 도관같이 생긴 집이 있었네. 대청에는 생황과 경쇠가 저절로 울리고 있었고, 뜰엔 학의 무리가 울고 있었지. 그러나 문을 들어갈 때는 들리지 않더니, 뜰로 들어서자 찢어질 듯 귀를 가득 채웠네.

---

10 왕옥산(王屋山) : 도교의 십대동천(十大洞天)의 첫머리로 꼽히는 '천하제일동천(天下第一洞天)'이다. ○ 중국 하남성(河南省)에 있는 산이다. 전설에 따르면 산속에 동굴이 있는데 깊어서 들어갈 순 없지만 동굴 속이 왕의 궁궐같이 생겨서 왕옥산이라고 한다고도 하고, 산의 모습이 집처럼 생겨서 왕옥산이라고 한다고도 한다. 『상서』 「우공(禹貢)」편에는 황제가 왕옥산으로 도사를 만나러 간 일이 나온다. 주봉에 큰 돌단이 있는데 헌원씨 황제가 하늘에 제사 지내던 곳이라고 한다. 한(漢)·위(魏) 시대에는 '천하제일동천'으로 운위되었다. 『운급칠첨(雲笈七籤)』에 의하면 '십대동천'이 "대지의 명산 가운데 있는데, 상천(上天)이 여러 신선을 보내 통치하는 곳(處大地名山之間, 是上天遣群仙統治之所)"이라고 하며, 그 첫 번째가 왕옥산에 있는 '소유청허동천(小有淸虛洞天)'이라고 했다.

돌아오려니 올 때와는 길이 아주 완전히 달랐네. 여러 번 꺾어진 다음엔 더욱 헷갈려서 다시 그 집을 찾아가려고 했으나 할 수 없었지. 꿈이기를 바랐으나 깨지도 않았다네. 자네는 이곳이 어디인지 알겠는가?"

"내가 이 땅이 어디 있는지는 모르지만 그래도 이 땅의 그림자는 알 것 같기도 하오. 오로원 동담의 쌍폭이 이 땅의 그림자라오."

"북산과 왕옥산의 거리는 만 리나 되고, 동담엔 학과 생황, 경쇠가 없네. 소송정은 신축되었으니 오래된 절이나 도관과는 아주 다르네. 길도 매우 찾기 쉬워 사람들이 다들 여러 번 드나들지만 헷갈리지 않네. 어째서 이 땅의 그림자라고 하는가?"

"그래서 이 땅의 그림자라고 하는 것이오. 똑같다면 그림자가 아니지요."

누군가 말했다. "왕옥산엔 이런 곳이 없소. 객이 망언을 하였소."

"왕옥산엔 정말 이런 곳이 없지만, 객도 망언한 것은 아니오. 나도 전엔 그가 망언한다고 생각했소. [그러나] 소송정에 올라 동담의 쌍폭을 바라본 뒤에는 그가 망언한 것이 아니라는 것을 알게 되었소."

○ 서담에 1리쯤 못 미친 곳에서 북쪽으로 가면, 아름다운 비취색 봉우리들이 빽빽이 모여 있고 바위굴과 골짜기들이 둘러싸고 있다. 아름다운 꽃과 나무들, 신기한 새들과 괴수들이 많다. 이런 곳을 지나 다시 3~4리 가면, 가장 이상하고 아름다운 곳을 만나게 된다. 땅은 평탄하고 흙빛은 옥가루 같다. 바위 절벽으로 둘러싸여 있는데, 절벽의 색은 희고 깨끗하며, 매끄럽고 환해서 머리카락이 비친다. 바위들이 갈라진 틈에는 풀이나 꽃이 나지 않는다. 다만 앞쪽과 오른편에 작은 동천이 있어 드나들 수 있다. 통틀어 삼광동천三光洞天이라고 한다.

○○○ 〈삼광동천부三光洞天賦〉

진령眞靈[11]은 아득해서 알기 어려우니, '허虛'를 이야기하는 자 허랑하게 사람을 속인다.

삼원三元·대유大有·구실九室·요진曜眞의 하늘[12] 따위에, 어리석은 사내는 솔깃해하네.

그러나 모두

산과 바다로 길이 끊겼고,

사람 구역에서 훌쩍 벗어나,

무섭고 험한 곳을 지나 어둡고 먼 곳을 달려,

텅 빈 공간으로 내달아 괴이한 곳을 뒤져,

그런 뒤에야 열에 하나쯤 비슷한 곳에 이른다.

그러므로

정신은 애쓰다 다시 선회하고,

생각은 고갈되어 중도에 그만둔다.

믿거나 말거나의 땅에 이름을 붙이고,

있고 없는 즈음에다 말재간을 부리니,

이렇게 하고는 그만이다.

누가 알겠는가, 저

정신이 오롯한 시각,

마음이 고요한 순간,

---

11 진령(眞靈) : 신선의 별칭이다.

12 삼원(三元)·대유(大有)·구실(九室)·요진(曜眞)의 하늘 : 도가에서 이야기하는 십대동천 중 네 곳이다. 정식 명칭은 삼원극진동천(三元極眞洞天)·대유공명동천(大有空明洞天)·보선구실동천(寶仙九室洞天)·주명요진동천(朱明曜眞洞天)이다. 모두 신선들이 사는 곳이라고 한다. 『운급칠첨(雲笈七籤)』.

빼어난 정신엔 분명하지만, 베껴서 그릴 수는 없으니,

낭풍이 저잣거리가 되고,

영해가 도랑이 되는[13]

곳.

안석과 자리처럼 가깝지만, 편구산[14]만큼 멀고

뜰 앞 계단처럼 평탄하나, 텅 빈 허무로 끊겼으며,

대로변에 드러나 있지만, 쇠 지도리로 잠근 듯 깊네.

이야기하려니 벙어리 되어, 말갛게 침만 흐른다.

생각을 녹이고 정련을 다해, 문예의 재주를 빌려 감탄하노라.

위대하다!

저 현허玄虛[15]의 조화가, 천연天然에 조각을 해 놓았으니,

현추玄樞[16]에서 기이한 발상 움직여, 혼원渾圓에 묘유妙有[17]를 새겼도다.

---

13 낭풍이 저잣거리가 …… 도랑이 되는 : 낭풍(閬風)은 곤륜산 꼭대기의 신선들이 산다는 곳이다. 『십주기(十洲記)』. 영해(瀛海)는 온 세상의 바깥을 둘러싸고 있는 큰 바다이다. 제(齊)의 추연(鄒衍)은 중국을 적현신주(赤縣神州)라고 하고, 중국 밖에 적현신주와 같은 것이 아홉 개 있으니 그것을 구주(九州)라고 하며, 구주와 그 바깥을 둘러싸고 있는 바다를 영해라고 한다고 했다. "中國外如赤縣神州者九, 乃所謂九州也. 於是有裨海環之, 人民禽獸莫能相通者, 如一區中者, 乃爲一州. 如此者九, 乃有大瀛海環其外, 天地之際焉." 『사기』「맹자순경열전(孟子荀卿列傳)」.

14 편구산 : 편구(編駒)는 구주(九州) 너머 팔극(八極)의 서남방(西南方)에 있다고 하는 산 이름이다. 『회남자(淮南子)』「지형훈(墜形訓)」.

15 현허(玄虛) : 원문은 '원허(元虛)'이다. 도가의 용어로 '현묘하고 허무한 이치(玄妙虛無的道理)'라는 말이다.

16 현추(玄樞) : 도의 근원 혹은 도가 운행되는 중추이다.

17 혼원(渾圓)에 묘유(妙有) : '혼원'은 동한(後漢)의 장형(張衡)이 주장한 천체의 구조론인 혼천설(渾天說)에서 천체의 모습을 형용하는 말이다. 즉 하늘의 모습은 새알처럼 완전하게 둥글고[渾圓], 땅은 노른자 같아서 하늘이 땅의 바깥을 감싸고 있다. 따라서 천체를 '혼천(渾天)'이라고 한다. 『진서(晉書)』「천문지(天文志)」. '묘유'는 도가 용어로 유무(有無)를 초월하는 시원적인 존재, 상태를 가리키는 말이다. 즉 하늘 혹은 허공 속에 어떤 시원적 상태의 장소를 만들어 넣었다는 뜻으로 이해된다. ○'혼원(混元)'이 아니라 '혼원(渾圓)'이다. 좀 더

사려가 미치는 곳이 아니고, 꿈을 통해 닿을 곳도 아닐세.

분분히 많은 세계가 벌여 있으니, 허공에 펼쳐진 만 개의 별들 보지 못하는가?【임17】

만 개 중 한 구역에서도, 오히려 구주九州와 세상 끝[18]을 일별할 수 있네.

산가지는 곤륜산보다 모자라고,[19]

지혜는 취규천[20]에서 끝났네.

은밀한 깊은 곳이 겨자씨에 들어 있다 말하니,[21] 허확虛廓이 하늘을 품고 있음에 놀라네.

누가 거센 물결처럼 구슬을 뿜어내고,

누가 가파른 산처럼 연꽃을 솟게 하였나?

천문학적인 발상이다. 저자는【임17】을 참고하라는 주석을 붙여 놓았는데, 이는 지구 역시 하늘에 벌여 있는 수많은 천체 중의 하나일 뿐이며, 각 별들에는 각각의 세상이 있다는 내용이다.

18 구주(九州)와 세상 끝 : 원문의 '팔연(八埏)'은 팔방(八方)의 끝이라는 말이니 땅끝이라는 말이다. 구주는 온 세상이라는 말이다.

19 산가지는 곤륜산보다 모자라고 : 소식(蘇軾)의 『동파지림(東坡志林)』에 나오는 일화를 사용했다. 세 노인이 만나 나이 자랑을 하는데, 한 사람은 "내 나이는 기억이 안 나지만 소년 시절에 반고(盤古)와 친분이 있었네." 하고, 한 사람은 "바다가 뽕나무밭이 될 때마다 나는 산가지를 하나씩 놓았는데 지금까지 내가 놓은 산가지가 벌써 열 칸 집에 가득하다."라고 하고, 한 사람은 "내가 반도를 먹고는 그 씨를 곤륜산 아래 버렸는데, 지금 벌써 곤륜산과 나란하다."라고 했다는 이야기이다. "三位鶴髮童顏的老者相遇談笑風生, 當互相詢問年歲時, 回答妙趣橫生. 第一位老人說: '吾年不可計, 但憶少年時與盤古有舊.' 第二位老人說: '海水變桑田, 吾輒下一籌, 爾來吾籌已裝滿十間屋.' 第三位老人說: '吾所食蟠桃, 棄其核於昆侖山下, 今已與昆侖山齊矣.'"

20 취규천 : 취규천(翠嬀泉)은 물 이름이다. 전설에 따르면 황제(黃帝)가 여기서 녹도(錄圖)를 받았다고 한다. 『하도정좌보(河圖挺佐輔)』에는 황제가 두 마리 용이 백도(白圖)를 바치는 꿈을 꾸고서, 7일을 재계한 다음 취규천에서 큰 오색 농어가 바치는 난엽주문(蘭葉朱文)의 백도(白圖)를 받았는데, 이름을 「녹도(錄圖)」라고 했다는 이야기가 있다. 『예문유취(藝文類聚)』「제왕부(帝王部)」〈황제헌원씨(黃帝軒轅氏)〉.

21 은밀한 깊은 …… 있다 말하니 : 『유마힐경(維摩詰經)』〈불가사의품(不可思議品)〉에 "해탈한 보살은 높고 넓은 수미산을 겨자씨 안에 들어가게 하는데, 증감하는 바가 없어 수미산은 본래 모습 그대로이다(若菩薩住是解脫者, 以須彌之高廣, 內芥子中, 無所增減, 須彌山王本相如故)."라고 하였다.

온갖 빛나는 것들 담을 겨를도 없는데, 문득 이 삼광동천을 만났네.

그것은

멀고 깊고 그윽하며, 붉고 검푸르러 여명처럼 어슴푸레하며,

아가리를 벌리고 둘러싸서, 깊고 휑하며 크고 높네.

빙 둘러 파인 깊은 동혈을 찾아,

만상萬象[22]이 집으로 삼을 곳을 열었네.

상청上淸의 일기一氣[23]에 가까우니, 아, 그 동서남북을 분간할 수 없도다.

울퉁불퉁한 바위 언덕을 갈아내고, 뒤덮인 숲 덤불을 베어 내는데,

자연이 엉기고 맺히는 법[24] 깨달으니, 귀신의 솜씨 번거롭게 할 필요 없네.

경옥과 노옥을 부숴 흙으로 삼으니, 눈을 깔고 명주를 펼친 듯하고,

규벽珪璧을 깎아 뽑아 올려 산봉우리 만들고, 유리를 녹여 쏟아 내고 흩뿌린다.

완성되기 전부터 번쩍번쩍 빛나더니, 흡벽翕闢을 거쳐도[25] 변하지 않네.

자욱한 안개는 아침 해 같고, 기나긴 밤은 대낮 같고,

한겨울은 봄날 같고, 황무지는 집과 같네.

---

22 만상(萬象) : 원문은 '중상(衆象)'이다. 『주역』 64괘(卦)가 만들어 내는 일체의 상(象)을 가리킨다.

23 상청(上淸)의 일기(一氣) : '일기'란 우주 혼돈의 때에 한 덩어리인 혼원(混元)의 기(氣)를 가리킨다. 도가에선 이 혼원의 기가 나뉘어 삼청(三淸)의 신이 되었다고 한다. 삼청의 신이란 인격화된 도라 할 수 있는데, 옥청(玉淸)·상청(上淸)·태청(太淸)이다.

24 자연이 엉기고 맺히는 법 : 원문은 '융결지자연(融結之自然)'인데, 진(晉) 손작(孫綽)의 〈유천태산부(游天台山賦)〉의 구절들을 조합했다. "태허는 멀고 커서 한계가 없으니, 자연의 묘유를 움직이네. 엉겨서 시내와 도랑이 되고, 맺혀서 산과 언덕이 되네(太虛遼廓而無閡, 運自然之妙有. 融而爲川瀆, 結而爲山阜)." 앞의 두 구절에서 '자연'을 가져왔고, 뒤의 두 구절에서 '엉기고[融]'와 '맺히는[結]'을 가져왔다.

25 흡벽(翕闢)을 거쳐도 : '흡벽'은 개폐, 동정이라는 뜻으로, 『주역』 곤괘(坤卦)의 괘사에 나오는 말이다. "곤은 고요할 때는 오므렸다가 움직일 때는 열린다. 이 때문에 광범위하게 낳는다(夫坤, 其靜也翕, 其動也闢, 是以廣生焉)."

우거져 아름다운 나무가 되니, 비단 같은 그늘에 무늬 비단 같은 밭,

산호 가지에 마노 잎사귀, 선옥이 꽃피고 패옥이 열린다.

날개 치면 기이한 새가 되니, 붉은 정수리에 초록 깃털,

하늘을 날다 노을에 둥지 틀고, 퉁소처럼 노래하고 안개처럼 춤춘다.

언덕은 모두 성서星書,[26] 시내는 거북 등의 글자,[27]

하늘을 기록하고 땅을 주석하는 건, 무지개 주문籀文과 구름 전자篆字[28]일세.

마음과 눈이 내키는 바 맘껏 추구해, 깊고 넓은 것을 비춰 한계가 없고,

텅 빈 하늘을 잡고도 남음이 있어, 육기六氣가 엉긴 곳[29]을 가로지른다.

신령한 폭풍을 타일러 위세를 잠재우고, 풍성한 햇빛이 머물게 해 기쁨을 돕네.

씩씩한 다섯 마리 용은 곁마로 삼고, 향기로운 아홉 마리 암봉황 어루만지네.

칠보 장식 높은 모자를 쓰고, 육수六銖[30]의 긴 옷으로 가리고,

---

26 성서(星書) : 별자리를 보고 점치는 책이다. 『남제서(南齊書)』 「하남흉노전(河南匈奴傳)」에 "습인자역도후가 성문(星文)을 좋아해서, 성서를 구한 적이 있는데 조정에서 의논하여 주지 않았다(拾寅子易度侯好星文, 嘗求星書, 朝議不給)."고 하였고, 『이각박안경기(二刻拍案驚奇)』에선 "역점의 주인이 즉시 방 안으로 가서 택일하는 성서 하나를 가지고 나왔다(店主人即去房中, 取出一本擇日的星書來)."고 했다.

27 거북 등의 글자 : 원문은 '귀문(龜文)'으로, 우(禹)가 치수할 때 낙수에서 나온 거북의 등에 있었다는 낙서(洛書)를 가리킨다. 우(禹)는 이것으로 천하를 다스리는 대법인 홍범구주(洪範九疇)를 만들었다고 한다.

28 무지개 주문(籀文)과 구름 전자(篆字) : '주문'과 '전자'는 서체의 이름이다. 주문은 주(周)의 주(籀)가 창안하였다는 자체이다. 전자는 예서(隸書) 이전에 통행되던 서체로, 대전(大篆)과 소전(小篆)으로 나뉜다. 대전은 주(周)에서 사용되었고, 소전은 진시황제(秦始皇帝) 때 이사(李斯)가 대전을 고쳐 만든 것이라고 한다.

29 육기(六氣)가 엉긴 곳 : '육기'는 자연계를 구성하고 있는 다양한 기들을 가리킨다. 천지와 사시(四時)의 기라고도 하고, 음(陰)·양(陽)·풍(風)·우(雨)·회(晦)·명(明)을 가리킨다고도 한다. '엉긴 곳'의 원문은 '인온(氤氳)'이다. 음양이 나뉘지 않고 모인 모습이다.

30 육수(六銖) : 불교 용어로, 도리천에서 입는 옷은 무게가 육수라고 한다. 수(銖)는 무게의 단위로, 1수(銖)는 24분의 1냥(兩)이다. "도리천의 옷은 무게가 6수이고, 염마천의 옷은 무

약목若木[31]을 잘라 지팡이로 짚고, 큰 바다 비단 주름 물결 밟으며,

신령한 태허부를 방문하고, 향기 날리는 강소대에 오르네.

긴 기둥 굽이진 난간을 붙잡으니, 동자기둥 아롱진 분홍빛 교차하고,

검은 학에게 이어 노래하게 하니, 구고九皐에서 들을 수 있는 것 아닐세.[32]

이상은 오히려

형태를 그렸으나 정신은 빠뜨렸고,

물색을 말하면서 장소를 잊은 것이니,

웅변으로도 다 말할 수 없는 곳,

큰 안목으로도 살필 수 없는 곳.

생각은 모을수록 더욱 멀어지고, 상象은 어두울수록 더욱 빛나니,

사마장경은 붓을 쥐고 망연자실하고,[33] 이마두는 산가지를 쥐고도 현혹된다.[34]

게가 3수이고, 도솔천의 옷은 무게가 2수 반이고, 화락천의 옷은 무게가 1수이고, 타화자재천의 옷은 무게가 1/2수이다(忉利天衣重六銖, 炎摩天衣重三銖, 兜率天衣重二銖半, 化樂天衣重一銖, 他化自在天衣重半銖)."『장아함경(長阿含經)』「세기경도리천품(世紀經忉利天品)」. 아주 가벼운 옷이라는 의미이다.

31 약목(若木) : 고대 신화에 나오는 나무 이름으로, 서방의 해가 지는 곳에서 자라는 큰 나무라고 한다.

32 검은 학에게 …… 것 아닐세 :『시경』「소아(小雅)·홍안지십(鴻鴈之什)」〈학명(鶴鳴)〉 2장의 구절을 이용했다. "학이 구고에서 우니, 소리가 하늘에까지 들린다(鶴鳴于九皐, 聲聞于天)." 주희의 주석에 따르면, 구고(九皐)는 못물이 넘쳐 만들어진 구덩이가 아홉 개라는 말로, 깊고 먼 곳을 비유한다고 한다. 원래 〈학명〉은 군자의 덕이 멀리까지 알려짐을 비유한 것이라고 해석되지만, 여기서는 학을 검은 학[玄鶴]으로 바꾸고 '구고에서 들을 수 없는 것'이라고 함으로써 현묘한 색채를 더하는 방식으로 전용했다.

33 사마장경은 붓을 쥐고 망연자실하고 : 사마장경은 사마상여(司馬相如)로, 광대한 원림을 화려하고 섬세하게 묘사하는 것을 장기로 하는 사마상여도 망연자실한다는 의미이다. 홍길주는 앞의 〈장재정기(壯哉亭記)〉에서 천하의 놀라운 것 세 가지 중에 두 번째 것으로 '사마장경의 〈유렵부(游獵賦)〉'를 거론한 바 있다.

34 이마두는 산가지를 쥐고도 현혹된다 : 이마두(利瑪竇)는 마테오 리치(Matteo Ricci)의 중국 이름이다. 이탈리아의 예수회 선교사로, 1578년부터 중국에서 선교활동을 했다. 서양의 학술, 종교 서적을 한문으로 번역하고 출판해서 서구 문명의 창구 역할을 했다. 특히 서양의 천문학, 지리학, 수학 등을 소개하고 중국 최초의 세계지도인 〈곤여만국전도(坤輿萬國

인간 세상의 안이라 할 것인가,

큰 바다의 바깥이라 할 것인가?

둥글고 둥근 지구의 경계라고 할 것인가,

반짝반짝 뭇별들의 가장자리라고 할 것인가?

이는 참으로

허공에 기대 쓸쓸히 휘파람 불고,

편안하고 고요하며 담박해서,

사물을 사물로 다루고 사물에게 사물로 다뤄지지 않는 자의 오락이니,

또 어찌

목석처럼 둔한 자들에게 고하고,

꿈에 취한 바보들을 놀래켜서,

수군수군 소곤소곤, 뭇 지껄임을 일으키고 여러 사람의 의심을 사랴!

노을 끝에 서글피 홀로 서서, 천지의 얽힌 기운[35]과 어울리니,

그저 소요하며 편안히 누워, 세월을 마치도록 아무 생각 없으련다.

○ 그 앞쪽 동천을 바위 문으로 삼아, 안쪽은 둘레가 천여 걸음이나 된다. 아름다운 집 한 채가 세워져 있는데, 아득히 높이 솟아 하늘을 찌른다. 단청을 화려하게 올리고, 추녀와 기둥, 누각과 정자를 갖추었다. 이름은 태허부太虛府다. 그 틈 안의 땅에는 신기하고 아름다운 꽃을 심고, 기묘한 돌들을 늘어놓았다.

全圖))를 제작하기도 했다. 이마두의 서적들과 지도 등은 조선에도 유입되어 많은 지식인들이 열독했다. ○『기하신설』을 지은 바 있는 홍길주에게 이마두는 수학, 특히 기하학의 대가였을 것이다. 그 이마두조차 계산이 불가능하다는 뜻이다.

35 천지의 얽힌 기운 : 원문은 '인온(絪縕)'이다. 『주역』「계사전(繫辭傳)」에 "하늘과 땅이 얽히고설키니 만물이 화하여 엉기고, 남녀가 정(精)을 맺음에 만물이 화생한다(天地絪縕, 萬物化醇, 男女構精, 萬物化生)."라고 한 데서 나온 말이다. 서로 화합하여 만물을 생성하는 하늘과 땅의 두 기운을 말한다.

○○○ 〈태허부기太虛府記〉

혼원混元³⁶의 처음은 너무나 멀어서 잘 알 수 없다. 혹 전해 오는 말에
큰 세계大世界 중에는 신선이 사는 동천洞天이 여든 혹은 아흔 곳이 있다
고도 한다. 그러나 가리키는 것이 모두 허황하며 애매모호해서, 찾아갈
수가 없다. 그러나 생각건대 대부분 산간 고을이나 바다 마을로 사람 사
는 곳에 가까운데도 사람이 가지 못하는 것이지, 큰 바다 너머의 아득히
먼 곳으로 수레와 말발굽이 닿지 못하는 곳은 아닐 것이다.

[어떤] 나무꾼이 산에 들어갔다가 몇 길이나 되는 석벽을 마주쳤다. 한
가운데 세로로 갈라진 틈이 있었는데, 도끼로 갈라 놓은 것 같기도 하고
두 개의 바위가 서로 이어져 있는 것 같기도 했다. 그 틈이래야 손바닥을
옆으로 세워서 겨우 들이밀 만했다. [그런데] 갑자기 누군가 끌어들이기
라도 하듯 그 속으로 끌려 들어갔다. [그 안에는] 산과 계곡이 더할 나위
없이 수려하고, 단청을 입힌 누대와 집들이 있어 신선이 살고 있었다.
[다시 밖으로] 나오고 나자 바위틈은 다시 예전처럼 합해졌다. 호사가가 듣
고는 인부를 모아 큰 도끼와 긴 보습으로 그 벽을 깨뜨렸다. 깨고 보니
무너진 황량한 산기슭일 뿐이었다.

이것을 두고 무너진 황량한 산기슭이 아니라고 할 수도 없고, 이것을
두고 신선의 누대와 집들이 없었다고 할 수도 없다. 나무하는 이가 환상
에 현혹되어 눈에 헛것이 보였다고 할 수도 없고, 호사가가 인연이 없어
신선들이 피해 버렸다고 할 수도 없다. 본래는 있었는데 순식간에 없어
졌다고 할 수도 없고, 본래 없는 것인데 잠시 있었다고 할 수도 없다. 지
금 방과 지붕 사이, 창과 벽의 틈으론 벌레의 날개도 들어갈 수 없다. 창

---

36 혼원(混元) : 우주가 아직 형성되기 이전, 형질이 나뉘지 않고 일체가 몽매한 상태를 가리
키는 말이다. 천지개벽 이전의 상태이다.

문을 부수고 벽을 허물어 보아야 텅 비었을 것이다. [그런데도 만약] 그 틈
새로 해서 들어간 사람이 있다면, 산과 계곡, 누대와 집들, 신선들의 거
처를 만나지 않을지 어떻게 알겠는가? 꿈에 이상한 곳에 다녀온 사람이
있다고 하자. 이곳을 두고 그 진짜가 있다고 할 수도 없고, 진짜는 없다
고 할 수도 없을 것이다.

태허 선생太虛先生은 자기 수양이 이미 온전해졌다. 지나는 곳마다 모
두 감화되니, 신명神明은 두루 흡족해하고 백성들은 모두 복을 받았다.
해와 달과 별들이 보배를 헌납하고, 여러 신은 복을 바친다. 땅에는 잘
게 부순 구슬이 깔렸고, 샘에서는 윤기 나는 옥 물이 솟아 나온다. 붉은
꽃과 푸른 잎이 흰 바탕에 현란한 수를 놓았다. 새들은 날고 새 새끼는
[알껍데기를] 쪼니, 푸른 깃에 붉은 볏을 얹었다.

경기군鏡機君[37]이 앞으로 나와 말했다. "선생의 교화가 지극하니, 예전에
없던 일입니다. 이미 그 진경眞境에 나아갔으니, 그 집을 꾸며야 할 것입
니다. 생각건대 위우委羽와 구곡句曲[38]도 빗장과 집을 고쳐 놓고 [선생께서]
사시길 기다릴 것입니다. 어찌 그렇게 하도록 하지 않으십니까?" 태허
선생이 겸손히 사양하며 따르지 않고, 그가 도착한 곳에 [거처를] 지었다.
공사가 끝나고 나니, 그 굽이지고 꺾어지면서 비스듬히 이어지고, 그윽

---

37 경기군(鏡機君) : 삼국시대 위(魏)의 조식(曹植)이 지은 〈칠계(七啓)〉에 가상 인물인 경기자
(鏡機子)가 나온다. 경(鏡)은 사물을 비춘다는 뜻이며, 기(機)는 사물의 기미라는 뜻이다.
"경기자는 능히 기미를 비출 수 있다는 말이다(鏡機子謂能鏡照機微也)." 『산당사고(山堂肆考)』.
여기서는 '경기군'으로 바뀌었는데, '경기자'에서 가져온 것으로 생각된다.

38 위우(委羽)와 구곡(句曲) : 도가에서 말하는 '십대동천(十大洞天)' 중 두 번째가 위우산동(委
羽山洞)이고, 여덟 번째가 구곡산동(句曲山洞)이다. ○ 두 번째 위우산의 동천은 "주위가 만
리이고, '대유공명지천'이라 불리며, 태주 황암현에 있는데 현으로부터 30리 떨어진 곳에
있고, 청동군이 다스린다(第二委羽山洞, 周回萬里, 號曰'大有空明之天', 在台州黃岩縣, 去縣三十
里, 靑童君治之)."고 한다. 여덟 번째 구곡산의 동천은 "주위가 150리이고, '금단화양지동천'
이라고 불리며, 윤주 구용현에 있고, 자양진인이 다스린다(第八句曲山洞, 周回一百五十里, 名
曰'金壇華陽之洞天', 在潤州句容縣, 屬紫陽眞人治之)."라고 한다. 『동천복지기(洞天福地記)』「십
대동천(十大洞天)」.

하고 깊숙하면서도 훤하게 통하며, 훤칠하게 들려 높이 날아오를 듯하고, 조각하고 색칠한 것은 찬란하여, 위우나 구곡에서도 못 본 것이었다.

　이 동부洞府를 여든이나 아흔 곳 중 한 곳이라고 해도 될 것이다. 이 동부를 여든이나 아흔 곳에 들지 않았던 것이라 해도 될 것이다. 이 동부를 나무꾼이 갔던 곳이라고 해도 될 것이다. 이 동부를 창과 벽 사이의 틈이라고 해도 될 것이다. 이 동부를 어떤 사람이 꿈속에 다녀간 곳이라 해도 될 것이다. 모두 아니라고 해도 될 것이다. 그러므로 '태허부'라고 한다.

○그 북쪽은 절벽을 따라 맑은 물이 흐른다. 물 옆에 대를 쌓고, [주변을] 울창한 솔숲으로 둘렀다. 학 다섯 마리를 길들여 놓았는데, 청학도 있고 황학도 있고 백학도 있다. 이름은 강소대絳霄臺이다. 올라서서 바라보면, 북산의 서른여섯 봉우리가 마치 연꽃을 꽂아 놓은 듯 나란히 둘러싸고 서 있다.

○○○ 〈강소대명絳霄臺銘〉

　　신발엔 무지개와 노을, 소매엔 별과 달,
　　세상을 굽어보니, 얼마나 조화롭고 아름다운가.
　　우주 안에 있으나, 온 우주가 들어 있으니,
　　여기 만년을 살지만, 마치 처음 만난 듯하네.
　　탐구해도 말하지 않고, 굳이 탐구하지도 않으니,
　　보고 들은 것 말하고 자랑한다면, 네 누추함만 한 것이 없으리.
　　신령과 범속의 나뉨은, 복괘復卦와 구괘姤卦[39]에서 싹트니,

---

39 복괘(復卦)와 구괘(姤卦) : 복괘는 전체 음효(陰爻)에 양효(陽爻)가 처음으로 하나 생긴 괘이고, 반대로 구괘는 전체 양효에 음효가 처음으로 하나 생긴 괘이다. 즉 복괘는 양이 자라나는 과정의 시작이고, 구괘는 음이 자라나는 과정의 시작이다. 최초엔 아주 작은 차이에서 나뉜다는 뜻이다.

손가락 끝을 바라보니, 흰 바탕인 듯 수를 놓은 듯.

○절벽 오른쪽 골짜기에도 문이 있다. 이곳으로 나오면 그 아름다운 풍경이 대략 전과 비슷하다. 동천에서 2리도 못 미쳐, 대숲 속에 도관이 있다. 황관黃冠[40] 쓴 사람 네다섯이 산다. 수염과 눈썹이 다 눈처럼 흰데, 황백黃白과 비승飛昇[41]의 방법을 이야기한다. 그들과 이야기하노라면, 장차 형해形骸를 벗어 버리고 표연히 노을과 안개 사이에 있게 될 것만 같다.

○○○ 〈죽림도관시竹林道觀詩〉

푸르디푸른 대나무 숲속,
기묘한 바위 마주해 문이 되었네.
양쪽 창엔 일월이 교차하고,
뜰엔 구름과 안개가 함께하네.
새벽이면 작은 화로에 불이 오르고,
밤이면 드문 경쇠 소리 들려오네.
말쑥한 방에선 옅은 안개 불어 내고,
가파른 단에선 먼 별에 예배한다.[42]
눈꽃인 듯 양 귀밑머리 희고,

---

40 황관(黃冠) : 도사들이 쓰는 모자이다.

41 황백(黃白)과 비승(飛昇) : 둘 다 도가(道家)의 용어이다. '황백'은 단약(丹藥)을 단련하여 황금과 백은을 만드는 방술이고, '비승'은 득도해서 대낮에 선경으로 날아오른다는 뜻이다. 도가 수련의 최고 경지를 가리키는 말이다.

42 말쑥한 방에선 …… 별에 예배한다 : 도가의 양생 수련 방법인 호흡법과 초재(醮齋)의 "답강보두(踏罡步斗)"를 언급하고 있다. '답강보두'는 도교 의례인 초재의 한 부분으로, 별에 예배하고 신령을 부르는 의식이다. 여기서 '강(罡)'은 북두칠성 국자 부분의 별 이름이고, '두(斗)'는 북두성이다. 『운급칠첨(雲笈七籤)』.

노을 기운인 듯 두 눈동자 푸르다.

숲새와 함께 본성을 길들이고,

시내 물고기와 서로 형체를 잊네.

등불 돋우고 자록紫錄 고치고,

벼루 씻어 단경丹經에 주를 다네.[43]

봉황과 짝 되어 서쪽 끝에 놀고,[44]

붕새 불러 북쪽 바다 건넌다.[45]

산에 들어온 지 이제 몇 겁劫인가?

세상은 이미 천년이 지나갔네.

원컨대 서로 흉금을 열고,

거나하게 함께 취하고 깨어 보세.

거문고 안으니 솔바람 쉭쉭,

칼을 어루만지니[46] 물소리 잉잉.

내면 응시로 명철한 경지 이르니,[47]

---

43 등불을 돋우고 …… 주를 다네 : 자록과 단경은 도가 용어로, 자록은 도가의 서적을, 단경
은 연단술을 서술한 책을 일반적으로 일컫는 말이다.

44 봉황과 짝 …… 끝에 놀고 : 굴원(屈原) 〈이소(離騷)〉의 내용을 이용하고 있다. "아침에 하늘
나루를 떠나, 저녁엔 서쪽 끝에 이른다. 봉황은 날개로 깃발을 받들고, 높이 날아 날개를
가지런히 펴네(朝發軔于天津兮, 夕余至乎西極. 鳳凰翼其承旂兮, 高翶翔之翼翼)."

45 붕새 불러 북쪽 바다 건넌다 : 『장자』 「소요유(逍遙遊)」의 내용을 이용하고 있다. "북쪽 바
다에 물고기 한 마리가 있는데 그 이름을 '곤'이라고 한다. 곤의 크기가 몇천 리인지 알 수
없다. 변해서 새가 되니 그 이름을 '붕'이라고 한다. 붕의 등은 몇천 리가 되는지 알 수가
없다. 노하여 날아오르면 그 날개가 하늘에 드리운 구름 같다. 이 새는 바다 기운이 움직
이면 남쪽 바다로 날아가는데, 그 남쪽 바다는 천지이다(北冥有魚, 其名爲鯤. 鯤之大, 不知其
幾千里也. 化而爲鳥, 其名爲鵬. 鵬之背, 不知其幾千里也. 怒而飛, 其翼若垂天地也. 是鳥也, 海運則將徙
於南冥. 南冥者, 天池也)."

46 칼을 어루만지니 : 원문은 '간검(看釰)'이다. 명(明) 양신(楊愼)의 『승암시화(升庵詩話)』 〈기
선시(箕仙詩)〉에 한 방사(方士)가 지었다는 〈백암행(白岩行)〉이 인용되어 있는데, 이 시에
"훌륭한 솜씨로 건곤을 정돈하고, 웃으며 돌아와, 구름 떨고 칼을 어루만지며 다시 동해
바다에 모이네(好將大手整頓乾坤了, 歸來一笑, 拂雲看釰重會滄溟東)."라는 구절이 있다.

47 명철한 경지 이르니 : 원문은 '조철(朝徹)'이다. '조철'은 오묘한 도(道)를 깨달아 명철한 경

소요하며 성령을 기른다.

○ 골짜기 동쪽엔 암벽과 시내, 폭포 같은 볼거리가 많고, 골짜기 서쪽엔 산봉우리와 숲의 정취가 있다. 굽이굽이 기이하고 아름다워 무어라 이름 붙여 형용할 길이 없다. 골짜기 북쪽은 산길이 갈수록 험해진다. 다시 3~4리 가면 북산이다. 북산엔 정말 아름다운 곳이 많지만, 그래도 오로원_{吾老園}만 한 곳은 없다.

10.

동담에서 흘러나온 물은 남쪽으로 흐르는데, 집의 동쪽을 지나 조금 서쪽으로 가다 남쪽으로 꺾어져서는 배를 띄울 만한 큰 시내가 된다. 집에서부터 거리가 2리가량인데, 동계_{東溪}라고 한다. 연꽃과 창포, 가시연이 많다. 시내 기슭을 따라선 꽃과 버들이 섞여서 심겨 있다. 매년 봄가을 좋은 때면 가수와 무희, 관악기와 현악기를 화려한 배에 싣고 노는 남녀들이 줄을 잇는다. 달 밝은 고요한 밤이 되면 물새가 울며 난다. 춤추듯 날아다니며 맑은 소리로 우는데, 이름 모를 것들이 많다.

○○○ 〈동계시_{東溪詩}〉【학해 동자_{學澥童子}가 지었다.】

멀리 노랫소리 피리 소리 들리는데,

지에 도달한 것을 말한다. 『장자』「대종사(大宗師)」에 나오는 말이다. 여우(女偊)라는 인물이 남백자규(南伯子葵)의 질문에 대해, 복량기(卜梁倚)의 예를 들어, 수련의 일곱 경지에 대해 설명하는데, 그중 한 단계가 '조철'이다. 수련의 일곱 경지란 '천하를 잊음[外天下]', '외물을 잊음[外物]', '삶을 잊음[外生]', '명철해짐[朝徹]', '한 가지[道]를 바라봄[見獨]', '고금이 없음[無古今]', '삶과 죽음이 없음[不死不生]'이다.

차가운 이슬 비단 치마 적신다.

간밤 비에 파도 소리 커졌고,

미풍에 나무 그림자 성글다.

환한 모래밭엔 갈매기 혼자 섰고,

고요한 산엔 새가 짝지어 날도다.

쓸쓸히 시내 남쪽 집을 바라보니,

한가한 구름 사립을 반쯤 가렸네.

○시내 건너엔 인가들이 많은데 고기잡이를 생계로 한다. 간간이 고인高人이나 처사處士가 있어 왕래할 만하다.

○○○ 〈질빙質聘〉

동계東溪 남쪽에 한 처사가 사는데, 동계 처사東溪處士라고 한다. 학문이 넓고 뜻은 원대하며, 외모는 여위었으나 가슴속은 크고 자유롭다. 세상엔 그 이름이 알려지지 않았는데, 세상에 알려지기를 원치도 않는다. 도道를 숭상하고 책을 저술하며, 서리 같은 흰 살쩍에 아름다운 이마를 가졌다. 초빙의 깃발이나 폐백의 비단이 그가 사는 거리와 골짜기엔 이르지 않으니, 넉넉한 은자가[48] 늙도록 버려진 것을 한탄하고, 쓸데없이 다투느라 현인을 배척하는 것을 슬퍼하게 된다. 가설적인 말로 그 마음을 넓히니, 대개 마지막 편에서 세 번 탄식하는 것이다.[49]

---

48 넉넉한 은자가 : 원문은 '석과(碩薖)'이다. 『시경』 「국풍(國風)·위풍(衛風)」 〈고반(考槃)〉 2장에 나온다. "골짜기에 오두막을 지으니, 은자의 마음 넉넉하다. 홀로 자고 홀로 노래하니, 길이 떠나지 않을 것 맹세하네(考槃在阿, 碩人之薖. 獨寐寤歌, 永矢弗過)." 〈고반〉은 덕을 이루고 도를 즐기는 것을 노래한 것으로, '석인'은 은자를 뜻하고, '과'는 넉넉하고 관대하다는 뜻이다.

49 대개 마지막 …… 탄식하는 것이다 : 『춘추(春秋)』의 마지막 편을 이야기하고 있다. 『춘추』

순하자詢遐子[50]가 동계 처사를 뵙고 말했다.

"들으니, 선생께선 환옥을 품고 벽옥을 머금었다 하더이다. 법전과 문헌을 수집하고 저장했으며, 위장과 폐엔 지혜와 인仁을 배태하고, 밭에는 시詩와 예禮를 갈았다 하더이다. 이가 빠질 무렵부터 흠씬 익혀서 머리가 희도록 쉬지 않았으니, 덕德은 더할 수 없이 크고, 재주론 못할 것이 없다고 합니다. 그런데도 푸성귀나 미나리를 청어나 고깃국처럼 달게 먹고, 초가지붕에 억새로 엮은 문을 단 집에 거처하십니다. 급기야 물고기나 새들과 짝이 되기에 이르니, 마치 영원히 정말로 [세상을] 잊으신 것 같습니다. 군자가 학문할 때의 포부가 어찌 그저 여기에 그치겠습니까? 문예를 넓히고 도를 연구하는 것은 장차 이 세상을 복되게 하려는 것입니다. 지금 선생께서는 세상을 우주의 바깥처럼 보시고, 백성을 만물에 속하지 않는 것처럼 여기십니다. [제 생각으론] 어진 이의 마음 씀이 이처럼 소홀하지는 않을 것 같습니다.

하물며 거친 삼베옷과 터진 솜옷은 폐부를 찌르는 날카로운 칼날이고, 보릿겨와 현미밥, 염교와 씀바귀는 비장을 해치는 흉악한 열병입니다. 망가진 창문과 무너진 굴뚝은 뼈를 갉아먹는 살모사요, 외로운 슬픔과 쌓인 우울은 정신을 녹이는 독약입니다. 저는 선생께서 그 궤도를 바꾸지 않으신다면, 하늘로부터 받은 천품을 온전히 보존하실 길이 없지 싶습니다. 그리고 미쳐서 울부짖으며 달리다가 무극無極의 샘에서 목말

는 애공(哀公) 24년, 교외에서 기린이 잡힌 기사를 기록하는 것으로 끝난다. 『춘추공양전(春秋公羊傳)』의 전(傳)에서는 이 부분에 공자의 세 가지 탄식을 기록하고 있다. "안연이 죽자, 공자는 말했다. '아! 하늘이 나를 망하게 하는구나!' 자로가 죽자, 공자는 말했다. '아! 하늘이 나를 단절시키는구나.' 서쪽 사냥에서 기린을 잡자 공자는 말했다. '나의 도가 쇠했구나!'(顏淵死, 子曰: '噫! 天喪子.' 子路死, 子曰: '噫! 天祝子.' 西狩獲麟, 孔子曰: '吾道窮矣!')." 현실에서 이상을 실현할 희망을 포기한 절망적인 탄식이다. 이후 공자는 절필했다고 한다. 홍길주는 〈질빙〉의 주제 의식을 이 세 번의 탄식을 빌려 이야기하고 있다.

50 순하자(詢遐子) : '멀리까지 묻고 다니는 자'라는 뜻의 우의적인 이름이다.

라 죽으면,[51] 그 묘에는 '어리석다癡'라고 적힐 것이고, 예를 살피는 자들은 빈소殯所에서 울지 않을 것입니다. 선생께서는 어찌하시렵니까?"

처사가 말했다. "아! 그대의 가르침을 듣고 싶소."

순하자가 말했다.

"제가 들으니, 조정의 대부들이 선생의 이름을 [천자께] 아뢰어서, 휘장翼襜과 발 받침과 가로대를 갖춘 편안한 수레를 보내 초빙하고, 조각한 주춧돌과 단청 입힌 기둥들로 만든 아름다운 집에 살게 하려 한답니다. 금·옥·구슬·조개, 대모·산호·유리·옥돌, 분 바른 보조개에 연지 바른 입술, 눈썹 그린 아름다운 이들로 선생의 눈을 봉양할 겁니다. 우렁찬 종소리에 끓어오르는 북소리, 왼쪽엔 생황, 오른쪽엔 거문고로 선생의 귀를 봉양할 겁니다.

민閩 땅의 여지荔枝, 회回 땅의 포도,[52] 토마토와 파인애플, 산 오소리와 골짜기의 붉은 꿩, 바다의 장어와 강의 복어, 통통한 새끼 양의 꼬리, 살진 암소의 밥통, 신선로와 솥뚜껑 번철[53]엔 지탄脂炭이 지글지글 끓어오르는 듯할 겁니다. 또 있습니다. 밥엔 꿀에 잰 대추와 밤을 넣고, 국수에는 말린 야채와 고기를 섞습니다. 참깨와 녹두가루를 둥글게 찍어 내 보

---

51 무극(無極)의 샘에서 목말라 죽으면 : 『열자(列子)』 「탕문(湯問)」에 나오는 과보(誇父)의 이야기를 이용하고 있다. "과보가 힘을 헤아리지 않고 해그림자를 쫓아가려고 해서, [해가 지는 골짜기인] 우곡의 끝까지 쫓아갔다. 목이 말라서 물을 얻고자 황하와 위수로 가서 물을 마셨다. 황하와 위수의 물로는 모자라자 장차 북쪽으로 달려 대택의 물을 마시려고 하였다. 이르기 전에 길에서 목이 말라 죽고 말았다(誇父不量力, 欲追日影, 逐之於隅谷之際. 渴欲得飮, 赴飮河渭. 河渭不足, 將走北飮大澤. 未至道渴而死)."

52 회(回) 땅의 포도 : 회회국의 포도주가 예부터 유명하다. 『격치경원(格致鏡原)』.

53 신선로와 솥뚜껑 번철 : 『동국세시기(東國歲時記)』에 의하면, 서울 풍속에 쇠고기나 돼지고기에 무·오이·채소·나물 등의 야채와 계란을 섞어 전골을 만들어 먹는데, 이것을 열구자탕(悅口子湯) 또는 신선로(神仙爐)라고 부른다고 하였다. '솥뚜껑 번철'의 원문은 '철립(鐵笠)'이다. 서울 풍속에 숯불을 화로에 피워 번철(燔鐵)을 올려놓고 쇠고기에 갖은 양념을 하여 구우면서 둘러앉아 먹는 것을 '난로회(煖爐會)'라 한다고 하였다. 삿갓을 엎어 놓은 듯한 모양의 번철 주위에 둘러앉는다고 하여, 난로회를 '철립위(鐵笠圍)'라고도 했다.

배를 새기고, 진홍빛 여뀌와 흰 산자는 오색이 찬란합니다. 자른 어포에
는 꽃과 봉황을 새기고, 달콤한 전복[54]에는 잣을 안깁니다. 어린 대나무
의 진액으로 술을 빚고, 홍로紅露[55]를 걸러서 뜹니다. 일곱째 사발엔 게
눈 같은 조수가 일고,[56] 삼등三登의 담배[57]에선 지네 발 같은 연기가 납니
다. 이것으로 선생의 입을 봉양할 것입니다.

　여러 겹 휘장을 둘러 깊은 방을 만듭니다. 금빛 두꺼비 껍질로 치장한
만자창卍字牕은 환하게 트여 널찍합니다. 원숭이 담요와 장족藏族의 푸루,[58]
대나무 침상엔 화문석, 야청빛 구슬을 꿴 주렴, 옥색과 푸른 비단이 섞인
요를 깝니다. 또 있습니다. 옥처럼 깨끗한 고운 명주, 엷은 금빛이 나는
가는 모시, 눈처럼 흰 두꺼운 솜옷, 노을빛의 얇은 장삼, 따뜻한 여우 겨
드랑이 털옷은 무늬 비단으로 겉을 댑니다. 새벽엔 겹옷, 저녁엔 속적삼
으로 적당히 따뜻하고 서늘하리니, 이런 것들로 선생의 몸을 봉양할 것

---

54 달콤한 전복 : 원문은 '감복(甘鰒)'이다. 감복은 마른 전복을 물에 불려 사탕 가루나 기름,
　간장 등에 잰 것이다.
55 홍로(紅露) : 술 이름이다. 청주를 증류해 만든 소주로, 증류기 입구에 잘게 썬 자초(紫草)를
　넣어서 내린 술이다. 자초 때문에 술의 색이 붉기 때문에 홍주(紅酒)라고도 부른다. '노
　(露)'는 증류기에 맺힌 이슬을 가리키는 말로 증류한 소주이다. 『산림경제(山林經濟)』 「치
　선(治膳)」 〈양주(釀酒)〉조에, 내국(內局)의 홍로주 빚는 방법이 구체적으로 나온다.
56 일곱째 사발엔 …… 조수가 일고 : '일곱째 사발'이나 '게눈 같은 조수'는 모두 차와 관련된
　이야기이다. '일곱째 차 사발[七碗茶]'은 당(唐) 노동(盧仝)의 〈붓을 달려, 맹간의가 새 차를
　보내 주신 것에 사례함(走筆謝孟諫議寄新茶)〉에 나오는 말이다. "첫 잔은 목구멍을 부드럽
　게 하고, 둘째 잔은 고민을 없애고, 셋째 잔은 마른 창자를 훑으나 오직 문자 오천 권을 가
　졌다. 넷째 잔은 가벼운 땀을 내게 하니, 평생의 불평스런 일들이 모두 모공으로 흩어진
　다. 다섯째 잔은 살진 뼈다귀를 맑게 하고, 여섯째 잔은 신선의 영과 통한다. 일곱째 잔은
　마실 수 없으니, 오직 양 겨드랑이에서 습습하게 맑은 바람이 느껴질 뿐이다(一椀喉吻潤,
　兩椀破孤悶, 三椀搜枯腸, 唯有文字五千卷. 四椀發輕汗, 平生不平事, 盡向毛孔散. 五椀肌骨清, 六椀通
　仙靈. 七椀喫不得也, 唯覺兩腋習習清風生)." 즉 '일곱째 차 사발'에 우화등선하게 된다는 말이
　다. '해안(蟹眼)'은 방게의 눈알인데, 찻물이 처음 끓을 때 떠오르는 작은 기포를 말한다.
57 삼등(三登)의 담배 : 삼등은 평안남도에 있던 고을 이름으로, 담배 산지로 유명했다. 『임하
　필기(林下筆記)』 「순일편(旬一編)」 〈금광초(金光草)〉.
58 장족(藏族)의 푸루 : 원문은 '방로(氆氌)'이니, 푸루(pǔ lū)의 음차이다. 장족 지구에서 나는
　일종의 수공 양모직물이다. 침상의 담요나 의복을 만든다.

입니다.

박달나무 의자에 걸터앉게 하고, 은 항아리로 가래를 받습니다. 비단 병풍으로 벽을 두르고, 자작나무 책상을 자리 앞에 둡니다. 둥근 벼루와 필산筆山, 용매龍煤 먹[59]과 양털 붓, 분전粉牋과 태사지太史紙[60]에 파도처럼 붓을 달릴 것입니다. 또 있습니다. 시중드는 겸종과 달처럼 쪽을 찐 여종을 설렁줄로 부를 것입니다. 섬돌엔 [식객들의] 신발이 어지럽게 놓이고, 귀엔 아부와 찬양이 가득할 겁니다. 이것으로 선생의 일상을 봉양할 것입니다.

가까운 곳에 [거동할 때는] 어깨에 메는 들것에 표범 깔개를 덮습니다. 먼 곳으로 [거동할 때는] 준마 두 마리가 양쪽에서 끄는 수레에, 난간은 거북 무늬로 만듭니다. 간혹 푸른 숙상驌驦 말[61]이나 검은 노새를 타서 지루함을 떨쳐 버리기도 하고, 혹은 손에 지팡이를 짚고 겨드랑이를 부축하게 해 느긋하게 걷기도 합니다. 이것으로 선생의 거동을 봉양할 것입니다.

이것은 진정 지혜로운 선비가 원하는 것이고, 노인의 고질을 치료하는 길입니다. 선생께선 아마 생각이 있으시겠지요?"

처사가 대꾸했다. "아니오. 내 거처엔 이미 이런 것들은 갖추고도 남음이 있소. 내가 편안히 여기고 바깥 것을 사모하지 않은 지 오래지요."

순하자가 말했다. "저도 선생께서 그럴 생각이 없으실 줄 알았습니다.

---

59 용매(龍煤) 먹 : 용뇌향(龍腦香)을 태운 뒤에 남는 재를 먹으로 만든 것이다.

60 분전(粉牋)과 태사지(太史紙) : 둘 다 고급 종이의 이름이다. 분전은 분홍색의 전지(牋紙)이고, 태사지는 중국에서 수입되는 고급 인쇄용 종이로서, 실록을 꾸미는 데 쓰여 '태사지'라고 한다.

61 푸른 숙상(驌驦) 말 : '숙상'은 고대의 명마 이름이다. '숙상(驌爽)'이라고도 쓴다. 『좌전』 정공(定公) 3년에 "당 성공이 초에 갔다. 숙상 말 두 마리가 있었는데, 자상이 갖고자 했다. 주지 않으니 또한 3년을 억류했다(唐成公如楚. 有兩驌爽馬, 子常欲之. 弗與, 亦三年止之)."라는 기사가 있다.

농담한 것일 뿐입니다. 제대로 말씀드리겠습니다. 제가 들자니, 조정의 대부가 선생께서 서적에 박식하다는 걸 알고 선생의 이름을 재상께 아뢰어 벽옥을 더한 비단 묶음[62]으로 초빙해 비서秘書[63]의 직함을 내리려 한답니다. 내부內府[64]에 소장된 70만 질을 꺼내 모두 선생께 드려 마음껏 보고 교감하게 할 것이랍니다. 그 화려하게 장식된 표지를 보고 휘황찬란하게 장정된 책갑을 슬쩍 보는 것만으로 이미 마음이 떨리고 눈이 부실 겁니다."

처사가 대꾸했다. "자네는 말씀해 보시게."

순하자가 말했다. "흰 명주와 옥색 비단으로 된 것은 제일 아랫것입니다. 붉은 계선 속에 푸른 주문籒文으로 쓴 것은 아주 흔한 것입니다. 수놓은 직물을 발라 붙여 꾸미고, 비단 실을 꼬아 책을 묶고, 수놓은 담황색 비단으로 책갑을 입히고, 꼭두서니 붉은빛의 상아로 찌를 끼웠습니다. 침향목으로 만든 긴 선반에 보관하며, 예장 나무로 만든 깊숙한 처마를 두릅니다. 밖에서 그 집을 보자면 두 식경은 지나야 한 바퀴 둘러볼 수 있습니다. 아래에서 그 용마루까지 오르자면 일곱 길 사다리를 세 번이나 잇대고 다섯 번은 쉬어야 합니다. 그 속에 들어가면 빈 곳이라고는 겨우겨우 돌아설 수 있을 [정도]뿐입니다. 제 생각엔 선생처럼 박학한 분이라도 여기에서는 눈이 휘둥그레지지 않을 수 없을 것 같습니다."

처사가 말했다. "소장하고 있는 책에 대해서 듣고 싶소."

순하자가 말했다. "저는 변변치 못한 사람이라 그 자세한 내용은 듣지 못했습니다. 경전은 하늘이고 역사는 궤도입니다. 만물을 비추고 억만

---

62 벽옥을 더한 비단 묶음 : 원문은 '속백가벽(束帛加璧)'이다. 비단 묶음에 벽옥을 더한다는 뜻이다. '속백(束帛)'은 초빙이나 방문 시에 예물로 가져가던 다섯 필의 비단을 말한다. '가벽'은 여기에 벽옥을 더해서 보내 특별한 존경을 표하는 것이다. 『예기』 「예기(禮器)」에 나온다. "비단 묶음에 벽옥을 더하는 것은 덕을 높이는 것이다(束帛加璧, 尊德也)."
63 비서(秘書) : 동한 때 궁중 도서의 관리와 정리를 담당했던 비서성(秘書省)의 관리이다.
64 내부(內府) : 궁중의 창고를 말하지만, 여기선 궁중의 서적이 보관된 장소를 뜻한다.

년 동안 아름답게 울릴 것들이니 논할 것도 없습니다. 이유二酉와 석실石室[65]에 있는 것들은 이곳에 있는 것들의 찌꺼기와 쭉정이를 얻은 것이고, 효람曉嵐이 사고四庫에 모은 것들[66]도 이리로 통하는 길목일 뿐입니다. 삼황오제 때의 용사龍師·조관鳥官의 정치,[67] 순비循蜚·소홀疏仡[68] 시대의 홍전虹篆·구주龜籌로 된 기록,『고령요考靈曜』,『함신무含神霧』[69]는 흩어지고 부서져서 온전하지 않고,『동명기洞冥記』[70]나 나필羅泌의『노사路史』[71]는 주워 모은 것이어서 거짓에 가깝습니다. 다시『자청연어紫淸煙語』[72]와『운

---

65 이유(二酉)와 석실(石室) : 이유는 대유(大酉)와 소유(小酉)의 두 산을 가리킨다. 두 산의 동굴에는 도서 수천 권이 소장되어 있었다고 한다. 석실은 한(漢)나라 때 국가의 도서를 보관하던 장서각이다.

66 효람(曉嵐)이 사고(四庫)에 모은 것들 : 효람은 기윤(紀昀)의 자이다. 청의 학자로,『사고전서(四庫全書)』편찬의 총찬(總纂)을 맡았다. 여기서 '사고에 모은 것들'이란『사고전서』를 가리킨다.

67 삼황오제 때의 용사(龍師)·조관(鳥官)의 정치 : '용사와 조관의 정치'란 복희씨(伏羲氏)와 소호씨(少昊氏)의 정치라는 말이다. ○복희씨 때에 용마가 도서(圖書)를 물고 오는 상서로운 일이 있었기에 복희씨를 '용사(龍師)'라 칭하고 용의 이름으로 관직의 이름을 정해, 춘관(春官)의 청룡씨, 하관(夏官)의 적룡씨, 추관(秋官)의 백룡씨, 동관(冬官)의 흑룡씨 등의 이름이 있었다고 한다. 소호씨는 새 이름으로 관직의 이름을 지어 조관(鳥官)·조사(鳥師)라고 하였다고 한다.『춘추좌씨전(春秋左氏傳)』소공(昭公) 17년.

68 순비(循蜚)·소홀(疏仡) : 개벽부터 춘추시대의 획린(獲麟)까지 227만 6,000년을 10기(紀)로 나누어, 일곱 번째 기가 순비, 열 번째 기가 소홀이다. 10기는 구두기(九頭紀)·오룡기(五龍紀)·섭제기(攝提紀)·합락기(合雒紀)·연통기(連通紀)·서명기(敍命紀)·순비기(循蜚紀)·인제기(因提紀)·선통기(禪通紀)·소홀기(疏仡紀)이다.『춘추명력서(春秋命曆敍)』.

69 『고령요(考靈曜)』,『함신무(含神霧)』: 한(漢) 시대에 이루어진 위서(緯書)들이다.『고령요』는『상서』의 위서이고,『함신무』는『시경』의 위서이다.

70 『동명기(洞冥記)』:『한무동명기(漢武洞冥記)』의 약칭이다. 도가의 책으로, 신선과 도술에 대한 이야기들을 문건에 의해 편찬한 것이라고 한다. 동한의 곽헌(郭憲)이 편찬하였다고 한다.『구당서(舊唐書)』「경적지(經籍志)」.

71 나필(羅泌)의『노사(路史)』: 나필은 남송의 학자, 문인이다.『노사』는 그가 삼황오제로부터 하(夏)의 걸(桀)에 이르기까지를 대상으로 역사·지리·풍속·씨족 등 다방면에 걸친 전설과 역사적 사실을 잡다하게 취재해 만든 47권의 역사서다. '노(路)'란 '크다[大]'는 뜻이다.

72 『자청연어(紫淸煙語)』: 청(淸)의 원매(袁枚)가 엮은『자불어(子不語)』「자청연어(紫淸煙語)」편에 나오는 신선부의 서적이다. 소주(蘇州)에 사는 양빈(楊賓)이라는 자가 죽었다 깨어나서 했다는 이야기에 나온다. 내용인즉 옥황상제가『자청연어』한 부를 만들었는데, 이것을 베껴 쓸 명필을 선발하느라 서법에 정통한 그를 불러들였다는 것이다. 자청(紫淸)은 천

급단첩雲笈丹籤』[73]이 있고,『완위여편宛委餘編』[74]과 『이견지夷堅志』[75]가 있지만, 황당한 잠꼬대와 헛소리입니다. 팔굉八紘의 바깥은『산해경山海經』이 기록했지만[76] 다하지 못했고, 팔풍八風이 불어오는 모퉁이는『홍렬해鴻烈解』가 논했지만[77] 착오가 많습니다.

제가 들으니 이 내부의 서적은, 펼치면 출렁출렁 넓게 일렁이며 밝고 환하게 빛나니, 물결에 현혹될 듯 눈부신 색채가 찬란하다 합니다. 다가서 보면 높고 가파른 산과 언덕들, 구슬처럼 영롱한 자갈과 바위들, 혹은

상의 신선 세계를 가리키는 말이다.

73『운급단첨(雲笈丹籤)』:『운급칠첨(雲笈七籤)』을 원용하는 듯하다.『운급칠첨』은 도교의 책으로, 북송 때 장군방(張君房)이 편찬했다. 도술의 교리와 교의, 본시 원류, 경법 전수, 비요결법(秘要訣法), 제가기법(諸家氣法), 금단(金丹), 방약(方藥) 등이 주요 내용이다. 도교에서는 서적을 '운급'이라 한다.

74『완위여편(宛委餘編)』: 명(明)의 왕세정(王世貞)이 지은 잡록 형태의 저작이다. ○ 원문은 '완위(宛委)'이다. '완위'라는 이름은 우(禹)가 완위산에서 얻었다는 금간옥자(金簡玉字)의 비서를 의미할 수도 있으나, 문맥상 실제 책들을 언급하고 있고, 함께 놓인『이견지(夷堅志)』가 실제 책 이름이라는 점에서『완위여편』을 의미하는 것으로 보았다.『완위여편』엔 신화·전설적인 사실들이나 도교나 불교에 관련된 사항들도 매우 풍부하게 포함되어 있다. 왕세정 독서의 유행과 함께 조선 후기 지식인들 사이에서 매우 널리 읽힌 흔적이 있다.

75『이견지(夷堅志)』: 송(宋)의 홍매(洪邁)가 엮은 설화집이다. 주로 민간의 괴담(怪談)을 모은, 일종의 필기체 지괴소설집(志怪小說集)이다.

76 팔굉(八紘)의 바깥은『산해경(山海經)』이 기록했지만 : 팔굉의 바깥은 세상의 바깥이란 말이다.『회남자(淮南子)』「지형훈(地形訓)」. ○『산해경』은 중국에서 가장 오래된 지리서이다. 대체로 한초(漢初)에 지어진 것으로 추측되고 있다. 내용은「산경(山經)」과「해경(海經)」의 두 부분으로 나뉘는데, 지리서의 모습을 하고 있지만 실제로는 신화적인 장소와 생물에 대한 이야기가 많아 신화서로 분류되기도 한다.

77 팔풍(八風)이 불어오는 모퉁이는『홍렬해(鴻烈解)』가 논했지만 :『홍렬해』는『회남자(淮南子)』의 다른 이름이다.『회남자』「천문훈(天文訓)」에는 우주의 모습에 대한 서술이 있는데, 그중에 하늘에 대한 묘사 중 여덟 가지 방향에서 부는 바람에 대한 언급이 등장한다. "하늘은 아홉 개의 구역으로 나뉘고, 다시 9,999개의 작은 구역으로 나뉘며, 대지와의 거리는 5억만 리이다. [하늘엔 다시] 오성·팔풍·이십팔수·오관·육부·자궁·태미·헌원·함지·사수·천아 등이 있다(天有九野, 九千九百九十九隅, 去地五億萬裏. 五星·八風·二十八宿·五官·六府·紫宮·太微·軒轅·鹹池·四守·天阿)." 그리고 이어서 팔풍의 이름과 성질, 그에 따른 인사에 대한 언급이 따라온다. 즉 '팔풍이 불어오는 모퉁이'로서의 하늘과 팔풍의 종류에 대해 체계적으로 다루고 있다.

풍성하고 깊고 울창해서 무성한 숲이 골짜기를 둘러싼 듯하고, 혹은 곱
고 부드러우며 어여뻐서 환한 꽃으로 장막을 두른 듯도 하답니다. 아마
도 망획望獲과 악갱岳鏗[78] 이래 노끈으로 매듭을 엮어 다스린 일[79]과, 황
룡과 봉황, 별자리의 상서로운 일,[80] 일흔두 임금이 태산泰山에서 봉제
封祭를 올리고 양보梁父에서 선제禪祭를 올린 일[81] 같은 것으로, 사마장경
이 '멀고 아득해서 고찰할 수 없다.'라고 한 것[82]이겠지요? 아마도 높게
는 구야九野의 꼭대기, 멀리는 팔극八極의 기슭,[83] 신선과 귀신, 구름과 무
지개, 번개와 우레의 형상, 바다와 산악과 동천들, 새와 짐승, 풀과 나무,
특이한 모습과 이상한 풍습의 백성들로, '고요한 하늘과 하나 된 자'가

---

78 망획(望獲)과 악갱(岳鏗) : 태곳적 천지가 만들어질 때의 천황(天皇)과 지황(地皇)을 가리킨
다. 망획은 천황씨(天皇氏)로 성이 망, 이름은 획이며, 악갱은 지황씨(地皇氏)로 성이 악, 이
름이 갱이라고 한다. 『노사(路史)』 「전기 2(前紀二)·중삼황기(中三皇紀)」.

79 노끈으로 매듭을 엮어 다스린 일 : 새끼로 매듭을 묶어 명령을 전달하는 부호로 사용하던
것을 결승문자(結繩文字)라고 하는데, 신농씨가 발명하였다고 한다. 복희씨 때 서계(書契)
로 대치되었다.

80 황룡과 봉황, 별자리의 상서로운 일 : 『운급칠첨(雲笈七籤)』 「헌원본기(軒轅本紀)」에 황제
(黃帝)의 사적으로 나오는 내용이다. 황룡이 황하에서 하도(河圖)를 지고 나와 바쳐서 '팔
삭(八索)'을 만들었고, 봉황이 날아들어 이들에게 먹일 대나무를 구하다가 율려(律呂)를 제
정하게 되었으며, 별자리에 대한 신서(神書)를 얻어 대요(大撓)에게 육십갑자를 만들게 하
였다는 내용이다.

81 일흔두 임금이 …… 올린 일 : 『사기』 「봉선서(封禪書)」에 인용된 관중(管仲)의 말이다. "옛
날에 태산에서 봉제를 올리고 양보에서 선제를 올린 자가 일흔두 사람이다(古者封泰山禪
梁父者, 七十二家)." 봉제와 선제는 고대에 제왕이 천지에 올리던 제사이다. 태산(泰山) 위에
단을 쌓아 하늘의 공에 보답하는 것을 봉(封)이라 하고, 태산 아래 양보산(梁父山)에 제단
을 만들어 땅의 덕에 보답하는 것을 선(禪)이라 한다.

82 사마장경이 '멀고 …… 한 것 : 사마장경은 사마상여(司馬相如)다. 인용은 사마상여가 진시
황에게 남긴 〈봉선서(封禪書)〉에 나오는 구절이다. "상고 시대에 천지가 처음 열려 하늘이
백성을 낳은 이래 역대의 군주를 거쳐서 진(秦)에 이르렀습니다. …… 헌원씨(軒轅氏) 이전
은 멀고 아득해서 그 자세한 것을 들을 수 없습니다. 오제·삼왕의 사적은 육경에 전하는
것을 볼 수 있습니다(伊上古之初肇, 自昊穹兮生民, 歷撰列辟, 以迄于秦 …… 軒轅之前, 遐哉邈乎,
其詳不可得聞也. 五三六經載籍之傳, 維見可觀也)." 『사기』 〈사마상여열전(司馬相如列傳)〉.

83 높게는 구야(九野)의 꼭대기, 멀리는 팔극(八極)의 기슭 : '구야'는 하늘을 가리킨다. '팔극'
은 팔굉(八紘)과 같으니, 세상의 가장 끝을 이른다.

'성인은 놓아두고 논하지 않는다.'고 한 것[84]이겠지요?"

처사가 말했다. "이는 사실 내 가슴속에 모두 가지고 있는 것일세. 그러나 내가 가지곤 있지만 자주 생각하지는 않는다네. 우리 육경六經의 원고보다 못하다고 여기기 때문이지. 또 자네의 잠꼬대 같은 소리도 늙은 놈이 듣고 싶은 것이 아닐세."

순하자가 말했다. "제가 참으로 망언을 했습니다. 옛사람들도 세 번만에야 비로소 속마음을 이야기하곤 했습니다. 이제부터 성심껏 말씀드리려 하는데, 괜찮겠습니까?"

처사가 말했다. "좋소."

순하자가 얼굴빛을 고치고 옷섶을 여미며 자리를 고쳐 앉아 말했다. "조정에는 천하 팔방을 여행해야 하는 일이 있습니다. 민풍을 조사하고 토속을 채집하기 위한 것입니다. 강하고 명철하며, 말 잘하고 지혜롭고, 학식이 많으면서 마음이 곧은 자가 아니면 여기에 뽑힐 수 없습니다. 조정의 대부가 선생의 이름을 상달하여 그것을 명할 것입니다. 선생께서 이것은 분명 즐겁게 들으실 것입니다."

처사가 말했다. "내 참으로 듣기에 즐겁소. 그 맡을 직분을 묻고 싶소만."

순하자가 말했다. "채방採訪[85]은 중요한 직책입니다. 그러나 지금 국가의 정치와 교화는 아주 잘되고 있습니다. 늙은이와 아이들은 편안하

---

84 '고요한 하늘과 …… 한 것 : '고요한 하늘과 하나 된 자'의 원문은 '요천일자(寥天一子)'이다. 『장자』「대종사(大宗師)」에 "자연의 추이를 편안히 여겨 그 변화조차 잊어버리면, 마침내 고요한 하늘과 일체가 되는 경지에 들어가게 될 것이다(安排而去化, 乃入於寥天一)."라는 구절이 있는데, 여기 나오는 '요천일(寥天一)'에 사람을 뜻하는 접미사 '자(子)'를 붙여 만든 단어이다. 문맥상 장자를 지칭하고 있다. ○'성인은 놓아두고 논하지 않는다.'는 『장자』「제물론(齊物論)」에 나온다. "이 세상의 바깥에 [대해선] 성인은 놓아두나 거론하지 않고, 세상의 안에 [대해선] 성인은 거론하되 의논하지 않는다(六合之外, 聖人存而不論, 六合之內, 聖人論而不議)."

85 채방(採訪) : '채방사(採訪使)'의 준말이다. 지방의 여러 가지 실정을 조사하기 위해 중앙에서 파견하던 임시 사자이다. 암행어사를 말하기도 한다.

게 노래하고 높은 관리들은 청렴하고 공정합니다. 벌판엔 시끄러운 [싸움] 소리가 드물고, 신음 소리는 쓸어 낸 듯이 그쳤습니다. 참으로 선생의 재주를 다 펼치기엔 충분하지 않습니다. 그러나 선생의 평소 큰 소원을 만족시키고, 자나깨나 하시던 큰 구상에 흡족할 길이 이 걸음에 있습니다."

처사가 말했다. "듣고 싶군요."

순하자가 말했다. "아름답고 풍성하지요! 말로는 다 할 수 없습니다. 제 어눌한 혀가 한스럽고, 제 누추한 말솜씨가 민망하군요. 선생께서 이 명을 받들고 떠나시면, 밭이랑 사이에서 [임금의] 은혜를 조사하고, 뒷골목에서 풍속을 살피실 것입니다. 거리의 노랫소리에서 교화를 보시고, 객사와 역참, 도로에서는 잘 다스려졌는지 관찰하실 것입니다. 동으로는 바다에 닿고, 서쪽으론 풍연豊淵[86]에 이르고, 북으로는 수라修羅[87]에 도달하고 남쪽으로 한라산 꼭대기까지 가실 겁니다.

직책을 완수하고 명령도 선포하고 나면, [이제] 먼 곳까지 다 구경하고, 마음껏 장관을 조망해서, 크고 아름다운 곳과 깊고 오묘한 곳을 찾을 [차례입니다.] 기달산怾怛山[88]은 천하에 짝할 것이 없습니다. 멀리서 바라보면 가파르게 깎이고 우뚝하게 뽑힌 것이, 규장珪璋을 받들어 빼 들고 있는 듯합니다. 환하게 빛나고 희고 깨끗하니, 눈 조각인 듯 얼음 [용마루]인 듯합니다. 그 깊숙한 곳으로 다가가면 바위로 둘러싸인 위태로운 절벽이라 마주치면 놀라 떨립니다. 세차게 흐르는 물과 고요하게 담긴 못은 다다르면 상쾌하고 호탕해집니다. 수미암의 탑을 거쳐 올라 마하연의

---

86 풍연(豊淵) : 황해도 장연(長淵)을 말하는 듯싶다. 황해도는 조선 태조 때는 풍해도(豊海道)라고 불렸다가 태종 때 황해도로 고쳤다. 『국역 신증동국여지승람』 「황해도」. 장연은 황해도 서쪽 끝, 바다와 닿는 곳이다.
87 수라(修羅) : 조선시대 함경북도 6진(鎭) 중에 속하는 경흥군의 서수라를 가리키는 듯하다. 한반도 최동북방 끝에 위치한 항구다.
88 기달산(怾怛山) : 금강산의 다른 이름 중 하나이다.

절방에서 쉬고, 만폭동에선 뿜어지는 폭포를 만나고, 진주담에서는 넘쳐흐르는 물을 손으로 뜹니다. 비로봉에 오르면 하늘 문에서 기척이 나는 듯하고, 구룡연에 임하면 귀신이 엿볼까 두렵습니다.[89] 훵한 산골짜기는 혀를 내밀고, 닫힌 골짜기는 컴컴합니다. 이는 여러 신선과 부처들, 어둡고 신비하며 괴이하고 신령한 것들의 구렁입니다.

이리로 해서 바닷가를 따라갑니다. 여섯 모의 바위[90]는 그 모습이 오만합니다. 네 신선의 호수[91]는 그 모습이 영롱합니다. 낙산사의 높은 파도는 그 모습이 아득히 넓고 멉니다. 경포대와 죽서루는 그 모습이 기쁘고 놀랍습니다. 토끼[달]는 날아가고 까마귀[해]는 떠오르고, 고래는 떠오르고 자라는 가라앉으니, 장황한 만 가지 변화가 거대한 파도와 번갈아 나타납니다. 이 또한 온 우주에서 마음을 크게 상쾌하게 하는 것입니다.

하물며, 서쪽으로는 아름다운 대동강과 비류수, 북으로는 호쾌한 마천령과 칠보산, 남으로는 태백산과 지리산, 부산과 탐라의 바다, 촉석루와 몰운대, 해인사와 송광사의 사찰과 탑이 있지요. 가까이로는 동음洞陰의 여덟 구역[92]과 단구丹邱의 세 바위[93]가 있고, 멀게는 중국 강남의 번잡

---

89 수미암의 탑을 …… 엿볼까 두렵습니다 : 이상은 내금강의 명소들을 나열한 것이다. 내금강 영역 안에 있는 수미암의 탑, 마하연사, 만폭동 팔담(八潭) 중 하나인 진주담, 내금강 최고봉인 비로봉, 구룡폭포 아래의 연못이다.

90 여섯 모의 바위 : 총석정을 말한다.

91 네 신선의 호수 : 삼척 영랑호(永郎湖)를 말한다. 네 신선은 신라의 화랑인 영랑(永郎)·술랑(述郎)·남랑(南郎)·안상(安祥)이다. 『신증동국여지승람』 「강원도·간성군(杆城郡)」에 의하면, "호수 동쪽 작은 봉우리가 절반쯤 호수 가운데로 들어간 곳에 옛 정자 터가 있으니 이것이 영랑 신선 무리가 놀며 구경하던 곳이다(湖東小峯半入湖心, 有古亭基, 是永郎仙徒遊賞之地)."라고 했다.

92 동음(洞陰)의 여덟 구역 : 동음은 경기도 포천 영평(永平)의 옛 이름이다. 이곳의 명승지 여덟 곳을 동음팔경(洞陰八景), 혹은 영평팔경이라 부른다. 화적연(禾積淵), 창옥병(蒼玉屛), 금수정(金水亭), 낙귀정(樂歸亭), 백로주(白鷺洲), 청학동(靑鶴洞), 와룡암(臥龍岩), 선유담(仙遊潭) 등이다.

93 단구(丹邱)의 세 바위 : 단구는 단양의 이칭이다. '세 바위[三巖]'는 상선암(上仙巖)·중선암(中仙巖)·하선암(下仙巖)이다.

한 수레 소리와 사막의 푸른 버들이 있지요. 그 밖의 온갖 빛나고 눈부신 아름다운 경관들을 또한 이루 다 손가락으로 꼽을 수도 말할 수도 없습니다.

선생께선 장한 유람에 대한 생각을 품고 계시면서도, 발뒤꿈치가 십 리 밖을 밟아 보신 적이 없습니다. 갑자기 이런 것들이 앞에 펼쳐진다면, 선생께서는 턱을 까부르고 팔을 떨며 자기도 모르게 소리를 내어 위엄을 잃고 남들에게 웃음거리가 되면서도 멈추지 못하실까 저는 걱정입니다."

처사가 미소를 지으며 말했다. "아! 내가 어찌 이것을 원하지 않겠소? 그러나 내 반 발짝을 안 나가도 강과 호수, 시내와 산의 특출한 경관이 갖추어져 있소. 정말로 뜻이 있다면 한 자짜리 노와 세 자짜리 지팡이로도 천 리인들 어찌 못 가겠소? 그리고 나는, 내 낮은 담장을 두르고 내 옹기 창문[94]도 막았으며, 뜰이래야 한 길 몇 자에 지나지 않고, 방이래야 팔꿈치를 펼 수도 없소. [그러내 봉래산이 내 책상 옆에 있지 않은지, 곤륜산이 내 베개맡에 있지 않은지 자네가 또 어찌 아오? 또 무엇 때문에 영광스러운 사신의 깃발과 빠른 초거軺車[95]로 내 고요하게 침잠한 담담하고 맑은 세계를 어지럽히겠소? 그대는 그만 쉬시오."

순하자가 망연자실 대답하지 못하고 근심이라도 있는 듯 후줄근히 있다가, 화라도 난 듯 발끈하더니 벌벌 떨며 가 버렸다.

다음 날 다시 와서 처사에게 말했다.

---

94 옹기 창문: 청빈한 선비의 검소한 거처를 가리키는 말이다. 『예기』「유행(儒行)」에서 선비의 가난한 거처를 형용하는 구절 중에 '봉호옹유(蓬戶甕牖)'가 등장한다. '봉호'는 쑥대를 엮어 출입문으로 삼은 것이고, '옹유'는 깨진 옹기의 주둥이 부분으로 창틀을 삼은 것이다.

95 영광스러운 사신의 깃발과 빠른 초거(軺車): '사신의 깃발'의 원문은 '절모(節旄)'이다. 임금의 명을 받아 파견되는 관리에게 부신(符信)으로 주는 깃발로, 깃대 머리를 쇠꼬리 털로 장식한다. '초거(軺車)'는 말 한 마리가 모는 가벼운 수레로, 사명(使命)을 받은 자나 조정의 급한 명령이나 부름에 응하는 자가 타는 수레이다.

"나라가 한 쌍으로 시행해서 폐지할 수 없는 것이 문文과 무武입니다. 지금 강역은 편안하여 안팎에 근심이 없습니다. 방패는 거칠어지고 창은 장난감이 되었으며, 병거兵車는 얽어 놓은 창문96 아래 있습니다. 조정 대부들이 선생을 천거해서 삼군三軍97의 원수로 삼아, 규쇄와 윤銳98을 수리하고, 창과 도끼를 담금질하며, 투구와 갑옷을 번쩍이게 닦고, 쇠뇌와 전괄99을 버리게 하려 합니다. 간장干將과 담로湛盧100가 있으니 외뿔소와 악어를 벨 만큼 날카롭습니다. 금복고金僕姑와 황간黃間101이 있으니, 무소 가죽과 철을 뚫을 만큼 뾰족합니다. 작게는 낭선狼筅·골타骨朶·불랑기佛狼機·파차鈀叉102가 있고, 크게는 유황 줄을 댄 포환에 맹분孟賁과

---

96 얽어 놓은 창문 : '얽어 놓은 창문[綢牖]'은 '주무유호(綢繆牖戶)'를 축약한 말이다. 불상사가 일어나기 전에 미리 대비한다는 뜻이다. 『시경』「국풍·빈풍(豳風)」〈치효(鴟鴞)〉편의 2장에서 가져왔다. "비가 내리기 전에, 저 뽕나무밭에서 뽕 뿌리 캐다가 창과 문을 얽어 놓으면, 이제 너의 낮은 백성들이, 감히 나를 모욕할까(迨天之未陰雨, 徹彼桑土, 綢繆牖戶, 今女下民, 或敢侮予)."

97 삼군(三軍) : 군대의 좌익(左翼)·중군(中軍)·우익(右翼)의 총칭으로, 전군을 말한다.

98 규(鍨)와 윤(鈗) : 둘 다 가지창의 일종이다. '규'는 두 갈래 창이고, '윤'은 주로 시위하는 신하들이 지니는 창이다.

99 쇠뇌와 전괄 : 원문은 '노괄(弩栝)'이다. '쇠뇌의 전괄'로도 해석이 가능하지만, 여기선 노아(弩牙)와 전괄(箭栝)로 해석한다. 노아는 쇠뇌의 시위를 거는 곳이고, 전괄은 화살의 시위를 거는 곳이다. 쇠뇌란 모종의 장치를 통해 화살이나 돌을 잇달아 쏠 수 있게 고안된 활이다.

100 간장(干將)과 담로(湛盧) : 둘 다 전설적인 명검의 이름이다. 간장은 춘추시대 오(吳)의 간장(干將)과 막야(莫邪) 부부가 합려를 위해 만들었다는 한 쌍의 음양검 중 양검이다. 『오월춘추(吳越春秋)』. 담로는 춘추시대 구야자(歐冶子)가 월왕(越王)을 위해 대형검 세 개, 소형검 두 개를 만들었는데, 그 대형검 중 하나이다. 『월절서(越絕書)』「외전기(外傳記)·보검(寶劍)」.

101 금복고(金僕姑)와 황간(黃間) : 금복고는 춘추시대 때 사용되었던 화살의 이름이다. 『춘추좌씨전』장공(莊公) 11년 조에 "승구의 전쟁 때 장공이 금복고로 남궁장만을 쏘아 맞혔다(乘丘之役, 公以金僕姑射南宮長萬)."라고 했는데, 그 주석에 "금복고는 화살 이름이다."라고 하였다. 황간은 황견(黃肩)이라고도 하는데, 쇠뇌의 일종이다. 『한서(漢書)』〈이광전(李廣傳)〉의 안사고(顏師古) 주석에 "황견은 쇠뇌이다(黃肩, 弩也)."라고 했고, "황견은 황간이다(黃肩即黃間也)."라고 했다.

102 낭선(狼筅)·골타(骨朶)·불랑기(佛狼機)·파차(鈀叉) : 모두 무기의 이름이다. 낭선은 창의

하육夏育[103]도 뼈가 탈 것입니다.

　선생께서는 숭아崇牙를 꽂고 높은 조기高旗를 세우고[104] 넓은 벌판 끝에 일만 개의 장막을 펼치십시오. 용장龍章과 조장鳥章을 번갈아 드니,[105] 별빛을 녹이고 달빛도 삼킬 것입니다. 마상고馬上鼓를 울리고 순찰 북을 울려 우레 같은 소리가 끊이지 않을 것입니다. 뛰어난 장수와 위엄 있는 장교가 국궁하고 호령을 들을 것입니다. 비휴貔貅[106] 같은 사내와 벌떼 같은 군졸들이 기러기처럼 진을 치고 개미처럼 정렬하고 있습니다. 이

일종인데, 대나무 또는 쇠로 만든 자루에 세모꼴의 날카로운 쇠날이 달린 가지가 여러 층으로 부착된 모양이다. 골타는 긴 나무 끝에 마늘 모양의 둥근 쇠를 붙인 무기이다. 둥근 쇠붙이를 금은으로 도금한 금골타자·은골타자와, 표범과 곰의 가죽으로 싼 표골타자·웅골타자가 있다. 불랑기는 조선 중기에 제작된 서양식 청동제 화포이다. 임진왜란 때 우리나라에 들어온 포르투갈제 화포가 토착화한 것으로 보인다. 파차는 차(叉) 혹은 당파(鏜鈀)라고 부르는 창을 일컫는 것으로 보인다. 창날이 두 갈래 혹은 세 갈래로 갈라진 창이다.

103 맹분(孟賁)과 하육(夏育) : 둘 다 전국시대의 역사(力士)이다. 맹분은 제(齊)의 용사이고, 하육은 주(周)의 역사이다. 맹분은 맨손으로 쇠뿔을 뽑았다고 하고, 하육은 천 균(鈞)의 무게를 들어 올렸다고 한다.

104 숭아(崇牙)를 꽂고 높은 조기[高旗]를 세우고 : '숭아'는 깃발의 가장자리를 치아 모양으로 만든 대장기(大將旗)로, 은(殷)의 제도이다. 『예기』「명당위(明堂位)」. '조기'는 거북과 뱀을 그린 깃발로, 벌판에서 사용하는 깃발이다. 『주례(周禮)』「하관사마(夏官司馬)·대사마(大司馬)」, 「춘관종백(春官宗伯)·사상(司常)」.

105 용장(龍章)과 조장(鳥章)을 번갈아 드니 : '용장'과 '조장'은 군대가 행진할 때의 신호용 깃발이다. 『관자(管子)』「병법(兵法)」에 아홉 가지 깃발[九章]에 대한 이야기가 나온다. "첫 번째 일장을 들면 낮에 행군하고, 두 번째 월장을 들면 밤에 행군하고, 세 번째 용장을 들면 물을 건너가고, 네 번째 호장을 들면 숲을 행군하고, 다섯 번째 조장을 들면 비탈길을 행군하고, 여섯 번째 사장을 들면 연못을 건너가고, 일곱 번째 작장을 들면 구릉을 행군하고, 여덟 번째 낭장을 들면 산을 행군하고, 아홉 번째 고장을 들면 곧 식량을 싣고 멍에를 씌워 귀환한다. 아홉 가지 깃발이 이미 결정되면 군대의 진격과 주둔에 잘못이 없게 된다(一曰擧日章, 則晝行, 二曰擧月章, 則夜行, 三曰擧龍章, 則行水, 四曰擧虎章, 則行林, 五曰擧鳥章, 則行陂, 六曰擧蛇章, 則行澤, 七曰擧鵲章, 則行陸, 八曰擧狼章, 則行山, 九曰擧韜章, 則載食而駕. 九章旣定而動靜不過)."

106 비휴(貔貅) : 원문은 '휴(貅)'로, 비휴의 뜻이다. 비휴는 범과 비슷하다고도 하고 곰과 비슷하다고도 하는 맹수의 이름이다. 비는 수컷이고 휴는 암컷이다. 용감하고 사나운 장수와 군사를 비유하는 것이다.

런 때, 호령을 발하면 산이 흔들리고 골짜기가 진동하며, 진을 지휘하면 번개처럼 합하고 회오리바람처럼 재빠르니, 번쩍이는 빛은 만 마리의 용이 햇볕에 작열하는 듯, 기세는 온갖 신들이 부처를 호위하는 듯할 겁니다. 이 또한 서생의 통쾌한 뜻이요, 장부의 훌륭한 사업입니다.

선생의 광대엔 금판金版의 책이 가득하고 가슴엔 사마司馬의 병법을 품으셨습니다.[107] 어찌 바퀴통을 밀어 주시는 영광스러운 명령[108]을 받고, 농한기에 큰 수렵을 강습하여[109] 소장少壯의 감춰진 특출함을 드러내고, 흉중의 울적함을 토해 내지 않으십니까?'

처사가 말했다. "군대의 일은 내가 미처 배우지 못했소. 또 나는 불안증[110]이 있어서 할 수도 없소. 그러나 지금은 큰 교화가 두루 미치고 강역은 반석 같지요. 변방의 성은 단단히 잠겼고, 방패와 갑옷은 산같이

---

107 광대엔 금판(金版)의 …… 병법을 품으셨습니다 : '금판의 책'은 『금판(金版)』을 가리킨다. 고대 병서(兵書)의 이름으로 『장자』 「서무귀(徐无鬼)」에 나온다. "내가 내 임금에게 이야기하는 것은, 횡으로 말하면 시·서·예·악이고, 종으로 말하면 『금판』, 『육도』이다(吾所以說吾君者, 橫說之, 則以詩·書·禮·樂, 從說之, 則以『金板』·『六弢』)." '사마의 병법'은 『사마법(司馬法)』을 가리킨다. 고대 병법서의 일종으로, 고대의 병법 사상들을 모아서 정리했다. 편찬과 관련해선 여러 가지 설이 있다. 그중 대표적인 것은 전국시대 제 위왕(齊威王)의 사마(司馬)였던 전양저(田穰苴)가 주(周) 시대부터 전해 내려온 병법들을 편찬한 책이라는 설이다.

108 바퀴통을 밀어 주시는 영광스러운 명령 : 원문은 '퇴곡(推轂)'으로 옛날에 제왕이 장수를 임명할 때 수레바퀴 통을 앞으로 밀어 주는 것으로써 융숭한 예우를 표시하던 것이다. 『사기』 〈풍당열전(馮唐列傳)〉 풍당의 말 중에 "신이 듣자니, 상고시대의 왕자가 장수를 파견할 때는 꿇어앉아 바퀴통을 밀어 주면서, '곤내는 과인이 제어할 테니 곤외의 일은 그대가 제어하라.'라고 말했다고 합니다(臣聞上古王者之遣將也, 跪而推轂, 曰: '閫以內者, 寡人制之, 閫以外者, 將軍制之')."라는 것이 있다.

109 농한기에 큰 수렵을 강습하여 : 『춘추좌씨전』 은공(隱公) 5년 조에 "그러므로 봄 사냥, 여름 사냥, 가을 사냥, 겨울 사냥을 모두 농한기에 실시하여 무예의 일을 강습하는 것입니다(故春蒐, 夏苗, 秋獮, 冬狩, 皆于農隙以講事也)."라는 말이 있다.

110 불안증 : 원문은 '정충지질(怔忡之疾)'이다. "정충은 심장이 빨리 뛰고 불안한 것이 마치 누가 잡으러 오는 것 같은 것이다. 부귀에 급급하고 빈천을 근심하면서 소원을 이루지 못하는 것 때문에 많이 생긴다(怔忡者, 心中躁動不安, 惕惕然如人將捕者是也. 多因汲汲富貴, 戚戚貧賤, 不遂所願而成也)." 『동의보감(東醫寶鑑)』 「내경편(內景篇)」.

172

쌓였소. 호랑이처럼 씩씩한 군사들은 밭도랑에서 쟁기를 짊어지고 있소. 장차 시서詩書의 뜻을 밝히고 무기를 창고에 넣어 두는[111] 모범을 실천할 일이지, 어찌 오히려 북문을 뚫고 출정하고[112] 병거와 보병을 선발하겠소?"[113]

순하자가 화가 난 듯 못마땅해하며 말했다. "선생께서는 제가 말만 많다고 여기시는군요? 제가 감히 다시는 혀를 놀리지 못하겠습니다."

갔다가는 며칠 만에 다시 와, 처사에게 알렸다.

"조정 대부들이 선생께서 무공을 즐기지 않는다는 말을 듣고, 재정과 조세의 일로 선생을 모시고자 합니다. 선생께서는 하시겠습니까?"

처사가 말했다. "자네는 말씀해 보시게."

순하자가 말했다. "우리나라는 천하의 부국입니다. 높은 산 거대한 산악이 강역 안에 바둑돌처럼 놓여 있어서, 금·은·동·철이 기왓장이

---

111 무기를 창고에 넣어 두는: 원문은 '건고(建櫜)'이다. 무기를 더 이상 쓰지 않도록 넣어 둔다는 뜻이니, 무력의 중지를 의미한다. 『예기(禮記)』 「악기(樂記)」에 "방패와 창을 거꾸로 놓고 호랑이 가죽으로 감싸 두며, 장수의 무사들은 제후로 삼는데, 이것을 건고라고 한다. 이렇게 한 뒤에 천하의 사람들이 무왕이 더 이상 무력을 사용하지 않을 것을 알았다(倒載干戈, 包之以虎皮, 將帥之士使爲諸侯, 名之爲建櫜. 然後天下知武王之不復用兵也)."라고 한 데서 나왔다. 정현은 '건고'에 대해 '건(建)'은 '건(鍵)'이고, '고(櫜)'는 무기를 넣어 두는 주머니이니, '건고(鍵櫜)'는 무기를 더 이상 쓰지 않도록 넣어 둔다는 뜻이라고 주석했다. 『예기주소(禮記註疏)』.

112 북문을 뚫고 출정하고: 『회남자(淮南子)』 「병략훈(兵略訓)」에 나오는 말을 인용했다. 출정 명령을 받은 장군이 "손톱을 깎고 상복을 입은 다음 흉문을 뚫고 나간다(乃爪鬋, 設明衣也, 鑿凶門而出)."고 했는데, 고유(高誘)는 이에 대해 "흉문은 북향의 문이다. 장군의 출전은 상례로 대처하니, 필사를 결의하기 때문이다(凶門北出門也, 將軍之出, 以喪禮處之, 以其必死也)."라고 주석했다.

113 병거와 보병을 선발하겠소?: 원문은 '거도지선(車徒之選)'인데, 『시경』 「소아(小雅)·남유가어지십(南有嘉魚之什)」 〈거공(車攻)〉에 붙은 모시서(毛詩序)에서 나왔다. "〈거공〉은 선왕이 옛날을 회복한 것이다. 선왕이 능히 안으로 정사를 닦고 밖으로 오랑캐를 물리쳐 문왕과 무왕의 영토를 회복하고, 수레와 말을 수리하고 기계를 정비하며 다시 제후를 동도로 모아서 전렵을 기회로 병거와 보병을 선발하였다(宣王復古也. 宣王能內脩政事, 外攘夷狄, 復文武之境土, 脩車馬, 備器械, 復會諸侯于東都, 因田獵而選車徒焉)."

나 조약돌처럼 쌓여 있습니다. 죽순처럼 솟은 돌산도 모두 서옥瑞玉과 벽옥璧玉을 품었고, 젖은 땅은 벼를 생산하고, 굳고 마른 땅은 기장에 적당합니다. 붉은 기장과 콩· 조· 기장· 밀· 보리가 전쟁 중에 수확할 때도 1원畹[114]에 천 섬은 됩니다.

또 있습니다. 목면· 명주· 모시· 베는 삶을 이롭게 하고, 소나무· 전나무· 대나무· 이대는 쓰기에 넉넉합니다. 어염은 모래처럼 쌓여 있고, 종이는 샘물처럼 솟아납니다. 일반 백성들[115]의 부엌에서도 계속 소고기전을 부치고, 꿩고기와 돼지고기· 개고기는 가난한 백성들을 배부르게합니다. 무· 오이· 상추· 배추, 탱자· 귤· 유자· 감자, 붉은 앵두와 자줏빛 머루, 살진 토란과 달콤한 사탕수수, 방어· 잉어· 상어· 가물치, 모래무지· 준치· 새우· 게, 거북이· 자라· 무명조개· 민물조개, 작은 진주와현란한 조개 같은 것에 이르기까지, 천하 수만 리를 다 합해야 겨우 갖출것들이 한 나라 안에 모두 갖추어져 있습니다. 거기다 경주[116]의 인삼과전주[117]의 생강이 있습니다. 수많은 사슴이 머리에 녹용을 이고 있고, 파리한 암소는 우황牛黃을 길러서[118] 병으로 초췌해진 사람을 소생시키고,사람의 콩팥과 창자를 도와줍니다.

이처럼 풍요한 [물산을] 잘 유통시키고 새는 것을 막으면, 장차 나라는

---

114 원(畹) : 고대의 농지 면적 단위로, 1원은 30무(畝) 혹은 12무라고 한다.

115 일반 백성들 : 원문은 '십금지가(十金之家)'로, 재산이 황금 10근(斤) 혹은 10일(鎰)이라는뜻이다. 10일은 20냥(兩)이다. 전 재산으로는 아주 적은 금액이다. 『한서(漢書)』 〈양웅전(揚雄傳)〉에서는 양웅의 가난을 이야기하면서, "가산이 십금에 지나지 않아 저장한 곡식한 가마니도 없었으나 편안히 여겼다(家産不過十金, 乏無儋石之儲, 晏如也)."라고 했다.

116 경주 : 원문은 '나도(羅都)'이다. 『심전고(心田稿)』 「응구만록(應求漫錄)」 〈춘수청담(春樹淸譚)〉에 영남(嶺南)에서 나는 삼을 나삼(羅蔘)이라 한다는 기록이 있는 것으로 보아, 신라의 수도였던 경주를 가리키는 것이 아닌가 한다.

117 전주 : 원문은 '견성(甄城)'이다. 후백제의 견훤(甄萱)이 도읍을 전주에 정한 적이 있으므로 견성이라고 하였다. 『신증동국여지승람』 「전주부(全州府)」.

118 파리한 암소는 우황(牛黃)을 길러서 : 약재로 쓰이는 우황은 소의 담낭에 병으로 생긴 응결체이다.

임읍林邑과 진랍眞臘[119]이 되고, 가가호호가 모두 옹백雍伯과 질씨邦氏[120]가 되는 것을 보게 될 것입니다. 다만 다스리는 사람이 적당한 재목이 아니고 제도가 절도를 잃는다면, 오히려 전야田野가 개척되지 않고 창고가 비는 것을 근심하게 될 것입니다.

지금 선생께서 나서서 이 직책을 맡으십시오. 건물에 넘치는 장부를 검토하고 산처럼 쌓인 재물을 단속하며, 조철助徹[121]의 정당한 부세를 회복하고 좀먹고 새는 간사한 짓들을 막아, 끝없는 낭비를 덜어 내어 가난한 집에 풍성한 이익을 안겨 주십시오. [그러면] 반드시 재화는 수레바퀴처럼 돌 것이고 이익은 물을 쏟은 것처럼 넓게 퍼질 것입니다. 산과 못에 묻힌 것들은 모두 개발될 것이고, 사람과 귀신이 가진 것은 모두 발휘될 것입니다. 몇 년이 안 돼 성읍마다 금고와 창고가 좁아져서 돈과 비단을 큰 길거리에 쌓아 놓게 될 것입니다. 거듭 흉년을 만나도 백성과 국가가 모두 여유 있을 것입니다. 〈담로湛露〉와 〈녹명鹿鳴〉의 향연[122]이 매달 위

---

119 임읍(林邑)과 진랍(眞臘) : 임읍은 현재의 베트남 중남부에 있던 나라이다. 『북사(北史)』 「열전(列傳)」은 "그 나라는 남북으로 수천 리 뻗어 있고, 토지는 향목과 금은보화가 많이 나는데 물산은 대체로 교지와 동일하다(其國延袤數千里, 土多香木·金寶, 物産大抵與交趾同)." 라고 묘사하고 있다. 진랍은 지금의 캄보디아·라오스·베트남 남부 일대에 있던 크메르족이 세운 나라이다. 부유한 나라라는 뜻으로 거론되었다.

120 옹백(雍伯)과 질씨(邦氏) : 갖가지 나름의 방법으로 부를 쌓은 일반 백성의 대표들이다. 『사기』 「화식열전(貨殖列傳)」에 나온다. "연지를 파는 것은 부끄러운 일이지만 옹백은 그것으로 천금을 얻었고 …… 칼을 가는 것은 보잘것없는 기술이지만 질씨는 그것으로써 제후들처럼 솥을 늘어놓고 식사했다(販脂辱處也, 而雍伯千金 …… 洒削薄技也, 而邦氏鼎食)."

121 조철(助徹) : 조(助)는 은(殷)의 조세법이고, 철(徹)은 주(周)의 조세법이다. 조세를 가리키는 일반적인 의미로도 쓰인다. ○조는 630무(畝)의 토지를 9등분해서 8개 구역은 8가(家)가 분배받아 경작하고, 중앙의 1구역은 공전(公田)으로 공동 경작해서 그 수확을 조세로 내는 방식이다. 철은 농부마다 100무를 분배받아 수확의 10분의 1을 조세로 바치는 방식이다.

122 〈담로(湛露)〉와 〈녹명(鹿鳴)〉의 향연 : '담로'와 '녹명'은 둘 다 『시경』의 편명으로, 연향의 노래이다. ○〈담로〉는 『시경』 「소아(小雅)·남유가어지십(南有嘉魚之什)」에 나오는 노래로, 천자가 제후들과 연향하는 노래이다. "많은 이슬이 내렸으니 햇볕이 아니면 마를 수 없네. 질탕하게 밤에 술 마시니 취하지 않으면 돌아가지 않으리라(湛湛露斯, 匪陽不晞. 厭

에서 베풀어져도 창고가 줄어들지 않을 것이고, 북을 울리며 활사냥을 하는 큰 잔치가 날마다 거리에서 이어져도 집집마다 자족할 것입니다. 도둑과 걸인은 천금을 걸고 구해도 없을 겁니다. 이는 국가의 큰 공적이고, 세상이 모두 기원하는 것입니다. 선생께서는 나와서 시도해 보시겠습니까?"

처사가 말했다. "내가 젊어서 재물을 관리하는 방법을 배우긴 했었지요. [그러내] 지금은 잘 잊어버리는 병이 있어 번잡한 것을 감당하지 못하오. 자네가 날 위해 사양해 주시게."

순하자는 멍하니 큰 한숨을 쉬었다. 잠시 있다가 말했다.

"그만할 수 없다면, 한 가지가 있습니다.[123] 조정의 대부들이 여러 번 선생을 천거해 큰일을 맡기려 했지만, 선생께선 모두 하려 하지 않으십니다. 지금 그중 작은 일을 조금 시험해서 우선 선생의 마음을 편안케 하고, 한 모퉁이에 그 이익을 집중해 보고자 합니다. 선생께선 어쩌시렵니까?"

처사가 말했다. "자네는 말해 보시게."

순하자가 말했다. "백성에게 이롭거나 해로운 것은 고급 관리의 능력에 달렸습니다. 지금 조정 대부들이 [임금께] 아뢰어, 선생에게 큰 군郡이나 주州 하나를 내려 한 지방 전체를 맡기고, [성과개] 빠르고 늦음에 대해 힐문하지 않으려 합니다. 아전을 부리면 간악한 자를 척결하고 양리良吏에게 은혜를 베푸실 것입니다. 백성을 기르면 호민豪民을 누르고 군색한 이를 보호하실 것입니다. 농사를 지도하면 황무지가 기름진 밭이 되고,

---

厭夜飮, 不醉無歸)."〈녹명〉은『시경』「소아(小雅)·녹명지십(鹿鳴之什)」에 나오는 노래로, 임금과 신하의 연향을 노래한 시이다. "사슴이 우네, 들판에서 쑥을 뜯네. 나에게 반가운 손들 모여, 거문고 뜯고 피리도 부노라(呦呦鹿鳴, 食野之苹. 我有嘉賓, 鼓瑟吹笙)."

123 그만할 수 …… 가지가 있습니다 : 원문인 "무이즉유일언(無已則有一焉)"은『맹자』「양혜왕 하(梁惠王下)」구절을 그대로 가져왔다. "맹자가 대답했다. '이 계책은 제가 미칠 수 있는 게 아닙니다. 이야기를 멈추지 말라 하신다면, 한 가지가 있습니다. 해자를 파고, 성을 쌓아 백성들과 함께 그걸 지키십시오. 그러면 죽더라도 백성들이 떠나지 않으리니, 이러하다면 할 만합니다(孟子對曰: '是謀非吾所能及也. 無已, 則有一焉. 鑿斯池也, 築斯城也, 與民守之, 效死而民弗去, 則是可爲也')."

거두는 것을 절제하면 오막살이가 고대광실이 될 것입니다. 형벌을 신중하게 하면 감옥에 열쇠와 자물쇠가 없어지고, 송사를 잘 다스리면 관청 뜰에 마주 선 무리가 없을 것입니다. [부역] 장부는 정해진 인원보다 넘치니, '상象'을 추는 사람[124]은 대오에 편입시키지 않을 것입니다. 관사는 그 건물이 웅장하겠지만, 써레를 쥔 사람에게 [집 지을] 흙을 짊어지도록 하진 않을 것입니다. 학당에서는 시를 읊고 노래하니,[125] 시詩와 예禮를 옷처럼 입고 장신구처럼 찰 것입니다. 골목의 어린애와 밭의 노파도 정조와 공경을 [일용할] 양식으로 여길 것입니다. 집마다 봉할 만했다는 이기씨伊祈氏 시절도[126] 이보다 융성하진 않을 겁니다. 이때 땅은 이삭이 두 개씩 열린 보리를 바치고,[127] 하늘은 한 지방의 별로 복을 내릴 것입니다.[128] 강에선 누런 바탕에 검정 무늬 드렁허리[129]를 물리치고, 들에선

---

124 '상(象)'을 추는 사람 : 원문 '무상(舞象)'은 15세 이상의 소년을 가리킨다. ○『예기(禮記)』 「내칙(內則)」에 "열세 살이면 음악을 배우고 시를 외우며 작(勺)으로 춤을 추고, 열다섯 살 정도가 되면 상(象)으로 춤을 추며 활쏘기와 수레 모는 기술을 익힌다(十有三年, 學樂誦詩舞勺. 成童, 舞象學射御)."라고 했다.

125 학당에서는 시를 읊고 노래하니 : 원문은 "횡송서현(黌誦序弦)"이다. '송현(誦弦)'은 본래 시를 읊고 연주하는 것으로, 일반적으로는 글을 송독하고 학습하는 것을 가리킨다. 『예기』 「문왕세자(文王世子)」에 "봄에는 읊조리고, 여름에는 현악기에 맞추어 노래한다(春誦夏弦)."라고 하였는데, 이에 대해 『예기집설(禮記集說)』에서 "송(誦)은 가악의 편장(篇章)을 입으로 외는 것이고, 현(弦)은 금슬을 시장(詩章)의 음절에 입혀 연주하는 것이다(誦, 口誦歌樂之篇章也, 弦, 以琴瑟播被詩章之音節也)."라고 하였다. 횡(黌)과 서(序)는 모두 고대의 학교이다.

126 집마다 봉할 만했다는 이기씨(伊祈氏) 시절도 : 이기씨는 신농씨(神農氏)라고도 하고 요(堯)라고도 한다. 뒤에 '비옥가봉(比屋可封)' 이야기가 나오는 것으로 보아, 요의 이름으로 사용하였다. '집마다 봉할 만했다'라는 것은 집집마다 모두 봉(封)해도 될 만큼 덕행이 뛰어난 인물이 많았다는 뜻이다. 『한서(漢書)』 〈왕망전(王莽傳)〉에 "요순시대는 집집마다 다 봉할 만했다(堯舜之世, 比屋可封)."고 했다.

127 이때 땅은 …… 보리를 바치고 : 후한(後漢) 때 장감(張堪)이 어양 태수(漁陽太守)가 되어 선정을 베풀어, 백성들에게 전토를 개간하게 하고 농사를 지어 부유하게 하였다. 그러자 백성들이 이를 칭송하여 "뽕나무에 붙은 가지가 없고, 보리 이삭은 두 갈래로 열렸네. 장군이 다스리니, 즐거움을 헤아릴 수 없도다(桑無附枝, 麥穗兩岐. 張君爲政, 樂不可支)."라고 노래하였다. 『후한서(後漢書)』 〈장감열전(張堪列傳)〉.

'덕德'자 머리와 '의義'자 날개를 지닌 봉황[130]을 맞이할 것입니다.

선생은 묵태씨墨胎氏의 청렴[131]으로 씻으시고, 호유후戶牖侯의 공평함[132]

을 지니셨습니다. 중궁仲弓의 간소함[133]을 확충하시고, 풍간자馮簡子의 결

단력[134]을 발휘하십니다. [그런 걸 모두] 합해 사방이 둘러싸인 한 구역에

---

128 하늘은 한 …… 내릴 것입니다 : 하늘이 '복성(福星)'을 비추어 복을 내린다는 뜻이다. '복
성'은 목성(木星)인데, 이 별이 비추는 곳은 모두 복을 받는다 하여 '복성'이라 했다. ○ 북
송 때 선우신(鮮于侁)이 동경전운사(東京轉運使)가 되자, 사마광(司馬光)은 "동쪽 지역의
폐단을 바로잡고자 하면 자준이 아니면 안 된다. 이 사람은 한 지방의 복성이다(然欲救東
土之敝, 非子駿不可. 此一路福星也)."라고 했다. '자준(子駿)'은 선우신의 자이다. 『산당사고(山
堂肆考)』「신직(臣職)·전운사(轉運使)」.

129 드렁허리 : 강이나 못에 사는 물고기로, 몸은 누런 바탕에 검정 무늬가 있고 뱀처럼 가늘
고 길며, 꼬리가 뾰족하고 배지느러미와 가슴지느러미, 비늘이 없다. 『본초강목(本草綱
目)』「인(鱗)」에 의하면 드렁허리 중 뱀이 변해서 된 것은 '사선(蛇鱔)'이라고 하는데, 독이
있어 사람을 해친다고 했다.

130 들에선 '덕(德)'자 …… 지닌 봉황 : 봉황의 모습에 대한 구체적인 묘사는 『산해경』「남산
경(南山經)」에 나온다. "이 새는 모습은 닭과 비슷하고 오색의 무늬가 있는데 이름은 봉
이다. 머리의 무늬는 '덕'이고, 날개의 무늬는 '순'이며, 등의 무늬는 '의'이고, 가슴의 무늬
는 '인'이고, 배의 무늬는 '신'이다. 이 새는 자연으로 먹고 마시며 혼자 춤추고 노래하는
데 나타나면 천하가 안녕하다(有鳥焉, 其狀如雞, 五采而文, 名曰鳳皇. 首文曰德, 翼文曰義, 背文
曰禮, 膺文曰仁, 腹文曰信. 是鳥也飲食自然, 自歌自舞, 見則天下安寧)."

131 묵태씨(墨胎氏)의 청렴 : 묵태(墨胎)는 복성(複姓)으로, 은의 속국이던 고죽국(孤竹國) 임금
의 성이다. 주 무왕(周武王)이 은을 정벌하자, 고죽국 임금의 두 아들인 백이와 숙제가 주
의 곡식을 먹지 않고자 수양산에 숨어 고사리를 캐서 먹다가 굶어 죽었다고 한다. 『사기』
「백이열전(伯夷列傳)」.

132 호유후(戶牖侯)의 공평함 : 호유후는 한 고조(漢高祖)의 모신(謀臣)으로, 호유후(戶牖侯)에
봉해진 진평(陳平)이다. 마을 제사에서 진평이 제사 고기를 나누는 일을 맡았는데 매우
공평하게 나누었다. 마을의 어른들이 칭찬하자, 진평은 자신이 천하의 재상이 된다면
이 고기처럼 공평하게 일을 처리할 수 있을 것이라고 한탄했다고 한다. 『사기』「진승상
세가(陳丞相世家)」.

133 중궁(仲弓)의 간소함 : 중궁은 공자의 제자 염옹(冉雍)의 자이다. 중궁이 간소함[簡]에 대
해 공자와 나눈 대화가 『논어』「옹야(雍也)」편에 전한다. "중궁이 자상백자에 대해 여쭈
었다. 공자께서 말씀하셨다. '괜찮으니, 간소하다.' 중궁이 말했다. '경에 거하면서 간소
하게 행동하는 것으로 백성을 다스리면 또한 괜찮지 않겠습니까? 간소하게 거하면서 간
소하게 행동하면 너무 간소한 것이 아닙니까? 공자께서 말씀하셨다. '옹의 말이 옳다'(仲
弓問子桑伯子. 子曰: '可也, 簡.' 仲弓: '居敬而行簡, 以臨其民, 不亦可乎? 居簡而行簡, 無乃大簡乎?'
子曰: '雍之言然')."

178

서 시행하는 것이야 참으로 요뇨騕褭[135]가 동산 안을 달리는 격이고, 장석匠石[136]이 떡갈나무를 자르는 격일 겁니다. 희희낙락 즐거우니 힘들지도 않고, 가슴이 트여서 그 이야기는 즐겁고 유쾌할 것입니다. 선생께선 무슨 말씀으로 물리치시려는지요?"

처사가 말했다. "아아! 참으로 이것이 내 뜻이오. 그러나 내가 지금 어지럼증이 있어서 자잘한 일을 처리하지 못하네. 자네가 나 대신 사양해 주길 바라네."

순하자가 얼굴색이 확 변하면서 말했다. "제가 선생을 존경해서, 목욕 재계한 뒤에 와서는 머뭇거린 뒤에야 말씀드렸습니다. 가슴속의 것을 펼쳐 말씀드리며, 감히 머리카락 하나도 속이지 않았습니다. [그런데도] 선생께서 이처럼 저를 성실하게 여기지 않으시니, 저는 감히 다시는 뵙지 못할 것 같습니다."

그리곤 작별도 안 하고 가 버렸다.

몇 달이 지나 다시 왔는데, 조심조심 자리로 나와 겁먹은 듯 옷자락을 정돈했다. 마치 하고 싶은 말이 있지만, 말을 더듬는 사람 같았다.

처사가 말했다. "자네 얼굴을 보니, 아마도 내게 줄 가르침이 있는 모

---

134 풍간자(馮簡子)의 결단력 : 풍간자는 정(鄭)의 재상인 자산(子産)이 그 결단력을 높이 사서 등용했던 인물이다. "자산이 정치를 맡으면서 능력 있는 자를 택해서 일을 시켰다. 풍간자는 일에 대해 잘 결단했고, 자태숙은 판결을 잘하고 문화가 있었고, 공손휘는 …… 외교문서 작성도 뛰어났고, 비침은 모의를 잘했는데 …… 일이 생기면 비침을 …… 가부에 대한 계책을 세우게 하고, 풍간자에게 고해서 결단하게 하고, 공손휘에게 문서를 작성하게 하고, 완성되면 자태숙에게 주어 실행하게 하고 빈객에 응대하게 하였다. 이런 까닭으로 실패가 드물었다(子産之從政也, 擇能而使之. 馮簡子善斷事, 子太叔善決而文, 公孫揮 …… 又善爲辭令, 神謀筮謀, …… 有事乃載神謀, …… 使謀可否, 而告馮簡子斷之, 使公孫揮爲之辭令, 成乃受子太叔行之, 以應對賓客. 是以鮮有敗事也)." 『설원(說苑)』 「정리(政理)」.

135 요뇨(騕褭) : 명마의 이름이다. 주둥이는 금빛이고 몸은 붉으며, 하루에 1만 8천 리를 달린다고 한다.

136 장석(匠石) : 『장자』 「서무귀(徐无鬼)」에 나오는 목수이다. 코끝에 파리 날개만큼 얇게 발린 흰 흙을 도끼를 휘둘러 깎아 냈지만 코는 전혀 상하지 않았다는 삽화가 실려 있다.

양일세. 어찌 말하지 않는가?"

순하자가 말했다. "제가 많은 말을 했지만, 선생께선 늘 끄덕이지 않으셨습니다. 제게 헛소리를 하게 하신 것입니다. [그러니] 저는 선생을 뵐 면목이 없는 자입니다. 그런데 제가 조용히 앉아서 생각을 모아 보곤 스스로 혀를 씹으며 슬퍼했습니다. 접때의 말들이 선생을 잘 알지 못한 것이었다는 걸 깨달았기 때문입니다. 선생께서 저를 버리신 것도 당연합니다! 두꺼운 얼굴이 부끄러운 줄 알라고 책망하신 것이지요. 그렇긴 하지만 깊고 맑은 연못에는 독을 가진 물고기가 없고, 길인吉人의 방에는 아부하는 말이 없다고 했습니다. 제가 오히려 한 말씀을 올려 간담을 헤쳐 드러내니, 선생께서는 마침내 들어 주시기 바랍니다."

처사가 말했다. "하시게."

순하자가 말했다. "조정 대부들이 선생께는 작은 일을 맡길 수 없음을 알고, 조석으로 가르침을 올리는 자리에 모시려고 합니다. 위로는 [임금이] 때때로 [학문에] 민첩하고 계속해서 [공경을] 밝히시는 것[137]을 도와 덕을 드러내도록 이끌고, 아래로는 민생을 바로잡아 널리 이롭게 하고 은혜를 입히십시오. 귀막이 솜과 면류관 구슬[138] 아래에선 관철해서 이르지 않는 바가 없고, 창합閶闔[139] 밖에선 도달해 미치지 않는 바가 없습니다. 그 임금을 요순 같은 성군이 되게 하고[140] 아름다운 명성에 깊고 널

---

137 때때로 [학문에] …… 밝히시는 것 : 제왕이 학문과 수양에 힘쓰는 것을 일컫는 표현이다. '때때로 민첩하다[時敏]'라는 것은 부열(傅說)이 학문에 대해 은 고종(殷高宗)에게 고한 말 중에 나온다. "배움에 뜻을 겸손하게 하고, 때때로 민첩하게 하도록 힘쓰면, 그 진전이 나타날 것입니다(惟學遜志, 務時敏, 厥修乃來)." 『상서』 「열명 하(說命下)」. '계속해서 밝힌다[緝熙]'라는 것은 『시경』 「대아(大雅)·문왕지십(文王之什)」 〈문왕(文王)〉에 나오는 말로, 주공이 문왕의 덕을 칭송하는 내용이다. "훌륭하신 문왕이여. 아아, 끊임없이 공경하였도다(穆穆文王, 於緝熙敬止)."

138 귀막이 솜과 면류관 구슬 : 제왕의 복장이다. 보고 듣는 것을 경계하는 뜻을 지녔다.

139 창합(閶闔) : 전설 속의 천문(天門)으로, 대궐문을 뜻하기도 한다.

140 요순 같은 성군이 되게 하고 : 원문의 '흠준(欽濬)'은 요와 순의 덕을 표현하는 말들이다.

180

리 짝하니, 밝고 큰 [덕이] 배고 젖어, 복이 억만년토록 전해질 것입니다.

말이 끝나기도 전에 처사가 얼굴빛을 온화하게 바꾸고 말했다. "내가 오십 년 동안 애써 배우고 도道를 추구한 그 뜻이 어디에 있겠소? 나를 등용하려는 사람이 있다면, 어찌 굳이 세 번 [초빙한] 다음에야 마음을 돌리겠소? 장차 늙음이 닥쳐 지혜와 힘이 모자랄까 걱정이오. 그러나 나는 생각이 짧아 혼자 결정할 수가 없소. 시내 건너편 마을에 항해라는 늙은이流濫叟가 있소. 기린이 숨은 마을에서 쉬고 있으며, 고래가 배회하는 깊은 물[141]에서 잠영하고 있지요. 한번 눈을 들면 멀리 희미한 땅끝까지 다 봅니다. 그대와 같이 가 고하고 싶소."

하여, 작은 배로 함께 나아갔다. 항해 늙은이가 마침 지팡이를 짚고 뜰을 거닐다가 처사를 보고 웃으며 맞았다. 신령한 빛이 환하게 관통하고, 상서로운 뭉게구름이 영롱하게 새어 나왔다. 비스듬히 먼 곳을 바라보는데, 달리는 듯도 하고 머무는 듯도 했다. 그 곁을 돌아보니 순하자는 이미 내빼 달아났는데, 어디로 갔는지 알 수 없었다.

○ 시내 북쪽에 정자 하나를 지었는데, 이름은 동계정東溪亭이다.

○○○ 〈동계정기東溪亭記〉

옛사람들은 시를 지을 때 눈으로 본 것 중 한둘을 적을 뿐이었다. 본

○『상서』「요전(堯典)」에서는 요의 덕을 칭송하여 "공경스럽고 밝고 문채가 드러나고 사려가 깊으시고 편안하고 편안하시며 진실로 공손하고 능히 겸손하시어(欽明文思安安允恭克讓)"라고 했다. 「순전(舜典)」에서는 "깊고 지혜로우며 빛나고 밝으시며 온화하고 공손하며 성실하고 독실하시다(濬哲文明溫恭允塞)."라고 순의 덕을 칭송했다.

141 고래가 배회하는 깊은 물 : 『장자』「응제왕(應帝王)」에서 가져왔다. "고래가 빙빙 돌며 노니는 깊은 물을 연못이라 한다(鯢桓之審爲淵)."라고 한 데서 온 말이다. 이 구절은 외물에 순응하여 자득한 모습을 비유한 것으로 해석된다.

것에는 산이 있고, 본 것에는 물이 있고, 본 것에는 바람과 해, 구름과 안개가 있고, 본 것에는 꽃과 나무, 물고기와 새가 있다. 또 앉았던 곳은 정자나 누각이기도 하고, 바위이기도 하고, 텅 빈 들판이나 펼쳐진 황무지이기도 하다. 만난 것은 벗들이기도 하고, 승려나 도사이기도 하고, 어부나 나무하는 늙은이기도 하다. 마음을 건드린 것은 즐거움이나 기쁨이기도 하고, 근심이나 슬픔이기도 하고, 감격이나 한탄이기도 하고, 그리움이나 생각이기도 하다. 이 허다한 것들을 모두 시에 쓸 수는 없으니 [시에] 적힌 것은 그중 한둘이다.

시를 잘 보는 자는 시를 읽을 때 그 나머지를 반드시 다 알아챈다. 어떤 시구는 산과 물만 묘사하고 있지만, 그가 앉아 있던 곳은 분명 누각이었을 것이다. 어떤 시구는 꽃과 새만을 묘사하고 있지만, 그곳엔 분명 시내가 있었을 것이고, 그날은 분명히 청명했을 것이고, 마주 앉았던 사람은 분명 좋은 친구였을 것이다. 어떤 시구가 어부와 나무꾼만 묘사했더라도 그때는 분명 봄이었을 테고, 하루 중엔 분명 저녁이었을 테고, 그 가슴속엔 분명 근심과 그리움이 있었을 것이다.

산수山水와 누대樓臺의 기記를 보면, 기記가 기록하지 않은 것들, 즉 길이 굽었는지 곧은지, 먼지 가까운지, 집의 구조와 방향이 모두 눈에 훤하게 보인다. 성현과 은자, 영웅과 특출한 선비의 전傳을 보면, 전이 기록하지 않은 용모와 모발, 언어와 기침 소리, 웃음소리가 모두 내 주변에 있다. 아니라면 시문詩文을 읽었다고 할 수 없고, 남들을 이렇게 만들지 못한다면 시문을 짓는다고 할 수 없다.

만약 정신이 신령하고 맑아서 천년 전의 일도 환하게 이해하는 자라면, 그가 보는 것은 더욱 탁월할 것이다. 장자방張子房이 노인을 만나 책을 받는 부분[142]을 읽으면, 흙다리 옆으로 시내와 다리, 길들이 굽이지고

142 장자방(張子房)이 노인을 …… 받는 부분 : 장자방은 장량(張良)이다. 한 고조(漢高祖) 유방

감돌며 끊어졌다 이어졌다 하는 모습, 노인의 모습이 기이하고 깡말랐으며 검고 구부정하다는 것을 안다. 왕휘지王徽之가 눈 속에 벗을 찾아가는 이야기[143]를 읽으면 섬계의 눈 녹은 물과 기슭의 형세, 대규戴逵의 집 숲길과 바위 문이 첩첩이 쌓이고 꺾어진 것과 방향을 알 것이다. 이런 것들이 또 어찌 한두 가지 경치에 대한 묘사나 기記와 전傳의 서술을 필요로 하겠는가?

동계의 근원은 북산에서 나와 세 폭포와 두 연못이 된다. 남쪽으로 이어지다 서쪽으로 꺾어지고 다시 남쪽으로 흘러 이 시내가 된다. 그곳의 물결은 아름답고, 그곳의 물가 언덕은 나란히 솟아 있다. 그곳의 꽃과 나무는 흐드러졌고, 그곳의 새들과 물고기들은 함께 어울린다. 거기 난 부용과 마름, 창포와 갈대는 죽죽 뻗어 있다. 봄의 모습은 따뜻하고 우거지며, 가을의 형상은 명백하고 투명하다. 비는 어지럽게 나부끼고, 눈이 오면 유리 같다. 정자를 세우고 오르면 안정되고, 주인이 객과 함께 오르면 날아오르는 듯하다. 이것만 해도 그 묘사가 이미 한두 가지보다 많다. 이 말을 듣고서도 시내와 정자를 직접 본 것 같을 수 없는 사람이라면 『숙수념』을 읽게 해선 안 된다.

(劉邦)의 책사인 장량이 황석공을 만나 병서인 『황석공삼략(黃石公三略)』을 받는 장면을 가리킨다. 『사기』 「유후세가(留侯世家)」에 나온다. ○ 황석공은 진(秦) 말기의 신선이다. 장량이 젊은 시절 이교(圯橋)에서 어떤 노인을 만났는데, 그 노인이 신발을 다리 아래로 떨어뜨리고는 장량에게 주워 오게 하였다. 장량이 신발을 주워다 주자, 장량에게 병서 하나를 주면서 말하기를 "이것을 읽으면 왕자(王者)의 스승이 될 것이다. 13년 후에 네가 나를 제북(濟北)에서 만날 것인데, 곡성산(穀城山) 아래 누런 돌이 바로 나일 것이다." 하였다. 그 노인이 바로 황석공이었다고 하는 삽화이다.

143 왕휘지(王徽之)가 눈 …… 찾아가는 이야기 : 진(晉)의 왕휘지가 산음(山陰)에 살면서 눈 내리는 밤, 불현듯 섬계(剡溪)에 사는 대규(戴逵)가 생각나서 작은 배를 타고 찾아갔다가 정작 그곳에 도착해서는 문 앞에서 다시 돌아왔다고 하는 일화이다. 『세설신어(世說新語)』 「임탄(任誕)」.

○시내는 서남쪽으로 흘러 몇 리 못 가서 남강으로 들어간다. 남강의 아름다움을 세상에선 십주十洲[144] 중 하나라고 말한다. 그 물은 지극히 맑아 진흙이나 티끌이 없다. 남북 쪽 물가 언덕 굽이굽이가 모두 비경이다. 강 복판에 늙은 용이 산다고 전해지는데, 장마가 지려고 할 때면 물결 속에 오색으로 어리비치는 것이 용의 뿔이라고 한다.

○○○ 〈남강시南江詩〉

강 비 갓 개니 물은 상앗대 하나만큼 높아지고,
막막한 강 안개 새벽 오려는지 물결이 인다.
교룡은 안개를 뿜어 비늘 껍질 감추고,
갈매기는 별 곁에 날아 깃털이 비춰네.
양 언덕엔 노랫소리 어부 집은 멀고,
강 복판엔 돛 그림자 바다 어귀 높다.
높은 누각은 달을 안고 일망무제,
붉은 난간에 기대 홀로 마음 호방해라.

○ 강 북쪽에 또 정자 하나가 서 있는데, 이름은 항해루沆瀣樓이다. 안채와 바깥채를 갖추었으니 간혹 옮겨 와 지낸다. 강에서 집까지 3리가 채 안된다.

---

144 십주(十洲): 도교에서 이야기하는 대해(大海) 가운데에 있는 열 곳의 명산으로, 신선이 산다고 한다. 『십주기(十洲記)』에서는 십주를 조주(祖洲)·영주(瀛洲)·현주(玄洲)·염주(炎洲)·장주(長洲)·원주(元洲)·유주(流洲)·생주(生洲)·봉린주(鳳麟洲)·취굴주(聚窟洲)라고 했다.

○○○ 〈항해루기沆瀣樓記〉

　항해자의 집은 북으론 산에서 10리, 남으론 강에서 3리, 동서쪽으론 시내와 호수까지 각각 2리 떨어져 있다. 그 산수의 수려함이란 세상에 있어 본 적이 없는 것이다. 그러나 항해자는 자기 사는 곳의 아름다움을 품평할 때 산수는 세 번째로 친다.

　북산의 기슭에서 강과 시내의 양 언덕까지 천여 가구가 산다. 군자들은 모두 착실하게 학예를 닦고, 일반 백성들은 모두 부지런히 생업에 종사한다. 장난치며 노는 아이들도 모두 그 아비와 형을 사랑하고, 가마꾼이나 하인의 천한 아녀자들도 재가하는 이가 없다. 불효하거나 형제 사이가 좋지 않다거나 음란하고 게으르고 훔치고 해치고 하는 일들은 귀에 들리지 않는다. 벼슬살이 갔던 자라도 관직이 끝나면 즉시 돌아오고, 나랏일은 입에 올리지 않는다. 일반 백성들은 정치나 이해관계 따위는 있는 줄도 모른다. 이것이 그 첫 번째이다.

　북산의 바위 절벽은 험하고 외지며, 숲은 깊고 으슥하다. 그러나 호랑이나 표범, 곰이 살지 않아 삼척동자라도 새벽이나 저녁이나 혼자 골짜기에서 잠이 든다. 강엔 고래나 악어, 독을 지닌 물고기가 없다. 강돈江豚[145]은 맛이 좋지만 사람을 해치지 않는다. 집 주위 수십 리 내엔 뱀·살무사·벌·도마뱀·모기·파리 따위가 없다. 아름다운 꽃이나 좋은 나무, 신기한 새들이 다 셀 수도 없고, 인삼·영지·복령·종유·단사 등 질병을 그치게 하고 목숨을 늘리는 약물들은 부족함이 없다. 이것이 그 두 번째이다.

　항해자는 이 세 가지 아름다움을 이웃과 함께 누리지만, 온 세상과 다 함께 그것을 누리지 못하는 것을 탄식한다. 그러나 항해자는 이곳에서 산 이래로 몸은 더욱 건강해지고 기운은 더욱 화평해지고 행동거지는

───────────────

145 강돈(江豚) : 복어다.

날로 적절해졌다. 또 번거롭게 드나들거나 일을 해야 하는 것도 없다. 빈객과 이웃들도 희희낙락 모두 각자 자기 나름의 즐거움을 누리지만, 그 즐거움이 누구 때문에 가능한 것인지는 모른다. 이에 계절을 즐기는 술잔치를 벌여 그 '즐거움을 함께하는 것同樂'146을 축하하려 한다.

그 즐거움을 말할 때는 산수는 참으로 나중 것이다. [그러나] 함께 모여 그 즐거움을 축하하려면 산수가 있는 곳으로 가지 않을 수 없다. 해서 산과 원림, 호수와 시내에서 강에 이르기까지 모두 정자를 두었다. 더욱이 남강은 항해자가 매우 사랑하는 곳이다. 그래서 집을 더욱 크고 널찍하게 지어 집안 식구들을 모두 들일 수 있게 했다. 그 동남쪽 모퉁이에 몇 칸짜리 누각을 짓고, 자신의 호로 [정자의] 이름을 삼았다. 남강의 아름다움은 다른 강이나 호수와는 다르다. 종종 경이로운 것들이 있지만, 언어로 형용할 수 있는 것이 아니다. [그것을] 알아보는 자는 말하지 않아도 알 테고, 속된 선비에겐 말할 수 없다. 그러므로 자세히 적지 않는다.

○집의 서쪽 2리쯤에 큰 보堡가 있다. 둘레가 몇십 리나 되는데, 이름은 서호西湖다. 남강의 물결 자락이 흘러들어 백성에게 이익을 준다. 도랑을 쳐서 연꽃을 심고 방죽을 쌓아 버들을 심으니, 그 아름다움이 동계와 아주 비슷하다. 호사가들은 항주杭州의 서호西湖보다 두 배는 아름답다고도 했다. 드디어 '삼십이경三十二景'147의 명칭을 만들었다. [그러나] 그 겹치는 게 싫어 여기엔 기록하지 않는다.

---

146 즐거움을 함께하는 것[同樂] : 원래는 통치자가 백성들과 즐거움을 함께한다는 뜻으로, 『맹자』「양혜왕 하(梁惠王下)」에 기원을 두는 단어이다.

147 삼십이경(三十二景) : 서호에도 삼십이경[西湖三十二景]이 있다. 청 강희(康熙)·건륭(乾隆) 두 황제가 강남의 아름다운 풍경을 좋아해서 여러 차례 남쪽으로 순행했다. 황제들이 순행할 때마다 서호도(西湖圖)가 그려졌는데, 그 화제 중엔〈서호삼십이경도(西湖三十二景圖)〉도 있다. 건륭황제 때 전유성(錢維城)이 그린 것이 대표적이다.

○○○ 〈서호시西湖詩〉

굽이굽이 긴 둑엔 안개 같은 버들,
예쁜 꾀꼬리 소리 들리는 저녁 하늘
비 갠 물결 높이가 몇 척이라 하지만,
피리와 노랫소리 목란 배 가득 실렸네. 【봄】

언덕 양쪽엔 어둑어둑한 여름 숲,
초록 궁궁이 푸른 부들 어두운 옛길.
간밤 새 비 흠뻑 내린 도랑 어귀,
들 해오리 한 쌍 나직이 나네. 【여름】

서호의 팔월엔 이슬 꽃 잔뜩 맺혔고,
어룡도 고요한 밤 뱃노래가 들린다.
진홍빛 비단 치마의 제방 위 여인들,
물결 건너며 다투어 병두화竝頭花[148] 꺾네. 【가을】

진주 나무 만 그루, 옥 봉우리 천 개,
거울 같은 찬 물결, 늙은 용이 숨었네.
숲 너머로 가까운 절집 있으리니,
북풍이 때로 종소리 실어 보내네. 【겨울】

○ 호숫가에 또 누대가 있는데, 이름은 운수루雲水樓다. 역시 안채와 바깥

---

[148] 병두화(竝頭花): 한 줄기에 두 송이 꽃이 나란히 핀 것을 말한다. 여기서는 특히 한 줄기
에 두 송이가 핀 연꽃, 즉 병두련(竝頭蓮)이다.

채를 갖추었다.

OOO 〈운수루기雲水樓記〉

누대는 시야가 멀리 트인 것을 좋다고 하지만, 항해자의 건축만은 모두 그렇지 않다. 두 연못과 강과 계곡 곁에 선 것들이 모두 높직하게 날아오르지 않은 것은 아니다. [그렇지만] 올라앉으면 눈에 들어오는 것은 경내의 경치뿐이다. 아울러 그 드나드는 길은 갔다가는 돌아올 수 없을 것처럼 은밀하다. 하늘이 이 장소를 만들 때 인간의 세계 바깥으로 초월해서, 그 자체로 한 별천지가 되길 원했던 것이다.

그러나 조화가 사물을 배치할 때 완전히 똑같은 방식으로 하지는 않는다. 반드시 그 한 귀퉁이는 일부러 허물어 놓으니, 바로 운수루의 서남쪽에 나타난다. 그 연무로 뒤덮인 듯, 비단을 늘어놓은 듯, 마치 도성과 궁전들이 첩첩이 포개지며 이어지는 것 같은 것을 어떤 이는 옛 제왕의 도읍이라고 한다. 또 그 푸른 능선이 갈마들며 치달리는 듯 엎드린 듯, 휘감고 굽이지고 울창하고 조밀한 바위 골짜기와 숲의 봉우리 같은 것들을 어떤 이는 득도한 은둔한 자의 거처라고 한다. 또 그 황야처럼 잡초가 무성하고 광야처럼 드넓어서, 바람이 슬피 소리치며 지나가고 기러기가 울며 처량히 머무르는 것을 어떤 이는 옛 전장이라고 한다. 그러나 모두 그곳이 어딘지 모르며, 어느 시대 누구의 자취인지 알지 못한다. 어떤 이는 "항해자沆瀣子가 이 누대에서 역사의 초안을 작성한다【정7】. 역사에 적히는 것들은 모두 옛 제왕, 훌륭한 신하, 은사, 그리고 정벌 전쟁 같은 일들이다. 그러므로 그 글의 정精이 쌓여서 드러나는 것이다."라고 한다.

이 누대는 서호 가에 있으니, 누대를 쌓은 것은 호수를 바라보기 위해서다. 호수의 아름다움은 언어로 상세히 말할 수 없다. 그러나 이 기記를

188

읽고서도 호수의 아름다움을 모르는 자는 자세히 말해 줘도 모를 것이다. 설령 그와 함께 이 누대에 올라 호수를 바라본다 해도 역시 알지 못할 것이다.

○ 호수의 북쪽은 북산의 발치에 가깝다. 오래된 절이 있는데 이름은 신원사神圓寺이다. 절의 누대에서는 아주 멀리까지 볼 수 있어서 바다 빛이 손에 잡힐 듯하다. 절의 모모 승려들은 여러 해 수행해서 거의 대각大覺에 이르렀다.

　○○○ 〈신원사게神圓寺偈〉149【해거자海居子150가 지었다.】

　　　바닷가 누각 하나,
　　　누각은 높고 바닷물은 깊네.
　　　올려보니 하늘은 가없고,
　　　굽어보니 땅도 끝없네.
　　　새는 구름 사이를 날고,
　　　물고기는 수면에서 뛰니,151
　　　눈 들면 모두가 색상色相,152

---

149 게(偈) : 게송(偈頌)과 같은 말이다. 불교의 교리나 깨달음 등을 읊은 불교문학의 한 형태이다.

150 해거자(海居子) : 홍석주·홍길주의 동생인 홍현주(洪顯周)이다. 자는 세숙(世叔), 호는 해거재(海居齋)이다. 정조의 서녀 숙선옹주(淑善翁主)의 부마로 영명위(永明尉)에 봉해졌다. 뛰어난 문장가였으며, 시문과 서화, 차를 즐겼다. 오숭량(吳嵩梁)·옹수곤(翁樹崑) 등 청의 문인·학자들과 교류하기도 했다. 『해거시집(海居詩集)』 등 다수의 시문집을 남겼다.

151 새는 구름 …… 수면에서 뛰는데 : 원문을 요약하면 '어약연비(魚躍鳶飛)'이다. 『시경』 「대아(大雅)·문왕지십(文王之什)」 〈한록(旱麓)〉편의 "솔개는 하늘에서 날고, 물고기는 연못에서 뛰네(鳶飛戾天, 魚躍于淵)."에서 유래해서, 만물이 제 천성대로 각기 제자리에서 활발하게 움직이는 모습을 형용하는 것으로, 우주의 조화로운 운행을 비유하는 성어로도 굳어졌다.

152 색상(色相) : 불교 용어로, 형체가 갖추어져서 눈으로 볼 수 있는 일체의 외물(外物), 즉 현

머리 돌리면 모두 허망虛妄.
흰 눈썹의 객에게 말하노니,
뜰 앞의 나무를 보시게.[153]
봄이면 백화 만발하고,
꽃 지면 열매 맺는다네.

○남강의 남쪽에도 명산들이 많다. 집에서 멀리 떨어져 있으므로 다 싣지
않는다.

상계(現象界)를 말한다. 색상은 본래 실체가 없는 공(空)이라고 한다.
[153] 뜰 앞의 나무를 보시게 : 당의 조주종심(趙州從諗) 화상의 유명한 '뜰 앞의 잣나무[庭前栢樹
子]' 화두를 사용하고 있다. 조주에게 한 스님이 "조사가 서쪽에서 오신 뜻이 무엇이냐?"
라고 물었더니, "뜰 앞의 잣나무이다."라고 대꾸했다는 화두이다. 『선문염송(禪門拈頌)』.

第二觀 甲. 爰居念 下

九.

宅之北, 依北山爲園. 東西十里, 南北如之. 總以名之曰吾老園. 盖宅之西北牆隅有小門. 出是門, 折而東北二里所, 林壑蔚然蒼翠襲人. 此園之始也.

○○○ 〈吾老園記〉

入沆瀣子之宅, 徧觀諸堂宇館院, 睅然以爲有生之未始觀, 便可以夸於人也. 居頃之, 携而入吾老園, 矚兩潭瀑壁之奇, 窺三光之洞, 謁太虛之府, 又茫然悔昔日之夸也.

人有知昔之所未知, 悍然自以爲知者. 盖其所知未嘗非知也. 抑不知所知之外, 又有未及知也. 知無止也. 自謂吾知已至者, 不知者也.

不見吾老園者, 固未嘗不知園也. 及觀吾老園, 然後知昔之所知非盡知也. 不見兩潭者, 固未嘗不知瀑壁潭瀨也. 及觀兩潭, 然後知昔之所知非盡知也. 不見三光太虛者, 固未嘗不知洞壑臺榭也. 及觀三光太虛, 然後知昔之所知非盡知也. 然旣見吾老園兩潭三光太虛, 而曰"今而后, 吾始盡知矣", 是其不知又猶舊也. 昔之自以爲知者旣非, 則安知今之盡知者它日又不爲非耶? 吾老之外, 有北山. 北山之外, 不知有何境, 何境之外, 又不知有何境, 綿綿汗汗無終無極. 嗚呼! 學道者, 其可以遽言之耶?

吾老園主人翁之所將終老也. 其槪略已見於原識. 而識之所不及, 又非毫墨之所能寫也. 讀其識者, 旮毋自以爲知是園也.

◯ 又東二里許, 有石壁斗起, 高數十仞. 有飛瀑直下, 其源盖出於北山云. 下觸石成潭, 其名曰西潭. 潭方數十步. 東流爲泉磵灘瀨. 左右皆夾以白石, 瑩潔如琢玉. 水瀜瀜噴瀉, 如飛瓊碎琚. 間又値巨石截泉, 激盪憤怫. 繇玆以東六七里皆然. 而其岩崖磴壑卉木魚鳥之變態不可勝詰.

○○○〈西潭詩〉

人若不愛水, 知爾無遠識,
人若不愛石, 知爾無貞德.
興言理短策, 遵彼嵌岩側,
紺泉與丹壁, 步步殊物色.
中路忽駴觀, 遇之跳心臆,
躊躇不敢前, 良久始攀陟.
濺雪眼俱翳, 迅霆耳成塞,
磵扃眩外內, 林溪失南北.
飛樓竦鶴翅, 望邇愁難卽,
攫身置其上, 始得平脅息.
晴融絶雺埃, 坦迆磨傴仄,
迢迢覢九垓, 颯颯凌八極.
怖欣換俄頃, 造化亮難測.
垂垂千丈練, 終古割崩劣,
懸流永無竭, 峭骨苦不泐.
穹窿上戴天, 混沌辭雕刻,
雲蜺礙彷徨, 星斗羞避匿.
下墜無底淵, 虛明生黵黑,
噴噴千斛珠, 日爲蛟龍得.

三光盪晦明, 萬象交惶惑,

厥初孕斯奇, 問是阿誰力?

凭虛坐長嘆, 太空澄如拭.

○其盡也, 忽又起一壁, 北東折如曲屏. 高十數丈. 瀑雙下, 竝搗于一潭. 潭方又四五十步, 名曰東潭. 盖三水之會也. 三水繇玆潭而洩, 南流入于南江云.

○○○ 〈東潭詩〉

東潭之奇信難問, 急雨轟霆如相聞.

兩壁谼開雙瀑懸, 山鬼對搗瓊杵奮.

始疑空中龍虎鬪, 飜驚水底蛟鼉僨.

誰鑿深潭當正中? 飛流欲墜增怫㤓.

左右交撞鼓鼓響, 晝夜迭奏笙簫韻.

長風爲之駐怒號, 白日爲之生迷暈.

側厓藤纏龍鱗皺, 穹巖蘚被龜背皸.

陶勻之力不可度, 孰主張是天其運.

喚我東潭主人翁, 斜倚彤欄倒香醞.

○兩潭側皆有小亭. 西曰壯哉亭.

○○○ 〈壯哉亭記〉

天下有可駭者三. 滄海之觀·涿鹿之戰·雷霆之擊·猛獸奇鬼之搏, 皆不與焉. 一曰西子之貌, 二曰司馬長卿〈游獵賦〉, 三曰吾老園西潭之瀑. 天下有可樂者三. 聲色珍味·萬乘之貴·神仙白日之昇, 皆不與焉. 一曰游仲尼之門, 二曰讀『書』之「禹貢」, 三曰登吾老園西潭之壯哉亭.

舊有偕其友游名山者. 嘗飫聞其山之奇, 想見以爲蓬萊·天台之流也. 及至其近, 翹首以望, 不語者移時. 友問曰:"何如?" 徐曰:"悄悄 …… 玉雖至美, 人不以爲异. 土塊有炯然炤者, 寶之倍璜瑀. 鳥獸有菫成一語者, 人之驚也, 甚於蘇秦·犀首之辯. 五尺之童, 操三尺之筆, 乘談笑, 不意而撞之, 雖經百戰不一創之良將, 未有不僨然噓者. 今聞其名而已駭, 想其境而已樂. 或想之深, 而假造其極處, 以設于目. 仍又自思曰:'吾思之極耳. 其眞豈遽及此?' 如是積久而后詣其眞. 方其邇而未造也, 又橫思竪念, 形容之靡不到. 驀然而當之, 前日之聞之者百未一二也, 前日之想之者不啻其糟粕也. 其假造而設于目, 以爲豈遽及此者, 又不啻其皁隷也. 俄者之橫思竪念靡不到者, 又萬萬糞壤也. 萬萬斛夜光之珠, 猝然散其前眩于目者, 病瞖人也. 萬萬匀鉄槌, 白晝飛下于空, 碎頭上所枕石, 慄于膽者, 病痊人也. 萬萬隊仙眞女娘, 緂霓帬曳絳幢, 簇擁於綵霞丹霄之間, 悅于觀者, 生不出鄕里人也."

或曰:"天下之可駭者四, 天下之可樂者亦四." 相與大笑而不復問.

○ 東曰巢松亭.

○○○ 巢松亭記[1]

"客有入王屋之山. 行岩谷間, 聞有笙磬鳴鶴之聲起於東. 尋其聲而東, 未數百步, 其聲又在西. 俄而南, 又俄而北. 大驚异之, 而莫之得. 捨而之數里外, 聲漸不聞, 遂忘之. 明日至一所, 有屋宇若古寺觀者. 堂有笙磬皆自鳴, 庭鶴群唳. 然至入門不聞, 造其庭而后裂裂然盈乎耳. 將還, 路

---

1 巢松亭記: 규장각본, 동양문고본, 버클리본엔 '記'가 있고, 연세대본엔 '記'가 빠졌다.

徑皆大異來時. 數折而后益眩惑, 欲復訪其屋, 而不可得. 冀其爲夢而亦
不醒. 子知此之爲何地耶?"

"吾雖不知此地之所在, 亦彷彿乎知此地之影也. 吾老園東潭雙瀑, 此
地之影也."

"北山距王屋萬里, 東潭無鶴及笙磬. 巢松亭新築, 大不類古寺觀. 其
路徑又甚易辨, 人皆屢出入無惑. 奚以謂之此地之影也?"

曰: "是故, 謂之此地之影也. 若同則非影也."

或曰: "王屋無此境. 客妄也."

曰: "王屋固無此境, 客亦非妄也. 余亦嘗疑其妄. 登巢松亭觀東潭雙
瀑, 然后知其非妄也."

○ 未至西潭一里而北, 皆奇峰攢翠·岫壑匼匝. 多奇花異木·珍禽怪獸. 如
是者又三四里, 而得最奇處. 地平衍, 土色如玉屑. 環以石壁, 壁色皎潔, 潤滑
瑩澈, 可照毛髮. 罅隙不生草卉. 惟前及右有小洞, 可出入. 總名之曰三光洞天.

○○○ 〈三光洞天賦〉

眞靈貟擧而難詰, 譚虛者誕漫而誑人.

三元·大有·九室·曜眞之天, 癡夫之所甘心焉.

然皆

截蹻山海,

騖越區域,

經怖巇踔冥迥,

騁空曠搜奧詭,

而后或彷彿乎其什一.

故

神鶩而復旋,
思竭而半廢.
寄名乎疑信之界,
侈辯乎有亡之際,
如是焉而止矣.
孰知夫
介然之頃,
夷然之會,
神秀融朗, 不可摸繪,
閬風爲市衖,
瀛海爲渠澮
者.
邇則几席, 遠則編駒,
坦則庭階, 截則虛無,
顯則康劇, 幽則金樞.
欲譚而喑, 墮涎如酥.
鎔思畢精, 假藻辭而嗟吁.

偉哉!
夫元虛之造化兮, 發雕鎪於天然,
運奇想於玄樞兮, 刻妙有於渾圓.
匪思慮之所覃兮, 匪夢寐之可緣.
列紛紛之衆界兮, 盍觀夫羅空之萬躔?【壬十七】
據有萬之一區兮, 尙睒睗乎九宇與八埏.
籌短乎崑崙之邱,
知窮乎翠嫣之泉.

道突窔之納芥兮, 騃虛廓之抱乾.

孰霈澎而噫璣,

孰罋嵷而湧蓮?

籠萬耀而未暇兮, 忽遷此三光之洞天.

盖其

遐深窈篠, 赫儵曈曨,

舔礑匼匿, 谽谺穹崇,

尋幽篴之鑿環,

闢衆象之攸宮.

隣上清之一氣兮, 羌不辨其南北與西東.

砥嵒阿之齗齶兮, 剔林卉之蒙籠,

悟融結之自然兮, 亮不煩夫鬼工.

碎瓊璐而爲壤兮, 若鋪雪而展練,

骿珪璧[2]而攉[3]寠兮, 液琉璃而瀉㵼.

炗炫炫其未定兮, 歷翕闢而無變.

霄霧如旭, 曼夜如午,

窮陰如春, 荒墟如宇.

蔚爲嘉木, 錦樾綺圃,

珊柯碼葉, 礑瑠宗瑀.

翽爲奇禽, 紫頂綠羽,

霄騫霞巢, 簫嘹烟舞.

崖皆星書, 硐則龜文,

紀穹詁隆, 籀虹篆雲.

2 璧: 연세대본과 버클리본, 동양문고본엔 '璧'으로, 규장각본엔 '璧'으로 되어 있다.
3 攉: 연세대본엔 '攉'로, 규장각본, 동양문고본, 버클리본엔 '攉'으로 되어 있다.

吁心目之所恣, 鏡溟溟而無垠,

攬寥天而有餘, 橫六氣之氛氳.

誨靈颸而息威兮, 停藹暉而助欣.

駿五龍之兢兢兮, 拊九鶬之閒閒.

戴七寶之崇弁兮, 翳六銖之脩袳,

折若木而拄杖兮, 屣瀛濤之縠紋,

訪泰虛之神府兮, 躡絳霄之颺芬.

攀疎楹與曲欄兮, 交樗梲之綺繡,

詔玄鶴而繼歌兮, 匪九皋之可聞.

此猶

寫形而遺神,

談色而忘境,

宏辯之所不可極,

大照之所不可省.

意集之而彌邈, 象晦⁵之而愈炳,

長卿搦管而憋悗, 利瑪握竿而眩煢,

將謂之寰域之內乎,

將謂之溟渤之表乎?

將謂之丸丸地毬之界乎,

將謂之機機衆星之杪乎?

此固

馮虛歙滲,

靖恬澹泊,

---

4 若: 연세대본엔 '苦', 규장각본, 버클리본, 동양문고본엔 '若'으로 되어 있다.
5 晦: 연세대본엔 '誨', 규장각본, 버클리본, 동양문고본엔 '晦'로 되어 있다.

物物而不物於物者所敖嬉,

又奚可

誥木石之頑,

警醉夢之癡,

噂噂呢呢, 啓羣鬧而興衆疑哉!

悵獨立於霞標, 與絪緼而相宜,

聊逍遙以偃蹇, 卒歲年而無思.

◯因其前洞, 爲石扉, 其中周千餘步. 建一所麗宇, 縹緲參雲霄. 大施丹碧, 具軒楹樓榭. 名曰太虛府. 其隙地則植以異卉, 列以奇石.

○○○ 〈太虛府記〉

混元之始, 敻乎不可究已. 或傳大世界中有仙眞洞天八九十所. 而其指率荒幻眩惑, 莫適攸循. 然意其多在乎山州海縣人境之邇, 而人自不能至, 匪盡邈踔乎溟渤之表, 輶蹄之莫繇逮也.

樵之人入山, 遇石壁數仞. 正中竪罅如斧剖, 如兩石相麗. 其罅堇容側掌. 瞥然若有導之者, 遂入其中. 山谿秀絶, 有樓闕丹綵, 仙人居之. 旣出, 罅合如故. 好事者聞之, 聚人夫, 以大鉞脩鑱破其壁. 眡之, 荒荒然斷麓而已.

謂是非荒荒然斷麓, 不可, 謂是無仙人樓闕, 不可. 謂樵之人迷於幻眩於眼, 不可. 謂好事者無緣而仙避之, 不可. 謂之本有而倏無, 不可. 謂之本無而暫有, 不可. 今室屋之間·牖壁之隙, 不能容蟲翼. 決其牖毁其壁, 則空空也. 苟有由其隙入者, 安知不遇山谿樓闕仙人之居也? 人有夢遊異境者. 謂是境有其眞, 不可. 謂無其眞, 不可.

太虛先生自治旣粹. 所過咸化, 神明普洽, 萬靈蒙釐. 三光獻寶, 衆祇納祥. 壤鋪碎璣, 泉湧膏玉. 卉葉丹翠, 絢繡于素. 禽翔鷇啄, 碧翎朱冠.

鏡機君進曰: "先生之化至矣, 古未有也. 旣造夫眞, 宜賁厥宅. 意者, 委羽・句曲修局宇而娸其居. 盍有命諸?" 太虛先生謙讓不循, 卽其所至而營之. 功旣訖, 其曲折斜迤, 幽奧通徹, 軒擧狃驦, 調綵瞱炫, 蓋委羽句・曲所未覯也.

謂是府八九十所之一, 可也. 謂是府不在八九十之數, 亦可也. 謂是府樵之人所至, 亦可也. 謂是府膈壁之隙, 亦可也. 謂是府或人之夢遊, 亦可也. 謂之皆非是, 亦可也. 故謂之'太虛府'也.

○ 其北, 緣壁有澄泉. 臨泉築臺, 護以深松. 馴五鶴, 其色或靑或黃或白. 名曰絳霄臺. 登焉以望, 則北山三十六峰矗矗環立, 如揷芙蓉.

○○○ 〈絳霄臺銘〉

虹霞在履, 星月在袖,
俯攬九垓, 孰融孰秀.
在宇宙內, 納一宇宙,
居此萬年, 尙若始覯.
究亦無言, 亦未須究,
談觀矜聽, 莫如爾陋.
靈凡之剖, 萠復與姤.
試問指端, 如素如繡.

○ 壁之右洞亦有局. 繇玆以出, 其勝大略如前. 洞外而未二里, 有道觀在竹林中. 黃冠四五人居焉. 須眉皆皓雪, 能談黃白飛昇之術. 與之語, 若將遺外形骸飄然于煙霞間也.

200

○○○ 〈竹林道觀詩〉

蒼蒼脩竹裡, 奇石對成局.

日月交雙牖, 雲煙共一庭.

小鑪晨奏火, 疎磬夜生聽.

室淨噓輕霧, 坥危步遠星.

雪華雙鬢白, 霞氣兩瞳青.

林鳥同馴性, 谿魚互忘形.

挑鐙修紫籙, 洗硯註丹經.

侶鳳遊西極, 呼鵬度北溟.

入山今幾劫? 閱世已千齡.

願與開襟抱, 陶然共醉醒.

抱琴松謖謖, 看釰水泠泠.

內視能朝徹, 逍遙養性靈.

⁶○ 大抵洞之東, 多岩壁谿瀑之觀, 洞之西, 多崗巒林樾之趣. 曲曲奇秀, 殆
不可名狀. 而洞之北, 則山路轉險. 又三四里而爲北山. 北山固多勝處, 而盖
未有如吾老園者.

十.

東潭之洩而南流者, 經宅之東, 少西折而南, 爲大溪, 可舟. 距宅可二里. 名

---

6 이 단락에 대한 구분이 연세대본, 동양문고본엔 내려쓰지 않았고, 규장각본, 버클리본엔
내려써서 앞의 〈죽림도관시〉와 나란히 썼다.

曰東溪. 多芙蕖蒲芡. 緣谿之岸, 花柳雜植. 每春秋佳時, 士女以彩舫載歌舞絃管而遊者, 相續. 至靜夜月明, 水鳥飛鳴. 翩躚嘹唳, 而多不知名者.

○○○ 〈東溪詩〉【學盦童子作】

迥聞歌管發, 凉露濕羅衣.
宿雨濤聲大, 微風樹影稀.
沙明鷗獨立, 山靜鳥雙飛.
悵望溪南宅, 閒雲半掩扉.

○隔溪多人家, 以漁釣爲生. 間有高人處士, 可往來.

○○○ 〈質聘〉

東溪之南有處士, 曰東溪處士. 學廣志敻, 外臞中泰. 世不聞其名, 而亦不願其聞乎世. 崇道迻書, 皓鬢而曼額. 徵旌禮縟, 不及巷壑, 喟碩藹之耄棄, 悼營逐之攘賢. 設辭以恢其志, 盖三嘆乎其卒篇云.

詢逗子謁於東溪處士曰:

"竊聞, 先生抱環茹璧. 蒐典庋憲, 孕智仁於胃肺, 稼詩禮於刪腕. 毀齒浹習, 白首不息, 德靡不弘, 才靡不克. 然猶甘葵芹如鯖臛, 處稈屋與蒲戶. 曁魚鳥而儔侶, 若果忘而終古. 豈君子爲學, 其意端止是哉? 博文究道, 盖將以祿斯世也. 今先生視世如六合之表, 視民如物類之外. 竊謂仁人之用心不如是慇.

況粗麻綻絮, 砭肺之利刃, 虀糗齷苦, 賊脾之厲疢. 破牖壞堁, 劀骼之颸蝮, 孤愁滯鬱, 鑠神之鴆毒. 吾恐先生之不徙軌, 無以全其所受之天. 而狂癲走號, 渴死于無極之泉, 題墓曰'癡', 稽禮者弗咷于筵. 先生將奈

202

何哉?"

處士曰: "噫! 願聞子之敎."

詢迓子曰:

"吾聞, 朝大夫將達先生之名, 聘以安車, 翼幨跂衡, 館以華屋, 雕礎繢楹. 金玉璣貝, 璹珊玻玕, 鉛臚臁膋, 冶媚都閑, 以養先生之目. 鏗喤沸咽, 左笙右瑟, 以養先生之耳.

閩荔回葡, 熊柿鳳梨, 山貜峽鷟, 海鰻江鯢, 肥羍之尾, 腴牸之胃, 仙罏鐵笠, 脂炭如沸. 又有. 飯調棗栗之蜜, 麪糅蔬肉之薑, 胡麻蔈屑捴圓鏤寶, 絳蓼皛饊五采繽郁, 鏒花鳳于折鱐, 孕海松於甘鰒, 醞蒼篋之瀝滴, 刣紅露之醲酥. 潮七椀之蟹眼, 煙三登之蚣足. 以是而養先生之口.

重幬複帳, 圍作深房. 卐縩蟾甲, 通朗閬皇. 猩毯罽氍, 箭牀紋簟, 簾貫紺珠, 褥錯縹㡓. 又有. 纖紬玉絜, 麗紵金黃, 厚纊雪色, 細袦霞光, 溫溫狐腋, 表以文緞. 晨裌晏裯, 俾宜凉燠, 以是而養先生之體.

檀椅承踞, 銀壺受唾. 綺屏護壁, 樺案鎭座. 圓硯筆山, 龍煤羊毫, 太史粉牋, 騁筆如濤. 又有. 傔奴月髻, 喚以繩鈴, 屣履錯砌, 譽諛盈聽. 以是而養先生之起居.

近則壓肩之輿, 被以豹祖. 遠則夾駿之轎, 檻以龜文. 或蒼駷黑駶, 以振其憊, 或手笻腋扶, 以緩其趣. 以是而養先生之行住.

是固智士之所願欲, 而耆老痀病之所由痊也. 先生豈有意乎?"

處士曰: "否. 僕之居已具是而有裕矣. 僕安之久, 不外慕也."

詢迓子曰: "吾固知先生之不欲耳. 然吾戲語爾. 請莊言之. 吾聞, 朝之大夫知先生博於書也, 將以先生之名聞于宰相, 聘之以束帛加璧, 授以祕書之卿. 發內府之藏七十万袠, 盡與先生, 縱觀而考鑒之. 徒見其標飾之華·䤵裝匣之炫惶, 已業業于心, 而睒睒于眶矣."

處士曰: "子試言之."

詢迓子曰: "繭素縹帛, 其最下者也. 碧籖朱欄, 其甚賤者也. 貼文繡而爲糚, 絨綵線而束卷, 襆緗綺之匭匣, 茜紅牙而貫籤. 貯沈梅之脩皮, 衛華櫨之深檐. 外而視其屋, 再湌而后周. 下而升其甍, 七仞之梯, 三續而五休. 入其中, 虛餘之地, 厪厪乎可旋. 吾恐先生之博, 至是而不能無睒然."

處士曰:"願聞其所藏之書."

詢遒子曰:"僕陋人也, 未之聞其詳焉. 經穿史軌, 焯萬有而鍠億紀者, 不論已. 二酉石室之儲, 得此糟粃, 曉嵐四庫之薔, 得此津涘. 夫三皇五帝, 龍師鳥官之政, 循蚩疏仡, 虹篆龜穟之紀, 『考曜』『含霧』, 散碎而不全, 『洞記』泌『路』, 攊掇而近詭. 復有紫清之煙語·雲笈之丹籤·『宛委』·『夷堅』, 荒唐囈譫. 八紘之外, 『山海經』識而不究, 八風之陬, 『鴻烈解』論而或繆.

僕聞, 茲府之籍, 展之, 而滮滉瀁瀁, 皥曉晶瞳, 如瀾瀧謠眩, 而炤彩戎戎. 迫之, 而崝屴嶞崟, 璘瑩硈硈, 或豊深菱蓻, 若茂樹之繚堅. 或妍嬊葩藟, 若明花之匝幕. 意者, 望獲岳鏗以來, 結繩之治, 龍鳳星官之瑞, 七十二壁之封太山禪梁父, 而司馬長卿以爲'邈哉邈乎不可詰'者歟? 意者, 崇之于九墅之顚, 復之于八極之濱, 仙眞鬼神·雲霓電雷之情狀, 海嶽洞天, 鳥獸草木, 殊形異俗之民, 寥天一子所稱'聖人存而不論'者歟?"

處士曰:"是固吾胸中之所盡有也. 然吾固有之, 而不數數考也. 以爲不如吾六經之原橐也. 且子之說謊, 匪老走所願聞者."

詢遒子曰:"吾固妄言也. 古之人三轉而后言始衷. 今而后誠言之, 可乎?"

處士曰:"諾."

詢遒子正色束衽, 更坐而言, 曰:"朝廷有八方之事. 盖將詢旴風採土俗也. 苟非彊明辯智, 多學而直中者, 不可以輶是選. 朝之大夫將達先生之名以命之. 先生宜是之樂聞也."

處士曰:"吾固樂聞之矣. 敢問其所職."

詢遒子曰:"採訪重職也. 然今國家理教休融, 耆孺寧謠, 長吏清公. 田野寡嚚, 診呻櫛伏. 洵不足以盡先生才. 顧先生, 恢平夙之大蘄願, 慊寢覺之大究想, 在此往也."

處士曰: "願聞之."

詢遐子曰: "美矣富矣! 言不究矣. 吾恨吾舌之訥, 而悶吾談之陋矣. 先生之將是命而行也, 考惠于畎晦, 視俗于衖閭,[7] 在風聲于街衢之謳吟, 觀治理于館郵與道塗. 東薄于海, 西至于豊淵, 北暨于修羅, 南極于漢拏之巓.

職旣遂矣, 命旣宣矣, 于以窮遐矚, 騁壯眺, 括鉅瑋, 搜奧竗. 怳怚之山, 無配於八荒. 迥觀, 其峭削矗拔, 捧珪擢璋. 光瑩皛絜, 雪鏤氷亢. 詣其奧, 則環岩詭壁, 遇之而駴懍. 激泉涵潭, 莅之而爽宕. 攀須彌之塔, 憩摩訶之室. 會万瀑之噴, 掬眞珠之溢. 陟毘盧而謦欬天閶, 臨龍淵而怖慄鬼瞰. 壑谺則磄硼,[8] 谷敞則騂驂. 此列仙諸佛幽秘怪靈之所坎窞也.

繇是而遵于海. 則六觚之石, 其觀也詰聱. 四仙之湖, 其觀也璜璬. 洛山凌波, 其觀也灝遼. 鏡浦竹西, 其觀也怡敖. 翕兎升烏, 浮鯨沒鼇, 萬變張皇, 迭于巨濤. 斯亦窮宙之大快心者.

況西而大同·沸流之綺, 北而摩天·七寶之豪, 南而太白·智異之岳, 釜山·毛羅之渤. 矗石·沒雲之樓臺, 海印·松廣之塔刹. 近而洞陰之八區, 丹邱之三巖, 遠而江關之轇轕, 荒漠之藍毵. 其餘玫玫瑰瑰玓玓瓅瓅之奇, 又不可指摟而牙譚.

先生蘊莊遊之思, 而趾未嘗踐十里外. 驟以是供于前, 吾懼先生之頤籔腕戰, 失于聲而顚于儀, 見笑于人而莫之躅也."

處士微笑曰: "吁! 是豈非吾願也? 顧吾出不蹞步, 而江湖溪山之異境具焉. 苟有意也, 一尺之櫂·三尺之笻, 何千里之不可度也? 且吾環吾短

---

7 閭 : 연세대본, 동양문고본엔 '閭', 규장각본, 버클리본엔 '間'으로 되어 있다.

8 硼 : 𥖁인 듯하나, 정확한 근거를 찾지 못했다.

堵, 塞吾瓮牖, 庭不過尋丈, 室不能舒肘. 子又安知蓬萊之不在吾几左, 崑崙之不在吾枕右? 又奚用節旄之榮, 輻車之快, 以亂吾靖潛澹恬之界爲哉? 子憪矣."

詢遝子, 芒然而不能對, 怒然而若憂, 艴然而若怒, 慄慄然而去.

明日又來, 謂處士曰:

"國之所耦行而不可廢者, 文武爾. 今區宇靖寧, 外內无咎. 甲荒載嬉, 戎在綢牖. 朝之大夫欲薦先生, 爲三軍之帥, 修戣銑, 鍛鋋鈹, 煥塊鎧, 利弩括. 有干將·湛盧, 截兕剸鰐之銛. 有僕姑·黃間, 透犀徹鉄之尖. 小則狼笘·骨朵, 佛機·鈀叉, 大則線硫爆丸, 賁育燔骸.

先生樹崇牙, 建高旟, 張萬幕于大野之表. 交龍鳥章, 爛星爛月. 鼞鼞鑒鑒, 磄磄⁹無絶. 雄帥威校, 鞠拜聽喝. 貅夫蜂卒, 鴈屯蟻列. 于斯時也, 發號則嶽撼筵震, 麾陳則電翕飆歘, 輝光則萬龍灼日, 氣勢則百神護佛. 斯亦書生之快意, 丈夫之奇業.

先生輔盈金版之書, 臆苞司馬之法. 何不受推轂之光命, 講農隙之大獵, 宣少壯之韜奇, 吐胸中之悁悁乎?"

處士曰: "軍旅之事, 僕固未之學也. 且僕有怔忡之疾, 未能也. 然方今, 大化旁達, 疆域如磐. 關墉壯鑰, 楯甲堆巒. 洸洸虎旅, 負耒于畎. 盖將明詩書之義, 修建橐之典, 尚安用凶門之鑿·車徒之選哉?"

詢遝子濊然不悅, 曰: "先生以我爲訊言耶? 僕不敢復掉舌矣."

去數日復來, 告處士曰:

"朝之大夫聞先生不樂武功也, 將以貨賦之事待先生. 先生欲之乎?"

處士曰: "子試言之."

詢遝子曰: "吾邦天下之富國也. 崇山巨嶽, 棊置于域, 金銀銅鐵, 積如瓦礫. 櫂箏之磝, 皆抱璜璧, 濡壤産秔, 燥塏宜稷. 麋芑菽豆, 粟黍秫麥,

---

9 磄磄: 규장각본, 버클리본엔 '磄磄', 연세대본, 동양문고본엔 '磁磁'로 되어 있다.

腥霧獲時, 一畹千斛.

又有. 棉絲苧布之利生, 松梠竹箭之富用. 魚鹽如沙積, 楮紙如泉涌. 十金之家, 庖繼犉胖, 野鷄獒犬, 以飽窮甿. 至若菖苴萵菘, 枳橘柚柑, 棣丹薁紫, 芉肥藷甘, 鲂鯉鱣鱧, 鯊鮪蝦蟹, 龜鼈蜃蚌, 匀珠絢貝, 極天下數万里之所廛具者, 幷蓄乎一方之內. 復有羅都之棱, 甄城之薑. 儴塵戴茸, 蠃牻育黃, 甦人瘵痮, 益人腎腸.

以是之饒, 通其流而啇其洩, 將見國爲林臘戶皆雍邠也. 惟其理匪其材, 制失其節, 尙患田野之不闢, 而倉廩之不實也.

今先生出而居是職. 鉤溢宇之簿券, 撿抗嶽之儲積, 復助徹之正賦,[10] 塞蠹漏之姦伏, 削費冗之無蓺, 寄豐贏於蔀屋. 必又貨轉如車輪, 利溥如瀉水. 山澤之鋼畢出, 人鬼之窖悉起. 不幾季而帑庾狹城邑, 鈔帛委逵路. 稬遵饑饉, 民國咸裕. 〈湛露〉〈鹿鳴〉之饗, 月設于上, 而府不朒, 撞鍾軼獵大酺之娛, 日繼于衒, 而家自足. 寇竊乞丐, 購千金而不可得. 此國家之大功, 而八實之所齊祝也. 先生可起而試之耶?"

處士曰:"僕少嘗學治財之術. 今病善忘而不敢煩. 吾子其爲我辭焉."

詢遝子嗒焉太息. 有間, 曰:

"無已, 則有一焉. 朝之大夫屢欲薦先生而畁以大, 先生皆不肯. 今欲薄試其小者, 姑以安先生之心, 而專利于一陬. 先生將何如?"

處士曰:"子試言之."

詢遝子曰:"民之利病, 長吏之能否司之. 今朝之大夫, 欲奏, 授先生一大郡若州, 統一方而屬之, 不詰其遲敏. 馭吏則剔奸而惠良, 字甿則抑豪而薶窔. 課農則曈睗爲腴田, 節歛則茨屋爲高廠. 育刑則狴無鍵鑅, 泣訟則庭無對曹. 簽牒扵額, 而舞象者不充伍. 館奐其宇, 而操耙者不負土.

10 復助徹之正賦 : 규장각본, 동양문고본엔 '復初助徹之正賦'로 되어 있어서 한 자가 더 들어가 있다.

囂誦序弦, 服佩詩禮. 閭孩畈媼, 稻粟貞悌. 伊祈氏比屋之封, 不斯隆也. 于時, 地獻双丫[11]之麰, 天毗一路之星. 斥黃質黑章于河, 迓德首義翼于坰.

先生澡墨胎之淸, 持戶牖之平. 擴子弓之簡, 撝馮氏之斷. 束而施之園園之一區. 眞驥裹之騄苑囿, 匠石之斸櫼枹. 熙熙乎其不勞也, 恢恢乎其談敖而愉也. 先生將何辭以卻之?"

處士曰: "噫嘻! 是固吾志也. 然吾方有瞽眩之疾, 不能釐細務. 願吾子之爲我辭也."

詢遻子艴然色變, 曰: "以僕之敬先生也, 齋沐而后進, 逡巡而后談. 抒道衷腸, 不敢以絲髮詐. 先生之不我誠也如此, 僕不敢復見矣."

不辭而去.

居數月復來, 卽席而踧, 整袥而瞿. 若欲言而訥者.

處士曰: "視子之容, 若將有以敎我也. 盍宣諸?"

詢遻子曰: "僕多言, 而恒先生之弗頷. 是使僕空言也. 僕固無面目謁先生者. 然僕嘗靖居集思, 齚舌自悼. 悟曩昔之言淺之知先生也. 先生之棄僕者, 宜哉! 俾心責知顏厚恆惄. 雖然, 涵湛之淵無毒魚, 吉人之室無諛[12]辭. 僕尙有一言, 披肝擢膽, 願先生之終聽之."

處士曰: "諾."

詢遻子曰: "朝之大夫知先生不可小受, 將援而置之朝夕納誨之位. 上以弼敏熙, 而迪顯德, 下以匡民生, 而博惠利. 軷旐之下, 徹無不格, 閶闔之外, 達無不暨. 聖厭后以欽濬, 媲令聞於淵宣, 昶顥熏洽, 流祉億年."

語未竟, 處士穆然改容, 曰: "僕五十年劬學績道, 其志顧何在也? 苟有用我者, 詎必三而后幡? 恐老將及, 而智力之未先. 然吾慮短, 不可以決于專. 吾隔溪之隣, 有沆瀇叟者. 偃休乎獜遁之府, 潛泳乎鯤桓之審. 一

---

11 丫: 연세대본과 동양문고본엔 '丫'로, 규장각본, 버클리본엔 '了'로 되어 있다.
12 諛: 연세대본엔 '諛'로, 규장각본과 동양문고본, 버클리본엔 '諛'로 되어 있다.

舉目而盡坱圠之垠. 願與子偕往而詃."

遂以小櫂俱詣焉. 沈瀅叟方杖屨于庭, 見處士, 笑而相迎. 靈曜晃徹, 瑞靄玲透. 衡攬遠盱, 若馳若逗. 回顧其傍, 詢逷子已拔然逸, 不知所走.

○溪之北作一亭, 名曰東溪亭.

○○○ 〈東溪亭記〉

古人賦詩, 寫目之所見一二而已. 所見有山焉, 所見有水焉, 所見有風日雲煙焉, 所見有花木魚鳥焉. 又有所坐者, 或亭閣·或嵒石·或曠野平蕪也. 所接者, 或朋友·或釋道·或漁夫樵叟也. 所觸于懷者, 或喜樂·或憂愁·或感歎·或思想也. 是許多者不能皆寫于詩, 所寫者其中之一二也.

善觀詩者讀之, 必盡知其餘. 某句只寫山水, 而其所坐必樓閣也. 某句只寫花鳥, 而其地必有谿澗, 其日必清朗, 其所對者必好朋友也. 某句只寫漁樵, 而其時必春也, 其日必夕也, 其胸中必憂思也.

若夫觀山水樓臺之記, 則記之所不錄, 路蹊之曲直邇遠, 屋樹之間架面背, 皆森乎目矣. 觀聖賢隱逸英雄奇士之傳, 則傳之所不敍, 容貌毛髮言語咳笑, 皆吾左右矣. 不如是, 不足以讀詩文, 不能使人如是, 不足以爲詩文.

若夫心靈而神朗, 瑩然與千載上合者, 其觀又卓異. 讀張子房遇老人受書, 則知坯上溪川橋路縈廻斷續之形, 老人顏貌身軀之離奇勁瘦, 翯然而儵然者. 讀王徽之雪中訪友, 則知剡溪雪水陂岸之勢, 戴家林徑岩扉之層折嚮負. 是又何待乎寫一二景及記傳之敍哉?

東溪之源, 出北山, 爲三瀑兩潭. 南迤西折, 又南而爲玆溪. 其水猗猗, 其渚岸垠垠. 其花木濃濃, 其禽鳥魚鰵偕偕. 其芙蕖芰菱蒲葦之生也修修. 春之態蘊蘊, 秋之象徹徹. 雨則披披, 雪則璃璃. 築亭以臨之, 疑疑也, 主人與客而登, 翔翔也. 是其寫已多乎一二矣. 聞此語, 而不能如親見溪亭者, 不可使讀『執遂念』.

○ 溪西南流, 未數里入于南江. 南江之勝, 世稱十洲之一. 其水至淸, 無泥滓. 南北渚岸, 曲曲皆異境. 江心傳有老龍, 每霖雨將至, 有五彩交映于浪中者, 龍之角也.

○○○ 〈南江詩〉

江雨新晴水一篙, 江煙漠漠曉生濤.
蛟龍噴霧藏鱗甲, 鷗鷺翻星照羽毛.
兩岸歌聲漁戶遠, 中流帆影海門高.
飛樓抱月仍無際, 逈倚朱欄意獨豪.

○ 江之北又起一樓, 名曰沆瀣樓. 具內外舍, 或移居之. 江之距宅, 盖未三里也.

○○○ 〈沆瀣樓記〉

沆瀣子之宅, 北距山十里, 南距江三里, 西東距湖溪皆二里. 其山水奇麗殆天下所未有. 然沆瀣子嘗品其所居之美, 以山水爲第三.

盖自北山之麓至江溪之南北, 居人千餘家. 其君子皆篤於行藝, 其小人皆勤於業. 孩提嬉戲, 未有不親愛其父兄, 而興僑賤娟無再嫁者. 不孝不友淫婿盜賊之事, 不聞於耳. 從仕者罷官卽歸, 口不言京國事. 其士民不知有理亂祿利. 是其第一也.

北山之岩厓嶮僻, 林木幽深. 而無虎豹熊羆之伏, 三尺之孺昏曉獨宿

于谷. 江無鱷鼉毒魚. 江豚味美而不傷人. 還宅數十里, 無蛇虺蠆蝎蚊蠅
之屬. 嘉卉美木奇禽固不可數, 而蔘芝茯笭鍾乳丹砂, 凡藥物之可已疾
而延生者, 無不足. 是其第二也.

　沆瀣子集玆三美, 與隣里偕享之, 而恨不得公其享于八紘之普也. 然
沆瀣子自居是以來, 體益康氣益和, 動止日以適. 而又未嘗有出入事爲
之煩. 其賓客鄕隣亦莫不熙熙而各有其樂, 不知樂之誰使有也. 于是將
時節燕飮以賀其同樂.

　盖語其樂, 則山水固下矣. 相聚而賀其樂, 則不得不以山水之所爲歸.
是以自山園湖溪以及乎江, 皆有亭榭. 而江又沆瀣子之甚愛者. 故築室
益大以敞, 可容全家. 以其東南之角爲樓凡幾楹, 取其所自號者以名之.
南江之勝不與他江湖等. 往往有可驚異者, 匪言語所可形也. 觀之者不
待告而知, 俗士不可聞也. 故不詳焉.

○宅之西二里有大陂. 周數十里, 名曰西湖. 因南江之餘浸以利民. 浚渠植
荷, 築堤種柳, 其勝大類東溪. 好事者或以爲倍勝於杭之西湖. 遂作三十二景
名目. 今病其累也, 不錄.

○○○ 〈西湖詩〉

　長堤曲曲柳如煙, 百囀嬌鶯語晚天.
　報道晴波高數尺, 笙歌滿載木蘭船. 【春】
　沈沈夏木岸東西, 綠菭靑蒲暗舊蹊.
　港口前宵新雨足, 一雙田鷺對飛低. 【夏】
　西湖八月露華多, 夜靜魚龍聽櫂歌.
　茜色羅裙堤上女, 涉波爭折竝頭花. 【秋】
　眞珠萬樹玉千峰, 鏡面寒濤伏老龍.

知有林端蘭若近, 北風時送數聲鐘.【冬】

○臨湖又有樓, 名曰雲水樓. 亦具內外舍.

○○○〈雲水樓記〉

　　樓臺以眺之遠爲賢, 唯沆瀣子之築皆不然. 凡兩潭江溪之側所起者, 非不皆軒乎耸也. 登之而坐, 謀于目者, 唯境中之勝而已. 竝與其出入之路蹊, 而隱焉若無可往復者. 蓋天之設斯境, 欲使之超然于寰外, 而自成一別區也.

　　然造化之排鋪於物也, 不套乎純同. 必故壞其一角, 迺于雲水樓之西南, 見焉. 蓋其濛然而煙霧, 錯然而錦綺, 若城闕宮殿複疊而邐延, 或曰古帝王都也. 又其黛翠沓合, 若騁若伏, 摎蟉鬱密, 岩谷而林峀者, 或曰隱遁有道之居也. 又其蔓蔓若荒, 衍衍若曠, 叫風而逝哀, 嘹鴈而逗悽者, 或曰古戰場也. 然皆不知其何地, 而不知其爲何代何人之跡也. 或曰: "沆瀣子草史於是樓【丁七】. 史之所書皆古帝王賢臣隱士若征戰之事, 故其書之精積而見也."

　　是樓臨西湖, 樓之築爲湖之觀也. 湖之勝不可以言語詳. 然讀是記, 而不知湖之勝者, 言之雖詳, 亦不知也. 與之登是樓, 而共觀于湖, 亦不知也.

○湖之北近北山之趾. 有古寺, 名神圓寺. 寺之樓眺觀絕遠, 可以把海色. 寺僧某某修行多年, 幾乎大覺.

○○○〈神圓寺偈〉【海居子作】

　　海上有一樓, 樓高海水深.

仰觀天無際, 俯視地無垠.

于飛雲間鳥, 於躍水面魚,

舉目皆色相, 回頭摠虛妄.

寄語龐眉客, 試看庭前樹.

春來百花發, 花落便成果.

○南江之南又多名山. 以距宅遠, 故不具載.

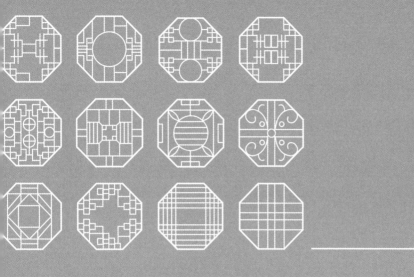

제3관
을乙. 각수념各授念

나라는 육관六官[1]을 두나, 가家에서 범할순 없네.

다만 예와 법, 귀중한 책 상자와 비단 장정의 책들,

여러 가지 일들과 많은 재물을

자제가 나눠 맡네, 종족과 빈과 겸인과 함께.

을乙. 「각수념各授念」을 서술하다.

1.

장례掌禮 4인. 자제와 친척, 빈객 중 예를 잘 아는 자가 한다. [관혼상제의] 사
례四禮와 집안의 잡다한 의례들을 관장한다. 일이 있을 때면 고찰해서 도와
시행한다.

○○○ 〈장례에게 하는 경계掌禮箴〉

관혼상제는 참으로 중대한 예이니,

일상과 행동에 모두 질서가 있다.

예禮는 공경이 주요, 규정은 말단이니,

조금 달라도 실질을 해치진 않는다.

마음이 보존되면 실수 없으니, 잘못은 방심에서 생기네.

바깥의 몸가짐 살펴 내면의 수양과 부합하게 하라.

그러므로 전전긍긍 오직 어긋날까 두려워하니,

소상小相²을 세워, 돕게 하고 독려하게 하라.

자신을 단속하지 않고 어찌 남을 도울까,

글벗詞朋이 경계를 맡아, 엄숙하고 공경하라³ 고하네.

---

1 육관(六官): 주(周) 때 국정을 분장하던 여섯 종류의 관직이다. 천관총재(天官冢宰)·지관사
도(地官司徒)·춘관종백(春官宗伯)·하관사마(夏官司馬)·추관사구(秋官司寇)·동관사공(冬官
司空)의 총칭이다.

2 소상(小相): 상(相)의 겸칭이다. 상(相)은 제후의 제사와 회맹 때의 의식을 맡은 관리이다.
『논어』「선진(先進)」에 "종묘의 일은 회동과 같으니, 장보를 단정히 하고 소상이 되길 원한
다(宗廟之事, 如會同, 端章甫, 願爲小相焉)."라는 말이 있는데, 이에 대해 주희는 "상은 군의 예
를 돕는 자이니, 작다고 한 것은 겸칭이다(相, 贊君之禮者. 言小, 亦謙辭)."라고 해석했다.

3 엄숙하고 공경하라: 원문 엄인(嚴寅)은 '엄공인외(嚴恭寅畏)'의 준말이다. 천명(天命)에 따
라 스스로를 다스린다는 뜻이다. 『서경』「주서(周書)·무일(無逸)」에 "옛날 은왕 중종이 엄
숙하고 공손하고 공경하고 두려워하며 천명으로 스스로를 다스리셨다(昔在殷王中宗, 嚴恭

2.

장훈掌訓 3인. 빈객 중 단정하고 덕이 있는 사람으로 정한다. 자제들을 훈육하고 잘못과 실수를 바로잡고 고친다. 주인에게 과오가 있을 때도 거리낌 없이 직언한다.

○○○ 〈장훈에게 하는 경계掌訓箴〉

이 사람의 직분은 덕을 알리고 허물을 고하는 것,
허물이 고해지지 않으면, 네 옷과 밥이 부끄러우리라.
기왕 남의 허물 고했으면, 자신에게도 없어야 하니,
반성해 보아 있으면, 네 혀와 이가 부끄러우리라.
이 사람이 돕는 이는 노인과 어린아이이니,
한 달 동안 나아진 게 없고, 일 년 동안 예전과 같다면
이는 누구의 허물인가? 이 직분을 감당할 수 있겠는가?
한 선비[4]가 경계를 맡아, 감히 충정을 고한다.

3.

문우文友는 정해진 숫자가 없다. 경전과 역사를 토론하고 시문을 창화하는

寅畏, 天命自度)."라는 말이 있다.
4 한 선비 : 원문은 '일사(一士)'이다. '한 선비' 혹은 '일개 선비'라는 말이지만, 진(晉) 도잠(陶潛)이 〈의고(擬古)〉 시에서 "동방에 한 선비가 있어 입은 옷 항상 남루하니, 한 달에 아홉 끼니 먹고, 십 년을 관 하나로 쓰네(東方有一士, 被服常不完, 三旬九遇食, 十年著一冠)."라고 했다. 이후 '일사'는 독특한 뉘앙스를 띠어서, 대체로 깨끗한 마음을 잃지 않고 사는 올곧고 어진 선비라는 뜻을 지닌다.

일을 관장한다. 간혹 자제들과 함께 공부하기도 한다.

○○○ 〈문우에게 하는 경계文友箴〉

넓고 넓은 세상, 그 처음에 무엇이 있었나,

소리는 기氣에서 생기고, 꽃은 열매로부터 얻네.

저 푸른 하늘, 어느 게 별이고 어느 게 은하수인가?

강은 물결치고 산악은 검푸르며, 초목으로 꾸미고 옥돌로 빛낸다.

전모典謨⁵는 찬란하고, 풍아風雅⁶는 웅장하게 울리니,

모두 합해 '문文'이라 하니,⁷ 이름과 실제가 일치한다.

예·음악·활·승마⁸는, 오색이 섞인 것 같고,

옛날은 가고 오늘이 오는 것, 사철의 바뀜 같네.

이것들 모두 천하의 지극한 '문文'이지만, 모두 '문文'이 있고서야 기록

되네.

문은 이理를 위주로 하나, '문'이라 하지 '이'라 하지 않고,

문은 기氣를 귀히 여기나, '문'이라 하지 '기'라 하지 않는다.

문으로 신神과 통하나, '문'이라 하지 '신'이라 하지 않으며,

---

5 전모(典謨) : 『상서(尚書)』 중 「요전(堯典)」, 「순전(舜典)」과 「대우모(大禹謨)」, 「고요모(皋陶
謨)」 등을 아울러 칭하는 말이지만, 성인의 경전을 말한다.

6 풍아(風雅) : 『시경』의 「국풍(國風)」과 「소아(小雅)」, 「대아(大雅)」를 가리킨다.

7 모두 합해 '문(文)'이라 하니 : 앞에 서술된 내용은 천문(天文)·지문(地文)·인문(人文)으로,
모두 '문'이다.

8 예·음악·활·승마 : 육예(六藝) 중 네 가지를 거론했다. 『주례(周禮)』 「지관(地官)·대사도
(大司徒)」에 "향(鄉)의 세 가지 일로 만민을 가르쳐서 빈(賓)으로 천거했다. 첫 번째는 육덕
(六德)이니 지(知)·인(仁)·성(聖)·의(義)·충(忠)·화(和)이고, 두 번째는 육행(六行)이니 효
(孝)·우(友)·목(睦)·인(姻)·임(任)·휼(恤)이며, 세 번째는 육예(六藝)이니 예(禮)·악(樂)·
사(射)·어(御)·서(書)·수(數)이다(以鄉三物, 教萬民而賓興之, 一日六德, 知仁聖義忠和, 二日六行,
孝友睦姻任恤, 三日六藝, 禮樂射御書數)."라고 했다.

문으로 도道를 꿰나, '도'라 하지 않고 '문'이라 한다.

이 명칭을 이해하는 자, 문장을 말할 수 있으니,

덕德으로만 통솔하며, 예禮로써만 거느린다.

아름답지만 사치하진 않고, 요동치나 옮겨 가진 않으니,

그 바탕質이 없으면, 무늬文를 어디에다 베풀까?[9]

오직 바름과 통달함, 오직 공경과 조화로,

서로 따르고 짝하니, 조목은 달라도 과목은 같다네.

이 또한 천하의 지극한 문이니, 모두 합해 '문'이라 부른다.

못난 벗이 경계를 맡아, 감히 문인에게 고하네.

4.

담우談友는 정해진 숫자가 없다.

○○○ 〈담우에게 하는 경계談友箴〉

담론은 그칠 수 없지만, 담론이 끝까지 가도 안 되고,

담론은 억누를 수 없지만, 담론에 탐닉해도 안 된다.

간결해야지만 침묵은 안 되고, 화락해야지만 희롱은 안 된다.

삼가야 하지만 숨겨선 안 되고, 분방해야지만 틀려선 안 된다.

못난 선비가 직언을 맡아, 감히 세 유익한 벗[10]께 고하네.

---

9 그 바탕[質]이 …… 어디에다 베풀까?:『논어』「팔일(八佾)」에서 공자가 말한 '회사후소(繪
事後素)'의 다른 표현이다. '회사후소'란 그림을 그리려면 먼저 바탕[質]에 분칠을 해서 희
게 한 다음에야 색채를 가해서[文] 그림을 그릴 수 있다는 말이니, 먼저 아름다운 인격적
바탕이 마련되어야 예와 악 등의 문식(文飾)을 가할 수 있다는 뜻이다.

5.

장헌掌憲 2인. 친척과 빈객 중 여러 대에 걸친 우호가 있는 사람이 한다. 노비의 상벌을 맡는다.

○○○ 〈장헌에게 하는 경계掌憲箴〉

관대하라! 박절하게 말고, 엄정하라! 함부로 하지 마라.
두려워하되 원망하게는 말며, 은혜를 입히되 찬송케는 마라.
울타리 안에선 시끄러운 소리 없고, 곁채에선 다툼이 없게 하라.
곧은 벗이 판결을 맡아, 감히 빈객과 겸종傔從[11]께 고한다.

6.

장장掌藏 1인. 자제와 친척이 한다. 집안에 전해 오는 보물과 도서, 그릇이나 애장품 따위를 관장한다.

○○○ 〈장장에게 하는 경계掌藏箴〉

왕씨에겐 담요와 솥,[12] 위씨에겐 홀과 구[13]가 있었으니,

---

10 세 유익한 벗 : 『논어』「계씨(季氏)」에 나온다. "유익한 벗이 세 가지가 있고, 손해 되는 벗이 세 가지가 있으니, 벗이 정직하고, 신실하며, 문견이 많으면 유익하고, 벗이 겉치레만 잘하고, 유순한 태도만 잘 지으며, 말만 잘하면 손해된다(益者三友, 損者三友. 友直, 友諒, 友多聞, 益矣. 友便辟, 友善柔, 友便佞, 損矣)."

11 빈객과 겸종(傔從) : 원문은 '빈종(賓從)'이다. '내빈과 수행원' 등 여러 가지로 해석할 수 있으나, 빈객과 겸종으로 풀었다. 겸종(傔從)은 청지기이다.

하물며 그림과 서적으로 남기신 교훈이 끝나지 않았음에랴!

더러워지고 해지면 게으르다 하겠고, 빗장을 닫아 두면 잊어버린 것
일세.

거북 껍질 깨지고 외뿔소 나온다면,[14] 그 책망을 누가 감당하랴?

풍인風人[15]이 판정을 맡아, 감히 소장을 담당한 이께 고하네.

7.

장산掌産 3인. 친척과 빈객이 한다. 한 사람은 논밭의 수확을 맡고, 한 사람

---

12 왕씨에겐 담요와 솥: 왕씨는 동진(東晉)의 명가인 왕희지·왕헌지의 집안을 가리킨다. 『진
서(晉書)』「왕헌지전(王獻之傳)」에는 왕씨 집안의 오래된 담요와 관련된 이야기가 전한다.
"헌지가 밤에 서재에 누워 있는데 도둑이 그 방으로 들어왔다. 도둑질이 끝나자 헌지가
천천히 '도둑아, 푸른 담요는 우리 집안의 오래된 물건이니 그냥 두는 것이 좋겠다.'라고
했다. 도둑 무리가 놀라 달아났다(獻之夜臥齋中, 而有偷人入其室. 盜物都盡, 獻之徐曰: '偷兒, 靑
氈我家舊物, 可特置之.' 群偷驚走)." 왕씨 집안의 솥[鼎]에 대해선 미상이다.

13 위씨에겐 홀과 구: 위씨는 당의 위징(魏徵) 집안을 가리킨다. 손광헌(孫光憲)의 『북몽쇄언
(北夢瑣言)』에 위징의 홀(笏)에 관한 이야기가 있다. 당 문종(唐文宗)이 위징의 후손인 위모
(魏謨)를 우보궐에 봉하려고 하면서 위모에게 물었다. "'경의 집에 어떤 책이 있는가?' 모가
'집안에 서적은 전혀 없고, 오직 문정공의 홀만 남아 있습니다.' 했다. 문종이 그것을 가져
오게 했다. 정담이 곁에 있다가 '사람이 중요하지 홀이 중요한 것이 아닙니다.'라고 하자,
문종은 '경은 전혀 모르는구려. 단지 〈감당〉의 뜻이지, 홀을 요구하는 것이 아니오.'라고
했다(又問謨曰: '卿家有何圖書?' 謨曰: '家書悉無, 唯有文貞公笏在.' 文宗令進來. 鄭覃在側, 曰: '在人不
在笏.' 文宗曰: '卿渾未曉, 但〈甘棠〉之義, 非要笏也')." 문정공은 위징의 시호다. 위씨 집안의 구
(球)에 대해선 미상이다.

14 거북 껍질 깨지고 외뿔소 나온다면: 간수를 잘못해서 귀중한 것을 잃는다는 뜻이다. 『논
어(論語)』「계씨(季氏)」에서 유래한다. 전유(顓臾)를 치려는 노(魯)나라 계씨(季氏)의 계획
을 저지하지 못한 염유(冉有) 등을 힐난하면서 공자가 한 말이다. "호랑이와 외뿔소가 우
리에서 탈출하고, 거북 껍질과 옥이 궤 속에서 망가진다면, 이는 누구의 잘못인가?(虎兕出
於柙, 龜玉毁於櫝中, 是誰之過與?)"

15 풍인(風人): 고대에 민가와 풍속을 채집하여 민풍을 살피던 관원이다. 그 역할이 뒤에는
시인에게 넘어갔다 하여 시인을 일컫기도 한다.

은 재물의 출납을 맡고, 한 사람은 문서를 맡는다. 또 이예吏隷[16] 열 몇 명을 두고, 책임을 맡겨 부린다. 여러 전장田庄의 마름으로 나눠 보내기도 한다.

○○○ 〈장산에게 하는 경계掌産箴〉

옛날엔 부유하면 어질지 못하다 했지만, 나는 부유하지 않으면 어질지 못하다 한다.

많이 모으는 것은 지知요, 취사를 살피는 건 의義다.

절제해 사용하는 건 예禮요, 모아서 베푸는 건 은혜惠다.

인색하지 않음은 용기勇요, 넘치지 않음은 청렴廉이다.

작은 탈루에 가혹하지 않음은 너그러움寬이요, 각기 맡은 바가 있는 것은 엄정함嚴이다.

출납에 장부가 있는 것은 문文이요, 감독에 위엄을 보이지 않을 수 없음은 무武이다.

합해 말하면 인仁이니, 진정 온갖 아름다움美의 창고이다.

이것을 알아야

이 직책에 있을 수 있으니, 참으로 작은 재주로는 받들 수 없다.

물정 모르는 선비가 가르침을 맡아, 감히 빈객과 벗들에게 고하노라.

8.

장서적掌書籍 3인. 빈객이 한다. 장서를 맡는다.

---

16 이예(吏隷) : 원래는 지방 관아에 딸린 아전과 관노를 아울러 이르던 말이다. 홍길주는 이 단어를 집사나 청지기 이하 심부름꾼에 이르기까지, 집안일을 맡아보거나 사역되는 사람들을 다양하게 일컫는 말로 사용하고 있다.

○○○ 〈장서적에게 하는 경계掌書籍箴〉

책 질이 어지럽고, 장부의 기록이 소홀하고,

빌려주고 잊어버리거나, 도둑 맞고도 느긋하거나,

비바람에 더럽혀지거나, 좀 벌레에게 상하거나,

이 중 한 가지라도 있으면, 이는 누구의 허물인가?

주인이 책망하지 않아도, 어찌 부끄럽지 않을까?

동료가 간쟁을 맡아, 감히 서적 맡은 이께 고하네.

9.

장기록掌記錄 10인. 자제와 빈객이 한다. 그중 문식이 제일 뛰어난 한 사람
이 총수總修를 맡는다. 아홉 사람은 주인의 언동, 빈객들의 이야기와 토론, 그
리고 집안의 모든 일을 나눠서 기록한다. 한 해가 끝나면 총수가 취합해서
정리한다.

　○주인에게 저술이 있으면 옮겨 베끼는 역할도 맡는다.

○○○ 〈장기록에게 하는 경계掌記錄箴〉

간략하나 소홀하지 않고, 자세하나 늘어지지 않아, 법도에 맞추며,

은근하나 아첨하지 않고, 정직하나 폭로하지 않아, 사실에 근거하라.

나태하면 버려두게 되고, 둔하면 정체되니, 부지런하고 민첩하게 하며,

치우침은 사심에서 오고, 급하면 방자하게 되니, 공정하고 삼가라.

이런 여러 장점을 갖추고, 이런 여러 단점을 없애면,

비서각祕書閣[17]도 감당하리니, 하물며 이 한 집안이랴.

어리석은 늙은이가 교정을 맡아, 감히 붓 잡은 이에게 고하노라.

10.

장의약掌醫藥. 용수원用壽院의 의원들이다【갑8】. 더해서 종 열 명을 둔다.

○○○ 〈장의약에게 하는 경계掌醫藥箴〉

저도 모르는 것을 강행하면, 사람을 구덩이에 밀어 넣고,
잘난 척 미혹을 고집하면, 사람을 칼로 찌르게 된다.
생각나는 대로 하고 살피지 않으면, 사람에게 독을 주고,
가난하고 천한 이를 소홀히 여기면, 사람을 활로 쏘게 된다.
조제를 조심하지 않아, 약재가 적절하게 선택되지 않으면,
영험한 삼이 비상이 되고, 자지가 망초가 된다.[18]
동포의 생사를, 차마 아이들 장난처럼 다루랴.
사람을 많이 해쳤으니, 제 몸으로 그 재앙을 받으리니,
온갖 괴상한 귀신들이, 네 서까래와 문미 사이에 있으리라.
자애로운 벗이 풍간諷諫을 맡아, 감히 의사에게 고하노라.

---

17 비서각(祕書閣) : 원문은 '목천(木天)'이다. 목천은 한림원(翰林院)의 별칭으로, 당 시대에 한
림들이 있던 비서각 건물이 가장 높고 컸으므로 그렇게 불렀다.
18 영험한 삼이 …… 망초가 된다 : 삼과 자지(紫芝)는 귀한 약재이고, 비상(砒霜)과 망초(硭硝)
는 광물질의 약재로 독약의 일종이다.

11.

장삼재원掌三再院【갑8】 1인. 친척과 빈객이 한다. 이예吏隸 10명을 둔다.

○○○ 〈장삼재원에게 하는 경계掌三再院箴〉

넓지만 집약할 수 있고, 공평하나 선택할 줄도 알며,
절제하나 넉넉할 수 있고, 베풀지만 축적할 수도 있다.
그런 뒤에야 이 원을 맡을 수 있으니, 그 임무가 또한 무겁지 아니한가?
어리석은 늙은이 권면을 맡아, 감히 일을 받든 이에게 고한다.

12.

진체관津逮館의 문사 중【갑8】 더욱 박학한 사람 두셋을 골라 관장館長으로
삼는다. 또 이예와 공장工匠 수십 명을 둔다. 저술한 것이 있으면 즉시 베껴
쓰거나 인쇄하게 한다.

○○○ 〈관장에게 하는 경계館長箴〉

매승과 사마상여[19] 화려를 자랑했고, 팔공[20]은 마음껏 꾸몄지만,

---

19 매승과 사마상여 : 매승(枚乘)과 사마상여(司馬相如)는 한(漢)의 사부(辭賦)의 대가이다. 둘
   다 극도로 화려한 아름다운 문장으로 유명하나 특별한 정치적 치적은 없다.
20 팔공 : 문학을 애호하던 한(漢) 회남왕(淮南王) 유안(劉安)의 문객 중에, 소비(蘇非)·이상(李
   尙)·좌오(左吳)·전유(田由)·뇌피(雷被)·모피(毛被)·오피(伍被)·진창(晉昌) 여덟 사람을 '팔
   공(八公)'이라 따로 일컫는다. 유안의 궁정에 기거하던 학자와 문인 중에는 당시 한 조정
   이 추진하던 중앙집권정책에 반발하는 자가 많았고, 그 때문에 유안도 모반의 음모가 있

문장이 세상을 비추지 못하고, 임금을 보존하지 못했네.

경전을 높이고 역사로 도우며, 큰 도를 표준으로 해야,

간혹 내놓는 것이, 우아하고 고상하며 풍성하게 빛나리.

그것으로 주인의 아름다운 덕과 장수를 송축하고,

그것으로 자제를 도와 패옥과 보구寶球[21]가 되게 하며,

그것으로 어리석은 선비를 깨우쳐 옷감과 곡식[22]이 되게 하네.

널리 포괄하고 나서, 다시 깊게 토론하여,

죽간과 등 종이에 드러내고, 배나무·대추나무로 인쇄하니,[23]

무궁세에 은혜를 입히고, 우주를 관통해도 끝나지 않으리.

궤변을 섞지 마라, 졸렬함만 날로 더해 간다.

자잘한 것 줍지 마라, 옥 받침에 조약돌을 올리겠는가?[24]

그대 명예가 모자랄까 두려워, 내 마음 몹시 심란하도다.

필사拂士[25]가 절차탁마를 맡아, 감히 글 하는 노인께 고한다.

다는 혐의를 받아 자살하고 그의 봉지는 몰수되었다.

21 패옥과 보구(寶球) : '패옥(佩玉)'은 관원들이 차는 옥 장식이다. '보구(寶球)'는 보배로운 옥이다. 여기서는 모두 임금을 보좌하는 높은 관리를 뜻한다.

22 옷감과 곡식 : 원문은 '마백숙도(麻帛菽稻)'이다. 삼베와 비단, 콩과 벼로, 먹고 입는 일상의 생필품이다. 여기서는 '쓸모 있는 인재'를 뜻한다.

23 죽간과 등 …… 대추나무로 인쇄하니 : 옛날에 대나무 쪽을 엮거나 등나무 종이를 만들어 글을 썼고, 배나무나 대추나무를 판각해서 인쇄하였기에, 각각 종이와 서판의 대칭으로 사용되었다.

24 옥 받침에 조약돌을 올리겠는가? : 옥 받침[瓏]은 옥으로 된 예기(禮器)를 받쳐 들 때 쓰이는 받침대이다. 의례에서 쓰이는 옥의 명칭과 크기, 옥 받침의 색깔 수는 작위나 용도에 따라 다르다. 『의례(儀禮)』 「빙례(聘禮)」.

25 필사(拂士) : 필(拂)은 필(弼)로, '필사'는 임금을 보필할 만한 훌륭한 선비를 말한다. 『맹자』 「고자(告子)」에 "안으론 법도 있는 세가와 필사가 없고, 밖으론 적국과 외환이 없으면, 그런 나라는 항상 망한다(入則無法家拂士, 出則無敵國外患者, 國恒亡)."는 말이 나온다. 주희는 "필사는 보필하는 현사(拂士輔弼之賢士也)"라고 해석했다.

13.

남자 종에는 집을 지키고 빈객을 응접하는 자가 있고, 창고를 맡고 열쇠를 관리하는 자가 있고, 문을 지키고 외부의 침입을 막는 자도 있고, 회초리와 채찍을 들고 목축을 맡는 자도 있다.

여자 종에는 바느질하고 베를 짜거나, 음식을 만들고, 의복을 세탁하고, 제사를 받들고, 곳간 열쇠를 관리하는 등의 여러 직분이 있다. 모두 사람 사는 집이라면 늘 있는 일과 연관된 것들이니, 지금 다 기록하지 않는다.

○○○ 〈남자 종에게 하는 경계奴箴〉

열심히 창고를 지켜라, 기물이 없어지면 네가 훔친 것이다.
조심스레 응대해라, 빈객이 노하면 네가 사나운 것이다.
재빨리 달려가라, 일이 엎어지면 네가 함부로 한 것이다.
헤아려 일을 처리해라, 재물이 줄면 네가 탐한 것이다.
씩씩하게 수비하되, 조급히 끼어들지 마라.
엄숙히 호위하되, 시끄럽게 의기양양 마라.
술주정이나 싸움은, 물과 불을 밟는 듯 여겨라.
주인을 믿고 남을 깔보면, 주인의 복이 줄어든다.
작게는 볼기를 맞고, 아파 소리치며 빌 것이고,
크게는 축출되어, 유리걸식 궁하고 괴로울 것이다.
직분에 삼가 애쓰면, 너를 감싸고 덮어 줄 것이다.
비단을 상으로 주고, 돼지고기와 술로 위로할 것이다.
네 패랭이를 벗기고, 갓으로 널 빛나게 할 것이며,
뜰에서 절하는 것 면케 하고, 천한 호칭 피해 주고,
주인의 어린아이, 네게 읍하면서 아랫목에 앉히리라.

네 곳간엔 쌓인 것 있고, 네 음식은 거칠지 않으며,

네 가정을 이루어, 아들딸이 편안하고 좋을 것이다.

누가 착함과 악함이, 끝내 보답받지 못한다더냐?

글하는 선비가 교정을 맡아, 여러 종에게 고하네.

○○○ 〈여자 종에게 하는 경계婢箴〉

바느질·새끼꼬기·빨래·다듬질, 익히고 불 때고 달이고 삶고,

각기 제 일을 부지런히 하고, 게으름 부리거나 다투지 마라.

삼가면 상을 내리고, 공손하지 않으면 꾸짖고 매질하리.

도둑질하거나 음란하다면, 어찌 사람 축에 끼겠는가?

착한 자의 영광은 대개 아장阿臧[26]과 같을 것이다.

훈장 늙은이가 경계를 맡아, 너희 여인들에게 고하네.

14.

그 밖의 자질구레한 일들은 종류대로 겸해 맡는 것도 괜찮다.

---

[26] 아장(阿臧): 『태평광기(太平廣記)』「사치(奢侈)」〈장이지(張易之)〉에 나온다. 장이지는 어머니인 '아장(阿臧)'을 위해 온갖 사치를 다했다고 한다. "장이지가 어미 아장을 위해 칠보 휘장을 만들었는데, 금은과 주옥, 보패 따위가 다 모였다. 고래로 일찍이 보고 들은 적이 없었던 것이었다. 상아 침상을 펴고, 서각 자리를 짜고, 담비털 깔개와 공문의 양탄자, 분진의 용수, 임하의 봉상으로 자리를 삼았다(張易之爲母阿臧造七寶帳, 金銀珠玉寶貝之類, 罔不畢萃. 曠古以來, 未曾聞見. 鋪象牙床, 織犀角簟, 氈貂之褥, 蛩蛩之氈, 汾晉之龍鬚, 臨河之鳳翮, 以爲席)."

第三觀 乙. 各授念

國建六官, 家不敢僭.
唯禮暨憲, 珍篋縹槧,
事爲之殷, 貨帛之贍,
子弟分掌, 宗族賓傔.

述 乙「各授念」

一.

掌禮四人. 子弟族戚及賓客, 知禮者爲之. 掌四禮及居家雜儀節. 有事則攷稽而贊行之.

○○○〈掌禮箴〉

冠昏喪祭, 固禮之鉅,
日用動靜, 無不有序.
禮主於敬, 節文則末,
少或差爽, 若無害實.
心存無差, 爽由心放.
考乎外持, 符內之養.

230

所以兢兢, 唯懼或舛,

立之小相, 俾贊俾勉.

不飭于躬, 曷以輔人?

詞朋司戒, 敢告嚴寅.

二.

掌訓三人. 以賓客端正有德者爲之. 訓誨子弟, 繩愆匡失. 主人有過, 亦正言無憚.

○○○〈掌訓箴〉

之子攸職, 貢德糾愆,

愆或不糾, 媿尒服殰.

旣糾人愆, 宜無諸己,

反考而有, 媿尒舌齒.

之子攸輔, 唯老唯幼,

月計無贏, 歲稽猶舊.

茲誰之咎? 其可尸職?

一士司規, 敢告衷臆.

三.

文友無定數. 掌討論經史唱和詩文. 或與子弟同業.

○○○ 〈文友箴〉

蕩蕩六合, 厥初何有,

聲生於氣, 華自實受.

彼蒼蒼者, 孰星孰漢?

河瀾嶽黛, 卉餙珉璨.

典謨煒煌, 風雅訇鏗,

總名曰文, 名與實衡.

禮樂射御, 譬五采錯,

往古來今, 若四時易.

斯莫非天下之至文, 俱無不待文而后識.

文主乎理, 曰文而不曰理,

文貴乎氣, 曰文而不曰氣.

文以通神, 曰文而不曰神,

文以貫道, 不曰道而曰文.

知是名者, 可語文章,

唯帥以德, 唯禮以將.

藻而不靡, 蕩而不移,

苟無其質, 文焉所施?

唯正與通, 唯敬暨和,

相須相耦, 異條同科.

斯亦天下之至文, 總而名之曰文.

拙友司警, 敢告文人.

四.

談友無定數.

○○○ 〈談友箴〉

談不可息, 談不可極,
談不可抑, 談不可溺.
可簡而不可黙, 可暢而不可譴.
可謹而不可匿, 可放而不可忒.
下士司直, 敢告三益.

五.

掌憲二人. 族戚若賓客之有世好者爲之. 掌奴婢賞罰.

○○○ 〈掌憲箴〉

寬哉毋迫, 肅哉毋縱.
俾威毋讟, 俾恩無誦.
俾屛無譁, 俾廡毋訟.
直友司平, 敢告賓從.

六.

掌藏一人.子弟若族戚爲之.掌傳家寶藏圖書器玩之屬.

○○○〈掌藏箴〉

彝鼎于王, 笏球于魏.
矧或圖史, 垂訓靡旣.
汙壞曰慢, 扃閉爲忘.
龜毁兕出, 厥咎誰當?
風人司評, 敢告主藏.

七.

掌産三人.族戚賓客爲之.其一掌田土收穫, 其一掌財幣出納, 其一掌契券.又有吏隷十數人, 以充任使.或分遣諸庄監收.

○○○〈掌産箴〉

昔曰爲富不仁, 吾則曰不富不仁.
致多知也, 審取舍義也.
用之有節禮也, 積而能施惠也.
不悋勇也, 不濫廉也.
不苛小漏寬也, 各有所司嚴也.
出納有籍文也, 董之不得不威武也.

合以謂之仁, 固衆美之府也.

知此而后,

可以居是任, 亮不可以小藝承.

迂儒司誨, 敢告賓朋.

八.

掌書籍三人. 賓客爲之. 掌藏書.

○○○ 〈掌書籍箴〉

部帙之亂, 籍記之疎,

假人而忘, 揖竊而紆,

汚於風雨, 損於蠹魚,

有一於此, 是誰愆歟?

主雖不責, 寧不愧居?

友僚司諍, 敢告掌書.

九.

掌記錄十人. 子弟及賓客爲之. 就其中, 文識最優者一人爲總修. 其九人分記主人言動·賓客談討及宅中一切事務. 一歲盡. 總修者合聚而刪正之.

○主人有著述, 則又掌移寫之役.

○○○ 〈掌記錄箴〉

簡不疎, 詳不漫, 中尺寸,
婉不諛, 直不訐, 徵諸實.
怠斯委, 鈍則滯, 勤而敏,
偏由私, 肆失銳, 公而謹.
具玆衆美, 屛玆衆失,
木天可修, 矧伊一室.
憨叟司正, 敢告秉筆.

十.

掌醫藥. 用壽院醫人【甲八】. 兼有奴隷十人.

○○○ 〈掌醫藥箴〉

彊吾不知, 推人于阬,
矜己執迷, 刺人以兵.
率思不審, 醻人以酖,
易窮忽賤, 躬人以箭.
不謹于劑, 材失其敦,
靈蓂爲砒, 紫芝爲硝.
同胞殨活, 忍視兒戲.
戕人旣多, 身受其祟,
猙猙衆鬼, 爲爾獠楣.

236

慈友司諷, 敢告醫師.

十一.

掌三再院【甲八】一人. 族戚賓客爲之. 有吏隷十人.

○○○ 〈掌三再院箴〉

普而能約, 公而能擇,
節而能豊, 施而能積.
夫然后可以掌斯院, 顧其任不亦重乎?
愚叟司勗, 敢告供奉.

十二.

津逮舘文士中【甲八】, 擇其尤博雅者二三人, 爲舘長. 亦置吏隷工匠數十人. 有著述, 卽令鈔錄, 或鋟梓.

○○○ 〈舘長箴〉

枚馬矜麗, 八公騁藻,
文不燾世, 俾主罔保.
崇經翊史, 準以大道,
厥或間出, 爾雅豊顥.

以頌主人, 令德壽考,
以贊子弟, 玉佩球寶,
以啓蒙士, 麻帛菽稻.
旣博之括, 又奧之討,
形諸竹藤, 浹諸梨棗,
惠諸無窮, 貫宙不夭.
毋參以詭, 俾拙日造.
毋揞厥璞, 薦礫于繰?
懼子寡譽, 我心孔悁.
拂士司切, 敢告詞老.

十三.

奴, 有守室堂應賓客者, 有典倉庫司笅鑰者, 有守門屛扦外侮者, 有執鞭筐掌畜牧者.

婢, 有治縫紝, 治膳羞, 治浣濯衣服, 奉祭祀, 掌局鐍等諸職. 俱係人家之所恒有, 今不悉錄.

○○○〈奴箴〉

守藏唯勤, 器亡爾盜.
應對唯謹, 賓怒爾暴.
趍走唯敏, 事跲爾傲.
辦理唯度, 貨賕爾冒.
捍禦唯健, 毋參以躁.

統衛唯肅, 毋揚以諜.
唯酗與鬪, 若水火蹈.
怙主侮人, 主祚是耗.
小則挺笞, 楚號冤禱,
大則逐黜, 流匈窮懊.
恪慎厥職, 爾庇爾燾.
綈繪爾賞, 觴酒爾勞.
去爾裋褐, 華爾鬂帽,
免爾庭趍, 諱爾賤號,
唯主小孩, 揖爾坐奧.
爾庾有積, 爾飧匪糙,
成爾室家, 子女寧好.
孰謂臧愿, 而竟無報?
文士司糾, 衆隷于告.

○○○ 〈婢箴〉

箴紉浣擣, 飪爨煎烹,
各勤爾職, 無婧無爭.
恪則有賞, 不共訶撻.
若竊與淫, 詎廁人末?
惟善之榮, 槩同阿臧.
訓叟司飭, 告汝諸娘.

十四.

其餘瑣細之務, 各以類兼管之, 可也.

제4관
병丙. 유질념有秩念

성인 아니면서 예를 논하면, 예전엔 '건방지다'고 했으니[1]

고례古禮를 굳게 지켜, 이 해악을 막아야 하네.

근본에 어긋나지 않으려면, 이목을 막아야 하니[2]

하물며 세속의 폐단을, 어찌 제거하지 않으랴?

혼인과 제사에서 시작해, 연회에 이르기까지

공경과 효제를 돈독히 해, 완고하고 교활함 혁파하도다.

병丙. 「유질념有秩念」을 서술하다.

1.

관례는 반드시 삼가三加[3]로 하고, 혼례는 반드시 친영親迎[4]으로 한다. 고금의 의례 절목이 모두 남아 있으니, 참작해 실행할 수 있다. 요새 사람들이 예禮 때문에 재물을 탕진하는 것은 모두 겉치레浮文 때문이다. 관례와 혼례의 잔치 음식은 대략 고례古禮를 본떠 간략하고 소박하게 하도록 힘쓴다. 기타 고례에서 볼 수 없는 번잡한 예절은 모두 생략해, 요새 풍속을 고례에 섞지 말아야 한다.

2.

관례는 처음엔 치포관緇布冠[5]을 씌우고, 두 번째는 복건幅巾[6]을 씌우고, 세

---

1 성인 아니면서 ······'건방지다'고 했으니 :『예기』「단궁 상(檀弓上)」에 자유(子游)가 '건방지다[汰]'고 비난받는 내용이 있다. 사사(司士) 분(賁)이 시신을 침상 위에 두고 염습을 해야겠다고 하자, 자유가 허락했다. 그러자 현자(縣子)가 그 말을 듣고는 "오만하다, 자유여. 예를 제 마음대로 남에게 허락하도다(汰哉叔氏! 專以禮許人)."라고 하였다.

2 이목을 막아야 하니 : 원문은 '색자태(塞者兌)'이다. 이 말은『노자(老子)』에 나온다. "그 구멍을 막고, 그 문을 닫으면, 종신토록 수고롭지 않다(塞其兌, 閉其門, 終身不勤)." 여기서 '태(兌)'는 사람의 이목구비(耳目口鼻), 즉 감각과 욕망의 구멍을 말한다.

3 삼가(三加) : 관례를 할 때, 초가(初加)·재가(再加)·삼가(三加)로 세 번 관을 갈아 씌우는 것을 말한다.『예기』「관의(冠義)」. 정현(鄭玄)은 "처음엔 치포관을 씌우며 다음엔 피변을 씌우고 다음엔 작변을 씌운다. 매번 더욱 귀한 것을 씌우니 점점 더 성인이 되는 까닭이다(初加緇布冠, 次加皮弁, 次加爵弁. 每加益尊, 所以益成也)."라고 주석을 달았다.

4 친영(親迎) : 혼인 절차인 육례(六禮)의 마지막 절차인데, 신랑이 직접 신부의 집으로 가서 신부를 맞아 오는 절차다.『예기(禮記)』「혼의(昏儀)」. 이것은 신랑 집에서 예식을 올리는 것을 전제로 한다. 조선의 전통적인 풍속은 남자가 장가가면 처가에서 사는 것이 일반적이었으므로, 조선 조정은 친영례의 시행을 적극 권장했다.

5 치포관(緇布冠) : 유생(儒生)이 평시에 쓰던 관이다. 검은 베로 만든다.

6 복건(幅巾) : 진사복 또는 유복(儒服)에 갖추어서 쓰는 남성용 쓰개이다. 검정 헝겊으로 위는 둥글고 뾰죽하게 만들며, 뒤에 낮은 자락을 길게 늘이고 양옆의 끈을 뒤로 돌려 맨다. 한 폭 천으로 만들기 때문에 복건이라고 불렀다.

번째는 관직이 있는 자는 사모紗帽[7]를, 관직이 없는 자는 갓[8]을 씌우면 될 것이다.

3.

근래 혼인에서 친영親迎을 한다는 자들은 신부를 맞아 사위 집에서 사흘 묵고, 사위는 다시 신부집에서 사흘 묵는다. 이것은 예禮가 아니니, 결코 좋아선 안 된다.

○ 동뢰同牢[9]와 현구고례見舅姑禮[10]를 행할 때, 신부 복장이 아름답지 않다. 화관을 쓰고 당의唐衣[11]를 입어야 한다.

○ 신부를 맞아 올 때, 따라오는 비복이 너무 많아서도 안 되고, 복장이 너무 화려해도 안 된다. 노새나 말을 타게 하는 건 더욱 안 된다. 세속에서 말하는 '수모手母'[12]를 쓰는 것도 안 된다.

○ 신부가 시부모께 음식을 바치거나, 시부모가 신부에게 음식상을 내리는 것은 술과 단술, 대추와 포로 예를 갖출 뿐, 풍속대로 성대히 차려서는 안 된다.

○ 이 밖에도, 패물이나 가체加髢·지참물 따위에 세상은 경쟁하듯 사치를

---

7 사모(紗帽) : 조선시대 관료가 일상 관복에 착용하던 관모다. 뒤가 높고 앞이 낮은 2단으로 되어 있고, 뒤에 뿔[角]을 단다. 겉은 죽사(竹絲)와 말총으로 짜고 그 위를 사포(紗布)로 씌우는데, 사모라는 명칭은 여기서 유래된 것이다.

8 갓 : 원문은 '입자(笠子)'이다. 성인 남자가 쓰던 관으로, 가는 대오리로 테를 만들고 모시 베나 말총으로 싼 다음, 먹칠과 옻칠을 해서 만든다.

9 동뢰(同牢) : 혼례에서 신랑과 신부가 교배례(交拜禮)를 마치고 술잔을 들어 함께 마시는 절차이다.

10 현구고례(見舅姑禮) : 혼례의 한 절차로, 신부가 시부모를 처음 뵙는 예식이다.

11 당의(唐衣) : 여성들의 예복 겉옷 상의로, 당저고리·당적삼·당한삼 등으로도 불린다. 저고리 위에 덧입는데, 길이가 저고리보다 길고 옆이 트여 있다. 원래는 궁중의 평상복이었으나, 조선 후기에는 혼례복 등 민간의 예복으로도 사용되었다.

12 수모(手母) : 혼례 때 신부의 단장 및 그 밖의 일을 곁에서 거들어 주는 여자이다.

부리다가 재물을 없애고 복을 덜어 낸다. 그 폐단은 이루 말할 수 없다. 지금 일일이 나열할 겨를이 없으나, 모두 말끔히 덜고 깎아 내야 한다. 오직 예를 따름으로써 복을 맞이하도록 힘써야 한다.

4.

오늘날의 상례喪禮는 고례와는 많이 상치되지만, 우선은 오늘날의 것을 따라야 한다. 다만 초종初終[13]의 장례 도구와 제물 모두 지나치게 사치스럽거나 성대하게 해선 안 된다.

○ 무덤 자리를 택하는 것은 삼가지 않을 수 없다. 그러나 또한 술사의 말에 빠져 시간이 지나도록 장사를 지내지 않거나 여러 번 무덤을 옮겨선 안 된다. 다만 "반드시 성의를 다하고 반드시 확실하게 해서 후회가 없도록 한다必誠必愼勿之有悔."는 여덟 글자[14]만을 위주로 한다. 장사를 지낸 다음, 화복禍福에 동요되어 널리 술사를 불러다 물어보아서는 절대로 안 된다.

5.

사시제四時祭는 정제正祭[15]이다. 집 없는 가난한 사람이라도 반드시 지내야

---

13 초종(初終): '초종'의 종(終)은 원래 『예기』 「단궁(檀弓)」의 "군자는 마침이 있다(君子有終)."라고 한 데서 나온 말로, 사람이 처음 죽었을 때를 뜻한다. 그러나 장례 절차로서 '초종'은 초종장례(初終葬禮)의 준말로, 운명에서부터 졸곡(卒哭)까지의 상례 절차 전부를 뜻한다.
14 "반드시 성의를 …… 여덟 글자: 『예기(禮記)』 「단궁(檀弓)」에 나오는 자사(子思)의 말이다. "자사가 말하길, 석 달 만에 장례를 하는데, 모든 관에 부치는 물건들은 반드시 성의를 다하고 반드시 확실히 해서, 후회가 없도록 할 뿐이다(子思曰: '三月而葬, 凡附於棺者, 必誠必信, 勿之有悔焉耳矣)." 『예기』에는 대부분 '信'으로 되어 있으나 홍길주는 '愼'을 사용했다.

한다. 기일 제사忌祭와 묘소에서 지내는 차례茶禮는 고례가 아니다. [그러나] 지금은 역시 폐할 수 없다. 근래엔 생일 차례를 지내는 자가 간혹 있다. 고례로 말하자면 기일과 생일 [제사]는 모두 예에 어긋난다. 인정으로 말한다면, 기일에 지냈으니 생일에 지내는 것도 꼭 안 될 것은 없다. 만약 이전에 없던 것을 새로 시작하는 것이므로 안 된다고 한다면, 기제가 처음 시행되었을 때도 역시 새로 시작하는 것 아니었겠는가? 사시四時의 제사는 빠짐없이 지내야 한다. 기제와 묘소의 차례는 간단하게 차려 예를 갖춘다. 생일에는 생시의 잔치 음식과 비슷하게 성찬으로 차리고, 영당影堂【갑1】에서 지내면 될 것이다.

○○○ 〈영당의影堂議〉

중국에는 초상화를 그려 놓고 제사하는 풍습이 있다. [이에 대해] 사마온공司馬溫公은 예에 어긋난다고 했고,[16] 정 선생程先生은 '털끝 하나라도 같지 않으면, 제사를 받는 사람은 벌써 다른 사람이다.'라고 했다.[17] 유

---

15 정제(正祭) : 시제(時祭)와 같은 말로, 한 해에 계절이 바뀔 때마다 네 번 조상의 사당에 지내는 정규적인 제사를 말한다.

16 사마온공(司馬溫公)은 예에 어긋난다고 했고 : 사마온공은 사마광(司馬光)이다. 사후에 태사온국공(太師溫國公)에 추증되었다. ○ 이하의 여러 인용은 대부분 서건학(徐乾學)의 『독례통고(讀禮通考)』「상의절(喪儀節)」에서 찾을 수 있다. 이 부분의 해당 내용은 다음과 같다. "사마씨의 『서의(書儀)』에서 '세속에선 초상을 그려서 혼백의 뒤에 놓는다. 남자는 생시에 화상을 그리니, 그것을 사용해도 오히려 말할 바가 없으나, 부인에 이르면 생시엔 깊이 규방에 거처하고 나갈 땐 수레를 타고 그 얼굴을 가린다. 죽고 나서 어찌 화가에게 깊은 방에 들어가 얼굴을 가린 비단을 걷고 붓을 잡고 모습을 바라보며 그 용모를 그리게 하겠는가? 이것은 몹시 예에 어긋나니 사용해선 안 된다.'라고 했다(司馬氏『書儀』: '世俗皆畫影, 置於魂帛之後. 男子生時有畫象, 用之猶無所謂, 至於婦人, 生時深居閨閫, 出則乘幅幰, 擁蔽其面. 旣死, 豈可使畫士直入深室, 揭掩面之帛, 執筆望相, 畫其容貌? 此殊爲非禮, 勿可用也')."

17 정 선생(程先生)은 …… 사람이다.'라고 했다 : 정 선생은 정이(程頤)다. 『하남정씨유서(河南程氏遺書)』「이선생어(二先生語)」에 다음과 같은 말이 있다. "지금 사람들은 영정으로 제사를 지내는데, 혹 화공이 전하는 것이 수염 하나, 머리카락 하나라도 맞지 않는다면 제사하

세절劉世節은 '시동尸童'[18]을 쓰는 것과 같은 의미라고 생각했고,[19] 여곤呂坤은 「상송商頌」의 '사성思成'을 인용해서, 나무로 만든 신주보다 친밀하다고 생각했다.[20] 만사대萬斯大는 「제의祭義」의 '거처와 웃음소리, 말소리'[21]를 인용하고, 혼백魂帛[22]을 폐지하고 설치하지 않아야 한다고 했다.[23] 서

는 대상은 이미 다른 사람인 것이다(今人以影祭, 或畵工所傳, 一髭髮不當, 則所祭已是別人)."

18 시동(尸童) : 시(尸)는 신주(神主)의 뜻이다. 제사에서 위패를 사용하는 풍습이 확정되기 이전인 고대에는 직계 혈통의 어린아이를 신위의 자리에 앉히고 조상신의 상징으로 여겨 제사의 대상으로 삼았다.

19 유세절(劉世節)은 '시동(尸童)'을 …… 의미라고 생각했고 : 유세절은 명의 학자이다. 『와부만기(瓦釜漫記)』에서 "제사에 시동을 사용하는 것은 그 의미가 정밀하고 깊다. 시동을 시행할 수 없게 되자 목주와 화상으로 바꿨다. 그러나 오히려 두 가지에는 모두 시동을 사용하는 의의가 있다(日祭祀用尸, 其義精深. 尸不能行, 而易以木主畵像. 二者猶有用尸之義)."라고 했다. 『독례통고(讀禮通考)』「상의절(喪儀節)」.

20 여곤(呂坤)은 「상송(商頌)」의 …… 친밀하다고 생각했다 : 여곤은 명의 학자로, 자는 숙간(叔簡), 호는 신오(新吾)이다. 하남성(河南省) 영릉(寗陵) 사람이다. ○"여곤의 『사례의』에선 '영당은 계속 이어서 보는 것이니, 이것은 소리 없는 어버이다. …… 상(像)이 오히려 비슷하지 않은가? 신주에 비하면 오히려 친하지 않은가? 공자께서 「제사엔 조상이 계신 듯이 한다(祭如在).」라고 하시고, 「상송」에서 「나를 편히 생각하여 신명이 와서 이른다.」라고 한 것은 보고자 한 것이다.'라고 했다(呂坤『四禮疑』: '影堂繼視也, 此無聲之親也. …… 像之不猶似乎? 視主不猶親乎? 孔子曰祭如在, 「商頌」日綏我思成欲見也')." 『독례통고(讀禮通考)』「상의절(喪儀節)」.

21 「제의(祭義)」의 '거처와 웃음소리, 말소리' : 『예기』「제의(祭義)」에 나오는 말이다. "재계하는 날은 그 거하시던 곳을 생각하고, 그 웃음과 말씨를 생각한다(齋之日, 思其居處, 思其笑語)."

22 혼백(魂帛) : 신주(神主)를 만들기 전에 신주를 대신하기 위해 만든 것으로, 흰 명주를 접어서 왼쪽에 죽은 사람의 생년월일시(生年月日時)를, 오른쪽에 졸년의 월일시(月日時)를 써 놓은 물건이다.

23 만사대(萬斯大)는 「제의(祭義)」의 …… 한다고 했다 : 만사대는 청의 학자이다. 자는 충종(充宗)이고 만년의 호는 파옹(跛翁)이다. 세상에선 갈부선생(褐夫先生)이라고 부른다. 황종희(黃宗義)의 제자로 춘추(春秋)와 삼례(三禮)에 정통했다. ○만사대는 〈여장중가서(與張仲嘉書)〉에서 "고례에는 화상을 그리는 일이 있었는데, 후세에도 또한 있다. 온공은 그것이 고례가 아니라고 하였다. 그러므로 『서의(書儀)』에서 다만 혼백에 신을 실어야 한다고 했으며 주자는 고치지 않았다. 나는 생각한다. 그림 그리는 일은 옛날부터 있었다. …… 만약 종이와 먹으로 초상을 그려서 자손들이 세시마다 우러러보며 절하면서 그 거처를 생각하고, 그 웃음과 말소리를 생각하며 그 즐기시던 것을 생각하고 그 좋아하시던 것을 생각하면 실로 양양히 곁에 계신 듯한 것이 있지 않은가? …… 나는 끝내 혼백의 이름은 제거

건학徐乾學은 문옹文翁의 '강당 고사'[24]를 인용하여 '사람의 자식 된 지극한 정으로써, 어찌 그것을 없애겠는가?'라고 결론지었다.[25]

사마온공과 정자는 송의 큰 선비이다. 유세절·여곤·만사대·서건학은 쇠락한 시대의 속된 선비들이다. 후세인이 누구를 좇고 누구를 좇지 말아야 할지는 분명하다. 그러나 예란 인정을 예의 규정으로 만든 것이다. 옛날의 성인들께 어찌 일정한 것이 있었겠는가? 역시 인정에 따라서 시대별로 가감하셨을 뿐이었다. 나는 사마온공과 정자를 따르려 한다. 사마온공과 정자는 누구를 따르려 했던 것일까? 아마 고대의 성인이신

하고 다시 결백을 거듭 고쳐서 속백을 좇고자 한다. 만약 불가능하다면 다만 혼백을 폐기하고 설치하지 않아야 한다. 처음 죽었을 때 널도 있고 초상도 있음은 고인이 중하게 여김을 보이는 뜻이겠지만, 다시 혼백까지 있으면 셋이 된다. 신이 오로지 의지할 수 없을 터이니, 더욱 비례이다(萬斯大〈與張仲嘉書〉: '古禮有畫像之事, 而後世亦有之. 溫公以其非古. 故於 『書儀』止載魂帛依神, 而朱子不改. 某則謂. 繪畫之事, 自古而有. …… 曷若傳神楮墨, 子孫歲時瞻拜, 思 其居處, 思其笑語, 思其所樂, 思其所嗜, 實有洋洋如在者乎? …… 吾終欲去魂帛之號, 而復爲重改結帛, 而從束帛. 苟其不能, 直當廢魂帛而不置. 蓋始死有柩有像即古人立重之意, 更有魂帛則爲三矣. 神無專 依, 益非禮)." 『독례통고(讀禮通考)』「상의절(喪儀節)」.

24 문옹(文翁)의 '강당 고사': 문옹은 한 경제(漢景帝) 때 사람이다. 촉군 태수(蜀郡太守)로 있으면서 성도(成都)에 관학(官學)을 설치해 고을 자제들을 불러 배우게 했는데, 『한서(漢書)』 〈문옹전(文翁傳)〉에 따르면, 이 문옹의 강당에는 성현의 토우(土偶)를 만들어 설치했었다고 한다.

25 서건학(徐乾學)은 문옹(文翁)의 …… 없애겠는가?'라고 결론지었다: 서건학은 청 초의 학자이다. 자는 원일(原一)이고 호는 건암(健庵)이다. 사학(史學)·지리(地理)·예제(禮制)에 이르기까지 두루 조예가 있었다. 역대의 경전 주석서(註釋書)를 모아 『통지당경해(通志堂經 解)』를 편찬하였으며, 역대 상제(喪制)를 수집, 해설하여 『독례통고(讀禮通考)』를 저술했다. ○ 『독례통고』에서 서건학은 "신상의 설치를 혹은 가하다고, 혹은 불가하다고 한다. 그러니 무엇을 따라야 할 것인가? 나는 당연히 인정에서 헤아려야 한다고 생각한다. …… 문옹의 강당에서는 토우를 만들어 성현을 본떴지만, 사람들은 잘못이라고 생각하지 않았다. 토우도 오히려 가능한데, 그림만 불가하겠는가? 앞선 성현도 오히려 괜찮은데, 유독 내 선인만 불가하겠는가? …… 사람의 자식 된 지극한 정이 아니라고 하겠는가? 어찌 그것을 제거하려 하는가? 어리석은 나는 그러므로 말한다. 인정에서 헤아려야 할 뿐이라고(乾 學案: '神像之設, 或以爲可, 或以爲不可. 然則宜何從? 愚以爲當揆之於人情而已. …… 文翁之講堂, 爲土 偶以像聖賢, 人不以爲非也. 土偶猶可, 而繪畫獨不可乎? 先聖賢猶可, 而吾先人獨不可乎? …… 謂非人 子之至情哉? 奈何其欲去之也? 愚故曰: 當揆之於人情而已')."라고 하였다. 『독례통고』「상의절(喪 儀節)」.

248

주공周公과 공자가 아니었겠는가? 옛 성인들께서는 시동을 통해 어버이께 제사를 드리셨다. 그러나 사마온공과 정자도 벌써 따라 할 수 없었다. 옛 성인들께선 기일에 제사를 지내신 적이 없다. 그러나 사마온공과 정자도 벌써 따라 할 수 없었다. 주공과 공자의 예에도 다 따라 할 수 없는 것들이 있다. 하물며 그 나머지 다른 것들이겠는가? 후세에 성인이 계신다면, 고례 가운데서 더하거나 빼야 할 것들이 다 헤아릴 수도 없을 것이다. [그러내] 지금은 성인이 안 계시다. 성인이 안 계실 뿐 아니라, 또한 사마온공이나 정자 같은 현인도 늘 있는 것이 아니다. [그러니] 내가 참으로 사마온공과 정자의 예를 따르지 않을 수 없다.

초상화가 설령 똑같을 순 없을지라도 그 7~8할은 비슷하다. 사람이 죽으면 '넋魄'은 땅으로 돌아간다. 그러나 혼기魂氣는 가지 않는 곳이 없다.[26] 주자朱子께서는 "자손의 정기와 정신은 바로 조상의 정기와 정신이다."라고 하셨다.[27] 효성스러운 아들과 어진 손자가 사랑과 정성을 바친다면, 정성으로 그것과 통하니, 마치 양양하게 그 모습을 보는 것 같고 그 소리를 듣는 것 같다. 그러니 향불이 오를 때 서로 감응하는 이치는[28]

---

26 사람이 죽으면 …… 곳이 없다 : 『예기』「교특생(郊特牲)」에 "혼기는 하늘로 돌아가고 형백은 땅으로 돌아간다. 그러므로 제사는 음양의 의리에서 찾는다(魂氣歸于天, 形魄歸于地. 故祭求諸陰陽之義也)."고 했다. 이에 대해 주자는 "기는 바로 혼이요, 정은 바로 백이다. …… 장차 죽으려 할 때 열기가 위로 나오니 이른바 혼이 올라가는 것이요, 하체가 점점 식으니 이른바 백이 내려가는 것이다. …… 때문에 제사에서는 분향을 해서 양에서 찾고, 강신주를 부어서 음에서 찾는다(氣便是魂, 精便是魄. …… 到得將死, 熱氣上出, 所謂魂升, 下體漸冷, 所謂魄降. …… 所以祭祀, 燎以求諸陽, 灌以求諸陰)."라고 해석했다. 『주자어류(朱子語類)』.

27 주자(朱子)께서는 "자손의 …… 정신이다."라고 하셨다 : 『주자어류(朱子語類)』에 보인다. "선생님이 요자회(廖子晦)에게 답한 편지에서 '기운이 이미 흩어진 것은 이미 화하여 있지 않지만, 이치에 뿌리를 두고 나날이 생기는 것은 참으로 아득히 무한하다. 그러므로 상채선생이 나의 정신은 곧 조상의 정신이라고 말한 것은 아마도 그것을 말한 것이다.'라고 말씀하셨습니다(先生答廖子晦書云: '氣之已散者, 旣化而無有矣, 而根於理而日生者, 則固浩然而無窮也. 故上蔡謂: 我之精神, 卽祖考之精神. 蓋謂此也)."『주자어류(朱子語類)』〈귀신(鬼神)〉.

28 향불이 오를 …… 감응하는 이치는 : 원문은 '훈호상감지리(焄蒿相感之理)'이다. '훈호'는 향을 피워 연기가 올라가는 것인데, 제사 때 귀신이 밝게 드러나면서 그 기운이 위로 퍼져

머리카락 하나 닮지 않은 나무 신주에도 이른다. 어찌 유독 7~8할이나 비슷한 초상화에만 이르지 않을 것인가?

근세에 학문이 참되고 행실이 극진한 한 선비가 있었다. 어버이께서 돌아가신 지 오래됐지만 그리워하며 잊지 못했다. 한번은 그 모습을 추억해서 그려 보았는데, 생각이 막히면 엎드려 잠들곤 했다. 그러면 꿈에서 그 어버이를 뵙게 되고, 자세한 모습을 살펴보고 의심나던 부분을 보충하곤 했다. 초상화가 완성되자 머리카락 하나도 틀림이 없었다. [그러나] 이런 일은 아무나 할 수 있는 것이 아니다.

지금 조상께서 남기신 초상이 있다면, 자손들로서는 사당에 보관하지 않을 수 없다. 때때로 펼쳐서 걸어 놓으면 그 앞에 절하지 않을 수 없다. 직접 모셨던 자들은 그 모습을 바라보면서 추념하는 마음이 일어나 눈물을 금할 수 없다. 직접 모시지 못한 자들은 그 모습을 바라보고 그 모습을 상상하면서 엄숙해지지 않을 수 없다. 만약 '딴 사람'이라고 여긴다면 왜 사당에 모셔 두며, 왜 그 앞에 절하고, 왜 눈물이 흐르고 엄숙해지겠는가? 딴 사람이라고 여기지 않는다면, 역시 조상의 남겨진 모습으로 여기는 것이다. 조상의 남겨진 모습으로 여기고 사당에 모셔 그 앞에서 절하고 눈물짓고 엄숙해진다면, 왜 상에 음식을 차리고 잔에 단술을 바쳐 생전의 잔치를 흉내 내는 것만 안 되겠는가?

지금 초상을 치르면서 혼백魂帛을 없애고 초상화로 대체하거나, 제사를 지내면서 나무 신주를 없애고 초상화로 대체하거나, 우제虞祭와 졸곡卒哭, 연제練祭와 상제祥祭부터 시제時祭와 기제忌祭까지, 모두 나무 신주에

올라가는 것이라고 한다. 『예기』 「제의(祭義)」에 "그 기운이 위로 발산하여, 소명하고 훈호하고 처창하다(其氣發揚于上, 爲昭明焄蒿悽愴)."라고 했다. 주희(朱熹)는 "귀신이 밝게 드러나는 것이 '소명'이고, 그 기운이 위로 퍼져 올라가는 것이 '훈호'이고, 사람의 정신을 오싹하게 하는 것이 '처창'이다(鬼神之露光處是昭明, 其氣蒸上處是焄蒿, 使人精神竦動處是悽愴)."라고 해석했다.

지내지 않고 초상화에 지낸다면 [이것은] 고례에 없던 것이고 사마온공과 정자가 배척한 것이다. 세상에 성인과 현인이 없으니 예에도 가감이 있을 수 없다. 제멋대로 시행하는 것은 망령된 짓이요, 미친 짓이다.

기일 제사는 고대에는 없었고 한漢나라 때 의리로 참작해 만든 것[29]이다. 창시자가 꼭 성인인 것은 아니지만 후대의 큰 현인들이 모두 따르고 바꾸지 못했던 것은, 오래 시행되어 풍속이 되었고 인정에도 크게 어긋나지 않았기 때문이다. 기일이라는 것은 자식에겐 죽을 때까지의 슬픔이다. 그렇기에 예에는 "기일에는 즐거워하지 않는다", "기일에는 반드시 슬퍼한다", "기일에는 사당에서 곡한다"라는 말들이 있는 것이다. [그러니] 이날은 자손들이 사당 문밖에서 곡하며 그 슬픔을 쏟아 내는 것이 옳을 것이다. [그런데] 돌아가신 날에 반드시 희생 고기와 단술 등 여러 가지 찬품으로 조상의 영혼을 즐겁게 하는 것은 도대체 무슨 뜻인가? 희생 고기와 단술 등 여러 가지 찬품으로 조상의 영혼을 즐겁게 하고 나서, 다시 여럿이 모여 그 앞에서 울부짖고 시끄럽게 하는 것이 옳겠는가?

지금, 생일이라는 것은 조상께서 태어나신 날이다. 이날이 있기에 조상의 몸이 있고, 조상의 몸이 있고서야 내 몸이 있는 것이다. 조상이 살아 계실 때는 이날 잔치를 열어 즐기고 장수를 비는 잔을 올린다. 조상께선 이미 돌아가셨으나 자손의 몸은 여전히 남아 있다. [그러니] 이날은 바로 내 몸의 근본이 되는 날이다. 후직后稷과 설契이 죽은 지 이미 천여 년이 지났지만, 은殷·주周의 사람들은 여전히 검은 새가 알을 떨어뜨린 상서로움[30]과 '찢지도 않고 가르지도' 않은 영험함[31]을 찬송했다. 자손이

---

29 의리로 참작해 만든 것 : 원문은 '의기(義起)'다. 고례(古禮)에 없더라도, 이치를 참작해 새로운 예(禮)를 만드는 것이다. 『예기』 「예운(禮運)」에 "예라는 것은 의의 실질이니, 의에 맞추어서 맞으면 비록 선왕에게 없었던 예라도 의로써 일으킬 수 있다(禮也者, 義之實也, 協諸義而協, 則禮雖先王未之有, 可以義起)."고 했다.

30 검은 새가 알을 떨어뜨린 상서로움 : 은(殷)의 시조인 설(契)의 어머니 간적(簡狄)은 제비가 떨어뜨린 알을 받아 삼키고 설을 낳았다고 한다. 설은 장성해 우(禹)의 치수 사업을 도와

되어, 조상께서 돌아가셨다고 해서 어찌 갑자기 이날을 이전 세상先天에 속한 것으로 치부해 버리고, 자신의 근본을 그리워하며 축하하지 않을 수 있겠는가?

그러므로 말한다. 기일과 생일 [제사]는 고례엔 보이지 않는다는 점에선 똑같다. 그러나 인정에 가까운 것으로 말하자면 생일 제사를 지내는 것이 기일 제사를 지내는 것보단 낫다. 지금 조상이 돌아가신 뒤에 조상께서 태어나신 날을 맞아 멀리 추모하면서 그리워한다면, 그 뭉클한 감동이 기일과 어찌 다르겠는가? 음식과 술을 차려 놓고 그 영혼을 즐겁게 하는 것은 평소 잔치를 열어 즐기면서 장수를 비는 잔을 바치던 것을 흉내 내는 것이다. [그러니] 돌아가신 날忌日에 영혼을 즐겁게 하는 것과 비교하면 어느 것이 옳고 어느 것이 그른가? 만약 이 예禮가 한漢·당唐 때 처음 생겨 오랫동안 시행되어 풍속이 되었다면, 후대의 큰 현인들도 모두 틀림없이 기일의 제사보다 낫다고 여겼을 것이라고 나는 생각한다.

그러나 지금 기일 제사를 폐지하고, 생신날 신주를 모셔 내어 정침正寢에서 삼헌三獻의 예32를 시행한다면 이 또한 망령된 짓이요 미친 짓이다. 한 시대에 통용되는 제례이고, 송宋의 여러 현인조차 다른 말이 없었던 것이니, 지금 다 그대로 따르고 감히 가감이 있을 수 없다. 따로 영당을 세워 생일 제사를 지내되, 생전의 잔치처럼 풍성하게 음식을 차리고 생전에 장수를 비는 잔을 바치던 것처럼 술과 단술을 바친다. [그러나] 그 의

공을 세웠고, 순은 설을 상(商)에 봉했다. 상(商)은 은(殷)이다. 『시경』「상송(商頌)」〈현조(玄鳥)〉는 그 내용을 서술하고 찬양하는 서사시이다.

31 '찢지도 않고 가르지도' 않은 영험함 : 주(周)의 시조인 후직(后稷)의 어머니 강원(姜嫄)은 거인의 발자국을 밟아 잉태했는데, 후직은 태어날 때 어미의 몸을 찢지도 가르지도 않고, 고통이나 아픔 없이 태어났다고 한다. 『시경(詩經)』「대아(大雅)」의 〈생민(生民)〉은 그것을 찬양한 서사시이다.

32 삼헌(三獻)의 예 : 삼헌은 제사를 지낼 때 술잔을 세 번 올리는 것으로, 초헌(初獻)·아헌(亞獻)·종헌(終獻)이다.

례 절차는 간단히, 초하루나 속절俗節[33]의 참배參拜와 대략 비슷하게 한다. [그러면] 초상화를 사당에 설치하지도 않고 생일 [제사를 신주에 바치지도 않으니, 고례에도 방해될 것이 없고 인정에도 어긋나지 않을 것이다. 예전에 시행하지 않던 것을 새로 만들어 시행하지만 망령된 짓이 되지 않는 이유는 사당[에 바치는 제사]와는 다르기 때문이다. 세상에서 아무도 하지 않는 것을 혼자 시행해도 미친 짓이 되지 않는 이유는 신주[에 바치는 제사]와는 다르기 때문이다. 사마온공이나 정자라도 분명히 이 예가 틀렸다고는 하지 않을 것이다. [그리고] 저 유세절·여곤·만사대·서건학의 무리들은 맥없이 승복하고, 자신들의 연구가 정밀하지 못했음을 후회할 것이다.

의문 정씨義門鄭氏[34]가 생일 제사에 축문을 사용한 것은 너무 지나치지 않은가 싶다. 간혹 '생기生忌'니 '명기明忌'니 하는 것[35]도, 역시 이름과 내용이 맞지 않는다. 살았으면生 '기忌'라고 할 수 없고, 제사가 정당한 것은 '꺼리는 것忌'이 아니기 때문이다. 간혹 돌아간 어버이의 예순 살, 일흔 살 생신을 되짚어 계산해서, 그 일족이 모두 모여 축하하기도 한다. 혹은 죽은 뒤 화공을 불러 멱목幎目[36]을 걸고 그 초상을 그려 전하기도 한다. 부인도 그렇게 한다. 이런 일들은 다 크게 예를 잃은 짓이다. 남자든

---

33 속절(俗節) : 제삿날 이외에 철이 바뀔 때마다 사당이나 조상의 묘에 차례를 지내는 날로, 설·대보름·한식·단오·추석·중양·동지 따위이다. 『격몽요결(擊蒙要訣)』「제례(祭禮)」에는 "정월 초하루와 동지, 초하루와 보름에는 참례(參禮)하고, 속절(俗節)에는 제철 음식을 올려야 한다."라고 되어 있다.

34 의문 정씨(義門鄭氏) : '강남제일가(江南第一家)'로 일컬어졌던 중국 포강(浦江) 지방의 거족이다. 그 8세손인 정영(鄭泳)이 『주례(周禮)』를 바탕으로 『주자가의(朱子家儀)』를 참고하고, 정씨의 전통 가정의례와 포강 지방의 풍속을 결합해 『의문정씨가의(義門鄭氏家儀)』를 만들었다.

35 '생기(生忌)'니 '명기(明忌)'니 하는 것 : 둘 다 돌아가신 조상의 생일을 가리킨 말이다.

36 멱목(幎目) : 멱모(幎冒)라고도 만다. 소렴(小殮) 때 시신의 얼굴을 싸는, 네 귀에 끈이 달린 검은 헝겊 보자기이다.

부인이든 살았을 때 초상화를 마련하지 못한 자는 남아 있는 옷이나 책을 영당에 펼쳐 놓고 생일 제사를 지내도 안 될 것이 없다. 자손의 지극한 정성이면, 설령 신위를 비워 놓고 제사를 지내더라도, 진정 신께서 이르시지 않는 일은 없었다.

6.

사시제四時祭[37]는 가운데 달에 지내지만 사정이 있으면 마지막 달도 괜찮다.
○ 옛날의 제사는 오직 기운과 냄새로만 신을 불렀는데[38] 근세엔 맛과 색만 숭상하니, 예에 어긋난다. 제사 음식은 반드시 간단하게 해야 한다. 오늘날 세상에서 '진미'라고 하는 음식들은 절대 사용하면 안 된다. 기운과 냄새로 부르기에 힘써 '훈호焄蒿'[39]의 뜻을 잃지 않도록 해야 한다.

7.

기일엔 우선 시속을 따라 예를 갖추어 정침에서 지내되, 제사 음식은 시제보다 더욱 간단하게 한다. 제사가 끝나면 신주를 넣은 뒤 정침 문밖으로 물러나 곡한다.

---

37 사시제(四時祭) : 원문은 '시제(時祭)'이다. 중월(仲月) 즉 사계절의 가운데 달인 2월·5월·8월·11월의 삼순(三旬) 정일(丁日) 또는 해일(亥日)을 택하여 고조(高祖) 이하의 조상에게 드리는 제사이다.

38 오직 기운과 냄새로만 신을 불렀는데 : 『예기』「교특생(郊特牲)」에 "지극히 공경하는 대상에게는 진미를 올리지 않으며 기운과 냄새를 귀하게 여긴다(至敬不饗味而貴氣臭也)."라고 하였다.

39 훈호(焄蒿) : 각주 28 참조.

8.

묘제墓祭는 1년에 두 번 지낸다. 술과 과일만 차리고, 풍성하게 차리지 않는다. 삼헌을 한다. 제사를 지내는 대수代數가 끝난 뒤[40]에는 제사하지 마라. 1년에 두세 번 성묘한다.

○묘지墓誌는 사기로 굽는다.[41] 성명과 관직을 간략하게 기록해서 묻는다. 덕행을 묘사하는 것은 옳지 않다. 세계世系와 자손도 굳이 상세히 서술할 것 없다.

○○○ 〈묘지식墓誌式〉

공의 휘諱는 ×이고, 자字는 ×이다. ×씨의 계통은 ×향鄕이다. 고考는 휘가 ×이고 ×관官을 지냈다. 비妣는 ×향 ×씨이다. 공은 ×년 ×월 ×일 간지에 태어났다. ×년에 진사가 되었고【혹은 생원】×년에 문과를 하여, 관이 ×관에 이르렀다. ×년 ×월 ×일 간지에 죽었으니, 향년이 ×십 ×이다. ×군郡 ×산山 ×방향의 언덕에 묻혔다. 배配는 ×향 ×씨이니 ×관 ×의 딸이다. 왼쪽에 부장했다【따로 묻는 경우엔 "×군 ×산에 따로 묻었다."라고 적는다. 계실이 있으면 모두 이러한 예로 적는다】. ×명의 아들과 ×명의 딸이 있다. 아들 ×는 ×관官이고, ×는 ×관이며, 딸은 ×관 성×, ×관 성×에게 시집갔다.

×는 ×향에 봉封해진 ×씨 ×관 ×의 딸이다. 비는 ×향 ×씨이다. ×년 ×월 ×일 간지에 태어났다. ×년에 ×관 ×향 ×공 ×에게 시집갔다. 황구

---

40 제사를 지내는 대수(代數)가 끝난 뒤 : 원문은 '친진(親盡)'이다. 제사를 지내는 세대의 수 [代數]가 다 된 것을 이르는 것으로, 임금은 5대, 일반인은 4대 조상까지 제사를 지낸다.
41 묘지(墓誌)는 사기로 굽는다 : 묘지는 망자의 일생을 적어 무덤에 같이 묻는 글이다. 돌에 새기거나 사기에 새겨 구워서 묻는다.

皇舅는 ×관 ×이고 황고皇姑는 ×향 ×씨이다. ×년 ×월 ×일 간지에 죽었으니, 향년이 ×십 ×이다. ×군 ×산 ×방향의 언덕에 묻혔으니, 공의 묘와 동혈同穴이다【따로 묻었으면 이 다섯 글자는 없다】. ×명의 아들과 ×명의 딸이 있다【이하는 모두 위와 같다】.

○ 묘표墓表나 묘갈墓碣[42]은 묘지墓誌에 비해 좀 더 상세하게 적는다. 그러나 서사가 지루하게 늘어져선 안 된다. 비판碑版[43]이 옛날에는 찬양하고 기리는 언어였으니, 전傳이나 행장行狀, 기사記事 등과는 문체文體가 다르다.

○ 지아비의 묘에 합장되는 부인에 대해선 굳이 따로 묘표나 묘갈을 세울 필요 없다.

○ 신도비神道碑가 있는 경우에는 묘표나 묘갈은 앞면에만 새기는 것도 괜찮다. 신도비 역시 찬양하고 기리는 문체를 본받는다.

○ 묘 앞에 세우는 석물은 혼유석魂遊石[44]·상석牀石·향로·망주望柱[45] 외엔 더하지 않는다.

○ 평소 몹시 좋아하던 옛 책이나 자신이 지은 책에서 뽑아 책 하나를 만들어 묘지墓誌와 함께 묻는다.

9.

생일에 영당에서 지내는 차례는 음식은 풍성하게 차리고 의례 절차는 간

---

42 묘표(墓表)나 묘갈(墓碣) : 묘표는 무덤의 표석에 새긴 글이다. 묘갈은 비석에 새긴 글인데, 묘비와 묘갈은 비석의 형태와 위계로 구분된다.

43 비판(碑版) : 문자가 새겨진 비석 혹은 비석상의 각문을 가리키는 말이다.

44 혼유석(魂遊石) : 혼령이 나와서 노는 돌이라는 뜻으로, 무덤과 상석(床石) 사이에 놓는 장방형의 돌이다. 묘제 때 신이 제수(祭需)를 흠향하는 자리이기도 하다.

45 망주(望柱) : 무덤 앞 양쪽에 세우는 한 쌍의 돌기둥이다.

단하게 한다. 한 번만 잔을 바치고―獻 축문은 사용하지 않으니, 오늘날의 초하루 차례처럼 한다.

○영당 안에는 남기신 옷과 남기신 책, 평소 좋아하시던 애장품 같은 것을 함께 보관한다. 초상화가 없는 사람은 남기신 옷을 늘어놓고 차례를 지낸다.

○초상화는 봄가을로 내다 햇볕을 쬐어 준다. 햇볕을 쬐는 날엔 술과 과일로 참배한다.

○[제사의] 대代가 다하면 초상화는 사당 안 궤짝에 넣어 보관하고, 봄가을의 참배 날에 꺼내 햇볕을 쬐어 준다.

10.

사당의 초하루 참배에는 술·과일·포·소금을 차린다. 보름에는 분향만 한다.

○세속의 명절을 폐할 수는 없지만, 음식은 간단하게 해야 한다. 술·과일·포·소금 이외에 계절 음식을 차릴 뿐이다.

○주인은 날마다 새벽에 사당에 뵙고 다시 영당에 뵙는다. 병고가 있으면 자제들에게 대신하게 해도 된다.

11.

사당 좌우의 협실엔【갑1】 제기와 의자·탁자 따위를 보관한다. 바깥 창고에 다른 것들과 섞어 놓을 수 없는 선대의 유적도 함께 보관한다.

○묘정비廟庭碑에【갑1】 새기는 명銘은 대대로 이어진 덕을 간단히 서술하고, 이어서 자손을 훈계하는 뜻을 적는다.

12.

매년 12월에 지신제地神祭를 의례대로 한 번 지낸다.

13.

매일 새벽에 일어나, 주인은 의관 정제하고 남쪽을 향해 앉는다. 남녀 자손들이 차례로 나와 절을 하고【부부는 서로 절한다】자리로 간다. 물러나라고 명하면 물러나, 각기 자기 일을 한다. 남녀 종들도 뜰에 차례대로 서서 참여해 뵙는다.

○ 매일 한 번씩 가정 강학家講을 시행하는데, 시간에 구애되지 않는다. 주인이 남쪽을 향하고 앉으면 자손들이 좌우로 나누어 모시고 앉는다. 혹시 친척이나 빈객이 왔으면 역시 좌우로 나누어 앉는다. 시자侍者가 경서 한 권을 바치면 주인이 먼저 한 장章을 읽는다. 자손들이 차례로 한 장씩 읽고, 끝나면 글의 의미를 풀이하고 토론한다. 자리에 있는 친척이나 빈객들도 각기 소견을 말한다. 다시 역사서 한 권을 바치고 똑같이 한다. 마치면, 옛날의 아름다운 말과 착한 행실들에 대해 서로 이야기하고, 벼슬살이나 집안 다스리는 방법에 대해 논의하기도 한다. 다음 날이 되면 다시 이어서 강학한다. 한 질이 끝나면 다시 다른 책으로 바꾼다.

14.

돈회惇會. 한 해에 두세 번 시행한다【잦을수록 좋다】.

258

○○○ 〈돈회 의례惇會儀〉

따로 사는 형제와 숙질 같은 피붙이들, 가까이 사는 친척들과 모여서 먹고 마시며 잔치를 베풀고 즐긴다. 이것을 '돈회惇會'라고 한다.

○다 모이면 먼저 사당에 참배한다. 가장이 바깥채의 정당에 올라 남쪽을 향하고 앉는다【친척 중 주인보다 높은 사람이 있으면, 주인은 먼저 앉도록 양보한다. 주인과 어깨를 나란히 하고 남쪽을 향해 앉는데, 이를 좌장이라 한다】. 여러 아우 항렬이 일제히 나와 북쪽을 향해 차례대로 선다. 차례로 절하고 동쪽 벽으로 가서 서쪽을 향해 앉는다【연장자가 먼저 앉고, 어린 사람은 동쪽으로 나이 많은 사람을 향해 절한 다음 그 아랫자리에 앉는다. 차례대로 모두 이렇게 한다】. 자질 항렬이 일제히 나와 북쪽을 향해 차례대로 서서 절한다【다시 동쪽을 향해 여러 아우에게 절한다】. 차례로 서쪽 벽으로 가서 동쪽을 향해 앉는다【번갈아 절하고 앉는데, 여러 아우의 의식과 같다. ○ 손자 항렬 이하가 있어도 절하고 앉는 예절은 모두 같다. 손자 항렬은 아우 항렬의 아래에 앉고, 증손자 항렬은 자질들 항렬 아래 앉는다】.

○시자侍者가 경서 한 권을 바친다. 가장이 먼저 한 장을 읽는다【좌장이 있으면 먼저 읽도록 양보한다】. 여러 아우 이하, 차례대로 번갈아 한 장씩 읽는다【가장과 여러 아우는 앉은 자리 앞에 책상을 두고 읽고, 자질 이하는 가장 앞에 책상을 두고 차례로 자리로 나와 북쪽을 향해 앉아서 읽는다】. 끝나면, 서로 글의 뜻을 풀이하고 토론한다. 다시 역사서 한 권을 바치면, 앞에서처럼 번갈아 읽고 풀이하고 토론한다. 그리곤 다시 고금을 두루 논의하고, 문학文詞을 이야기하기도 하고, 벼슬살이와 집안 다스리는 방법을 이야기하기도 한다.

○음식을 내올 땐 술과 안주를 먼저 내온다. 가장 이하 차례로 마신다. 그다음 음식을 내온다. 다 먹으면 차를 내온다.

○조금 있다, 자질 이하 중에서 어린 사람 하나가 자리로 나와 북쪽을

향해 꿇어앉아서 잠箴을 외운다【아비는 자애 아들은 효도하고, 형은 우애 아우는 공경하며, 일용과 음식에, 네 떳떳한 천성을 따르라. 노인과 장자의 훈계가 있으면, 낮은 이와 젊은이는 공경하여 받들고, 젊거나 낮은 이의 경계가 있으면, 높은 자는 아름답게 여겨 받으라. 내가 늙었다고 말하며, 스스로 해이하지 말며, 내가 어리다고 말하며, 어리석게 장난치지 마라. 새벽에 일어나고 밤에 잠자며, 시서와 예를 익히라. 충실하고 믿음직하며 단정하고 삼가며, 돈독하고 은혜롭고 겸손하고 공경하라. 이로써 나아가서 임금을 섬기면, 요도 되고 순도 되리라. 백 가지 복이 모인바, 면면히 훗날의 자손까지 미치리라】. 가장 이하 모두 일어서고, 여러 아우와 자질들은 북쪽을 향해 차례로 선다. 절을 하고 다시 자리로 돌아가서 모두 앉는다. 다시 잠시 이야기하다가 각자 일어나 돌아간다【돌아갈 때 번갈아 절하는 것은 위와 같다】.

15.

가회嘉會. 1년에 두 번 시행한다【일이 있어 시행하면, 자주 해도 나쁠 것 없다】.

○○○ 〈가회 의례嘉會儀〉

주인 1인, 상빈上賓 1인【친한 벗 가운데 나이가 많은 사람】, 아빈亞賓 1인【상빈 다음으로 나이가 많은 사람】, 삼빈三賓 1인【아빈 다음인 사람】, 군빈羣賓 ─ 정해진 수 없음【모임에 참가하는 사람의 총칭】, 소상小相 1인【주인의 자제나 친척 중 연소자, 주인의 예 집행을 돕는다】, 찬빈贊賓 1인【빈의 자제나 모임 중의 연소자, 상빈의 예 집행을 돕는다】, 주인의 자제 ─ 정해진 수 없음【없으면 뺀다】, 빈의 자제 ─ 정해진 수 없음【상빈부터 군빈까지의 자제로 부형을 따라온 자들의 총칭. 없으면 뺀다】, 사송司誦 1인【모임 중 연소자가 잠사箴辭 낭송을 맡는다】, 도찬都贊 1

인【모임 중에서 선택해, 의례의 낭독을 맡는다】, 규정紏正 1인【모임 중에서 뽑아 모인 사람들의 실언이나 실례를 고하고 바로잡는 일을 맡는다】, 복집사僕執事 ― 정해진 수 없음【주인의 하인들 중 민첩하고 일 잘하는 자를 선택해 정한다. 식기류의 심부름을 맡는다. 빈의 하인 중 적당한 자가 있으면 참여시켜도 좋다】.

아름다운 초대嘉速

정해진 날로부터 사흘이나 닷새 전에 주인은 자제를 보내 상빈上賓을 청한다. 상빈은 사양하지 않는다.

○ 정해진 날로부터 하루 이틀 전에 하인들을 보내 편지로 여러 빈賓들과 모임에 참여키로 응한 사람들을 두루 청한다.

아름다운 준비嘉陳

그날이 오면 새벽에 복집사僕執事가 대청마루中堂[46]를 물 뿌려 쓸고, 주인의 자리를 마루의 동쪽 벽에 서향으로 설치한다. 상빈上賓과 아빈亞賓, 삼빈三賓의 자리는 서쪽 벽에 동향이다. 각각 앞에 책상 하나씩 놓는다. 소상小相의 자리는 주인의 왼쪽에서 조금 뒤로 물러나 서향이다. 찬빈贊賓의 자리는 삼빈의 오른쪽 조금 뒤로 물러나 동향이다. 도찬都贊의 자리는 서쪽 계단 위, 동향이다. 규정紏正의 자리는 동쪽 계단 위, 서향이다. 사송司誦의 자리는 두 계단 사이, 북향이다. 여러 빈들羣賓의 자리는 도찬의 뒤, 동향이다. 주인의 자제와 빈들의 자제 자리는 규정의 뒤, 서향이다. 높은 책상을 마루 북쪽 벽에 남향으로 두고, 위에는 현주玄酒[47] 한 동

---

[46] 대청마루[中堂] : 제사 때 신주를 놓거나 중요한 손님을 맞이하거나 의식을 집행하는 집 가운데의 마루를 가리키는 말이다.

[47] 현주(玄酒) : 제사에 사용하는 맑은 물을 말한다. 『예기』「예운(禮運)」에 "현주는 실에 있고 예잔은 호에 있다(玄酒在室, 醴酸在戶)."라고 한 것에 대해 공영달(孔穎達)은 "현주는 물이다. 빛이 검기 때문에 현(玄)이라 하는데, 태곳적에는 술이 없어 물로 술을 대신하였기 때문에 현주라 한다."라고 풀이했다.

이, 술 한 동이, 포 한 쟁반을 둔다【마련된 음식은 전부 부엌으로 쓰이는 곳에 배열한다】.

○복집사가 깨끗한 방 두세 곳을 물 뿌리고 쓸어서, 상빈과 여러 빈이 처음 왔을 때 휴식하는 곳으로 삼는다.

아름다운 마중嘉迎

오기로 한 사람이 모두 온다【사정이 있어 못 오는 자는 편지로 알린다. ○아빈 이하 여러 역할을 정한다】.

○주인은 복건과 도포 차림으로【상빈·아빈·삼빈, 소상·찬빈·도찬·규정· 사송의 복색도 모두 같다】동쪽 계단 아래 내려선다. 소상은 그 왼쪽에 선 다. 상빈이 나와서 서쪽 계단 아래 서고, 찬빈이 그 오른쪽에 선다【도찬은 찬빈의 오른쪽에 서고, 규정은 소상의 왼쪽에 선다】.

○소상은 주인을 도와 상빈에게 읍하도록 한다【도찬은 이제 의례를 낭독 하기 시작한다】. 찬빈은 상빈을 도와 답례로 읍하도록 한다.

○주인이 동쪽 계단으로 나가고 소상도 따른다. 상빈은 서쪽 계단으 로 나가고 찬빈도 따른다. 주인이 상빈에게 먼저 오를 것을 청하고, 상 빈은 사양한다. 주인이 한 계단 오르고, 상빈이 한 계단 오른다. 주인이 다시 먼저 오를 것을 청하고, 상빈은 다시 사양한다. 주인이 다시 한 계 단 오르면 상빈이 다시 오른다. 주인이 다시 먼저 오를 것을 청하고, 상 빈은 다시 사양한다. 주인이 오르고, 상빈도 오른다. 소상과 찬빈도 오 른다【도찬과 규정도 모두 올라서 각기 마련된 자리에 가서 선다】. 소상이 주인을 도와 자리로 나가고, 찬빈은 상빈을 도와 자리로 나간다. 주인은 상빈에 게 읍하고 먼저 앉기를 청하고, 상빈은 사양한다. 주인이 먼저 앉으면 상빈이 앉는다. 소상·찬빈은 각각 좌석에 나가 선다【주인은 상빈과 안부를 물으며 수인사를 한다】.

○소상이 무릎을 꿇고 여러 빈을 맞이하길 청한다. 주인이 소상을 보

내 아빈과 삼빈을 맞는다. 아빈과 삼빈이 서쪽 계단으로 오르면, 주인은 두 계단을 내려가 맞이한다.

○주인이 복집사를 보내 군빈을 맞는다. 군빈이 서쪽 계단으로 오르면, 주인은 한 계단 내려가서 맞는다.

○여러 빈이 각각 좌석에 나간다【여러 빈 중 주인과 맞절을 해야 하는 사람이 있다면, 마루 가운데서 맞절을 한다】.

○ 주인의 자제들이 모두 나와서 빈들께 절한다【상빈·아빈·삼빈에게만 절한다. 그러나 군빈 중 절해야 할 사람이 있으면, 그에게도 절한다. 절을 받은 사람은 평소 하던 대로 답하기도 하고 하지 않기도 한다】. 빈의 자제들이 모두 들어와 주인께 절하고【주인은 평소의 예와 같이 답하기도 하고 하지 않기도 한다】 각기 좌석으로 간다【소상 이하의 여러 사람은 이때 절해야 할 사람들에게 각각 절한다】.

첫째 잔初觶

사송司誦이 자리에 나가 무릎을 꿇고 목소리를 길게 뽑아 제1장을 낭송한다【길일의 아름다운 날, 이 좋은 만남이 펼쳐졌네. 군자가 오셨으니, 내 마음이 즐겁도다. 맛난 술은 없어도, 술잔을 함께하고 싶도다. ○ 연주를 잘하는 사람이 있으면, 낭송할 때마다 피리와 거문고로 합주한다. 없으면 빼도 된다】.

○소상이 작은 술잔 하나를 가지고 술상 앞으로 나가 잔에 술을 따라 주인 앞의 탁자에 놓는다. 주인이 일어나 읍하고, 상빈도 일어나 읍하여 답례한다. 모두 다시 앉는다. 주인이 술잔을 가져다 손을 들어 소상에게 준다. 소상은 그것을 받아 상빈 앞 탁자 위에다 놓는다. 따로 작은 접시 하나를 가져다 포를 잘게 찢어 담아서 술잔 곁에 둔다. 상빈이 술을 가져다 마시고 포를 가져다 씹는다. 일어나 읍한다. 주인도 일어나 읍하여 답례한다. 모두 다시 앉는다. 찬빈이 나아가 잔을 가지고 술상 앞으로 가서, 술을 따라 상빈 앞의 탁자 위에 놓는다. 상빈이 일어나 읍하고, 주인도 일어나 답례로 읍한다. 모두 다시 앉는다. 상빈이 술잔을 가져다

손을 들어 찬빈에게 준다. 찬빈은 그것을 받아서 주인 앞의 탁자 위에 놓는다. 따로 작은 접시 하나를 가져다 포를 잘게 찢어서 담고 술잔 곁에 둔다. 주인이 술을 가져다 마시고, 포를 가져다 씹는다. 일어나 읍한다. 상빈이 일어나 답례로 읍한다. 모두 다시 앉는다. 복집사가 술잔과 접시를 거둔다.

아름다운 강론嘉講

사송이 소리를 길게 끌며 제2장을 낭송한다【길일인 아름다운 날, 군자들이 이미 오셨네. 성인과 철인의 교훈, 깊은 뜻을 듣고 싶도다. 이에 옛 역사에 미치고, 정사政事에도 이르리】.

○소상小相이 경서와 역사서 각 한 책씩 가져다 주인 앞의 탁자 위에 놓는다. 주인이 경서를 펼쳐서 한 장을 읽는다. 끝나면, 책을 소상에게 주어 상빈 앞의 탁자 위에 놓도록 한다. 상빈이 다음 장을 읽는다. 끝나면, 소상은 책을 가져다 아빈 앞의 탁자 위에 놓는다. 아빈이 다음 장을 읽는다. 끝나면, 소상은 책을 가져다 삼빈 앞의 탁자 위에 놓는다. 삼빈이 다음 장을 읽는다. 끝나면, 소상은 책을 가져다 다시 주인 앞의 탁자 위에 놓는다. 주인이 글 뜻을 토론한다. 상빈·아빈·삼빈이 각각 소견을 말한다. 주인이 역사서를 펼쳐 한 장을 읽는다. 전해서 읽고 토론하는 것은 모두 앞의 의례처럼 한다.

두 번째 잔再斝

사송이 느린 목소리로 제3장을 낭송한다【길일인 아름다운 날, 이 좋은 모임을 하네. 삼빈이 솥발처럼 이르니, 나를 사랑하여 충심으로 가르치도다. 원컨대 함께 마시고, 복을 받고 길이 편안하기를】.

○주인의 자제 한 사람이【없으면 다시 소상을 쓴다】잔을 들고 술을 따라 주인 앞 탁자 위에 둔다. 주인이 일어나 읍하고, 상빈·아빈·삼빈도 일

제히 일어나 답례로 읍한다. 모두 다시 앉는다. 주인이 술잔을 가져다 손을 들어 자제에게 준다. 자제는 그것을 받아서 상빈 앞 탁자 위에 둔다. 접시를 가져다 포를 담아 그 곁에 둔다. 상빈은 가져다 마시고 씹는다. 자제는 잔을 가져다 술을 부어 아빈 앞 탁자 위에 둔다. 접시를 가져다 포를 담아 그 곁에 둔다. 아빈은 가져다 마시고 씹는다. 자제는 잔을 가져다 술을 따라 삼빈 앞 탁자 위에 둔다. 접시를 가져다 포를 담아 그 곁에 둔다. 삼빈은 가져다 마시고 씹는다. 상빈·아빈·삼빈이 일제히 일어나 읍한다. 주인이 일어나 답례로 읍한다. 모두 다시 앉는다. 빈의 자제 한 사람이【없으면 다시 찬빈을 쓴다】술잔을 가져다 술을 따라 상빈 앞 탁자 위에 놓는다. 상빈·아빈·삼빈이 일제히 일어나 읍한다. 주인이 일어나 답례로 읍한다. 모두 다시 앉는다. 상빈이 술잔을 가져다 손을 들어 자제에게 준다. 아빈·삼빈이 모두 손을 든다. 자제가 술잔을 받아 주인 앞 탁자 위에 둔다. 접시를 가져다 포를 담아 그 곁에 놓는다. 주인은 가져다 마시고 씹는다. 일어나 읍한다. 상빈·아빈·삼빈이 일제히 일어나 답례로 읍한다. 모두 다시 앉는다. 복집사는 술잔과 접시를 치운다.

아름다운 토론嘉討

사송이 소리를 길게 끌며 제4장을 낭송한다【길일인 좋은 날, 깨끗이 물 뿌려 청소했네. 아름다운 빈들을 뵈었나니, 아름다운 덕과 훌륭한 모범일세. 바라건대 말씀을 주시어, 나를 큰 도에 이르게 하소서】.

○ 주인이 일어나 읍한다. 상빈이 일어나 답례로 읍한다. 모두 다시 앉는다. 주인이 손을 들어 상빈을 향하고 "아름다운 가르침을 받들고 싶습니다."라고 한다. 상빈이 손을 들어 답하는데 "모某가 식견이 없어, 명을 감당할 수 없습니다."라고 한다. 주인이 먼저 말을 하고, 상빈 이하가 마음 내키는 대로 이야기하고 토론한다【반드시 상빈이 먼저 답한 다음에 다른 사람이 말한다】. 혹은 도를 강론하기도 하고 혹은 문장을 논하기도 한다.

천박하고 음란한 이야기나 조정의 득실, 동시대인의 과오[를 이야기하는 것은] 절대 금지한다[범하는 일이 있으면 규정이 나와 무릎을 꿇고 고한다. "이 자리에 모종의 금기를 범하는 말이 있어 감히 고합니다." 범한 자는 일어나 실언을 사과한다].

세 번째 잔三爵['아름다운 음주嘉酡'라고도 한다]

사송이 목소리를 길게 끌며 제5장을 낭송한다[길일인 아름다운 날, 여러 현인이 다 모였네. 지금 내가 즐기지 않으면, 늙음이 장차 이르리. 바라건대 아름다운 음주로, 복을 받되 취하진 않기를].

○ 복집사 한 사람이 잔을 가져다 술을 따라 주인 앞의 탁자 위에 둔다. 주인이 일어나 읍한다. 상빈 이하 군빈에 이르기까지 모두 일어나 답례로 읍한다[주인보다 항렬이 낮거나 어린 사람은 단지 일어날 뿐 감히 읍하지 않는다]. 모두 다시 앉는다. 주인이 술잔을 가져다 손을 들어 복집사에게 준다. 복집사는 그것을 받아 상빈 앞의 탁자 위에 둔다. 접시를 가져다 포를 담아 그 곁에 놓는다. 상빈이 가져다 마시고 씹는다. 복집사는 술잔을 가져다 술을 따라서 아빈 앞의 탁자 위에 놓는다. 접시를 가져다 포를 담아서 그 곁에 놓는다. 아빈이 가져다 마시고 씹는다. 복집사는 술잔을 가져다 술을 따라 삼빈의 앞 탁자 위에 놓는다. 접시를 가져다 포를 담아 그 곁에 놓는다. 삼빈이 가져다 마시고 씹는다. 복집사는 술과 포를 가져다 여러 빈에게 두루 바친다[이때는 복집사 네다섯 사람이 함께 나와 일을 맡는다]. 군빈들은 나이 순서대로 마시고 씹는다. 상빈 이하 군빈에 이르기까지 모두 일어나 읍한다. 주인이 일어나 답례로 읍한다. [항렬이] 낮거나 어린 자들은 주인께 절한다[주인은 평소의 예와 같이 답하기도 하고 하지 않기도 한다]. 모두 다시 앉는다. 복집사 한 사람이 잔을 가져다 술을 따라 상빈 앞의 탁자 위에 놓는다. 상빈 이하 군빈에 이르기까지 모두 일어나 읍한다[항렬이 낮거나 어린 자는 일어나기만 하고 읍하진 않는다]. 주인이 답

례로 읍한다. 모두 다시 앉는다. 상빈이 술잔을 가져다 손을 들어 복집사에게 준다. 아빈 이하 군빈에 이르기까지 모두 손을 든다. 복집사가 술잔을 받아 주인 앞의 탁자 위에 놓는다. 접시를 가져다 포를 담아 그 곁에 놓는다. 주인이 가져다 마시고 씹는다. 일어나 읍한다. 상빈·아빈 이하 군빈에 이르기까지 모두 일어나 답례로 읍한다【항렬이 낮거나 어린 자는 일어날 뿐 읍하지 않는다】. 모두 다시 앉는다. 복집사가【네다섯 사람】 다시 술과 포를 가져다 여러 자제에게 두루 낸다. 나이 차례로 모두 마시고 씹는다【소상 등 여러 집사자 중 빈과 주인의 자제들인 자는 여러 자제 사이에서 나이 순서대로 마신다. 아니면 군빈 가운데서 나이 순서대로 마신다】. 끝나면 여러 자제는 주인과 상빈에게 나아가 절한다【답하든 않든 평소의 예와 같이 한다】. 복집사는 술잔과 쟁반을 치운다【더불어 책상도 치운다】. 남은 술과 포를 가지고 정원 모퉁이에 모여서 나이 순서대로 마신다. 끝나면 뜰 가운데로 나와 북쪽을 향해 순서대로 서서 절한다【술을 마실 때 과하게 취해 체모를 잃는 자가 있으면 규정이 나아가 체모를 잃었음을 고한다】.

아름다운 배부름嘉飽

사송이 소리를 길게 끌며 제6장을 낭송한다【길일인 아름다운 날, 술잔이 이미 세 번 돌았네. 변籩과 두豆는 가지런하고, 안주와 과일 달고 향기롭다.[48] 이 아름다운 뜻에 배부르니, 온갖 복이 오고 편안하리라】.

○복집사 두 사람이 각각 음식상을 들어, 먼저 주인과 상빈 앞에 나누어 놓는다. 다시 아빈 이하 여러 자제까지, 차례로 그 앞으로 날라 놓는

---

48 변(籩)과 두(豆)는 …… 달고 향기롭다 : 원문의 '변두유초(籩豆有楚)'와 '효핵(肴核)'은 『시경』 「소아(小雅)·상호지십(桑扈之什)」〈빈지초연(賓之初筵)〉에서 가져온 것이다. "손님이 처음 자리에 나갈 때는 좌우가 질서 정연하거늘, 제기가 가지런하고 안주와 과일이 진열되어 있으며 술이 이미 조화롭고 아름다워, 술 마시기를 크게 함께하도다(賓之初筵, 左右秩秩. 籩豆有楚, 肴核維旅. 酒旣和旨, 飮酒孔偕)." 변과 두는 아름다운 의식용 그릇의 이름이다.

다【전부 나이 순서대로 한다. ○ 이때는 복집사 여러 사람이 다 함께 나간다】. 다 먹으면 치운다.

아름다운 마침嘉成

잠시 사이를 둔다【이때도 마음대로 토론한다. 경계할 것은 앞에 나온 것과 같다】. 사송이 소리를 끌며 제7장을 낭송한다【그대의 덕이 크고 넓으니, 내 정성껏 음식을 풍성히 차렸네. 웃음과 말소리 화기애애하며, 예의에도 어긋남 없어라. 이미 아름답게 마쳤으니, 후에는 더욱 면려하도록 하네】. 물러나 여러 빈의 자리로 간다【빈이나 주인의 자제면 자제의 자리로 간다】.

○소상이 광주리에 폐백을 담아 들고【폐백으로 정해진 물품은 없다. 마음대로 마련하면 된다. 종이나 먹, 차나 부채 따위 모두 안 될 것 없다】 주인 앞으로 나온다. 주인이 손을 들면, 소상이 받들어 상빈 앞에 놓는다. 주인이 일어나 읍하고, 상빈이 일어나 답례로 읍한다. 모두 다시 앉는다【찬빈이 폐백을 가져다 상빈의 종자에게 준다】.

○아빈 이하 여러 자제까지, 나이 순서대로 모두 동서로 나눠 선다【여러 빈과 빈의 자제들은 모두 동쪽을 향한다. 소상 등 여러 집사와 주인의 자제는 모두 서쪽을 향한다. 그러나 자제가 부형을 마주 보지는 않는다】. 서로 읍하고, 모두 다시 좌석으로 가서 앉는다.

아름다운 물러남嘉退

복집사가 날이 저물었음을 고한다. 찬빈이 꿇어앉아 아름답게 퇴장할 것을 청한다. 상빈이 주인을 향해 손을 들고 말한다. "이미 아름다운 은혜에 배부르고, 날도 저물었다고 고해 오니, 감히 물러가길 청합니다." 주인이 손을 들고 대답한다. "오늘에 이어, 자주 지극하신 가르침을 받들고 싶습니다." 상빈이 일어나고 아빈 이하 물러가려는 자들은 모두 일어선다. 주인도 일어선다. 상빈이 읍하고, 주인이 답례로 읍한다【혹시 주인과 상빈의 나이 차가 현격해 평소 맞절하는 사이라면, 마루에 올라 자리로 나갈 때와 이때 맞절한다】. 아빈 이하 물러가고자 하는 자는 모두 읍한다. 주인은 답례로 읍한다【절해야 할 자는 절한다. 주인은 평소의 예와 같이 답하기도 하고 하지 않기도 한다. 주인의 자제 중 당연히 빈에게 절해야 할 자와 여러 빈 중 맞절해야 하는 자들은 모두 이때 예를 행한다】.

소상이 주인을 인도해 동쪽 계단에 내려와 선다. 찬빈이 상빈을 인도해 서쪽 계단에 내려와 선다. 아빈 이하 돌아가려는 자는 모두 상빈의 뒤를 따른다. 주인이 읍한다. 상빈이 답례로 읍한다. 주인이 또 읍한다. 아빈 이하 물러가려는 자들이 모두 답례로 읍한다【항렬이 낮거나 어린 자들은 감히 하지 않는다】. 상빈이 먼저 나간다. 주인은 중문 안에서 전송하고, 소상을 보내 대문 밖에서 전송하도록 한다. 소상은 돌아와 빈이 돌아보지 않았음을 고한다. 아빈과 삼빈이 나가면, 주인이 다른 자제【없으면 또 소상을 쓴다】를 시켜서 대문 안에서 전송하도록 한다. 자제는 돌아와 빈이 돌아보지 않았음을 고한다. 여러 빈 이하 모두 나갈 때, 주인은 복집사를 시켜 중문 밖에서 전송하도록 한다. 복집사는 돌아와 빈이 돌아보지 않았음을 고한다【주인과 빈이 계단을 내려올 때, 도찬은 서쪽 계단을 내려와 동쪽을 향해 서서 의례를 읽는다】.

간략한 의례省儀

일이 있어 자주 시행하게 된다면, 번번이 예를 갖출 필요는 없다. 상빈만 세우고 아빈이나 삼빈은 생략한다【제3장의 '삼빈이 솥발처럼 이르고' 한 구절은 고친다】.[49] 상빈과 외래객을 모두 '여러 빈羣賓'이라 칭한다【객이 적으면 '군빈'이라는 명목도 없어도 된다】. 찬빈이 규정의 일을 겸한다. 소상이나

---

[49] 제3장의 '삼빈이 …… 구절은 고친다 : '솥발'이 솥의 세 발인 것처럼, 3인의 빈을 상정한 표현이기 때문이다.

도찬이 사송의 일을 겸한다【주인이나 빈의 자제 수가 적으면, 또한 '주인과 빈의 자제'라는 명목도 없앤다】. 다른 의례 절차도 참작해 생략해서 간편하게 하도록 힘쓴다【폐백 물품을 갖추기 어려우면 역시 생략한다. 복식도 일상복을 사용하고, 반드시 복건과 도포일 필요는 없다】.

16.

자제들은 뜻을 같이하는 자들과 약속해서 문회文會를 한다.

○○○ 〈문회 의례文會儀〉

뜻을 같이하고 수업을 같이하는 선비들이 인원에 구애되지 않고 약속해서 모임을 갖는다. 한 달에 두 번 거행한다.

초하루 모임朔會

매월 초하루에서 초닷새 사이, 각자 일 없는 날을 골라 초하루 모임朔會을 한다. 여러 사람 중 살림이 좀 넉넉하고 집이 넓은 자가 주인이 되어, 모두 그 집에 모인다【또는 돌아가며 주인이 되어도 된다】.

○여러 사람이 다 도착하면 주인은 건복巾服[50] 차림으로 계단을 내려와서 맞이한다. 각각 자리로 나가 서로 읍한 다음 좌정한다【주인은 서쪽을 향하고 여러 객은 나이 순서대로 동쪽을 향한다】. 집사執事가 차를 내온다.

○주인은 자제【혹은 하인】에게 앉은 자리 앞에 각각 탁자 하나씩 놓게 한다. 주인과 여러 사람은 각각 소매에서 지난달에 읽고 본 책의 과제 기

---

50 건복(巾服) : 조선시대 성균관 유생이나 선비들의 의관(衣冠)을 지칭한다.

록을 꺼내 탁자 위에 놓는다【'읽기讀'는 반드시 경서여야 한다. 한 달의 과제는 100줄 이상이어야 한다. '보기看'는 어떤 책이든 상관없으나, 패설稗說과 이교異敎의 서적은 허락되지 않는다. 한 달 과제는 100장張 이상이어야 한다. [그보다] 적은 자는 벌을 받는데, [벌에 대한 규정은] 아래에 있다】. 돌려 보기가 끝나면, 주인은 자제에게【혹은 하인에게】 명해 각자가 과제로 삼은 책들을 가져다 각각의 탁자 위에 나누어 놓게 한다. 주인은 과제로 삼은 경서 가운데 한 장章을 읽는다【다른 사람이 집어내 읽게 한다. 아래도 모두 마찬가지다】. 여러 사람과 글의 뜻을 질문하고 답변한다. 다시 본 책 중의 한 장을 읽고, 앞에서처럼 질문하고 답변한다. 나이 순서에 따라, 여러 사람이 모두 앞서와 같이 읽고 질문하고 답변한다【주인의 자제 중 독서하는 자가 있으면, 말석에 나와 북쪽을 향해 앉아 책을 가져다 읽고 질문과 답변을 해도 좋을 것이다】.

○주인 및 여러 사람은 보고 읽을 때 차기箚記[51]한 것을 소매에서 꺼내 주인의 자리에 합해 놓는다.

○마침내 서책과 책상을 치우고, 서로 토론한다. 경계할 것은 가회嘉會와 같다.

○조금 있다가 술과 음식이 나오면, 주인이 일어나 읍한다. 여러 객은 일어나 답례로 읍한다. 모두 다시 앉는다. 집사가 술과 음식을 바치면, 각기 취하고 배부르도록 먹고 마신다.

○여러 사람 중 한 사람이 말을 기록하는 책임을 맡는다【혹은 돌아가며 정한다】. 모임 중에 강론하고 분석한 것과 이야기하고 토론한 것을 기록하여【돌아간 뒤, 기록을 내다 여러 사람에게 돌려 보여 산정한다】, 모아서 책자로 만든다.

○흩어질 때, 주인은 계단을 내려와서 읍하며 전송한다. 여러 객은 모

---

51 차기(箚記) : 글을 읽으며 느낀 점에 대해 자신의 견해를 간단하게 적은 기록을 말한다. 때론 독서 내용의 발췌가 되기도 한다. 오늘날의 독서 후기나 비망록이라고 할 수 있다.

두 답례로 읍하고 물러난다.

보름 모임望會

15일에서 20일 사이, 각자 일이 없는 날을 뽑아 보름 모임望會을 한다. 맞이하고 앉고 차를 내오는 것은 초하루 모임朔會과 같다.

○주인이 초하루 모임 때 수합한 차기를 내다가【초하루 모임과 보름 모임 사이에 주인은 수합한 차기를 여러 사람의 처소에 돌린다. 여러 사람은 각기 자기 소견을 기록하고 평해서, 다시 주인의 처소로 돌려보낸다. 이때 내보인다】돌려 보인다. 끝 나면【만약 다 돌려 보지 못했으면, 다음 달 초하루 모임 때 수합해도 된다】, 초하루 모임 때 토론을 기록한 것과 함께 책자로 만든다.

○ 주인이 일어나 읍한다. 여러 객도 일어나 답례로 읍한다. 주인의 자제가【혹은 하인】지팡이와 신발·붓과 벼루 따위를 챙겨서, 서로 이끌고 높은 곳에 오르기도 하고, 배를 띄우기도 하고, 꽃을 감상하기도 하고, 눈을 구경하기도 하며【그 계절과 경물에 따라 마음 내키는 대로 간다. 멀면 나귀나 말을 타기도 한다. 달구경을 하고 싶다면 밤으로 모임을 약속한다. 모두 안 될 것 없다】, 마음껏 이야기하고 내키는 대로 즐긴다. 다만 실언을 경계하고 술 주정을 금하는 것은 모두 가회와 같다.

○ 술과 음식이 나오면, 읍한 다음에 먹는 것은 초하루 모임과 같다.

○ 운韻을 뽑아【혹은 운을 나누어分韻[52]】각각 시 한 수씩 짓는다. 끝나면, 다시 각자 문체 하나씩 뽑아【가歌·부賦·고체시·근체시, 고문의 각종 문체를 사람 수대로 나눠 정한다. ○ 따라온 주인의 자제가 있으면 함께 짓고 함께 뽑는다】돌아간 후에 지어서 서로 보이게 한다【그달 그믐을 넘기지 않도록 한다】.

○ 초하루 모임에서처럼 이야기를 기록하고, 지은 시도 함께 기록한

---

52 운을 나누어[分韻] : 분운은 여럿이 시를 지을 때 운자(韻字)로 쓸 글자를 몇 글자 미리 정해 놓고, 각자 한 글자씩 분배받아 그것을 이용해 시를 짓는 것이다.

다. 돌아간 다음에 지은 것은 나중에 덧붙여 기록해서 앞의 책에 부록으로 잇는다.

○ 유람 나온 곳에서 곧장 흩어질 수도 있고, 주인집에 돌아와서 흩어질 수도 있다. 흩어질 때는 초하루 모임에서처럼 서로 읍한다.

잡례雜例

과제가 규정을 채우지 못하거나【읽기 100행, 보기 100장의 규정을 가리킨다】, 글을 짓는 기한을 넘기거나【모임에서 지었는데 완성하지 못했거나, 돌아간 뒤 짓는 것이 그믐을 넘긴 것을 가리킨다】, 경계와 금지를 어긴【이야기하고 토론할 때 실언하거나 술 마신 뒤에 체모를 잃는 따위이다】 사람은 벌로 냉수를 한 사발 마신다. 세 번 범하면 모임에서 내보낸다.

○ 회원들은 모임 때가 아니라도 덕업德業을 서로 권하고 과실을 경계한다. 여러 번 권해도 듣지 않거나, 경계해도 고치지 않는 자는 모임에서 내보낸다.

○ 이유 없이 모임에 참석하지 않는 자는 내보낸다.

○ 까닭이 있어 참석하지 못하는 자는 과제에 대한 기록과 차록箚錄[53]을 모임에 보낸다【초하루 모임을 가리킨다. ○ 다음 모임에서 두 달 치 과제를 함께 강해도 된다】. 모임에서 지은 운韻과 뽑힌 문체를 적어 보내 나중에라도 짓게 한다【보름 모임을 가리킨다】.

○초하루 모임을 거르면【일 있는 사람이 많아 적당한 날이 없으면 거른다】, 차록만 서로 보여 준다. 그리고 보름 모임 때 과제에 대한 기록을 꺼내 추가로 강한다【유람하기 전에 한다】. 보름 모임을 걸렀더라도, 다음 달 초하루 모임 때 굳이 유람을 더 할 것은 없다. 또 반드시 시문을 추가로 지을 것도 없다.

---

53 차록(箚錄) : 각주 51의 '차기'와 같다.

○○○ 부록 〈세 가지 모임 의례에 붙이는 서문三會儀序〉

삼대三代 이후 다시는 삼대가 있을 수 없음은 어째서인가? 배우지 않기 때문이다. 시서詩書·육경六經 등 선왕의 전적이 모두 있는데 어째서 배우지 않는가? 예禮가 시행되지 않기 때문이다.

옛날 학자들은 한 가지 동작이나 말하고 침묵하는 것에서부터 음식이나 의복과 패물, 타거나 걷고 메거나 지는 것, 연회와 놀이, 잠자고 쉬는 것에까지 모두 주도면밀한 규정과 제도가 있었다. 그러므로 그 근육과 뼈마디가 절하고 읍하는 것에 익숙하고, 눈과 귀는 장엄한 것에 젖어 있었다. [그러므로] 도道에 들어가는 것이 매우 빨랐다.

오늘날의 학자들은 [학식이] 높은 자는 심성心性이나 따지고, 낮은 자는 문예詞翰로 치달린다. 집안의 일상적인 복장이나 식사 예절, 들어가 부형을 모시고 나와 빈객을 응대하는 것에 이르기까지 모두 간편하고 즐거운 것을 좇아, 되는대로 맡겨 둔다. 조회나 제사, 관례·혼례 같은 일이나 돼야 비로소 '예禮'라는 것이 있다. 그러니 새벽에 조상에게 제사라도 지내면 종일 다리에 쥐가 난다. 조정에 나아가기라도 하려면 고달프기가 먼 길이라도 가는 것 같다. 사지가 이처럼 멋대로 하는 데 익숙해져 있으니, 어찌 도에 들어가길 기대하겠는가?

전에 사람들에게 물어본 적이 있다.

"고례古禮가 폐지되긴 했지만 남아 있는 것도 많습니다. 지금 사람들은 왜 시행하지 않는 것일까요?"

"의복이 옛날과 다르고, 음식이 옛날과 다르고, 집과 수레, 집기들과 음악이 옛날과 다릅니다. 집이 벽옹辟雍이 아니니 노인을 봉양할 수 없고,54 벼슬이 향대부鄕大夫가 아니니 향음주례鄕飮酒禮를 시행할 수 없습

---

54 집이 벽옹(辟雍)이 …… 수 없고 : '벽옹'은 태학이다. 고대에는 천자가 태학에 행차해서, 양

니다."

"왜 지금의 상황으로 옛것을 참작해 더하고 빼서 시행하지 않습니까?"

"천자가 아닌데 제도를 만드는 것을 '참람하다'라고 하고, 성인이 아닌데 예를 바꾸는 것을 '건방지다狄'라고 했습니다."

"그러니, 천하에 시행할 수는 없을 것입니다. [그러내] 내 일신과 내 집안에 시행해서, 내 몸을 단속하고 내 자손에게 물려주는 것이야 왜 안 되겠습니까?"

이에 항해자는 손수 몇 가지 의례를 초안해서, 집안에서 시행하려 한다. [그리고] 그 사람에게 말했다.

"대사례大射禮는 제후라야 시행할 수 있고, 향사례鄕射禮는 주장州長이 주인이 됩니다. [그러내] 공자께선 그런 지위에 계시지 않았지만, 확상矍相의 들에서 활쏘기를 하셨습니다.[55] 옛날엔 예에 구애되지 않았던 것입니다. 주周의 변籩과 두豆는 상商의 호瑚와 연璉이 아닙니다.[56] 은殷의 보후黼冔는 하후씨夏后氏의 무추毋追가 아닙니다.[57] [그러니] 지금 사람들이 놋쇠 접시와 은잔으로 조상께 제사를 지내더라도, 사랑과 정성이 있다면 신께서 흠향하지 않으실 걱정은 없습니다. 맹자께선 '오늘날의 음악은 옛날의 음악에서 나온 것이다.'[58]라고 하셨습니다. '이보貍步'와 〈추우騶

로례(養老禮)를 시행했다. 예를 들어, 『후한서(後漢書)』「현종효명제기(顯宗孝明帝紀)」에는 영평(永平) 2년 10월 임자일에 "벽옹에 행차하여 처음으로 양로례를 행하였다(幸辟雍初行養老禮)."라는 기록이 나온다.

55 확상(矍相)의 들에서 활쏘기를 하셨습니다 : '확상'은 옛 지명으로, 중국 산동성 곡부(曲阜)에 있다. 후엔 학궁에서 활쏘기를 익히는 장소를 가리키는 말이 되었다. 『예기』「사의(射義)」에 "공자가 확상의 들에서 활을 쏘니, 사람들이 담장처럼 둘러싸고 보았다(孔子射於矍相之圃, 盖觀者如堵墻)."라고 했다.

56 주(周)의 변(籩)과 …… 연(璉)이 아닙니다 : 변·두와 호·연은 모두 제기의 이름이다. 변(籩)은 대그릇이고, 두(豆)는 나무 접시이다. 주의 제도이다. 호(瑚)와 연(璉)은 모두 곡식을 담는 제기로, 옥으로 장식했다. 상(商)은 은(殷)의 다른 이름이다.

57 은(殷)의 보후(黼冔)는 하후씨(夏后氏)의 무추(毋追)가 아닙니다 : 보후와 무추는 모두 고대에 머리에 쓰던 관이다.

虞)의 예절59은 폐지되었지만, 나무 화살과 헝겊 과녁으로도 덕을 보일 수 있습니다. 〈사하肆夏〉와 〈채제采齊〉의 예절60은 폐지되었지만, 조개를 엮고 옥을 깎아서도 치우침을 막을 수 있습니다. '과표過表'와 '축금逐禽'의 예절61은 폐지되었지만, 말의 짝을 맞추고 오른손으로 몰아62 법도에 맞게 몰 수 있습니다. 노고魯鼓와 설고薛鼓의 예절63은 폐지되었지만, 구리 항아리와 붉은 화살로도 공경하고 봉양할 수 있습니다. 내가 예에 어두워, 두루 미치지는 못합니다. [그러니] 뜻을 같이하는 선비들께서 합심

---

58 오늘날의 음악은 …… 나온 것이다 : 『맹자(孟子)』 「양혜왕 하(梁惠王下)」에 나오는 말이다.
59 '이보(貍步)'와 〈추우(騶虞)〉의 예절 : '이보'는 고대에 대사례(大射禮)를 행할 때 활 쏘는 자리에서 과녁까지의 거리를 측정하던 기구이다. 『주례(周禮)』 「하관(夏官)·사인(射人)」에 나온다. "왕의 대사에서는 이보로 세 과녁을 베푼다(若王大射, 則以貍步張三侯)."라고 했는데, 정현(鄭玄)은 "살쾡이는 잘 잡는 동물이다. 행하면 멈춰서 계산하니, 발하면 반드시 잡는다. 이 때문에 후도를 헤아리는 것이 그것을 본받았다(貍, 善搏者也. 行則止而擬度焉, 其發必獲. 是以量侯道法之也)."라고 주석했다. 〈추우〉는 『시경』 일시(逸詩)의 편명이다. 제후가 사례(射禮)를 거행할 때 부르던 노래이다. 『주례(周禮)』 「춘관(春官)·악사(樂師)」에 "왕은 〈추우〉로 절도를 삼고, 제후는 〈이수〉로 절도를 삼고, 대부는 〈채빈〉으로 절도를 삼고, 사는 〈채번〉으로 절도를 삼는다(凡射, 王以騶虞爲節, 諸侯以貍首爲節, 大夫以采蘋爲節, 士以采蘩爲節)."라고 했다.
60 〈사하(肆夏)〉와 〈채제(采齊)〉의 예절 : 〈사하〉와 〈채제〉는 모두 옛 악곡명이다. 일설에는 일시(逸詩)의 이름이라고도 한다. 『주례』 「춘관(春官)·악사(樂師)」에 "걸을 때는 〈사하〉에 맞추고, 재빠르게 갈 때는 〈채제〉에 맞춘다(行以肆夏, 趨以采齊)."고 했다.
61 '과표(過表)'와 '축금(逐禽)'의 예절 : '과표'와 '축금'은 각각 '과군표(過君表)'와 '축금좌(逐禽左)'를 가리킨다. 『주례(周禮)』 「지관사도(地官司徒)·보씨(保氏)」에서 말하는 '오어(五御)' 중 두 가지이다. '오어'란 수레를 모는 다섯 가지 방법인데, 명화란(鳴和鸞)·축수곡(逐水曲)·과군표(過君表)·무교구(舞交衢)·축금좌(逐禽左) 등이다. 이 중 천자를 나타내는 표시나 자리를 지날 때 예의를 갖추는 것이 '과군표'이고, 사냥할 때 짐승을 쫓으면서 왼쪽에서 활을 쏘아 잡는 것이 '축금좌'다.
62 오른손으로 몰아 : 원문은 "우견(右牽)"이다. 『예기』 「곡례 상(曲禮上)」에 "말이나 양을 바칠 때는 오른손으로 몰고, 개를 바칠 때는 왼손으로 몬다(效馬效羊者右牽之, 效犬者左牽之)."는 말이 나온다. 이에 대해 공영달(孔穎達)은 "말이나 양은 힘이 세다. 사람의 오른손도 역시 힘이 세다. 그러므로 오른손으로 잡아 제어하는 것이다(馬羊多力. 人右手亦有力. 故用右手牽製之也)."라고 해석했다.
63 노고(魯鼓)와 설고(薛鼓)의 예절 : 투호례(投壺禮)를 할 때 치는 북의 이름이다. 『예기』 「투호(投壺)」에는 투호례를 할 때, 노고와 설고를 치는 음절이 □과 ○ 두 가지 부호로 표시되어 있다.

하여 이루어 주시길."

○ 자제들이 학업을 닦는 데는 반드시 시간표時課가 있어야 한다.

○○○ 학업 시간표時課式

· 자시子時[64] : 봄가을에는 자시 초初에 취침한다. 여름에는 자고, 겨울
  에는 공부하다가 자시 말末이 되면 취침한다【잠자리에 들어, 베갯머리에
  서 아침과 낮에 공부한 것을 생각한 다음에 잔다】.
· 축시丑時 : 잔다.
· 인시寅時 : 봄가을엔 인시 말, 여름엔 인시 정正에 일어난다. 세수와
  양치질을 하고 어버이께서 일어나시길 기다려 새벽 문안을 드린다.
  어버이께서 일어나지 않으면 예전 책을 가져다 복습한다. 겨울엔 잔다.
· 묘시卯時 : 봄· 가을· 여름엔 새벽 문안 후 물러 나와 과제를 한다. 겨
  울엔 봄· 가을· 여름의 인시寅時와 같다.
· 진시辰時 : 봄· 가을· 여름에는 과제를 하고 책을 읽는다. 시간이 나면
  역사를 읽거나 글씨를 쓴다. 겨울엔 봄· 가을· 여름의 묘시卯時와 같다.
· 사시巳時 : 아침밥을 먹고 공부한다【외출이나 방문을 하기도 한다】.
· 오시午時 : 공부한다. 시간이 나면 시나 문장을 짓고, 역사를 읽거나
  글씨를 쓰기도 한다.
· 미시未時 : 위와 같다.

---

64 자시(子時) : 십이시(十二時)의 첫 번째 시각이다. 십이시는 하루를 열둘로 나누어 십이지
(十二支)의 이름을 붙여 이르는 시간이다. 자정 전후 한 시간을 첫째 시간인 자(子)시로 하
여 축(丑), 인(寅), 묘(卯), 진(辰), 사(巳), 오(午), 미(未), 신(申), 유(酉), 술(戌), 해(亥)시 순으
로 이름을 붙인다. 각 시는 다시 반으로 나누어 앞의 시간을 초(初), 뒤의 시간을 정(正)이
라 해서, 예를 들어 자초(子初), 자정(子正)처럼 부른다. 셋으로 나누는 경우엔 초(初)· 정
(正)· 말(末)로 부른다. 여기서는 풀어서 번역했다.

· 신시辛時 : 공부한다. 시간이 나면 고요히 앉아 마음을 거두어들인다.

· 유시酉時 : 위와 같다. 저녁을 먹는다【아침밥과 저녁밥을 먹을 때는 어버이께 문안드리고 모시고 먹는다. ○ 여름엔 저녁밥이 술시戌時가 되기도 한다】.

· 술시戌時 : 공부한다. 시간이 나면 고요히 앉아 마음을 거두어들인다. 책을 외우거나 시를 읊기도 한다.

· 해시亥時 : 저녁 문안을 드린다. 물러나 또 공부한다. 여름이면 해시亥時 말에 취침한다.

17.

남녀 종들은 정월의 길일과, 주인과 주모主母의 생일, 선대의 기일에 다 모여서 문안한다. 흩어져 사는 자라도 모두 온다. 이유 없이 참석하지 않으면 벌을 준다.

○ 매년 2월 8일에 노비를 모아 점고한다. 참석하지 않으면 벌을 준다.

○ 세밑에 이예吏隸들과 노비들의 공과를 따져서 상벌을 시행한다.

18.

갓의 제도는 아름답지 않고 불편하기도 하다. 복건幅巾[65]으로 사당에 들어가 제사를 받들어도 안 될 것 없다.

---

65 복건(幅巾) : 진사복 또는 유복에 갖추어 쓰는 남성용 쓰개이다. 주희(朱熹)의 『가례(家禮)』 이후 유학자들 사이에 널리 퍼졌다. 조선에서는 심의(深衣)와 함께 유가(儒家)의 법복으로 숭상되었다. 각주 6 참조.

○ 출입하고 유람할 땐 관건冠巾만 쓰는 것도 좋다. 말총으로 상투를 싸는 '관冠'을 만들되 상투보다는 좀 크게, 머리보다는 좀 작게 만든다. 그 제도는 현재의 조복朝服이나 제복祭服의 관과 대략 비슷하다. 비녀를 꽂아 고정하면 또 아주 좋을 것이다. 관직이 있는 자는 당건唐巾【속칭 탕건】[66] 좌우에 연각軟角[67]을 늘어뜨려도 된다. 비가 오면 어른은 종들에게 우산을 들고 보호하게 하지만, 젊은이는 유모립油冒笠【속칭 삿갓】을 관건의 위에 덮어쓴들 안 될 게 뭐겠는가?

○ 심의深衣[68]의 제도는 매우 좋다. 지금 사람들은 척도가 기준에 맞지 않아 못 입고, 이름만 있을 뿐이다. [그러나] 각자 자신의 척도를 기준으로 몸에 편안하게 만든다면 안 될 게 뭐 있으랴?

○ 부인은 제사 지낼 때 화관花冠[69]을 쓰고 당의唐衣를 입어야 한다. 평상시에도 관을 써야 한다. 지금 세상에서 쓰는 것은【속칭 족두리】아름답지 못하다. 역시 화관을 써야 한다. 혼례나【본3】시제時祭 때 쓰는 것은 구슬과 조개로 다소 장식해서 화려하고 성대하게 한다. 평상시에는 그 제도를 검소하게 한다. [그러나] 기제忌祭 때엔 완전히 검은색을 사용하는 것이 옳다.

---

66 당건(唐巾)【속칭 탕건】: 탕건은 조선시대 벼슬아치가 평상시에 쓰는 모자이다. 집안에서 맨 상투머리 상태로 있을 수 없기 때문에 간편하게 착용하도록 한 것이다.

67 연각(軟角): 사모(紗帽) 뒤에 좌우로 끈처럼 늘어뜨리는 것이다. 사모 초기의 제도로, 뒤에는 딱딱하게 형체가 고정된 뿔로 바뀌었다.

68 심의(深衣): 조선시대 유학자들이 입던 웃옷으로 복건과 함께 착용한다. 흰 비단으로 소매를 넓게 하여 옷깃, 소매 끝, 옷단에 검정 선을 두른다. 허리에는 띠를 두르고 오색의 띠를 늘어뜨렸다. 이 옷은 『예기』「심의(深衣)」에 나오는 것으로, 조선에선 유자의 복장으로 숭상되었다.

69 화관(花冠): 여성의 예복에 갖추어 쓰는 쓰개이다. 족두리보다 높이가 높으며, 두꺼운 종이에 무늬를 새기고 검정 칠을 한 뒤, 가장자리를 채색하고 금박을 올리고, 위쪽은 금은보화로 화려하게 장식한다. 양옆에 비녀를 꽂게 되어 있다. 대개 활옷이나 당의를 착용할 때 썼다.

第四觀 丙. 有秩念

非聖議禮, 昔謂汏.
惟古之泥, 窒斯害.
不悖于柢, 塞者兌.
矧俗之弊, 胡莫艾?
始自昏[1]祭, 達燕會,
敦爾敬悌, 革頑獷.

述 丙「有秩念」.

一.

冠必三加, 昏必親迎. 古今儀節具存, 可參酌行之. 而今人之因禮傷財, 專由浮文. 冠昏宴羞, 略倣古禮, 務從簡薄. 其他繁文之不見於古禮者, 一切省袪, 毋俾以俗參古, 可也.

二.

冠禮初加以緇布冠, 再加以幅巾, 三加有官者紗帽, 無官者笠子, 可也.

---

1 昏: 연세대본, 버클리본, 동양문고본엔 '昏'으로, 규장각본엔 '婚'으로 되어 있다.

三.

近世昏姻之行親迎者, 旣迎婦, 三宿于壻家, 而壻又三宿于婦家. 非禮也,
決不可從.

○婦同牢時及見舅姑時服, 不雅. 宜戴花冠衣唐衣.

○迎婦時, 從行婢僕不可太多, 其衣裳不可太麗. 尤不可令騎驢馬. 俗所稱
手母宜勿用.

○婦饋舅姑, 舅姑饗婦, 只可以酒醴棗脩備禮, 不宜從俗盛設.

○此外, 服佩髮髢裝䯽之屬, 流俗競尙侈靡, 壞貲損福. 其弊不可勝言. 今
不暇一一條列, 併宜痛加損削. 唯以率禮迩䫉爲務.

四.

今之喪禮, 雖與古多舛, 姑宜從今. 但初終引葬之具, 祭奠之品, 俱不可太
侈盛.

○擇兆固不可不謹. 而亦不可溺於術師之說, 過時不葬, 或屢移宅兆. 唯以
"必誠必愼勿之有悔"八字爲主. 旣葬之後, 切不可動於禍福, 廣延術師而問之.

五.

四時之祭, 祭之正也. 雖貧無室廬者, 不可不行也. 忌日之祭, 墓所之茶禮,
非古也. 今亦不可廢也. 生日之茶禮, 近或有行之者. 以古禮言之, 則忌日與
生日, 俱非禮也. 以人情言之, 則旣行於忌日, 未必不可行於生日也. 若以昔
所不行刱之爲不可云, 則忌日之始行也, 獨不刱乎? 四時之祭行之無闕. 忌日

及墓所之祭, 略設備禮. 而生日則以盛饌象生時宴品, 行于影堂【甲一】, 可也.

○○○ 〈影堂議〉

中國俗有寫影以祭者. 司馬溫公以爲非禮, 程先生曰: "或一髭髮不當, 則所祭已是別人." 劉世節則以爲猶有用尸之義, 呂坤則引商頌之思成, 以爲親於木主. 萬斯大則引祭義之'居處笑語', 以爲直當廢魂帛而不置. 徐乾學則又引文翁講堂故事, 而結之曰: "人子之至情, 奈何其去之也".

溫公·程子有宋之大儒也. 劉·呂·萬·徐衰世之俗士也. 后之人孰從而孰否, 卽居然決矣. 然禮人情之節文也. 古之聖人'何常之有', 盖亦循人情而與時損益而已. 吾之所欲從者, 溫公·程子也. 溫公·程子之所欲從者, 誰也? 獨非古之聖人周公·孔子耶? 古聖人祭親以尸. 而溫公·程子已不能從矣. 古聖人未嘗祭忌日. 而溫公·程子已不能從矣. 周公·孔子之禮, 尙有不可盡從者. 而況於其他乎? 使后世有聖人, 古禮之可損益者不勝計也. 今旣無聖人矣. 不唯無聖人而已, 又竝與溫公·程子之賢而不常有焉. 溫公·程子之禮, 吾固不可得以不從矣.

寫照藉未能酷類, 盖亦肖其七八分焉. 人之旣死, 魄歸于土. 而魂氣無不之. 朱夫子曰: "子孫之精神卽祖考之精神也." 使孝子慈孫致愛致慤, 至誠以通之, 洋洋乎如見其形而如聞其聲. 則焄蒿[2]相感之理, 旣格於毫髮不肖之木主. 而獨不格於七八分彷彿之寫照乎?

近世有篤學至行之士. 親沒旣[3]久, 思之不能忘. 嘗追思其形貌而寫之, 思塞則伏而寐. 輒夢見其親, 瞻其詳, 而補其疑. 像旣成而無一毫爽. 是固非人人之所可及也.

---

2 焄: 연세대본, 규장각본, 동양문고본, 버클리본엔 모두 '蒿'로 되어 있다. 『예기』에 따라 '蒿'로 처리했다.

3 旣: 연세대본엔 '親'으로 되어 있다.

今祖考有遺像, 子孫不得不藏于廟也. 以時展揭, 不得不拜于前也. 其逮事者, 瞻其形貌, 不能不追感而泫然也. 其未逮事者, 瞻其形貌, 不能不想象而愀然也. 若夫待之以別人, 則奚爲而藏于廟也? 奚爲而拜于前也? 奚爲而泫然而愀然也? 夫旣不待之以別人, 則亦待之以祖考之遺像矣. 旣待之以祖考之遺像, 而藏于廟而拜于前而泫然而愀然, 則獨不可設饌于卓薦醴于盞, 以象生時之燕饗耶?

今若喪焉而廢魂帛而立寫照, 祭焉而廢木主而立寫照, 自虞卒練祥, 以至四時忌日之祀, 皆不行于木主, 而行于寫照, 則古禮之所無也, 溫公·程子之所斥也. 世無聖賢, 禮無損益. 肆然而行之, 妄也狂也.

忌日之祭不見於古, 盖漢時所義起也. 剏之者未必是聖人, 而后世大賢皆從之而不能革者, 行之久而俗之成, 于人情不甚乖也. 夫忌日者人子終身之哀也. 是故, 其見於禮者, 曰"忌日不樂", 曰"忌日必哀", 曰"忌日歸哭于宗室". 子孫以是日而哭于廟門之外, 以洩其哀, 可也. 必以牲醴庶品, 娛祖考之靈於死之日者, 抑何義也? 旣以牲醴庶品娛其靈矣, 又羣聚號咷于前以譁之, 可乎?

今夫生日者, 祖考始生之日也. 有是日而后, 有祖考之身, 有祖考之身而后, 有己之身. 祖考在日, 以是日而燕樂而上壽矣. 祖考旣沒, 而子孫之身猶存. 則是日者固吾身之所由本也. 稷契之沒已千有餘年, 而玄鳥墮卵之祥·不拆不副之靈, 猶爲殷周人所慶頌者. 爲其子孫也, 又安可謂祖考已沒, 而遽棄是日以屬諸先天, 不思其所由本而慶之乎?

故曰: 忌日與生日, 均之不見於古. 而以人情之所近者言之, 則祭以生日, 猶賢乎忌日. 今於祖考已沒之後, 遇祖考始生之日, 追遠而思之, 則其油然而感, 其遽異於忌日? 陳酒食以娛其靈, 象平日之燕樂而上壽也. 譬諸死日之娛靈, 其得失又何如也? 使此禮剏行於漢唐之間, 行之久而俗之成, 則吾知后世大賢皆必以爲賢於忌日之祭也.

然今若廢忌日之祭, 而以是日出主, 行三獻之禮于正寢, 是又妄也狂也. 祭禮之通行于一世, 而有宋諸賢之無異辭者, 今悉從之, 不敢有所損益. 別立影堂, 祭以生日, 設盛饌如生時之燕樂, 薦酒醴如生時之上壽. 而簡其儀節, 略倣月朔俗節之參. 則寫照不設於祠堂, 生日不薦于神主, 不妨乎古禮, 不悖乎人情. 古所不行, 創行之而不爲妄者, 別乎廟故也. 世皆不行, 獨行之而不爲狂者, 別乎主故也. 雖溫公·程子, 必不以此禮爲非. 而彼劉·呂·萬·徐之輩, 擧將懣然心服, 悔其究之未精也.

若義門鄭氏生日祭之有祝文, 則恐太過. 其或稱'生忌"明忌'者, 名實又不倫. 生固不當謂之忌, 祭之宜正, 爲其非忌矣. 或以亡親之六十七十歲生日追壽, 而其宗族皆會賀. 或旣死, 而延畫工揭幀, 而傳其像. 婦人亦然. 此皆大失禮. 男子婦人生時未有照者, 以遺衣遺書設於影堂, 而祭其生日, 無不可. 苟子孫之至誠乎, 雖虛其位而祭, 神固未嘗有不格也.

六.

時祭用仲月, 而有故則季月亦可.

○古之祭者, 專以氣臭格神, 而近世唯尙味色, 非禮也. 饌品須省略. 今俗所稱珍異之膳, 俱宜勿用. 而務從氣臭之格, 毋失烹飪之義, 可也.

七.

忌日姑宜從俗, 備禮, 行于正寢, 而饌品比時祭益省. 祭畢, 納主後, 退哭於寢門外.

八.

墓祭歲再行. 而只設酒果, 不可豐設. 三獻. 親盡後勿祭. 歲再三省掃.

○墓誌, 燔磁. 略記姓名官銜, 以埋之. 不宜狀德. 至世系及子孫, 亦不必詳
敍.

○○○〈墓誌式〉

公諱某, 字某. 某氏系某鄉. 考諱某, 某官. 妣某鄉某氏. 公以某年某月
幾日干支生. 某年進士【或生員】, 某年文科, 官至某官. 某年某月幾日干支
卒, 享年幾十幾. 葬于某郡某山某坐原. 配某鄉某氏, 某官某女. 祔葬于
左【別葬則曰: 別葬于某郡某山. 有繼配, 皆書如此例】. 有幾男幾女. 男某某官・某
某官, 女適某官姓某・某官姓某.

某封某鄉某氏某官某女. 妣某鄉某氏. 以某年某月幾日干支生. 某年
歸于某官某鄉某公某. 皇舅某官某, 皇姑某鄉某氏. 某年某月幾日干支
卒, 享年幾十幾. 葬于某郡某山某坐原, 與公墓同穴【別葬則無此五字】. 有
幾男幾女【下並同上】.

○ 表碣比誌差詳. 而敍事亦不可太絮. 盖碑版古贊頌之辭, 非如傳狀記事
之體也.

○婦人合葬其夫墓者, 不必別立表碣.

○有神道碑者, 表碣只刻前面亦可, 而神道碑亦倣贊頌體.

○墓前石儀, 魂遊・狀石・香爐・望柱之外, 不宜有加.

○古書之平日酷嗜者或自著書, 鈔作一册, 與墓誌同瘞.

九.

生日影堂茶禮, 殷其饌品, 而簡其儀節. 一獻無祝, 如今之月朔茶禮.

○影堂中, 竝藏遺衣遺書, 或平日所愛器玩. 而無寫照者, 設遺衣, 行茶禮.

○寫照宜春秋曝曬. 曝曬之日, 以酒果行參.

○親盡則寫照檜藏于廟中, 春秋因參禮日曝曬.

十.

祠堂朔參, 設酒果脯鹽. 望日只焚香.

○俗節雖不可廢, 饌羞宜從省. 只設時食於酒果脯鹽之外, 可也.

○每日主人晨謁于廟, 又謁影堂. 有病故, 使子弟替行, 亦可.

十一.

廟左右夾室【甲一】, 藏祭器椅卓之屬. 而先世遺蹟之不可混置外藏者, 并貯之.

○廟庭碑【甲一】刻銘, 略敍世德, 仍及訓戒子孫之意.

十二.

每歲季冬, 一行地神祭如儀.

十三.

　　每日夙興, 主人衣冠, 南向坐. 子孫男女以次進拜【夫妻則互拜】, 就坐. 命退則退, 各修其業. 奴婢亦序立參現于庭.

　　○每日一行家講, 不拘早晚. 主人南向坐, 子孫分左右侍坐. 而宗族賓客或有來者, 亦分左右坐. 侍者進經書一卷, 主人先讀一章. 子孫以次各讀一章, 訖, 講辨文義. 宗族賓客在座者, 亦各言所見. 又進史書一卷, 亦如之. 訖, 相與道古嘉言善行, 或論居官治家之法. 至明日, 又續講之. 一帙訖, 又換他書.

十四.

　　惇會. 一歲再三行【愈數愈好】.

○○○ 〈惇會儀〉

　　兄弟叔侄之親異居者, 及宗族居近者, 相聚而飲食宴樂. 謂之惇會.

　　○既齊會, 先拜于祠堂. 家長升坐于外舍之正堂南向【宗族中有屬尊於主人者, 則主人讓先坐. 與主人並肩南向坐, 謂之座長】. 羣弟行齊進, 北向序立. 拜以次, 就東壁, 西向坐【年長者先坐, 少者東向拜長者, 然后坐其下. 以次皆如是】. 子侄行, 齊進, 北向序立, 拜【又東向拜羣弟】. 以次就西壁 東向坐【遞拜而坐, 如羣弟儀○如有孫行以下, 則拜坐之禮皆同, 而孫行坐弟行之下, 曾孫行坐子侄行之下】.

　　○侍者進經書一卷, 家長先讀一章【有座長則讓先讀】. 羣弟以下以次遞讀一章【家長及羣弟設几於坐前而讀, 子侄以下則設几於家長前, 以次出位進, 北向坐讀】. 訖, 相與講辨文義. 又進史書一卷, 遞讀講辨如前. 既又泛論古今, 或談文詞, 或道居官治家之法.

○饌將至, 先進酒饌. 家長以下序飲. 然后進饌. 啖已, 進茶.

○少間, 子姪以下年少者一人, 出位北向跪, 誦箴辭【父慈子孝, 兄友弟敬, 日用飲食, 率爾彛性. 耆長有訓, 卑幼欽承, 少賤有箴, 尊者嘉膺. 毋曰余耆, 而懈于躬, 毋曰我穉, 而嬉比蒙. 夙興夜寐, 詩書執禮. 忠信端恪, 敦惠孫悌. 出以事君, 可堯可舜. 百福攸會, 縣及來胤】家長以下皆起, 羣弟子姪北向序立. 拜還就席, 皆坐. 又談少頃, 各起歸次【歸時遞拜同上】.

十五.

嘉會. 歲再行【因事而行之, 則雖數無害】.

○○○〈嘉會儀〉

主人一人·上賓一人【親友中有齒德者】·亞賓一人【齒德亞於上賓者】·三賓一人【又亞於亞賓者】·羣賓無定數【參會者之總稱】·小相一人【主人子弟或親戚中年少者, 贊主人行禮】·贊賓一人【賓子弟或會中年少者, 贊上賓行禮】·主人子弟無定數【無則闕】·賓子弟無定數【上賓至羣賓之子弟, 隨父兄來者之總稱. 無則闕】·司誦一人【會中年少者, 掌誦箴辭】·都贊一人【擇於會中, 掌讀儀】·斜正一人【擇於會中, 掌斜正會中人失言失儀】·僕執事無定數【主人僕隸中以敏幹者, 擇定. 掌盂盤使令. 賓僕隸有可合者, 亦預焉, 可也】.

嘉速
前期三五日, 主人遣子弟, 請上賓. 上賓不辭.

○前期一二日, 遣僕隸, 以書徧請諸賓及應與會者.

嘉陳

至其日, 平朝, 僕執事汎埽中堂, 設主人席於堂東壁西向. 上賓亞賓三賓席於西壁東向. 前各設書丌一. 小相席於主人之左少退西向. 贊賓席於三賓之右少退東向. 都贊席於西堵上東向. 糾正席於東階上西向. 司誦席於兩階間北向. 羣賓席於都贊之後東向. 主人子弟賓子弟席於糾正之後西向. 設高卓於堂北壁南向, 上置玄酒一尊酒一尊脯一槃【所具饌羞皆排在廚所】.

○ 僕執事汎掃淨室二三所, 爲上賓及諸賓始來休息之次.

嘉迓

應來者皆至【有故未來者, 以書告. ○ 乃定亞賓以下諸名目】.

○ 主人幅巾道袍【上·亞·三賓·小相·贊賓·都贊·糾正·司誦, 服色皆同】. 降立東階下. 小相立於其左. 上賓進立西階下, 贊賓立於其右【都贊立贊賓右, 糾正立小相左】.

○ 小相贊主人揖上賓【都贊讀儀始此】, 贊賓贊上賓答揖.

○ 主人趨至東階, 小相從. 上賓趨至西階, 贊賓從. 主人請上賓先升, 上賓辭. 主人陞一級, 上賓陞一級. 主人又請先升, 上賓又辭. 主人又陞一級, 上賓又陞. 主人又請先升, 上賓又辭. 主人登, 上賓亦登. 小相贊賓亦登【都贊糾正皆登, 各就所設席, 立】. 小相贊主人就席, 贊賓贊上賓就席. 主人揖上賓, 請先坐, 上賓辭. 主人先坐, 上賓坐. 小相贊賓各就席, 立【主人與上賓敍寒暄】.

○ 小相跪請迎諸賓. 主人遣小相迎亞賓三賓. 亞賓三賓從西階升, 主人降二級迎.

○ 主人遣僕執事, 迎羣賓. 羣賓從西階升, 主人降一級迎.

○ 諸賓各就席【諸賓有當與主人互拜者, 互拜于堂中】.

○ 主人子弟皆出, 拜賓【只拜上亞三賓. 而羣賓中有當拜者, 則亦拜之. 受拜者或

答或否, 如平日例】. 賓子弟皆入, 拜主人【主人或答或否, 如平日禮**4**】, 各就席【小
相以下諸人, 皆當於此時, 各拜當拜者】.

初觶

司誦就席, 跪, 曼聲誦第一章【吉日令辰, 展此良覿. 君子至止, 我心則樂. 雖無
旨酒, 願與偕爵. ○如有善吹彈者, 每誦, 以笙瑟合奏. 無則闕之, 可也】.

○小相取一小盂, 詣酒卓前, 斟酒于盂, 進置主人前丌上. 主人起揖,
上賓起答揖. 皆還坐. 主人取酒盂, 擧手授小相. 小相受之, 置上賓前丌
上. 別取一小楪, 擘脯盛之, 置于盂傍. 上賓取酒飮之, 取脯啖之. 起揖.
主人起答揖. 皆還坐. 贊賓進取盂, 詣酒卓前, 斟酒, 進置上賓前丌上. 上
賓起揖, 主人起答揖. 皆還坐. 上賓取酒杯, 擧手授贊賓. 贊賓受之, 置主
人前丌上. 別取一小楪, 擘脯盛之, 置于盂傍. 主人取酒飮之, 取脯啖之.
起揖. 上賓起答揖. 皆還坐. 僕執事撤盂及楪.

嘉講

司誦曼聲誦第二章【吉日令辰, 君子旣至. 聖哲有訓, 思聞奧義. 爰及古史, 達于政
事】.

○小相取經書史書各一册, 置主人前丌上. 主人展經書, 讀一章. 訖,
以册授小相, 傳置上賓前丌上. 上賓讀次章. 訖, 小相取册, 置亞賓前丌
上. 亞賓讀次章. 訖, 小相取册, 置三賓前丌上. 三賓讀次章. 訖, 小相取
册, 還置主人前丌上. 主人討論文義. 上賓亞賓三賓各道所見. 主人展史
書讀一章. 傳讀討論幷如前儀.

---

4 禮 : 연세대본과 동양문고본, 버클리본엔 '禮'로, 규장각본엔 '例'로 되어 있다.

再觶

司誦曼聲誦第三章【吉日令辰, 修玆嘉會. 三賓鼎至, 寵我忠誨. 願言偕醺, 受祿永泰】.

○ 主人子弟一人【無則又用小相】取盃斟酒, 置主人前丌上. 主人起揖, 上賓亞賓三賓齊起答揖. 皆還坐. 主人取酒盃, 舉手授子弟. 子弟受之, 置上賓前丌上. 取楪盛脯, 置其傍. 上賓取飲啖之. 子弟取盃斟酒, 置亞賓前丌上. 取楪盛脯, 置其傍. 亞賓取飲啖之. 子弟取盃斟酒, 置三賓前丌上. 取楪盛脯, 置其傍. 三賓取飲啖之. 上亞三賓齊起揖. 主人起答揖. 皆還坐. 賓子弟一人【無則又用贊賓】取杯斟酒, 置上賓前丌上. 上亞三賓齊起揖. 主人起答揖. 皆還坐. 上賓取酒盃, 舉手授子弟. 亞三賓皆舉手. 子弟受酒盃, 置主人前丌上. 取楪盛脯, 置其傍. 主人取飲啖之. 起揖. 上亞三賓齊起答揖. 皆還坐. 僕執事撤盃及楪.

嘉討

司誦曼聲誦第四章【吉日令辰, 粲我灑掃. 旣見嘉賓, 令德式好. 冀貺以言, 底我大道】.

○ 主人起揖. 上賓起答揖. 皆還坐. 主人舉手向上賓曰: "願承嘉訓." 上賓舉手答曰: "某無聞識, 不敢當命." 主人先敍語, 上賓以下隨意談討【必上賓先答, 然后它人有語】. 或講道, 或論文. 切戒鄙俚淫媟之談及朝政得失·時人過惡【犯則糾正進跪, 告曰: "座間語有犯某戒, 敢糾." 犯者起謝失言】.

三觶【亦名嘉酡】

司誦曼聲誦第五章【吉日令辰, 群賢咸萃. 今我不樂, 耆艾將至. 願爾嘉飲, 受福無斁】.

○僕執事一人取盃斟酒, 置主人前丌上. 主人起揖, 上賓以下至羣賓, 皆起答揖【於主人爲卑幼者, 但起, 不敢揖】. 皆還坐. 主人取酒盃, 舉手授僕執事. 僕執事受之, 置上賓前丌上. 取楪盛脯, 置其傍. 上賓取飲啖之. 僕執事取盃斟酒, 置亞賓前丌上. 取楪盛脯, 置其傍. 亞賓取飲啖之. 僕執事取盃斟酒, 置三賓前丌上. 取楪盛脯, 置其傍. 三賓取飲啖之. 僕執事取酒及脯, 徧進羣賓【此時僕執事四五人齊進執事】. 羣賓以齒序飲啖之. 上賓以下至羣賓皆起揖. 主人起答揖. 卑幼者拜主人【主人或答或否, 如平日禮.5】. 皆還坐. 僕執事一人取盃斟酒, 置上賓前丌上. 上賓以下至羣賓皆起揖【卑幼但起不揖】. 主人答揖. 皆還坐. 上賓取酒盃, 擧手授僕執事. 亞賓以下至羣賓, 皆擧手. 僕執事受酒杯, 置主人前丌上. 取楪盛脯, 置其傍. 主人取飲啖之. 起揖. 上亞以下至羣賓皆起答揖【卑幼但起不揖】. 皆還坐. 僕執事【四五人】又取酒及脯, 徧進衆子弟. 皆以齒序飲啖【小相等諸執事, 在賓主子弟之列者, 齒飮于衆子弟. 否則齒飮于羣賓】. 訖, 衆子弟進拜主人及上賓【答否如平日禮6】. 僕執事徹盃槃【仍撤書丌】. 取酒脯之餘, 序齒旅飮于庭隅. 訖. 趨詣庭中, 北向序立拜【行酒時, 有過醉失儀者, 斜正進告失儀】.

嘉飽

司誦曼聲誦第六章【吉日令辰, 三爵旣行. 邊豆有楚, 肴核甘馨. 飽玆嘉意,7 百祿來寧】.

○僕執事二人各奉饌卓, 一分置主人上賓前. 又以次奉進置亞賓以下至于衆子弟前【皆以齒爲序 ○此時僕執事多人齊進】. 啖訖而撤.

嘉成

少間【此時亦隨意討論. 戒則仝前】. 司誦曼聲誦第七章【爾德孔弘, 我忱斯腴. 笑語有融, 禮儀無舛. 旣嘉于成, 俾后彌勉】. 退就羣賓席【若是賓主子弟, 則就子弟席】.

---

5 禮: 연세대본과 동양문고본, 버클리본엔 '禮'로, 규장각본엔 '例'로 되어 있다.
6 禮: 연세대본과 동양문고본, 버클리본엔 '禮'로, 규장각본엔 '例'로 되어 있다.
7 意: 연세대본과 동양문고본, 버클리본엔 '意'로, 규장각본엔 '儀'로 되어 있다.

○小相以篚奉贄【贄無定品. 隨意取具. 如紙墨茶扇之屬, 皆無不可】, 進詣主人前. 主人擧手, 小相奉置上賓前. 主人起揖, 上賓起答揖. 皆還坐【贊賓取贄, 授上賓從者】.

○亞賓以下至衆子弟, 皆以齒序分東西立【羣賓及賓子弟皆東向. 小相等諸執事及主人子弟皆西向. 而子弟不得與父兄相向】. 相揖, 皆還就席坐.

嘉退

僕執事告日旰. 贊賓跪請嘉退. 上賓擧手向主人, 曰: "旣飽嘉惠, 日又告旰, 敢求退." 主人擧手, 答曰: "願繼此數承至誨." 上賓起, 亞賓以下應退者皆起. 主人亦起. 上賓揖, 主人答揖【主人上賓 或年紀相截平日互拜者, 則當於登堂就席時及此時, 互拜】. 亞賓以下應退者皆揖. 主人答揖【當拜者拜. 主人或答或否如平日禮.[8] 主人子弟當拜賓者, 諸賓當互拜者, 皆於此時行禮】.

小相引主人降東階立. 贊賓引上賓降西階立. 亞賓以下應退者, 皆隨上賓後. 主人揖. 上賓答揖. 主人又揖. 亞賓以下應退者皆答揖【卑幼不敢】. 上賓先出. 主人送至中門內, 遣小相送至大門外. 小相還報賓不顧. 亞賓三賓出, 主人遣他子弟【無則又用小相】送至大門內. 子弟還報賓不顧. 羣賓以下皆出, 主人遣僕執事送至中門外. 僕執事還報賓不顧【賓主降階時, 都贊降西階東向立, 讀儀】.

省儀

如或因事而數數行之, 則不必每每備禮. 只立上賓, 無亞三賓【第三章 '三賓鼎至'一句改】. 上賓外來客皆稱羣賓【客少則幷闕羣賓名目, 亦可】. 贊賓兼行糾正事. 小相或都贊兼行司誦事【賓主子弟數少, 則亦闕賓主子弟名目】. 他儀節亦量宜省略, 務從簡易【贊品若難辦, 則亦闕. 服着亦用便服, 不必巾袍】.

---

8 禮: 연세대본과 동양문고본, 버클리본엔 '禮'로, 규장각본엔 '例'로 되어 있다.

十六.

子弟則與其同志約爲文會.

○○○ 〈文會儀〉

同志同業之士, 不拘人員多少, 約爲會. 月再行之.

朔會

每月初一日至初五日, 選各人無故日, 爲朔會. 各人中, 家産稍豊屋宇稍寬者, 爲主人, 皆會于其家【或輪爲主人, 亦可】.

○諸人皆至, 主人巾服降階迎. 旣各就席, 相揖而后坐定【主人西向, 諸客序齒東向】. 執事者進茶.

○主人命子弟【或僕從】, 各設一丌于坐前. 主人及諸人, 各出前月[9]所讀及所看書課記于袖, 置丌上【讀必經書. 一月課無減一百行. 看不拘某書, 但不許稗說異敎. 一月課無減一百板. 減者罰, 見下】. 輪示訖, 主人命子弟【或僕從】, 取各人所課諸册, 分置各丌上. 主人讀所課經書中一章【他人拈出, 令讀. 下幷同】. 與諸人問辨文義. 又讀所看書中一章, 問辨如前. 諸人以齒序讀問辨皆如前【主人子弟如有讀書者, 進詣末席北向坐, 取册讀問辨, 亦可】.

○主人及諸人各出看讀時所箚記于袖, 合置主人所.

○遂撤書册及丌, 相與談討. 戒同嘉會.

○少頃, 酒饌至, 主人起揖. 諸客起答揖. 皆還坐. 執事者進酒饌, 各醉飽.

○以諸人中一人, 掌錄語之任【或輪定】. 錄會中講辨及談討【退後, 錄出輪

---

9 月: 규장각본과 동양문고본, 버클리본엔 '月'로, 연세대본엔 '人'으로 되어 있다.

示諸人, 刪定】, 彙成册子.

○ 將散, 主人降階揖送. 諸客皆答揖而退.

望會

十五日至二十日, 選各人無故日, 爲望會. 迎坐進茶, 同朔會.

○ 主人出朔會時所合箚記【朔會後 望會前, 主人以所合箚記, 輪送諸人所. 諸人各以所見錄評, 還置主人所. 至是出示】, 輪示. 訖【若未盡輪回, 則後月朔會時收合, 亦可】, 與朔會時錄語, 同作册子.

○ 主人起揖. 諸客起答揖. 主人子弟【或僕從】奉杖屨筆硯之類, 遂相携, 或登高, 或泛舟, 或賞花, 或對雪【隨其時序景物, 率意以往. 遠則或騎驢馬. 如欲看月, 則以夜約會. 俱無不可】, 縱意談暢, 任情酬適. 唯失言之戒, 狂酗之禁, 竝同嘉會.

○ 酒饌至, 揖而后食如朔會.

○ 拈韻【或分韻】, 各賦一詩. 訖, 又各拈一體【歌賦古近體詩·古文各體, 量人數, 分定. ○主人子弟有隨來者, 則亦同賦同拈】, 俾於歸後作, 以相示【毋踰月晦】.

○ 錄語如朔會, 而并錄所賦詩. 歸後所作者追錄, 以附續于前册.

○ 或自游覽所直散, 或還至主人家而散. 散時相揖同朔會.

雜例

凡課不滿式【指讀百行看百板之式】·作文踰限【指會賦不成, 及歸後作過晦】, 及犯戒禁【談討時失言·酒後失儀之類】者, 罰飲冷水一杯. 三犯黜會.

○ 會中諸人, 雖非會時, 必以德業相勸·過失相規. 屢勸不從·屢規不改者, 黜會.

○ 無故不參會者, 黜.

○ 有故不參者, 以課記及箚錄, 送于會【指朔會 ○ 或於後會, 合講兩月之課, 可也】. 所賦韻及所拈文體自會中, 錄送, 令追作【指望會】.

○朔會闕【各人多有故, 無可選之日, 則闕】, 則只以箚錄相示. 而望會時出課記, 追講【在游覽前】. 望會雖闕, 後月朔會時, 不必追作游覽. 亦不必追著詩文.

○○○ 附〈三會儀序〉

三代以降, 不能復有三代, 何也? 不學故也. 詩書六籍先王之典具在, 胡爲乎不學? 禮不行也.

古之學者, 自一動作語黙以至飮食服佩乘徒任負燕游寢息, 莫不有儀文度數之密. 故其筋骨習於拜揖, 耳目洽於莊肅. 于入道也甚捷.

今之學者, 高者詁心性, 下者馳詞翰. 至其居家日用服飱之節, 入而事父兄, 出而應賓客, 率簡坦嬉敖, 任其所可. 惟朝會祭祀冠婚而后, 始有禮焉. 是故, 晨祭其祖, 終日攣脚. 一趨大廷, 憊若行遠. 四肢之安於肆也, 如此, 尙安望其入道乎?

嘗試問於人, 曰: "古禮雖廢, 其存者亦多. 今之人胡爲乎不行?" 曰: "冠衣異乎古也, 飮食異乎古也, 宮室車器音樂異乎古也. 家非辟雍, 不可以養老. 官非鄕大夫, 不可以鄕飮酒." "何不因今酌古, 損益而行之?" 曰: "非天子而制度, 謂之僭. 非聖人而易禮, 謂之汰." "然則行之于天下, 固不可矣. 獨不可行之于一身一家, 以束吾筋骸以貽吾子孫乎?"

于是, 沆瀣子手草數儀, 將行于家. 謂其人曰: "大射諸侯而后行, 鄕射州長爲主人. 孔子不在位, 射于矍相之圃. 古固無拘於禮也. 周之籩豆非商之瑚璉也. 殷之龍斝非夏后氏之毋追也. 今之人鍮楪銀盞以祭祖考, 苟有愛慤, 不患神不歆. 孟子曰: '今之樂, 由古之樂也.' 貍步騶虞之節廢, 而木箭布帿可以觀德. 〈肆夏〉〈采齊〉之節廢, 而編貝切珉可以禁非僻. 過表逐禽之節廢, 而匹驂右牽可以範驅. 魯鼓薛鼓之節廢, 而銅壺楨矢可以敬養. 吾闇於禮, 未徧及焉. 願同志之士合成之."

296

○子弟修業, 須有時課.

○○○ 時課式

子時：春秋子初就寢. 夏則寢, 冬則修業, 至子末, 乃就寢【凡就寢後, 枕
 上思朝畫所業, 然後寢】.

丑時：寢

寅時：春秋則寅末, 夏則寅正, 起. 頮漱, 竢親起, 晨省. 親若未起, 須取
 舊書溫習. 冬寢.

卯時：春秋夏, 晨省後退, 修課業. 冬如春秋夏之寅.

辰時：春秋夏修課業而讀書. 有暇看史, 或寫字. 冬如春秋夏之卯.

巳時：朝飧, 修業【或出入尋訪】.

午時：修業. 有暇作詩文, 或看史寫字.

未時：上同

辛時：修業. 有暇靜坐收心.

酉時：上同. 晚飧【朝晚飧時, 皆省親侍食. ○夏則晚飧或在戌】.

戌時：修業. 有暇靜坐收心. 或誦書詠詩.

亥時：昏定. 退又修業. 夏則亥末就寢.

十七.

奴婢每於正月之吉及主人主母生日·先世忌日, 咸聚問安. 雖散居者, 畢至.
而無故不參, 有罰.

○每二月八日, 聚奴婢點名. 不參有罰.

○歲終, 考吏隷奴婢之 功過, 施賞罰.

十八.

笠子之制不雅, 又不便. 以幅巾, 入廟承祭, 無不可.

○出入游覽之時, 只戴冠巾亦好. 以驄作撮髻之冠, 令稍大於髻而差小於頭. 其制度略似今朝祭服之冠. 而挿笄以固之又甚好. 有官者, 則唐巾【俗宕巾】左右垂軟角, 亦可. 雨則, 尊長令僕夫持傘護之. 卑幼以油冒笠【俗笠帽】加冠巾之上, 奚不可之有?

○深衣制度甚好. 今人以尺度不準, 不能着, 只具其名物. 而各準乎自己尺度, 俾穩于體, 奚不可之有?

○婦人祭時宜戴花冠服唐衣. 燕居亦不可無冠. 今俗所戴【俗簇頭里】不雅. 亦宜戴花冠. 而昏時【本三】及時祭所戴者, 少飾珠貝, 略令華盛. 燕居則儉其制. 而忌祭時純用玄色, 可也.

제5관
정丁. 오거념 상五車念上

서적은 너무 많아, 평생 다 연구할 수 없다.

박학에 힘쓰는 이 성취 없고, 정밀에 전념하는 자 남들이 누추하다 한다.

한 번에 쓸어버릴 순 없을망정, 새로 편찬해 더 늘리려고 하겠는가?

그러나 이 새로운 편찬은 옛것을 포괄했으니,

새것이 유통되고 옛것은 다 폐기돼도 세상을 다스리기에는 충분하다.

옛것을 함께 보존하는 건 다만 빼어난 후학을 위한 것일 뿐.

정丁. 「오거념五車念」을 서술하다.

1.

옛 서적은 이루 다 실을 수 없을 만큼 많다. 따로 목록이 있다.

2.

[이하는] 새로 편수한 서적이다.

『역집설易集說』80권. 고본에 따라, 주자朱子의 『주역본의周易本義』를 위주로 했다. 『주소注疏』[1] 이하 여러 사람의 설을 참작해 취해서 덧붙였다. 정자程子의 전傳[2]은 따로 수록했다.

　　○○○ 〈『역집설』 서문易集說序〉

　　삼황三皇의 도道가 쇠퇴하자 오제五帝가 등장했고,[3] 오제의 도가 무너지자 삼왕三王[4]이 일어났다. 왕도가 그치자 오패五霸[5]가 경쟁했다. 삼황

---

1 『주소(注疏)』: 『주역주소(周易注疏)』를 가리킨다. 위(魏)의 왕필(王弼)이 주(注)를 통해 처음 의리(義理)로 『역(易)』을 해설하고, 당(唐)의 공영달(孔穎達)이 소(疏)를 제작해서 완성한 『주역』 주소본이다.

2 정자(程子)의 전(傳): 송(宋)의 정이(程頤)가 지은 『주역』 해설서인 『주역정전(周易程傳)』을 가리킨다. 『역정전(易程傳)』, 『이천역전(伊川易傳)』, 『주역정씨전(周易程氏傳)』, 『정씨역전(程氏易傳)』 등으로 불린다. 의리로 역을 해석하는 왕필의 방법론을 계승해서, 의리파 역학 연구를 한 단계로 올려놓은 것으로 평가된다.

3 삼황(三皇)의 도(道)가 쇠퇴하자 오제(五帝)가 등장했고: 삼황의 뒤를 오제가 이었다는 뜻이다. 삼황과 오제에 대해선 여러 가지 설이 있다. 여기서 삼황은 천황(天皇)·지황(地皇)·태황(泰皇) 혹은 인황(人皇)을[『사기』「진시황본기(秦始皇本紀)」], 오제는 복희(伏羲)·신농(神農)·황제(黃帝)·요(堯)·순(舜)을 가리킨다[『주역』「계사 하(繫辭下)」].

4 삼왕(三王): 고대의 세 임금인 하(夏)의 우왕(禹王), 은(殷)의 탕왕(湯王), 주(周)의 문왕(文王)을 가리킨다.

이 신인神人이라면 오제는 성인聖人이고, 오제가 성인이면 삼왕은 현인賢人
이다. 삼왕이 군자君子라면 오패는 소인小人이다. 신인·성인·현인은 서
로 다르지만 같은 뿌리를 가졌으니, 군자와 소인이 사로 반대인 것과는
다르다.

감히 오제의 도道에 대해 묻는다.

[나는] 말한다.

내 감히 알지 못한다. 관직명을 [맡은] 일로 명명하지 않고 구름과 별,
용과 새로 기록했으니, 내가 어떻게 알겠는가? 어지러워지면 사람과 신神
이 뒤섞이고, 잘 다스려지면 하늘은 신에 속하고 땅은 백성에게 속하니,
내가 어떻게 알겠는가? 「요전堯典」6은 70년에 걸쳐 요堯의 정치를 기록했
다. [그러나] 그 큰 줄기는 '희羲·화和에게 명령했다'7는 한 가지일 뿐이니,
내가 어떻게 알겠는가? 오제의 도는 하늘을 다스려 인간에게까지 미쳤
고, 삼왕의 도는 사람을 다스려 하늘을 받들었다. 이것이 그 등급일까?

감히 삼황의 도에 대해 묻는다.

[나는] 말한다.

내 감히 알지 못한다. 천황天皇·지황地皇8의 명칭은 전해 오는 말에서
주워 모은 것일 뿐이다. 그것이 믿을 만한 것인지도 알 수 없는 터에, 하
물며 그들이 한 행위이랴? 생각건대, 반드시 신성한 업적과 큰 교화가
있어 천지와 함께 시작도 끝도 없었을 터이니, 또한 하늘을 다스리는 데

---

5 오패(五霸): 춘추시대의 강성한 다섯 제후를 가리킨다. 제의 환공[齊桓公], 진의 문공[晉文
公], 진의 목공[秦穆公], 송의 양공[宋襄公], 초의 장왕[楚莊王]이다.
6 「요전(堯典)」: 『상서(尙書)』 「우서(虞書)」의 한 편명이다. 요의 치적에 대한 기록이다.
7 희(羲)·화(和)에게 명령했다: 『상서(尙書)』 「우서(虞書)·요전(堯典)」에 나오는 말이다. "이
에 희씨와 화씨에게 명령하여 광대한 하늘을 삼가 공경하고, 일월성신의 모습을 본떠 책
력을 만들어 사람들에게 공경히 시간을 알려 주게 했다(乃命羲和, 欽若昊天, 曆象日月星辰, 敬
授人時)."
8 천황(天皇)·지황(地皇): 각주 3 참조.

서 끝나지는 않았지 않을까? 내 어떻게 알겠는가?

고서에서 '제帝'·'왕王'이라고 칭한 것은 모두 시대별 호칭이었다. 다만, 홍범구주洪範九疇[9]의 다섯 번째 '황극皇極'[10]만은 임금을 '황皇'이라고 했다. 아마도, '황극'의 의미는 도리어 그 지손支孫들 중 겨우 남은 자들이라는 뜻이었을까? 내가 어떻게 알겠는가?

포희씨庖犧氏[11]는 오제의 첫머리이니, 삼황과 [시간적으로] 가까운 자이다. [그는] 황하에서 하도河圖가 나온 것을 보고 처음 8괘를 그렸다. 하도가 8괘가 되었으니, 8괘의 선천방위先天方位[12]는 아마도 제도帝道 중 지극히 오묘한 것으로, 삼황에 가까우려나? 내가 어떻게 알겠는가?

황도皇道를 모르고 제도帝道도 모르니, 왕도王道라고 내가 어떻게 알겠는가? 선천이 바뀌어 후천後天이 되고, 8괘가 연역되어 64괘가 되었으니, 진실로 왕도의 뿌리이다. 이것을 모르고서는 왕도를 이야기할 수 없다. 세상에서 왕도를 연구한다는 자들은 모두 이것을 불가지의 것으로 여기고 일종의 이술異術로 치부해 불문에 부친다. 그들이 말하는 소위 왕도

9 홍범구주(洪範九疇) : 홍범은 대법(大法)을 말하고, 구주는 9개 조(條)를 말하는 것으로, 9개 조항의 큰 법이라는 뜻이다. 우(禹)가 홍수를 다스릴 때 얻은 낙서(洛書)를 보고 만들었다고 한다. 『서경』 「주서(周書)·홍범(洪範)」. 9조는 오행(五行)·오사(五事)·팔정(八政)·오기(五紀)·황극(皇極)·삼덕(三德)·계의(稽疑)·서징(庶徵)·오복육극(五福六極)이다.

10 황극(皇極) : '홍범구주(洪範九疇)'의 다섯 번째 조목이다. '황(皇)'은 통치자를 의미하고 '극(極)'은 '중정(中正)'이니, '황극'이란 임금이 천하를 통치하는 준칙, 곧 중정(中正)의 도를 세움을 말한다고 일반적으로 해설한다.

11 포희씨(庖犧氏) : 포희는 복희(伏羲)라고도 하는, 오제(五帝)의 한 사람이다. 『주역(周易)』 「계사전 하(繫辭傳下)」에서, 포희가 천지를 관찰하여 팔괘(八卦)로 된 최초의 『역(易)』을 만들었다고 하였다.

12 8괘의 선천방위(先天方位) : 북송의 소옹(邵雍)은 『주역』의 괘도(卦圖)를 해설하면서, 복희씨의 〈선천팔괘도(先天八卦圖)〉와 주 문왕(周文王)의 〈후천팔괘도(後天八卦圖)〉를 나누었다. 즉 복희씨가 맨 처음 천지와 동서남북의 방위를 관찰하여 그린 것이 〈선천팔괘도〉이며, 문왕이 우(禹)임금 때 낙수(洛水)에서 나온 거북의 등에 그려진 무늬를 보고 그린 것이 〈후천팔괘도〉인데, 선천도는 팔괘의 방위도(方位圖)로서 역의 근본[體]이 되고, 후천도는 현상계를 나타낸 것으로서 용(用)이 된다고 하였다. 『황극경세서(皇極經世書)』.

라는 것이 어떤 도인지 나는 모르겠다.

나는 정말로 감히 '역易'을 안다고 하지 못한다. 그러므로 우선 여러 설의 정수를 모으고, 『주자본의朱子本義』를 내세워 그것을 임금으로 삼고, 편제와 차례 역시 주자를 따른다. 이렇게 함으로써 근본에 가깝지 못한 잘못을 바로잡는다. 따로 이천伊川[13]의 전傳을 수록해서 자신을 수양하고 남을 다스리려는 사람들의 고찰에 대비한다.

○『서집설書集說』 70권. 『상서주소尙書註疏』[14] 이하 제가의 설을 참작하여 취하되, 채씨蔡氏의 전傳[15]을 많이 따랐다.

○○○ 〈『서집설』 서문書集說序〉[16]

옛일을 고찰하면, 우하虞夏[17]와 은殷·주周 시대에는 『서書』가 100편이었다. 지금까지 전하는 것은 고작 58편뿐이나, 그 편목은 모두 존재한다.[18]

---

13 이천(伊川) : 북송의 도학자 정이(程頤)가 이천백(伊川伯)으로 봉해졌기 때문에 '정 이천' 혹은 이천 선생(伊川先生)으로 불린다. 정이의 자는 정숙(正叔), 시호는 정공(正公)이다. 정호(程顥)의 동생이고, 주돈이(周敦頤)의 문인이다. 송대 이기철학의 토대를 만든 사람이다.

14 『상서주소(尙書註疏)』 : 당의 공영달(孔穎達)이 쓴 고문상서(古文尙書) 주석서이다.

15 채씨(蔡氏)의 전(傳) : 채씨는 채침(蔡沈)인데, 자는 중묵(仲默)이고, 구봉 선생(九峰先生)으로 불렸으며, 시호는 문정(文正)이다. 주희의 제자이자 사위이기도 하다. '채씨의 전'이란 채침이 지은 『서집전(書集傳)』이다. 채침이 주희의 유지를 받들어 완성했다고 한다.

16 〈『서집설』 서문[書集說序]〉은 전체가 『상서』의 문체를 모의하고 있다. 예를 들면 이 서문의 첫 구절인 '옛일을 고찰하면' 같은 경우 원문은 '왈약계고(曰若稽古)'이다. 이는 『서경』 「요전(堯典)」, 「순전(舜典)」, 「대우모(大禹謨)」, 「고요모(皐陶謨)」의 맨 첫 구절이다. 번역으로는 살려 내지 못했다.

17 우하(虞夏) : 순(舜)과 우(禹)의 시대를 가리키는 말이다.

18 우하(虞夏)와 은(殷) …… 모두 존재한다 : 『서(書)』, 『서경(書經)』, 『상서(尙書)』 등으로 불리는 책은 주(周)의 사관(史官)들이 기록한 정치와 교화의 기록이다. 요(堯)·순(舜)에서 시작해서 진(秦)의 목공(穆公)까지 기록했다. 원래는 100편이었다고 하나 현재 58편이 남아 있다. 그중 33편은 한(漢) 초에 복생(伏生)이 바친 '금문상서(今文尙書)'이고, 나머지 25편은 서한(西漢) 시대 공씨(孔氏)의 벽(壁)에서 나온 '고문상서(古文尙書)'이다. 이 고문상서와 공안

아! 옛날 하夏는 나라를 향유한 것이 4백여 년이었다. 또 옛날 은殷은 나라를 향유한 것이 6백여 년이었다. 거기엔 또 [정치개] 잘된 시절도 어지러웠던 시절도 있었다. [그런데] 예악과 형정刑政을 펼치고, 신하와 백성들에게 고하고 명한 일들이 어쩌면 이리도 소략한가?

또 옛날 주周 때, 무왕武王과 성왕成王 무렵 후사가 많았다는 기록이 있다. [그런데도] 그 후예들은 실로 역사에 기록되지 않았다. 그리하여 세계世系를 기록한 것이 이처럼 틈이 있어 이어지지 않는다. 후인이 어떻게 고찰하겠는가? 이보尼父 때에 이미 태반이 흩어져 없어졌고,[19] 마침내 그 전부를 모을 수 없게 되었다. 혹 성인께서는 '선善'한 모범을 보이시는 데만 주력하셔서, 이러한 끊김에는 신경을 쓰지 않으셨던 것일까?

아아! 옛 서적은 죽간으로 엮고 과두체蝌蚪體[20]로 썼으며, 가래나무로 인쇄하지 않고 닥나무 종이에 옮겨 적지 않아, 딱 한 본만 존재할 뿐이다. 태사太史에게 명해 상자에 보관하게 했지만, 오래되면 없어지는 것이 당연하다. 하물며 옛날 학자들은 전전긍긍 예를 강론하고 도를 추구

국(孔安國)의 전(傳)은 진(晉)나라 사람의 위작(僞作)이라고 하는 것이 일반적인 견해다.

19 이보(尼父) 때에 …… 흩어져 없어졌고 : 이보는 공자(孔子)에 대한 존칭이다. 공자의 자가 '중니(仲尼)'이므로, 남자의 미칭인 '보(父)'를 붙여 부르는 것이다. '이보'를 시호라고 주장하기도 한다. 이보(尼甫)로도 쓴다. ○『서경』의 작가로 공자를 거론하는 전통이 있다. 『사기(史記)』 「공자세가(孔子世家)」에서는 공자가 『서전(書傳)』의 서문을 쓰고 편차를 정했다고 했고, 『한서(漢書)』 「예문지(藝文志)」에서는 공자가 모두 100편으로 『서(書)』를 엮고 서문을 썼다고 했다. 『고문상서원사(古文尙書冤詞)』·『상서정의(尙書正義)』 등이 인용하고 있는 『선기검(璿璣鈐)』에선 공자가 전래의 자료를 바탕으로 『서』를 엮는 과정을 설명하고 있다. 『선기검』은 공자가 황제(黃帝)의 현손인 제괴(帝魁)로부터 진 목공(秦穆公)까지의 3,240편의 자료들 중 먼 시대의 것은 버리고 가까운 시대의 것을 취해 세상의 법이 될 만한 120편을 정해 이 120편으로 『상서(尙書)』를 만들고, 18편으로 『중후(中候)』를 만들었으며, 나머지 3,120편은 버렸다고 했다. 『고문상서원사』는 이 말을 믿을 수 없다고 했지만, 공자가 이전에 전해지던 자료들을 산삭하여 『서경』을 편집하였다는 설은 일반적으로 받아들여진다.

20 과두체(蝌蚪體) : 옛날 창힐(蒼頡)이 만들었다는 서체이다. 글자 모양이 올챙이처럼 머리는 굵고 끝은 가늘기 때문에 과두체라고 한다. 과두는 올챙이다.

하며, 부지런히 이치를 밝히고 자신을 바로잡았지, 많은 것을 섭렵하거나 탐내지 않았고, 주위 모은 것으로 박학을 자랑하지도 않았다.

옛날 요순과 옛날 우왕·탕왕·문왕·무왕께선 큰 전범과 법을 널리 펼치셨으니, 충분히 살펴볼 수 있다. [그러나] 뒤를 계승한 왕들이 넓히지 못해서, 그 [성왕들의] 실마리가 쇠퇴하고 희미해져, 정치와 덕행에서 고찰할 수 없게 되었다. 아아, 잃어버려 얼마나 안타깝고, 수집하지 않아 얼마나 부족한지!

옛 선현이신 회보晦父21께서 여러 경전을 모아 해석하셨지만, 이 『상서尚書』엔 미치지 못하셨다. 그 제자인 중묵씨仲默氏가 모아 설을 지었는데, 스승의 전수에 근원을 두지 않은 것이 없다. [그러나] 그 말이 지루하고, 뜻은 더욱 분명치가 않다. 간혹 스승의 말씀을 따르지 않기도 했다. 이에 그 장점만 잘라 취하고, 한漢·송宋의 여러 설에서 정수를 깎아서 대조해 놓았다.

아아! 이 책은 고문古文으로 된 것과 금문今文으로 된 것이 있다. 고문의 『상서』는 후인들의 의심을 크게 열어 놓아, 가짜를 [고발하는] 송사를 널리 야기했으니, 참으로 많은 저술이 있다. 마치 밭두둑을 정비하듯 번갈아 김을 매고 쟁기와 써래로 가래질을 하고 호미로 긁어모았고, 이웃 마을도 함께 일어나니, 어찌 허둥대며 내 신역을 힘들고 피곤하게 하겠는가? 아아! 오히려 이는 성인의 법전이니, 오히려 이것을 깊이 공경하여 우러르며 복종하라.

○『시집설詩集說』100권. 주자의 『시집전詩集傳』을 위주로 하고, 소서小序22

---

21 회보(晦父) : 주희를 가리킨다. 주희의 호가 회암(晦庵)이다.
22 소서(小序) : 『모시(毛詩)』의 각 편마다 붙어 있는, 해당 시의 내용을 해설하는 주석이다. 현재까지 전하는 유일한 『시』인 『모시(毛詩)』에 붙은 주석을 '시서(詩序)'라고 한다. '시서'는 다시 대서(大序)와 소서(小序)로 나뉘는데, 『시경』의 첫 편인 〈관저(關雎)〉편에 붙어 시에

이하 여러 설을 참작해 취해서 덧붙였다.

○○○ 〈『시집설』서문詩集說序〉

아, 슬프다! 후세인은 어찌 이리 불행한가? 삼대三代엔 글자를 모르는 뒷골목 남녀들이 입에서 나오는 대로 속어로 불러도 다 경전에 실렸다. 후세엔 정자나 주자 같은 큰선비나 굴원이나 사마천 같은 웅장한 문장도 모두 [경전에] 실리지 못한다. 아! '경經'이라는 이름이 어찌 이처럼 예전엔 흔하고 지금엔 귀한가? 한 분 성인께서 고금의 큰 경계선이 되셨으니, 그 전에 태어난 자는 저처럼 영광스럽고, 그 후에 태어난 자는 이처럼 억울한 것이다. 아! 이것은 후세인의 자업자득이다. 만약 후세의 현인이 고인의 글을 본받아 서술하고 밝혀서 '경經'으로 세운다면, 설령 「비서費誓」, 「진서秦誓」[23]라도 쫓겨나리라는 것을 나는 확신한다. 하물며 「국풍國風」의 '변풍變風'[24]이랴?

나는 삼황오제의 도와 왕도·패도를 논하면서 늘 크게 탄식하니, 삼황과 오제는 너무나 아득히 높다. 선비라는 자들은 입만 열면 왕도王道를 말한다. [그러나] 그가 말하는 것을 살펴보고 그가 배우는 것을 따져 보면, 왕도의 최하치와도 비슷한 점을 끝내 찾을 수 없다. 무슨 말인가? 삼왕三王

관한 총론을 서술한 것을 대서(大序), 해당 각 편의 의미를 해설하는 부분을 소서(小序)라고 한다. 대서의 작자는 자하(子夏)이고, 소서는 자하와 모공(毛公)의 합작이라고 하지만, 일찍부터 의심받아 왔다.

23 「비서(費誓)」, 「진서(秦誓)」: 『서경(書經)』 마지막 두 편의 편명이다. 「비서」는 주공(周公)의 아들 백금(伯禽)이 노(魯)에 봉해진 뒤 대중을 비(費)에 모이게 해서 고유(告諭)한 말이다. 「진서」는 진 목공(秦穆公)이 정(鄭)을 정벌했다가 크게 패배하고는 스스로 잘못을 뉘우치며 신하들에게 맹세한 말이다.

24 「국풍(國風)」의 '변풍(變風)' : 주(周)의 흥쇠에 따라 『시경』「국풍(國風)」을 정(正)과 변(變)으로 나눈다. 주의 성시엔 정치와 교화가 잘 이루어져 그 효과가 민요에도 반영되어 올바른 소리가 울렸고, 주의 쇠퇴기엔 그 노래도 변해서 변풍(變風)이 일어났다고 한다.

의 시대는 주周가 제일 끝이다. 그런데 시의 가르침은 주에 와서 왕성해
진다. [그러니] '시교詩敎'라는 것은 분명 왕도 중에서도 제일 낮은 것이다.

지금 사람들이 시를 안 읽는 것은 아니다. [그러나] "시가 정치에 도움
이 되고 최고의 교화인 것은 어째서인가?" 하고 갑자기 물으면, 문득 망
연자실 오랫동안 대답하지 못한다. [그러다가] 혹은 억지로 '온유하고 돈
후함溫柔敦厚'25이라든가, "생각에 사악함이 없다"26든가, "흥기할 수 있
고, 무리 지을 수 있으며, 살펴볼 수 있고, 원망할 수 있으며, 가깝게는 아
비를 섬기고 멀게는 임금을 섬길 수 있다"27든가, "시를 배우지 않으면,
말할 것이 없다."28라거나, "사방으로 사신 가서 대응을 전담할 수 없을
것이다."29라고 대답한다. [그러나] 이것들은 모두 옛 성인께서 시를 논하
신 총론들이다. 옛날 학자들은 저마다 시를 익혀 각자 자신에게 절실히
필요한 것을 얻었다. 천하의 민풍과 요속謠俗30도 또한 모두 그 가운데서
젖고 배어들고 고무되었다. 그 효용과 교화의 자취는 말하지 않아도 드
러나는 것도 있고, 언어로 다 이야기할 수 없는 것도 있다. 성인께서는

---

25 온유하고 돈후함[溫柔敦厚] : 시의 교화적 기능에 대한 공자의 말이다. "그 나라에 들어가
보면 그 나라의 가르침을 알 수 있다. 그 사람됨이 온유하고 돈후한 경우는 시의 가르침을
입은 것이다(入其國, 其敎可知也. 其爲人也, 溫柔敦厚, 詩敎也)." 『예기』 「경해(經解)」.

26 생각에 사악함이 없다 : 공자가 시의 성격을 총괄한 말이다. "시 3백 편을 한마디로 포괄한
다면, 생각에 사악함이 없는 것이다(詩三百, 一言而蔽之曰 思無邪)." 『논어(論語)』 「위정(爲政)」.

27 흥기할 수 …… 수 있다 : 시의 효용에 대한 공자의 말에서 가져왔다. "공자께서 말씀하셨
다. '얘들아, 어찌 시를 배우지 않느냐? 시는 흥기할 수 있고, 살펴볼 수 있고, 무리 지을 수
있으며, 원망할 수 있으며, 가깝게는 아비를 섬기고 멀게는 임금을 섬길 수 있다(子曰: '小子
何莫學夫詩? 詩, 可以興, 可以觀, 可以群, 可以怨, 邇之事父, 遠之事君)." 『논어(論語)』 「양화(陽貨)」.

28 시를 배우지 …… 것이 없다 : 공자가 아들 백어(伯魚)에게 시를 배우도록 권하면서 한 말이
다. 『논어』 「계자(季子)」.

29 사방으로 사신 …… 없을 것이다 : 시의 정치적 효용에 대한 공자의 말에서 가져왔다. "공
자께서 말씀하셨다. '비록 시 3백 편을 외운들, 정사를 맡겨서 제대로 하지 못하고, 사방에
사신으로 가서 대응을 전담할 수 없다면, 비록 많이 안들 무슨 소용이 있겠는가?(子曰: '誦
詩三百, 授之以政, 不達, 使於四方, 不能專對, 雖多, 亦奚以爲?)" 『논어(論語)』 「자로(子路)」.

30 요속(謠俗) : 민간의 가요 가운데 반영된 풍속이나 여론을 의미한다. 유교 정치에서는 민
정 시찰의 주요한 통로로 여겨졌다.

그 대략을 논하셨을 뿐이다.

오늘날의 학자 중 시로 자신을 규율하고 가정을 단속할 수 있는 자가 있을까? 정치에서 시를 발휘해 백성을 다스릴 수 있는 자가 있을까? 시로 송사를 처단하고 외교 문서詞命를 꾸밀 수 있는 자가 있을까? 그 효용과 교화의 자취는 이미 사라져, 그 그림자와 소리는 뒤쫓을 수 없게 되었다. 어찌 또 옛 성인의 총론 중 한두 마디 말씀을 절취해서 스스로 시를 안다고 여길 수 있겠는가!

또 "시의 교화는 '악樂'과 함께 시행되는 것이다. '악'이 없어지면서 '시교詩教'도 사라졌다. 책에 실린 305편[31]은 모두 빈말空言[32]이다. 자신을 수양하고 사람을 다스리는 쓰임새에 가깝고 절실하기로는 『중용』, 『대학』 등 여러 책보다 못하다."라는 사람도 있다. 아아! '악'은 없어졌지만, 정치와 통하는 성음聲音[33]은 여전히 시에서 그 비슷한 것을 볼 수 있다. [그러니] '악'이 없어지지 않았다 해도 될 것이다. 어찌 '악'이 없어졌다고 없어지지 않은 시까지 함께 폐하려고 고심하는가? 그 마음을 참으로 알 수 없다.

'소서小序' 이래로 시를 이야기한 자가 수백 명이다. [그러나] 시의 큰 뜻을 주자처럼 잘 아는 이는 없었다. 지금 그의 『시경집전詩經集傳』[34]을 높

---

31 책에 실린 305편 : 『시경』에 실린 시의 총수를 305편이라 한다.
32 빈말[空言] : 실행이 없는 빈말, 실체가 없는 추상적인 말이란 의미이다. 사마천이 『사기』 「태사공자서(太史公自序)」에서 인용한 공자의 말에서 나왔다. "공자께서 말씀하시길, '내가 공언에 실으려고 했으나 행사에서 드러내어 절실하고 분명한 것보다 못했다'(子曰: '我欲載之空言, 不如見之於行事之深切著明也')." 공자가 『춘추』를 짓게 된 까닭이 '공언'이 역사적 사건을 구체적으로 보여 주는 것보다 못하기 때문이라는 문맥인데, 여기서 '공언'이란 실체가 없는 추상적인 말의 의미이다.
33 정치와 통하는 성음(聲音) : '성'은 궁·상·각·치·우(宮商角徵羽)이고, '음'은 고저(高低)와 청탁(淸濁)이다. 합해서 음악을 가리킨다. ○『예기(禮記)』 「악기(樂記)」에 "성음의 도는 정사와 서로 통하는 것이다. 궁은 임금에 해당하고, 상은 신하에 해당하고, 각은 백성에 해당하고, 치는 일에 해당하고, 우는 물에 해당한다(聲音之道, 與政通矣. 宮爲君, 商爲臣, 角爲民, 徵爲事, 羽爲物)."라고 했다.

여, 여러 설을 아울러 거느리도록 한다. 그리고 말한다.

"지금 거리의 아이들이나 뒷골목의 부녀자들이 부르는 시끄럽고 천박한 노래들을 모두 채집해서 책에 싣고, 상庠·서序와 학교[35]에서 가르친다. 그런 뒤에야 왕도의 가장 아래 것이라도 추구할 수 있을 것이다."

○『삼례집설三禮集說』 350권. 주소注疏[36] 이하의 여러 설을 참작해서 취하고 바로잡아 책으로 만들었다. 후세 유자들이 예를 이야기한 것 중 채택할 만한 것들은 종류별로 덧붙여 놓았다.

○○○ 〈『삼례집설』 서문三禮集說序〉

학문이 일어나지 않고, 옛날은 돌이킬 수 없으며, 예는 시행되지 않는다. 옛날의 예학 서적들은 하나도 전하지 않고, 지금 있는 것은 그저 '삼례三禮'[37]뿐이다. [그러나]『의례儀禮』는 지리멸렬하고,『예기禮記』는 거칠고,『주례周禮』는 자질구레하다. 요는 모두 전성기 주盛周의 완전한 모습이 아니다. 지금 사람들은 평소에는 예를 실천하지 않다가 관혼상제 같은 일이나 만나야 열에 한둘 정도 남은 고례古禮를 주워 모아 풍속과 섞어 시행한다. [그러면서] "내가 그 예를 사랑한다. 그 뜻은 참으로 아름답다. 그러나 [현실과] 어긋나 맞출 수가 없으니, 어쩌겠나?" 한다.

주공周公 이후 5백여 년 만에 공자께서 나타나셨다. 만약 공자께서 [적

---

34 『시경집전(詩經集傳)』: 주희(朱熹)가 지은『시경(詩經)』주석서(註釋書)이다.

35 상(庠)·서(序)와 학교: 중국 고대 교육기관의 이름들이다.『맹자(孟子)』「등문공 상(滕文公上)」에 "'상'은 봉양한다는 뜻이요, '교'는 가르친다는 뜻이요, '서'는 활쏘기를 익힌다는 뜻이다. 하는 '교', 은은 '서', 주는 '상'이라고 불렸으며 '학'은 삼대가 같은 이름을 사용했다(庠者養也, 校者教也, 序者射也. 夏曰校, 殷曰序, 周曰庠, 學則三代共之)."라는 언급이 있다.

36 주소(注疏): 정현(鄭玄)의 주와 공영달(孔穎達)의 소를 가리킨다.

37 삼례(三禮): 고대의 예서(禮書)인『주례(周禮)』,『의례(儀禮)』,『예기(禮記)』를 통칭하는 말이다.

절한] 지위를 얻으셨다면, 주공의 예에서 [무엇을] 덜고 보탰을지 알 수 없는 일이다. 공자 이후 5백여 년이면 한漢의 무제武帝와 선제宣帝 사이에 해당한다. [그즈음에] 한 성인이 나오셨다면, 공자의 예에서 [무엇을] 더하고 뺐을지 또 알 수 없는 일이다. 그 후 다시 5백여 년이면 수隋·당唐 즈음에 해당한다. 만일 한 성인이 나오셨다면 한의 예에서 [무엇을] 빼고 더했을지 또 알 수 없다. 그 후 다시 5백여 년이면 남송南宋 초기에 해당한다. 한 성인이 나오셨다면 수·당의 예에서 [무엇을] 빼고 더했을지 또한 모를 일이다. 그 후로 지금까지가 또 5백여 년이다. 한 성인이 나오시면 남송의 예에서 [무엇을] 빼고 더할지 또한 알 수 없다.

이렇게 되면 주周의 예에서 남는 것이 얼마나 될까? 지금 사람들이 천지 불변의 도리요, 우주를 관통해서 털끝 하나도 바꿀 수 없는 것이라 말하는, 그 큰 강령, 큰 절목들도 [과연 남을는지] 나는 잘 모르겠다. 관례冠禮의 '삼가三加'가 줄어서 '일가一加'가 되지 않을지 어찌 알겠는가? 상례喪禮의 '오복五服'이 늘어서 '칠복七服'이 되지 않을지 어찌 알겠는가? 성인이 하는 일은 참으로 사람마다 누구나 헤아릴 수 있는 것이 아닌 것이다. [그러나] 성인은 나오지 않으셨다. 전하지 않는 고례를 추급하여 찾을 수도 없다. [그러니] 그 겨우 보존된 것들을 내 또한 어찌 소중하게 간직하지 않겠는가?

주자의 경전 주해에 '삼례'는 포함되지 않았다. 정강성鄭康成[38] 이하 여러 학자의 설은 상호 장단점이 있어, 위주로 할 만한 것이 없다. 지금 모두 합쳐 보존하고, 『상서』의 예처럼 그 계통과 소속을 나누지는 않았다. 내가 삼례를 보존하는 것은 이것을 근거로 참작하려는 것일 뿐이지, 서

---

38 정강성(鄭康成) : 정현(鄭玄)의 자가 강성이다. 동한(東漢) 시대 사람이다. 마융(馬融)에게 배워 모든 경전에 통달했다고 한다. 고문경학(古文經學)을 위주로 하고 금문경설(今文經說)까지 겸해 일가를 이루었다. 『모시전(毛詩箋)』을 지었고, 삼례(三禮)와 『주역(周易)』, 『상서(尙書)』, 『논어(論語)』의 주해를 저술했다.

적에 남은 것들이 다 따를 만하다는 말은 아니다. 또 이것을 풍속과 비교해서 그 어긋나는 것들을 무시하려는 것도 아니다. 아아! 성인이 나타나서 새로운 예가 시행된다면 [이 책의] 삼례의 책과 함께 보존되지 않아도 될 것이다. 하물며 여러 학자의 설을 모으겠는가?

○『춘추집설春秋集說』 50권, 좌씨左氏의 전傳을 위주로 하고, 공양公羊과 곡량穀梁은 보좌로 한다.[39] 나머지 여러 설은 참작해 취해서 부록한다.

○○○ 〈『춘추집설』 서문春秋集說序〉

항해자가 말했다.

"내가 『역집설』을 지은 뒤로 고요할 때는 상象이 있고, 움직일 때는 문文이 있다.[40] 움직이든 고요하게 있든 모두 길吉해서 허물과 부끄러움이 싹트지 않았다. 내가 『서집설』을 지은 뒤론 경박하고 성급한 말이 귀에 들어오지 않고, 나태하고 오만한 행동은 눈에 뜨이지 않는다. 법도를 준수하는 선비가 날마다 와서 인사한다. 내가 『시집설』을 지은 뒤론 집에는 성난 싸움이 없고 마을에는 음란하고 훔치는 일이 없다. 장마에 햇살이 비치고, 쌓인 그늘에 빛이 퍼졌다. 내가 『삼례집설』을 지은 뒤론 몸은 법도에 맞고 소리는 궁상宮商에 맞는다. 의관은 휘황하게 광채가 나고, 비첩과 하인들은 엄숙하게 행동한다. 내가 『사서집설』을 지은 뒤론 집에

---

39 좌씨(左氏)의 전(傳)을 …… 보좌로 한다: 『춘추』에 대한 해설로는 좌구명(左丘明)의 『춘추좌씨전(春秋左氏傳)』, 곡량숙(穀梁俶)의 『춘추곡량전(春秋穀梁傳)』, 공양고(公羊高)의 『춘추공양전(春秋公羊傳)』이 세 가지가 대표적이다. 이들을 합쳐 '춘추삼전(春秋三傳)'이라고도 한다.

40 고요할 때는 …… 문(文)이 있다: '상'은 괘의 상징 내용이고, '문'은 괘에 대한 해설이다. 여기선 『주역』의 상과 문언이 일상의 행동거지에 드러난다는 뜻으로, 일상의 동정어묵(動靜語默)이 『주역』의 지향에 어긋나지 않는다는 뜻으로 쓰인 듯하다.

있으면 담장과 벽에 인仁·의義·충忠·신信이 드러나고, 길을 가면 수레의 굴대에서 엄숙莊·공경敬·용기勇·지혜智가 떠나지 않았다. 내가『춘추집설』을 지은 뒤론 친척은 날로 친해지고 빈객은 날로 엄숙해진다. 어진 자는 즐겁게 지내지만 무람없진 않고, 불초한 자는 두려워하지만 원망하지는 않는다. 말은 더욱 적어지고 몸은 더욱 존엄해지며, 뜻은 더욱 깊어지고 도는 더욱 빛났다."

어떤 이는 "『춘추』는 권장과 징계를 위주로 한다. 그런데 서술된 것은 모두 선악의 연고를 자세히 서술하지 않고, 이름과 성·날짜로 그 가리키는 바를 희미하게 표현했다. 어진 자도 그 견해가 각자 다르니, 하물며 보통 이하의 사람들은 무엇을 따라서 권장하고 징계한단 말인가?"라고 한다. 어떤 이는 "지금의『춘추』는『춘추』의 목록이다. 그 전체 책은 전하지 않는다."라고 한다. 어떤 이는 "공자께서 몸소 이런 목록을 만드시고 문인들에게 주어 책을 서술하게 하셨는데, 하지 못했다."라고 한다. 어떤 이는 "『좌씨전左氏傳』은 그 유지를 뒤쫓아 완성한 것이다. [그러나 공자의] 문인門人에게서 나오지 않아서, 그 설이 성인의 뜻에 다 부합하진 않는다."라고 한다. 나는 이 몇 가지 설이 오히려 [실제와] 가깝다고 여긴다. 그래서『좌씨전』을 드러내어, 여러 설 중 중심으로 삼는다.

○『사서집설四書集說』, 250권. 주자의『장구章句』[41]를 위주로 하고 여러 설은 참조하여 덧붙였다.

---

41 주자의『장구(章句)』: 주희(朱熹)의『사서장구집주(四書章句集注)』를 가리킨다. 주희는『예기(禮記)』에서「대학(大學)」과「중용(中庸)」을 떼어 내 장구(章句)를 나누고 주석을 가해『대학』과『중용』으로 독립시켰는데, 여기에『논어』와『맹자』를 더해 사서(四書)로 명명한다. 그가 지은 사서에 대한 주석서가『사서장구집주(四書章句集注)』이다.

○○○ 〈『사서집설』서문四書集說序〉

『사서집설』이 완성돼서 판각이 끝났다고 알려 왔다. 주인은 진체관【갑8】으로 가서 빈객과 장인들에게 큰 잔치를 베풀고, 가회【병15】를 열어 사서四書를 강론했다.

강론이 끝나자 상빈上賓이 엄숙하게 읍하고 다시 앉아서 말했다. "사서四書는 경전의 우익입니다. 그런데 『논어論語』는 『역易』보다 심오하고 『상서尚書』보다 순수하며, 『시詩』보다 아름답고 『예禮』보다 장엄하고, 『악樂』보다 조화롭고 『춘추春秋』보다 모범이 됩니다. 자신을 편안하게 하고 백성을 사랑하게 하는 공이 경전經典 중에서도 비견할 것이 거의 없을 정도로 가깝고도 절실합니다. 선생께서는 어째서 경전의 반열[42]에 올리지 않습니까?" 주인이 공수拱手하고 "제가 감히 마음대로 할 수가 없습니다."라고 했다.

[상빈이] 다시 읍하고 말했다. "세상에서는 『대학大學』에 '격치格致'에 대한 해석이 없고, '수신제가修身齊家'를 논한 것은 모두 너무 간략하고, '평천하平天下'를 논한 것은 재물을 다스리는 것에 대한 논쟁일 뿐이며, 기타 예禮·악樂·형刑·정政에 대해선 전혀 언급하지 않는 것을 의아해하기도 합니다. [이는] 이 책이 옛날 태학에서 사람을 가르치던 순서와 조목을 기록한 것이라는 사실을 알지 못하는 것일 뿐입니다. 학문하는 도구로 말할 것 같으면, 시詩·서書·역易·예禮의 학문學問과 노래·춤·활쏘기·말타기의 예藝가 있습니다. 어찌 '수신제가'와 '평천하'의 방법을 이 책에서 구하게 하려 했겠습니까? 선생께서는 왜 그것을 논의하지 않으십니까?" 주인이 머리를 땅에 대고 절하면서 "제가 못나서 감히 받들지 못하겠습

---

42 경전의 반열 : 유학의 경서를 묶어서 삼경(三經)이니 오경(五經)이니 육경(六經)이니 한다. 『논어』·『맹자』 등은 여기에 들지 않는다.

314

니다."라고 했다.

[상빈이] 다시 읍하고 말했다. "『예기禮記』의 문장은, 「월령月令」 같은 것은 찬연한 질서와 정연한 조목이 있어 독자적으로 완결된 한 편이니, 그 장이나 구를 더하거나 바꿀 수 없습니다. 「단궁檀弓」, 「악기樂記」 같은 것은 순서에 구애되지 않고 여러 설을 이리저리 취했습니다. 「방기坊記」, 「표기表記」 같은 것은 멋대로 말하고 마음껏 논의하지만, 섞여 있되 어지럽지 않고 통일성이 있어 희미해지지 않습니다.[43] 『대학』은 「월령」과 비슷하고, 『중용』은 「방기」, 「표기」와 비슷합니다. [그러내] 세상에 「방기」와 「표기」를 읽고서 황홀하고 아득해서 알 수 없다고 여기는 자는 없습니다. [그러내] 『중용』은 학자들이 종종 그 헷갈림을 괴로워하고 그 은미함을 겁냅니다. 선생께서는 어째서 이것을 논하지 않으십니까?"라고 했다. 주인이 두려워하며 일어나서 "제가 들어 아는 것이 없어서 미처 강구하지 못했습니다."라고 했다.

[상빈이] 다시 여러 빈들群賓과 다 함께 일어나 말했다. "『맹자』께서는 '5백 년 만에 왕자王者가 나오니, 그 사이엔 세상에 이름을 떨치는 자가 있다.'[44]라고 했습니다. 그 마지막 장에서는 '공자로부터 지금까지가 백여 년이다. 성인의 시대와 이처럼 머지않고, 성인이 사시던 곳과 이처럼 몹시 가깝다. 그러나 [나타나는 자개] 없으니, [그렇다면] 또 없을 뿐이겠구나.'[45]라고 했습니다. 맹자는 5백 년 만에 일어날 것을 가까운 백 년에서 찾았습니다. [그렇다면] 지금 사람들이, [맹자개] 백 년 사이에서 구하던 것을 2천 년의 긴 세월에서 구한다고 왜 안 되겠습니까? 그러나 없으니, 그 또한 없을 뿐이겠습니까?" 주인이 길게 한숨을 쉬고 탄식하며 머리를 숙이

---

43 『예기(禮記)』의 문장은 …… 희미해지지 않습니다 : 여기에서 나온 「월령(月令)」, 「단궁(檀弓)」, 「악기(樂記)」, 「방기(坊記)」, 「표기(表記)」는 모두 『예기』의 편명이다.
44 5백 년 …… 자가 있다 : 『맹자』 「공손추 하(公孫丑下)」에 나온다.
45 공자로부터 지금까지가 …… 없을 뿐이겠구나 : 『맹자』 「진심 하(盡心下)」에 나오는 말이다.

고 어려워하며 자리가 편안치 않아 보였다.

빈들이 물러나고 나서, 모시고 있던 자가 그 일을 기술하여 『사서집설』을 만들었다. 그 편차와 의례는 『시집설』과 같다.

○『회아薈雅』 50권. 고부詁部와 의부義部로 나눈 자전字典이다.

○○○ 〈『회아』 서문薈雅序〉

혼돈46이 막 열릴 때, 망망하게 둥둥 뜬 것이 땅끝까지 덮고 길게 펼쳐져 있었으니, 짝耦이 없었다. 그런 지 만여 년이 지난 다음, 딴딴하게 엉긴 것이 아래에 굳게 자리를 잡았다. [그런 다음] 앞서 망망하던 것에 대립해 둘이 되었다. 그런지 만여 년이 지난 다음, 급히 뛰어다니는 발가벗은 것이 그 사이에 섞여 들어, 앞의 대등한 짝抗이 되었던 것들과 더불어 나란히 셋이 되었다. 그런 지 다시 3만여 년이 지난 다음, 지렁이가 기어가듯 꼬불꼬불하고, 상서로운 구름처럼 빛나는 것이 '무無有'에서 일어났다. 산 것도 아니고 죽은 것도 아닌 것이, 앞의 세 가지와 더불어 모두 넷이 되었다. 드디어 태초에서 [세상이] 끝날 때까지 관통하며 오랫동안 함께하게 되었다. 그런 다음에야 천지 사이에 가득 찬 해·달·별·구름, 산·시내·꽃·나무, 새·짐승·벌레·물고기, 예禮와 악樂, 정치政와 법률法, 성현과 귀신의 작용하는 바가 모두 환하게 [밝혀졌다.]

천지가 사람을 부릴 때는 그 자질에 따라 부린다. 사람이 문자를 부리는 것도 마찬가지다. '소霄'가 마땅하다면 '호昊'는 불안하다. '흘忔'이 딱 맞으면 '열悅'은 느슨하다. '한垾'이 딱 떨어지면 '제堤'는 대충이다. '여壢'

---

46 혼돈 : 원문은 '혼원(混元)'이다. 우주가 형성되기 이전, 형질이 나뉘기 이전의 혼돈 상태, 카오스(caos)를 일컫는 말이다.

가 편안하다면 '암黯'은 거칠다. 이처럼 글자의 쓰임은 한정하지 않을 수 없다.

옛날, 글자를 풀이하는 책은 형태별로 동아리 지어 날줄을 삼고, 소리별로 무리를 나누어 씨줄로 삼았다. 해석詁은 종류별로 했는데, 다만 서술은 없었다. 이 세 가지가 서로 원용하여 결과를 만드니, 하나라도 빠지면 무너지고 만다.

항해 유로沆瀣遺老가 글文을 짓는데, 법어法語는 반듯하고彝彝, 심오한 말奧語은 난해하며籀籀, 아름다운 말琅語은 영롱하고珮珮, 꾸미는 말纘語은 찬란하다翡翡. 그리하여 눈을 감고 아직 잠들지 않았을 때면, 항상 야청 빛 아릿한 기운이 펼쳐져 있는 듯했다. 살펴보면, 그 가운데는 '찬纘' 같은 것, '표彪' 같은 것, '단彖' 같은 것, '건騫' 같은 것, '선譔' 같은 것, '휘翬' 같은 것, '구龜'인 것, '새璽'인 것, '반蟠'인 것, '역鵙'인 것, '위霨'인 것, '궤詭'인 것, 옥 술잔의 '전瑑', 곤룡포의 '미絑'⁴⁷인 것들이 가지런히 정렬되어 있다. 이것이 『회아』를 짓지 않을 수 없었던 까닭이다.

한 글자가 여러 가지 의미를 지닌 것은 여러 번 나와도 그냥 두었다. [그것은] 재주 많은 사람이 두루 다니며 널리 시혜를 베푸는 것과 같으니.

○『통감강목회통通鑑綱目會統』200권. 「정편正編」은 주자의 『자치통감강목資治通鑑綱目』⁴⁸을 그대로 실었고, 「전편前編」과 「속편續編」, 「삼편三編」⁴⁹은 약간씩 가감하고 바로잡아 책을 완성했다.

---

47 옥 술잔의 '전(瑑)', 곤룡포의 '미(絑)' : '전'은 옥 술잔에 양각으로 새겨 넣은 무늬이고, '미'는 작은 쌀알 같은 문양으로, 곤룡포에 수놓는 무늬 중 하나다.

48 주자의 『자치통감강목(資治通鑑綱目)』 : 『자치통감』은 주희가 사마광(司馬光)의 『자치통감(資治通鑑)』을 『춘추』의 체재에 따라 재편찬한 책이다. 역사를 '강(綱)'과 '목(目)'으로 나누어 기술하는 강목체(綱目體) 방식으로 서술하였다. '강'은 개요를 요약해 먼저 쓰는 것이고, '목'은 그 뒤에 자세한 경위를 쓰는 것이다.

49 「전편(前編)」과 「속편(續編)」, 「삼편(三編)」 : 각주 59 참조.

○○○ 〈『통감강목회통』서문通鑑綱目會統序〉

경전은 의리의 근거이고, 역사는 성공과 실패의 자취다. 사람들에게
"의리상 당연히 이렇다."라고 하면 군자는 믿지만 보통 이하의 사람들은
믿지 않는다. "어떤 사람은 이렇게 해서 성공했고, 어떤 사람은 이렇게
해서 실패했다."라고 해야 보통 이하의 사람도 두려워 경계한다. 이래서
사람들을 빨리 알아듣게 하는 데는 역사가 경전보다 낫다. 그러니 천하
와 국가를 다스리는 자는 더욱 역사를 읽지 않을 수 없다.

환관들이 나라를 망친 일은 경전에는 나오지 않는다. [그런데] 『시경』
에는 훌륭한 시인寺人인 맹자孟子[50]가 나온다. 경전만 읽고 역사를 읽지
않는다면, 필시 환관과 시인[51]을 임용하는 것이 해로울 것 없다고 여길
것이다. 음악이 나라를 망친 일은 경전에는 나오지 않는다. [그런데] 맹자
는 "왕께서 그처럼 음악을 좋아하시니 제齊는 거의 [태평성대에] 가까울 것
입니다. 지금의 음악은 예전의 음악에서 나온 것입니다."라고 했다.[52]
경전만 읽고 역사를 읽지 않는다면, 필시 음악을 즐기는 것이 해로울 것
없다고 여길 것이다. 수렵이 나라를 망친 이야기는 경전에는 나오지 않
는다. [그런데] 〈길일吉日〉, 〈거공車功〉[53]의 시와 '봄에는 봄 사냥蒐을 하고,

---

50 훌륭한 시인(寺人)인 맹자(孟子) : 『시경』「소아(小雅)」〈항백(巷伯)〉의 마지막에 "시인 맹자
가 이 시를 짓노라(寺人孟子, 作爲此詩)."라는 말이 나온다. 주 유왕(周幽王) 때 참소(讒訴)를
만나 궁형(宮刑)을 당하고 내시가 된 자가 이 시를 지어, 참소하는 사람을 미워하고 유왕
을 비난하였다고 한다.

51 환관과 시인 : 원문은 '환시(宦寺)'이다. 환인(宦人)과 시인(寺人)을 겸칭하는 것이니, 이들
은 모두 궁중에서 봉사하는 관원들이다. 환인은 궁중에서 봉사하는 사람, 시인은 임금의
측근에서 봉사하는 사람이라는 뜻이었다고 하나 뚜렷한 차이는 없고, 궁중에서 여관(女
官)을 감독하거나 그 밖의 잡역(雜役)에 봉사하는 거세(去勢)된 남자, 즉 환관을 일컫는 말
이다.

52 맹자는 "왕께서 …… 것입니다."라고 했다 : 『맹자』「양혜왕 하(梁惠王下)」에 나온다.

53 〈길일(吉日)〉, 〈거공(車功)〉 : 모두 『시경(詩經)』「소아(小雅)」의 편명이다. 〈길일〉은 길일을
택해 사냥에 나서는 것을, 〈거공〉은 주 선왕(周宣王)이 사냥의 옛 제도를 회복하여 수레와

가을에는 가을 사냥獮을 하는'[54] 예법은 찬란해서 장관이다. 경전만 읽고 역사를 읽지 않는다면, 필시 수렵의 즐거움과 화려한 수레와 말이 해로울 것 없다고 여길 것이다.

당唐의 환관 구사량仇士良은 자기 무리에게 "천자께서 책을 읽으시도록 하지 말라."고 조심시켰다.[55] 송 휘종宋徽宗이 양사성梁師成[56]의 집에 납시셨을 때, 사성은 서가의 책갑들을 치우도록 했었는데, 역사책이 서가 위에 있는 것을 보고는 몹시 놀라 급히 숨겼다. 군자들은 그 마음이 구사량보다 더욱 악랄하다고 여긴다.

옛날엔 경전과 역사서의 구별이 없었다. 『상서尙書』나 『춘추』는 모두 역사서인데, 육경에 들었다. 후세의 역사서들은 경전에 들진 못하지만, 주자께서 편찬하신 『통감강목通鑑綱目』 같은 것은 그 대의가 『춘추』에 근거했고, 또 [그 책에 드러나는] 정치의 잘잘못과 성패는 다른 역사책과는 비교가 되지 않을 만큼 후대의 귀감과 경계가 된다. 이 책이 경전에 들지 못하는 것은 단지 공자를 못 만났기 때문일 뿐이다.

[「정편正編」인] 이 책[『자치통감강목』]은 주周의 위열왕威烈王[57] 말기부터 시

말, 기계를 정비해 사냥에 나서는 것을 찬양하는 내용이다.

54 봄에는 봄 …… 사냥[獮]을 하는 : 『춘추좌씨전』 은공(隱公) 5년에 "봄 사냥[蒐], 여름 사냥[苗], 가을 사냥[獮], 겨울 사냥[狩]을 모두 농한기에 실시해서 무예의 일을 강습한다(春蒐, 夏苗, 秋獮, 冬狩, 皆於農隙以講事也)."라고 했다. 그 주석에 의하면, '수(蒐)'는 봄에 새끼 배지 않은 짐승을 찾아서 시행하는 사냥이고, '선(獮)'은 가을에 보이는 대로 잡는 사냥이다.

55 구사량(仇士良)은 자기 …… 말라."고 조심시켰다 : 구사량은 당 문종(唐文宗) 때의 환관이다. 두 임금과 한 왕비, 네 재상을 살해하는 등 20년 동안 탐학무도를 자행했다. 그가 자신의 무리들에게 '천자를 한가하게 해선 안 된다. 사치로 그 이목을 즐겁게 해서 다시 다른 일을 생각할 겨를이 없게 한 뒤에야 우리가 뜻을 이룰 것이니, 글을 읽거나 유생(儒生)을 가까이하지 못하도록 하라. 그가 전대의 흥망을 보고 마음속으로 근심하고 두려워할 줄 알면 우리를 멀리하여 배척할 것'이라고 하였다고 한다. 『산당사고(山堂肆考)』〈교당고군(敎黨蠱君)〉.

56 양사성(梁師成) : 송 휘종(宋徽宗) 때의 환관으로 권세를 잡고 전횡하여, 당시에 은상(隱相)이라고까지 칭해졌다. 흠종(欽宗)이 즉위한 후 태학생 진동(陳東) 등의 상소로 귀양 가던 도중에 교살당했다. 『송사(宋史)』「환자열전(宦者列傳)」.

작해서 후주後周의 공제恭帝[58]에서 끝난다. 후세의 사람이 오제五帝 이후 위열왕 중년까지를 기록하여 「전편前篇」으로 삼은 것이 있고, 또 송宋·원元과 황명皇明의 일을 기록하여 「속편續編」과 「삼편三篇」으로 삼은 것이 있다.[59] 위아래로 이어져 합해서 전체全部가 되니, 서계書契를 통해 고찰 가능한 이래 4천여 년의, 정치의 잘잘못과 성패의 자취가 모두 갖추어졌다.

　그러나 주자께서 이 책을 편찬하신 것은 만년의 일이었다. 몸소 그 의례를 정하시고 문인들을 시켜 편집해서 책을 완성하도록 하셨다. [그러나] 선생께선 병환으로 책이 완성되는 것은 보실 수 없었다. 이런 이유로 그 큰 줄기도 이미 어긋나는 것이 많은 터에, 취사선택해서 기재한 것이 모두 합당할 수는 없었다. 후인의 손에서 나온 전·속편과 삼편에 이르면 더욱 정밀하지 못한 것이 많다. 지금 모두 더하고 빼고 깎아 내고 보태서, 순수하고 집약된 것이 되도록 힘썼다. 이름을 『회통』이라고 한다.

　아아! 천하와 국가를 다스리려는 자라면, 이것을 반드시 보아야 할 것이다. 위로 임금을 받들고 백성을 보호하며, 아래로는 선을 밝히고 자신을 성실하게 [수양해서], 치세에는 진출해서 활약하고, 난세에는 [도를] 품고 은둔하려는 학사·대부라면, 또한 그 발자취를 [여기가 아니면] 어디에서 고찰하겠는가? 경전의 방법으로 임금을 섬기려는 세상 사람들은 구

---

57 위열왕(威烈王) : 주(周)의 32대 임금이다.

58 후주(後周)의 공제(恭帝) : 오대(五代) 후주(後周)의 마지막 임금인 곽종훈(郭宗訓)이다.

59 후세의 사람이 …… 것이 있다 : 정확하지는 않으나, 원(元)의 김리상(金履祥)이 지은 『자치통감강목전편(資治通鑑綱目前編)』, 명(明)의 상로(商輅)가 지은 『속자치통감강목(續資治通鑑綱目)』, 그리고 청 건륭 11년에 편찬된 『어찬자치통감강목삼편(御撰通鑑前編綱目三編)』을 가리키고 있다고 보인다. 『자치통감강목전편』은 『자치통감』에 수록되지 않은 삼황오제부터 주(周) 위열왕 24년까지의 기사를 수록하고 있다. 『속자치통감강목』은 북송 태조부터 원 순제(順帝)까지의 역사를 편찬하였는데, '속강목(續綱目)' 또는 '송원통감강목(宋元通鑑綱目)'으로도 불린다. 『어찬자치통감강목삼편』은 상로의 『속자치통감강목』을 계승한 명(明)의 편년사이다.

사량과 양사성의 함정에 빠지지 않도록 조심할지어다.

○『전사통全史通』 1,000권. 사마천司馬遷의『사기史記』와 반고班固의『한서漢書』는 전부 싣되, 중복되는 것은 빼고 빠진 것은 보충했다.『후한서後漢書』이하는 모두 힘써 교정했다.

○○○ 〈『전사통』서문全史通序〉

만성 체증으로 식욕을 잃은 사람이 있었다. 의원이 식욕을 돋우고 담痰을 이길 약을 처방했다. [그러자] 어떤 이가 "식욕을 기르는 것은 오곡을 위주로 해야 한다. 초목은 성질이 편향되니, 써선 안 된다."라고 했다. 병자가 문득 무언가를 먹고 싶어 했다. 집안사람들이 "이걸로 비위를 [달래] 먹고 마시는 길을 열 수 있겠구나."라고 기뻐했다. 어떤 사람이 또다시 "이것은 맛이 순수하지 못해 곡식과는 비교가 안 된다. 먹고 싶어 해도 주면 안 된다."고 했다. 그래서 사용하지 못하고 체증은 더욱 심해져 갔다.

옛 현인 중 성공과 이익을 위해 원칙을 굽히는 짓을 하지 않기로는 맹자만 한 이가 없다. 그러나 제齊의 왕이 음악을 좋아하고 용기 있는 것을 좋아하고 재화와 여색을 좋아하니, 맹자도 그것들을 통해 [왕을] 인도해서 일을 이루려고 했다. 그 고심과 피나는 정성과 측은히 여기는 마음이 이처럼 그만둘 수 없었던 것이다.

아아! 죽이나 떡은 모두 곡식으로 만든 것이다. [그러니] 초목의 편향된 성질이나 진수성찬의 특이한 맛과는 다르다. [그런데] 지금 밥과 다르다고 먹지 말도록 권한다면 어찌 되겠는가? 부열傅說은 은 고종殷高宗에게 "옛일에서 배우지 않고도 일을 이룰 수 있다는 말은 열說이 들어 보지 못했습니다."[60]라고 고했었다. '옛일에서 배우려면' 어찌해야 하는가? 옛날 역사를 볼 수밖에 없다. 공자께서는 노 애공魯哀公의 질문에 "문왕과 무왕의 정사는 책 속에 펼쳐져 있습니다."라고 대답하셨다.[61] '책 속에 펼쳐져 있는 무왕과 문왕의 정사'라는 것이 역사 아닌가? 역사가 비록 경전 다음가는 것이라고 해도, 음악과 재화나 여색보다야 낫다 뿐이겠는가? 맹자의 일이야 속된 선비들이 갑자기 흉내 낼 것은 아니다. [그러나] 부열이나 공자의 교훈을 또 어떻게 가볍게 저버리겠는가? 경서는 불친절해서 멀어지기 쉽고 가까이하기 어렵다. 정치에 관련된 일을 싣고 있는 역사는 읽어 보면 맛이 있다. 그 맛을 발판으로 독려한다면, 경전으로 들어가는 계단이 될 것이다. 지금 높은 대臺에서 사다리를 치우면서 "대는 높직하니 앉을 만하지만, 사다리는 낮아서 밟을 가치가 없다."라고 한다면, 이것은 대에 오르는 것을 막는 것이다.

『통감강목회통通鑑綱目會統』이 완성되자, 다시 『사기』 이하 역대 기전체紀傳體[62]의 책들 몇 권을 가져다 번잡한 것을 깎고 빠진 것을 보충한 다음 합해서 한 책으로 만들었다. 사마천과 반고의 책이 때로 순수하지 못한 부분도 있지만, 문장과 서술에서 모두 후세 선비들이 미칠 수 있는 것이 아니기 때문이다. 그저 중복되는 것을 빼고 서로 어긋나는 것을 대략 바로잡고, 당연히 전해져야 하는데도 빠진 삼대의 성인·현인들의 일을

---

60 부열(傅說)은 은 고종(殷高宗)에게 …… 못했습니다."라고 고했었다 : 부열은 은 고종 때의 재상이다. 인용은 『상서』 「열명 하(說命下)」에서 가져왔는데, 원문은 다음과 같다. "옛 교훈에서 배우면 곧 얻는 바가 있을 것입니다. 옛날에서 배우지 않고도 영세토록 보전할 수 있었다는 것을 열은 들은 적이 없습니다(學于古訓, 乃有獲. 事不師古, 以克永世, 匪說攸聞)."

61 공자께서는 노 애공(魯哀公)의 …… 있습니다."라고 대답하셨다 : 『중용(中庸)』 20장에 나오는 말이다. "애공이 정사를 묻자 공자께서 말씀하셨다. '문왕과 무왕의 정사는 책 속에 펼쳐져 있습니다. 그러나 그 사람이 있으면 그러한 정치가 거행되고, 그러한 사람이 없으면 그러한 정사는 끝납니다(哀公問政, 子曰: '文武之政布在方策, 其人存則其政擧, 其人亡則其政息.')."

62 기전체(紀傳體) : 역사 서술의 3체 가운데 하나로, 인물의 전기(傳記) 중심의 역사 서술 방식이다. 사마천(司馬遷)의 『사기(史記)』에서 시작되었다. 본기(本紀), 열전(列傳), 표(表), 지(志) 등으로 구성된다.

보충해서 기록했을 뿐이다. 『후한서』이하는 열에 일곱은 깎아 냈고, 백에 하나 정도 보탰다. 그 일에 맞게 그 문장을 고친 것이 또 반이 넘는다. 이제 이 책과 『강목』은 수레의 두 바퀴와 같아졌다. 아아! 이 책도 경전이 아니라고 해서 없앨 수 없거니와, 하물며 『강목』이랴?

○『동사강목東史綱目』100권.

○○○ 〈『동사강목』서문東史綱目序〉

우리나라 사람들은 중국의 역사보다 동국의 역사에 대해 도리어 더 어둡다. 이것은 문화와 교육이 늦게 시작되었기 때문이지 오늘날 사람들의 잘못은 아니다. 그러나 서적에 기재되어 있는 것조차 폐기해 버리고 연구하지 않기도 하니, 이것은 지금 사람들의 잘못이다. 이에 앞사람들이 엮은 책 열 몇 질帙을 가져다 총집으로 모으고 바로잡아 정리해서 한 부部를 만들었다. 강綱을 세우고 목目을 붙여, 대충 고정考亭을 본떴다.[63]

아! 삼고三古 시대는 아득하다. 진秦·한漢 이하는 쇠락한 시대라고들 한다. 개탄하고 분노하고 슬퍼할 만한 자취들이 우리 동쪽과 비교하면 바닷물과 소 발굽 자국에 괸 물[64]만큼이나 차이가 난다. 두 부部의 역사서는 전혀 달라서 한 질로 할 수 없다. 그 문장 표현 같은 지엽적인 것도

---

63 강(綱)을 세우고 …… 고정(考亭)을 본떴다 : '고정'은 주희를 일컫는 호칭이다. 원래 복건성(福建省) 건양(建陽) 서남쪽에 있는 지명인데, 주희가 만년에 이곳에 거주하며 창주정사(滄洲精舍)를 세웠고, 나중에 고정서원(考亭書院)으로 사액을 받았다. 때문에 주희를 '고정' 혹은 '고정 선생'이라고 지칭한다. ○'강을 세우고 목을 붙였다'라는 것은 주희의 『자치통감강목(資治通鑑綱目)』서술 체제, 즉 강목체(綱目體)를 사용했다는 말이다.

64 소 발굽 자국에 괸 물 : 원문은 '제잠(蹄涔)'이다. 『회남자(淮南子)』「범론훈(氾論訓)」에 나오는 말로, 지극히 작은 것을 가리키는 말이다. "소 발굽 자국에 괸 물은 상어나 다랑어를 살게 하지 못한다(夫牛蹄之涔, 不能生鱣鮪)."

마찬가지다. 저 중국의 크기는 우리나라 열 몇 개를 합해야 하는 크기이다. 중국을 열 몇 개의 나라國로 나누면, 나라 하나가 우리나라와 같다. [그러니] 모두 합한다면, 그 땅덩어리가 크기는 하다. [그러내] 그 인재나 민속, 정치나 풍속은 역시 우리나라의 것일 뿐이다. 또 어쩌면 이리도 전혀 다를까?

높은 데 올라가 바라보면 삼척동자나 7척의 건장한 사내나 모두 땅에 기어 다니는 개미같이 보여 큰 차이가 없다. 하늘에서 내려다본다면 중국이나 우리나라나 모두 탄알 하나만 할 뿐이다. 그러므로 남들은 모두 우리나라의 일이 중국보다 크게 못하다고 하지만, 나는 "우리나라가 중국보다 많이 모자란 것이 있기는 하다. [그러내] 중국도 역시 우리나라에 많이 못 미치는 것이 있다. 장점으로 상호 대적한다면 같다고 해도 될 것이다."라고 한다. 이 책을 읽는 자는 중국보다 많이 모자란 점은 잠시 제쳐 놓고, 중국이 많이 모자란 것만 연구한다면 이 책을 저술한 사람의 고심을 저버리지 않는 것이 될 것이다. 어떤 이가 "항해자의 『숙수념熟遂念』은 중국에는 없는 것이다."라고 한다. 만일 우리나라의 모든 일이 중국하고 같다면, 항해자의 『숙수념』은 필시 지어지지 않았을 것이다.

○ 『제자휘諸子彙』 50권. 전부 수록하기도 하고, 부분적으로 취하기도 하고, 전부 버리기도 했다.

○○○ 〈『제자휘』 서문諸子彙序〉

천지 사이, 늘 살아 있어 죽지 않는 사물은 문자뿐이다.

처음 만들어졌을 때는 빽빽한 솜털처럼 보들보들했을 뿐이었다. 그러다가 무성해지며 날아올라, 『대역大易』에선 깊어지고, 『서書』에선 굴곡지고, 『시詩』에선 휘파람이 되고, 『춘추』에선 환하게 밝아지고, 『논어』

에선 참되고, 『좌씨내전左氏內傳』[65]에서는 창칼이 되고, 굴원의 『이소離騷』에선 울부짖음이 되었다. 제자諸子에 이르러선 불꽃처럼 크게 일어나 한 동아리로 묶을 수 없게 되었다. 제자는 경전經과 만났지만, 진실로 계승하진 않았다.

큰 도회지의 시장에 들어서면, 천만 명의 사람들이 모여 떠들썩한 광경을 보게 되는데, 마치 제자의 문장을 펼쳐 읽는 것 같다. 머리와 눈·귀·입·어깨·등·허리·배·손발을 [가졌다는 점에서는] 사람은 모두 같다. [그러나] 개벽 이래 지금까지 몇만만, 몇억, 몇자秭의 인간 중 하나도 같은 사람은 없다. 글文은 글자字·구절句·언어言·의미意[로 구성된다는 점에서는] 같다. [그러나] 결승結繩 이래 지금까지 몇만만, 몇억, 몇조 편篇의 글 중 하나도 같은 것은 없다. 사람이란 그 형체는 같아도 그 기氣는 다르니, 나무로 그릇을 만들면 그릇마다 각각 하나의 나무인 것과 같다. 문자만은 그렇지 않다. 내가 사용하는 것이 바로 남들도 사용하는 것이다. 그런데도 고갈되지 않고, 그런데도 하나도 같은 것이 없다. 그러므로 '천하에 늘 살아 움직이며 죽지 않는 것은 오직 문자뿐'이라고 한 것이다.

큰 도회지 시장의 사람들은 개벽에서부터 지금까지 [살았던 모든 사람에] 비교하면 몇억, 몇자분의 일이다. 제자諸子 수십 명의 글도 결승에서 지금까지 [지어진 모든 글]에 비하면 또한 몇억만분의 일이다. 그러나 큰 도회지의 시장 사람들을 관찰하면 하나도 같은 [사람이] 없다. [그러니] 그 나머지도 추측할 수 있다. 제자의 문장을 관찰하면 하나도 같은 것이 없다. [그러니] 그 나머지도 추측할 수 있다. 사는 곳이 이웃이고, 행동거지나 풍습이 비슷하다. 그런데도 하나도 같은 사람은 없다. 시대가 가깝고, 취향과 학술이 비슷하며, 언어와 문사文辭의 체제가 서로 같다. 그런

---

65 『좌씨내전(左氏內傳)』: 『춘추좌씨전(春秋左氏傳)』을 가리키는 말이다. 이에 대해 『좌씨외전(左氏外傳)』은 『국어(國語)』를 가리킨다.

데도 하나도 같은 것이 없다. [그러니] 하물며 서로 멀리 떨어진 사이에서 겠는가? 그러므로 문자가 활물活物임을 알고 싶은 사람은 제자諸子를 관찰해야 한다. 이것이 『제자휘諸子彙』를 짓는 이유다.

노자老子는 평온하면서도 절도가 있고, 장자莊子는 팽팽하면서도 제멋대로 날뛴다. 이 둘은 버릴 것이 적으니, 모두 넣었다. 손경孫卿[66]의 말은 두려워하고 사랑하며, 현란하고 우뚝하다. 한비韓非의 설은 꾸짖어 물리치고 찌르며 슬피 고하는 듯하고, 관씨管氏의 법에 대한 논의는 우뚝 솟은 말뚝이나 톱니 같다. 안자晏子의 숭고한 간언은 언덕이 이어지듯 중후하고 곡진하며, 손무孫武와 오기吳起가 병사를 논하는 것은 치달리다 꺾이는 듯하고, 회남왕 유안劉安과 여불위呂不韋가 인간 세상을 이야기하는 것은 깊고 넓게 빛난다. 이런 것들은 많이 남기고 조금만 삭제했다. 나머지는 대략 실었는데, 간혹 그 전모가 민멸되어 뜻 해독이 잘 안 되는 경우나 꼬여서 부드럽지 못한 것은 제거했고, 그 말이 인정에 가깝지 않은 것도 제거했다. 그래서 얼마 되지 않는다. 열람하는 사람들이 모두 만족하고 기뻐할 것이다.

○『농서農書』 20권. 옛사람의 장점을 모으고, 현재의 실정을 참작했다.

○○○ 〈『농서』 서문農書序〉

세상에는 남에게 은혜를 베푸는 사람이 넷 있다. 지방 수령이나 고관들은 거기 들지 않는다. 세상엔 높직한 집에서 아름다운 옷과 좋은 음식

---

66 손경(孫卿): 순자(荀子)를 가리킨다. 이름은 황(況)이고 자가 경(卿)이다. 순자는 존칭이다. 전국시대 말 조(趙)나라 사람이다. 서한(西漢) 시대에는 한 선제(漢宣帝)의 이름이 유순(劉詢)이기 때문에, '순'자를 피해 비슷한 음의 '손(孫)'으로 불렸다. 다만 서한 시대엔 피휘하는 관습 자체가 없었으므로, 단순히 음의 유사성 때문에 생긴 결과라는 주장도 있다.

을 입고 먹으며, 우뚝하게 존귀하고 태연하게 편안한데 사람들에게 은혜를 입히는 사람이 있다. 세상엔 가난한 뒷골목에서 갈옷을 입고 거친 음식을 먹으며, 허다한 걱정근심에 잠긴 듯 꼼짝 않고 앉아 쓸모없이 늙어 가는 것 같지만, 사람들에게 은혜를 입히는 자가 있다. 세상엔 분주히 뛰어다니고 말을 달려, 관冠과 신이 해지고 뼈와 근육을 지치게 하면서 남들에게 은혜를 입히는 사람이 있다. 세상엔 폭염에 피부가 타고 진흙탕에 발을 담그고서 죽을 때까지 쉬지 못하는데, 그것으로 남에게 은혜를 입히는 사람이 있다.

"자세히 듣고 싶습니다."

항해자는 말한다.

"지금 임금과 재상들은 천 칸의 큰 집에 살고, 먹는 것은 설령줄만 당기면 되고, 행차엔 수레와 말이 늘어선다. [그런데] 훌륭한 정령政令 하나에 혜택은 천 리에 미친다. 제대로 된 정사政事 하나에 신음하던 만 명이 일제히 살아난다. 그러므로 '높직한 집에서 아름다운 옷과 좋은 음식을 입고 먹으며 사람들에게 은혜를 입히는 자'라고 한 것이니, 임금과 재상이 이들이다.

지금 저 독서하는 선비는 보잘것없는 벼슬 하나 없고 한 되 한 홉의 봉급도 없지만, 선왕의 도를 간직하고 그것을 서책에 펼쳐 내어 백대에 걸쳐 어리석은 자들을 깨우치고 만대의 후손들이 편안하고 즐거울 수 있을 기반을 마련한다. 그러므로 '가난한 뒷골목에 살면서 갈옷을 입고 거친 음식을 먹지만 남에게 은혜를 입히는 자'라고 하는 것이니, 독서하는 선비가 바로 이들이다.

지금 저 양의良醫들은 새벽에 일어나 저녁에야 쉬며, 날마다 길 위에서 말을 달린다. 밥도 제때 못 먹고 대접받는 음식이래야 보리 국수에 불과하다. [그러나 그게] 붓을 종이에 대면 죽어 가던 자가 줄줄이 일어난다. 그러므로 '분주히 뛰어다니면서 관과 신이 해지고 뼈와 근육을 지치게 하면서 남들에게 은혜를 입히는 자'라고 했으니, 좋은 의원이 바로 이들이다.

지금 저 농사짓는 이들은 봄이 되면 밭을 개간하고 여름이 되면 가라지를 김맨다. 빗물을 가둬 모를 옮기고, 서리 내리길 기다려 수확해서 세금을 낸다. 한 줄기 한 줄기를 조심스럽게 보호하고, 한 알 한 알을 애써서 보살핀다. 들판에서 살집이 축나고 도랑에서 고혈이 마른다. 그런 뒤에야 희희낙락 편안히 사는 세상 사람들이 모두 밥사발을 수북이 담고 입을 가득 메울 수 있다. 천하 억·조의 사람들이 하나도 굶어 죽지 않게 하는 것은 농부가 내려 준 것이다. 그러므로 '폭염에 피부가 타고 진흙탕에 발을 담그고서 죽을 때까지 쉬지 못하는 것으로 남들에게 은혜를 끼치는 자'라고 한 것이니 농부가 바로 이들이다.

사람이란 반드시 먹은 뒤라야 다스릴 수 있다. 사람이란 반드시 먹은 뒤라야 가르칠 수 있다. 사람이란 반드시 먹은 뒤라야 질병도 치료한다. 그러니 농부가 남에게 은혜를 끼치는 것이 네 사람 가운데 으뜸이다. 그래서 나는 늘 세상에 남에게 은혜를 끼치는 자는 하나뿐이라고 한다.

정치를 이야기하는 옛글은 몇만 마디나 된다. 그것을 읽은 자들이 간혹 써 보지만 실정에 맞지 않는다. 학문을 논한 옛글이 몇만 마디나 된다. 그것을 읽은 자들이 간혹 써 보지만 거짓이다. 의술을 논한 옛글이 몇만 마디나 된다. 그것을 읽은 자들이 간혹 써 보지만 방해가 된다. 농사만은 그렇지 않다. 어리석은 무지렁이로 글자도 모르는 백성들이 늘 농사일을 한다. 그런데 그 도道에는 고금이 없다. 그 마음은 지극히 성실해 거짓이 없다. 그 일은 지극히 공정해서 사사로움이 없다. 아! 신농씨와 황제黄帝의 기풍이 지금까지 보존된 것은 농사뿐이로다!

옛날엔 농서農書가 있어서 적절한 토양이나 수리 시설, 온갖 곡식과 기구 등을 기술했다. 대개 농사를 감독하는 사대부들에게 주기 위해서였다. 우리 동방의 토양과 곡물의 이름과 모습은 모두 중국과 달라서, 종종 잘 맞지 않고 서로 통하지 않는 것들이 있다. 이에 참작해서 한 부의 책을 만들었다. [그러내] 그 이름을 중하게 여겨 보존하는 것일 뿐이다. 농사가 어찌 책을 보고 하는 것이겠는가?

○『계의전서稽疑全書』70권. '연산連山', '귀장歸藏'[67] 이하 여러 종류의 점을 모두 수록했다. '주역점易筮'과 '돈점擲錢'[68]을 위주로 하고, 기타 잡다한 점들은 그 이름과 기본 법칙만 남겨 두었다.

○○○ 〈『계의전서』 서문稽疑全書序〉

항해자의 관법觀法이 이미 위로는 태일泰壹[69]을 비추어 보고 아래론 담탁湛濁[70]까지 꿰뚫으며, [공간적으론] 대장大章과 수해竪亥[71]가 멈춘 곳까지,

---

67 '연산(連山)', '귀장(歸藏)' : 고대 삼역(三易) 중의 두 가지이다. '삼역'이란 하(夏)의 역인 '연산', 상(商)의 역인 '귀장', 주(周)의 역인 '주역'을 가리킨다. 『주례(周禮)』 「춘관(春官) · 태복(大卜)」에 "삼역(三易)의 법을 맡는데, 첫째 『연산(連山)』이고, 둘째 『귀장(歸藏)』이고, 셋째 『주역(周易)』이다(掌三易之法, 一曰連山, 二曰歸藏, 三曰周易)."라고 했다. 일설에는 황제(皇帝)가 지었다고도 한다.

68 '돈점[擲錢]' : 동전(銅錢)을 던져서 치는 점이다. 척괘(擲卦)라고도 한다. 한꺼번에 동전 셋을 던져 한 개가 뒷면이 나오고 두 개가 앞면이 나오면 단(單)이라 하여 작대기 하나 모양으로 표시하고, 두 개가 뒷면이 나오고 한 개가 앞면이 나오면 탁(拆)이라 하여 작대기 두 개를 나란히 놓은 모양으로 표시하고, 세 개가 모두 뒷면이 나오면 중(重)이라 하여 ○로 표시하고, 세 개가 모두 앞면이 나오면 순(純)이라 하여 ×로 표시해서, 세 번 던져서 나오는 결과를 합해 하나의 괘(卦)를 만들어 길흉(吉凶)을 판단하였다.

69 태일(泰壹) : 천지가 나누어지기 이전 혼돈(混沌)의 원기(元氣), 우주의 본원(本源)을 가리키는 말이다. 『예기(禮記)』 「예운(禮運)」에서 "반드시 태일에 근본을 두어야 하니, 나뉘어서 천지가 되고 바뀌어서 음양이 되고 변해서 사시가 된다(必本于太一, 分而爲天地, 轉而爲陰陽, 變而爲四時)."라고 한 것에 대해, 공영달(孔穎達)의 소(疏)에는 "'태일에 근본을 둔다'라는 것은 천지가 나뉘기 이전의 혼돈의 원기를 말한다. …… 그 기가 극도로 큰데 아직 나뉘지 않았으므로 '태일'이라고 한다(必本于太一者, 謂天地未分混沌之元氣也. …… 其氣旣極大而未分, 故曰'太一'也)."라고 했다.

70 담탁(湛濁) : 대지를 가리킨다. 『예문유취(藝文類聚)』에서 『신농서(神農書)』를 인용하여, "담탁은 땅이다(湛濁爲地)."라고 했다.

[시간적으론] 일원一元[72]이 끝나는 곳까지 이르렀다. 다시 『대역大易』을 현양하여 여러 말들을 통섭하게 하고 육경六經의 첫머리에 놓았다. [그러고 서는] 다시 위로는 연산·귀장·귀묵龜墨[73]의 말辭에서부터 아래론 경씨의 세응世應,[74] 소씨의 관매일촬금觀梅一撮金[75]이나 단시법斷時法,[76] 한漢의 풍 각風角,[77] 월越의 계골점鷄骨占[78]에 이르기까지, 자질구레한 점치는 술수 들에 대해서 모두 그 이름을 보존하고 그 방법을 고찰했으니, 어째서인 가?

---

71 대장(大章)과 수해(竪亥) : 모두 달리기를 잘했다는 전설 속 인물들이다. 모두 우(禹)의 신 하였다고 하는데, 『회남자(淮南子)』 「지형훈(地形訓)」에 "우임금이 대장에게 동쪽 끝에서 서쪽 끝까지 걸어서 거리를 재 보게 하였더니 2억 3만 3,500리(里) 75보(步)였고, 수해에게 북극에서 남극까지 걸어서 거리를 재 보게 하였더니 똑같이 2억 3만 3,500리 75보였다." 라는 이야기가 나온다.

72 일원(一元) : 소옹(邵雍)에 의하면, '일원'은 하늘과 땅이 개벽하여 끝나기까지의 기간이다. 원에는 12회(會)가 있고, 회에는 30운(運)이 있고, 운에는 12세(世)가 있다고 한다. 1세는 30 년이다. 계산해 보면, 1원은 12회·360운·4,320세로 총 12만 9,600년이 된다. 『황극경세서 (皇極經世書)』.

73 귀묵(龜墨) : 옛날 거북 등에 먹줄을 긋고 불에 구운 뒤 길흉을 판단하였다. 『예기(禮記)』 「옥조(玉藻)」에는 "복인은 거북을 골라 정하고, 대사는 먹을 골라 정하고, 임금은 몸가짐 을 정한다(卜人定龜, 史定墨, 君定體)."고 했다.

74 경씨의 세응(世應) : 한 원제(漢元帝) 때의 역학자(易學者)인 경방(京房)이 창시한 역법(易法) 을 가리킨다. 경방은 자가 군명(君明)으로, 『경씨역전(京氏易傳)』을 지었다. 『경씨역전』은 현재까지 유행하고 있는 점법인 육효점의 조종(祖宗)으로, 64괘마다 세응(世應)을 붙이고 간지를 활용해 오행의 상호 관계로 일정한 사안의 길흉을 추산하는 방법을 창안했다.

75 소씨의 관매일촬금(觀梅一撮金) : '관매역(觀梅易)'이라고 불리는 소옹(邵雍)의 『역수일촬금 (易數一撮金)』을 가리키는 것으로 보인다. 『일촬금(一撮金)』으로도 부른다. 소옹이 매화나 무에서 싸우고 있는 새를 보고 점친 것으로부터 시작되었다고 하여 '매화역수(梅花易數)' 라고도 부른다.

76 단시법(斷時法) : 신수점의 일종으로, 점을 보러 오는 사람의 시간에 의하여 매화역수(梅花 易數)나 육임법(六壬法)으로 길흉을 판단한다.

77 한(漢)의 풍각(風角): 중국 고대 점법(占法)의 하나로, 사방의 바람을 살펴서 길흉을 점치는 것이다.

78 월(越)의 계골점(鷄骨占): 옛날 월(越)에서는 닭 뼈로 점을 쳤다고 한다. 『본초강목(本草綱 目)』의 '계(鷄)' 항목에서 "남인들은 …… 또 닭 뼈로 풍흉을 점친다(南人 …… 又以鷄骨占年)." 라고 했다.

아! 그대는 저 새들을 보지 않았는가? 단혈丹穴의 새는 그 이름이 '봉鳳'
이다. 한번 나타나면 천하가 평화롭고 백성이 편안하다. 이 새는 노을빛
벼슬에 금빛 부리, 머리는 붉고 푸른색이고 등은 자황색이다. 그 빛깔은
용의 비늘인 듯하고 그 무늬는 표범의 무늬이다. 날개를 치며 노래하면,
〈운문雲門〉, 〈구소九韶〉의 연주와 어우러진다.[79] [한번] 봉황을 본 자는 다
시는 세상에 새라고 할 만한 것이 없게 된다. 그러나 봉황을 자기의 동산
에 놓아둔 자라도 그 곁에서 가마우지·비취·진길료秦吉了[80]·앵무·자
고·구관조·산까마귀의 무리가 부리를 맞추어 혀를 굴리면서 맑은 바
람 소리처럼 연주하며 선회한다면, 눈이 부셔서 지나가지 못하고 머뭇
거리지 않을 자 누가 있겠는가?

새는 그중 소소한 예이다. 그대는 또 맛난 음식을 보지 않았는가? 군
산君山의 술[81]에 취하고 얼룩무늬 표범의 태를 물리도록 먹은 자에겐 세
상에 다시는 음식이랄 것이 없을 것이다. [그러나] 다시 닭 혀나 소 위장,
제비집 같은 음식이 곁에 놓여, 새콤달콤한 맛으로 입을 자극하고 창자
를 기름지게 한다면, 숟가락 젓가락을 번갈아 가며 먹지 않을 자가 어디
있겠는가?

음식은 그중 천박한 것이다. 그대는 또 산수를 보지 않았는가? 곤륜산

---

79 날개를 치며 …… 연주와 어우러진다 : 〈운문〉은 황제(黃帝)의 음악이고, 〈구소〉는 순의 음
악이다. 『서경』「익직(益稷)」에 "〈소소(簫韶)〉를 아홉 번 연주하자 봉황이 와서 춤을 추었
다(簫韶九成, 鳳凰來儀)."라는 언급이 있는데, 이를 원용하고 있다.

80 진길료(秦吉了) : 길료(吉了)·요가(了哥)로도 부르는 관상용 새이다. 사람의 말을 흉내 낸다
고 한다. 진(秦) 지방에서 나기 때문에 진길료라고 부른다.

81 군산(君山)의 술 : 군산은 동정호 가운데에 있는 신선 산이다. 장화(張華)의 『박물지(博物志)』
에 군산의 불사주와 동방삭(東方朔)의 일화가 실려 있다. 군산에는 오(吳)의 포산(包山)과
통하는 길이 있는데, 위에는 좋은 술 몇 말이 있어 이것을 마시는 자는 죽지 않는다고 한
다. 한 무제가 7일을 재계하고 남녀 수십 사람을 군산에 보내 술을 구해서 마시려 하자, 동
방삭이 먼저 살펴보길 청하더니 받아서 마셔 버렸다. 황제가 죽이려 하자 동방삭은 자신
이 죽는다면 술이 효험이 없다는 것이 증명되고, 효험이 있다면 죽어도 죽지 않을 테니 쓸
데없는 일이라고 말했고, 황제는 사면했다는 이야기이다.

꼭대기에 오르고 천지天池[82]의 웅덩이에 임해, 험준한 산세에 전율하고 망망한 넓이에 경악했던 자에게는 세상에 다시는 '산수'라고 할 만한 것이 없을 것이다. [그러나] 가파른 바위 하나, 맑은 샘 하나가 둘러싸거나 거꾸로 솟으며, 황옥과 상아에 부딪는 [소리를 내고], 홀처럼 [솟은 바위 아래] 여울지면, 말을 멈추고 수레에서 내려, 담요를 펴고 앉아 시간을 보내지 않을 자가 있겠는가?

산수는 그중 외적인 것이다. 그대는 또 사람을 보지 않는가? 지금 순舜의 조정에 오르고 중니仲尼의 문하에 있는 자는 세상에 다신 사람이랄 것이 없을 것이다. [그러나] 도道에 맞는 말 한마디나 선善에 가까운 행동 한 가지라도 마주치면, 읍하고 나오게 해서 화기애애하게 어여뻐하고 아끼며, 그와 함께 가고자 하지 않겠는가?

사람도 먼 일이다. 그대는 도리어 저 항해자를 보지 않았는가? 항해자의 시야는 이미 위로 태일을 비추고 아래론 담탁까지 꿰뚫으며 대장과 수해가 멈춘 곳까지, 일원이 끝나는 곳까지 이르렀다. 그리고 다시 『대역』을 현양해 여러 말들을 통섭해서 육경의 첫머리에 놓았다. 다시 이 자질구레한 점치는 작은 방법들도 책으로 만들고 서문을 써서 간직한다. 아아! 그대야 어찌 알겠는가? 내가 또 어찌 변론할 수 있겠는가?

○『수민전서壽民全書』380권. 『난경難經』, 『소문素問』, 『영추靈樞』, 『금궤金匱』[83]

---

82 천지(天池) : '천지'는 '남쪽에 있는 큰 바다[南冥]'이다. 『장자(莊子)』「소요유(逍遙遊)」에 나온다. "북쪽 바다에 물고기가 있는데 그 이름은 곤(鯤)이다. …… 변하여 새가 되는데 그 이름은 붕(鵬)이다. …… 이 새는 바다를 진동하여 장차 남쪽 바다로 가려고 한다. 남쪽 바다란 것은 천지(天池)이다(北冥有魚, 其名爲鯤. …… 化而爲鳥, 其名爲鵬. …… 是鳥也, 海運則將徙於南冥. 南冥者, 天池也)."라고 했다.

83 『난경(難經)』, 『소문(素問)』, 『영추(靈樞)』, 『금궤(金匱)』 : 모두 고대의 의서들이다. 『난경』은 전국시대 편작(扁鵲)의 저작이라고 하고, 『소문』과 『영추경(靈樞經)』은 헌원황제(軒轅黃帝)가 신하 기백(岐伯) 등과의 문답 형식으로 쓴 책이라고 하고, 『금궤』는 『금궤옥함경(金匱玉函經)』으로, 후한(後漢) 장기(張機)의 저작이라고 한다. 『금궤』는 갈홍(葛洪)의 저작이라고

는 전부 수록했다. 나머지는 모두 장점만 잘라 취하고, 간혹 근래의 경험 단방單方을 참조해 3권으로 초록해서 덧붙였다. 쉽게 구할 수 있는 흔한 [약방문만] 기록해서, 가난한 사람이나 나그네의 질병을 다루도록 했다.

○○○ 〈『수민전서』 서문壽民全書序〉

천자부터 소 잡고 버들고리 짜는 백정까지, 섬세하게 나누려면 천만 등급으로 나눠도 그럴수록 그 성난 다툼을 더욱 감당할 수 없을 것이다. 다만 중간을 잘라 둘로 나누어 '남을 부리는 자는 존귀하고, 남에게 부림을 당하는 자는 천하다.'라고 할밖에 없다. 이렇게 하면 잠잠하게 이의가 없을 것이다.

사람의 존비만 그런 게 아니다. 문장도 역시 그렇다. 우사虞史[84] 이하 처음 '하늘 천漢榛天'을 읽는 어린아이까지, 섬세하게 나누려면 천만 등급으로 나눠도 그럴수록 그 성난 다툼을 더욱 감당할 수 없을 것이다. 다만 중간을 잘라 둘로 나누어 '문자를 부리는 자는 문장에 능숙한 자이고, 문자에 부림을 당하는 자는 문장에 능숙하지 못한 자이다.'라고 할밖에 없다. 이렇게 하면 잠잠하게 이의가 없을 것이다.

문장만 그런 게 아니다. 용병 역시 그렇다. 역목力牧 · 태공太公[85] 이하 패전한 군사에 이르기까지 섬세하게 나누려면 천만 등급으로 나눠도, 그럴수록 성남 다툼을 더욱 감당할 수 없을 것이다. 다만 중간을 잘라 둘로 나누어 '적을 부리는 자는 용병을 잘하는 자이고, 적에게 부림을 당하

전하는 『금궤약방(金匱藥方)』을 가리킬 수도 있겠다.

84 우사(虞史) : 순(舜)의 사관(史官)이다.

85 역목(力牧) · 태공(太公) : 역목은 황제(黃帝)가 꿈속에서 누군가가 천균(千鈞)의 쇠뇌를 들고 수만 마리 양을 몰고 가는 것을 보고서 찾아내어 만났다고 하는, 남다른 힘을 지닌 장수의 이름이다. 『사기(史記)』「오제본기(五帝本紀)」. 태공(太公)은 주 무왕(周武王)을 도와 은(殷)의 주왕(紂王)을 치고 나라를 세운 태공망(太公望) 여상(呂尙)을 가리킨다.

는 자는 용병을 못하는 자이다.'라고 할밖에 없다. 이렇게 하면 잠잠하게 이의가 없을 것이다.

용병만 그런 게 아니다. 의술 역시 그렇다. 염제炎帝와 기백岐伯[86] 이하 약방의 봉사奉事나 찻집의 박사博士까지, 섬세하게 나누려면 천만 등급으로 나눠도, 그럴수록 그 성난 불만을 더욱 감당할 수 없을 것이다. 다만 중간을 잘라 둘로 나누어 '병을 부리고 약을 부리는 자는 양의良醫이고, 병에게 부림을 당하고 약에게 부림을 당하는 자는 용렬한 의원이다.'라고 할밖에 없다. 이렇게 하면 잠잠하게 이의가 없을 것이다.

약을 쓰면서 약의 이점과 해악을 헤아리지 못해 [약효개] 나타난 것을 보고서야 급급하게 추적하느라 겨를이 없다. 병을 치료하면서 병의 전이를 헤아리지 못해 그 변화를 보고서야 황급히 구원하지만 미치지 못한다. 의원의 실패는 이 두 가지에서 나온다.

대황·망초를 조제하고는 '열을 흩을 뿐, 감히 한기를 일으켜 위장을 상하게 하지 마라.'고 명령한다. 오두·관계를 조제하고는 '속을 덥힐 뿐, 감히 열을 일으켜 체액을 소모시키지 마라.'고 명령한다. 비상·파두를 조제하면서 '나쁜 기운을 공격할 뿐, 감히 독을 마음대로 뿜어 장기를 해치지 마라.'고 명령한다. 여러 약재는 명대로 해서 감히 어기지 않는다. 또 차가운 약재와 더운 약재를 섞어 제조하면서 '어떤 약재가 한기를 일으키려 하면 어떤 약재가 제어하고, 어떤 약재가 열을 내려 하면 어떤 약재가 억제해서 각기 효과를 내고 감히 해독을 끼치지 마라.'고 명령한다. 또 오장五臟과 십이경맥十二經脈[87]의 약을 합해 제조하면서 '어떤 약재는

---

86 염제(炎帝)와 기백(岐伯) : 염제는 신농씨(神農氏)를 가리킨다. 신농씨가 각종 초목의 맛을 보며 온갖 질병에 대해 처방을 제시했는데, 후세에 이를 전승하여 『신농본초(神農本草)』를 만들었다고 한다. 기백은 황제(黃帝) 헌원씨(軒轅氏)의 신하로, 의술에 뛰어났다고 한다. 후대에는 이들 두 사람을 의약의 시조로 추앙한다.

87 오장(五臟)과 십이경맥(十二經脈) : 오장은 심(心)·간(肝)·비(脾)·폐(肺)·신장(腎臓)의 총칭이다. 인체 내 기혈(氣血)의 운행 통로를 의미하는 경락은 경맥(經脈)과 낙맥(絡脈)을 합한

간에 들어가 독기를 공격하고, 어떤 약재는 지라에 들어가 그 허약함을 돕도록 하라. 감히 서로 침범하지 말며, 감히 서로 다투지 마라'고 명령한다. 여러 약재가 명대로 해서 감히 어기지 않는다. 또 병에게 '내가 약을 너에게 준다. 너는 약을 받고 물러나 항복하라. 어떤 증상은 어느 날에 먼저 숨고, 어떤 증상은 어느 날에 이어서 옮겨가거라. 어느 날에 이르면 모두 달아나고 감히 머물지 마라.'고 명령한다. 병도 역시 명을 받들어, 서로 이끌어 궤멸한다. 그런 뒤에야 의원이고, 그런 뒤에야 사람의 생사를 맡을 수 있다.

문장은 독서에서 얻고 의원은 옛 처방문에서 배운다. 똑같이 옛 처방문을 배워도 잘하기도 하고 못하기도 하는 것은 똑같이 독서를 했어도 글을 잘하기도 하고 글을 못하기도 하는 것과 같다.

옛 처방서는 양이 많아 배우는 자가 전부 연구하기는 어렵다. 지금 합하고 가려서 몇 권으로 만들었으니, 집약해서 연구하도록 한 것이다. 그러나 의술을 배우는 요체는 진실로 여기에 있지 않다. 책이 이루어지매 서문을 써서 그것을 밝히고 용수원【갑8】의 의사들에게 두루 고한다.

○『병서兵書』 10권. 군사는 어쩔 수 없는 경우에만 쓴다. 또 전례나 상투에 빠져도 안 된다. [그러니] 많을 필요 없다.

○○○ 〈『병서』 서문兵書序〉

병법에 관한 책이 없을 순 없지만, 병서가 많아서도 안 된다. 장주莊周가 "성인이 나타나니 큰 도적도 일어났다."[88]라고 했는데, 이는 큰일 날

말이다. 경맥이란 기혈이 상하로 운행하는 통로이고, 낙맥이란 기혈이 좌우로 운행하는 통로이다. 그중 경맥은 다시 수삼음경(手三陰經)·수삼양경(手三陽經)·족삼양경(足三陽經)·족삼음경(足三陰經)을 합한 12경맥으로 나뉜다.

말[89]이다. 나로서는 "병서가 많아지니, 큰 난리가 잦아졌다."라고 한다.

지금 여기 어떤 사람이, 힘은 천 균鈞[90]을 들 수 있을 정도이고, 담로湛盧[91]를 비껴들고 큰 바위를 쳐서 셋으로 쪼갠다. 활을 당겨서 쏘면 백 걸음 밖에서도 까마귀와 기러기를 맞혀 떨어뜨린다. [그러면서] "천하에 내게 대적할 사람은 없다."라고 기세등등하게 외친다. [그러나] 맹분孟賁·하육夏育[92] 같은 흉포한 무리가 반드시 나타나 대적한다.

여기 어떤 사람이 체구가 크고 힘도 장사다. 겉모습은 당당하고 내면은 군세다. 지혜와 계교를 품고 속임수와 임기응변도 지녔으며, 산가지를 쥐고 천 리 밖의 일을 이야기한다.[93] [그러나] 남몰래 비책을 도모하며, 상대를 헤아리고 자신을 헤아려 몸을 낮추고 특별함을 숨기고서, 싸우지 않고도 승부를 결판내는 자가 반드시 나타나 대적한다.

여기 어떤 사람이 침착하고 씩씩하며 분연히 결단하니, 거들먹거리는 걸 용기라 여기지 않고 재잘거리는 걸 도모한다고 여기지도 않는다. [그러나] 반드시 한漢의 태조나 당唐의 천가한天可汗[94]같이 신이한 위세와

---

88 성인이 나타나니 큰 도적도 일어났다 : 『장자(莊子)』「거협(胠篋)」에 나오는 말이다.

89 큰일 날 말 : 원문은 '난언(亂言)'이다. 행동으로 난을 일으키지 않았어도 그 말이 행동으로 나타났을 경우 반란에 속하는 것을 '난언'이라 한다.

90 균(鈞) : 고대의 도량 단위로, 1균은 24근이고, 4균이 1석이다. 곧이곧대로 계산하면, 1,000균은 250석이지만, 엄청난 무게라는 일반적인 표현이다.

91 담로(湛盧) : 명검의 대명사이다. 춘추시대 월(越)의 구야자(歐冶子)가 월왕을 위해 만든 다섯 자루의 명검 중 하나이다.

92 맹분(孟賁)·하육(夏育) : 전국시대 사람으로, 힘이 세기로 유명한 사람들이다. 맹분은 소의 생뿔을 잡아 뽑았고, 하육은 천 균(鈞)의 무게를 들 수 있었다고 한다. 『맹자』「공손추 상(公孫丑上)」에도 공손추가 맹자를 맹분·하육보다 용감하다고 칭송하는 중에 거론된다.

93 산가지를 쥐고 …… 일을 이야기한다 : 산가지를 쥐었다는 것은 계책을 모색한다는 말이다. 한 고조(漢高祖)가 장량(張良)의 뛰어난 계책에 대해 감탄했던 말 가운데서 나온다. "장막 안에서 산가지를 놀려 천 리 밖의 승리를 결정하는 것은 내가 장량만 못하다(運籌策帷帳之中, 決勝千里之外, 吾不如子房)."『사기(史記)』「고조본기(高祖本紀)」.

94 당(唐)의 천가한(天可汗) : 당 태종(唐太宗)을 가리킨다. 유목 민족이 왕을 부르는 명칭인 '카간(可汗)'에 '천'이 합해진 호칭으로, 당 태종이 돌궐을 평정한 이래, 유목 민족들이 그에게

위대한 무력을 지닌 자가 있어서 일어나 적수가 된다.

　여기 어떤 사람이 있다. [자기] 나라에 의리를 펼쳐 남의 나라에까지 미친다. [자기] 백성들에게 은덕을 품어 남의 백성에까지 미친다. 엄숙하게 임해서 신중하게 움직이며, 공경하고 인仁을 펼친다. [그개] 천하의 가운데에 서니, 천하가 모두 둘러싸고 엎드린다. 이렇게 된다면, 일어나 대적할 자가 어찌 있겠는가?

　병서가 있어서 사람들의 권모술수를 열어 놓고, 사람들에게 폭력을 가르친다. [그러니] 모두 불살라 버려야 할 것이다. 어찌 [병서개] 많은 것을 염려해 조금만 남겨 두는 선에서 그치는가? 아아! 부득이해서 [그러는 것일] 뿐이다.

　음식을 절제하고, 기쁨과 분노의 감정을 조심하고, 바람과 추위를 피하고, 음악과 여색을 멀리한다. 이렇게 해서 오장과 육기六氣[95]를 보호하면 병이 날 이유가 없다. 오훼烏喙나 감수甘遂[96]를 어디다 쓰겠는가? 기왕 미연에 삼가지 못했으니, 도둑이 모여들듯 비괴痞塊[97]가 올라탄다. 이것을 어찌 음식을 절제하고 기쁨과 분노의 감정을 조심하고, 바람과 추위를 피하고, 음악과 여색을 멀리하는 것만으로 치료할 수 있겠는가? 역시 부득이 오훼와 감수 따위를 사용해서 병이 물러나길 기다려 천천히 수양을 강론할 수밖에 없다. 이것이 병서가 많아서도 안 되지만, 대충이라도 없을 수는 없는 까닭이다.

바친 칭호다.

95 육기(六氣) : 의학 용어로 한(寒) · 열(熱) · 조(燥) · 습(濕) · 풍(風) · 화(火)를 가리키기도 하고, 또는 정(精) · 기(氣) · 진(津) · 액(液) · 혈(血) · 맥(脈)을 가리키기도 한다.

96 오훼(烏喙)나 감수(甘遂) : 둘 다 독성이 있는 한약재이다. 오훼는 흔히 부자(附子)라고 하는 것인데, 그 모양이 까마귀 머리처럼 생겼다 하여 붙여진 이름이다. 감수(甘遂)는 감고(甘藁) · 감택(甘澤) 등 다양한 이명으로 불리는 약재로, 차고 독성이 있다.

97 비괴(痞塊) : 원문은 '벽(癖)'이다. 양쪽 갈비뼈 사이에 숨어 있는 기가 뭉쳐 쌓인 덩어리이다. 한의학에선 식벽(食癖) · 음벽(飮癖) · 한벽(寒癖) · 담벽(痰癖) · 혈벽(血癖) 등으로 나누기도 한다. '비괴(痞塊)'나 '비적(痞積)'으로도 부른다.

○『역대문선歷代文選』 2,000권. 『초사楚辭』 이래 우리나라 근래 시문에 이르기까지 문체별로 뽑는다. 생존한 사람들의 작품은 별도 부록으로 만든다.

○○○ 〈『역대문선』 서문歷代文選序〉

문장을 논한다는 사람이 이렇게 말한다. "누구의 문장은 논리엔 강하나 언어는 부족하다. 누구의 문장은 전아하고 반듯하며 순수하고 심오하나, 기발한 덴 약하다. 누구의 문장은 우뚝하고 도도하나, 빠르고 분방하게 치달리는 기세는 부족하다. 누구의 문장은 간결하고 엄격하나, 소리가 시들고 안으로 숨어 크게 드러나 울리진 않는다. 누구의 문장은 깊고 크고 넓고 두터워 참으로 거장의 솜씨다. 그러나 법도로 집약하는 것은 없다. 누구의 문장은 편마다 궤도가 한결같아서, 여러 가지 아름다움을 다 포괄하여 귀신같이 변화하지는 못한다." 이런 자는 문장을 모르는 사람이다.

『시경』, 『서경』 이래 문장을 한 사람들은 각기 한 가지만 전공했다. 깊고 험준한 '은반殷盤'과 '주고周誥'[98]는 꽃구름처럼 아름다운 「아雅」, 「송頌」이 될 수 없다. 처절하고 맑은 「초사楚辭」는 가파르고 준엄한 좌구명左丘明의 글이 될 수 없다. 호방하고 굳센 태사공太史公[99]의 [글솜씨로는] 곱게 수를 놓은 듯한 매승枚乘과 사마상여司馬相如[100]의 문장은 할 수 없다. 이것

---

98 '은반(殷盤)'과 '주고(周誥)' : '은반'은 『서경(書經)』 「상서(商書)」의 〈반경(盤庚)〉을, '주고'는 『서경』 「주서(周書)」의 〈대고(大誥)〉·〈강고(康誥)〉·〈주고(酒誥)〉·〈소고(召誥)〉·〈낙고(洛誥)〉를 합해서 부르는 말이다. 이 글들은 몹시 난삽하고 어려워 읽기 힘든 것으로 유명하다. 한유(韓愈)는 〈진학해(進學解)〉에서 "주고와 은반은 난삽해서 이해하기 어렵다(周誥殷盤, 誥屈聱牙)."라고 한 바 있다.

99 태사공(太史公) : 『사기(史記)』의 저자인 사마천(司馬遷)을 가리킨다. 그가 아버지 사마담(司馬談)의 관직이었던 태사령(太史令) 벼슬을 물려받아 복무했기 때문에 태사공이라고 불린다.

100 매승(枚乘)과 사마상여(司馬相如) : 한(漢)의 문장가로, 두 사람 모두 사부(辭賦) 작가로 유

338

에 순수할수록 저것을 겸할 수는 없으니, 옛날 성현들도 그랬다. 밝은 해는 밤을 비출 수 없고, 높은 태산엔 배를 띄울 수 없는 [법이다. 그런데] 보는 이가 [그것을] 지적하며 단점이라고 한다면, 되겠는가? 아침에 한 편을 지었는데『시경』이나『서경』과 비슷하고, 저녁에 한 편을 지었는데『예기』와 비슷하다. 오늘 한 편을 지으면서는 진秦·한漢[101]을 모방하고, 내일 한 편을 지으면서는 제齊·양梁[102]을 흉내 낸다. 이런 것은 새로 글짓기를 배워 아직 일가를 이루지 못한 자의 창작이다.

　문장 뽑는 일을 논하는 사람이 이렇게 말한다. "문장을 뽑는 것은 사람을 쓰는 것과 같아서, 그 허물은 용서하고 그 좋은 점은 드러내야 한다. 누구의 선발은 너무 가혹해서, 볼 것이 못 된다." 혹은 "문장을 뽑는 것은 보물을 모으는 것과 같으니, 무늬 조개文貝나 결록結綠[103]을 버리는 한이 있어도, 깨진 병 조각이나 벽돌을 함부로 [뽑지는] 말아야 한다. 누구의 선발은 너무 헐렁해서 볼 게 못 된다."라고도 한다. 혹은 "누구의 선발은 누구의 문장을 실었고, 누구의 선발은 누구의 문장을 빠뜨렸으니, 모두 볼만한 게 못 된다."라고도 한다. 이들은 모두 문장을 모르는 자들이다.

　성인이신 공자께서도 옛 시 3천 수를 산정해 305편을 만드셨을 때,[104] 그 빠진 것에는 "저 멀리 있는 수레에서, 활로 나를 부르네. 어찌 가고 싶

명하다. 극도로 화려하고 아름다운 문장을 구사하는 것으로 정평이 있다.

101 진(秦)·한(漢) : 여기서는 진과 한 시대의 문체를 의미하는데, 일반적으로 고문(古文)을 가리킨다.

102 제(齊)·양(梁) : 남북조시대 제·양에서 유행했던 문체인 제량체(齊梁體)를 언급하고 있다. 일반적으로 성조(聲調)와 수사학(修辭學)적인 기교가 발달한, 화려하고 우미한 문체를 말한다.

103 결록(結綠) : 전국시대 송(宋)에서 난다는 옥돌의 이름이다.『전국책(戰國策)』에 "주에는 지액이 있고, 송에는 결록이 있고, 양에는 현려가 있고, 초에는 화박이 있었다(周有砥厄, 宋有結綠, 梁有懸黎, 楚有和璞)."라는 말이 나온다.

104 옛 시 …… 만드셨을 때 : 공자가 전래해 오던 시 3천 수를 산정해서 305편의 시를『시경』으로 편찬했다는 '공자산시설(孔子刪詩說)'이『사기(史記)』「공자세가(孔子世家)」에 나온다.

지 않으리오만, 내 친구들이 두렵다오."라는 시도 있었고, "황하의 물이
맑아지기를 기다리니, 사람의 수명이 얼마나 될까."라는 시도 있었고,
"산앵두나무의 꽃이여! 팔랑거리누나. 어찌 너를 생각지 않으리오만, 집
이 멀구나."라는 시도 있었다.[105] 2,700편 버려진 시들 중 〈동방지일東方
之日〉이나 〈주림株林〉, 〈습유장초隰有萇楚〉, 〈무장대거無將大車〉[106]의 사이
에 끼일 만한 것이 어찌 하나도 없었겠는가? 밥상에 진수성찬을 벌여 놓
았으니, 여지荔枝가 오르지 않았다고 맛이 덜하진 않고, 씀바귀와 여뀌
가 놓였다고 배불리 못 먹진 않는다. 고인의 문장을 읽는 자는 그 장점을
취해 내게 보탤 뿐이다. 옛글의 선집을 읽는 자는 그 정화를 따다 나를
빛내면 그만인 것이다.

　항해자가 문사들을 진체관【갑8】에 모아 역대의 문장을 모으게 하고는
말했다.

　"성인께서 『시경』·『서경』을 산정하셨지만, 그 수록되지 않은 것들을
태워 없애신 적은 없다. [그것들이] 후세에 한 편도 안 남은 것은 성인께서
의도하신 바가 아니었다. 만약 훗날 미쳐 날뛰는 불꽃의 겁화劫火가 고
인의 시문을 다 태워 버려서 이 책만 남게 되어도 옛 작가들이 민몰되었
다는 유감이 없을 수 있겠는가? 뒷날의 독자들이 남루하다는 유감이 없

---

105 그 빠진 …… 시도 있었다 : '빠진 것'이란 공자가 산시할 때 채택되지 못하고 버려진 시들
　이다. '일시(逸詩)'라고 부른다. 일시들은 그러나 고대의 문헌 여기저기에 그 흔적을 남기
　고 있다. ○ 여기서 인용되고 있는 시들은 모두 일시인데, "저 멀리 있는 수레에서, 활로
　나를 부르네. 어찌 가고 싶지 않으리오만, 내 친구들이 두렵다오(翹翹車乘, 招我以弓, 豈不
　欲往, 畏我友朋)."는 『좌전(左傳)』 「장공(莊公)」에 보이고, "황하의 물이 맑아지기를 기다리
　니, 사람의 수명이 얼마나 될까(俟河之淸, 人壽幾何)."는 『좌전』 「양공(襄公)」에 보이고, "산
　앵두나무의 꽃이여! 팔랑거리누나. 어찌 너를 생각지 않으리오만, 집이 멀구나(唐棣之華,
　偏其反而. 豈不爾思, 室是遠而)."는 『논어(論語)』 「자한(子罕)」에 보인다.
106 〈동방지일(東方之日)〉이나 〈주림(株林)〉, 〈습유장초(隰有萇楚)〉, 〈무장대거(無將大車)〉 : 〈동
　방지일〉은 『시경』 「국풍(國風)」 중 「제풍(齊風)」에, 〈주림〉은 「진풍(陳風)」에, 〈습유장초〉
　는 「회풍(檜風)」에, 〈무장대거〉는 「소아(小雅)」에 나오는 시이다.

을 수 있겠는가? 나와 여러 군자도 각박했다거나 함부로 했다는 유감이 없을 수 있겠는가?"

이에 널리 모아 정밀하게 산정하고, 잘 조사해서 편찬하고 차례를 매겼다. 몇 년 만에 모두 몇 권의 책이 비로소 완성되었다.

어떤 이가 "문文은 옛날에 번성했고 지금은 쇠퇴했는데, 어째서 후세로 갈수록 옛날보다 점점 많아집니까?"라고 했다. 이 사람도 문장을 모르는 자이다. 공자께서 『서경』을 산정하시매, 상商[의 기사가] 하夏의 두 배였고, 주周 또한 상의 두 배였다. 그가 시를 산정하시매, 주周 이전 시대의 것은 겨우 다섯 편이었다. 아아! 『시경』, 『서경』의 뜻을 연구하지 않는 자는 삼가 이 선집에 대해 가볍게 논하지 마라.

3.

○이 밖의 책들은 짓는 대로 기록해서, 진체관장【을12】에게 관장하게 한다. 선대의 유문遺文과 저서는 사당의 협실【갑1】에 보관하기도 하고, 내사서內賜書[107]와 함께 표롱각【갑4】의 가장 깊은 곳에 보관하기도 한다. 그 나머지 서적은 표롱각·각건당【갑3】과 여러 별원【갑5】, 혹은 진체관【갑8】에 나누어 보관한다. 후속 저술이 있으면 베끼거나 인쇄해 소장한다.

4.

주인이 지은 시문은 장기록【을9】이 책에 옮겨 적는다. 한 권이 차면 즉시

---

107 내사서(內賜書) : 임금이 하사한 책을 일컫는 말이다.

인쇄한다.

○다른 사람들의 시문과 서찰, 참고할 만한 문서들은 모두 자제들에게 수합하게 했다가, 장서적【을8】에게 맡겨 상자에 보관하게 해 참고 열람에 대비한다.

第五觀 丁. 五車念 上

簡編綦繁, 終身而不可究.

鶩博者無成, 專精者人謂之陋.

雖不克一麾而掃, 肯可新纂而增富?

然此新纂, 盖括乎舊,

新是融而舊悉廢, 尚足以彌綸寰宙.

唯舊并存, 俾御來學之秀.

述 丁「五車念」.

一.

古書籍多不勝載. 別有目錄.

二.

新修書籍.

『易集說』八十卷. 從古本, 以朱子『本義』爲主. 而『注疏』以下諸家說, 參取附之. 程子傳別錄.

○○○ 〈『易集說』序〉

皇道庫而五帝興, 帝道陊而三王作. 王道廢而五霸競. 皇之於帝, 神之於聖也, 帝之於王, 聖之於賢也. 王之於霸, 君子之於小人也. 神聖與賢, 異造而同由, 非如君子小人之相反也.

敢問帝道.

曰: 吾不敢知也. 官不以事名, 而以雲星龍鳥紀之, 吾曷敢知之? 亂之則人神糅, 理之則天屬神而地屬民, 吾曷敢知之? 「堯典」紀堯七十載之政. 而其爲大條目者, 惟'命羲和'一事, 吾曷敢知之? 帝道治天以及人, 王道治人而奉天. 此其等歟?

敢問皇道.

曰: 吾不敢知也. 天皇地皇之稱, 得於傳聞之掇拾. 已不可攷其信, 而況其所作爲乎? 意必有神功大化與天地無終始, 又不止治天而已歟? 吾曷敢知之?

古書稱帝王, 皆因其時號. 惟洪範之五皇極, 稱君爲皇. 意皇極之訓抑其支裔之厪存者歟? 吾曷敢知之?

庖犧氏帝之首而近乎皇者也. 觀河之出圖, 而始畫八卦. 河圖之爲八卦, 八卦之先天方位, 殆亦帝道之至奧而近乎皇者歟? 吾曷敢知之?

皇道不敢知也. 帝道不敢知也, 抑王道吾又曷敢知之? 先天之易而爲後天, 八卦之演而爲六十四卦, 固王道之根柢也. 不知此, 不可以語王道. 世之究王道者, 率以是爲不可知, 眎之如一種異術, 而不之問. 吾未敢知其所謂王道者何道也.

余固不敢知易也. 姑纂取諸說之粹, 表朱子本義而君之, 編第亦從朱子. 以救近本之失. 別錄伊川傳, 以備修己治人者考焉.

○『書集說』七十卷. 參取『註疏』以下諸說, 而多從蔡氏傳.

344

○○○ 〈『書集說』序〉

曰若稽古, 虞夏殷周, 書惟百篇. 傳于今, 厪五十有八, 厥篇目具存.

嗚呼! 古有夏, 厥享國四百有餘年. 亦古有殷, 厥享國六百有餘年. 厥亦有治有亂. 誕弘敷禮樂政刑, 誕命誥臣暨民, 奚是疎?

亦古有周, 厥惟紀惟武王成王之際大盛嗣. 厥裔允罔采史. 攸庸紀世厥間不緝若玆. 後人曷有稽? 其在尼父時, 旣散佚太半, 肆弗克會其全. 厥或聖人垂法, 主乎善, 弗岬玆斷聯?

嗚呼! 惟古書籍, 厥編惟竹簡, 厥字畫惟蝌斗, 厥不鋟于梓, 厥不傳寫于楮紙, 厪厪惟一本. 詔太史藏于匱, 彌久而脫失, 則惟厥宜. 矧惟古學者, 厥兢兢惟講禮求道, 厥孜孜惟明理式躬, 不獵而貪于庶, 弗撫以矜于博.

厥惟古堯舜, 古禹湯文武王, 洪大典若憲, 足庸監. 厥惟後嗣王弗克弘, 厥緒衰昏, 于政德罔宜稽. 嗚呼, 厥佚奚憾, 厥不緝奚欹!

惟古先哲人晦父, 大集釋諸經, 弗克逮于玆『尙書』. 厥門徒仲黙氏葺爲說, 罔不邊于師傳. 厥言支, 厥指滋晦. 厥或不轍于師言. 迺惟删取厥長, 刮有漢宋群言之粹, 參立之.

嗚呼! 惟玆書, 厥有今古文. 惟古文誕開後人疑, 援普訟贋, 寔繁有述. 若治田疇, 迭爾穮穧, 銛爾耒耙, 斂爾鋤鎛, 厥隣圖並興, 詎遑疲德吾力役? 嗚呼! 是尙惟聖人之典, 其尙欽服于玆.

○『詩集說』一百卷. 以朱子『集傳』爲主, 而小序以下諸說參取附之.

○○○ 〈『詩集說』序〉

嗚呼悲哉! 後世之人何其不幸也? 三代之時, 閭巷夫婦不識字者, 率口而俚語, 咸列于經. 後世雖大儒如程朱, 雄詞如屈馬, 皆不登焉. 嗚呼! 經之名, 何昔賤而今貴, 若是也? 夫有一聖人爲古今之大限閾, 生乎其前者, 如彼其榮焉, 生乎其後者, 如此其鬱焉. 嗚呼! 是後世人之自取也. 使後世賢人述古人書, 立以爲經, 雖「費誓」·「秦誓」, 吾知其必見絀. 況「國風」之變乎?

余常論皇帝王霸之道, 嘅焉太息, 以爲皇與帝邈乎尙矣. 儒者動喙稱王道. 考其所言, 詰其所學, 卒未見有近似於王道之最下者. 何也? 三王之世, 周爲最後. 而詩之敎, 至周而盛. 是詩敎者, 固王道之最下也.

今之人未嘗不讀詩矣. 猝然問曰: "詩之裨于治而崇于敎, 何也?" 輒悯然不應者, 良久. 或強而對曰 "溫柔敦厚也", 曰 "思無邪也", 曰 "可以興, 可以群, 可以觀, 可以怨, 邇之事父, 而遠之事君也", 曰 "不學詩, 無以言". "使於四方, 無以專對也.". 是皆古聖人論詩之總冒也. 古之學者, 未有不習於詩, 各得其切身之功用. 而天下之甿風謠俗, 又無不薰濡鼓舞乎其中. 蓋其功化之迹, 有不待言而著者, 有不可以言語盡者. 聖人特論其大略而已.

今之學者, 有能以詩而律身而範家者乎? 有能以詩而發於政以理民人者乎? 有能以詩而斷獄訟飾詞命者乎? 其功化之迹, 已泯泯焉, 不可追其景響矣. 又何可竊取古聖人總論之一二語, 自以爲知詩哉!

或又謂 "詩之敎與樂偕行. 樂亡而詩敎湮. 三百五篇之載于策者, 皆空言也. 其切近於修己治人之用, 不如庸學諸書." 嗚呼! 樂之亡而聲音之與政通者, 尙可因詩而見其彷彿焉. 雖謂之樂之不亡, 可也. 何苦因樂之亡, 而竝廢其不亡之詩耶? 其心誠未可究也.

自小序以下, 說詩者數百家. 而知詩之大義, 莫如朱子. 今尊其『集傳』, 以爲諸說統. 而論之曰:

"今之街兒衖女啁噍鄙諺之謳吟, 皆採而登之于策, 建之于庠序學校. 然後王道之最下者, 始可求也."

346

○『三禮集說』三百五十卷. 參取注疏以下諸說, 隱括成書. 後儒談禮之可採者, 隨類附見.

○○○〈『三禮集說』序〉

學之不興, 古之不能復, 禮之不行也. 古禮書皆不傳, 今之存者惟三禮. 而『儀禮』支, 『禮記』蕪, 『周禮』瑣. 要皆非盛周之全也. 今之人平居不行禮, 而遇冠昏喪祭之事, 掇拾古禮之十存一二者, 參之於俗而行之. 曰: "我愛其禮. 其意則誠美矣, 奈其牴牾而不能入何哉?"

自周公而后五百餘年, 而得孔子. 使孔子得位, 周公之禮所損益, 未可知也. 自孔子而后五百餘年, 而當漢武宣之間. 假有一聖人作, 孔子之禮所損益, 又未可知也. 其后又五百餘年而當隋唐之際. 假有一聖人作, 漢之禮所損益, 又未可知也. 其后又五百餘年而當南宋初. 有一聖人作, 隋唐之禮所損益, 又未可知也. 其后至今又五百餘年. 有一聖人作, 南宋之禮所損益, 又未可知也.

夫如是, 周之禮存者, 幾何? 其大綱大節, 今人之稱天地之常經, 貫窮宙而不可毫髮移者, 吾又未敢知也. 冠之三加, 安知不減而爲一加? 喪之五服, 安知不增而爲七服? 聖人之所作爲, 固非人人之所可意度也. 聖人旣不作矣. 古禮之不傳者, 不可追而求也. 吾又安得不拳拳乎其廑存者乎?

朱夫子之註解, 不及乎三禮. 鄭康成以下諸家之說, 互相有長短, 莫可爲之主者. 今皆合取而擇存之, 不別其統屬, 如『尙書』例. 余之存三禮, 盖欲據是而斟酌之而已, 非謂其存乎籍者皆可從也. 又非欲以是而參之於俗, 而不呻其牴牾也. 嗚呼! 苟聖人作而新禮行, 雖幷與三禮之書而不存, 可也. 況可爲之集說乎?

○『春秋集說』五十卷. 左氏傳爲主, 公羊穀梁佐之. 餘諸說參取附之.

○○○ 〈『春秋集說』序〉

沆瀣子曰:

"自余作『易集說』, 靜有象, 動有文. 動靜無不吉, 而咎吝不集于萌. 自余作『書集說』, 偠㑩之言, 不入于耳, 惰敖之行, 不接于目. 蹈繩服典之士, 日趨[1]揖于前. 自余作『詩集說』, 室無忿爭, 里無淫孌. 暄煦乎霡潦, 而熹舒[2]乎隆陰. 自余作『三禮集說』, 身中乎規, 聲中乎宮. 冠衣燁然有光耀, 而婢妾僮僕間間如也. 自余作『四書集說』, 居則仁義忠信見乎墻壁, 行則莊敬勇智不離乎輿軾. 自余作『春秋集說』, 宗族日親, 賓客日嚴. 賢者樂而不狎, 不肖者懼而不怨. 言益寡而身益尊, 旨益奧而道益光."

或曰: "『春秋』主乎勸懲. 而其所書, 皆不詳乎善惡之故, 惟以名氏月日微其指. 賢者尙各異其見, 況中下之人, 何從而勸懲焉?" 或曰: "今之『春秋』, 『春秋』之目錄也. 其全書盖不傳." 或曰: "孔子自叙其目錄如此, 授門人使述其書, 而未就." 或曰: "『左氏傳』卽追其遺意, 以成之者. 由不出於門人, 故其說未能盡合乎聖人." 是數說者, 余尙以爲近之. 以故表『左氏書』, 以爲諸說主.

○『四書集說』二百五十卷. 朱子『章句』爲主, 諸說參取附之.

○○○ 〈『四書集說』序〉

『四書集說』旣成, 鋟梓告竣. 主人至津逮舘【甲八】, 大饋饗賓客匠工, 行嘉會【丙十五】, 講以四書.

---

1 趨: 연세대본엔 '趨'로, 규장각본과 동양문고본, 버클리본엔 '趍'로 되어 있다.
2 舒: 연세대본과 동양문고본, 버클리본엔 '舒'로, 규장각본엔 '徐'로 되어 있다.

講畢, 上賓肅然撮, 復坐而言曰: "四書經之輔也. 然『論語』之爲書, 深乎『易』, 醇乎『尙書』, 斐乎『詩』, 莊乎『禮』, 諧乎『樂』, 法乎『春秋』. 至其切近乎禔躬慈民之功, 求之于經, 殆尠其倫. 先生奚不升以列諸經?" 主人拱手曰: "僕未敢專也."

又揖而言曰: "世或疑『大學』亡格致之釋, 其論修身齊家, 皆太略, 論平天下, 則斷斷乎理財而已, 其它禮樂刑政皆不及也. 特不知是書記古太學教人之次第條目而已. 至其爲學之具, 詩書易禮之文, 歌舞射御之藝, 存焉. 豈欲使求修身齊家平天下之方於是書乎? 先生奚不論諸?" 主人稽首曰: "僕陋, 未敢承也."

又揖而言曰: "『禮記』之文, 有粲然而序, 井然而條, 自爲一篇, 不可增易其章句者, 「月令」之類也. 有錯取諸說, 不拘其第次者, 「檀弓」·「樂記」之類也. 有肆言騁論, 錯而不亂, 統而不纖者, 「坊記」·「表記」之類也. 『大學』如「月令」, 『中庸』如「坊記」·「表記」. 世未有讀「坊記」·「表記」, 而以爲慌惚幽眇不可知者. 『中庸』則學者往往苦其眩, 而憚其微. 先生奚不論諸?" 主人怵然興曰: "僕無聞識, 未敢究也."

又與羣賓偕作而言曰: "『孟子』曰 '五百年有王者興, 其間有名世者'. 其卒章則曰 '由孔子至於今, 百有餘歲. 去聖人之世, 若此其未遠也, 近聖人之居, 若此其甚也. 然而無有乎爾, 則亦無有乎爾.' 孟子以五百年之所作, 而求之於百年之近. 今人獨不可以百年之所求, 而求之於二千年之遠歟? 然而無有乎爾, 其亦無有乎耶?" 主人喟焉太息, 俛首踧踖, 若不寧于席.

賓旣退, 侍者述之, 爲『四書集說』. 若其纂次義例, 與『詩集說』同.

○『薈雅』五十卷. 字書之以詁義部分者.

○○○ 〈『薈雅』序〉

方混元開闢之哉也, 有漾漾而浮者, 茫乎垓, 曼焉而莫之與耦. 如是者萬有餘年而后, 有圠圠而凝者, 確乎下. 與鄉之漾漾者, 而抗而二焉. 如是者又萬有餘年而後, 有僬僬而贏者, 紛乎介. 與鄉之抗者, 品而三焉. 如是者又三萬餘年而後, 有蠤蠤而糾, 霱霱而頹者, 起於無有. 不活不殰, 與鄉之品焉者, 圍而爲四. 遂相與貫竟肇, 而偕耇息. 夫然後, 彌兩間日月星雲·山川卉木·鳥獸蟲魚·禮樂政法·聖賢鬼神之所作用, 皆得以大煥焉.

天地之用人, 因其材而役之. 人之使文字, 亦猶是也. '霄'之宜而'昊'焉則虁, '忔'之夷而'悅'焉則弛, '埒'之妥而'堤'焉則凡, '鷺'之坦而'黔'焉則巇. 字之不可不器也, 如此.

古釋字之書, 曹形而經之, 黨聲以緯之. 詁以類從, 特無述焉. 茲三者相掎爲功, 蠹壹則圮.

沆瀯遺老之爲文也, 法語鼻鼻, 奧語籧籧, 琅語珮珮, 繢語翡翡. 故其敫炤而未逮寐也, 恒若有紺黛之飈布焉. 諦厥中有若纂若彪若彖若騫若毉若𪔶, 龜者塹者蟠者鶋者霺者詭者, 卤琰之璪者, 黼裳之綵者, 錯然而整于列. 斯『薈雅』之所不得不作也.

一字而賅衆義者, 不嫌屢見. 猶人之材廣者, 履徧而弘其施也.

○『通鑑綱目會統』二百卷.「正編」用全朱子『綱目』, 而「前編」·「續編」·「三編」皆略增刪檃括, 以成書.

○○○ 〈『通鑑綱目會統』序〉

經義理之根也, 史得失之迹也. 告人曰: "義理當如是", 君子信焉, 中人以下則未信也. 告之曰: "某人如是而成, 某人如是而敗", 中人以下亦怵然而警矣. 是故, 警人之速, 史甚於經. 而治天下國家者, 尤不可以不讀史.

閹宦之亡人國, 不見於經. 而詩有寺人孟子之賢. 讀經而不讀史, 必有以宦寺之任用, 爲無害者. 聲音之亡人國, 不見於經. 而孟子曰: "王之好樂甚, 則齊國其庶幾乎! 今之樂由古之樂也." 讀經而不讀史, 必有以聲音之耆, 爲無害者. 田獵之亡人國, 不見於經. 〈吉日〉‧〈車攻〉之詩, '春蒐秋獮'之禮, 燦然可觀. 讀經而不讀史, 必有以田獵之樂‧車馬之盛, 爲無害者.

唐之宦官仇士良戒其徒, 曰: "天子不可使讀書." 宋徽宗幸梁師成第, 師成命排庤書袠, 見史書在架上, 大驚亟屛去. 君子以爲其心懚於士良也.

古者無經史之別. 『尙書』‧『春秋』皆史也, 而列於六經. 后世之史, 雖不可參乎經, 然如朱夫子所纂『通鑑綱目』, 其大義本乎『春秋』, 其治亂得失之爲后代監戒, 又非他史比也. 是書之不與于經, 由不遇[3]孔子耳.

其書, 始周威烈王之末, 訖于後周恭帝. 後之人有紀五帝以下, 至威烈王中年, 以爲「前篇」者, 又有紀宋元及皇明事, 以爲「續編」‧「三篇」者. 上冒下繼, 合爲全部, 而書契可攷以來四千有餘年, 治亂得失之跡, 大備焉.

然朱子之纂是書, 在晚年. 盖親定其義例, 而俾門人輯以成之. 書垂成, 而先生病不能視. 以故, 其大綱已多有牴牾, 而紀載去取或不能盡合宜. 至其前屬及三編, 出於後人手者, 尤多未精. 今皆損益刪補, 務歸粹約. 名之曰『會統』.

嗚呼! 治天下國家者, 固不可以不觀此也. 學士大夫, 上之欲尊主庇民, 下之欲明善誠身, 治可以進而用, 亂可以懷而遯, 其跡又奚攸考哉? 世之以經術事君者, 愼毋自陷於仇梁也.

---

3 遇: 연세대본과 동양문고본, 버클리본엔 '邁'로, 규장각본엔 '過'로 되어 있다.

○『全史通』一千卷. 司馬遷『史記』·班固『漢書』, 全用之, 而删其複, 補其闕.『後漢書』以下, 皆力加檃括.

○○○ 〈『全史通』序〉

人有病痞, 而不思飲食者. 醫人以啓脾克痰之藥進. 或曰:"養脾胃, 五穀爲本. 草木性偏, 不可用也."病者忽思食一物. 家人喜曰:"可因此而開脾胃飲食之路也." 或又曰:"是物味不醇, 匪秔稻比. 雖思之, 不可進." 遂不御而痞益甚.

古之賢人不爲功利而枉其守, 莫如孟子. 然孟子以齊王好樂好勇好貨色, 皆欲因而導之, 以成功. 盖其苦心血誠惻怛而不能已也, 如此.

嗚呼! 粥餅皆以穀成. 非如草木之偏性, 珍羞之異味也. 今猶以異於飯, 而勸之勿食, 則又何如也? 傅說告殷宗曰:"事不師古, 乃克有獲, 匪說攸聞." 師古何如? 不得不觀古之史也. 孔子答魯哀公問, 曰:"文武之政, 布在方策." 夫方策之記文武政者, 非史乎? 史雖亞於經, 獨不愈於聲樂貨色耶? 孟氏之事雖非俗儒所宜遽效. 若傅說孔子之訓, 又何爲而輕棄之也? 經書冷淡, 易疏而難親. 史載政事, 讀之有味. 因其味而篤之, 可階而入于經也. 今去梯于臺, 曰:"臺高可坐, 梯庳不可踐." 是沮其登臺也.

『通鑑綱目會統』旣成, 又取『史記』以下, 歷代紀傳之書凡若干部, 删繁補佚, 合爲一書. 盖遷固之書, 雖時有未醇, 而文章敍述皆非後儒可及. 唯去其複見, 略正其相左, 三代聖賢之宜傳而漏者, 補錄之而已.『後漢書』已下, 删者什七, 增者百一. 仍其事而改其文者, 又過半. 於是, 是書與『綱目』, 如車之有兩輪焉. 烏虖! 是書尚不可以非經廢, 況『綱目』乎?

○『東史綱目』一百卷.

352

○○○ 〈『東史綱目』序〉

吾東人闇於東史, 反有甚於中國之史. 此由文教之晩闡, 非今人過也. 然旣載于籍者, 又或廢而不考, 是則今人之過也. 爰取前人紀述十數帙, 薈總檃括, 勒成一部. 立綱附目, 略倣考亭.

烏虖! 三古尙矣. 自秦漢以後, 號稱衰季. 可慨可憤可悲之蹟, 方之於吾東, 往往有溟海蹄涔之不相隣. 兩部之史, 判不可以同袠. 至其文辭之末, 亦然. 彼中國之大, 卽亦吾東十數區之竝耳. 分中國爲十數國, 而國皆如吾東. 總而合之, 地方則大矣. 其人材民俗政事風氣, 亦各吾東而已. 又何其截乎不相侔, 若玆也?

登高而望, 三尺之孩·七尺之健夫, 均之若螻蟻之撲地, 所差不甚遠. 自天而視下, 中國與吾東, 皆一彈丸耳. 是故, 人皆謂吾東之事, 大不如中國, 余則曰: "吾東固有大不如中國者. 中國亦有大不如吾東者. 互當以長, 則謂之同, 可也." 讀是書者, 姑舍其大不如中國者, 而特究其中國之大不如者, 方不負著是書者苦心. 或曰: "沆瀣子『孰遂念』, 中國之所無也." 使吾東事事如中國, 沆瀣子『孰遂念』必不作.

○『諸子彙』五十卷. 或全錄, 或節取, 或全刪.

○○○ 〈『諸子彙』序〉

天地之間, 物之恒活而不死者, 唯文字是已.

其俶造也, 叢叢焉毳毳焉而已. 旣茂而翔也, 則瀹于『大易』, 巙于『書』, 嚁于『詩』, 暕晧于『春秋』, 愫于『論語』, 戳『左氏內傳』, 譹屈原之『離騷』. 逮諸子而大煓焉不黨. 夫諸子謁于經, 固無紹也.

每入大都會場市, 見千萬人之聚而譁者, 若披諸子文而讀之. 夫人同乎其頭目耳口肩背腰腹手足也. 開闢至今, 幾萬萬億秭人, 莫有一同者. 文同乎其字句言意也. 結繩至今, 幾萬萬億兆篇, 莫有一同者. 人雖同其形, 其丕則異, 猶以木爲器, 器各一木也. 唯文字不然. 吾之所用, 卽人之已用者. 如是而不盡, 如是而莫有一同. 故曰: '天下之恒活活不死, 唯文字而已'.

大都會場市之人, 比開闢至今, 幾億秭之一也. 諸子數十家之文, 比結繩至今, 又幾億萬之一也. 然觀大都會場市之人, 無一同. 可以知其餘. 觀諸子之文, 無一同. 可以知其餘. 居相隣也, 舉止風氣相似也. 然而無一同. 時相近也, 習尙學術相比也, 言語文辭之體相類也. 然而無一同, 而況其遠者乎? 故欲知文字之爲活物者, 宜觀乎諸子. 此『諸子彙』所以作也.

老憺而節, 莊壙而猖. 皆寡可以摛, 肆咸以予之. 孫卿之言, 軦字絢茗, 韓非之說, 倢刺皐礜, 管氏議法, 屹臬倨齲, 晏子崇諫, 坡迤懊委, 武起之論兵, 騬以挫, 淮呂之譚寶, 滉以炫. 是輒衆存而希絀. 餘者, 盖略有登, 或秉其全泯之, 解義眛不昌, 絞不裕, 去之, 其辭不隣于情, 去之. 故釐釐也. 閱者咸宜無不悅足.

○『農書』二十卷. 集古人之長, 參以時宜.

○○○〈『農書』序〉

天下之惠人者四. 牧守長吏不與焉. 天下有崇宮室, 美服澮, 巍然而尊, 泰然而康, 以惠人者. 天下有窮居巷處, 褐衣蔬食, 殷殷焉若憂, 兀兀焉若無用而老, 以惠人者. 天下有忙奔役馳, 敝冠屨, 疲筋體, 以惠人者. 天下有焦肌于曝, 塗趾于淖, 終歲年不得休息, 以惠人者.

"敢問其詳."

沆瀣子曰:

"今夫人主與宰相, 千間之厦以居, 食則撞鐘, 行則列車騎. 一令之善, 流澤千里. 一政之獲, 萬呻齊起. 故曰'崇宮室, 美服澣, 以惠人者', 人主宰相是已.

今夫讀書之士, 爵無一命, 廩無升龠, 懷先王之道, 發之于簡冊, 啓百代之昏蒙, 基萬裔之泰熙. 故曰'窮居巷處, 褐衣蔬食, 以惠人者', 讀書之士是已.

今夫良醫, 晨興而夕愒, 日馳馬道路中. 飯不以時, 饋不過蕎麪. 墜筆于紙, 垂死者相率而起. 故曰'忙奔役馳, 敝冠屐, 疲筋體, 以惠人者', 良醫是已.

今夫農人, 及春以墾其田, 屆夏而鋤其芳. 住雨而遷秧, 候霜而穫租. 莖莖而謹護之, 粒粒而勞保之. 膚肉削于原野, 膏血涸于畎澮. 夫然後天下之安居而嬉熙者, 皆得以崇于盂而塞于口. 夫使天下億兆人無一飢而死者, 農之賜也. 故曰'焦肌于曝, 塗趾于濘, 終歲年不得休息, 以惠人者', 農夫是已.

人必食焉而後有理. 人必食焉而後有教. 人必食焉而後有疾病之治. 農之惠人, 又四者之尤也. 然余常謂, 天下之惠人者一而已.

古書之言政治者, 幾萬言也. 讀者或用之而汙. 古書之論學者, 幾萬言也. 讀者或用之而僞. 古書之論醫者, 幾萬言也. 讀者或用之而蔽. 惟農也不然. 盖椎魯蠢癡, 不識字之氓, 恒居之. 然其道無古今也. 其心至誠而無僞也. 其事至公而無私也. 嗚呼! 神農黃帝之風, 存乎今者, 農而已歟!

古有農書, 紀土宜水利百穀器用之具. 盖以御士大夫之董農者. 吾東方土穀名物皆與中土異, 往往有齟齬而不相通者. 玆參酌成一部書. 盖重其名而存之而已. 農豈待書爲哉?"

○『稽疑全書』七十卷. 自‘連山’·‘歸藏’以下卜筮諸流, 皆錄之. 而以易筮及擲錢爲主, 他旁流雜占, 只存其名目及大法.

○○○〈『稽疑全書』序〉

沆瀣子之觀, 旣上鏡乎泰壹, 下徹乎湛濁, 極章亥之所趾, 而窮一元之所閟矣. 旣又表章『大易』, 籠馭群言, 冕之于六經. 復規規此占驗之小數, 上自連山·歸藏·龜墨之辭, 下至京氏之世應·邵氏之觀梅, 以及乎撮金斷時·漢之風角·越之雞骨, 皆存其名, 而考其法, 何也?

噫嘻! 子獨不見夫禽鳥乎? 丹穴之禽, 其名曰‘鳳’. 一見而天下平百姓寧. 是禽也, 霞冠金咮, 丹翠其首, 而紫黃其膺. 龍鱗其彩, 而彪豹其文. 鼓翼而鳴, 協〈雲門〉〈九韶〉之奏. 觀乎鳳者, 天下無復禽矣. 然跱鳳于苑之林者, 其傍有鸒鷖翡翠秦吉鸚鵡鴝鵒鸜鷎鶛瑪之群, 而至諸觜轉舌, 捩淸飚而旋, 烏有不粲然于矚, 爲之躊躇而夷猶者乎?

禽鳥其小者也. 子又不見夫飲食之味乎? 醮君山之酥, 飫文豹之胎者, 天下無復有飲食矣. 復有雞舌牛胃燕窩之蔬, 列于左, 甘辛相佐, 螫口膏腸, 烏有不交匙筯而餕之者乎?

飲食其賤者也. 子又不見夫山水乎? 涉崑崙之顚, 臨天池之泓, 慄嶓嶂而駛滂灝者, 天下無復有山水也. 及遇峭然之一石·泠然之一泉, 廻環泂潚, 觸璜牙而端璋圭, 其有不停駢下車, 布毾而坐, 移時者乎?

山水其外者也. 子又不見夫人乎? 今夫登虞舜之廷, 而處仲尼之門者, 天下無復有人也. 及遇一言之衷乎道, 一行之幾乎善, 其有不揖而進之, 嘉愛以融, 願與之偕所適乎?

人其遠者也. 子顧不見夫沆瀣子乎? 沆瀣子之觀, 旣上鏡乎泰壹, 下徹乎湛濁, 極章亥之所趾, 而窮一元之所閟矣. 旣又表章『大易』, 籠馭群言, 冕之于六經. 復規規此占驗之小數, 爲之書而序以藏之. 噫嘻! 子烏足以

356

知之? 吾又烏足以辨之?

○『壽民全書』三百八十卷.『難經』·『素問』·『靈樞』·『金匱』, 全錄之. 餘悉刪取其長, 或參近日經驗單方, 鈔三卷, 附焉.[4] 祇錄其賤而易求者, 以御窮困羈旅人疾病.

○○○ 〈『壽民全書』序〉

自天子以至于屠牛織椏栲之隸, 苟欲析之纖而辨之微, 雖分千萬等, 滋不勝其忿爭. 唯折其中而爲二曰: '使人者尊, 使於人者卑.' 如是然後, 帖然無異議也.

不唯人之尊卑然也. 唯文章亦然. 自虞史以下至于始讀漢捫天之童孺, 苟欲析之纖而辨之微, 雖分千萬等, 滋不勝其忿爭. 唯折其中而爲二曰: '使文字者, 能文者也, 使於文字者, 不能文者也.' 如是然後, 帖然無異議也.

不唯文然也. 唯用兵亦然. 自力牧·太公以下至于敗軍債卒, 苟欲析之纖而辨之微, 雖分千萬等, 滋不勝其忿爭. 唯折其中而爲二曰: '使敵者, 善用兵者也, 使於敵者, 不善用兵者也.' 如是然後, 帖然無異議也.

不唯用兵然也. 唯醫亦然. 自炎帝·岐伯以下至于藥舖之奉事·茶肆之博士, 苟欲析之纖而辨之微, 雖分千萬等, 滋不勝其忿爭. 唯折其中而爲二曰: '使病使藥者, 良醫也, 使於病使於藥者, 庸醫也.' 如是然後, 帖然無異議也.

用藥而不能料藥之利害, 見其發而后, 汲汲焉追之不暇. 治病而不能度病之傳移, 見其變而后, 遑遑焉救之不及. 醫之失, 由此二者.

夫能劑大黃芒硝, 而命之曰: '散熱而已, 毋敢作寒以傷胃.' 劑烏頭官桂, 而命之曰: '溫中而已, 毋敢作熱以耗液.' 劑砒霜巴豆, 而命之曰: '攻邪而已, 毋敢恣毒以戕腑.' 諸藥受命, 恪遵而毋敢越. 又合劑寒溫之藥, 而命之曰: '某欲寒某制之, 某欲熱某抑之, 各奏厥功, 而毋敢售其禍.' 又合劑五藏十二經之藥, 而命之曰: '某入肝伐厥邪, 某入脾益厥不充, 毋敢相侵, 毋敢相奪.' 諸藥受命, 又恪遵而毋敢越. 又命于病曰: '吾以藥界爾. 爾其受藥而退伏. 某于某日先屏, 某于某日繼以徙. 至某日悉遁走, 毋敢逗.' 病亦受命, 相帥而潰, 皆如戒. 夫然后醫也, 夫然后可以掌人之死生.

文章自讀書得, 醫由古方而學. 均之學古方矣, 或能而或不能, 猶均之讀書矣, 或文而或不文也.

古方書浩漫, 學者難盡究. 今合而掄之, 爲若干卷, 俾約于稽. 然學醫之要, 固又不在乎是也. 書旣成, 序以明之, 因徧告于用壽院【甲八】之醫師.

○『兵書』十卷. 兵不得已而用. 又不可泥於故常. 不必多也.

○○○ 〈『兵書』序〉

兵不可以無書, 兵書不可多也. 莊周曰: "聖人作而大盜起", 此亂言也. 余嘗曰: "兵書多而大亂數."

今有人於此, 力能舉千勻, 衡湛盧之劒, 擊巨石剖而爲三. 彎弓而發, 百步而墜烏鳶. 悍然號曰: "天下無我抗." 必有彊梁毅力賁育之徒出而爲敵矣.

有人於此, 碩幹偉力. 俁外而堅中. 苞智計孕譎權, 握籌策而談千里之外. 必有潛謀秘術, 度彼揆我, 處弱韜奇, 決勝于不戰者, 出而爲之敵矣.

358

有人於此, 沈雄奮斷, 不怵怵以爲勇, 不喋喋以爲謀. 必有神威大武, 如漢之太祖·唐之天可汗者, 起而爲之敵矣.

有人於此. 布義于邦, 以及人之邦. 懷德于民, 以及人之民. 涖之以莊, 動之以愼, 居之以敬, 而發之以仁. 中天下而立, 天下皆環而伏焉. 夫如是, 安有起而爲敵者哉?

兵之有書, 啓人之權謀, 誨人之獷暴. 擧而焚之, 可也. 奚止病其多而存其少歟? 烏虖! 不得已也.

節飮食, 愼喜怒, 避風寒, 遠聲色. 以調其五藏六氣, 病無因以至. 安用烏喙甘遂爲哉? 旣不能謹之乎未然, 而癖之升如寇之集矣. 是豈節飮食, 愼喜怒, 避風寒, 遠聲色而已, 而可以療乎? 盖亦不得不用烏喙甘遂之類, 竢其退而徐講乎修養也. 此兵書之不可以多, 而亦不可以無其略也.

○『歷代文選』二千卷. 「楚詞」以下至我東近古詩文, 各以體彙選. 生存人所作, 別爲附集.

○○○〈『歷代文選』序〉

論文者曰: "某文長於理, 而不足於辭. 某文典則醇深, 而短於出奇. 某文峭而亢, 少馳驟橫軼之氣. 某文潔嚴簡勁, 而聲燗內遁, 不大彰以喤. 某文瀜宏博厚, 誠鉅手矣. 繩以約之則未也. 某文篇篇而壹其軌, 不能括衆美而神其變." 是不知文者也.

夫自詩書以降, 爲文者各專乎一度. 「盤」·「誥」之奧巘, 不能爲「雅」·「頌」之矞皇. 「楚騷」之悽瀏, 不能爲左氏之巉峻. 太史之豪勁, 不能爲枚·馬之綺繡. 醇乎此, 不克兼乎彼, 古聖賢尙然. 日之明, 不能炤夜, 泰山之高, 不可以行舟. 觀者指以短之, 可乎? 朝出一篇焉, 似詩書, 暮出一篇焉, 似『禮記』. 今日出一篇, 倣秦漢, 明日出一篇, 像齊梁. 此新學爲文未成家者之作也.

論選文者曰:"選文如用人, 恕其疵而表其良. 某選太苛, 不足觀." 或曰:"選文如蓄寶, 寧文貝結綠之斥, 無康瓠瓴甋之冒. 某選太寬, 不足觀." 或曰:"某選載某文, 某選遺某文, 咸不足觀." 是皆不知文者也.

夫以孔子之聖, 删古詩三千篇, 爲三百五篇, 其逸者, 有曰:"翹翹車乘, 招我以弓. 豈不欲往, 畏我友朋." 有曰:"俟河之清, 人壽幾何." 有曰:"唐棣之華, 偏其反而. 豈不爾思, 室是遠而." 豈二千七百篇之見遺者, 無一言可厠於〈東方之日〉·〈株林〉·〈葛楚〉·〈無將大車〉之間乎? 羅珍羞于盤, 荔枝之不登, 不足以損其味, 茶蓼之在列, 不足以傷其飽. 讀古人之文者, 取其長以補于我而已. 讀古文之選者, 擷其華以彪于我而已.

沆瀣子集文士于津逮之舘【甲八】, 俾選歷代文, 而告之曰:

"聖人删詩書, 其不錄者未嘗焚也. 後世無一篇存, 盖聖人所不期也. 使後世有狷㻾之劫, 盡焚滅古人詩文, 而獨此書存, 古之作者得以無憾乎泯? 後之讀者得以無憾乎陋? 吾與諸君子亦得以無憾乎刻與濫也?"

于是, 博蒐粹刮, 鉤校撰次. 盖若干年而書始成凡若干卷.

或曰:"文盛乎古, 而衰乎今, 何後世之漸多于古也?" 是又不知文者也. 孔子之删書也, 商倍於虞夏, 周又倍於商. 其删詩也, 前乎周者菫五篇. 嗚呼! 不究乎詩書之義者, 慎毋輕議是選也.

三.

〇外此書, 隨著隨錄, 而令津逮館長【乙十二】掌之.

先世遺文及著書, 或藏于祠堂之夾室【甲一】, 或與內賜書同藏于縹礨閣【甲四】之窅奧. 其餘書籍, 分庤于縹礨閣角巾堂【甲三】及諸別院【甲五】, 或津逮舘【甲八】. 若嗣有著述, 或寫或梓以藏之.

四.

主人所作詩文, 掌記錄【乙九】寫之于册. 滿一卷, 卽令入梓.

○他人詩文書札及可考文牘, 竝令子弟收聚, 付之掌書籍【乙八】, 藏于篋笥,
以備考閱.

제6관
정丁. 오거념 중五車念中

5.

태허부【갑9】·항해루【갑10】에는 모두 장서실이 있다. 흩어져 있던 심오한 서적들을 나누어 소장한다. 각각 지키는 종을 두어 관장하게 한다. 다만 항해루의 서실에는 다른 서적은 소장하지 않고 집안의 글만 소장한다.

○『풍산세고豐山世稿』[1]

○ 선대의 문집

○ 가언家言

○『가정창수록家庭唱酬錄』[2]

○『속사략續史略』[3]

○『공곡합선公穀合選』[4]

○『당명신언행록唐名臣言行錄』[5]【이상엔 서문이나 발문이 있는 것도 있지만, 수록하지 않는다.】

○『학해 내편學海內編』

○『학해 외편學海外編』[6]

○「항언恒言」

○『속사략익전續史略翼箋』[7]【서문이 있지만 수록하진 않는다.】

---

1 『풍산세고(豐山世稿)』: 고려시대 홍간(洪侃)부터 풍산 홍씨(豊山洪氏) 역대 15인의 시문을 홍석주(洪奭周)가 편찬, 간행한 것이다.

2 『가정창수록(家庭唱酬錄)』: 홍인모와 서 영수합(徐令壽閤) 부부가 자녀들과 함께 즐긴 가정 시회의 결과를 모은 것이다. 홍길주의 서문이 남아 있다.

3 『속사략(續史略)』: 홍인모가 지은 책이다.

4 『공곡합선(公穀合選)』: 홍인모가 편찬한 『춘추공곡합선(春秋公穀合選)』을 가리킨다. 홍석주의 서문이 붙어 있다.

5 『당명신언행록(唐名臣言行錄)』: 홍인모가 편찬한 책이다.

6 『학해 내편(學海內編)』, 『학해 외편(學海外編)』: 홍석주의 필사본 문집이다. 문집의 편찬·간행에 대비해서 만든 자료집으로 추정된다.

7 『속사략익전(續史略翼箋)』: 한장석(韓章錫)의 「산서목록(散書目錄)」에 따르면, 홍인모가 편찬한 『명사략(明史略)』을 홍석주가 홍무(洪武)에서 시작해 영력(永曆) 연간까지로 확대 서

○「독역잡기讀易雜記」[8]

○『상서보전尙書補傳』[9]

○『춘추비고春秋備考』[10]

○○○ 〈『춘추비고』 서문春秋備考序〉【연천 선생淵泉先生 작이다.】[11]

나예장羅豫章 선생[12]께서는 "고요해야 『춘추春秋』를 읽을 수 있다."라고 하셨다. 고요해져야 기가 비고氣虛, 기가 비어야 마음이 가라앉고, 마음이 가라앉아야 이치가 분명하게 보이고, 이치가 분명하게 보여야 일을 정밀하게 판단하게 된다. [그래야] 세상 온갖 일들이 눈앞에 이리저리 놓여도 내가 늘 여유작작 대응할 수 있다. 삼전三傳[13]의 설은 몹시 심오하고, 242년간의 일[14]은 아주 번잡하다. 정벌 전쟁을 하고, 회동해서 동

술한 것이다. 『좌씨춘추』의 서술법과 주자 『강목』의 의리를 한결같이 준수해서, 명의 단대사로는 가장 정확하고 간결하면서도 올바르다고 했다. 목판이 영남 감영에 있었는데, 신석우(申錫愚)가 이곳 관찰사가 되었을 때 간행하였다고 한다. 모두 21권이다. 『연천선생문집(淵泉先生文集)』 수권(卷首), 「산서목록(散書目錄)」, 한국문집총간 293, 5쪽.

8 「독역잡기(讀易雜記)」: 홍석주의 글로, 『학해』에 실려 있다.

9 『상서보전(尙書補傳)』: 홍석주가 『상서(尙書)』 58편에 대한 역대의 해설을 정리하고 자신의 견해를 밝힌 책이다. 10권이다.

10 『춘추비고(春秋備考)』: 홍석주가 『춘추』의 내용에 대한 견해를 적은 비망록이다. 『연천선생문집』에 실려 있다.

11 『연천선생문집(淵泉先生文集)』 권37에도 실려 있다. 글자상 약간의 출입이 있다.

12 나예장(羅豫章) 선생 : 북송 말의 학자 나종언(羅從彦)의 호가 예장(豫章)이다. 자는 중소(仲素)이고, 시호는 문질(文質)이다. 양시(楊時)의 학문을 계승하여 이동(李侗)에게 전했고 다시 주희에게 전했다. 저서로는 『준요록(遵堯錄)』, 『춘추지귀(春秋指歸)』, 『춘추해(春秋解)』, 『중용설(中庸說)』, 『논어해(論語解)』, 『맹자해(孟子解)』, 『모시해(毛詩解)』, 『의론요어(議論要語)』, 『예장문집(豫章文集)』 등이 있다.

13 삼전(三傳) : 『춘추』에 대한 3대 주석서로, 춘추시대 노(魯)의 좌구명(左丘明)이 지었다는 『춘추좌씨전(春秋左氏傳)』, 노의 곡량적(穀梁赤)이 지었다는 『춘추곡량전(春秋穀梁傳)』, 전국시대 제(齊)의 공양고(公羊高)가 지었다는 『춘추공양전(春秋公羊傳)』을 묶어서 일컫는 말이다.

14 242년간의 일 : 『춘추』는 춘추시대 노(魯)나라 은공(隱公) 원년인 서기 722년부터 애공(哀

맹을 맺고, 죽어서 장사 지내는 등의 경우와 날짜와 이름을 적거나 적지 않는 구분을 하는 등 몹시 어지럽게 꼬여 있다. [그러니] 저울이 가벼운 것이나 무거운 것이나 공평하게 달듯이, 자가 짧고 긴 것을 각각 구분해 계량하듯이, 아무것도 놓치지 않고 내 판단력 안에 둘 수 있는 것은 오직 고요할 때만 가능한 일인 것이다.

『춘추』를 이야기하는 사람들은 모두 삼전을 근거로 삼는다. 좌씨左氏는 상세하면서 풍부하고, 공양公羊은 유창하면서도 정밀하고, 곡량穀梁은 질박하면서 엄격하니, 모두 경전의 [해석을 돕는] 우익이다. 그러나 좌씨의 경전 해석은 부赴·고告 같은 외교문서[15]에 따른 것이 많다. 공양씨와 곡량씨의 해설은 종종 날짜와 이름을 가지고 논단했고, 게다가 그 해설이 군신·부자의 대의에 근거하지 않은 경우도 많다. 간혹 공리功利와 권모술수처럼 올바르지 않은 논의도 섞여 있다.

아아!『춘추』는 무엇 때문에 지어졌던가? 세상에 두려운 것 없는 난신亂臣과 적자賊子들 때문에 지어졌다. 악행을 한 난신·적자들이 세상에 자신들의 악함을 스스로 폭로하겠는가? 정말이지 난신·적자들이 악행을 스스로 세상에 폭로했다면, 『춘추』도 지을 필요 없었을 것이다. 지금 좌씨의 설을 위주로 하는 자들은 "설령 [왕위를] 찬탈하고 [임금을] 시해한 도둑賊이 있어도, 고告하지 않았으면 적지 않았다. '찬탈하고 시해했다.'라고 고하지 않았으면 또한 '찬탈하고 시해했다.'라고 적지 않았다."라고 한다.[16] 그렇다면, 난신·적자들이 자신들의 악행을 숨기려 하면『춘

公) 14년인 서기 481년까지, 12대 242년의 연대기다.

15 부(赴)·고(告) 같은 외교문서 : '부(赴)'는 춘추시대 각국이 제후가 죽으면 서로 알리는 부고이고, '고(告)'는 화복(禍福)의 일을 서로 알리는 외교문서이다. 좌구명은 이 외교문서들을 근거로『춘추』가 기술되었다고 주장하며『춘추』의 해석에 적용하였다. 좌구명의 태도는 다음『좌전(左傳)』「문공(文公)」 14년의 기사에서 잘 드러난다. "무릇 황제의 죽음[崩]이나 제후의 죽음[薨]이나 알리지[赴] 않으면 기록하지 않았다. 화복도 알리지[告] 않으면 역시 기록하지 않았으니, 불경을 징계한 것이다(凡崩薨不赴則不書, 禍福不告亦不書, 懲不敬也)."

추』도 따라서 숨겨 주고, 세상과 후세를 속이려 하면 『춘추』도 따라서 속여 준 것이 된다. 이것이 어떻게 난신·적자들을 두려워하게 할 수 있으며, 이것이 어떻게 『춘추』가 될 수 있다는 것인가?

『춘추』는 또 무엇을 위해 지어졌던가? 세상에 대의大義가 밝지 못하기 때문에 지어졌다. 세상 사람들이 『춘추』를 읽고도 대의가 어디 있는지 모른다면 『춘추』도 지을 필요 없었을 것이다. 지금 공양씨와 곡량씨의 설을 주장하는 사람들은 대부분 모두 날짜와 이름을 가지고 대의를 논단한다. 그 해설은 우회적이고 그 의리는 분명치 않다. 또 똑같은 말을 여기선 칭찬이라고 했다가 저기선 폄하라고 한다. 같고 다름의 분별에 눈이 어지럽고, 시비의 갈림길에서 마음이 헷갈린다. 노숙한 선생이나 큰선비라도 그 설을 이해할 수 있는 자가 드물 것이다. 하물며 어찌 사람마다 그것을 알기를 바라겠는가? 이렇게 되면 성인께서 일부러 애매하게 감추고 어릿어릿 알 수 없는 말을 해서, 천하를 의심에 빠지게 하고 대의를 어둡게 한 것이 된다. '밝히다明'라는 [뜻이] 어디에 있는가? [심지에] 좌씨는 정 장공鄭莊公이 예를 알았다고 했고,[17] 공양씨는 채중祭仲이 권도를 잘 시행했다고 했으며,[18] 곡량씨는 위첩衛輒이 할아버지를 존중

---

16 설령 [왕위를] …… 않았다."라고 한다 : 각주 15 참조.

17 좌씨는 정 장공(鄭莊公)이 …… 알았다고 했고 : 『춘추좌씨전』「은공(隱公)」 11년 기사에는 은공이 정 장공과 함께 허(許)를 정벌한 뒤, 허를 장공에게 양보한 기사가 실려 있다. 그 끝에 "군자는 정 장공이 이에 예가 있다고 한다. 예란 국가를 경영하고 사직을 안정시키며 백성을 질서 있게 하고 후손을 이롭게 하는 것이다. 허가 법도가 없어 정벌하였으며, 항복하자 용서했고, 덕을 헤아려 처리하고, 힘을 헤아려 시행했으며, 때를 보아 움직여서 후인에게 누를 끼치지 않았으니, 예을 안다고 말할 만하다(君子謂鄭莊公於是乎有禮. 禮經國家·定社稷·序民人·利後嗣者也. 許無刑而伐之, 服而舍之, 度德而處之, 量力而行之, 相時而動, 無累後人, 可謂知禮矣)."라는 평을 싣고 있다. 정 장공은 춘추오패(春秋五覇)의 하나로, 주(周) 왕실에의 입조를 거부하고, 평왕(平王) 때에는 천자와 아들을 인질로 맞교환하기까지 하였던 인물이다.

18 공양씨는 채중(祭仲)이 …… 시행했다고 했으며 : 『춘추공양전』「환공(桓公)」 11년 9월, 정(鄭)의 재상 채중이 송(宋)에 억류되었다는 기사에 딸린 전(傳)의 내용을 가리키고 있다. ○정 장공(鄭莊公) 사후, 채중은 태자 홀(忽)을 소공(召公)으로 세운다. 9월에 그는 송에 억

한 것이라고 했다.[19] 이렇게 되니, 군신·부자의 의리는 그 바른 도리를 상실하고, 난신·적자는 더욱 세상 꺼릴 것이 없어졌다. 어찌 그렇게 하자고『춘추』를 지었겠는가?

호 문정공胡文定公[20]이 나타나 바로잡고서야『춘추』의 의리는 다시 환하게 세상에 밝혀졌다. 그러나 경전을 지나치게 깊게 추구하고, 경전을 지나치게 정밀하게 해석한 점을 군자들은 흠으로 여기기도 한다. 오늘날엔 [더 이상]『춘추』를 이야기하는 사람이 없다.

내가 처음 사전四傳[21]을 구해 읽고 몇 해 동안 그 의미를 연구했지만, 입문하기가 힘들어 망연자실 괴로워했다. 하루는 고요히 앉아 경전 원

류되었는데, 송으로부터 소공을 축출하고 장공의 다른 형제인 돌(突)을 세우라는 압력을 받는다. 결국 채중은 소공을 몰아내고 돌을 여공(厲公)으로 세우는 선택을 한다. 공양씨는 전에서 채중의 선택을 두고 우선 소공을 구하고 나라도 구한 다음 후일을 도모하려는 권도였다고 해석하며 채중이 권도를 잘 시행했다고 평가했다. "채중이란 자는 누구인가? 정의 재상이다. 어째서 이름을 적지 않는가? 훌륭하다고 여기기 때문이다. 어째서 채중을 훌륭하게 여기는가? 권도를 알았다고 여긴 것이다. …… 옛사람 중 권도를 제대로 시행한 사람은 채중 바로 그 사람이다. 권도라는 것은 무엇인가. 그것은 정상적인 일과는 반대가 되지만, 뒤에 가서 보면 훨씬 바람직한 결과가 되는 것을 말한다(祭仲者何? 鄭相也. 何以不名? 賢也. 何賢乎祭仲? 以爲知權也. …… 古人之有權者, 祭仲之權是也. 權者何? 權者反於經, 然後有善者也)."

19 곡량씨는 위첩(衛輒)이 …… 것이라고 했다 :『춘추곡량전(春秋穀梁傳)』「애공(哀公)」2년 4월의 기사에 대한 전의 내용이다. ○ 기사의 내용은 진(晉)이 군사를 동원해 괴외(蒯聵)를 환국시키려 했다는 것이다. 괴외는 위 영공(衛靈公)의 태자이고, 그 아들이 위첩이다. 괴외는 영공의 부인인 남자(南子)를 죽이려고 하다 영공에게 축출되어 진(晉)으로 망명했었다. 영공이 죽고 첩(輒)이 위를 계승하자, 괴외가 진의 힘을 빌려 환국하려 했다. 그러자 첩이 아버지 괴외의 입국을 거절하고 항전했다. 이 사건에 대해 곡량씨는 전에서 "어째서 받지 않았는가? 첩이 받지 않은 것이니, 첩이 아비의 명을 받지 않고 할아버지의 명을 받은 것이다. 아비를 믿고 할아버지를 저버리는 것은 할아버지를 높이는 일이 아니다. 받지 않은 것은 할아버지를 높였기 때문이다(何用弗受也? 以輒不受也. 以輒不受父之命, 受之王父也. 信父而辭王父, 則是不尊王父也. 其弗受, 以尊王父也)."라고 평가했다.

20 호 문정공(胡文定公) : 남송의 학자 호안국(胡安國)의 시호가 '문정'이다. 자는 강후(康侯), 호는 무이 선생(武夷先生)이다. 정이(程頤)를 사숙했다.『춘추전(春秋傳)』30권을 지었는데,『춘추호전(春秋胡傳)』으로 불린다. 그의 춘추 해설은 '존왕양이(尊王攘夷)'의 의리를 위주로 하여 주자학자(朱子學者)들에게 특히 존숭되었다.

21 사전(四傳) : '춘추삼전'에 호안국의『춘추호전(春秋胡傳)』을 합해서 일컫는 통칭이다.

문만 가져다 읽으며 깊이 침잠해서 사색했더니, 뭔가 보이는 듯했다. [이에] 한숨을 내쉬며 "독서란 이처럼 고요하지 않으면 안 되는 것이로구나. 여러 사람의 해설이라는 것은 그 마음이 가라앉지 않고 그 기氣가 비워지지 않은 [상태에서], 자기 견해가 먼저 서 있는 뒤에 경전의 뜻을 적당히 꾸며서 가져다 붙인 것이다. 이렇게 경전을 연구하니 오래 하면 할수록 합치되지 않는 것이 당연하다."라고 탄식했었다. 내가 느낀 바 있어, 외우고 익히는 겨를에 터득한 것이 있으면 기록해서 『춘추비고』라고 했다. 참고 열람에 대비하는 것일 뿐, 감히 선현의 전傳보다 낫다는 것이 아니다. 두예杜預[22]가 『좌전』에 주를 달면서 경문經文과 전傳이 [서로] 맞지 않는 것이 있으면 '전이 틀렸다'라고 하지 않고 '경經이 틀렸다'라고 했었는데, 나는 마음속으로 의심했었다. 그러므로 이 책은 한결같이 경문經文을 위주로 했고, 사전四傳 중 맞고 틀린 것을 모두 취해 참작했다.

○○○ 「춘추문답春秋問答」【내가 『춘추비고春秋備考』를 짓고, 그 전편을 관통하는 큰 뜻을 추려서 「문답」을 지었다. ○ 연천 선생 작이다.】[23]

어떤 사람이 내게 물었다.

[질문] 세상에선 『춘추』는 어렵고 심오해서 이해할 수 없는 말이 많다고 하던데, 사실인가?
[대답] 아! 어찌 그렇겠는가? 『춘추』는 성인의 글이다. 성인의 마음은

---

22 두예(杜預) : 삼국시대 위(魏)의 정치가이며 학자이다. 자는 원개(元凱)이다. 박학다식하고 『좌전(左傳)』을 몹시 좋아해 이 분야의 일가를 이루었다. 『춘추』의 원문에 『좌전(左傳)』을 묶고 주석을 단 『춘추좌씨경전집해(春秋左氏經傳集解)』를 남겼다. 『진서(晉書)』 〈두예열전(杜預列傳)〉.
23 『연천선생문집』 권24에 실려 있다.

정대하고 밝을 뿐이고, 성인의 도는 쉽고 명백할 뿐이다. 그래서 "공명정대해서 천지의 정실情實을 알 수 있다."[24]고 하는 것이다. 성인의 도란 부자·군신·부부·형제·붕우이고, 성인의 덕이란 인仁·의義·예禮·지智이고, 성인의 실천이란 효孝·제悌·충忠·신信이고, 성인의 가르침이란 예禮·악樂·형刑·정政이고, 성인의 글이란 『시』·『서』·『예』·『논어』·『대학』·『중용』이다. '중中'이라는 것은 지나치거나 모자람이 없는 것을 말하고, '용庸'이라는 것은 '평범하고 일상적平常'이라는 뜻이다. '평상'이라고 말해 놓고 "어렵고 심오해서 이해할 수 없는 말이 있다."라고 한다면 되겠는가?

[질문] 그대는 "공명정대해서 천지의 정실을 알 수 있다."라고 말했다. [그러나] 천지의 도에는 깊고 멀어서 알 수 없고, 신명神明해서 헤아릴 수 없는 것이 어찌 없겠는가? 또 자네 말과 같을 뿐이라면 어째서 "말은 평범하지만 뜻은 깊다."[25]라고 하며, "심오한 것을 수색하고, 숨겨진 것을 찾는다."[26]고 하는가?

[대답] 이것을 말하는 것이 아니다. 하늘은 활짝 트여 있어서 사람에

---

24 공명정대해서 천지의 …… 알 수 있다 : 『주역(周易)』 「대장(大壯)」 괘 단사(彖辭)의 말이다.

25 말은 평범하지만 뜻은 깊다 : 원문은 '언근이지원(言近而指遠)'이다. 원래는 『맹자』 「진심하(盡心下)」에 나오는 말이다. 이 문맥에선 주자의 『대학혹문(大學或問)』에 나오는 다음 구절을 참고할 수 있다. "선생님께서 말씀하시기를 정경(正經)은 공부자(孔夫子)의 말씀인데 증자(曾子)께서 서술하셨고 그 전(傳)은 증자의 뜻을 그 문인들이 기록하였다고 하셨습니다. 어떻게 그렇다는 것을 아셨습니까?'라는 질문[或問]에 대해 다음과 같은 답변이 나온다. "정경은 말이 집약되고 이치가 갖추어졌으며, 말은 평범하지만 뜻은 깊으니 성인이 아니라면 미칠 수 없는 것이다(正經辭約而理備, 言近而指遠, 非聖人不能及也)."

26 심오한 것을 …… 것을 찾는다 : 원문은 '탐색이색은(探賾而索隱)'이다. 『주역』 「계사전 상(繫辭傳上)」에 나오는 말이다. "심오한 것을 수색하고 숨겨진 것을 찾으며, 깊은 것을 끌어내고 멀리 이르러, 천하의 길·흉을 결정해 주며 천하 사람들이 노력해야 할 것을 만들어 주기로는 시·귀보다 큰 것이 없다(探賾索隱, 鉤深致遠, 以定天下之吉凶, 成天下之亹亹者, 莫大乎蓍龜)."

게 쉽게 드러난다. 땅은 아래에 있어서 사람들에게 간단히 드러난다. 해와 달로 밝히고, 바람과 천둥으로 울리고, 산악은 우뚝 솟아 있게 하고, 강은 흐르게 한다. 춘하추동은 정해진 기약대로 이르고, 빽빽하게 많은 물상은 모두 모습을 드러낸다. 천지의 도가 광명정대하며, 쉽고 명백하지 않다고 누가 말하겠는가?

또 『춘추』와 『논어』는 똑같이 성인의 글이다. 지금 『논어』를 가지고 보자면, 문장은 읽기 쉽고 의리는 알기 쉬워서 학문이 얕은 후생도 함께 할 수 있다. [그러나] 무궁한 경지에까지 추구해 들어가면 비록 노숙한 선생이나 큰 학자라도 다 알 수는 없다. 추구해 들어가서 무궁한 경지에까지 도달한다는 점에선 『춘추』와 다른 경전은 마찬가지다. 그 문장이 읽기 쉽고 그 의리가 알기 쉽다는 점에서도 『춘추』와 다른 경전은 마찬가지다. 지금 유독 『춘추』에 대해서만 그 읽기 쉽고 알기 쉬운 것까지 아울러 어렵고 심오해서 알기 어렵다고 한다면 되겠는가?

천지의 도란 참으로 깊고 멀어서 알 수 없고, 신명해서 헤아릴 수 없다. 그러나 광명정대하며, 쉽고 명백한 것을 먼저 [거치지] 않고 그 심원하고 신명한 것을 추구할 수 있었던 자는 없다. 성인의 글은, 말은 쉽고 가깝지만 뜻은 심원하다. 그러나 그 가까운 것을 먼저 [거치지] 않고 먼 데에 도달할 수 있는 자는 없다. 지금 사람들이 『춘추』에 대해 그 글을 읽기도 전에 어렵고 심오해서 이해할 수 없는 것들에 먼저 스스로 막혀서야 되겠는가?

[질문] 그렇다면, 좌씨·공양씨·곡량씨는 모두 박식한 군자들이었다. 하휴何休[27]·두예杜預·범녕范甯[28]은 모두 큰 선비들이었다. [그러나] 그들의

---

27 하휴(何休) : 후한 말의 학자이다. 자는 소공(邵公)이며 간의대부(諫議大夫)를 지냈다. 육경을 정밀히 연구했으며, 특히 『춘추공양전』에 해박해서 『춘추공양전해고(春秋公羊傳解詁)』를 남겼다.

설은 모두 성인의 뜻을 다 [밝혀내지] 못했다. 또 주 부자朱夫子[29] 같은 큰 현인도 여러 경전을 모두 풀이하셨지만 유독 이 책만은 어려워하셨다. 어떻게 된 것인가?

[대답] 그렇다. 이런 말이 있었다.[30] 자하子夏는 "군자의 도를 어느 것을 먼저라 하여 전수하고 어느 것을 뒤라 하여 [가르치길] 게을리하겠는가? 초목에 비유하면 종류로 구별하는 것이다. 군자의 도에 어찌 속임이 있겠는가?"라고 했다.[31] 도에는 정밀精하고 조잡粗한 구별이 없지만 가르침에는 선후가 있다. 『시』, 『서』와 사자서四子書[32]는 학문의 요체인 반면, 『춘추』는 일을 기록한 책이다. 도道라는 점에선 같지만 가르치는 데는 선후가 있다. 또 앞서 많은 선비가 이 책을 연구했지만, 호 문정공의 책이 나오면서 큰 강령이 열거되었고 대의도 밝혀졌다. 주 부자께서는 미칠 겨를이 없다고 생각하셨을 것이다. 그렇지만 『강목綱目』[33]을 보면 주 부자의 『춘추』가 여기에 있다. 정자程子께선 "맹자처럼 『역』을 잘 아는 이가 없다."[34]고 하셨는데, 나는 "주자만큼 『춘추』를 잘 아는 사람은 없다."라고 말하련다. 저 여러 분이 [『춘추』의] 뜻을 파악하지 못했던 것은 바로 어렵고 심오한 것에서 [그 뜻을] 추구했기 때문이다.

---

28 범녕(范甯) : 진(晉)의 학자로, 자는 무자(武子)이다. 예장태수(預章太守)로 재임할 때 곳곳에 학교를 세워 교육에 힘썼다고 한다. 저술로 『춘추곡량전집해(春秋穀梁傳集解)』가 있다.

29 주 부자(朱夫子) : '부자'는 스승을 뜻하는 경칭이다. '주 선생님' 즉 주희(朱熹)를 가리킨다.

30 그렇다. 이런 말이 있었다 : 『논어』「양화(陽貨)」편에 나오는 말이다. 자로(子路)가 필힐(佛肹)의 부름에 응하려는 공자에게 공자 자신의 말을 인용하며 저지하려 하자 공자가 자신이 이전에 그런 말을 했다는 것을 인정하는 표현이다.

31 자하(子夏)는 "군자의 …… 있겠는가?"라고 했다 : 『논어』「자장(子張)」편에 나온다.

32 사자서(四子書) : 사서(四書), 즉 『논어(論語)』, 『대학(大學)』, 『중용(中庸)』, 『맹자(孟子)』를 가리킨다.

33 『강목(綱目)』 : 주희의 『자치통감강목(資治通鑑綱目)』을 줄여 말한 것이다.

34 맹자처럼 『역』을 …… 이가 없다 : 주희(朱熹)의 〈맹자서설(孟子序說)〉에 인용되어 있다.

[질문] 그렇다면 주자께서 말씀하시지 않았던 것을 그대가 이야기하는 것은 어째서인가?

[대답] 오늘날 세상에선 『춘추』를 이야기하지 않는 것이 너무 심하다. 경전에 『역』, 『서』, 『시』, 『춘추』가 있는 것은 사시에 춘하추동이 있는 것과 같아, 그중 하나를 없앨 수 없다. 하물며 『춘추』라는 것은 세상을 경영하는 큰 법이고, 성인께서 크게 사용하신 것이다. 나는 후세가 『춘추』를 어렵고 심오한 것으로 여겨, 마침내는 『춘추』가 읽을 수 없는 책이 될까 걱정이다. 그러면 성인의 뜻이 다시는 후세에 드러나지 못하게 될 것이다.

[질문] 그렇다면 성인의 뜻이란 게 과연 무엇인가?

[대답] 성인의 뜻은 경전經에 있고, 경전의 뜻은 전傳에서 상세하게 [해설되었다.] 나는 사람들이 전을 통해 경經에 이르고, 경을 통해 [성인의] 뜻을 알게 하고 싶다. 그렇게 하더라도 역시 그 한둘쯤을 얻을 수 있을 뿐이다. 그 정수가 있는 곳 같은 것이야 내가 어찌 알겠는가?

그렇긴 하지만, 말해 보려고 시도한 적은 있다.

공자의 시대는 예·악과 정벌이 천자의 권한이 아닌 지 오래되었던 때다. 세상에 군신과 부자의 대의가 밝지 않은 지 오래되었었다. 천자의 맏아들과 제후의 아들을 인질로 교환한 것 같은 일은 천하의 큰 변고였다. 신하가 자기 임금을 시해하고, 제후가 천자에게 군사를 들이댄 것은 천하의 큰 악행이었다. [그런데도] 오히려 그 구구한 득실을 재며 포폄褒貶이라고 여겼으니, 당시 군자라 불리던 사람들 역시 그랬다. 삼강三綱은 무너지고 구법九法[35]은 어지러워졌으며, 창과 방패가 교차하고 오랑캐

---

35 구법(九法) : 『서경(書經)』「주서(周書)」의 홍범구주(弘範九疇)를 말한다. '홍범'은 나라를 다스리는 큰 법이고 '구주'는 그 아홉 가지 종류인데, 기자(箕子)가 주 무왕(周武王)에게 가르쳐 준 것이라고 한다. 구주 혹은 구법(九法)은 오행(五行)·오사(五事)·팔정(八政)·오기(五

가 멋대로 굴었으니, 온 세상이 금수가 [되기]까지 얼마 남지 않았었다. 성인께서는 이런 시대에 태어나 직위를 얻어 다스리지도 못하셨으니, 장차 인류가 끝날까 몹시 두려워하셨다. 그래서 나라의 역사에 필삭을 가하셨다. 일에 근거해 직서하니, 선악이 저절로 드러났다. 문장에 변화를 주어 뜻을 드러내니, 대의를 밝힐 수 있었다. 말이 간단하니 문사文辭가 엄정했고, 감회가 깊으니 뜻이 심원했다. 권장과 징계를 [후세에] 남기시니 난신·적자가 두려운 줄 알게 되었고, 그 법도를 넓히면 왕도를 회복할 만했다. 이것이 그 대의大義이다.

[질문] 『춘추』를 이야기하는 사람들은 그것에 '법칙이 있음'을 많이 말하는데, 사실인가?

[대답] 사실이다. 천지의 조화는 지극해서 비길 데가 없다. 봄이었다가 여름이 되고, 여름이었다가 가을이 되고, 가을이었다가 겨울이 되고, 겨울은 다시 봄이 된다. 해마다 모두 그래서 천지가 끝나도록 한 번도 바뀌지 않는다. 여름은 덥고 겨울은 춥고 봄·가을은 그 가운데이다. 해마다 모두 그래서 천지가 끝나도록 또한 한 번도 바뀌지 않는다. 그러니 천지가 변화를 실행하는 것에는 법칙이 있다.

[질문] 그렇다면 그 법칙이 간혹 일정하지 않은 것은 어째서인가?

[대답] 우레는 봄에 발하고, 서리는 가을에 내리고, 여름엔 장마가 지고, 겨울엔 눈이 내린다. 이것이 사시의 법칙이다. 인도人道가 평탄하지 않으면 하늘도 그에 응해 '일정한 법칙常'을 바꾸는 경우가 간혹 있다. 천지는 시간을 기반으로 운행 변화運化하고, 『춘추』는 일을 기반으로 문장을 이루니, 그 도는 하나다. 그렇긴 하지만 작은 것은 바뀔 수 있고 큰 것

紀)·황극(皇極)·삼덕(三德)·계의(稽疑)·서징(庶徵), 그리고 오복육극(五福六極)이다.

은 바뀔 수 없다. 이 때문에 일정해서 바뀌지 않는 법칙이 있고, 일에 따라 문장이 변화하는 법칙이 있다. 이것이 『춘추』의 큰 요지이다.

[질문] 도道는 시간에 따라 변하지 않고, 이理는 장소에 따라 달라지지 않는다. [그런데도] 공양씨는 '견문삼세見聞三世'의 설을 이야기했고,[36] 호문정공도 "정공과 애공 때엔 은미한 말微辭이 많다."[37]라고 말한다. 왜 그런가?

[대답] 고금과 원근의 차이가 없는 것은 변함없이 일정한 이理이다. 시대에 따라 변화하는 것은 임기응변의 의義이다. 가까이서 볼수록 감동은 더욱 깊어지는 법이니, 시대가 내려와 [가까워질]수록 그 뜻이 더 절실하게 [이해되는] 것은 또한 당연한 일이다. 은공隱公·환공桓公·정공定公·애공哀公의 『춘추』에는 참으로 다른 법칙이 있는 것이다. 억지로 같게 할 수는 없는 일이다.

[질문] 좌씨는 '부赴·고告'만 위주로 했고, 공양씨와 곡량씨는 종종 날짜를 의리로 삼았다. 호씨는 양쪽을 모두 이용하면서 채택하기도 하고

---

36 공양씨는 '견문삼세(見聞三世)'의 설을 이야기했고 : 공양고가 『춘추』에 기재된 "공자 익사가 졸했다(公子益師卒)."를 해석하면서 "어째서 말하지 않았는가? 멀어서이다. 본 바에 말이 다르고, 들은 바에 말이 다르고, 전해 들은 바에 말이 다르다(何以不日? 遠也. 所見異辭, 所聞異辭, 所傳聞異辭)."라고 했다. 공자가 『춘추』를 지을 때 시대의 원근에 따라 내용의 기재 방식이 달랐다고 본 것이다. 즉 '소견(所見)'은 공자가 직접 본 것이어서 기록이 비교적 상세하고, '소문(所聞)'은 아버지 세대에게서 들은 것으로서 비교적 시대가 멀고 따라서 기술이 비교적 덜 상세하며, '소전문(所傳聞)'은 연대가 더욱 멀어서, 기록이 더욱 간략하게 되었다고 해설한 것이다. 뒤에 동중서(董仲舒)는 이 설을 발전시켜 '소견세(所見世)', '소문세(所聞世)', '소전문세(所傳聞世)'를 역사 단계를 구획하는 용어로 확립했다.
37 정공과 애공 …… 말[微辭]이 많다 : 『춘추공양전』 「정공(定公)」 원년(元年)에 "정공과 애공은 미사가 많다(定哀多微辭)."라고 한 데서 시작된 말이다. '미사(微辭)', 즉 '은미한 말'은 직설적으로 말하지 않고 은근히 돌려서 말하는 것이다. 나라에 좋지 않은 일들이 있었을 경우, 이를 숨기기 위해 간략하게 기록하는 것을 가리키기도 한다.

채택하지 않기도 했다. 어느 것을 맞다고 여기는가?

[대답] 『춘추』는 노魯의 역사를 가지고 지었으니, 실제로 부·고에서 나온 것들이 있다. 그러나 이것은 써도 되고 안 써도 된다는 말일 뿐이다. 만약 대의의 소재가 모두 부·고에만 달렸다면, 책을 잡고 붓을 쥔 소사小史[38]들도 모두 『춘추』를 지을 수 있을 것이다. 무엇 때문에 성인이 아니면 지을 수 없겠는가? 그러나 '고告하지 않아서 쓰지 않았고', 그것이 의리로 여겨진 것도 있긴 하다. 장왕莊王·희왕僖王이 붕崩한 것을 기록하지 않은 것[39] 같은 것들이 이것이다.

달月과 날日의 구분 같은 것은 큰 의미가 깃든 곳이 정말 아니다. 소씨가 "시時에 이루어진 것은 '시'로, 월月에 이루어진 진 것은 '월'로, 일日에 이루어진 것은 '일'이라고 썼다."[40]라고 한 것이 가장 [사실에] 가깝다. 그러나 여러 장에 걸쳐 살펴보면 역시 맞지 않는 곳이 많다. 다만 정자程子께서 '구사舊史를 따르고 더하지 않았다.'라고 하신바,[41] 이것이 타당하다. 또 익사益師에 대한 전傳[42]을 사전四傳의 해설에서 검토해 보면, 모두

---

38 소사(小史) : 주(周) 시대에 나라의 기록·계보(系譜)를 맡아보던 하급 관직이다. 『주례(周禮)』 「소사(小史)」.

39 장왕(莊王)·희왕(僖王)이 …… 않은 것 : 『춘추좌씨전』 「장공(莊公)」 16년조의 주석에 "이 뒤로도 주(周)나라에 장왕(莊王)과 희왕(僖王)이 있었는데, 그들의 붕(崩)과 장(葬)이 모두 경전(經傳)에 보이지 않으니, 이는 왕실이 미약하여 다시 자력으로 제후와 교통하지 못했기 때문이다(自此以來, 周有莊王, 又有僖王, 崩葬皆不見於經傳, 王室微弱, 不能復自通於諸侯)."라는 말이 보인다.

40 소씨가 "시(時)에 …… '일'이라고 썼다 : 소씨는 소철(蘇轍)이다. 소철의 『춘추집해(春秋集解)』 「은공(隱公)」 3년에 나온다.

41 정자(程子)께서 '구사(舊史)를 …… 않았다'라고 하신바 : 『춘추』의 날짜 기록 문제에 대해 정이(程頤)는 "날짜를 쓰기도 하고 날짜를 쓰지 않기도 한 것은 옛 역사책으로 인한 것이다. 고대의 역사는 기사가 간략하고 날짜도 갖추지 않기도 했다. 『춘추』는 옛 역사책을 바탕으로 하므로, 덜 수는 있어도 더할 수는 없었다(或日或不日, 因舊史也. 古之史, 記事簡略, 日月或不備. 『春秋』因舊史, 有可損而不能益也)."라고 했다. 『정씨경설(程氏經説)』 「춘추(春秋)」.

42 익사(益師)에 대한 전(傳) : 『춘추』 「은공(隱公)」 원년의 "공자 익사가 졸했다(公子益師卒)."라는 기사에 대한 사전의 해석을 가리킨다.

서로 어긋버긋한다. 억지로 설을 만들고 꾸미지만, 꾸밀수록 천착穿鑿이
된다.

문공文公 이전 114년 동안 날짜가 기록된 것은 170번이다. 선공宣公 이
후 128년 동안 날짜가 기록된 것은 220번이다. 대부[의 죽음에] '졸卒'이라
고 쓴 것은 31번이다. 은공隱公 때는 3번 날짜를 쓰지 않았고, 선공宣公 때
는 1번, 이후로는 모두 날짜를 썼다. [시기개] 가까워서 알 수 있는 것은 자
세히 기록하길 마다하지 않았고, 오래되어 알 수 없는 것은 다 기록할 수
없었을 것이니, 당연한 이치다. 공양과 곡량의 해설 같은 것에 대해서
는, 나는 성인께서 교훈을 전하고 의리를 의탁해 놓은 것이 이처럼 번거
롭고 자질구레하며 은밀하진 않을 것으로 생각한다.

[질문] 사전四傳의 의리에 대해선 이미 정론이 있다. 하휴何休 이하 여
러 선비의 장단점에 대해서 마지막으로 듣고 싶다.

[대답] 성인께서 돌아가시자 은미한 말微言이 끊어졌다. 일흔 분 제자
들이 돌아가자 대의는 어그러졌다. 마치 모여서 송사라도 벌이듯 어지
럽게 구는 것은 장구章句와 훈고 따위 말단들뿐이다. 그렇긴 하지만 "전
은 경전[의 의미에] 통할 것을 위주로 하고, 경은 반드시 타당한 것을 이치
로 삼는다."든지, "지극한 말至言은 너무 오묘하니, 좋은 것을 선택해 따
를 수 없다면 다 버려서 근본을 추구하고, 이치에 근거해 경전에 통한
다."고 하였으니,[43] 이것이 참으로 범무자范武子가 여러 군자보다 훨씬 훌

---

43 "전은 경전[의 …… 통한다."고 하였으니 : 범무자 즉 범녕(范甯)이 지은 〈춘추곡량전주소
서(春秋穀梁傳注疏序)〉의 내용 중에 나온다. "무릇 전은 경전에 통하기를 위주로 하고, 경은
반드시 타당한 것을 이치로 삼는다. 대저 지극히 당연한 것은 두 가지가 없는 법인데 삼전
은 설이 다르니, 어찌 그 막힌 바를 버리고 좋은 것을 택해서 좇지 않겠는가? …… 만약 지
극한 말[至言]은 너무 오묘하니, 좋은 것을 선택해 따를 수 없다면 어찌 모두 버리고서 근
본을 추구하고, 이치에 근거해 경전에 통하지 않겠는가?(凡傳以通經爲主, 經以必當爲理. 夫至
當無二, 而三傳殊說, 庸得不棄其所滯, 擇善而從乎? …… 若至言幽絶, 擇善靡從, 庸得不並舍以求宗, 據

룽한 이유이다. 참위讖緯[44]를 끌어들여 경전을 어지럽혔으며, 주周를 내 쫓고 노魯를 왕으로 섬겼고,[45] 태평성대라 거짓으로 꾸며 대었고, 왜곡 된 설로 견강부회했다. 이런 짓들로 하휴는 성인의 경전에 큰 죄를 지었 다. 상세한 천문·지리·명물·도수 같은 것은 두씨杜氏[46]가 갖추었다. [그 러나] 안타깝게도 그는 전을 신봉하고 경을 불신했다. 이것이 세 사람의 장단점이다. 양사훈楊士勛[47] 이하는 내가 평론하고 말 것도 없다. 호씨의 설과 합치하는 자는 육순陸淳[48] 이하 수십 명이다. 장단이 같진 않지만, 요는 그 큰 요체를 얻은 자들이다.

[질문] 그렇다면 그대는 어디에 근거를 두고 『춘추』를 공부했는가?
[대답] 구양자歐陽子는 "육경六經이 지금까지 전하는 것은 한 사람의 힘 이 아니다. 후대의 학자는 전대에서 전하는 바를 따라가면서, 그 득실을 비교하면 알 수 있을 것"이라고 했다.[49] 중간의 선배 학자들 설을 보지

理以通經乎?)" 『춘추곡량전주소(春秋穀梁傳注疏)』.

44 참위(讖緯): 진(秦) 시대부터 시작된 일종의 예언학설(豫言學說)이다. 음양오행설(陰陽五行 說)에 바탕을 두어, 일식·월식 등의 천재지변이나 은어(隱語)를 통해 인간의 길흉화복을 점치던 학설로, 한대(漢代)에 크게 유행하였다.

45 주(周)를 내쫓고 노(魯)를 왕으로 섬겼고: 한(漢)의 공양학(公羊學)을 위주로 한 학자들은 『춘추』가 노(魯)의 조대(朝代)를 바탕으로 서술한 것을 근거로, 주(周)를 폄하고 노를 왕 으로 삼은 것이라고 해석했다. 하휴가 대표적이다.

46 두씨(杜氏): 두예(杜預)이다.

47 양사훈(楊士勛): 생몰연대 미상이다. 『사고총목제요(四庫總目提要)』에서는 당 태종(唐太宗) 때 사람으로 추정했다. 공영달(孔穎達)이 감수한 『오경정의(五經正義)』에 참여해 곡나율 (谷那律)·주장재(朱長才) 등과 함께 『춘추정의(春秋正義)』를 편집했다. 또 진(晉) 범녕(范甯) 의 『춘추곡량집해(春秋穀梁集解)』를 근거로 『곡량소(穀梁疏)』를 편찬하기도 했다.

48 육순(陸淳): 당(唐) 육질(陸質)의 초명으로, 자는 백충(伯沖)이다. 담조(啖助)·조광(趙匡)을 사사하여 『춘추』학을 전수하였다. 『좌전(左傳)』은 서사에 뛰어나지만, 『춘추』의 대의를 선양하는 것에서는 『공양전』과 『곡량전』에 못 미친다고 하였다. 담조와 조광의 설을 종 합해서 『춘추집전찬례(春秋集傳纂例)』, 『춘추미지(春秋微旨)』, 『춘추집전변의(春秋集傳辨疑)』 등을 편찬했다.

49 구양자(歐陽子)는 "육경(六經)이 …… 것"이라고 했다: 구양수(歐陽修)의 〈송함에게 보낸 답

않고, 일가의 학설만을 세우려는 자를 나는 믿지 않는다. 내가 어찌 감히 선배 학자들의 설을 버리고 경전을 연구하겠는가? 그 사례는 사전에서 이리저리 취하고, 그 대의는 호씨를 종주로 삼고, 그 뜻은 오직 남겨진 경전經에서 구할 뿐이다.

[질문] 그렇다면 『춘추』에서 알 수 없는 것이 정말 없는가?

[대답] 어찌 그렇겠는가? 정자程子께선 "춘추대의春秋大義 수십 가지는 해와 별처럼 빛난다. [그러나] 은미한 말과 숨은 의미, 당시 사정상 적당한 것을 선택한 것에 대해선 알기 어렵다."고 하셨다.[50] 그러므로 군자는 경전을 해석할 때 믿을 만한 것은 믿을 만한 것으로 전하고, 의심나는 것은 의심난다고 전한다. '춘왕정월春王正月',[51] '갑술기축甲戌己丑',[52] '기자백·거자紀子帛莒子'[53] 따위는 모두 의심스러운 것들이다.

서(答宋咸書))의 내용을 요약 인용하고 있다. "그러나 경전은 한 시대의 책이 아니고, 그 전(傳)의 오류는 하루아침의 잘못이 아닙니다. 그것을 교정하고 보완하는 것도 어느 한 사람이 할 수 있는 일이 아닙니다. 학자들이 저마다 자기 소견을 끝까지 추구하게 하고, 밝은 사람이 선택하되, 열 개에서 한 개를 뽑고 백 개에서 열 개를 뽑는다면, 비록 육경(六經)을 오류가 없는 상태로 되돌려 놓아 해와 달처럼 우뚝 밝게 만들 수는 없을지라도, 여러 사람의 좋은 점을 모아서 보완하면, 거의 큰 오류가 없이 성인이 다시 세상에 나오기를 기다릴 수 있을 것입니다. 그렇다면 학자가 경서에 대한 [탐구를] 어찌 그만둘 수 있겠습니까?(然而經非一世之書也, 其傳之繆, 非一日之失也. 其所以刊正補緝, 亦非一人之能也. 使學者各極其所見, 而明者擇焉, 十取其一, 百取其十, 雖未能復六經於無失, 而卓如日月之明, 然聚衆人之善, 以補緝之, 庶幾不至於大繆, 可以俟聖人之復生也. 然則學者之於經其可已乎?)"

50 정자(程子)께선 "춘추대의(春秋大義) …… 어렵다."고 하셨다 : 정이(程頤)의 『춘추전(春秋傳)』 서문에 나오는 말이다.

51 춘왕정월(春王正月) : 『춘추』 「은공(隱公)」 원년의 제일 처음에 나오는 구절이다. 『춘추』는 사건을 노(魯)의 조대에 따라 기록하는데, 이 구절의 의미가 모호해서 이를 두고 후대에 다양한 논쟁이 벌어졌다.

52 갑술기축(甲戌己丑) : 『춘추』 「환공(桓公)」 5년에 "봄 정월 갑술, 기축에 진후 포가 죽었다(春正月甲戌己丑 陳侯鮑卒)."라는 기록이 나온다. 포의 사망 날짜를 두 가지로 기록한 것에 대한 논란이다.

53 기자백·거자(紀子帛莒子) : 『춘추』 「은공(隱公)」 2년에 "기자백과 거자가 밀에서 맹약을 맺었다(紀子帛莒子, 盟于密)."는 기사가 있다. 기자백이 누구냐에 대해 논란이 있다.

[질문] '춘왕정월春王正月'은 책을 펼치면 첫 번째로 나오는 의리이다. 이것이 의심스럽다면 다른 것을 어떻게 말하겠는가?

[대답] 도道란 요체를 아는 것에 있을 뿐이다. 『시』를 논하는 자가 〈환란兇蘭〉이 의심스럽다고 해서[54] 흥기하고興 살피는觀 [시의] 효과를 내버리진 않는다. 『서』를 이야기하는 자가 '오고五誥'[55]가 의심스럽다고 해서 제왕의 가르침을 내버리진 않는다. '춘春'이라는 것은 천시天時이다. '왕王'이라는 것은 천자이다. '정월正月'이라는 것은 주周의 정월이다. '춘'이 '왕'보다 앞에 있는 것은 하늘에 통괄된다는 [것을 보이는] 것이다. '왕'이 '정월'보다 앞서 있는 것은 '대일통大一統'이다.[56] 이것이 이른바 책을 열면 만나는 첫 번째 의리이다. 모를 것이 무엇이 있는가? [그런데] 도리어 그 '봄'이라는 한 글자를 가지고, 주周에서 정월을 부르는 옛 이름이라고도 하고, 혹은 중니仲尼께서 특별히 그렇게 썼다고도 한다. 이 문제는 전적이 온전치 않으니 억측으로 증명할 수 없다. 또 큰 목수는 도끼질 하나로 알 수 있는 것이 아니고, 조화는 하나의 물건으로 추측할 수 있는 것이 아니다. 의리는 참으로 알기 어렵기도 하지만, 또한 참으로 알기 쉬운 것이기도 하다. 어찌 한 글자가 알기 어렵다고 전체 경전을 단념해야겠는가? 군자는 『춘추』에 대해 정성을 다할 뿐이다.

---

54 〈환란(兇蘭)〉이 의심스럽다고 해서 : 〈환란〉은 『시경』 「국풍・위풍(衛風)」에 나오는 시이다. "동자가 뿔송곳을 차고 있다(童子佩觿)."는 말이 나오는데, 뿔송곳은 성인 남성의 복장이다. 주희의 『시경집주(詩經集註)』는 이 시에 대해 "무슨 말인지 알 수 없으니, 감히 억지로 해석하지 않는다(不知所謂, 不敢强解)."라고 했다.

55 오고(五誥) : 『상서』 「주서(周書)」에 나오는 다섯 편의 고문(誥文)을 가리킨다. 〈대고(大誥)〉, 〈강고(康誥)〉, 〈주고(酒誥)〉, 〈소고(召誥)〉, 〈낙고(洛誥)〉이다. 『상서』 내에서도 가장 이해하기 어려운 글들로 꼽는다.

56 대일통(大一統) : 천하의 제후국 모두가 중국 황제에게 복속되어 그 문물과 제도를 따르는 것을 말한다.

○『삼한명신록三漢名臣錄』[57]

○『동사세가東史世家』[58]

○『원사략元史略』[59]

○『북행록北行錄』[60]

○『복수쌍회福壽雙會』[61]

○○○ 〈『복수쌍회』 서문福壽雙會序〉【연천 선생 작이다.】

어떤 이가 내게 물었다. "착한 일을 한 사람은 복을 받는다는데, 과연 그렇습니까?"

내가 대답했다. "어째서 못 믿겠다는 것인가? 주공周公의 시에 '길이 천명을 따라, 스스로 많은 복을 구하네.'라고 하셨고,[62] 공자께서는 '어진 이는 장수한다.'라고 하셨네.[63] 주공과 공자가 성인이 아니라는 것인가?

---

57 『삼한명신록(三漢名臣錄)』: 한장석(韓章錫)의 「산서목록(散書目錄)」에 따르면, 홍석주가 주희의 『송명신록(宋名臣錄)』을 본떠, 13세에 시작해서 15세에 처음 완성한 책이라고 한다. 전집 15권, 후집 18권, 속집 2권으로 이루어져 있었는데 뒤에 1권이 없어져, 홍길주에게 보완하고 서를 짓게 하였다고 했다. 글의 범례와 찬, 발문을 홍석주가 직접 지었다고 한다. 한장석 당시에 이미 산일되어 전하지 않고, 범례와 찬, 발문만 전한다고 했다. 『연천 선생문집(淵泉先生文集)』 「산서목록(散書目錄)」.

58 『동사세가(東史世家)』: 홍석주가 편찬한 우리나라의 고대사이다. 한장석의 「산서목록」에 따르면, 전체 4권으로 되어 있으며, 고구려·백제·발해가 각 1권이며, 각기 논찬을 덧붙였다고 한다. 특히 발해국의 일을 자세히 기술한 특징이 있다고 한다.

59 『원사략(元史略)』: 홍석주가 편찬한 원의 역사이다. 권수는 미상이다. 한장석의 「산서목록」에 실려 있다.

60 『북행록(北行錄)』: 홍석주가 저술한 연행록으로, 계해년(1803)의 연행을 기록한 책이다. 이해 7월 홍석주는 사은사 서장관으로 북경에 갔다가 11월에 돌아왔다. 한장석의 「산서목록」에 의하면 책으로 만들어져 별도의 간행을 기다리고 있다고 했다.

61 『복수쌍회(福壽雙會)』: 홍석주가 명(明) 말에 지어진 복수서 중에서 좋은 말을 골라 합쳐놓은 것이다. 한장석 당시에 이미 간행되어 있었다고 한다.

62 주공(周公)의 시에 …… 구하네.'라고 하셨고: 『시경』 「대아(大雅)」 〈문왕(文王)〉의 내용이다.

63 공자께서는 '어진 이는 장수한다.'라고 하셨네: 『논어』 「옹야(雍也)」에 나온다.

그렇다면 내 감히 모르겠네. 성인께서 사람을 속여 말씀하시길 즐기신다는 것인가? 그렇다면 내가 또 감히 모르겠네. 그렇지 않다면 착한 일을 한 자가 복을 받고 장수한다는 것을 내 증거를 들어 따져 보고 싶네."

"성인의 말씀은 짐짓 사람들에게 권하려는 것이었을 뿐입니다. 착한 일을 했다고 반드시 복을 받지는 않고 악한 일을 했다고 반드시 화를 입지는 않는 것을 제가 여러 번 보았습니다."

"아아! 아닐세, 아닐세. 자네 말대로라면, 성인이라는 자도 몹시 성실誠하지 못한 것일세. 자기 자신에게 성실한 것이 천하의 가장 큰 선善인데, 성실하지 못하면서 또 어떻게 남에게 선을 권하겠는가? 내가 그대를 위해 비유로 말해 보겠네.

착한 일을 하면 복을 받는 것은 먹으면 반드시 배가 부른 것과 같네. 착하지 않은 일을 해서 화를 당하는 것은 밤에 산에 들어갔다가 표범이나 호랑이에게 잡아먹히는 것과 같네. 결핵이나 위암을 앓는 사람 중에는 하루에 몇 되씩 밥을 먹어도 배는 더욱 허전한 사람도 있네. 호랑이 굴에 들어갔다가 호랑이 꼬리를 잡고 물려 죽는 것을 면한, 태행산의 미친 사내도 있었네. 그대는 [그것을 가지고] 먹는다고 반드시 배부르진 않고 호랑이를 꼭 피해야 할 필요는 없다고 하려는가?

아아! 착한 일을 하려 들지 않는 오늘날 세상 사람들은 모두 오곡에 침을 뱉고 몸소 호랑이 굴을 시험해 보려는 자들일세. 그대는 [그런 자들을] 불쌍히 여겨 황급히 달려가 구해 주지는 않고 도리어 어지러운 말을 늘어놓아 그 미혹을 부추기려 하는가? 또 하늘이 사람에게 복을 주거나 화를 주는 것은 임금이 상을 주거나 벌을 주는 것과도 같네. 천하를 다스리는 자는 금법禁法을 내걸고 따를 것과 피할 것을 분명히 해서 아래 백성을 다스리네. 간혹 법을 범하고도 요행히 형벌을 면하는 자를 본 어떤 자가 꽥꽥대며 여러 사람을 향해 '간사한 일을 해서 법을 능멸한 자라고 반드시 벌을 받는 것은 아니다.'라고 외치네. [그리하여] 마침내 서로 따르며 불법을 자행한다면, 이것을 난민亂民이라고 여기지 않을 사람이 있겠는가? 천도天道는 넓고 넓어, 성글어도 빠뜨리는 것은 없네. 화와 복의 보응은 항상 오래 걸리는 법일세. 그대는 우선 착한 일을 하도록 힘쓸 뿐, 하늘의 난민이 되지 않도록 조심하게나."

질문하던 자가 비로소 의문이 풀려 돌아갔다.

세상에 전하는 복수서福壽書[64]엔 두 가지 본이 있는데, 모두 명明 말엽의 사람들이 지은 것이다. 그 의도는 모두 사람들에게 착한 일을 하도록 권하자는 것이고, 그 가리키는 바가 가깝고도 분명해서 깨닫기 쉬우니 어리석은 남녀들에게 더욱 적당하다. 비록 순수하지 못한 말이 종종 있긴 해도, 요는 그 귀결이 어진 사람에 가깝다. 그래서 그중 나은 것을 가려 남기고 합쳐서 『복수쌍회福壽雙會』라고 이름 붙였다.

아아! 권하지 않아도 선행을 즐기는 자는 상지上知이다. 권해도 믿으려 하지 않고, 벌을 주어도 두려운 줄 모르는 자는 지극히 어리석어至愚 스스로 포기한 자이다. 중인中人의 인정으론 대부분 화와 복을 격려나 징벌로 여긴다.[65] 세상엔 상등의 지上知를 지닌 사람은 참말로 적고, 지극히 어리석어 스스로 포기하는 자도 중인처럼 많지는 않다. 이 책이 세

---

64 세상에 전하는 복수서(福壽書) : 홍석주가 언급하는 두 가지 이본의 복수서는 진계유(陳繼儒)가 편찬한 『복수전서(福壽全書)』, 송의 진관(秦觀)이 편찬한 책을 감응석(闞應析)이 증보한 『복수전서』이다(정우봉, 「조선후기 지식인의 진계유 수용과 그 의미」, 『한국한문학연구』 57권, 한국한문학회, 2015. 3). 『사고전서총목제요(四庫全書總目提要)』에 의하면, 이 책들은 "모두 전현들의 격언과 유사를 수록하여 …… 주로 인과응보를 이야기해서 권선징악에 뜻을 둔(皆錄前賢格言遺事 …… 多以因果爲說, 蓋意在懲惡勸善)" 권선서의 일종이다.

65 권하지 않아도 …… 징벌로 여긴다 : 『논어』「양화(陽貨)」편에 "오직 상지와 하우만이 바뀔 줄 모른다(唯上知與下愚不移)."라는 말이 있다. '상지'는 배우지 않아도 아는 자, 즉 최상의 자질을 갖춘 인간이다. '하우'는 최하 자질의 인간이란 뜻인데, 정이(程頤)는 자포자기해서 배우고 변하기를 포기한 자를 일컫는다고 주석했다. "人苟以善自治, 則無不可移, …… 惟自暴者拒之以不信, 自棄者絶之以不爲, 雖聖人與居, 不能化而入也, 仲尼之所謂下愚也." 중인은 그 사이의 보통 사람을 말한다.

상에 혹시 적지 않게 도움이 되지는 않을까?

○『정로訂老』

○○○ 〈『정로訂老』에 쓰다訂老題〉【연천 선생 작이다.】[66]

'정訂'이란 '정正'이다. '노老'란 노씨의 글 '5천 마디의 말五千言'[67]이다. '정正'이라는 것은 바르지 않은 것을 바로잡는 것이다.

세상에서는 노씨를 이단으로 여기는데, 정말 그렇다. 그러나 노씨를 말하는 세상 사람 중 노씨를 아는 사람은 없었다. 노씨의 책은 모두 욕심을 줄여 정신을 함양하고, 다투지 않는 것으로 세상에 응대하며, 일을 줄이고 죽이지 않는 것으로 백성을 다스리라는 말이다. 그 큰 요지는 이것뿐이다. 후세의 소위 '노자老子'라고 하는 것들은 모두 '노자'가 아니다.

노씨는 자비를 소중하게 생각했다. 또 "법령이 많아질수록 도적도 많아진다."[68]고도 했다. 그런데 세상은 노씨를 '형명刑名'으로 여기기도 한다.[69] 노씨는 '훌륭한 무기는 상서롭지 못하다.'[70]고 했다. 그런데 세상은 『황석黃石』[71]과 『음부경陰符經』[72]을 노씨에게 가져다 붙이기도 한다. 노

---

66 『연천선생문집(淵泉先生文集)』 권40에도 실려 있다.

67 5천 마디의 말[五千言] : 노자(老子) 『도덕경(道德經)』의 별칭이다. 『도덕경』이 5천여 자의 글자로 이루어졌으므로 이렇게 이른다.

68 법령이 많아질수록 도적도 많아진다 : 노자 『도덕경(道德經)』 57장에 나온다.

69 노씨를 '형명(刑名)'으로 여기기도 한다 : 전국시대 말기에 형성되기 시작해서 한(漢) 초에 유행한 '황로형명(黃老刑名)'의 학술을 가리키고 있다. '황로형명'의 사상은 황제(皇帝)에 의탁하고 노자를 개조 발전시켜, 도가와 형명학(形名學)을 합한 사상이다. 청정과 무위를 강조하지만, 원시 도가의 정치권력에 대한 멸시 대신 적극적으로 치국의 도를 탐색했다.

70 훌륭한 무기는 상서롭지 못하다 : 노자 『도덕경(道德經)』 31장에 나오는 "훌륭한 무기라도 상서롭지 못한 물건이다(夫佳兵者, 不詳之器)."에서 가져왔다.

71 『황석(黃石)』 : 진(秦) 말의 은사(隱士) 황석공(黃石公)이 한 고조(漢高祖) 유방(劉邦)의 책사 장량(張良)에게 전했다는 병법서이다. 황석공의 성명은 전하지 않는다. 장량이 한 노인이

씨는 "생명에 연연하지 않는 것이 생명을 귀하게 여기는 것보다 현명하다."[73]고 했다. 그런데 연단鍊丹을 만들고 단약을 복용하며 장생을 구한다는 자들이 노씨를 사칭한다. 노씨는 "백성이 효도와 자애를 회복"[74]하도록 하는 것이 최상의 다스림이라고 했다. 그 책의 반은 치국治國과 애민愛民을 말하고 있다. 그런데 어버이를 어기고 임금을 버리며 세속과 절연하는 것을 고상하다고 여기는 자들이 노씨에게 귀의한다. 노씨는 '마음을 비우고 고요한 상태를 지켜서' "자신을 이기는 자가 강하다."고 말하니, 이것은 '극기克己'이다.[75] "어려운 일은 쉬운 데서부터 도모하고, 큰일은 작은 데서부터 하며", "시작처럼 끝까지 삼가라."고 말하니, 이것은 '소심小心'이다.[76] 낮고 약한 곳으로 겸손히 물러날 것을 이야기한 것도 한두 군데가 아니다. 그런데 미친 듯이 거만하고 거리낌 없이 멋대로 구는 자들이 노씨를 핑계로 삼는다. 노씨는 '도道로 천하를 다스리는 자에겐 귀신도 신통을 드러내지 않는다.'[77]고 했다. 그런데 재초齋醮를 지내고 부록符籙을 꾸미며,[78] 괴이하고 신비한 일을 이야기하는 자들이 자

다리 밑에 떨어뜨린 신발을 주워 주고 병서를 얻었는데, 장량이 성명을 묻자, "뒤에 그대가 곡성산(穀城山)을 지나게 될 것인데, 거기에 있는 누런 돌이 바로 나이다."라고 대답하여 '황석공'이라고 칭해졌다 한다. 그때 전해 준 병서가 바로 『황석소서(黃石素書)』라고도 하고, 『황석공삼략(黃石公三略)』이라고도 한다.

72 『음부경(陰符經)』: 황제(黃帝)가 찬술했다고 전해지는 도가(道家) 혹은 병가(兵家)의 책이다.

73 생명에 연연하지 …… 것보다 현명하다 : 노자 『도덕경(道德經)』 75장에 나온다.

74 백성이 효도와 자애를 회복 : 노자 『도덕경(道德經)』 19장에 나온다.

75 '마음을 비우고 …… 이것은 '극기(克己)'이다 : '마음을 비우고 고요한 상태를 지켜서'는 노자 『도덕경(道德經)』 16장에 나오는 "비움을 지극히 하고 고요함을 돈독하게 지켜라(致虛極, 守靜篤)."에서 가져왔다. "자신을 이기는 자가 강하다."는 노자 『도덕경(道德經)』 33장에 나온다. 홍석주는 이 두 언급을 이어서 유가의 '극기'와 같은 것으로 해석하고 있다.

76 "어려운 일은 …… 이것은 '소심(小心)'이다 : "어려운 일은 쉬운 데서부터 도모하고, 큰일은 작은 데서부터 하며"는 노자 『도덕경(道德經)』 63장에, "시작처럼 끝까지 삼가라."는 64장에 나온다. 홍석주는 이 두 언급을 자져와 '소심'으로 해석하고 있다.

77 도(道)로 천하를 …… 드러내지 않는다 : 노자 『도덕경(道德經)』 60장에 나온다.

78 재초(齋醮)를 지내고 부록(符籙)을 꾸미며 : '재초'는 도교(道敎)의 제사 의식이고, '부록'은

신들을 '노老'라고 부른다. [그러나] 그런 것들은 이야기할 것도 못 된다. 우리 유자인 자들까지도 간혹 이런 것을 가지고 노씨를 공격하기도 하니, 노씨에게 웃음거리가 되지 않을 자가 드물다.

나는 노씨의 본뜻이 세상에 밝혀진 다음에야 [노씨의 말 중에서] 성인과 부합하는 것은 배우고 부합하지 않는 것도 가려낼 수 있다고 생각한다. 이에 이 책을 써서 바로잡는다. 노씨를 바로잡은 것이 열에 하나라면, 세상 사람들이 노씨를 오해하고 있는 것을 바로잡은 것이 열에 아홉이다.

아아! 내가 세상에 나가 논 지 23년이다. 피곤해져 돌아와서야 비로소 문을 닫고 교제를 끊고 이 일을 했다. 모르는 자들은 [여기에] 의탁해 도망쳤다고 여길런가?

○『제자정언諸子精言』[79]

○○○ 〈『관자[80]정언』 발문管子精言跋〉【연천 선생 작이다. 이하 여러 발문이 다 같다.】

주자께선 『관자管子』가 이오夷吾 자신이 쓴 게 아니라고 하신 적이 있

도교에서 귀신을 부리는 데 사용한다는 신비한 문자이다.

[79] 『연천선생문집(淵泉先生文集)』 권21에 실려 있다. 여기에 실린 것과는 차례와 편수에 차이가 있다.

[80] 『관자(管子)』: 춘추시대 제(齊)의 관중(管仲)이 지은 것이라고 알려진 책이다. 그러나 관중의 업적을 중심으로 후대인들이 편찬한 것이라는 설이 일반적이다. 대체로 전국시대에서 한대(漢代)에 걸쳐 형성되었다고 본다. 서문에서 유향이 86편이라고 했지만, 현재는 76편만 남아 있고, 나머지는 목록만 전한다. 내용은 매우 방대해서 유가(儒家)·법가(法家)·음양가(陰陽家)·명가(名家)·병가(兵家)·농가(農家)의 말이 잡다하게 포괄되어 있다. 그중 도가적 내용이 제일 많고 다음이 법가이다. 대체로 법가의 저술 혹은 도가의 저술로 분류된다. ○ 관중은 춘추시대 제(齊)의 재상이다. 이름은 이오(夷吾)이고 자가 중(仲)인데, 이름보다 자로 더 많이 불린다. 제 환공(齊桓公)의 재상이 되어 군사력을 강화하고, 상업과 수공업의 육성을 통하여 부국강병을 꾀했다. 대외적으로는 동방이나 중원의 제후와 아홉 번 회맹(會盟)하여 환공을 춘추오패(春秋五霸)의 한 사람이 되게 했다.

다.[81] 지금 그 책을 살펴보니 이오가 죽은 뒤의 일을 이야기하기도 하고, 이오가 환공桓公을 만난 일도 실려 있어, 서로 어긋난다. [그러니] 그가 직접 쓴 것이 아님이 분명하다. 그 문장은 평이하고 비근한가 하면, 궁벽하고 오묘해서 읽을 수 없기도 하다. 말하고 있는 내용은 순수하게 선왕의 도를 이야기하는가 하면, 오로지 형법刑法만을 말하기도 해서 신불해申不害나 한비韓非[82]와 비슷하기도 하다. 「경중輕重」 여러 편에 이르면[83] 술수로 백성을 낚는 것이니,[84] 상홍양桑弘羊이나 공근孔僅[85]이라도 하려고 하지 않을 것들이다. 그 술수도 천박하고 비루해서 실행할 수 없다. 아마도 역시 한 사람의 손에서 나온 것이 아니리라. 그 「심술心術」, 「내업內業」 두 편은 모두 마음을 바로잡고 수신하는 일의 요체다. '고요함을 위주로 하고 경의 상태를 유지하는主靜持敬' 학문은 전해지지 않는 옛 성인들의 실마리를 주자周子와 정자程子 두 분께서 이으신 것이었다. [그런데] 그 설이 여기에 모두 갖추어져 있다. 아아, 비록 공명과 이욕利慾을 추구하는 선비라도 먼저 제 마음을 다스리지 않고서는 아무것도 할 수 없었던 것이리라!

---

81 주자께선 『관자(管子)』가 …… 적이 있다 : 『주자어류(朱子語類)』 「전국한당제자(戰國漢唐諸子)」에 "『관자』는 관중(管仲)이 지은 것이 아니다(管子非仲所著)."라고 하는 등의 언급이 여러 번 보인다.

82 신불해(申不害)나 한비(韓非) : 전국시대 한(韓)의 법가(法家) 사상가들이다. 신불해의 학설은 황로(黃老)에 근거를 두고 형명(刑名)을 위주로 하였으며, 저서로는 『신자(申子)』가 있었다고 한다. 한비는 법가사상의 집대성자로 일컬어진다. 저서로 『한비자(韓非子)』가 있다.

83 「경중(輕重)」 여러 편에 이르면 : 「경중」은 『관자』의 편명이다.

84 술수로 백성을 낚는 것이니 : 원문은 '협수망민(挾數罔民)'으로, 출처는 『맹자』 「양혜왕 상(梁惠王上)」이다. 무지한 백성이 죄망(罪網)에 걸려들기를 기다려 처벌하는 것을 일컫는 말이다.

85 상홍양(桑弘羊)이나 공근(孔僅) : 한 무제(漢武帝) 때의 유능한 재정 담당자들이다. 한 무제는 흉노를 몰아내고 국력을 신장시키는 과업을 실행하였는데, 상홍양과 공근이 연달아 재정을 맡아 국가의 세금 수입을 증대시키고 그로써 재정적 뒷받침을 했다고 한다.

○○○ 〈『안자[86]정언』발문晏子精言跋〉[87]

『안자晏子』는 누구에게서 나온 것인지 모르겠다. 그 문장은 아주 허약하고, 공손첩公孫捷과 전개강田開疆의 죽음[88] 같은 것은 사리에도 맞지 않는다. 그 「외편外篇」은 또 좌씨와 기타 책들에서 잡다하게 끌어왔다. 안자와 관련된 일을 이야기하는 내용은 더욱 서로 중복되고 어긋나서 안자의 실상과는 거리가 멀다.

안자는 춘추시대에 직간直諫으로 가장 유명했다. 지금『맹자』나『좌씨전』에 실린 것을 읽어 보면, 모두 간절하지만 박절하진 않고, 완곡하지만 굽히진 않았으며, 행동은 반드시 선왕의 교훈을 따랐다. [그런데] 이 책에서 말하는 것들은 무력으로 겁박하기도 하고 술수로 속이기도 한다. 어찌 군자가 자기 임금을 섬기는 방법이겠는가? 그렇긴 하지만 자기 임금에게 간언하려는 후세 사람들도 어렵긴 하다. 직언하면 불경하다는 죄목으로 죽고, 돌려서 말하면 포장하고 감췄다는 의심을 받는다. 인정과 도리의 바깥에서 말을 꾸미고, 글자와 구절 사이에서 척결하면, 그 몸에 죄를 얻을 뿐만 아니라 또한 패역悖逆의 죄명을 평생 못 벗기도 한다. 천하를 다스리는 사람들이 이 책을 얻어 읽는다면, 아마도 역시 나

---

86 『안자(晏子)』: 『안자춘추(晏子春秋)』를 가리킨다. 『안자춘추』는 춘추시대 제(齊)의 재상인 안영(晏嬰)의 언행(言行)을 기록한 책이다. ○안영은 자가 중(仲)이며 시호가 평(平)이어서 흔히 평중(平仲)이라고도 불리며, 안자(晏子)로 존칭되었다. 제(齊)의 영공(靈公)·장공(莊公)·경공(景公) 3대에 걸쳐 재상을 지냈고, 청렴하고 합리적인 정치로 존경을 받았다.

87 『연천선생문집』에는 빠졌다.

88 공손첩(公孫捷)과 전개강(田開疆)의 죽음: 『안자춘추(晏子春秋)』「간 하(諫下)」에 나오는 삽화다. 춘추시대 제 경공(齊景公)의 무장들인 공손첩(公孫捷)·전개강(田開疆)·고야자(古冶子)는 전공이 크고 형제처럼 친했다. 그러나 전공을 믿고 점차 교만해져서 전횡하게 되자 안영이 이들을 제거할 것을 도모하였다. 안영은 경공에게 이들에게 복숭아 두 개를 주고 공이 많은 사람이 먹도록 하라고 시켰다. 세 사람은 공을 다투며 자존심 싸움을 벌이다 결국 모두 자결하고 말았다고 한다.

아지려나? 「중니께서 제에 가시다仲尼之齊」[89] 이하의 열 장은 유향이 말한바 '후세의 말 잘하는 사람들이 지은 것'이다.[90] 이제 삭제한다.

○○○ 〈『관윤자[91]정언』 발문關尹子精言跋〉[92]

세상에 전하는 관윤자關尹子의 책은 남송南宋 이후에 나온 것이다. 그 문장은 아주 보잘것없으니 불교 경전이나 게송偈頌·어록의 문체를 전적으로 답습했다. 다만 〈자기에게 있지 않으면在己無居〉[93] 한 장만은 말과 뜻이 모두 고아해서 이 책 중 유독 뛰어나지만 고찰해 보면 장자莊子가 인용한 관윤자의 말이다. 소위 '가짜를 만들면 날로 더 졸렬해진다.'라는 것일까?

『문자文子』와 『열자列子』, 『관윤자關尹子』는 모두 위서다. 그러나 『문자』는 여러 학설을 모아서 그 정화만을 모았다. 따라서 그 책이 가짜이긴 하지만 볼만한 말들이 많다. 『열자』의 문장은 높낮이가 일정하지 않지만, 요는 곱고 아름다운 것이 많다. 그러므로 예술을 이야기하는 자들은 기

---

89 「중니께서 제에 가시다(仲尼之齊)」: 『안자춘추(晏子春秋)』 권8, 「외편 하(外篇下)」의 한 장(章)이다.

90 유향이 말한바 …… 지은 것'이다 : 유향(劉向)은 〈안자서록(晏子敍錄)〉에서 "또한 자못 경술과는 합치되지 않는 것이 있으니, 안자의 말이 아닌 것 같다. 아마도 후세의 말 잘하는 사람들이 지은 것일 듯하다(又有頗不合經術, 似非晏子言. 疑後世辯士所爲者)."라고 했다.

91 『관윤자(關尹子)』: 『문시경(文始經)』, 『관령자(關令子)』, 『문시진경(文始眞經)』 등으로도 불린다. 주(周)의 윤희(尹喜)가 노자의 설을 연구해서 지은 것이라고 하나, 오대(五代) 두광정(杜光庭)의 위작(僞作)이라는 것이 일반적인 설이다. 『한서』 「예문지(藝文志)」에는 9편, 『송사』 「예문지」에는 9권이라고 하였다. 현재 전하는 본엔 유향(劉向)의 서문과 갈홍(葛洪)의 서가 있다. 내용은 도교와 불교 교리가 혼합되어 있으며, 문장은 불전(佛典)을 모방했다. ○ 관윤자는 노자(老子)의 제자로 알려진 윤희(尹喜)이다. 함곡관(函穀關)의 관리였으므로 '관윤자'라고 부른다고 한다. 자는 공도(公度), 호는 문시 선생(文始先生)이다.

92 『연천선생문집』에는 빠졌다.

93 〈자기에게 있지 않으면(在己無居)〉: 『관윤자』 「삼극편(三極篇)」의 한 장이다.

390

뻐하며 칭찬하곤 한다. 『관윤자』만은 석가의 찌꺼기를 몰래 훔쳐다 황백가黃白家[94]의 말과 섞어 놓았다. 용의주도할수록 더욱 천박하고, 교묘하게 다듬을수록 더욱 하급이니, 제자의 대열에 놓이기엔 부족하다.

그렇긴 하지만, 내가 그 말을 읽다 보니 "말을 적게 하는 자는 남들이 꺼리지 않는다."거나 "사람이 급한 일을 분명하게 알지 못하고서 여러 가지 일에 종사하면 딱하고 곤란한 일이 따라온다." 같은 말들이 있다. 이런 말들은 모두 나의 병에 대한 약이다. 하여 조금 가려 뽑아 둔다.

○○○ 〈『문자[95]정언』 발문文子精言跋〉[96]

문자文子가 누군지는 알 수 없다. 혹 신연辛研[97]이라고도 하는데, 그렇지 않다. 그 책은 노자와 장자 등 제자諸子의 말을 주워 모은 것이다. 『회남홍렬해淮南鴻烈解』[98]에서 나온 것은 더 많다. 그 학문은 노씨에게서 나왔지만, 종종 유가의 논지로 윤색한다. 아마도 후세 선비 중 유가를 원

---

94 황백가(黃白家): 도사(道士)들이 단약(丹藥)을 단련해 황금과 백은을 만드는 방술을 황백술(黃白術)이라 한다. 황백가는 황백술을 행하는 사람들, 즉 도가를 가리킨다.

95 『문자(文子)』: 여기서 '문자'는 저자 미상의 책 이름이다. 노자의 설(說)을 13편에 나누어 부연 해설하고 있다. 저자에 대해서는 기록마다 달라 정리되지 않은 채 미상으로 남아 있다. 현재 전하는 『문자』는 위서로 처리된다. 유향(劉向)의 『별록(別錄)』에선 자하(子夏)의 제자이고 묵자(墨子)와 동시대 인물이라고 기록하고 있으며, 『한서(漢書)』 「예문지(藝文志)」에는 주 평왕(周平王) 때 사람으로 기록하고 있다. 당 현종(唐玄宗)은 그를 통현진인(通玄眞人)이라고 불렀으며, 그의 저서인 『문자』를 『통현진경(通玄眞經)』으로 존숭했다.

96 『연천선생문집』에는 빠졌다.

97 신연(辛研): 춘추시대 송(宋)나라 사람으로, 호는 계연(計然)이고, 자가 문자(文子)다. 일설에는 이름이 문자라고도 한다. 도가(道家)의 조사(祖師)로, 노자의 제자이며, 생졸 연대는 미상이나 공자와 동시대의 인물로 일컬어진다. 『사기집해(史記集解)』에 의하면, 범려(范蠡)의 스승으로, 그에게 칠계(七計)를 주어 월왕 구천이 오(吳)를 멸할 수 있게 돕도록 했다고 했다.

98 『회남홍렬해(淮南鴻烈解)』: 유안(劉安)의 저서인 『회남자』에 대한 대표적인 해석서로, 한(漢) 고유(高誘)의 저작이다.

용해 노씨에게 아부하고자 했던 자가 의탁한 것이 아닌가 싶다.

그러나 종종 격언들도 있다. 그 상편에는 "천지도 오히려 그 신명神明을 아끼신다. 인간의 정신이 어찌 내달리면서 피곤하지 않을 수 있겠는가?"라거나, "정신이 날로 소모되어, 오래 나가 놀면서 돌아올 줄 모른다. 때문에 종종 흐리멍텅해져 자신을 잃어버릴 걱정이 있다."라는 말이 있다. 아, 천 년 전에도 이미 내 병을 아는 사람이 있었구나!

○○○ 〈『손자99정언』 발문孫子精言跋〉

나는 서생이라, 병가兵家의 말은 익히지 못했다. 게다가 기록에서 "군용軍容으론 조정에 들어가지 못하고, 국용國容으론 군에 들어가지 못한다."100라는 말을 들은 적이 있다. 그러나 '국용'으론 오히려 때로 군에 들어갈 수도 있다. "가벼운 갓옷에 허리띠를 느슨하게 하고", "우아하게 노래하며 투호 놀이를 했다."101라고 한 것이 이것이다. [그러나] '군용'으로

---

99 『손자(孫子)』: 『손무병법』, 『손자병법』 등으로도 불리는 병서이다. 손무(孫武)가 지었다고 한다. 『한서(漢書)』 「예문지(藝文志)」에는 82편이라고 했으나, 삼국시대 위(魏)의 조조(曹操)가 정리한 13편 2책이 현재 전해진다. 13편은 「계(計)」, 「작전(作戰)」, 「모공(謀攻)」, 「군형(軍形)」, 「병세(兵勢)」, 「허실(虛實)」, 「군쟁(軍爭)」, 「구변(九變)」, 「행군(行軍)」, 「지형(地形)」, 「구지(九地)」, 「화공(火攻)」, 「용간(用間)」이다. 유교 사상에 입각한 인의(仁義)를 전쟁의 근본 이념으로 삼아, 전쟁과 관련된 전술뿐 아니라, 제후의 내치(內治)와 외교(外交), 국가 경영에 이르기까지 다양한 방면의 논의가 포함되어 있다. ○ 손무(孫武)는 춘추시대 제(齊) 사람이다. 병법으로 오왕(吳王) 합려(闔閭)를 도와 오의 군대를 양성하여, 초(楚)를 격파하고 위(魏)와 진(晉)에 위엄을 떨쳤다. 『한서(漢書)』 「예문지(藝文志)·병가(兵家)」.

100 군용(軍容)으론 조정에 …… 들어가지 못한다 : 『사마법(司馬法)』 「천자지의(天子之義)」에 나오는 말이다. "옛날에는 국용으론 군에 들어갈 수 없고, 군용으론 국에 들어갈 수 없었다. 군용으로 국에 들어가면 백성의 덕이 폐해지고, 국용으로 군에 들어가면 백성의 덕이 약해진다(古者國容不入軍, 軍容不入國. 軍容入國, 則民德廢. 國容入軍, 則民德弱)." '국용'은 조정에서 사용하는 의제(儀制)이고, '군용'은 군대에서 사용하는 의제이다. ○ 『사마법』은 춘추시대 제(齊)의 사마양저(司馬穰苴)가 지은 병서라고 한다.

101 "가벼운 갓옷에 …… 투호 놀이를 하였다" : 진(晉)의 양호(羊祜)와 송의 악비(岳飛)에 관련된 고사이다. 둘 다 이름난 명장인데, 양호는 "군에서 항상 가벼운 갓옷에 허리띠를 느슨

는 절대로 조정(朝)에 들어갈 수 없다. 술수를 부려 틈새를 공격하며, 기세를 올리며 승리를 다투고, 작은 창을 가지고 조정에서 찌르니, 무엇이 이보다 더 상서롭지 못하겠는가? 아아, 기장(奇章)과 찬황(贊皇),[102] 동림당(東林黨)과 제당(齊黨)·절당(浙黨)의 싸움[103] 같은 것이라면, 아마도 더욱 상서롭지 못한 경우이리라!

손무자(孫武子)는 세상에서 병가(兵家)의 비조로 칭하는 자다. 2천 년 이래, 훌륭한 장수와 책사들이 그의 말 한 글자라도 얻으면 해시계라도 되는 듯 [표준으로] 받들지 않는 자가 없었다. [그러나] 나 홀로 사랑하는 그의 말이 있다. "전쟁을 잘하는 자가 거두는 승리에는 지혜롭다는 명예도 없고 용감하다는 공치사도 없다." 예로부터 지략과 능력으로 기림을 받는 선비가 나라에 화를 끼치고 일신이 재앙에 빠지는 이유는 모두 공명을 추구하는 마음에서 기인한다. 이런 말이 어찌 전국시대 사람이 할 수 있는 말이겠는가? 아아, 그가 오자서(伍子胥)·문종(文種)·범려(范蠡)·백비(伯嚭)[104]와

하게 하고, 몸엔 갑옷을 걸치지 않았다(在軍常輕裘緩帶, 身不被甲)."고 한다. 『진서(晉書)』〈양호전(羊祜傳)〉. 악비는 "우아하게 노래하며 투호 놀이를 하니, 신실하기가 서생 같았다(雅歌投壺, 恂恂如書生)."고 한다. 『송사(宋史)』〈악비전(岳飛傳)〉.

102 기장(奇章)과 찬황(贊皇) : 당의 재상이었던 우승유(牛僧孺)와 이덕유(李德裕)이다. 우승유는 기장군공(奇章郡公)에 봉해졌고, 이덕유는 찬황현(贊皇縣)의 현백(縣伯)으로 봉해졌다. 이들은 붕당을 결성하여 대립하며, 원화(元和)·장경(長慶) 이후 태화(太和)·개성(開成) 연간까지 약 40년간 서로 공격했다. 『당서(唐書)』「본전(本傳)」〈붕당론(朋黨論)〉.

103 동림당(東林黨)과 제당(齊黨)·절당(浙黨)의 싸움 : 동림당은 명 신종(明神宗) 때, 태자를 세우는 문제로 좌천당한 고헌성(顧憲成)과 고번룡(高攀龍)이 주동이 되어 만든 당파이다. 동림서원(東林書院)을 근거지로 재야 학자까지 규합하면서 거대 당파로 성립되었다. 이에 동림당을 견제하고 반대하는 여러 반대 당파도 성립되어, 신종 말기에는 선당(宣黨)·곤당(崑黨)·절당(浙黨)·제당(齊黨)·초당(楚黨) 등 여러 붕당이 반동림 세력으로 연합하기도 했다. 제당과 절당이 그 대표이다. 이들의 붕당 싸움은 결국 명 멸망의 주요한 원인이 되었다.

104 오자서(伍子胥)·문종(文種)·범려(范蠡)·백비(伯嚭) : 춘추시대 오(吳)와 월(越)의 신하들이다. 오자서와 백비는 오왕(吳王) 부차(夫差)의 신하들이고, 문종과 범려는 월왕(越王) 구천(句踐)의 신하들이다. 월이 오에 패배하고, 다시 월이 오를 멸망시키는 와중에 각기 부차와 구천을 보좌했던 인물들이다.

동시대에 활동했으면서도 홀로 재앙으로부터 훌쩍 멀리 벗어나 있었던 것에는 이유가 있다!

나는 병가兵家의 말을 익히지 못했으므로, 이런 취지에 맞는 것들만 우선 추려 약간의 말을 얻었다. 제자 사이에 올려 둔다.

○○○ 〈『오자[105]정언』 발문吳子精言跋〉[106]

군사를 이야기하는 세상 사람들은 『손자孫子』와 『오자吳子』를 받든다. 『손자』는 손무孫武가 아니면 지을 수 없다. [그러나] 『오자』는 대부분 후세의 기록에서 나왔다. 그러므로 군사의 형세를 논한 것은 손무보다 훨씬 못하다. 그러나 종종 예禮·의義·인仁·신信을 말한다. 옛 선비들은 오기吳起가 증자曾子에게 배운 적이 있기에 그 실마리를 끝까지 연구했다고들 한다. 그러나 역시 기생집에서 예禮를 읽는 것에 불과하다. 손무의 말 중에 "백전백승은 최고로 좋은 것이 아니다."[107] 같은 말은 오기는 할 수 없다. 증자께선 동네 이름이 '승모勝母'라고 해서 들어가지 않으셨고,[108]

---

105 『오자(吳子)』: 『오자병법(吳子兵法)』이라고도 한다. 전국시대의 명장 오기(吳起)와 그의 추종자들에 의해 이뤄졌다. 1권 6편으로, 「도국(圖國)」·「요적(料敵)」·「치병(治兵)」·「논장(論將)」·「응변(應變)」·「여사(勵士)」의 6편이다. 병법서이지만, 안으론 문덕(文德)을 닦고 밖으론 무비(武備)를 닦아야 강성한 국가가 가능하다고 강조하며 상대적으로 '문'을 강조하고 예의를 존숭하여 유교(儒敎)적 면모가 곁들여진 병법서이다. ○ 오기(吳起)는 위(衛) 사람으로 노(魯)에 가서 증자(曾子)에게 배웠고, 용병술에 능했다고 한다. 초의 도왕(悼王)에게 기용되어 재상으로 있으면서 법령을 분명하게 하고 쓸데없는 관리를 감원했으며, 전투병을 양성해 강병으로 키웠다. 백월(百越)을 평정하고, 진(陳)·채(蔡)를 병합했으며, 삼진(三晉)을 물리치고 진(秦)을 정벌하는 등 전공을 세웠다. 『사기(史記)』 〈손자오기열전(孫子吳起列傳)〉.
106 『연천선생문집』에는 빠졌다.
107 백전백승은 최고로 좋은 것이 아니다: 『손자병법(孫子兵法)』 「모공편(謀攻篇)」에 나온다. "이러한 까닭으로 백전백승은 최고로 좋은 것이 아니다. 싸우지 않고도 남의 군사를 굴복시키는 것이 최고로 좋은 것이다(是故百戰百勝, 非善之善者也, 不戰而屈人之兵, 善之善者也)."

주자께선 젊어서 조조曹操의 글씨체를 익히셨던 것을 만년에 후회하셨으니,[109] 군자란 이처럼 수단을 선택하는 일에도 조심한다.

옛날 무과 과거에 응시하는 자들은 『사마법司馬法』, 『육도六韜』, 『삼략三略』, 『손자孫子』, 『오자吳子』, 『위료자尉繚子』,[110] 이정李靖의 책[111]을 강했는데, 이를 '칠서七書'[112]라고 했다. 우리 영조대왕께서 처음으로 『오자』를 물리치고 강하지 말도록 명하셨다. 오기가 잔인하고 박덕한 행실의 사람이었기 때문이다. 큰 성인께서 가르침을 세우고 풍속을 북돋우시는 뜻이 심원하다!

○○○ 〈『상자[113]정언』 발문商子精言跋〉

태사공은 상앙商鞅이 지은 「개색開塞」, 「경전耕戰」의 글을 읽고 그 사람

---

108 증자께선 동네 …… 들어가지 않으셨고 : 『사기』 〈노중련추양열전(魯仲連鄒陽列傳)〉에 나오는 이야기이다. 공자의 제자인 증삼(曾參)은 몹시 효자였으므로, 읍의 이름이 '어머니를 이긴다'라는 뜻의 '승모(勝母)'이자 들어가지 않았다고 한다.

109 주자께선 젊어서 …… 만년에 후회하셨으니 : 주희(朱熹)가 젊어서 조조의 글씨체를 익힌 적이 있었다는 사실이 〈제조조첩(題曹操帖)〉에 실려 있다. "내가 젊었을 때 이 표문의 [글씨체를] 배운 적이 있다. 그때 유공보는 안진경의 〈녹포첩〉을 배웠다. 내가 자획의 고금을 가지고 나무랐다. 그러자 공보가 나에게 말했다. '내가 배우고 있는 것은 당의 충신이고, 공이 배우고 있는 것은 한의 찬탈자일 뿐입니다.' 내가 입을 다물고 아무 대답도 하지 못했다(余少時曾學此表. 時劉共父方學顏書鹿脯帖. 余以字畫古今誚之. 共父謂予 '我所學者, 唐之忠臣, 公所學者, 漢之篡賊耳.' 時予黙然亡以應)." 『회암집(晦菴集)』.

110 『위료자(尉繚子)』 : 5권으로 된 병법서이다. 전국시대 사람인 위료가 편찬했다고 하는데, 그에 대해서는 정확한 정보가 알려져 있지 않다. 『사기』 「진시황본기(秦始皇本紀)」에는 위료가 낸 계책을 진시황이 채택한 적이 있고, 그를 만날 땐 대등한 예로 대했다는 기사가 있다. '위료'는 '울료'라고 읽어야 한다는 설도 있다.

111 이정(李靖)의 책 : 당(唐) 이정의 병법서인 『이위공문대(李衛公問對)』를 가리킨다. 이정은 당의 고조(高祖)와 태종(太宗)을 섬기며 오랑캐들을 정벌하는 공을 세운 명장으로, 위국공(衛國公)에 봉해졌다. 후인이 그의 용병법(用兵法)을 기록한 것이 『이위공문대』인데, 당의 대표적 병서이다.

112 칠서(七書) : '무경칠서(武經七書)'라고도 한다.

의 행적과 비슷하다고 말했다.[114] 지금 그 두 편이 모두 남아 있다. [그런데] 그 문장은 진秦 이전 사람이 아니면 지을 수 없는 것이다. 그러나 위 양왕魏襄王의 시호를 말하고 장평長平의 승리[115]를 언급하는 것을 보면, 모두 상앙이 죽은 지 40~50년 뒤의 일이다. 아마도 역시 고쳐지고 달라진 것이리라.

상앙의 글은 강력한 말과 정밀한 변론으로 그 잔혹하고 사나운 수단을 보충하고 있다. 다만 백성이 농사만 짓게 하려 했던 것에는 오히려 옛사람이 근본에 힘쓰던 뜻이 살아 있으니, 나라를 다스리는 사람이 혹 취할 것이 있다. 그러니 [상공업 같은] 말단의 이익으로 놀고먹는 백성들을 몰아서 농지로 돌아가게 하는 것까진 좋다. [그러나] 시詩·서書와 예禮·의義·효孝·제悌를 모두 폐기하고 오직 농사와 전쟁에만 힘쓰게 하고자 한 것에 이르면, 그 패악이 더욱 심하다.

시·서와 예·의·효·제는 '윗사람을 친애하고 어른을 위해 죽는 행위'[116]

113 『상자(商子)』: 『상군서(商君書)』라고도 불린다. 전국시대 법가(法家)의 원조로 일컬어지는 상앙(商鞅)과 그 추종자들의 저술이다. 한대엔 29편이 있었으나 현재는 26편만 전하고, 그중 2편은 편명이 없다. 강력한 법치와 중벌(重罰) 정책, 군주 권력의 강화와 백성의 약화, 중농정책과 학문 및 상업의 배격을 주장하고 있다. 혹독하고 비인간적인 국가 통치의 전형으로 일컬어진다. ○상앙은 전국시대 진(秦)의 재상이다. 위앙(衛鞅) 또는 공손 앙(公孫鞅)으로도 불린다. 진 효공(秦孝公)에게 채용되어 개혁을 단행함으로써 진 제국 성립의 기반을 세웠다. 그 공으로 상(商)을 봉토로 받으면서 상앙이라 불리게 되었다. 엄격한 법치주의 정치를 펴 많은 사람의 원한을 샀는데, 효공이 죽자 반대파에 의해 자신이 만든 거열형으로 처형되었다. 『사기』 〈상군열전(商君列傳)〉.

114 태사공은 상앙(商鞅)이 …… 비슷하다고 말했다: 『사기』 〈상군열전(商君列傳)〉에 나온다. "내가 일찍이 상군의 「개색(開塞)」, 「경전(耕戰)」을 읽은 적이 있는데, 글과 그 사람의 행적이 비슷했다. 끝내 진에서 악명을 얻은 것이 이유가 있다!(余嘗讀商君「開塞」「耕戰」, 書與其人行事相類, 卒受惡名於秦, 有以也夫!)"

115 장평(長平)의 승리: '장평'은 지명이다. 전국시대에 진(秦)과 조(趙)가 이곳에서 대치했는데, 진의 백기(白起)가 조의 군사를 대파하고 항복한 군사 40만을 구덩이에 묻어 죽였다. 기원전 260년의 일이다. 『사기』 〈백기열전(白起列傳)〉.

116 윗사람을 친애하고 …… 죽는 일: 원문은 '친상사장(親上死長)'이다. 『맹자』 「양혜왕 하(梁惠王下)」에 나오는 말이다. "임금께서 어진 정치를 행하기만 한다면 이 백성들이 그 윗사

가 나오는 근본이다. 전쟁은 사람을 죽이는 도구이다. 백성들이 효도와 우애를 실천하지 않고 시·서와 예·의의 가르침도 모르면서, 오직 이익만을 추구해 날마다 사람을 죽이는 도구에만 종사하게 한다면, 천하 유사시에 일시적인 공을 훔치는 것이야 가능할 것이다. [그러나] 성공해서 난리가 평정되고 나면, 다시 누가 이 백성들 위에서 하루라도 편안하게 [군림할] 수 있겠는가? 아아! 이것이 바로 진秦이 망한 이유다.

예·의·효·제로 정치를 한 후세 국가들의 경우에 그 폐단은 쇠락이 쌓여 감당할 수 없을 만큼 가난하고 약하게 된다는 것이다. 예·의·효·제를 닦아 [그러한 형세를] 회복하려고 하면 더디고 오래 걸려서 그 효과를 볼 수 없다. [그래서] 반드시 사람들을 화나고 불만스럽게 만든다. 이런 때에 한번 번쩍 진작시켜 단시간에 효과를 내려 한다면 참으로 상앙商鞅이나 한비韓非[117]의 설보다 나은 것이 없을 것이다. 그렇지만 [상앙·한비자의 설을] 채택하되 그 방법을 [제대로] 터득하지 못하면 돌이킬 수 없는 화를 입을 것이다. [반면] 채택하여 그 방법을 [제대로] 터득하고 또 적임자를 얻는다면, 진秦처럼 강해지고 수隋처럼 부유해져서, 온 세상을 통일하고 사해四海에 위엄을 떨치는 것도 다 가능할 것이다. 그러나 국운의 길고 짧음은 여기에 달려 있지 않다. 아아! 이것은 백대의 지엄한 경고이다.

○○○ 〈『순자[118]정언』 발문荀子精言跋〉

내가 전에 이사李斯[119]가 쓴 〈진왕에게 축객을 간하는 글諫秦王逐客書〉[120]

람을 친근하게 여기고 어른을 위해서 자신의 목숨을 기꺼이 바칠 것이다(君行仁政, 斯民親其上死其長矣)."

117 한비(韓非) : 전국시대 말기, 한(韓)의 사상가이다. 순자(荀子)에게 배워 법가사상을 대성했다고 평가된다. 저서로『한비자(韓非子)』가 있다. 각주 131 참조.

118『순자(荀子)』 : 전국시대 주(周)의 순황(荀況)의 사상을 집록한 책이다.『손경신서(孫卿新書)』,『손경자(孫卿子)』라고도 불린다. 원래 12권 322편이던 것을 유향(劉向)이 중복을 정

을 읽고, 그 문장이 기세 좋게 내달리며 기이하고 씩씩해서 사람을 감동 시키기에 충분한 것을 사랑했다. [그러나] 또한 그 가냘프게 고우며 들뜬 화려함이 진秦 이전 사람들의 말과는 전혀 다른 것을 괴이하게 생각하기 도 했다. [그대] 『순자荀子』를 읽고서야 그가 스승에게서 배운 것이 그렇 다는 것을 알게 되었다. 순자는 "적절한 사람이 아닌데 가르치는 것은 적에게 무기를 주고 도적에게 양식을 빌려주는 것과 같다."라고 말한 적 이 있다.[121] 아아! 그는 이사가 과연 '적절한 사람'이라고 여겼는가?

문장의 기발함은 전국시대 여러 선비에게서 극에 달했다. 후세 작가 들의 법도처럼 여유로우나 곡절이 있고, 열리고 닫히며 변화하는 것은 순씨荀氏에게서 시작되었다. 한유 씨韓愈氏가 그 비슷한 경지를 성취했을 뿐, 기타는 아무도 거기에 다다르지 못했다. 그 학술의 순정한 부분과 하자에 대해선 옛사람들이 이미 다 말했다. 그러므로 다시 논하지 않고

리해 32편으로 만들었고, 당의 양량(楊倞)이 다시 20권 32편으로 재편하고 주를 붙여 『손 경자(孫卿子)』라고 한 것이 현재 전하는 본이다. 이후 『순자』로 불린다. 권학(勸學)·예론 (禮論)·성악론(性惡論)이 내용의 중심을 이룬다. 소수 편장을 제외하면 대부분 순황 자신 이 쓴 것으로 인정되는데, 설리(說理)가 뛰어난 그의 문장은 엄밀한 조직과 투철한 분석 력, 뛰어난 비유 등으로 문학적으로도 평가된다. ○ 순황은 이름이 황(況)이고 자는 경 (卿)이다. 순자(荀子)라는 존칭으로 일반적으로 일컬어진다. '순' 대신 '손(孫)'으로 지칭되 기도 하는데, 피휘한 것이라고도 하고 순(荀)과 손(孫)의 옛 소리가 서로 통하기 때문이 라고도 한다. 전국시대 말기의 조(趙) 사람으로, 공자의 제자인 자하(子夏)의 문인으로 알려져 있다. 맹자(孟子)의 성선설(性善說)에 대립해 성악설(性惡說)을 주장하고, 예(禮)를 강조하는 사상을 개진했다.

119 이사(李斯) : 진(秦)의 정치가이다. 초(楚)의 상채(上蔡) 사람으로, 순자(荀子)에게 배워 법 가사상을 정치적으로 실현하고자 했다. 진시황(秦始皇)을 도와 도량형을 통일하고 분서 (焚書)를 실시하는 등 법치주의의 기반을 닦은 것으로 평가된다.

120 〈진왕에게 축객을 간하는 글(諫秦王逐客書)〉 : 진시황(秦始皇)이 축객령(逐客令)을 반포하 자, 객경이었던 이사(李斯)는 이에 반대하는 〈상진황축객서(上秦皇逐客書)〉를 올렸는데, 이것을 말한다. 『사기』 〈이사열전(李斯列傳)〉.

121 순자는 "적절한 …… 적이 있다 : 『순자(荀子)』 「대략(大略)」에 나오는 말이다. "적절한 사 람인데도 가르치지 않으면 상서롭지 못하고, 군자가 아닌데도 좋아하면 적절한 사람이 아니다. 적절한 사람이 아닌데도 가르치면 도적에게 양식을 싸 주고 적에게 병장기를 빌려주는 것이다(其人而不教, 不祥, 非君子而好之, 非其人也. 非其人而教之, 齎盜糧借賊兵也)."

문장만 논한다.

○○○ 〈『열자122정언』발문列子精言跋〉123

　주周와 진秦의 책에는 원래 가짜가 많지만, 도가는 더 심하다. 노자 외엔 오직 장주莊周의 문장이 최고이다. 그러나 [이것도] 이미 진위가 섞인 상태를 면하진 못한다. 열어구列禦寇나 관윤희關尹喜, 경상초庚桑楚124의 글은 모두 가짜를 엮어 놓은 것이다. 세상에서는 장주가 『열자』의 말을 많이 사용했다고 한다. 지금 『열자』를 보면 『장자』에 나오는 문장이 제일 오래되었다. 『여람呂覽』125이나 『회남자淮南子』 같은 책들에 뒤섞여 나오는 것 역시 각각 그 책의 문장과 비슷하다. 간혹 한 구절이라도 가감이 있는 것은 벌써 기록이 엉성해져서 서로 맞지 않는다. 심한 것은 쓸데없

---

122 『열자(列子)』: 전국시대 주(周)의 열어구(列禦寇)가 지었다고 칭해지지만, 열자와 그의 제자 및 후학의 저작을 편집한 것이다. 도교의 경전으로 받들어져, 『충허진경(沖虛眞經)』, 『충허지덕진경(沖虛至德眞經)』으로도 불린다. 사상 내용은 노장에 가깝다. 「천서(天瑞)」, 「황제(黃帝)」, 「주목왕(周穆王)」, 「중니(仲尼)」, 「탕문(湯問)」, 「역명(力命)」, 「양주(楊朱)」, 「설부(說符)」의 8편으로 이루어져 있다. 유향(劉向)의 『서록(叙錄)』에 의하면 원래 20편이었던 것을 중복을 정리해 8편으로 만들었다고 한다. 전편이 철학적 산문이나 우언·신화, 역사적 고사 등으로 이루어져 있으며, 기본적으로 우언 형식으로 섬세하게 철학적 이치를 표현하고 있다. ○ 열어구(列禦寇)는 『열자(列子)』를 저술한 인물로 알려진 전국시대 사람이다. 흔히 '열자(列子)'로 존칭되는데 정체는 분명치 않다. 대체로 전국시대 정(鄭)의 사람으로 추정하는데, 『장자(莊子)』에 그의 일화가 여럿 전해진다. 『열자』 역시 열어구가 지었다고 하나 『열자』에는 열어구를 비평하는 내용도 있어서, 그의 소작이라고 확신하긴 힘들다.
123 『연천선생문집』에는 빠졌다.
124 경상초(庚桑楚): 춘추시대 노자(老子)의 제자라고 전하는 사람이다. 노자에게 배워 도를 터득한 경상초는 외루(畏壘)라는 산에 들어가, 신하나 처첩·하인들 중 지혜로운 자는 멀리하고 어리석은 자들만을 데리고 살았다고 한다. 『장자(莊子)』의 「경상초(庚桑楚)」는 그의 일화이다.
125 『여람(呂覽)』: 『여씨춘추(呂氏春秋)』의 별칭이다. 책 가운데, 「유시(有始)」, 「효행(孝行)」, 「신대(愼大)」, 「선식(先識)」, 「심분(審分)」, 「심응(審應)」, 「이속(離俗)」, 「시군(恃君)」의 팔람(八覽)이 있으므로, 『여람』이라고도 한다. 각주 140 참조.

이 번잡하거나 천박하니, 서경西京의 부인이나 서리들이라도 이런 글을 쓰지는 않을 것이다. 하물며 전국시대이겠는가?

　　도를 논하는 부분에 이르면 전체가 여러 사람의 글을 표절한 것이다. 「양주楊朱」[126] 한 편은 오직 사람들로 하여금 욕망을 마음껏 추구하고 멋대로 거짓을 행하다 새나 송아지의 수준에 떨어지고도 후회하지 않도록 한다. 이런 것은 또한 노자와 장자에게도 적다. 기타는 종종 불가의 용어를 섞어 쓰는데, '서방의 성인'이라고 부르는 것은 부처를 은밀히 지칭하는 것이다. [그러니] 그것은 동한東漢 이후에 나온 것이 분명하다. 혹자는 "유향劉向의 서문은 어찌 된 것인가?" 한다. 『관윤자』가 당唐 이후의 글인 것은 분명하다. 그런데도 유향의 서문이 있다. [그러니] 유향의 서문 역시 가짜가 아닌 줄 어찌 알겠는가? 그렇지 않다면 유향이 서문을 썼던 『열자』는 지금의 『열자』가 아닐 것이다.

○○○ 〈『할관자[127]정언』발문鶡冠子精言跋〉[128]

　　할관자鶡冠子는 '난세에 현인이 숨어 버리면, 백성들은 말하길 많이 꺼리고, 선비들은 그 실정을 숨겨, 마음에 기쁘지 않아도 감히 칭찬을 하지 않을 수 없고, 나가고 물러감이 적당하지 않아도 감히 따르지 않을 수 없다.'라고 하였다.[129] 아아! 이는 애써 은인자중隱忍自重하며, 구차히 녹봉이나

---

126 「양주(楊朱)」: 『열자』의 편명이다. 이 편에는 자기 혼자만이 쾌락하면 모든 게 좋다는 위아설(爲我說), 즉 이기적인 쾌락설을 주장한 양주의 논리를 설파하는 이야기가 실려 있다.

127 『할관자(鶡冠子)』: 전국시대 초(楚)의 은자 할관자의 저작이다. 도가의 서적으로, 황로(黃老)에 근본을 두고 형명(刑名)을 섞고 있다. 원래는 한 편으로 되어 있었으나 후대에 19편으로 정리되었다. ○ 할관자(鶡冠子)는 정체가 분명하지 않다. 깊은 산골에 살면서 할조(鶡鳥)의 깃털로 장식한 관을 쓰고 지냈기 때문에 할관자라고 불렸다고 한다.

128 『연천선생문집』에는 빠졌다.

129 할관자(鶡冠子)는 '난세에 …… 없다.'라고 하였다 : 『할관자』「저희(著希)」편의 내용을 절취해서 인용하고 있다. 원문은 다음과 같다. "현인이 난세에 숨어 버리면, 위에서는 임금

이익을 훔치는 말세의 선비들이 하는 짓이다. 할관자는 깊은 산에 은거하며 당대에 원하는 것이 없었다. 그가 또 무엇을 위해 이 말을 했겠는가?

내가 할관자의 책을 보니, 말은 지리멸렬하고 뜻은 심오해서 불가해하게 보였다. [그러나] 찬찬히 풀어 보아도 특별한 것은 거의 보이지 않았다. 간혹 한두 마디 격언이 있었으나 그 또한 모두 다른 책에서 표절한 것이었다. 그런데 유자후柳子厚[130]는 비천해서 취할 게 못 된다고 몹시 비난했으나 한창려韓昌黎는 도리어 극구 칭찬하며 버리지 않았다. 이 두 선생은 모두 문장의 종사宗師이다. 그런데 이처럼 그 견해가 다르다. [그러니] 문장을 논하는 후세 사람들이 한 사람의 입에서 나오는 칭찬이나 비난을 그대로 믿고서 다른 사람을 평가할 수 있겠는가? 아아! 어찌 또 문장을 논하는 것뿐이겠는가?

○○○ 〈『한자정언』[131] 발문韓子精言跋〉

한비韓非의 학문은 이사李斯와 같은 데서 나왔다.[132] 지금 한비의 글을

을 따르기만 하고 아래에선 직언이 없으니, 임금이 교만한 행동을 해도 백성들은 말하길 많이 꺼린다. 그러므로 사람들은 그 성실함과는 어긋나게 되어, 능력 있는 선비는 그 실정을 숨겨서 마음에 기쁘지 않아도 감히 칭찬하지 않을 수 없다. 사업이 선하지 않아도 감히 힘쓰지 않을 수 없고, 나가고 불러남이 적당하지 않아도 감히 따르지 않을 수 없다(賢人之潛亂世也, 上有隨君, 下無直辭, 君多驕行, 民多諱言. 故人乖其誠, 能士隱其實情, 心雖不說, 弗敢不譽, 事業雖弗善, 不敢不力, 趨舍雖不合, 不敢弗從)."

130 유자후(柳子厚) : 당의 문인 유종원(柳宗元)의 자가 자후이다. 하동 사람이라고 하여 유하동(柳河東), 하동 선생(河東先生)으로 불리며, 유주 자사(柳州刺史)를 지내 유유주(柳柳州)라고도 불린다. 한유(韓愈)와 함께 고문운동(古文運動)을 제창하여, 당송팔대가 중 한 명으로 꼽히며, 흔히 '한·유(韓柳)'로 병칭된다. 그의 산문은 논설적 성격이 강하고 필봉이 예리하며 풍자가 신랄하다. 경치와 물상을 묘사하며 논의를 의탁하는 유기(遊記)로도 유명하다. 저서로 『유하동집(柳河東集)』이 있다.

131 『한자(韓子)』: 『한비자(韓非子)』이다. 전국시대 말 법가(法家) 사상가인 한비(韓非)와 그 일파의 논저이다. 55편 20책으로, 한비의 저술뿐 아니라 그 일파 및 후대의 관련 논술이 망라되어 있고 설화집까지 포함된 법가의 종합적 사상서이다. 원래는 『한자(韓子)』라고

보면 덕을 폐기하고 형법을 숭상하며, 임금을 높이고 신하를 억누르고, 학문을 천대하고 간쟁을 억압한다. [그리하여] 임금이 그 세력을 독점해서, 죽이는 것으로 권위를 세우고, 음악과 미색, 음란한 욕구를 금하지 않게 한다. 군신·부자·부부의 사이에 어느 하나도 믿을 자가 없게 되어 권모술수만으로 서로 방어하게 만든다. 이사가 진秦을 망쳤던 것과 하나의 바퀴 자국처럼 똑같다. 그 자신은 폐해졌지만, 그의 술수는 이미 모두 시행되었고, 그 효과도 명료하게 볼 수 있었다. 그리고 그 유습과 남은 폐단은 천하의 독이 되어 지금까지도 끝나지 않는다. 아아, 사악한 학설의 재앙이 또한 세차다고 할 만하다!

전국시대 제자諸子의 책은 수십 가지이다. [그중에서] 한비만큼 사정을 잘 알고 이해관계를 잘 판단하는 자는 없다. [그러니] 자기 일신을 위해서도 충분히 도모했을 것이다. [그런데도] 끝내 이사의 참소에서 벗어날 수는 없었다.[133] 아마도 화와 복엔 정해진 운수가 있어서 [인간의] 지혜로는 모면할 수 없는 것일까? 아니면 이른바 '일은 피한다고 피해도 도리어 나아가게 되는 경우도 있다.'[134]는 경우일까? 이것이 옛날의 군자들이 곧은 도만을 실천하며 외물 때문에 자신의 마음을 바꾸지 않았던 이유다.

혹자가 말했다. "그대가 이처럼 한비를 배척한다. [그러면서] 지금 그의 책을 오히려 선택하는 것은 어째서인가?" "내가 한비의 책을 태워 버리

불렸으나, 후대에 한유(韓愈)와 구분하기 위해 『한비자』로 바꿔 불렸다. 서한(西漢) 중엽에 지금의 형태로 정리된 것으로 추정한다. 각주 117 참조.

132 한비(韓非)의 학문은 …… 같은 데서 나왔다 : 한비와 이사는 둘 다 순경(荀卿)의 문인이다.

133 끝내 이사의 …… 벗어날 수는 없었다 : 진시황이 한비를 중용할 것을 두려워한 이사는 한비를 모함하여 투옥시켰고, 독약을 보내 자살할 것을 종용하여 죽였다. 『사기』〈노자·한비열전(老子韓非列傳)〉.

134 일은 피한다고 …… 경우도 있다 : 『회남자』「사론훈(氾論訓)」에 나오는 말이다. "일에는 하고자 해도 잘못되는 것도 있고, 피해도 나아가게 되는 것도 있다(事或欲之, 適足以失之, 或避之, 適足以就之)."

려 한 지 오래다. 그러나 「고분孤憤」 등의 편을 읽다가 간신이 임금의 총명을 가리고 현신이 내쫓기고 억압당하는 해악을 말하는 데 이를 때마다 한숨을 내쉬며 슬퍼했다. 만일 후대에 임금 노릇 하는 자들이 이것을 읽는다면, 어찌 나라를 망치고 집안을 무너뜨리는 일이 있겠는가? 아아! 한비가 참으로 엄혹하게 법을 시행하긴 했다. 그러나 오히려 사람들이 [누구나] 쉽게 알고 쉽게 피할 수 있게 했다. 참으로 가차 없이 죽이기는 했다. 그러나 오히려 법에 명료해진 다음에야 [형벌을] 가했다. 그래서 '피할 수 있는 벌罰을 설치했으므로, 못난 자는 죄가 작다.'[135]고 하는 것이다. 또 '털을 불어 가면서까지 [그 속에 가려져 있는] 작은 잘못을 찾아내지 않고, 때를 씻어 가면서까지 [그 속에 숨어 있어] 알기 어려운 것을 살피지는 않는다.'[136]라고도 했다. 이런 말들은 뭉클하게 충성스럽고 후덕한 말이라고 할 수 있을 것이다. 후세의 선비들은 혀로는 요堯·순舜을 이야기하고 붓으로는 공자·맹자를 이야기하며, 신불해와 한비[137]를 살무사나 도마뱀 보듯 한다. 그러면서도 '정황을 탐색하고 의도를 벌한다.'[138]거나 '법조문을 엄격하게 적용해[139] 깨끗이 발라낸다.'라는 따위의 이야기가 도리어 그 입에서 나오니, 어찌 된 것인가?"

---

135 피할 수 있는…… 죄가 작다 : 『한비자』「용인(用人)」에 나오는 구절을 편집 인용했다. "밝은 임금은 할 수 있는 일에 대해 포상의 제도를 세우고, 피할 수 있는 일에 대해 벌을 설정한다. 그러므로 어진 사람은 상에 격려되어 오자서와 같은 화를 당하는 일이 없고, 불초한 자도 벌이 적어서 곱추가 [등이 굽었다는 이유로] 등이 쪼개지는 형벌을 당하지 않는다(明主立可爲之賞, 設可避之罰, 故賢者勸賞而不見子胥之禍, 不肖者少罪而不見傴剖背)."

136 털을 불어 …… 살피지는 않는다 : 『한비자』「대체(大體)」에 나온다.

137 신불해와 한비 : 전국시대 정(鄭)의 신불해(申不害)와 한(韓)의 한비자(韓非子)이다. 형법학(刑法學)의 창시자들이다.

138 의도를 벌한다 : 원문은 '주의(誅意)'이다. 마음속에 품고 있는 나쁜 의도를 견책(譴責)하는 것이다.

139 법조문을 엄격하게 적용해 : 원문은 '심문(深文)'이다. 법률 조문을 가혹하고 세밀하며 엄격하게 제정하거나 적용하는 것이다.

○○○ 〈『여람[140]정언』발문呂覽精言跋〉

여씨呂氏의 책을 세상에서는 '춘추春秋'라고 부르는데, 잘못이다. '춘추'라는 것은 사건을 기록하는 것을 일컫는 말이다. 여씨[의 책에는] '십이기十二紀', '팔람八覽', '육론六論'이 있다. 특히 '여람呂覽'이라고 칭하는 것은 사마천부터라고 한다.[141]

진秦·한漢 여러 선비의 책은 정밀하기도 하고 조잡하기도 하며, 순수하기도 하고 결점이 있기도 해서, 한꺼번에 이야기할 수 없다. 그러나 모두 깊은 사색과 독창적인 소견으로 스스로 일가를 이룬 것들이다. 다만 『여람』과 『홍렬해』만은 빈객들의 손에서 이루어졌으니, 한 사람의 이름을 붙일 수 없다. 그러므로 그 학설이 여러 사상가에게서 뒤섞여 나와 계통이 없다. 그 문장 역시 지리멸렬하고 산만해서 정신과 기맥이 이어지지 않는다.

그러나 『여람』이 처음 완성되었을 때, 한 글자를 더하거나 빼는 데 천금의 현상금을 걸었지만 끝내 응하는 자가 없었다.[142] 아마도 그 위세를 두려워해서가 아니었겠는가? 아아! 위세가 있는 곳에선 현상금을 걸어도 자신의 과실에 대해 [지적하는 말을] 얻어들을 수 없다. 하물며 솥과 칼

---

140 『여람(呂覽)』: 진(秦)의 여불위(呂不韋)가 편찬한 『여씨춘추(呂氏春秋)』의 별칭이다. 여불위는 빈객이 3천에 이르렀는데, 빈객들에게 각자의 학설을 저술하도록 하여 팔람(八覽)·육론(六論)·십이기(十二紀) 등으로 엮어 26권으로 만들었다고 한다. 도가(道家)에서 온 것이 많지만, 유가(儒家)·병가(兵家)·농가(農家)·형명가(刑名家) 등 다양한 배경을 지닌 언론이 포함되어 있다. ○ 여불위는 전국시대 조(趙)의 상인으로, 진(秦)의 재상이 된 사람이다. 진시황의 생부라고도 한다. 『사기』〈여불위열전(呂不韋列傳)〉. 각주 125 참조.

141 특히 '여람(呂覽)'이라고 …… 사마천부터라고 한다: 『사기』〈태사공자서(太史公自序)〉에 "여불위는 촉으로 쫓겨났지만 세상에 『여람』을 남겼다(不韋遷蜀, 世傳呂覽)."라고 하였다.

142 『여람』이 처음 …… 자가 없었다: 『여씨춘추』가 완성되자 여불위(呂不韋)는 함양(咸陽)의 시장 앞에 펴 놓고 퇴고를 구하며, 누구든 한 글자라도 더하거나 빼면, 글자당 1천 금을 주겠다고 현상금을 걸었다고 한다. 『사기』〈여불위열전(呂不韋列傳)〉.

과 톱날로 대했음이랴?[143] 이에 군자는 여씨가 자신의 부귀를 보전할 수 없을 것이며, 영씨贏氏[144]도 따라 망하리라는 것을 알았다.

여불위呂不韋는 진시황 초년에 죽었다. 그런데 그 임금을 높이고 신하를 낮추는 폐해에 대해 말한 것과 학문을 권하고 간언을 용납하며 장사를 간소하게 지내고 형벌을 줄이는 등의 여러 설은 모두 그가 평생 저지른 잘못에 딱 맞는 것이었다. 아마도 당대에 유세하던 선비 중에도 작은 기미를 보고 멀리까지 헤아릴 수 있는 자가 있었던 것일까? 또 그 글은 한韓·위魏·조씨趙氏의 멸망을 이야기하고 있다. 이는 모두 여불위 사후의 일이다. 아마도 뒷사람들이 다시 빼거나 더한 것이 있으려나?

○○○ 〈『공총자[145]정언』 발문孔叢子精言跋〉[146]

공총자孔叢子는, 전국시대에 선비가 중하게 대접받자 자사子思가 드디어는 스스로 높은 체하며 임금에게 오만하게 굴었다고 말했다.[147] 또 숙

---

143 하물며 솥과 칼과 톱날로 대했음이랴 : 소식(蘇軾)의 〈유후론(留侯論)〉에 나온 말로, "진(秦)이 한창 흥할 때 칼과 톱과 솥으로 천하의 선비를 대했다(秦之方盛也, 以刀鋸鼎鑊, 待天下之士)."라고 했다. 칼[刀]은 궁형(宮刑)에 쓰는 칼이고, 톱[鋸]은 월형(刖刑)에 쓰는 톱이며, 솥[鼎鑊]은 사람을 삶는 가마솥으로, 모두 형벌의 도구이다.

144 영씨(贏氏) : 진시황을 일컫는다. 그의 이름이 영정(贏政)이다.

145 『공총자(孔叢子)』 : 공자(孔子) 및 자사(子思)·자상(子上)·자고(子高)·자순(子順)·자어(子魚) 등의 언행을 기록한 책이다. 21편이고, 공자의 후손인 공부(孔鮒)가 편찬했다. ○ 공부(孔鮒)는 진(秦)의 학자로 자는 갑(甲) 또는 자어(子魚)이며, 공자의 후손이다. 진시황의 분서갱유(焚書坑儒) 때 『논어』, 『효경(孝經)』, 『상서(尚書)』 등의 책을 숨기고 은거했다. 뒤에 진승(陳勝)의 부름을 받고 나아가 박사(博士)가 되었다가 진승과 함께 사망하였다. 저서에 『공총자(孔叢子)』와 『소이아(小爾雅)』가 있으나, 모두 위서(僞書)라는 주장도 있다.

146 『연천선생문집』에는 빠졌다.

147 공총자(孔叢子)는, 전국시대에 …… 굴었다고 말했다 : 『공총자(孔叢子)』 「거위(居衛)」에 나오는 말이다. "증자가 자사에게 말하길, '공자께서는 신하의 예를 잃은 적이 없지만, 오히려 성인의 도는 시행되지 않았다. 지금 내 그대를 보니 임금을 오만하게 여기는 마음이 있으니, 아마도 용납되지 않지 않겠는가?' 자사가 말했다. '시대가 변하고 세상이 달라졌다. 사람에겐 마땅한 것이 있다. …… 지금 천하의 제후들은 다투어 영웅들을 초빙

손통叔孫通이 진秦에 출사한 것을 놓고 시변時變을 볼 줄 알았다고 극구 칭찬했다.[148] 그의 말이 참으로 누추하다!

『가어家語』[149]와 『공총자』는 모두 위서다. 『가어』에 실린 것은 모두 좌씨와 이대二戴,[150] 그리고 진·한의 여러 선비에게서 가져온 것이다. 그러므로 그 책은 비록 가짜지만 거기 실린 말엔 모두 간직할 만한 것이 있다. 『공총자』 역시 간혹 전하는 기록을 훔쳐 왔지만 열에 하나 정도뿐이다. 게다가 중간에 끊어져 이어지지 않는 것도 많고, 심한 것은 전국시대 책사들의 종횡술縱橫術을 표절해서 공씨의 이름을 입히기도 했다. 그 자신이 지은 문장에 이르면 얄팍하고 시들해서 멀리서 봐도 그것이 양

하여 스스로의 보익으로 삼으려고 힘써 경주하고 있다. 이때는 선비를 얻으면 창성하고, 선비를 잃으면 망하는 시절이다. 그러니 이런 때는 스스로 높은 체하지 않으면 남들이 나를 아래로 볼 것이고, 스스로 귀한 체하지 않으면 남들이 나를 천하게 여길 것이다'(曾子謂子思曰: '昔者吾從夫子巡守於諸侯, 夫子未嘗失人臣之禮, 而猶聖道不行. 今吾觀子, 有傲世主之心, 無乃不容乎?' 子思曰: '時移世異, 人有宜也. …… 今天下諸侯方欲力爭競招英雄以自輔翼. 此乃得士則昌, 失士則凶之秋也. 伋於此時不自高, 人將下吾, 不自貴, 人將賤吾')."

148 숙손통(叔孫通)이 진(秦)에 …… 극구 칭찬했다 : 『공총자』 「독치(獨治)」에는 자어(子魚)가 제자인 숙손통에게 진(秦)에 출사할 것을 권하면서, 시변(時變)을 이야기하는 삽화가 있다. "진시황이 동쪽을 병탄한 뒤, 자어가 그 제자인 숙손통에게 말했다. '그대의 학문은 그만하면 되었다. 어찌 출사하지 않는가?' 대답하길, '신이 선생에게 배운 것은 지금 세상에선 소용이 없으니 출사할 수 없습니다.'라고 했다. 자어가 말했다. '그대의 재주는 능히 시변을 볼 수 있다. 지금 쓰이지 않는 학문을 하는 것은 아마도 그대의 마음이 아닐 것이다.' 숙손통이 드디어 이별하고 가서 법으로 진에 출사했다(秦始皇東并, 子魚謂其徒叔孫通. 曰: '子之學可矣. 盍仕乎?' 對曰: '臣所學於先生者, 不用於今, 不可仕也.' 子魚曰: '子之材能見時變. 今爲不用之學, 殆非子情也.' 叔孫通遂辭去以法仕秦)." ◯ 숙손통(叔孫通)은 한(漢)의 설(薛) 사람이다. 진(秦)에서 벼슬을 하다가 뒤에 유방(劉邦)에게 발탁되어 박사에 임명되었다. 유방이 천하를 통일한 다음 숙손통에게 조정의 의례를 제정하도록 했다. 이에 고례(古禮)를 가려 뽑고 진의 제도와 결합해서 한 왕조의 조제(朝制)와 전례(典禮)의 기틀을 마련하였다. 『사기』 〈숙손통열전(叔孫通列傳)〉.

149 『가어(家語)』 : 『공자가어(孔子家語)』이다. 공자와 그의 제자들의 언행과 사적을 기록한 책으로, 전체 10권이다. 공자 문하의 제자들이 지은 것이라고 하지만, 왕숙(王肅)이 위조한 것이라는 것이 일반적인 설이다. 각주 244 참조.

150 이대(二戴) : 한(漢)의 대덕(戴德)과 대성(戴聖) 두 사람, 혹은 두 사람이 저술한 책인 대덕이 산정한 『대대례(大戴禮)』와 대성의 『소대례(小戴禮)』, 즉 현재의 『예기(禮記)』를 함께 일컫기도 한다.

한兩漢의 글이 아니라는 것을 알 수 있다.

그러나 자사子思가 구변苟變에 대해 말해서 위衞의 군신을 돌려놓은 일,151 공천孔穿이 공손룡公孫龍을 쫓아낸 일,152 공빈孔斌이 제비와 참새의 비유로 위魏 임금을 깨우친 일153 같은 것들은 다 이 책에서 나온 것이지

---

151 자사(子思)가 구변(苟變)에 …… 돌려놓은 일 :『공총자』「거위(居衞)」에 나오는 삽화이다. 자사가 위(衞)에 있을 때 위의 임금에게 구변을 추천했다. 그러나 위의 임금은 그가 세금을 거두면서 남의 계란 두 개를 먹은 일이 있기 때문에 쓰지 않겠다고 거절했다. 이에 자사는 다음과 같은 말로 설득해서 구변을 채용하도록 하였다. "성인이 사람을 관리로 등용하는 것은 장인이 나무를 사용하는 것과 같아서 그 장점은 취하고 단점은 버립니다. 이 때문에 구기자나무나 가래나무가 몇 아름이 될 정도로 크면, 몇 자 정도 썩은 부분이 있어도 훌륭한 장인은 이를 버리지 않으니 왜이겠습니까? 그 방해되는 것이 사소하며 마침내 허물이 없는 그릇이 될 것이라는 걸 알기 때문입니다. 지금 임금님께서는 전쟁이 난무하는 세상에 살고 계십니다. 맹수의 발톱 같고 어금니 같은 날랜 용사를 뽑으면서 두 개의 달걀 때문에 방패 같고 성 같은 든든한 장수를 버리시니, 이것은 이웃 나라에 알려져서는 안 될 일입니다(夫聖人之官人, 猶大匠之用木也, 取其所長, 棄其所短. 故杞梓連抱而有數尺之朽, 良工不棄, 何也? 知其所妨者細也, 卒成不訾之器. 今君處戰國之世, 選爪牙之士, 而以二卵棄干城之將, 此不可使聞于鄰國者也)."

152 공천(孔穿)이 공손룡(公孫龍)을 쫓아낸 일 :『공총자』「공손룡(公孫龍)」에 나오는 삽화이다. 공손룡은 전국시대 조(趙)의 형명가(刑名家)로, 자는 자병(子秉)이다. '백마를 백마가 아니다'고 논증하는 등 궤변을 잘했다. 공천은 노(魯) 사람으로 공자의 후예다. 자는 자고(子高)이다. 공손룡이 조(趙) 평원군(平原君)의 식객(食客)으로 있을 때 공천과 '장삼이(臧三耳)', 곧 '노비는 귀가 셋이다.'를 주제로 논쟁한 적이 있다. 공천은 대꾸하지 않고 나갔다가 다음 날 다시 평원군에게 나타나 다음과 같은 말로 공손룡을 탄핵했다. "'그렇습니다. 거의 노비의 귀가 세 개가 되도록 할 수 있었습니다. 그렇지만 실로 어렵습니다. 제가 군께 여쭙기 원하오니, 지금 귀가 세 개라고 이야기하는 것은 매우 어렵고 실제로는 아닙니다. 두 개라고 이야기하는 것은 매우 쉽고 실제로도 맞습니다. 모르겠습니다. 군께서는 장차 쉽고도 맞는 것을 따르시겠습니까, 어렵고도 틀린 것을 좇으시겠습니까?' 다음 날 공손룡을 만난 평원군은 '그대는 공자고(孔子高)와 다시는 논쟁하지 마시오. 그 사람은 이치가 말솜씨보다 앞서고, 그대는 말솜씨가 이치보다 앞서오. 말솜씨가 이치보다 앞서면 종래는 반드시 굴복당할 것이오.'라고 했다('然, 幾能令臧三耳矣. 雖然, 實難. 僕願得又問於君, 今謂三耳甚難而實非也. 謂兩耳甚易而實是也. 不知君將從易而是者乎, 其亦從難而非者乎? 平原君無以應. 明日謂公孫龍曰: '公無復與孔子高辯事也. 其人理勝於辭, 公辭勝於理. 辭勝於理, 終必受詘')."

153 공빈(孔斌)이 제비와 …… 깨우친 일 :『공총자』「논세(論勢)」에 나오는 고사이다. 공빈은 전국시대 위(魏) 사람으로, 공자의 6세손이다. 자는 자순(子順)이다. 진(秦)의 병사가 조(趙)를 공격하자 위의 대부들은 자신들에게 유리하다고 여겨 관망하고자 했다. 그러자 공빈은 탐욕스럽고 포악한 진이 조를 이기면 다음 차례로 위를 침략할 것이니, 이는 마

만, 사마 문정공司馬文正公[154]과 주 문공朱文公[155]이 모두 채택했다. 아마 그 말이 세상에 경계가 되기 때문 아니겠는가? 시에 "순무를 캐고 무를 캠은 뿌리 때문이 아니니采葑采菲, 無以下體"[156]라고 했다. 그 말이 쓸 만한지 아닌지만 살필 뿐, 구태여 그 진위를 물을 필요가 없는 것이다. 아아! 사람을 쓰는 자에게 법이 될 만하다.

○○○ 〈『가자[157]정언』 발문賈子精言跋〉

소자첨蘇子瞻은 '가생賈生이 뜻만 크고 그릇은 작아서, 한 차례 등용되지 못하자 울분과 번민으로 자신을 상하게 했다.'라고 조롱했다. 또 그가 '[정치를 시작한 지] 얼마 되지도 않아, 갑자기 백성을 위해 통곡했다.'라고 조롱하기도 했다.[158]

치 제비와 참새가 둥지를 튼 집에 화재가 나도 자신들과는 상관없는 일이라고 생각하는 것과 같다는 말로 대부들을 설득했다는 일화다.

154 사마 문정공(司馬文正公) : 사마광(司馬光)을 가리킨다. 그의 시호가 문정(文正)이다. 사마광은 북송(北宋)의 학자·역사가·정치가이다. 자는 군실(君實)이고, 섬주(陝州) 하현(夏縣) 출신이다. 호는 우수(迂叟) 또는 속수 선생(涑水先生)이라고 불렸다. 온국공(溫國公)의 작위를 하사받아 사마 온공(司馬溫公)이라고도 한다.

155 주 문공(朱文公) : 주희를 가리킨다. 주희의 시호가 '문공(文公)'이다.

156 순무를 캐고 …… 때문이 아니니(采葑采菲, 無以下體) : 『시경』「패풍(邶風)」〈곡풍(谷風)〉의 구절이다.

157 『가자(賈子)』 : 『신서(新書)』의 원이름인 『가자신서(賈子新書)』를 가리킨다. 『가의신서(賈誼新書)』라고도 불리고, 후대엔 『신서』로만 불렸다. 서한의 유향(劉向)이 가의(賈誼)의 글을 정리해서 편집한 것이다. 『한서(漢書)』「예문지(藝文志)」에 '가의 58편(賈誼五十八篇)'이라고 기재되어 있는 것이 이 유향이 편집한 『가자신서』이다. ○ 가의는 한 문제(漢文帝) 때의 문인이자 정치가, 학자다. 율령·관제·예악 등의 제도를 개정하고 개혁을 추진하였다. 주발(周勃) 등 당시 고관들의 시기로 장사왕(長沙王)의 태부(太傅)로 좌천되었다. 문제의 막내아들 양왕(梁王)의 태부(太傅)로 복귀하였으나 왕이 낙마하여 급서하자 상심하여 1년 후 33세로 세상을 떠났다.

158 소자첨(蘇子瞻)은 '가생(賈生)이 …… 조롱하기도 했다 : 가생(賈生)은 가의(賈誼)를 가리킨다. ○ 소식이 가의를 조롱했다는 내용은 소식의 〈가의론(賈誼論)〉에서 나왔다. 아래의 내용을 편집하여 사용했다. "가의는 낙양의 젊은이로서 하루아침 사이에 군주가 옛것을

내가 살펴보니, 가생이 처음 불려 왔을 때 나이가 겨우 스물 남짓이었다. 양 태부梁太傅가 되고 몇 년 만에 죽었으니 나이 서른셋이었다. 그가 〈치안책治安策〉159을 바친 것이 양 태부로 있을 때였으니, 처음 불려 왔을 때부터 이미 6~7년이 지난 다음이었다. '말'이란 참으로 사람이 어려워하는 것이다. 늘 '나는 [말할 만한] 지위가 없다.'라고 핑계를 대며, [말할 만한] 지위에 있게 되면 또 '때가 좋지 않다.'라고 한다. 가생 같은 재사가 한 문제漢文帝의 지우를 받은 지 6~7년이다. [그런데도] 오히려 그가 할 말을 다 했다고 조롱했다. 묵종하며 구차하게 용납되기를 권하는 것이 너무 심하다.

소자蘇子는 또 가생이 강후絳侯 주발周勃과 영음후潁陰侯 관영灌嬰을 깊이 사귀어서 뜻한 바를 이룰 수 있도록 하지 못한 것을 애석해했다.160

버리고 새로운 것을 채택하도록 하려 했으니, 또한 이미 어려운 일이었다. 가의가 위로 군주의 신임을 얻고 아래로 대신들의 존경을 받았으니, 주발이나 관영 같은 사람들과 점차적으로 깊은 친분을 맺어 천자께서 의심치 않고 대신들도 질투하지 않도록 해야 했다. 그런 후에 온 천하를 하고 싶은 대로 했으면, 10년이 되기 전에 바라던 일을 성취했을 것이다. 어찌 얼마 지나지도 않아서, 갑자기 백성을 위해 통곡했던 말인가? 그가 상수(湘水)를 건너 부(賦)를 지어 굴원(屈原)을 조문한 것을 보면, 울적하고 번민스러워 속세를 떠나려는 마음이 있었다. 그 후 스스로 슬퍼 통곡하다 마침내 요절했는데, 이는 어려운 환경에서 잘 처신하지 못한 것이다. 그의 정책이 한번 채용되지 않았다고 해서, 끝내 채용되지 않으리라는 것을 어찌 알 수 있겠는가? 군주의 마음이 변하실 것을 묵묵히 기다릴 줄 모르고, 자신을 해쳐 이런 지경까지 이르게 된 것이다. 아! 가의의 뜻은 원대했으나 기량이 작았고, 재능은 충분했으나 분별력이 부족했다(賈生洛陽之少年, 欲使其一朝之間, 盡棄其舊而謀其新, 亦已難矣. 爲賈生者, 上得其君, 下得其大臣, 如絳灌之屬, 優游浸漬而深交之, 使天子不疑, 大臣不忌. 然後擧天下而唯吾之所欲爲, 不過十年, 可以得志. 安有立談之間, 而遽爲人痛哭哉! 觀其過湘, 爲賦以弔屈原, 紆鬱憤悶, 趯然有遠擧之志. 其後卒以自傷哭泣, 至於死絶, 是亦不善處窮者也. 夫謀之一不見用, 安知終不復用也? 不知黙黙以待其變, 而自殘至此. 嗚呼! 賈生志大而量小, 才有餘而識不足也)."『동파전집(東坡全集)』.

159 〈치안책(治安策)〉: 한 문제(漢文帝) 때 오랑캐가 창성하고 제후가 제멋대로 굴자, 장사왕(長沙王)의 태부(太傅)로 쫓겨나 있던 가의가 시사(時事)의 통곡할 만한 일, 눈물을 흘릴 만한 일, 길게 탄식할 만한 일들을 열거하면서, 나라를 평안케 할 계책을 지어 올렸다. 그 글이 〈치안책〉이다. 『한서(漢書)』 〈가의전(賈誼傳)〉.

160 소자(蘇子)는 또 …… 것을 애석해했다 : 각주 158 참조.

이런 말은 도를 간직하고 자중하는 선비들에게 권세 있는 가문, 귀족의 문하에 몸을 굽혀 영합한 뒤에야 뭔가 이룰 수 있게 하려는 것이다. 그렇다는 것을 안다면, 자첨이라는 자 또한 왜 왕안석王安石·여혜경呂惠卿·장돈章惇·채경蔡京의 무리와 먼저 깊이 교제하지 않았는가?¹⁶¹ 가생이 장사로 쫓겨났을 때는 나이도 젊고 뜻을 펴지도 못했다. 그러니 강개함이 없을 수 없었을 것이다. 그러나 그가 지은 두 개의 부賦¹⁶²는 활달하고 툭 트였으니, 그 가슴속을 상상해 볼 수 있다. 양왕梁王이 말에서 떨어지자 통곡하며 울어서 병이 된 것은 돕고 인도해야 할 책임을 다하지 못한 것을 상심한 것이었다. 옛사람들은 이처럼 자신의 직책에 구애되지 않았다. 이것은 참으로 충성스러운 신하, 곧은 선비의 마음 씀씀이니, '어린 임금을 부탁할 만한'¹⁶³ 사람인 것이다. [그런데] 도리어 분노와 번민으로 자신을 해쳤다고 헐뜯는 것은 지나치다. 길고 짧은 것은 천명天命이지 사람의 죄가 아니다. 나이가 마흔도 되지 않았고, 지위는 경의 반열에 오르지도 못했다. 그러나 그의 말은 백대에 전해졌다. 채택되었던 [정책]은 열에 네다섯 개에 불과했으나, 세상에 매우 광범위한 은혜를 입혔다. 가자賈子¹⁶⁴의 입장에서도 또한 유감이 없을 것이다.

---

161 자첨이라는 자 …… 교제하지 않았는가: 왕안석(王安石)과 여혜경(呂惠卿)·장돈(章惇)·채경(蔡京)은 송 신종(宋神宗) 때에 집권하여 청묘(青苗)·수리(水利)·균수(均輸) 등 여러 신법(新法)을 주도하였던 일파이다. 이들은 당시 신법(新法)을 반대하는 사마광(司馬光)·문언박(文彦博)·소식(蘇軾)·정이(程頤) 등 이른바 원우당인(元祐黨人)들을 조정에서 축출하였다. 『송사(宋史)』「신종·철종 본기(神宗哲宗本紀)」.

162 그가 지은 두 개의 부(賦): 가의가 지은 〈복조부(鵩鳥賦)〉와 〈조굴원부(弔屈原賦)〉를 가리킨다. 장사왕(長沙王)의 태부(太傅)로 좌천되었을 때, 자신의 불우한 운명을 굴원(屈原)에 비유하여 이 두 부(賦)를 지었다고 한다.

163 어린 임금을 부탁할 만한: 원문은 "가이탁육척지고(可以托六尺之孤)"이다. 『논어』「태백(泰伯)」에 나온다. "6척의 어린 임금을 맡길 수 있고, 100리의 땅을 다스리라는 명령을 부탁할 수도 있고, 대절에 임해 그 절개를 빼앗을 수 없다면, 군자다운 사람인가? 군자다운 사람이다(可以托六尺之孤, 可以寄百里之命, 臨大節而不可奪也, 君子人與? 君子人也)."

164 가자(賈子): 가의를 가리킨다. '자'를 붙여 존칭했다.

『신서新書』에 실린 가자의 상소문들은 문구가 찢겨 나가고 차례도 뒤바뀌었다. 심한 것은 문리가 성립되지도 않는다. 다른 것은 또 『춘추』 내·외전과 『신서新序』, 『설원說苑』¹⁶⁵에 실린 것들을 잘라서 한 권을 채웠다. [그러니] 가자의 원래 글과 다를 것은 아주 명백하다. 그러나 잘리고 문드러진 나머지라도 요행히 보존된 것 중에는 종종 격언이 많다. 한漢 이후, 이에 대해 논의하는 사람들이 많았다.

큰 논의를 하는 사람은 시의적절하지 않은 경우가 많고, 적용하려는 자는 늘 그 근본을 잊어버리곤 한다. 재주가 뛰어나고 호기로운 자는 또 종종 작은 절도에는 소략한 법이다. 오직 가자만은, 치도治道를 말할 때는 반드시 예의와 교화를 근본으로 삼았다. 천하의 형세와 재화財貨의 이해를 논할 때는 섬세하고 치밀하여 정곡을 맞추었으며, 점을 친 듯 수십 년을 내다보았다. 자신을 수양할 때는 깊게는 도덕과 성명性命에, 작게는 꿇어앉고 일어서며 걷고 달려가는 절도에까지, 또한 그 상세한 부분까지 곡진하게 이르지 않음이 없었다. 아아! 역시 통달한 선비요 세상의 드높은 재주라고 할 수 있을 것이다.

○○○ 〈『회남자¹⁶⁶정언』발문淮南子精言跋〉

옛사람은 회남왕淮南王 유안劉安¹⁶⁷의 『홍렬해鴻烈解』¹⁶⁸에 대해 "혹은

---

165 『신서(新序)』, 『설원(說苑)』: 서한(西漢) 말 유향(劉向)이 편집한 교훈적인 설화집들이다. 고대의 제후나 선현들의 행적·일화·우화 등을 수록했다.
166 『회남자(淮南子)』: 회남왕(淮南王) 유안(劉安)이 식객으로 데리고 있던 학자와 문인들을 시켜 짓게 한 책이다. 내편 21편, 외편 33편, 잡록이 있었으나, 현재는 내편 21편만 전한다. 본래 이름은 『홍렬(鴻烈)』이었는데 후에 『회남홍렬(淮南鴻烈)』, 『회남자』 등으로 불렀다.
167 회남왕(淮南王) 유안(劉安): 서한(西漢)의 종실(宗室)로, 한 고조(漢高祖)의 손자이자 회남왕 유장(劉長)의 아들이다. 무제(武帝) 원수(元狩) 원년에 반란을 일으켰다가 뜻을 이루지 못하고 자살하였다. 문학 애호가로 수천 명에 이르는 빈객을 두었고, 이들과 함께 노장사상(老莊思想)을 주축으로 여러 사상을 통합한 『회남자(淮南子)』를 편찬하였다.

드러나고 혹은 유심幽深하지만, 한 글자의 값이 금 백 냥'[169]이라고 했다. 내가 전에 그 책을 보았는데, 마치 큰 도시의 상점에 들어간 것 같아, 벌여 놓은 각종 비단과 쌓아 놓은 진주와 구슬꿰미가 휘황찬란하게 눈길을 빼앗았다. [그러나] 천천히 살펴보면 모두 쪼개지고 부서진 자질구레한 찌꺼기일 뿐이었다. 지름 한 촌짜리 벽옥과도 값을 다툴 수 없을 것이 분명하다.

회남자가 빈객을 좋아해서 소산小山·대산大山이라 불리던 무리[170]가 무려 몇백 명이었다. 그 글은 한 사람의 글이 아니고, 그 사람들도 한 학파의 사람들이 아니다. 따라서 제자백가의 학설이 그 속에 없는 것이 없다. 그러나 오직 『회남자』에만 있는 것을 찾으려고 하면 텅 비어 아무것도 없다.

그 책에서 사치와 무력을 남용하는 해악을 매우 심각하게 말하는데, 아마도 무제武帝를 비꼬는 것 같다. 편 끝에 이르러서는 문왕이 주紂를 정벌한 일을 몹시 칭찬했다.[171] 또한 "죄 없는 이를 죽여 의롭지 못한 임

---

168 『홍렬해(鴻烈解)』: 『회남자』에 대한 대표적인 해석서인, 한(漢) 고유(高誘)의 『회남홍렬해(淮南鴻烈解)』를 가리킨다.

169 혹은 드러나고 …… 백 냥 : 양웅(揚雄)이 『회남자』를 평한 말이다. 『서경잡기(西京雜記)』에 "회남왕이 『홍렬』 21편을 지었는데, 스스로 '글자 속에 모두 풍상이 서려 있다.'라고 했으며 양자운은 '혹은 드러나고 혹은 유심하지만, 글자당 값이 백 금이다.'라고 했다(淮南王安著『鴻烈』二十一篇, 自云: '字中皆挾風霜, 揚子雲以爲 '一出一入, 字直百金)."라는 언급이 있다.

170 소산(小山)·대산(大山)이라 불리던 무리 : 『고금사문유취(古今事文類聚)』〈소산·대산(小山大山)〉에서는 〈초은사시서(招隱士詩序)〉를 인용하며, 유안(劉安)이 문사들을 모아 사부(辭賦)를 짓게 하고는 이들을 대산과 소산 두 부류로 나누었는데, 시에 「대아」와 「소아」가 있는 것을 본뜬 것이라고 하였다.

171 편 끝에 …… 몹시 칭찬했다 : 『회남자』의 마지막 편인 「요략(要略)」에서는 문왕이 주를 정벌한 일에 대해 다음과 같이 서술하였다. "문왕의 시대엔 주가 천자였다. …… 문왕은 4대에 걸쳐 선을 쌓았고, 덕을 닦고 의를 실천하면서 기와 주 사이에 머물렀으니, 영토는 사방 백 리에 지나지 않았지만 세상 사람들의 절반이 그에게 의지해 왔다. 문왕은 나약한 힘으로 강하고 포악한 자를 제거하여, 세상을 위해 잔악한 자를 제거하고 왕도정치를 이루고자 하였다(文王之時, 紂爲天子 …… 文王四世纍善, 脩德行義, 處岐周之間, 地方不過百里, 天下二垂歸之. 文王欲以卑弱制強暴, 以爲天下去殘除賊而成王道)."

412

금을 봉양하니, 해악이 더 이상 클 수가 없다. 천하의 재물을 고갈시켜 한 사람의 욕심을 채우니, 화가 더 이상 심할 수 없다. …… 만민의 힘에 의지해 도리어 인의를 해치는 잔적殘賊[172]이 되니, 이것은 호랑이에게 날개를 달아 준 격이다. 어찌 제거하지 않겠는가?"[173]라고 했다. 그 뜻을 보면 유안劉安이 오피伍被와 나눈 이야기[174]와 아주 비슷하다. 아마도 빈객이었던 자가 은연중 이런 말로 그의 역적모의를 부추겼던 것일까? 아! 역시 패란이다.

고유高誘는 유안의 글의 주지主旨가 노자에 가깝다고 했다.[175] 아! 어찌 노자의 도를 얻고서도 교만한 왕의 문하에 의탁하려는 자가 있겠는가?

---

172 인의를 해치는 잔적(殘賊) :『맹자』「양혜왕 하(梁惠王下)」에 "인(仁)을 해치는 사람을 적(賊)이라 하고, 의(義)를 해치는 사람을 잔(殘)이라 하며, 잔적한 사람을 일부(一夫)라 한다(賊仁者謂之賊, 賊義者謂之殘, 殘賊之人, 謂之一夫)."라고 하였다.

173 죄 없는 …… 제거하지 않겠는가 :『회남자(淮南子)』「병략훈(兵略訓)」에 나온다.

174 유안(劉安)이 오피(伍被)와 나눈 이야기 : 오피는 서한(西漢) 시대 초(楚) 사람이다. 유안이 중랑(中郎)으로 삼았다. 유안이 역모를 획책하자 처음엔 반대했지만, 결국 도왔다가 복주되었다. ○'유안이 오피와 나눈 이야기'란 유안이 모반을 획책하며 오피와 나눈 대화를 가리킨다. "오피가 대답했다. '예전에 진(秦)은 포학무도해 천하의 백성을 잔인하게 해쳤습니다. 만승의 수레를 동원하여 아방궁(阿房宮)을 짓고, 백성들의 수입 대부분을 세금으로 거두고, 빈민가의 백성들을 징발해 변방을 지키게 하여 아버지는 자식을 편안하게 하지 못했으며, 형은 동생을 안심하게 하지 못했고, 정치는 가혹하고 형벌은 준엄해 천하는 마치 불에 탄 듯 바싹 줄여졌으며, 백성들은 모두 목을 길게 빼고서 갈망하여 귀를 기울여 듣고 있었으며, 비통해하며 하늘을 우러러 부르짖고 가슴을 치며 황제를 원망했기 때문에 진승이 크게 호령하자 천하가 호응한 것입니다(被曰: '往者秦爲無道, 殘賊天下. 興萬乘之駕, 作阿房之宮, 收太半之賦, 發閭左之戍, 父不寧子, 兄不便弟, 政苛刑峻, 天下熬然若焦, 民皆引領而望, 傾耳而聽, 悲號仰天, 叩心而怨上, 故陳勝大呼, 天下響應)."『사기』〈회남형산열전(淮南衡山列傳)〉. 이어지는 오피의 말은 한(漢)이 진(秦)과는 달리 잘 다스려지고 있으므로 반역의 도모를 그칠 것을 주장하는 것으로 이어진다. 여기서는 유안의 빈객 중에 주나 진시황의 예를 들어 반역의 정당성을 이야기하는 자가 있었을 것이고, 그것을 오피가 반박하고 있었던 것 아닌가, 그래서 이 앞부분과 비슷한 언술들이 이 책에 포함되어 있는 것이 아닐까 추론하고 있는 듯하다.

175 고유(高誘)는 유안의 …… 가깝다고 했다 : 고유는『회남자』의 대표적 주석서인『회남홍렬해』의 저자이다. 그가 지은 〈회남홍렬해서(淮南鴻烈解序)〉에서 "그 주지는 노자에 가까우니, 담백함과 무위를 추구하고, 비움을 실천하고 고요함을 지키며, 떳떳한 도에 관해 논의하였다(其旨近老子, 淡泊無爲, 蹈虛守靜, 出入經道)."라고 했다.

그렇긴 하지만 그 책에는 "제후로서 패자가 되기를 추구하는 자는 반드시 제후의 지위도 잃는다. 패자이면서 왕이 되기를 추구하는 자는 반드시 패자의 자리도 잃는다", "이미 가진 것을 버리고 가지지 못한 것을 추구하는 자는 반드시 위태로워진다." 등의 말도 있다.[176] 유안이 이것을 알면서도 오히려 자신이 그 재앙에 발을 들여놓았던 것은 어찌 된 것일까?

○○○ 〈『양자정언』 발문揚子精言跋〉[177]

훌륭하다, 양자운揚子雲[178]이 노魯의 두 사람을 논평한 말은! [그는] 말했다. '노魯에도 큰 신하가 있었지만, 역사는 그 이름을 빠뜨렸다. 숙손통叔孫通이 제齊와 노魯에서 선생을 초빙했을 때, 불러올 수 없었던 사람이 두 명 있었다. 만약 자신을 버리고 타인을 따른다면, 비록 그림쇠·곱자·수준기·먹줄과 같은 [척도를] 지니고 있더라도 어찌 그것을 사용할 수 있겠는가?'[179] 아아! 이는 참으로 순정한 선비의 말이다.

---

176 그 책에는 …… 말도 있다 : 『회남자』 「전언훈(詮言訓)」에서 두 구절이 인용되었다. 원문은 다음과 같다. "제후로서 패자가 되려고 하는 자는 반드시 제후 자리도 잃으며, 패자로서 왕이 되려고 하는 자는 반드시 그 패자의 자리도 잃는다(侯而求霸者, 必失其侯, 霸而求王者, 必喪其霸)." "도를 알지 못하는 자는 이미 가진 것을 버리고 아직 갖지 못한 것을 구한다(不知道者, 釋其所已有, 而求其所未得也)."

177 『연천선생문집』에는 빠졌다.

178 양자운(揚子雲) : 서한(西漢)의 양웅(揚雄)이다. 그의 자가 자운(子雲)이다. 사천성(四川省) 성도(成都) 사람으로, 부(賦)의 작가로 유명하다. 성제(成帝)에게 발탁되어 황문랑(黃門郎)을 지냈다. 중년 이후로 경학 연구에 잠심하여, 『주역』을 모방한 『태현경(太玄經)』, 『논어』를 모방한 『법언(法言)』 등의 저서를 남겼다. 왕망(王莽)이 왕위를 찬탈해 세운 신(新)에 출사해 대부가 되었다. 이 때문에 후세의 비난을 받았다. 『한서(漢書)』 〈양웅전(揚雄傳)〉.

179 노(魯)에도 큰 …… 사용할 수 있겠는가 : 『법언(法言)』 「오백편(五百篇)」 중의 한 단락이 편집 인용되었다. 원문은 다음과 같다. "옛날 제와 노에 큰 신하들이 있었는데, 역사에 그 이름이 빠지고 없다. '어찌 크다고 하는가?' 숙손통이 군신의 의리를 제정하고자 제와 노에서 선생들을 초빙했을 때, 불러올 수 없었던 사람이 두 명 있었다.' '그렇다면, 중니께서 제후들에게 발걸음을 했던 것은 잘못된 것이었는가?' '중니께서 발걸음을 하셨던 것은 스스로 쓰이려는 것이었다. 만약 자신을 버리고 타인을 따른다면, 비록 그림쇠·곱자·

그렇긴 하지만 나는 모르겠다. 성제成帝와 애제哀帝의 덕이 고황제高皇帝[180]
보다 나은가? 신망新莽[181]의 시대가 한의 전성기보다 나은가? 왕음王音[182]
과 유흠劉歆[183]이 숙손씨叔孫氏보다 나은가? 장양궁長楊宮[184]을 설립하고
우렵羽獵[185]에 탐닉하는 것이 조정의 의례朝儀를 토론하는 것[186]보다 나
은가? 그리고 〈진을 배척하고 신을 찬미하다劇秦美新〉[187]를 지은 것이 과

수준기·먹줄이 있은들 어찌 그것을 사용할 수 있겠는가?(昔者齊魯有大臣, 史失其名. 曰: '何
如其大也?' 曰: '叔孫通欲制君臣之儀, 征先生於齊魯, 所不能致者二人.' 曰: '若是, 則仲尼之開跡諸侯
也, 非邪?' 曰: '仲尼開跡, 將以自用也. 如委己而從人, 雖有規矩準繩, 焉得而用之?')"

180 고황제(高皇帝) : 한 고조(漢高祖)를 가리킨다.

181 신망(新莽) : 서한(西漢) 말, 제위(帝位)를 찬탈하고 신(新)을 세운 왕망(王莽)을 가리킨다.
왕망은 한 원제(漢元帝)의 비인 효원황후(孝元皇后)의 조카로, 대사마(大司馬)로 권력을 잡
았다. 원제 사후 물러났지만, 다음 황제인 애제(哀帝)가 죽은 뒤 평제(平帝)를 옹립하고
자신의 딸을 황후로 들여 조정의 정사를 전횡하였다. 다시 평제를 죽이고 어린 영(嬰)을
세워 섭정하면서 스스로 가황제(假皇帝)라고 칭했다. 마침내는 제위를 찬탈하여 스스로
천자가 되었다. 국호를 신(新)이라고 하였다.

182 왕음(王音) : 한 효성제(漢孝成帝)의 외삼촌으로, 대사마(大司馬)를 지냈다. 성제가 즉위하
자 외삼촌 왕봉(王鳳)이 권력을 잡았고, 그 후 왕음·왕상(王商)·왕근(王根) 등이 차례로
권력을 잡았다가, 왕근이 죽은 뒤에는 그 조카 왕망(王莽)이 결국 제위를 찬탈했다. 양웅
(揚雄)은 왕음의 추천으로 등용되었다.

183 유흠(劉歆) : 서한(西漢)의 학자로, 고문경학(古文經學)의 창시자이다. 서한 말기에 권력을
전횡하던 왕 씨와 결탁해 왕망(王莽)이 신(新)을 건국하는 데 도움을 준 인물로 비판받기
도 한다.

184 장양궁(長楊宮) : 장안(長安) 부근에 있던, 황제가 사냥할 때 머물던 궁궐이다. 한 성제(漢
成帝)가 백성들을 동원해서 온갖 짐승들을 잡아다가 장양궁(長楊宮)에 넣어 놓고, 호인
(胡人)을 시켜 맨손으로 때려잡게 하고 그것을 구경하며 즐겼다. 양웅(揚雄)이 〈장양부
(長楊賦)〉를 지었는데, 겉으로는 장양궁의 사치를 한껏 칭송하는 내용이나, 이면적으론
풍자의 뜻을 담았다고 평가된다. 『한서』 〈양웅전(揚雄傳)〉.

185 우렵(羽獵) : 왕이 사냥을 나갈 때 군사들이 새 깃털이 꽂힌 화살을 지고 따르므로 '우렵'
이라 한다. 한 성제(漢成帝)가 극도로 사치스러운 사냥에 탐닉하는 것을 두고, 양웅(揚雄)
이 〈우렵부(羽獵賦)〉를 지어 경계의 뜻을 담았다고 한다.

186 조정의 의례[朝儀]를 토론하는 것 : 한 고조(漢高祖)의 신하인 숙손통(叔孫通)이 한의 조정
의례를 제정한 것을 가리킨다. 한 고조는 진(秦)의 어려운 의례를 모두 없애고 쉽고 간편
하게 만들고자 했다. 그러자 신하들이 조정에서 술주정을 하고 싸움을 벌이는 등 문란
한 상황이 벌어졌다. 이에 숙손통이 나서서 노(魯)의 선비들을 불러들여 자신의 제자들
과 함께, 고례(古禮)와 진(秦)의 의례를 참작하여 한의 조정 의례를 만들고 강습하였다고
한다. 『사기』 〈숙손통열전(叔孫通列傳)〉.

연 자신을 버리지 않은 것인가?

자운이 왕망에게 몸을 망쳤던 것에 대해선 옛사람들이 이미 다 이야기했다. 나는 그가 자신을 망친 것은 신新을 찬미하던 그날이 아니라 왕음王音의 추천을 받아 처음 진출하던 그때였다고 말하련다. 상앙이 경감景監을 통해 [효공을] 뵙자, 조량趙良은 그가 [몸을] 망치리라는 것을 알았다.[188] 원앙袁盎이 여록呂祿의 문객이 되자[189] 군자들은 상대하지 않았다. 처음에 왕음을 통해 [진출하고도] 끝내 왕망을 섬기지 않을 수 있었던 자는 없었다.

옛날 글하는 사람들은 잘하고 못하는 차이는 있어도 요는 모두 자기 가슴속에서 내놓고 싶은 것을 곧장 펼쳐 냈을 뿐이었다. 일부러 자구를 어렵게 해서 앞사람을 흉내 내는 것은 자운에게서 시작되었다. 그 남은 폐단이 명明의 이반룡李攀龍과 왕세정王世貞[190]에서 극에 달했고, 지금까

---

187 〈진을 배척하고 신을 찬미하다(劇秦美新)〉: 양웅은 왕망이 세운 신(新)의 대부가 되었는데, 이 글을 지어 신을 찬미했다. 『한서』〈양웅전(揚雄傳)〉.

188 상앙이 경감(景監)을 …… 것을 알았다 : 사마천의 〈보임소경서(報任少卿書)〉에 나오는 말이다. "옛날 위 영공이 옹거를 수레에 태우자 공자는 진으로 가 버렸고, 상앙이 경감을 통해 왕을 만나니 조량이 한심하게 여겼으며, 조담(趙談)이 수레에 함께 타니 원사(袁絲)는 낯빛이 변했습니다(昔衛靈公與雍渠載, 孔子適陳, 商鞅因景監見, 趙良寒心, 同子參乘, 爰絲變色)." 『고문관지(古文觀止)』. ○ 옹거·경감·조담은 모두 환관이다. 상앙은 전국시대 위(衛)의 공손앙(公孫鞅)을 가리킨다. 진 효공(秦孝公)이 인재를 모은다는 소식을 듣고 경감을 통해 효공을 만났는데, 뒤에 상오(商於)에 봉해졌으므로 상앙이라 불리게 되었다. 『사기』〈상군열전(商君列傳)〉.

189 원앙(袁盎)이 여록(呂祿)의 문객이 되자 : 원앙은 자(字)가 사(絲)이고, 원앙(爰盎)이라고도 불린다. 한 고조 사후 여태후(呂太后) 집권기에 태후의 조카인 여록(呂祿)의 가신(安臣)으로 있었다. 여태후가 죽고 문제(文帝)가 즉위한 이후 등용되었는데, 직언으로 알려졌다. 『사기』〈원앙·조조열전(袁盎鼂錯列傳)〉.

190 이반룡(李攀龍)과 왕세정(王世貞): 명나라 중·후기에 걸쳐 고문사(古文辭)를 주장하며 복고 풍조를 이끌었던 후칠자(後七子)의 대표적인 두 인물이다. 가정(嘉靖)·융경(隆慶) 연간에 활동했으므로 가정칠자(嘉靖七子)라고도 한다. 이반룡은 자가 우린(于鱗), 호가 창명(滄溟)이다. 이몽양(李夢陽) 등 전칠자(前七子)의 고문주의를 계승하여 진(秦)·한(漢)의 고문을 모범으로 삼고, 성당(盛唐) 이전 시의 격조를 중시하는 고문사파(古文辭派)를 창도하였다. 왕세정은 자가 원미(元美), 호가 엄주산인(弇州山人)이다. 후칠자(後七子)의 한

지도 끝나지 않고 사람을 망친다. 나는 이것이 큰 병이라고 생각한다. 이 때문에 그의 글은 특별히 엄격하게 골랐다.

그러나 당·송 이전엔 『법언法言』을 『논어』, 『맹자』의 반열에 놓았었다. [때문에] 유림에 회자되던 그 일부 남은 장章이나 단편적 구절들이 많다. 지금 사람들도 계속 사용하지만, 그 출처를 아는 이는 드물다. 그래서 [그중] 얼마간을 속편으로 채집해 『양자정언』 끝에 놓고, 따로 「담적譚摘」이라 명명했다.

○○○ 〈『문중자[191]정언』 발문文中子精言跋〉[192]

세상에 전해지는 문중자文中子의 『중설中說』은 그 사람과 사실에 대한 언급이 역사의 전기와 일치하지 않는 것이 많다. [이에 대해서는] 앞선 선비들이 이미 상세하게 밝혀 놓았다. 그러나 이 사람까지 [아예] 없었다고 한다면 그것도 잘못이다. 당 중엽의 사람인 이고李翺[193]는 그 책을 본 적이 있었다. 『문원영화文苑英華』에는 자가 무공無功인 왕적王績[194]의 글 몇

사람으로, 학식은 그중 최고라는 평을 받았다. 이반룡과 함께 '이·왕(李王)'으로 병칭되었고, 이반룡 사후 고문사파를 이끌었다.

191 『문중자(文中子)』: 『중설(中說)』로도 불린다. 왕통(王通)의 아들 복교(福郊)·복시(福畤)가 왕통이 남긴 말들을 편찬한 것이라고 한다. 이 책은 『논어(論語)』를 모방하여 대화 형식으로 되어 있는데, 불교가 성행하던 시기에 『논어』의 참뜻을 밝혔다는 평가를 받는다. ○ 왕통은 수(隋)의 사상가로, 자는 중엄(仲淹)이고, 시호가 문중자이다. 하남(河南) 출신으로 시·서·예·역(易)에 통달했고, 하분(河汾)에 은거하며 후생을 가르쳤다. 소위 '하분문하(河汾門下)'에서 위징(魏徵)·방현령(房玄齡)·이정(李靖) 등이 배출되었다고 전해진다. 『문중자(文中子)』 10권을 남겼다.

192 『연천선생문집』에는 빠졌다.

193 이고(李翺): 당(唐)의 문장가로, 자는 습지(習之)이다. 문장으로 이름이 높았는데, 한유(韓愈)에게 배워 고문을 구사했다. 저서로 『논어필해(論語筆解)』, 『오목경(五木經)』, 『이문공집(李文公集)』 등이 있다.

194 왕적(王績): 왕통의 동생으로, 자는 무공(無功), 호는 동고자(東皐子)이다. 〈취향기(醉鄕記)〉를 지었다.

편이 실려 있는데, '문중자의 일'이라고 말하는 것이 한 가지가 아니다. 무공은 문중자의 동생이다. [그러니] 또 어찌 이 사람이 없었다고 할 수 있겠는가?

그 문인으로 거론되는 사람을 살펴보면, 동항董恒·정원程元·가경賈瓊·설수薛收·요의姚義·두엄杜淹·온언박溫彦博일 뿐 다른 사람은 언급되지 않는다. 다만 〈풍자화馮子華에게 답하는 편지〉[195]에서 "방房·이李 등 어진 이들이 조정에서 힘쓰고 있으며, 우리 집의 위魏 학사도 자기 재주를 펼치고 있습니다."라고 했다. '우리 집 위 학사'를 방씨·이씨와 구별하고 있으니, 방씨와 이씨는 그의 문인이 아님을 알 수 있다.

세상에선 '위 학사'를 위징魏徵[196]이라고 한다. 그러나 위징은 『수사隋史』를 편찬하면서 문중자에 대해선 한 글자도 언급하지 않았다. 어찌 위징이 이처럼 스승을 배반하고 근본을 잊었다고 하겠는가? 또 위징은 정관貞觀 초년[197]에 간의대부와 상서좌승을 거쳐 재상에 올랐다. [그러니] '학사'였던 적이 없다. 아마도 당시 왕씨 문하에 있던 사람 중에 따로 소위 '위 학사'가 있었던 것일까?

이고李翺는 『중설』에 대해 그 이치는 옳은 것이 종종 있지만, 문장은 좋지 않다고 했다. 지금 전해지는 것은 꾸미고 덧칠해서, 걸핏하면 성인의 말씀을 흉내 낸다. 그 문장 역시 고와서 볼만하지만, 그 체재나 의론을 보면 송나라 사람이 지은 것임이 의심할 나위 없다. 문중자에게 저서가 있었던 것은 틀림없다. [그러나] 당·송 사이에 없어졌고, 호사가들이

---

195 〈풍자화(馮子華)에게 답하는 편지〉: 『왕무공집(王無功集)』에 전한다.

196 위징(魏徵): 당(唐) 초기의 정치가로, 자는 현성(玄成)이고 시호는 문정(文貞)이다. 당 태종(唐太宗)의 신임을 받아 벼슬은 태자태사(太子太師)에 올랐으며, 특히 직간으로 유명했다. 그가 죽자 태종은 구리거울과 역사, 사람의 세 가지 거울 중 하나를 잃었다고 탄식했다고 한다. 『군서치요(群書治要)』의 편찬을 주도하였고, 예학에도 밝아 『유례(類禮)』 20권을 지었다고 한다.

197 정관(貞觀) 초년: 정관은 당 태종(唐太宗)의 연호이다. '정관 초년'은 서기 627년이다.

418

무공의 글에서 견강부회해 이 책을 만들고, 당 초엽 명신들을 끌어다 그의 문인으로 삼은 것이다.

아아! 문중자의 책은 이제 그 진본을 볼 수 없다. 그러나 육조六朝 말에 태어나 앞선 성인들의 도를 외우고 본받았으며, 은거해서 자신을 깨끗하게 지켰고, 자그만 벼슬도 없었으나 그 유풍과 여운이 후세에까지 미쳤다. 남들보다 아주 나은 사람이 아니면 이렇게 할 수 있을까? 지금 소위 『중설』이라는 것은 부질없이 오만하고 억지로 큰 체할 뿐 실제 스스로 터득한 것은 적다. 도道를 논한 부분은 또 종종 장씨莊氏의 찌꺼기를 몰래 표절해 사람을 속인다. 아아! 문중자에게 몹시 누를 끼치는구나.

내가 젊어서는 이 책을 몹시 좋아했었는데 늙을수록 시들해진다. 그럼에도 격언 열 몇 조목을 얻었기에, 우선 나열하여 둔다.

○○○ 〈『일주서[198]정언』 발문逸周書精言跋〉[199]

옛 서적 중에 금문今文 『상서尚書』만큼 심오하고 이해하기 어려운 것도 없다. 그러나 그중 이해가 가능한 부분은 애당초 참으로 명백하고 절실해서, 만세의 교훈이 될 만하다. 세상에 전해지는 『일주서逸周書』라는 것은 종종 〈반경盤庚〉이나 〈낙고洛誥〉[200]같이 난삽하고 분명치 않아 이해하기 어렵다. 그러나 자세히 읽어 보면 모의模擬의 흔적을 감추지 못

---

198 『일주서(逸周書)』: 달리 『급총주서(汲冢周書)』, 줄여서 『급총서』라고도 한다. 진(晉)의 급군(汲郡) 사람 부준(不準)이 위 양왕(魏襄王)의 무덤을 도굴하다가 수레 수십 대 분량의 죽서(竹書)를 얻었는데, 모두 선진(先秦) 시대의 고서(古書)들이었다고 한다. '급군의 무덤에서 나온 주(周)의 글들'이라는 뜻으로 '급총주서'라고 한다. 안사고(顏師古)가 『한서』 「예문지(藝文志)」에서 '공자가 『서(書)』를 산정하고 남은 것'이라고 주석한 이래 『일주서(逸周書)』라고도 일컫는다. 전체 75편이며, 선진(先秦)의 과두문자(蝌蚪文字)로 되어 있다.
199 『연천선생문집』에는 빠졌다.
200 〈반경(盤庚)〉이나 〈낙고(洛誥)〉: 둘 다 『상서(尚書)』에 들어 있는 글로, 난삽해 이해하기 어렵기로 유명하다.

한다. 이해 가능한 것들은 황당한 거짓이거나 뜬 소리 아니면 모두 천박
하고 실정에도 맞지 않아 맛이 없다. 간간이 있는 한두 마디 격언도 다른
책에 나온 것이다.

명 말엽 이전에는 이 책이 급군汲郡의 무덤汲冢에서 나왔다고 했다. 실
제로는 이 책은 급군의 무덤에서 나오지 않았다. 양용수楊用修가 그것을
변증한 것[201]은 타당하다. 그러나 그것이 과연 반고班固의 「예문지藝文志」
에 실린 그 책인지는 여전히 알 수 없다. 지금 비교적 올바라 채집할 만
한 것 몇 마디를 조금 가려 놓았다. 『주관周官』[202]과 두 가지 대기戴記에
나오는 것은 모두 나열하지 않았다.

○○○ 〈『사마법[203]정언』 발문司馬法精言跋〉[204]

『사마법司馬法』 다섯 편을 세상에서는 『주관周官』 대사마大司馬의 남은
제도라고 전한다. 혹자는 '제齊의 사마 전양저田穰苴가 편차하였다.'고도

---

201 양용수(楊用修)가 그것을 변증한 것 : 명의 호응린(胡應麟)이 그의 『소실산방필총(少室山房
筆叢)』 「삼분보일 하(三墳補逸下)」에서 양용수의 〈주서후서(周書後序)〉를 인용한 내용에
보인다. "양용수의 〈주서후서〉에 이르길, 『진서(晉書)』의 〈속석순욱전〉과 「무제기」에
의거하면, '급총서' 75권의 목록엔 이른바 '주서'라는 것이 없다. 대개 이 책은 바로 『한서』
「예문지」에서 이야기하는 『일주서』이기 때문이다. 송 초에 여러 신하가 『태평어람』을
편찬하면서 '급총서' 75편을 구했으나 얻지 못하자 마침내 이 70편으로 채웠던 것이다
(楊用修『周書後序』云: "據〈束晳荀勗傳〉·「武帝紀」, '汲冢書'七十五卷, 其目並無所謂「周書」者. 蓋此
書即漢「藝文志」「逸周書」, 宋初諸臣編「太平御覽」, 求汲冢'七十五篇而不得, 遂以此七十篇充之)." 호
응린은 양용수의 이 설이 일견 독창적인 것이 있는 듯하지만, 사실이 아니라고 반박하고
있다. ○ 양용수는 명나라 학자 양신(楊慎)으로, 용수는 그의 자이다.
202 『주관(周官)』 : 주(周)와 전국시대 각국의 관직 제도를 기록한 책이다. 전한(前漢) 말에 경
전에 포함되면서 『주례(周禮)』로 불리게 되었다. 천지와 춘하추동의 6부(府)로 구성된
372개의 관직(官職)과 속관(屬官)에 대한 설명이 실려 있다.
203 『사마법(司馬法)』 : 춘추시대 제(齊)의 병법가 사마양저(司馬穰苴)가 저작했다고 하는 병
법서이다. 원래는 55편이 있었다고 하는데 현재는 5편이 전한다.
204 『연천선생문집』에는 빠졌다.

420

한다.[205] 내 보기엔 예禮·악樂과 병사·형법에 관한 옛 책들은 모두 제도와 도수를 상세히 서술한다. [그러다가]『춘추』 이후의 책들부터 비로소 의론이 많아진다. 지금 이 책은 의론만으로 되어 있으니, 아마도『주관』처럼 오래된 것은 아닐 것이다. 또 이 책에는 "하夏는 상을 주고 처벌하지 않았으니, [이는] 교화에 힘쓴 것이다. 은殷은 처벌하고 포상하지 않았으니, [이는] 위엄을 보이기에 힘쓴 것이다. 주周는 상벌을 함께 사용하였으니 덕이 쇠한 것이다."라는 말이 있다. 이것이 어찌 서주西周가 왕성하던 시대의 관원이 할 말이겠는가?

그 책은 본말이 갖추어져 있지 않은 데다 오자나 탈자도 많아 종종 읽을 수조차 없다. 그러나 언어는 고상하고 심오하다고 할 수 있고, 내용은 모두 인仁·의義·신信·양讓 그리고 절제의 도이다. 군사에 관한 책 중 이것보다 나은 것은 없다. 아아! 군대를 운영하는 후대인들은 한 번 타락하면 속임수를 일삼고, 두 번 타락하면 포악해진다. 『손자』와『오자』, 이정李靖의 책조차도 실정을 모른다고 여기며 언외로 치부한다. 하물며 이 책이랴?

---

205 『사마법(司馬法)』 다섯 …… 편차하였다.'고도 한다 :『사마법』의 저자와 성격에 대해선 이설이 분분하다. 대표적인 것은 전양저의 저작이라는 설인데, 사마천이『사기』〈사마양저열전(司馬穰苴列傳)〉에서『사마법』을 전양저의 저술로 기술한 이래,『수서(隋書)』,『당서(唐書)』 등은 이 견해를 견지하였다. 이 설에서 변형되어 전양저의 병법을 전국시대 제 위왕(齊威王)이 정리해서 편찬한 것이『사마법』이라고 하기도 한다. 한편『주례』「하관(夏官)·대사마(大司馬)」에 나오는 "병사를 내려 주면서, 사마지법(司馬之法)을 좇아 반포한다."라는 어구를 근거로, 서주(西周) 때 이미 '사마법' 혹은 '사마병법(司馬兵法)'으로 불리는 병법서가 있었을 가능성도 제기된다. 따라서『사마법』은 고대로부터 전해진 군례(軍禮)의 한 가지로, 제 위왕 때 처음으로 나온 것도 아니고, 사마양저의 저서도 아니라고 주장되기도 한다.『사마법』의 편수와 체제에 대해서도 이설이 분분하나, 현재는 5편이 전한다. 「인본(仁本)」, 「천자지의(天子之義)」, 「정작(定爵)」, 「엄위(嚴位)」, 「용중(用衆)」이다. ○ '대사마(大司馬)'는 군사 관련 업무를 담당하는 직책이다.『주례』「하관(夏官)」에 나온다. ○ 전양저는 제 경공(齊景公) 때의 명장으로, 경공이 그를 대사마(大司馬)에 임명하여 병권을 일임한 이후 사마양저(司馬穰苴)라고 일컫는다.

○○○ 〈『육도²⁰⁶정언』발문六韜精言跋〉²⁰⁷

『육도六韜』의 「국무國務」편에서는 '나라를 잘 운영하는 자는, 상벌을
시행할 때는 자신에게 가하듯 하고, 세금을 거둘 때는 자기에게서 거두
는 것처럼 한다.'²⁰⁸고 했다. 이는 격언이다. 그러나 기타의 말들엔 비슷
한 것이 별로 없다. 간혹 한두 마디 취할 만한 것들이 있기는 하나, 모두
다른 책에서 찢어 온 것들이다.

'문으로 하는 정벌文伐의 열두 가지 방법'에 대한 논의²⁰⁹ 같은 것은 위
태로운 속임수이다. 춘추시대 패자들을 보좌했던 관중이나 조최趙衰²¹⁰
같은 자들이라도 하려고 하지 않을 것들이다. 하물며 강태공姜太公이랴?
전투의 형세나 기구들에 대한 언급은 다른 병서보다 좀 자세하다. [그러
나] 그 말은 또 지루하고 번잡해서 요령이 없다. 실제로 사용할 만한 것

---

206 『육도(六韜)』: 강태공(姜太公) 여상(呂尙)이 지었다는 병서이다. 『태공육도(太公六韜)』, 『태
공병법(太公兵法)』으로도 불린다. 흔히 '육도·삼략(六韜三略)'으로 병칭되는 대표적인 고
대 병법서이다. 전체 6권 60편이고, 전쟁과 군사를 비롯해 넓은 범위를 포괄하고 있으며,
강태공과 문왕·무왕이 대화하는 방식으로 서술되어 있다. 강태공 저작설에 대해선 의
견이 분분하나, 전국시대 이전에 형성되었다는 것이 정설이다. ○ 여상은 주(周)의 재상
으로, 성은 강(姜), 이름은 상(尙), 자는 자아(子牙)이며, 강태공(姜太公)으로 흔히 불린다.
무왕(武王)을 도와 은(殷)을 정벌하고 천하를 평정했다.

207 『연천선생문집』에는 빠졌다.

208 나라를 잘 …… 것처럼 한다 : 원문을 변형해서 인용하고 있다. "그러므로 나라를 잘 운영
하는 자는 백성을, 부모가 자식을 사랑하듯, 형이 아우를 사랑하듯 다룬다. 그들이 춥고
배고픈 것을 보면 근심하고, 힘들고 고통스러운 것을 보면 슬퍼한다. 상과 벌은 자신에
게 주는 것처럼 하고, 세금 거두는 것은 자기 것을 취하듯 한다. 이것이 백성을 사랑하는
도이다(故善爲國者, 馭民如父母之愛子, 如兄之愛弟. 見其飢寒則爲之憂, 見其勞苦則爲之悲. 賞罰如
加於身, 賦斂如取己物. 此愛民之道也)." 『육도』「국무(國務)」.

209 문으로 하는 …… 대한 논의 : '문벌(文伐)'이란 군사적 수단을 통하지 않고 정치나 외교적
수단으로 적을 치는 것을 말한다. 『육도』의 「문벌」편에는 12종의 '문벌' 방법이 서술되어
있다. 모두 권모술수를 사용해서 적 내부의 모순과 분화, 내부적 와해를 확대해서 적을
약하게 만드는 방법이다.

210 조최(趙衰) : 춘추시대 진(晉) 사람이다. 자는 자여(子餘)로, 문공(文公)을 도와 패업을 이
룩했다.

을 찾아보아도 역시 전혀 발견할 수 없다. 정숙자程叔子께선 무학武學의 학제를 자세히 보시고는 『육도六韜』와 『삼략三略』 그리고 『위료자尉繚子』를 빼 버리고 강하지 말자고 청하신 적이 있다.[211] 누가 유자는 병법을 모른다고 했는가?

○○○ 〈『삼략[212]정언』 발문三略精言跋〉

『육도六韜』와 『삼략三略』은 모두 한漢 이후의 책이다. 『육도』의 문장은 지리멸렬하고, 『삼략』의 문장은 간결하다. 『육도』는 군사를 주로 이야기하고, 『삼략』은 치국을 주로 이야기한다. 『육도』는 오로지 권모와 속임수만 숭상하지만, 『삼략』은 그래도 비교적 올바르다. 아첨하는 신하와 강한 왕실의 해악을 이야기하는 부분 같은 것은 몹시 절실하고 분명해서 백대가 지나도 없앨 수 없다. 생각건대, 『육도』가 태공[의 작이라] 하는 것은 온전히 후인의 견강부회에서 나온 것이지만, 『삼략』의 전수는 오히려 황석공黃石公과 장량張良이 남긴 것에서 얻은 것이었을까? 내가 그 책을 읽다가 「하략下略」에서 "원한으로 원한을 다스리는 것을 '하늘을

---

211 정숙자(程叔子)께선 무학(武學)의 …… 적이 있다 : 정숙자는 정이(程頤)를 가리킨다. 그의 자가 정숙(正叔)이므로 존칭해 이렇게 부른다. ○ 정이가 철종(哲宗)에게 삼학제(三學制)에 대해 건의한 상소문인 〈상철종삼학간상조제(上哲宗三學看詳條制)〉에 이 책들을 언급한 것이 나온다. "무학제도: 공부하는 경서를 자세히 보니, 『삼략』, 『육도』, 『위료자』가 있습니다. 비천해서 취할 것이 없으니 지금 다 빼 버리시고, 『효경』, 『논어』, 『맹자』, 『좌씨전』에 나오는 군사에 관한 이야기를 보태 넣으십시오(武學制: 看詳所治經書, 有『三略』·『六韜』·『尉繚子』. 鄙淺無取, 今減去, 卻添入『孝經』·『論語』·『孟子』·『左氏傳』言兵事)." 『송명신주의(宋名臣奏議)』「유학문(儒學門)」'학교 하(學校下)'.
212 『삼략(三略)』 : 고대의 병법서로, 무경칠서 중 가장 간결한 병서이다. 「상략(上略)」·「중략(中略)」·「하략(下略)」 세 편으로 구성되어 있다. 저자에 대해선 강태공의 저서라는 설도 있고, 진(秦) 때 황석공(黃石公)이라는 이인(異人)이 장량(張良)에게 전해 주었다는 설도 있다. 『삼략』의 '약(略)'은 '기략(機略)', 즉 임기응변의 계략이라는 뜻이다. 노자(老子)의 영향이 강하나 유가(儒家)·법가(法家)의 설도 섞여 있다.

거스른다逆天'라고 하고, 원수를 시켜 원수를 다스린다면 그 화를 구제할 길이 없을 것"이라고 한 것에 이르면, 책을 덮고 탄식하지 않은 적이 없었다. 아아! 이기고 복수하기를 [반복하는] 붕당朋黨의 해악은 종묘사직을 해치는 데까지 미치지 않고서는 멈추지 않는다. 옛사람들도 이것을 알았던가 보다.

○○○ 〈『신어²¹³정언』 발문新語精言跋〉

근세에 『사고전서목록四庫全書目錄』을 편찬한 자들은 『신어新語』에 『춘추 곡량전春秋穀梁傳』이 인용되어 있으므로 한漢 초기 사람이 지은 것이 아니라고 했다. 공양씨公羊氏와 곡량씨穀梁氏의 『춘추』는 모두 입으로 전해지다가 한의 경제景帝와 무제武帝 어간에 비로소 책에 기록되었기 때문이다. 그러나 옛사람들이 '들은 것을 인용했다.'라고 한 것이 반드시 다 책에 적힌 것을 의미하는 것은 아니다. 한 초기면 공양과 곡량의 설이 세상에 돌아다닌 지 이미 수백 년이 된 시점이고, 불교의 소위 '단전밀부單傳密付'²¹⁴라는 것처럼 한 사람에게만 입으로 전해서 [그때까지] 이른 것이 결코 아니다. 육가陸賈처럼 박학한 사람이 들은 바가 없다고 어찌 장담하겠는가?

다만 진秦·한漢 어름엔 문장이 모두 기이하고 씩씩하며 군세고 강건

---

213 『신어(新語)』: 서한(西漢)의 육가(陸賈)가 진(秦)이 망하고 한(漢)이 천하를 통일할 수 있었던 이유 및 역대 국가의 성패에 대해 서술한 책이다. 12편으로 구성되어 있는데, 「도기(道基)」, 「술사(術事)」, 「보정(輔政)」, 「무위(無爲)」, 「변혹(辨惑)」, 「신미(愼微)」, 「자집(資執)」, 「지덕(至德)」, 「회려(懷慮)」, 「본행(本行)」, 「명계(明誡)」, 「사무(思務)」이다. 왕도정치(王道政治)를 존중하고 패도정치(覇道政治)를 배격하며, 정치의 핵심은 수신(修身)에 있다는 주장이 담겨 있다. ○ 육가는 초(楚) 사람이다. 유방(劉邦)을 호종하며 구변 좋은 세객으로 활동했다고 한다. 한 고조를 위해 『신어』를 지었다.

214 단전밀부(單傳密付): '단전(單傳)'은 불교의 용어로서, 경전에 의지하지 않고 이심전심(以心傳心)한다는 말이고, '밀부(密付)'는 밀착(密着)과 같다. 여기선 이심전심으로 문자에 의지하지 않고 한 사람의 제자에게만 은밀히 전한다는 뜻으로 쓰였다.

했다. 그리고 고황제高皇帝는 일세의 영웅으로, 평소 독서를 좋아하지 않았다. [그러니] 아마도 그가 좋다고 칭찬한 것[215]은 반드시 간결하며 쉽고 명백해서 빠르게 사람을 움직이는 것이었을 것이다. 그런데 지금 전하는 『신어』는 원제元帝·성제成帝[216] 이후 고리타분한 선비들의 문장처럼 아주 지리멸렬하고 느슨하다. 이 점이 의심스럽긴 하다.

그렇긴 하지만 이 책은 어진 이를 등용하고 검소함을 숭상하며 형벌을 줄이고 전쟁을 그치는 것을 핵심적인 일로 삼고 있다. 그리고 교화의 근본을 추구해서, 그것을 임금 자신과 가정 내의 일에 귀결시키고 있다. 『대학大學』의 주지를 깊이 깨달은 사람인 것이다. 한나라 때면 동중서董仲舒나 유향劉向 정도나 혹 그럴 수 있을 것이다. 그러나 음양재변陰陽災變과 신선神仙의 학술을 단호하게 물리친 것은 동중서나 유향도 하지 못했던 일이다.[217] 내가 이런 이유로 더는 그 진위를 따지지 않고 그 말을 특

---

215 고황제(高皇帝)는 일세의 …… 칭찬한 것 : 고황제(高皇帝)는 한 태조 유방(劉邦)의 시호이다. ○『한서(漢書)』〈육가전(陸賈傳)〉과 『사기』〈육가열전(陸賈列傳)〉에 관련된 일화가 있다. 육가가 『시경』, 『서경』 등 옛 경전을 인용하며 유세하자 한 고조는 “나는 말 위에서 천하를 얻었다. 어찌 시(詩)·서(書) 따위를 운운하는가?”라고 질책했다. 육가는 “말 위에서 얻은 천하를 어찌 말 위에서 다스릴 수 있겠습니까?” 운운하며 대꾸했고, 고조는 자신을 위해 진(秦)이 천하를 잃고 자신이 천하를 얻은 이유와 역대 국가의 득실을 논하는 글을 지어 달라고 요청했다. 이에 따라 육가가 『신어』를 지었는데, 한 편 한 편 지어 올릴 때마다 고황제는 훌륭하다고 칭찬해 마지않았고 좌우의 측근들은 만세를 불렀다고 한다.
216 원제(元帝)·성제(成帝) : 서한(西漢)의 11대·12대 황제이다.
217 음양재변(陰陽災變)과 신선(神仙)의 …… 못했던 일이다 : 한대에 유행한 음양재변설은 천재지변 같은 자연적 재앙이 음양의 부조화에서 기인한 것으로 해석하며, 천인상응(天人相應)의 원리에 의해 지상의 통치자인 황제의 통치, 즉 시정(時政)의 득실과 관련되어 있다고 해석하는 학설이다. 특히 별을 통해 재변을 미리 예언하는 것이 유행하였는데, 『수서(隋書)』「오행지(五行志)」의 서문에는 다음과 같이 요약되어 있다. “천도는 별의 모습으로 흥패를 보여 주니, [별에 대한 전문적 저술을 남긴] 감덕(甘德)과 석신(石神)이 먼저 알았던 것이다. 이로써 상서의 징조를 말할 수 있고 변괴의 점을 징험할 수 있다. …… 한나라 때 복생·동중서·경방·유향의 무리가 재이를 말할 수 있었고 육경을 돌아보았으니 볼만한 것이 있었다(天道以星象示廢興, 則甘·石所以先知也. 是以祥符之兆可得而言, 妖訛之占所以徵驗. …… 漢時有伏生·董仲舒·京房·劉向之倫, 能言災異, 顧眄六經, 有足觀者).” ○ 유향은 서한(西漢) 시대의 학자이다. 자는 자정(子政)이다. 선제(宣帝) 때 명유(名儒)로 선발되어 석

별히 많이 뽑았다.

○○○ 〈『번로²¹⁸정언』 발문繁露精言跋〉

반고班固는 동중서董仲舒의 전기를 지으면서, 그의 저서로『춘추』에 관
한『옥배玉杯』,『청명淸明』,『죽림竹林』,『번로繁露』등 수십만 마디 말을 거
론했다.²¹⁹ 지금은『번로』만 남았고,「죽림」,「옥배」는 모두『번로』의 편
명 중 하나가 되었다.²²⁰ 그 책은 모두 82편이다. 그런데 18편 이후로는
『춘추』에 대한 이야기가 아닌 것이 많다. 문장은 후세의 주소체註疏體처
럼 아주 번잡하고 지리멸렬하다. 종종 같은 이야기가 여러 번 나오기도
한다. 그중「이합근離合根」,「입원신立元神」두 편은 또 임금이 수를 써서

거각(石渠閣)에서 오경(五經)을 강의했다. 원제(元帝) 때 음양재이설(陰陽災異說)을 가지고
정치적인 상황의 득실을 추론하며 외척과 환관의 전횡을 탄핵하다가 두 차례의 옥고를
치렀다. 상고시대부터 진(秦)·한(漢)까지의 부서재이(符瑞災異)의 기록을 집성한『홍범
오행전론(洪範五行傳論)』을 저술하였다. ○ 동중서도 서한(西漢)의 학자이다. 경제(景帝)
때 춘추 박사가 되었다. 동중서는 음양오행으로 인간사를 설명하고 천인상응(天人相應)
의 의론을 펼친 것으로 유명하다. 동중서가 강도왕(江都王)의 상(相)으로 있을 때, 요동의
고조묘(高祖廟)에 화재가 발생했고, 그는 자신의 재상론(災祥論)에 의거해 화재의 원인을
분석한 상주문을 올렸다. 이 때문에 사형을 언도받았다가 사면되기도 했다.

218 『번로(繁露)』:『춘추번로(春秋繁露)』를 가리킨다. 한의 동중서(董仲舒)가 지은『춘추』해
설서이다. 총 17권 82편으로 이루어져 있다.『춘추공양전』을 바탕으로 미진한 부분을
자문자답 형식으로 부연하고, 나름의 해석을 개진하여, '춘추대일통(春秋大一統)'의 뜻을
드러내었다. '재이설(災異說)'이나 '음양오행설(陰陽五行說)'을 논술한 편들을 통해 음양오
행과 천인감응(天人感應)을 핵심으로 하는 철학 이론을 펼치고 있다. 그 밖에도, 성삼품
론(性三品論)·적흑백삼통순환(赤黑白三統循環)의 역사관 등을 펼쳐 중앙집권적 봉건 통
치제도의 이론적 정초를 마련했다.

219 반고(班固)는 동중서(董仲舒)의 …… 말을 거론했다 : 반고는 그가 지은『한서(漢書)』〈동중
서전(董仲舒傳)〉에서 "동중서가 지은 책은 모두 경술의 뜻을 밝히는 것이니, ……『옥배』,
『번로』,『청명(淸明)』,『죽림(竹林)』등 수십 편, 십여만 마디의 말이 모두 후세에 전한다
(仲舒所著, 皆明經術之意 …… 玉杯·蕃露·淸明·竹林之屬, 復數十篇十餘萬言, 皆傳於後世)."라고
했다.『한서』에는 '번로(繁露)'가 '번로(蕃露)'로 되어 있다.

220 지금은『번로』만 …… 하나가 되었다 : 현재 전하는『춘추번로(春秋繁露)』는 7권 82편이
다.「죽림(竹林)」은 제3권,「옥배(玉杯)」는 제2권으로 편찬되어 있다.

잘못을 숨기게 하는 폐단을 열어 놓았으니,[221] 이른바 '마음을 바르게 해서 조정을 바르게 하'는[222] 것과는 얼음과 숯불처럼 상극이다. 이런 이유로 옛것을 고찰하는 사람들은 모두 의심한다.

그러나 내가 그 문장을 읽어 보았더니, 뻣뻣한 것 같지만 실은 굳세고, 잡다한 것 같지만 실은 심오하다. 미묘한 이치에 대한 분석 같은 것은 진晉·당唐 이후의 학자들이 결코 미칠 수 없다. 아마도 동중서가 지은 것은 이미 많이 없어지고, 그 제자들이 각자 자신들이 듣고 본 것으로 보충하여 근대의 소위 '어록語錄' 같은 것으로 만들어 놓은 것일 것이다.

동중서는 재이災異와 길상吉祥을 이야기하는 학설을 공부했는데,[223] 그 설이란 게 몹시 에둘러서 억지로 끌어다 붙이는 것이다. [그리고] 이것 때문에 자칫 형벌을 당할 뻔했다.[224] 그러나 이 책에 실린 음양오행에 관한 설은 순정하고 실질적이며 이치에 가까운 것이 많다. 덕과 형벌의 선후에 대해 간절하게 [말하는 것은] 더욱 어진 사람의 마음 씀씀이다.

---

221 「이합근(離合根)」, 「입원신(立元神)」 …… 열어 놓았으니 : 『춘추번로』의 제18·19편이다. 이 두 편은 임금의 통치행위를 하늘을 본받는 것으로 논리화하면서, 결국 군주의 '무위지치(無爲之治)'를 강조하고 있다. ○ 후세의 임금들이 '무위지치'라는 평계로 '정말 아무 것도 하지 않는' 무능 혹은 태만을 빠져나가는 문을 열었다는 뜻으로 보인다.

222 '마음을 바르게 …… 바르게 하'는 : 동중서가 한 무제(漢武帝)에게 답한 〈현량대책(賢良對策)〉에 나오는 구절이다. "그러므로 인군이 된 자는 그 마음을 바르게 해서 조정을 바르게 하며, 조정을 바르게 해서 백관을 바르게 하고, 백관을 바르게 해서 만민을 바르게 하고, 만민을 바르게 해서 사방을 바르게 합니다. 사방이 바르면 원근이 감히 모두 바르지 않을 수 없고, 사악한 기운이 그 사이를 범함이 없을 것입니다. 이로써 음양이 조화롭고 풍우가 때에 맞으며 모든 생명이 조화롭고 만민이 번성하며 오곡이 잘 익고 초목이 무성하여 천지의 사이가 윤택해져 크게 풍성하고 아름다우며, 사해의 안이 성대한 덕을 듣고 모두 와서 신하가 되고, 온갖 복된 물건과 상서로움이 다 이르리니, 왕도가 완성됩니다 (故爲人君者, 正心以正朝廷, 正朝廷以正百官, 正百官以正萬民, 正萬民以正四方. 四方正, 遠近莫敢不壹於正, 而亡有邪氣奸其間者. 是以陰陽調而風雨時, 群生和而萬民殖, 五穀孰而草木茂, 天地之間被潤澤而大豐美, 四海之內聞盛德而皆徠臣, 諸福之物, 可致之祥, 莫不畢至, 而王道終矣)." 『한서(漢書)』 〈동중서전(董仲舒傳)〉.

223 동중서는 재이(災異)와 …… 학설을 공부했는데 : 각주 217 참조.

224 자칫 형벌을 당할 뻔했다 : 각주 217 참조.

아! 동중서는 대책對策으로 임금의 인정을 받아,²²⁵ 포의의 신분에서 하루아침에 2천 석의 [녹봉을 받는 높은] 지위에 이르렀다. 당시에는 공손홍公孫弘²²⁶과 예관兒寬²²⁷이 경전에 대한 조예로 재상 자리에 [발탁되어] 있었고, 전분田蚡,²²⁸ 위청衛青,²²⁹ 한안국韓安國²³⁰은 모두 총애받는 권신들로, 선비를 좋아한다는 평판이 있었다.²³¹ 만약 동중서가 조금만 [자신의]

225 동중서는 대책(對策)으로 임금의 인정을 받아 : 한 무제(漢武帝)는 즉위하면서 전국에서 현량(賢良)과 문학의 선비를 불러서 시무를 논하였는데, 동중서도 현량의 자격으로 의견을 진술하였다. 그것이 〈현량대책(賢良對策)〉이다. 백가를 몰아내고 유술만을 존숭할 것을 건의한 〈현량대책〉이 무제에게 채택됨으로써 유학이 이후 2천 년 동안 중국의 정통 학술로 자리 잡는 계기가 되었다.

226 공손홍(公孫弘) : 서한의 학자로 자는 계(季)이다. 젊어서부터 학문에 정통하였으나 곡학아세를 하지 않는 꼿꼿한 성품 때문에 재야에서 부모를 모시고 지내다가 예순이 되어서야 현량과에 천거되어 박사가 되었다. 뒤에 승상에까지 올랐다. 『한서(漢書)』 〈공손홍전(公孫弘傳)〉.

227 예관(兒寬) : 서한의 관리이자 학자이다. 자는 중문(仲文)이다. 경학과 역법에 정통하고 문학도 잘했다. 공안국(孔安國)에게 수업하여 『상서(尙書)』를 전공했다. 무제(武帝) 때 좌내사(左內史)로 발탁되었고, 관직이 어사대부(御使大夫)에 이르렀다. 사마천·공손경(公孫卿)·호수(壺遂) 등과 함께 칙명으로 역법을 개수하여 『태초력(太初曆)』을 만들었다. 이는 진(秦)의 『전항력(顓頊曆)』에 비해 매우 진전된 역법으로 평가된다.

228 전분(田蚡) : 서한 초기의 외척으로, 재상을 지냈다. 효경제(孝景帝)의 왕후(王后) 전씨(田氏)의 동생으로, 무제(武帝)의 외삼촌이다. 무제가 등극하자 무안후(武安侯)에 봉해지고 승상에 올랐다. 무제의 신임을 등에 업고 권력을 남용하고, 극도의 사치를 향락했으며, 공물을 범하는 등 전횡했다. 『한서(漢書)』 〈전분전(田蚡傳)〉.

229 위청(衛青) : 한 무제 때의 명장이다. 어머니가 평양후(平陽侯) 정계(鄭季)의 첩이었으므로 어머니의 성을 따랐다. 누이인 위자부(衛子夫)가 무제의 후궁이 되자 관직에 진출해 거기장군(車騎將軍)이 되었다. 일곱 번에 걸친 흉노 정벌에서 큰 전공을 세워 장평후(長平侯)에 봉해지고, 대장군(大將軍)에 올랐다. 『사기』 〈위장군·표기열전(衛將軍驃騎列傳)〉.

230 한안국(韓安國) : 서한(西漢)의 명신으로 자는 장유(長孺)다. 어려서부터 여러 책을 널리 읽어 언변과 학문으로 이름이 났다. 뒤에 양 효왕(梁孝王)의 막하에서 중대부(中大夫)가 되어 한 왕실과의 관계를 조정하는 과정에서 경제(景帝)의 신임을 받았고, 무제 때 한의 조정에 출사했다. 한안국은 흉노와의 화친을 주창해서 여러 해 동안 한의 북쪽 변방에 전쟁이 없게 했다고 평가된다.

231 당시에는 공손홍(公孫弘)과 …… 평판이 있었다 : 한 무제 때는 인재가 많았던 시기로 일컬어진다. 『한서』 〈공손홍·복식·예관전(公孫弘蔔式兒寬傳)〉에는 다음과 같은 기술이 등장한다. "한이 인재를 얻은 것은 이때에 성대했다. 유아(儒雅)는 공손홍(公孫弘)·동중서(董仲舒)·예관(兒寬), 독행(篤行)은 석건(石建)·석경(石慶), 질박하고 곧음[質直]은 급암(汲

도를 굽혀 그들 사이에서 교제했더라면 삼공三公과 철후徹侯[232]라도 어찌 문제가 되었겠는가? 지금 그 책을 보면, "떠나가고 나아옴 없이 의연히 홀로 처하는 것이 산의 뜻이라"[233]는 말이 있다. 이것이 그가 강도江都와 교서膠西 사이에 내쳐져서[234] 죽을 때까지 한 번도 [자신의 경륜을] 시도해 볼 수 없었던 이유다. 아, 그는 정말 '진짜 선비眞儒'다!

○○○ 〈『한시[235]정언』 발문韓詩精言跋〉[236]

내 나이 열 살 남짓 무렵『한시외전韓詩外傳』을 읽은 적이 있다. [그런데]

黜)·복식(卜式), 현자를 추천하는 것[推賢]은 한안국(韓安國)·정당시(鄭當時), 명을 정하는 것[定令]은 조우(趙禹)·장탕(張湯), 문장(文章)은 사마천(司馬遷)·사마상여(司馬相如), 골계(滑稽)는 동방삭(東方朔)·매고(枚皋), 응대(應對)는 엄조(嚴助)·주매신(朱買臣), 역수(曆數)는 당도(唐都)·낙하굉(洛下閎), 협률(協律)은 이연년(李延年), 운주(運籌)는 상홍양(桑弘羊), 봉사(奉使)는 장건(張騫)·소무(蘇武), 장군(將率)은 위청(衛青)·곽거병(霍去病), 유조를 받듦[受遺]은 곽광(霍光)·김일제(金日磾)이다. 그 나머지도 이루 다 기록할 수 없다(漢之得人, 於茲爲盛. 儒雅則公孫弘·董仲舒·兒寬, 篤行則石建·石慶, 質直則汲黯·卜式, 推賢則韓安國·鄭當時, 定令則趙禹·張湯, 文章則司馬遷·相如, 滑稽則東方朔·枚皋, 應對則嚴助·朱買臣, 曆數則唐都·洛下閎, 協律則李延年, 運籌則桑弘羊, 奉使則張騫·蘇武, 將率則衛青·霍去病, 受遺則霍光·金日磾, 其餘不可勝紀)."

232 삼공(三公)과 철후(徹侯) : 삼공은 고대 조정에서 가장 높은 세 관직으로 시대마다 호칭이 달랐는데, 서한(西漢) 시대엔 승상(丞相)·태위(太尉)·어사대부(禦史大夫)가 삼공이었다. 철후는 열후(列侯)라고도 하는데, 이성(異姓)의 제후를 일컫는다.

233 떠나가고 나아옴 …… 산의 뜻이라 :『춘추번로(春秋繁露)』〈산천송(山川頌)〉에 나온다. "후세에도 떠나가고 나아옴 없이 의연히 홀로 처하는 것이 산의 뜻이라(後世無有去就, 儼然獨處, 惟山之意)."

234 그가 강도(江都)와 교서(膠西) 사이에 내쳐져서 : 동중서는 〈현량대책〉으로 조정에 진출한 이후 강도상(江都相)으로 전출되었으며, 후에 다시 교서상(膠西相)으로 내보내졌다. 그를 시기한 승상 공손홍이 교만하기로 이름나 있는 교서왕 유단(劉端)의 상(相)으로 전출시켰다고도 한다.

235 『한시(韓詩)』:『한시외전(韓詩外傳)』을 가리킨다. '한시'는『시경』의 이본 중 하나로, 한(漢)의 한영(韓嬰)이 편찬했다. 「내전(內傳)」4권, 「외전(外傳)」6권, 「한시설(韓詩說)」41권이 있었다고 하는데, 현재는『한시외전(韓詩外傳)』만 전해진다.

236 『연천선생문집』에는 빠졌다.

공자께서 아곡阿谷의 처자를 만나신 이야기[237]에 이르러서 "이것은 성인을 모함하는 못된 책이다." 하고 덮어 버리곤 다시는 읽지 않았다. 좀 자라서 다시 읽어 보니 종종 격언과 지론이 있었다. 순정한 것과 잘못된 것이 섞여 있긴 했지만, 요는 취할 만한 것들이 많았다. 아! 한 가지 허물로 큰 덕을 덮어 버리는 것은 선비를 취하는 자들이 마땅히 경계해야 하다.

서한西漢 시대에 시를 논한 사람들로는 제齊·노魯·한韓·모毛 네 사람[238]이 꼽힌다. 지금은 모씨의 [시]만 널리 돌아다니고, 제씨의 시와 노씨의 시는 모두 없어졌으며, 한씨의 시는 외전만 겨우 전해진다. 그런데 허씨의 『설문說文』[239]이나 정씨의 『예주禮註』[240]에 인용된 것에서 볼 수 있는 것처럼, 네 사람이 전한 『시경』은 자구가 모두 다르다. 그런데 이 책에 인용된 시들은 모씨본과 완전히 합치된다. 또 제자諸子의 말을 통째로 사용한 예도 매우 많다. 줍고 훔쳐 만든 것 같으니, 한 초기 사람의 저술과는 전혀 비슷하지 않다. 이것이 한씨의 본래 책인지 여부는 정말 알 수 없는 일이다. 그러니 소위 '아곡 처자 이야기' 같은 것도 어찌 성급

---

237 공자께서 아곡(阿谷)의 처자를 만나신 이야기 : 『한시외전(韓詩外傳)』 권1에 나온다. 아곡(阿谷)은 춘추시대 초(楚)의 지명이다. 공자가 이곳을 지나다가 패옥을 차고 빨래하는 여인을 만났는데, 자공(子貢)을 시켜 술잔과 거문고의 기러기발과 거친 베를 가지고서 세 차례 여인을 시험했다는 이야기이다.

238 제(齊)·노(魯) …… 네 사람 : 한(漢)나라 때, '시(詩)'를 전수한 학자로는 제(齊)의 원고생(轅固生), 노(魯)의 신배(申培), 연(燕)의 한영(韓嬰), 조(趙)의 모공(毛公)이 있었다. 이들이 전한 '시'를 후세는 '사가시(四家詩)'로 부른다. 이중 제시(齊詩)·노시(魯詩)·한시(韓詩)는 서한 시대에 태학(太學)의 정식 과목으로 채택되었다. 모시(毛詩)는 비교적 늦게 나타나 후한 시대에 학관에 세워졌다. 모시가 성행하자 제시·노시·한시 삼가시(三家詩)는 점점 쇠퇴해서 마침내 전하지 않게 되었다. 『한시』는 「한시외전」만 전한다.

239 허씨의 『설문(說文)』 : 동한의 허신(許愼)이 편찬한 『설문해자(說文解字)』를 가리킨다. 『설문해자』는 당시 통용되던 한자 9,353자를 540부(部)로 분류하고, 글자별로 본래의 글자 모양과 뜻, 그리고 발음을 종합적으로 해설한 중국 최초의 자전(字典)이다.

240 정씨의 『예주(禮註)』 : 『주례주(周禮注)』 12권, 『의례주(儀禮注)』 17권, 『예기주(禮記注)』 20권을 합해서 '삼례주(三禮注)'라고 부르는데, 이것을 가리킨다. 고대의 세 가지 예서(禮書)인 『주례』, 『의례』, 『예기』에 대해 동한의 정현(鄭玄)이 주해한 것이다.

하게 한씨를 단죄할 수 있겠는가? 시를 인용하면서, 본래 뜻과는 다르게 자의적으로 잘라 이용한 것[241]이 많은 것은 『좌씨전左氏傳』, 『예기禮記』, 『효경孝經』에서부터 모두 그렇다. 이 책만이 아니다. 좋은 독자는 그 취할 만한 것을 취할 뿐이다.

○○○ 〈『대대[242]정언』 발문大戴精言跋〉

"두 가지 '대기戴記'는 모두 예를 이야기하고 있고, 둘 다 서경西京 시대에 [세상에] 나왔다. 그리고 대대大戴는 소대小戴의 형[243]이기도 하다. [그런데] 『소대小戴』에 있는 것은 『대대정언』을 편찬할 때 다시 뽑지 않았다. 왜 그런 것인가?"

"『소대』가 이미 경전의 반열에 올랐기 때문이다."

"두 대기 모두 예를 말한다. 『소대』만 경전의 반열에 오른 것은 왜 그런 것인가?"

"『소대』의 책은 완전하고, 『대대』의 책은 결실된 것이 반이 넘는다. 『소대』는 오직 예에 대해서만 말했다. 다른 이야기로 흐른 것은 열에 하나 정도이다. [반면] 『대대』는 잡다한 기록이 많아, 예를 이야기한 것이 또

---

241 본래 뜻과는 …… 이용한 것 : 본문은 '단장(斷章)'이다. '단장취의(斷章取義)'의 줄임말로, 시문(詩文) 중에서 자기가 필요한 부분만을 따서 원작자의 본의나 문맥과 상관없이 사용하는 것을 말한다.

242 『대대(大戴)』 : 『대대례(大戴禮)』, 『대대례기(大戴禮記)』로 불리는 예서(禮書)이다. 서한 중기 대덕(戴德)이 편찬했다고 한다. 공영달의 〈『예기정의』 서(禮記正義序)〉에 인용된 정현의 〈육예론(六藝論)〉에 "대덕이 기 85편을 전했으니, 『대대례』가 이것이다(戴德傳記八十五篇, 則『大戴禮』是也)."라고 했다. 대성(戴聖)의 『소대례(小戴禮)』와 함께 형성되었으나, 정현이 『소대례』에 주를 달아 삼례(三禮)를 완성함으로써, 『대대례』는 많은 부분 산일되고 현재는 39편만 남았다.

243 대대(大戴)는 소대(小戴)의 형 : 대성과 대덕을 형제간이라고 하는 것은 홍석주의 착오인 듯하다.

열에 하나 정도뿐이다. 『소대』만 경전의 반열에 오른 것은 당연하다."

"『소대』는 정말 그렇다. 그런데 [『대대정언』의 편찬에서] 순경荀卿·가의賈誼·회남자淮南子의 책에도 나오는 것은 모두 거기서 뽑고 여기에서는 뽑지 않았다. 왜 그런 것인가?"

"그 책들이 모두 『대대』보다 먼저 나왔다."

"그렇다면 『가어家語』244는 『대대』보다 먼저 나오지 않았다는 것인가?"

"그대는 현재의 『가어』를 공씨가 남긴 것으로 생각하는가? 현재의 『가어』는 왕숙王肅의 글이다. 대씨와는 2백 년이나 차이가 난다."

두 가지 대기戴記가 모두 순수할 수는 없지만, 『대대』엔 의심스러운 것이 더욱 많다. 그러나 그 가운데는 주공·문왕·무왕·공자·증자께서 남기신 말씀도 종종 들어 있다. 그 책이 모두 85편이었지만 현재 남은 것은 38편부터 81편까지로, 겨우 절반 정도에 그친다. 그 문장은 더구나 반 이상 잃어버리고 빠져서 읽을 수가 없다. 아, 애석하다!

○○○ 〈『염철론245정언』 발문鹽鐵論精言跋〉

나는 원래부터 『염철론鹽鐵論』을 매우 사랑했다. 그 학문은 동중서와

---

244 『가어(家語)』: 『공자가어(孔子家語)』이다. 『한서』 「예문지(藝文志)」는 『가어』 27권을 기록하고 있는데, 안사고(顏師古)는 당시 전하는 『가어』와는 다른 것이라고 하였다. 현재 전하는 것은 10권으로, 왕숙(王肅)이 주석한 것인데, 왕숙의 위작이라는 의심을 받는다. ○ 왕숙은 삼국시대 위(魏)의 학자이자 정치가이다. 자(字)는 자옹(子雍)이고, 시호는 경후(景侯)이다. 고문학자인 가규(賈逵)·마융(馬融)의 경전 해석을 계승해서 참위설(讖緯說)이 혼합된 정현(鄭玄)의 해석을 배격하고 실용적인 해석으로 대체했다. 『상서(尙書)』, 『논어』, 삼례(三禮), 『춘추좌씨전(春秋左氏傳)』 등에 주석을 붙였는데, 모두 당시 학관(學官)에 세워져 관학(官學)으로서 공인되었다.

245 『염철론(鹽鐵論)』: 서한 소제(昭帝) 때 조정에서 벌어진 염철회의(鹽鐵會議)의 속기록인 『염철의문(鹽鐵議文)』을 선제(宣帝) 때 환관(桓寬)이 정리한 책이다. 12권 60장(章)이다. 쌍방의 토론 과정이 '문학왈(文學曰)', '대부왈(大夫曰)'의 대화체 문장으로 묘사되어 있다. 편저자인 환관은 여남(汝南) 사람으로, 관직은 여강태수(廬江太守)의 승(丞)을 지냈다. 박학

비슷하지만 변론은 그보다 낫고, 문장은 사마천과 비슷하지만 순정하기는 그보다 낫다고 생각한다. 자신을 굽히지 않으면서 충성심을 품고 강압을 두려워하지 않는 것은 급암汲黯이나 유향劉向도 대적할 수 없다. 아! 이런 선비가 있었는데도 등용하지 못해서 후세가 그 이름을 거명하지 못하게 하다니, 전천추田千秋[246]나 상홍양桑弘羊[247]은 말할 것도 없으려니와 곽광霍光[248]이라는 자도 현자를 은폐한 벌을 어찌 면할 수 있겠는가?

그렇긴 하지만 그는 먼 시골의 벼슬 없는 한 선비였을 뿐이었다. [그런데도] 떨어진 옷자락을 거머쥐고 뚫어진 신발을 끌며 조정으로 곧장 들어와 앉아 거만하게 천자의 삼공三公과 맞섰다. [그러나 삼공들은] 수백 번

하고 문장이 뛰어났다고 한다. ○ 소제 때 벌어진 염철회의는 무제(武帝) 때 시행되었던 회의이다. 소금[鹽]·철(鐵)·술[酒]의 전매(專賣)와 균수(均輸)·평준(平準) 등의 경제정책을 지속할 것인가를 주제로, 전국에서 소집된 60여 명의 현량(賢良)과 문학(文學), 관료들이 참석해서 벌어졌던 회의이다. 기존 경제정책의 폐지를 주장하는 현량·문학들과 기존 정책을 수립하고 시행을 주도했던 상홍양(桑弘羊)이 논쟁의 주된 쌍방이었다. 이 대토론은 염철 전매에 대한 토론으로 시작되었지만, 논쟁은 국방·외교·사회·경제·사상 등 당시의 국가와 사회가 안고 있던 제반 문제를 전면적으로 점검하는 대논쟁으로 확대되었다.

246 전천추(田千秋) : 한 무제(漢武帝) 때의 대신(大臣)으로 부민후(富民侯)에 봉해졌다. 소제(昭帝)가 즉위하였을 때에는 이미 노쇠하여 그에게 수레를 타고 입조(入朝)하는 특권을 내렸는데, 이 때문에 그를 거승상(車丞相) 또는 거천추(車千秋)라 불렀다고 한다. 성품이 중후하고 덕이 있었으며, 소제 때 벌어진 염철회의의 개최를 주관했다.

247 상홍양(桑弘羊) : 서한(西漢)의 정치가이며 재정 전문가이다. 상인 집안 출신으로 경제(經濟)에 밝아 정복 전쟁이 많던 무제(武帝)의 재정을 담당했다. 특히 고민(告緡), 염철전매(鹽鐵專賣), 주류 판매권, 균수(均輸), 평준(平準), 화폐개혁 등을 추진해 재정을 확충하고 호족을 누르는 정책을 추진했다. 흉노와의 전쟁에서 60만 명의 둔전을 변방에 조직하여 장기전에 대비하는 방책을 내놓기도 했다. 무제 사후 소제(昭帝)가 즉위하자 상홍양은 곽광(霍光)·김일제(金日磾)와 보정대신(輔政大臣)이 되었다. 시원(始元) 6년에 개최된 염철회의(鹽鐵會議)에서 토론의 당사자로 기존 정책을 옹호하는 변론을 전개하였다. 후에 연왕(燕王) 유단(劉旦)과 상관걸(上官桀) 부자의 모반사건에 연루되어 피살되었다.

248 곽광(霍光) : 서한(西漢) 때의 대신이다. 무제(武帝)를 측근에서 섬기다가, 무제의 임종 시에 대사마대장군(大司馬大將軍)·박륙후(博陸侯)로 고명대신이 되었다. 무제 사후 소제(昭帝)를 보필하여 정사(政事)를 집행하였으며 소제의 형인 연왕(燕王) 단(旦)의 반란을 기회 삼아 상관걸·상홍양 등의 정적을 타도하고 실권을 장악하였다. 『한서』〈곽광전(霍光傳)〉.

말이 오가도 싫어하지 않았다. 위험한 발언과 강직한 논의는 얼굴을 맞대 놓고 잘못을 지적하고 혀로 베어 내듯 해서, 심하게는 거의 꾸짖음에 가까웠다. 그런데도 처벌하지 않았을 뿐 아니라 오히려 반복해서 이야기를 끌어내, 그가 속에 지닌 것을 모두 드러낼 때까지 그치지 않았다. 아! 이것 역시 서경西京 이후라면 있을 수 있는 일이겠는가?

이 책에서 '문학文學'으로 되어 있는 사람은 구강九江의 축생祝生이고, '현량賢良'249이라고 되어 있는 사람은 중산中山의 유자옹劉子雍이다.250 '대부大夫'라고 하는 것은 어사대부御史大夫인 상홍양桑弘羊이다. 현량들의 말이 가장 순수하고, 문학들의 말에는 거창하나 물정을 모르거나, 곧기는 하나 과격한 말들이 섞여 있다. 공손홍과 주보언主父偃에 대한 논의도 이치에 맞지 않는다. [그러나] 고금의 사치와 검소, 덕과 형벌의 선후 구분에 대한 두 사람의 논의251 같은 것은 백대가 지나도 바꿀 수 없다. 아, 아

---

249 '문학(文學)' …… '현량(賢良)' : 서한 초기에는 군국(郡國)의 장관이 관할 지방의 인재를 찾아 조정에 추천하였는데, 이것이 점차 찰거제(察擧制)로 제도화되었다. 찰거제는 '구현(求賢)'의 한 방법으로, 황제가 지방에서 추천된 인사에게 책문(策問)을 통해 대책을 시험하고 그 결과를 평가해서 고위 관료로 발탁하는 제도였다. 찰거는 현량(賢良)·문학(文學)·효렴(孝廉)·수재(秀才)를 기준으로 선발하되, 시기와 선발 인원의 수가 규정되어 있었다.

250 이 책에서 …… 중산(中山)의 유자옹(劉子雍)이다 : 『사고전서제요(四庫全書提要)』의 〈염철유(鹽鐵論)〉에는 이 회의에 참석했던 여남(汝南)의 주자백(朱子伯)의 말을 인용해, 현량은 무릉(茂陵)의 당생(唐生), 문학은 노국(魯國)의 만생(萬生) 등 60여 인인데, 중산(中山)의 유자옹(劉子雍), 구강(九江)의 축생(祝生) 등이 최고로 추중되었다고 했다.

251 공손홍과 주보언(主父偃)에 …… 사람의 논의 : 공손홍은 서한 무제(武帝) 때의 관료로 자는 계(季)이다. 해변에서 돼지를 치다가 나이 40이 넘어 공부를 시작했고, 60에 현량(賢良)으로 박사(博士)가 되었다. 결국 승상이 되어 평진후(平津侯)에 책봉되었다. 사적인 원한을 깊이 간직했다 보복하는 성격으로 평가되니, 주보언을 죽이고 동중서(董仲舒)를 교서(膠西)로 보낸 것이 모두 공손홍의 힘이었다. 신하의 도리로 검소하고 절약할 것을 늘 강조해, 베옷을 입고 두 가지 고기를 상에 올리지 않았다고 한다. 그러나 빈객을 좋아하여 자신은 고기반찬 한 가지에 껍질만 벗긴 거친 밥을 먹었지만 봉록을 모두 그들에게 나누어 주어 집안에 남은 것이 없었으니, 이 때문에 선비들이 그를 훌륭하게 여겼다고 한다. ○주보언(主父偃) 역시 무제 때의 관료이다. 무제에게 상소를 올려 제후왕(諸侯王)의 세력을 약화할 것과 삭방군(朔方郡)을 설치해 흉노를 퇴치할 것을 건의하였는데 둘 다 채택됨으로써 발탁되었다. 이후 주보언은 여러 가지 모책(謀策)을 올려 한을 안정시키는

름답다!

○○○ 〈『신서²⁵²정언』 발문新序精言跋〉

『신서新序』와 『설원說苑』²⁵³은 모두 유향이 지어 성제成帝에게 바친 것

데 기여했으나 공손홍(公孫弘)에게 죽임을 당했다. 그는 제후왕들의 비밀을 밀고함으로써 황제의 신임을 받았고, 한편으론 제후왕들에게 뇌물을 받았다고 한다. 너무 전횡이 심하다는 충고를 받자 "대장부가 살아서 다섯 솥의 음식을 먹는 호사를 누리지 못한다면 죽어서 다섯 솥에 삶기는 형벌을 당할 뿐이다(且丈夫生不五鼎食, 死即五鼎烹耳)."라고 했다. 『사기』〈평진후주보열전(平津侯主父列傳)〉. ○『염철론(鹽鐵論)』「포현(褒賢)」에는 "대부(大夫)가 주보언은 입과 혀로 큰 관직을 얻었으며 무거운 권세를 훔쳤고 종실을 속이고 제후의 뇌물을 받았으며, 끝내는 모두 주살되었다(大夫曰主父偃以口舌取大官, 竊權重, 欺紿宗室, 受諸侯之賂, 卒皆誅死)."고 공격하는 부분이 나온다. 이에 대해 문학(文學)은 "공손홍은 삼공의 지위에 있으면서도 집에 수레가 열 대를 넘지 않았다. 주보는 곤액을 당한 날들이 길었으며, 높은 지위에 있는 자가 도를 좋아하지 않고 부하고 귀하면서도 선비를 돌볼 줄 모르는 것을 미워하였다. 이에 넉넉하게 남는 것을 가지고 궁한 선비의 절박함을 돌보았으며, 사가의 일로 여기지 않았다(公孫弘即三公之位, 家不過十乘, 主父見困厄之日久矣, 疾在位者不好道而富且貴, 莫知恤士也. 於是取饒衍之餘以周窮士之急, 非爲私家之業也)."라고 옹호하였다.

252 『신서(新序)』: 서한(西漢) 유향(劉向)이 지은 고대 일화집이다. 순(舜)·우(禹) 시대에서 한대(漢代)에 이르기까지의 역사적 사적과 전설을 채집했다. 같은 작가의 편찬인 『설원(說苑)』과 성질이 비슷하다. 원본은 30권인데 북송 초에 10권만 남았다. 「잡사(雜事)」, 「자사(刺奢)」, 「절사(節士)」, 「의용(義勇)」, 「선모(善謀)」로 구성되어 있다. ○ 유향은 전한 말기 패현(沛縣) 사람이다. 본명은 갱생(更生)이고, 자는 자정(子政)이다. 초 원왕(楚元王) 유교(劉交)의 4세손이고, 유흠(劉歆)의 아버지다. 『춘추곡량전(春秋穀梁傳)』을 공부했고, 음양휴구론(陰陽休咎論)으로 시정(時政)의 득실을 논하면서 여러 차례 외척이 권력을 잡는 일에 대해 경계했다. 궁중 도서의 교감에 종사해서 해제서 『별록(別錄)』을 만들어 중국 목록학의 비조로 간주된다. 초(楚) 굴원(屈原)의 사부(辭賦)와 송옥(宋玉)의 작품을 모아 『초사(楚辭)』를 편집하였으며, 춘추전국시대로부터 한대에 이르기까지 사람들의 언행을 분류하여 『신서(新序)』와 『설원(說苑)』을 편찬했다. 그리고 『시경』, 『서경』 등 고대 서적에 나타난 여인 중 모범과 경계로 삼을 만한 사례를 모아 『열녀전(列女傳)』을 저술했다. 그 밖의 저서에 『오경통의(五經通義)』, 『홍범오행전(洪範五行傳)』 등이 있다.

253 『설원(說苑)』: 『신원(新苑)』이라고도 한다. 유향이 편찬한 고대의 일화집이다. 춘추전국시대부터 한대까지의 각종 전문(傳聞)과 일사(逸史)를 종류별로 기록했다. 종류별로 앞에 총설이 붙어 있고, 사건 뒤에는 안어(按語)가 더해져 있다. 「군도(君道)」, 「신술(臣術)」, 「건본(建本)」, 「입절(立節)」 등 20편으로 구성되어 있다.

이다. 때문에 간쟁하는 말을 특별히 자세하게 기록했다. 아! 참으로 충신의 마음 씀씀이다.

옛사람들이 자기 임금에게 간언하는 방법에도 여러 가지가 있다. 우언寓言으로 깨우치기도 하고, 역설로 풍자하기도 한다. 슬며시 그 실마리를 퉁겨서 깨닫기를 기다리기도 하고, 문답을 많이 해서 속에 지닌 것을 이끌어 내기도 한다. 숨기고 있는 것을 곧장 폭로하되 비방하지는 않고, 아직 드러나지 않은 것을 예측하되 억측하지는 않는다. 위험으로 [마음을] 움직이되 협박하지는 않고, 모르는 체하지만 속이지는 않는다. 수수께끼로 놀리는 듯하지만 모욕하지는 않고, 두서없이 비유를 사용하지만 불경하게는 않는다. 금기를 피하지 않고 건드리지만 무례하게는 않는다.

삼대三代의 태평성대에만 그런 것은 아니다. 춘추전국처럼 쇠락한 어지러운 시대라도, 이 책에 실려 있는 것에서 볼 수 있듯이 마음껏 남김없이 말했다고 벌을 받은 자는 들어 보지 못했다. [그러나] 후대 군신 사이에서는 소원하고 낮은 지위의 사람들은 말할 것도 없으려니와, 벼슬이 높은 근신으로서 잘못을 바로잡는 직책에 있는 자들조차도 낮에 생각해서 밤에 초안을 잡되, 열 가지를 쓰면 아홉 가지를 삭제한다. [임금] 앞에 나아가 대면할 때가 되면 고서를 강독하듯 한 번 읽고는 그친다. [그래도] 조금이라도 법령에 맞지 않으면 탄핵이 뒤따른다. 설령 사추史鰌254나 급암汲黯255 같은 외고집이라 해도 그 가슴속에 품은 것의 10분의 1도 펼치

---

254 사추(史鰌) : 춘추시대 위 영공(衛靈公)의 신하로, 사관(史官)이었기에 '사추'라고 불린다. 자는 자어(子魚)이다. 직간(直諫)으로 유명한 사람이다. 『논어』 「위령공(衛靈公)」에는 공자가 이 사람에 대해서 "정직하다, 사어여. 나라에 도가 있을 때에도 화살처럼 곧고, 나라에 도가 없을 때에도 화살처럼 곧도다(直哉, 史魚. 邦有道如矢, 邦無道如矢)."라고 감탄했다는 일화가 있다.

255 급암(汲黯) : 한 무제의 신하이다. 구경(九卿)으로 있으면서 임금의 면전에서 거침없이 바른말을 하였다. 무제가 속으로 좋아하지 않아, 결국 뒤에 외직으로 쫓겨나 회양태수(淮

기 어려울 것이다. 게다가 금기와 촘촘한 법망까지 더해지는 [판국임]에랴?

한은 무제·선제 이후부터 비로소 조금씩 관대한 기풍이 달라졌다. 그러나 진秦의 비방과 요언妖言에 대한 금령을 경계로 삼아,[256] 간언으로 화를 입은 자는 오히려 적었다. [그러다] 왕봉王鳳이 '자궁을 씻어 내는 일'로 왕장王章을 모함하는[257] 데 이르면 언로는 드디어 완전히 막혔고, 마침내는 신망新莽의 재앙을 불러들였다. 유향이 책을 바친 것이 이때였으

陽太守)로 있다가 죽었다. 『사기』〈급암열전(汲黯列傳)〉.

256 진(秦)의 비방과 …… 경계로 삼아 : 진(秦)과 한(漢) 초기에는 조정의 정사에 대해 비방하거나 요언(妖言)을 퍼트리는 자를 처벌하는 법령이 있었다. 이사(李斯)의 건의로 진시황이 제정한 것이다. 한 문제(漢文帝)는 이 법을 없애고, 자신의 실정을 비방할 수 있도록 고대의 비방목(誹謗木) 제도를 부활했다. "상께서 말씀하기를, '옛날에 천하를 다스릴 때는 조정에 임금에게 좋은 말을 바치게 하는 깃발과 비방하는 나무가 있어서 다스리는 도를 통하게 하고 간언하는 자들이 올 수 있었다. 지금의 법에는 비방과 요언의 죄가 있으니, 이는 여러 신하들로 하여금 감히 다 말할 수 없게 하고 윗사람은 과실을 들을 길이 없게 하는 것이다. 장차 무엇으로 현량들이 오게 할 것인가? 없애도록 하라.'고 하셨다(上曰: '古之治天下, 朝有進善之旌, 誹謗之木, 所以通治道而來諫者. 今法有誹謗妖言之罪, 是使衆臣不敢盡情, 而上無由聞過失也. 將何以來遠方之賢良? 其除之')." 『사기』「효문제본기(孝文帝本紀)」.

257 왕봉(王鳳)이 '자궁을 …… 왕장(王章)을 모함하는 : 왕봉은 서한(西漢) 원제(元帝)·성제(成帝) 때의 척신으로, 성제가 즉위한 후 황제의 외삼촌으로서 10여 년간 조정을 장악하여 전횡을 일삼은 인물이다. 당시 경조윤(京兆尹)이었던 왕장은 성품이 강직하고 바른말을 잘하였는데, 왕봉의 전횡을 비판하며 '일식(日食)의 재변은 왕봉이 정권을 독차지하고 임금의 이목을 가리고 있기 때문에 일어난 것이다.'라고 상소하였다가, 결국 왕봉에 의해 역적으로 몰려 옥중에서 죽었다. 『한서(漢書)』〈왕장전(王章傳)〉. ○'자궁을 씻어 내는 일[盪腸]'은 왕장이 왕봉의 전횡을 세 가지로 탄핵하는 가운데 나오는 이야기이다. 왕봉이 자기 첩의 여동생인 장 미인(張美人)이 이미 유부녀였는데도 성제의 후궁으로 들인 사실을 탄핵하며, 강호(羌胡)의 '탕장정세(盪腸正世)'를 언급한다. 티베트 계통의 유목민인 강호는 남녀가 혼거하는 관계로 남녀 관계가 자유로웠다. 이에 따라 결혼 뒤에 첫 번째 태어난 아이를 죽이는 습속이 있었는데, 이는 가족의 혈통을 순정하게 하려는 것이었다. 이것을 '탕장정세'라고 한다. "또 왕봉은 자기 첩의 여동생인 장 미인이 일찍이 남에게 시집갔으니, 예에 마땅히 지존의 비빈이 되어서는 안 되는 것을 알면서도, 자식을 잘 낳는다는 이유로 후궁으로 들여서 구차히 그의 처제를 사사로이 봐줬습니다. 오랑캐들도 오히려 시집와서 처음 낳은 자식을 죽여서 배 속을 깨끗이 하여 후사를 바르게 하는데, 하물며 천자로서 이미 출가한 여자를 가까이할 수 있단 말입니까?(又鳳知其小婦弟張美人已嘗適人, 於禮, 不宜配御至尊, 託以爲宜子, 內之後宮, 苟以私其妻弟. 且羌胡尙殺首子, 以盪腸正世, 況於天子而近已出之女也?)" 『자치통감(資治通鑑)』「한기(漢紀)」.

니 신신당부하며 중언부언을 꺼리지 않은 것도 당연하다.

『신서』에 실린 것은 대부분 경전과 제자諸子의 말이다. [그러나]『전국
책戰國策』이나 태사공에게서 나온 것도 많다. 그러므로 많이 채집하지는
않고, 다만 위와 같이 그 본뜻을 논할 뿐이다.

○○○ 〈『설원258정언』발문說苑精言跋〉259

내가 유자정劉子政260의『설원說苑』을 읽다가 포백령지鮑白令之와 후생
侯生 두 사람의 일261에 이르면 두려워져서 책을 덮고 탄식한 것이 여러
차례다. 아! 사납고 방자하게 굴며 충성스러운 간언諫言을 틀어막은 사

258『설원(說苑)』: 유향이 편찬한 고대 일화집이다. 각주 253 참조.

259『연천선생문집』에는 빠졌다.

260 유자정(劉子政): '자정(子政)'은 유향(劉向)의 자이다.

261 포백령지(鮑白令之)와 후생(侯生) 두 사람의 일: 두 명 모두 진시황의 신하로서, 극언으로
직간(直諫)하고도 죽임을 면했던 사람들이다. ○포백령지의 일은『설원』「위공(爲公)」에
나온다. 진시황이 육국을 통일한 뒤 오제(五帝)를 본받아 선양하고자 한다고 하자, 70명
의 박사들이 모두 침묵했으나, 포백령지는 "폐하는 걸주의 도를 행하시면서 오제의 선
양을 행하리라 생각하시니, 이것은 폐하가 할 수 없는 것입니다(陛下行桀紂之道, 想行五帝
禪讓, 不是陛下能辦到的)."라고 직언했다. 진시황이 노하자 포백령지는 화려한 궁실을 짓
고 많은 비빈과 창우들을 거느린 진시황의 행적을 오제의 덕에 비할 수는 없다고 부연했
다. 진시황은 부끄러워하며 마침내 선양의 계획을 포기했다고 한다. ○후생의 일은『설
원』「반질(反質)」에 나온다. 후생은 후공(侯公)이라고도 칭해지는데, 진의 방사(方士)이
다. 선약(仙藥)을 구하지 못하자 두려워 방사 노생(盧生)과 함께 도망쳤다. 이에 진시황은
노하여 함양에 있던 유생들이 비방과 요언으로 혹세무민한다며 고발된 460명을 구덩이
에 묻어 죽였다.『사기』「진시황본기(秦始皇本紀)」. 뒤에 후생은 체포되었는데, 후생은 거
열형에 처해지기 전 마지막으로 진시황에게 말했다. "지금 폐하의 음일은 단주의 만 배
이고 곤오·걸·주의 열 배입니다. 저는 폐하가 망할 것이 열이라면 존속할 일은 하나도
없지 싶습니다. …… 형세는 이미 굳어져 있습니다. 폐하께서는 앉아서 망하길 바랄 뿐
입니다. 만약 폐하께서 고치고 싶다 해도, 요나 우처럼 될 수가 있겠습니까? 그렇지 않다
면 기대할 게 없습니다. 폐하의 보좌들도 틀렸습니다. 신은 고친다 해도 존속할 수 없지
싶습니다(今陛下之淫, 萬丹朱而十昆吾桀紂. 臣恐陛下之十亡也, 而曾不一存. …… 形已成矣. 陛下
坐而待亡耳. 若陛下欲更之, 能若堯與禹乎? 不然無冀也. 陛下之佐又非也. 臣恐變之不能存也)." 진시
황은 결국 그를 죽이지 않았다.

람을 말할 때면 온 세상이 반드시 '무도한 진秦나라, 무도한 진나라'라고 한다. [그런데] 지금 두 사람이 진시황을 면전에서 공격하면서 돌아보거나 거리낌이 없는 것을 보면, 한 세조, 당 태종이라도 감당하지 못할 일이었다. 그러고도 도끼와 작두 아래에서 벗어났다. 후세에 대입하여 논한다면 과연 어떠할까? 아! 그가 온 세상六合을 통일하고 사해四海를 신하로 삼을 수 있었으며, 자신은 재앙을 당하지 않았던 것은 까닭이 있다. 두 사람의 일은 사마천의 『사기』에는 실리지 않았다. 자정이 그들을 드러내 칭찬하지 않았다면 사라져 전해지지 않을 뻔했다.

　『설원』이 사건을 서술하는 것은 간혹 정사正史와 어긋나는 것이 있다. 그 논의도 종종 치우치고 잡다해서 도에 배치되는 것이 많다. 그러나 중요한 것은 그 뜻이 임금을 바로잡고자 하는 데서 나왔다는 것이다. 그 첫 편에서 강성한 사문私門의 해악을 이야기하고,262 백성을 다스리는 권력이 한 가문에 있어서는 안 된다고 하는 말263 같은 것은 몹시 심각하게 왕씨를 나무라고 끊어 낸 것264이니, 자정이 아니라면 할 수 없는 일이다.

　다만 제 환공齊桓公과 위 영공衛靈公이 규문에서 무례했던 것을 패도에 해롭지 않다고 한 논의265는 그가 『열녀전列女傳』266을 진상했던 뜻과는

262　그 첫 …… 해악을 이야기하고 : 『설원』의 첫 편은 「군도(君道)」다. 「군도」에는 '강성한 사문(私門)의 해악'을 경계하는 다음과 같은 언급이 있다. "신하를 강대하고 융성하게 하면, 이것은 사문이 성하고 공가가 허물어지는 것이다. 임금이 살피지 않으면 국가가 위태해진다(大盛其臣下, 此私門盛, 而公家毁也. 人君不察焉, 則國家危殆矣)."

263　백성을 다스리는 …… 하는 말 : 『설원』「건본(建本)」에 "임금은 몸가짐을 반드시 바르게 하고 가까이 둘 신하를 반드시 엄선하며 대부는 겸직을 시키지 않고 백성을 다스리는 권력을 한 가문에 주지 않으면, 권세를 부리지 않는다고 할 만합니다(君身必正, 近臣必選, 大夫不兼官, 執民柄者不在一族, 可謂不權勢矣)."라고 하였다.

264　왕씨를 나무라고 끊어 낸 것 : 성제(成帝) 시대에 태후 왕씨(王氏)와 관련된 외척들이 정권을 장악하고 전횡했다. 유향이 이러한 상황을 겨냥하고 있다는 뜻이다.

265　제 환공(齊桓公)과 …… 한 논의 : 두 가지 일이 모두 『설원』「존현(尊賢)」에 나온다. ○ 제 환공과 관련된 논의는 다음의 것이다. "어떤 이가 말하였다. '환공(桓公)이 인의(仁義)롭다고 할 수 있겠는가? 자신의 형을 죽이고 왕위에 올랐으니, 인의롭다고 볼 수 없다. 또 환공을 공손하고 검소하다고 볼 수 있겠는가? 부인들을 수레에 함께 태우고 거리를 쏘

몹시 다르다. 또 그는 항상 종실을 공개적으로 비난하고 외척을 배척하며,[267] 위태롭고 어려운 조정에 홀로 서서 용감한 직언을 어려워하지 않았다. [그런데] 이 책에서는 진秦이 동성同姓을 믿었던 것을 무익하였다고 했고,[268] 또 비간比干과 자서子胥가 강력히 간하다 죽은 것을 어리석다고 했다.[269] 틀림없이 자정의 입에서 나오지 않은 것 같다. 아마 혹시 유흠劉歆[270]

다녔으니, 역시 공손하며 검소하다고 볼 수 없다. 또 환공은 청결하다고 여길 수 있겠는가? 규문 안에 식도 올리지 않고 맞이한 여자들뿐이니, 이는 청결하다고 볼 수가 없다. 이 세 가지는 바로 나라를 망치는 임금이 하는 행동이다. 그런데도 환공은 천하를 얻을 수 있었다. 관중과 습붕을 얻어서 제후들과 아홉 번 회동하고, 천하를 하나로 바로잡아 주실에 조회하도록 하고, 오패의 우두머리가 되었다. 이는 어진 보좌를 얻었기 때문이다(或曰: 將謂桓公仁義乎? 殺兄而立, 非仁義也. 將謂桓公恭儉乎? 與婦人同輿, 馳於邑中, 非恭儉也. 將謂桓公淸潔乎? 閨門之內, 無可嫁者, 非淸潔也. 此三者亡國失君之行也. 然而桓公兼有之. 以得管仲隰朋, 九合諸侯, 一匡天下, 畢朝周室, 爲五霸長. 以其得賢佐也)." ○ 위 영공(衛靈公)의 일은, 당대의 현군자(賢君子)가 누구인지 묻는 노 애공(魯哀公)의 질문에 대해 공자가 위 영공이라고 대답하자, 애공이 의아해하며 그의 규문(閨門) 안에는 시누이와 언니, 동생의 구분이 없다고 들었노라고 한다. 그러자 공자는 "신은 조정만 보지, 궁중의 일은 보지 않습니다(臣觀於朝廷, 未觀於堂陛之間也)."라고 대답하였다는 삽화가 있다.

266 『열녀전(列女傳)』: 유향(劉向)이 편찬한 역대 여성들의 일화 모음집이다. 중국 상고(上古) 시기부터 한대(漢代)에 이르기까지의 여성 일화가 수록되어 있다. 「모의(母儀)」, 「현명(賢名)」, 「인지(仁智)」, 「정순(貞順)」, 「절의(節義)」, 「변통(辨通)」, 「얼폐(孼嬖)」 7편이고, 각 권의 끝에 송의(頌義)가 붙어 있다.

267 항상 종실을 …… 외척을 배척하며 : 『자치통감(資治通鑑)』의 말을 이용하였다. "유향은 …… 항상 종실을 공개적으로 비난하고 왕씨와 현직의 대신들을 꾸짖고 풍자했다(劉向 …… 常顯訟宗室, 譏刺王氏及在位大臣)."

268 진(秦)이 동성(同姓)을 …… 무익하였다고 했고 : 『설원(說苑)』「담총(談叢)」에 나온다. "진이 동성(同姓)을 믿어 왕으로 삼아 쇠퇴할 때까지 동성을 바꾸지 않았으나, 자신은 죽고 나라는 망했다. 그러므로 왕자가 천하를 다스리는 것은 법을 행함에 있지 동성을 믿는 데 있지 않다(秦信同姓以王, 至其衰也, 非易同姓也, 而身死國亡. 故王者之治天下, 在於行法, 不在於信同姓)."

269 비간(比干)과 자서(子胥)가 …… 어리석다고 했다 : 『설원(說苑)』「잡언(雜言)」에 "비간은 주를 위해 죽었으나 그의 행실을 바르게 하지 못했고, 오자서는 오를 위해 죽었으나 그 나라를 보존하지 못하였다. 이 두 사람은 강력하게 간하다가 죽었으나, 다만 임금의 포악함만을 드러내기에 족했을 뿐, 애당초 털끝만큼도 유익한 단서는 있지 않았다(比干死紂而不能正其行, 子胥死吳而不能有其國. 二子强諫而死, 適足明主之暴耳, 未始有益如秋毫之端也)."라고 하였다. ○ 비간은 은(殷)나라 주(紂) 임금 때의 충신으로, 주의 악정을 극간하다가 죽임을 당했으며, 오자서는 춘추시대 초(楚)나라 사람으로, 오왕(吳王) 합려(闔閭)를 섬겨

440

무리가 고친 것일까?

○○○ 〈『백호통[271]정언』 발문白虎通精言跋〉

근래 경전을 이야기하는 사람들은 종종 한의 경학漢學을 연구한다. 한의 유자漢儒들이 성인으로부터 머지않다고 생각해서, 송의 유자宋儒들의 설을 모두 버리고 [그들을] 따르려 한다.

한의 선비 중에선 동중서가 가장 순정하다고 하겠다. [그런데] 동중서는 『춘추번로春秋繁露』를 지어 위 첩衛輒이 아비를 막은 일[272]을 예에 맞다고 했고, 채중祭仲이 임금을 내쫓은 일[273]을 권도에 능하다고 했고, 봉축

오나라를 강대국으로 만들었으나, 합려의 뒤를 이은 아들 부차(夫差)에게 월(越)나라를 멸망시킬 것을 간하였다가 모함을 받아 자결하였다.

270 유흠(劉歆) : 서한 말의 유학자로, 유향(劉向)의 아들이다. 자는 자준(子駿)이다. 뒤에 이름을 수(秀), 자를 영숙(穎叔)으로 고쳤다. 애제(哀帝) 때 봉거광록대부(奉車光祿大夫)를 지냈으며, 왕망이 칭제(稱帝)한 뒤에는 국사(國師)가 되어 가신공(嘉新公)에 봉해졌으나, 왕망을 죽이려다가 발각되자 자살했다. 아버지인 유향과 함께 『칠략(七略)』을 지었다.

271 『백호통(白虎通)』 : 후한(後漢) 장제(章帝) 때 북궁(北宮) 백호관(白虎觀)에서 열린 경전 해석과 관련한 토론 결과를 기록한 것이다. 장제 때 금문경전(今文經典) 외에 고문경전(古文經典)이 발견되면서 오경(五經) 해석에 대해 금문학파와 고문학파의 학설이 나뉘어 대립하게 되었다. 이에 장제의 친림하에 그 동이점을 토론하고 정리하기 위한 학술회의가 소집되었다. 그 내용을 반고(班固)가 정리하여 찬집한 것이 『백호통』으로, 4권이다. 『백호통의』, 『백호통덕론(白虎通德論)』이라고도 불린다.

272 위 첩(衛輒)이 아비를 막은 일 : 위 첩은 위 영공(衛靈公)의 손자이자, 세자 괴외(蒯聵)의 아들이다. 괴외는 영공의 부인인 남자(南子)의 음란함을 미워하여 죽이려다가 실패하고 송(宋)을 거쳐 진(晉)으로 망명하였다. 영공이 죽고 첩이 즉위하니, 이 사람이 위 출공(衛出公)이다. 뒤에 진나라 조앙(趙鞅)이 세자 괴외를 위나라 지역인 척성(戚城)에 들였는데, 출공이 석만고(石曼姑)를 보내 제(齊)의 국하(國夏)와 함께 척성을 포위하게 하여 아비의 입국을 저지하였다. 『춘추좌씨전(春秋左氏傳)』 「애공(哀公) 2년·3年」.

273 채중(祭仲)이 임금을 내쫓은 일 : 채중은 춘추시대 정(鄭)의 정치가이며 모략가이다. 자는 중족(仲足)으로, 채족(祭足)이라고도 한다. 정 장공(鄭莊公) 때 출사하여 대부가 되었으며 몹시 신임을 받았다. 장공이 서거한 뒤 정 장공의 네 아들, 소공(昭公)·여공(厲公)·자미(子亹)·자영(子嬰)을 세워 국군으로 삼고, 국정을 수십 년 장악했다. 채중이 처음 장공의 맏아들인 소공(昭公)의 후견인이 되어 왕이 되도록 하지만, 공자 돌(突)을 후원하던 송(宋)

보逢丑父가 임금을 대신해 죽은 일[274]을 불충이라고 했다.[275] 뒷골목 어린 아이라도 하지 않을 말이다. [그런데] 큰선비라는 사람이 의심 없이 말하고 있으니, 어찌 된 것인가?

그 설이 모두 공양公羊에게서 나왔기 때문이다. 공양씨는 성인의 제자에게 직접 경전을 전수받았다. 그러니 뒷날의 선비가 철석같이 믿지 않을 수 없는 것도 당연하다. 그러나 나는 정자·주자의 훌륭한 제자들이 자기 스승의 가르침을 직접 기록했어도 열에 서넛은 그 본래 취지와 어긋나는 것을 보았다. 하물며 성인으로부터 두 번 전해서 공양에 이르렀고, 공양 이후로는 전국시대를 거쳐서 진秦의 불길을 만나, 3백 년이나 지난 다음에야 책에 기록된 것이겠는가? 지금 그 글자 하나, 온전치 못한 구절 하나까지 귀중한 보배처럼 받들어, 진짜로 모두 성인의 입에서 나온 듯이 여기려고 한다면 그 또한 잘못이다. 공양처럼 [시대적으로] 가깝고 동중서처럼 현명해도 오히려 이처럼 믿을 수 없다. 하물며 다른 사람이겠는가?

의 협박을 받고 소공을 축출하고 돌을 옹립하니, 이가 여공(厲公)이다. 이 사건을 『춘추공양전』은 '권도(權道)'라고 평했다.

274 봉축보(逢丑父)가 임금을 대신해 죽은 일 : 봉축보는 춘추시대 제(齊) 사람이다. 제의 경공(頃公)이 진(晉)과의 싸움에서 패해 퇴각하게 되자, 봉축보는 경공과 좌석을 바꾸어 타고 화천(華泉)에 이르렀으나 결국 진(晉)의 사마(司馬) 한궐(韓厥)에게 잡혔다. 그러자 축보는 경공에게 화천에 가서 물을 길어 오게 하는 기지를 발휘해 경공을 탈출시켰다. 한궐이 봉축보를 사로잡아 극극(郤克)에게 바치자, 극극은 그를 죽이려 하였다. 봉축보는 "임금의 죽음을 대신했는데 죽임을 당한다면 후세의 신하 중에 제 임금에게 충성할 자가 없을 것이다(代君死而見僇, 後人臣無忠其君者矣)."라고 했다. 결국 극극은 그를 놓아주었다. 『사기』「제태공세가(齊太公世家)」. 여기서 봉축보가 '죽었다'고 한 것과 다르다.

275 동중서는『춘추번로(春秋繁露)』를 …… 불충이라고 했다 : 『춘추번로』「관덕(觀德)」의 내용을 가리키고 있다. 천자가 주살하여 끊어 버린 것은 신하가 세울 수 없으니, 채(蔡)의 세자와 봉축보(逢丑父)가 이들이다. 할아비와 아비가 끊은 것을 자손이 잇지 못하니, 노장공(魯莊公)이 어머니를 생각하지 못하고, 위 첩(衛輒)이 아비의 명을 거절한 것이 이것이다(天子之所誅絶, 臣子弗得立, 蔡世子逢丑父是也. 王父父所絶, 子孫不得屬, 魯莊公之不得念母, 衛輒之辭父命是也)."

442

그렇다면 한학漢學을 다 폐기해야 하는가? 나는 말한다. 어찌 그렇기야 하겠는가? 의리는 강론할수록 정밀해지고, 훈고와 명물·도수는 [시대적으로] 가까울수록 상세해진다. 오늘날 뒷골목 어린애들조차 모두 군신·부자의 큰 의리를 말할 줄 알아, 동중서도 알 수 없었던 것을 알게 만든 것은 참으로 송의 유자들 공이다. 훈고와 명물·도수를 추구하려 한다면 한의 유자들 학문을 또한 어찌 폐기할 수 있겠는가?

옛 책 중엔 훈고만을 다루는 것이 제법 많다. 글자를 풀이하는 책은 이치는 말하지 않는다. 『이아爾雅』[276]·『석명釋名』[277] 같은 것들이 그런 것이다. 박물을 [추구하는] 것은 실용에는 미치지 않는다. 초목과 벌레, 물고기에 대한 주소 같은 것이 이런 것이다. 『백호통白虎通』만은 전례典禮를 토론하고 경전을 파헤친다. 간혹 견강부회하는 잘못이 있긴 하지만, 요컨대 모두 근거가 있어서 황당무계한 소리는 아니다. 내가 이 때문에 특별히 자세하게 뽑았다. 그러나 『시詩』, 『서書』, 『춘추春秋』에 대한 주소註疏와 『통전通典』,[278] 『태평어람太平御覽』[279] 등 여러 책에 섞여서 나오는데 본

---

276 『이아(爾雅)』: 고대 어휘를 해석한 자서(字書)이며, 가장 오래된 훈고서(訓詁書)이다. 『한서(漢書)』「예문지(藝文志)」에는 20편이라고 했으나, 현재 전해지는 것은 19편이다. 편찬 시기는 전국시대 말에서 한 무제(漢武帝) 사이로 추정한다. 저자 또는 편자는 주공(周公) 혹은 자공(子貢)의 작이라는 설, 여러 사람의 공동 편찬설 등 여러 가지 설이 있지만 분명하지 않다. 서진(西晉)의 곽박(郭璞)이 주석한 『이아주(爾雅注)』가 가장 오래된 것으로 남아 있다.

277 『석명(釋名)』: 한 말기 유희(劉熙)가 편찬한 훈고자서(訓詁字書)이다. 『이아(爾雅)』를 모방해 1,502개 사물의 명칭을 27개 부문으로 분류하여 의미를 기술했다. 명(明)의 낭규금(郎奎金)이 『석명』을 『일아(逸雅)』로 바꿔 『이아』, 『소이아(小爾雅)』, 『광아(廣雅)』, 『비아(埤雅)』와 함께 '오아(五雅)'라고 불렀기에, 『일아』라는 이명으로도 불린다.

278 『통전(通典)』: 당(唐)의 재상 두우(杜佑)가 편찬한 제도사(制度史)이다. 중국 상고시대부터 당 현종(唐玄宗)까지의 역대 제도를, 「식화(食貨)」, 「선거(選擧)」, 「직관(職官)」, 「예(禮)」, 「악(樂)」, 「형(刑)」, 「주군(州郡)」, 「변방(邊防)」 등 8전(典)으로 분류해 기술했다. 총 200권이다. 당 현종 때 유질(劉秩)이 편찬한 『정전(政典)』 35권을 기초로, 역대 정사(正史)와 『개원례(開元禮)』 등의 자료를 보태서 완성했다.

279 『태평어람(太平御覽)』: 송 태종(宋太宗)의 명으로 이방(李昉)이 편찬한, 총 1,000권의 유서(類書)이다. 일종의 백과사전으로, 항목별로 고대로부터의 각종 문헌이 인용되어 있다.

편에는 보이지 않는 것이 거의 50~60조나 된다. 이미 많이 없어졌기 때문일 것이다. 안타깝다!

○○○ 〈『중론[280]정언』발문中論精言跋〉

나는 서간徐幹의 『중론中論』을 읽으면서 그 질박하면서도 맛이 있고, 절실하면서도 헐뜯지 않고, 경전에 의거하고 성인을 일컬으면서도 빈말로 내달리지 않음을 사랑하였다. 또 여러 역사서를 살펴보고서 서간이 행실이 돈독하고 욕심이 적어서 벼슬과 녹봉에 굴하지 않았다는 것을 알게 되었다. 역시 한 말기의 고상한 선비高士이다.

그런데 서간이 저러한 뜻과 학식을 지니고도 기꺼이 조조曹操 부자의 그물에 걸려 진림陳琳·왕찬王粲의 대열[281]에 끼이고도 부끄러워하지 않

55부, 5,474류(類)로 구성되어 있으며, 1,690종의 책이 인용되었다. 『책부원구(册府元龜)』, 『태평광기(太平廣記)』, 『문원영화(文苑英華)』와 함께 송사대서(宋四大書)로 불린다.

280 『중론(中論)』: 삼국시대 위(魏)의 문신인 서간(徐幹)이 저술한 정치논설 성격의 저작이다. 그 주지는 의리(義理)를 드러내고, 경전의 가르침에 근본을 두었으며, 성현의 도로 귀결되는 것이다. 그러므로 『송사(宋史)』 이외의 역사서들은 모두 '유가(儒家)'로 분류했다. 현재 전해지는 『중론』은 상하 2권으로 모두 20편이다. 상권에는 「치학(治學)」, 「법상(法象)」, 「수본(修本)」, 「허도(虛道)」, 「귀험(貴驗)」, 「귀언(貴言)」, 「예기(藝紀)」, 「복변(覆辨)」, 「지행(智行)」, 「작록(爵祿)」이, 하권에는 「고위(考僞)」, 「견교(譴交)」, 「역수(曆數)」, 「논수요(論壽夭)」, 「심대신(審大臣)」, 「신소종(愼所從)」, 「망국(亡國)」, 「상벌(賞罰)」, 「민수(民數)」가 수록되어 있다. 『군서치요(群書治要)』에는 현재의 『중론』에는 없는 「복삼년상(複三年喪)」, 「제역(制役)」 2편이 실려 있어서, 현재의 중론이 완전한 것이 아님을 알 수 있게 한다. ○ 서간은 삼국시대 위(魏)의 문신이자 시인으로, 자는 위장(偉長)이다. 부(賦)와 시(詩)에 뛰어나 건안칠자(建安七子)의 한 사람으로 꼽혔다. 조조(曹操)의 휘하에 있었다. 유가적인 치리(治理)를 담은 『중론(中論)』을 지었는데, 조비(曹丕)는 〈여조휴서(與曹休書)〉에서 『중론』에 대해 "일가의 말을 이루었으니, 말과 뜻이 전아하여 후세에 전할 만하다(成一家之言, 辭義典雅, 足傳於後)."고 칭찬했다.

281 진림(陳琳)·왕찬(王粲)의 대열: 소위 '건안칠자(建安七子)'를 가리키고 있다. '건안칠자'는 조조 부자를 중심으로 모인 문학 동호인 집단으로, 공융(孔融)·진림(陳琳)·왕찬(王粲)·서간(徐幹)·완우(阮瑀)·응창(應瑒)·유정(劉楨) 등 7명이다. 오언시(五言詩)를 발달시키고, 종래의 유가적(儒家的) 취향을 벗어나 시문학에 강렬한 개성과 청신한 격조를 부여하였

은 것을 이상하게 여겼었다. 왜일까? 그러다 그 제18편을 보게 되었다. 왕망에 대해 말하면서, '내면은 실로 간사하면서도 겉으론 올바른 옛 도리를 사모하는 척했고, 준엄하고 무거운 형벌로 선비를 위협했다. 현자들이 두려워 감히 오지 않을 수 없었으니, 벼슬을 준 것이 아니라 실은 가둔 것'이라고 했다. 또 '진출하고자 한다면 그 계책을 펼치지 못할 것이고, 물러나려 한다면 그 몸이 안전할 수 없을 것이다. 소인은 즐기고 군자는 치욕으로 여긴다.'라고 했다.[282] 아! 이는 분명 서간이 자신을 애도한 것이다.

이수伊水와 낙수洛水의 여러 선비[283]는 주경主敬과 신독愼獨[284]의 학문

다고 평가된다. 이들 중 가장 뛰어난 사람으로 진림과 왕찬·서간이 꼽힌다. 진림은 자가 공장(孔璋)이고, 왕찬의 자는 중선(仲宣)이다.

282 왕망에 대해 …… 여긴다.'라고 했다 : 『중론』의 제18편 「망국(亡國)」의 말을 편집해서 인용했다. 원문은 다음과 같다. "왕망의 위인은 내면은 실제론 간사하면서 겉으론 고의(古義)를 사모하였고, 명유를 초빙하고 술사를 불렀지만 정치는 번잡하고 교화는 잔학하니 오게 할 방법이 없었다. 이에 준엄한 형벌로 협박하고, 죽임으로 위협하니 현자들이 두려워서 감히 오지 않을 수 없었다. 한갓 허장성세로 해내에 과시했으나, 왕망도 끝내 이것으로 멸망했다. 또 왕망이 사람에게 작위를 준 것은 기실 가둔 것이다. 사람을 가두는 것이 반드시 차고와 수갑을 채워 감옥 속에 두는 것만 말하지 않는다. 구속하고 근심하게 하는 것을 말한다. 조정에 있는 사람으로 하여금 나가려니 그 계책을 펼칠 수 없고 물러나려니 그 몸이 편치 못하게 하는 것이다. 이렇게 되면 인끈이 새끼줄이 되고 관인이 형구가 된다. 소인은 즐기지만, 군자는 치욕으로 여긴다(莽之爲人也, 內實姦邪, 外慕古義, 亦聘求名儒, 徵命術士, 政煩教虐, 無以致之. 於是脅之以峻刑, 威之以重戮, 賢者恐懼, 莫敢不至. 徒張設虛名以夸海內, 莽亦卒以滅亡. 且莽之爵人, 其實囚之也. 囚人者, 非必著之桎梏, 而置之囹圄之謂也. 拘係之, 愁憂之之謂也. 使在朝之人欲進則不得陳其謀, 欲退則不得安其身. 是則以綸組爲繩索, 以印佩爲鉗鐵也. 小人雖樂之, 君子則以爲辱)."

283 이수(伊水)와 낙수(洛水)의 여러 선비 : 송의 성리학자 정호(程顥)·정이(程頤)를 가리킨다. 정씨 형제가 낙양 사람으로, 이수와 낙수 어름에서 강학하였기 때문에 이렇게 부른다.

284 주경(主敬)과 신독(愼獨) : 학자의 자기 수양법으로, 주자학에서 핵심적인 공부로 강조되던 것이다. '주경'은 거경(居敬)이라고도 한다. 경(敬)이란 하늘·신(神)·임금·부모에 대한 경건하고 공손한 마음과 태도를 말하는데, 주희(朱熹)는 이것을 자기 수양법으로 확립시켰다. '신독'은 남은 모르고 자신만이 아는 생각을 삼가는 것이다. 『중용장구(中庸章句)』 제1장에 "숨겨진 곳보다 잘 보이는 곳이 없고, 은미한 것보다 잘 드러나는 것이 없다. 그러므로 군자는 그 홀로 있을 때를 삼간다(莫見乎隱, 莫顯乎微, 故君子愼其獨也)."라고 했다.

으로 공자·증자曾子·자사子思·맹자의 학통을 이었다. [그러나] 서간의 책은 이미 먼저 그것을 드러내 기렸다. 그 머리 편에서 비루한 선비에 대해 논한 것도[285] 근세 고증학의 폐단과 딱 들어맞는다. 「고위考僞」, 「견유譴游」 두 편[286]만은 당고黨錮에 걸린 여러 현자[287]를 위해서 말한 것인 듯하다. 정말이지 당고에 걸린 여러 훌륭한 분들을 비난할 수는 없다. 그렇긴 하지만 후세의 선비 중에는 붕당을 세우고 세력을 모아 남들을 함정에 빠트리고 자기 이름을 성취하기를 좋아하면서 도리어 고인의 명예와 절조에 자신을 의탁하는 자들도 많다. 이들을 보면 그들도 또한 쭈뼛하게 두려워지리라!

○○○ 〈『잠부론[288]정언』 발문潛夫論精言跋〉

내가 왕부王符의 『잠부론潛夫論』을 읽다가 「현난賢難」, 「명암明闇」, 「사

---

285 그 머리 …… 논한 것도 : 『중론』의 머리 편은 「치학(治學)」이다. 내용은 다음과 같다. "비루한 선비의 박학은 물명에 힘쓰고, 기계에 대해 상세하고, 훈고를 자랑하고, 그 장구를 따낼 뿐, 그 대의가 있는 곳을 통괄해 선왕의 마음을 얻어 내지 못한다. …… 그러므로 학자들로 하여금 사려를 수고롭게 하고도 도를 알지 못하고, 세월을 허비하고도 이루는 공은 없게 한다(然鄙儒之博學也, 務於物名, 詳於器械, 矜於詁訓, 摘其章句, 而不能統其大義之所極, 以獲先王之心. …… 故使學者勞思慮而不知道, 費日月而無成功)."

286 「고위(考僞)」, 「견유(譴游)」 두 편 : 「고위」는 『중론』 제11편이다. 「견유」는 본에 따라 「견교(譴交)」로 되어 있기도 하다. 제12편이다.

287 당고(黨錮)에 걸린 여러 현자 : '당고'는 붕당(朋黨)의 무리를 금고(禁錮)시킨다는 뜻으로, 후한(後漢) 때 환관을 숙청하려던 선비들의 시도가 실패하고 도리어 종신토록 관직에 나아가지 못하도록 금고 처분을 받은 두 차례의 사건에 관련된 인물들을 가리킨다. 1차는 환제(桓帝) 때 일어났다. 환제의 즉위 과정에서 공을 세운 환관들이 정사를 농단하자, 이응(李膺)과 범방(范滂), 진번(陳蕃) 등이 태학생들과 함께 이들을 숙청하려 하다가 도리어 1차 금고 처분을 받았다. 환제 사후 어린 영제(靈帝)가 즉위하자, 외척 두무(竇武)가 정권을 장악하고 진번과 함께 환관들을 소탕하려 다시 시도했으나, 오히려 반역죄로 몰려 멸족의 화를 당했다. 환관들은 다시 득세하고, 이응·두밀(杜密) 등은 척살되었으며, 관련자들은 2차로 금고되었다. 『후한서(後漢書)』 「당고열전(黨錮列傳)」.

288 『잠부론(潛夫論)』 : 후한(後漢)의 왕부(王符)가 당대 정치의 득실을 논한 정론서이다. 10권 35편이다. 35편은 「찬학(讚學)」, 「무본(務本)」, 「알리(遏利)」, 「논영(論榮)」, 「현난(賢難)」, 「명

현思賢」, 「본정本政」, 「잠탄潛歎」, 「충귀忠貴」 등의 편에 이르러 말했다. "아, 심오하구나! 그 말이. 이것은 한[289] 말기, 연희延熹·건녕建寧[290] 무렵일까? 아마도 거의 그 자신이 횡액에 걸려들었던 자일까? 그렇지 않다면 그 말이 어찌 이토록 아프고 간절하단 말인가? 아! 임금이 된 자에게 이말을 음미하게 하면 현자가 세상에서 묻혀 버리는 일은 절대 없을 것이고, 신하가 된 자에게 이 의리를 알게 하면 감히 지위를 훔쳐 남에게 교만하게 구는 일이 절대 없을 것이다. 위에선 현자가 묻혀 버리는 잘못이 없고, 아래에선 지위를 훔치는 죄가 없는데도 천하가 다스려지지 않고 백성이 그 덕을 입지 않은 적은 없었다."

아! 왕부는 동한東漢 말에 태어나, 죽을 때까지 불우할지언정 세도 대신이나 환관의 문에는 발을 들여놓지 않으려고 했다. 이 점이 [그개] 참으로 훌륭한 선비인 이유일 것이다. 그러나 팔고八顧·팔주八廚·팔준八俊·팔급八及[291] 사이에서 드러나 칭해진 적이 있다는 이야기도 들리지 않는다.

암(明闇)」, 「고적(考績)」, 「사현(思賢)」, 「본정(本政)」, 「잠탄(潛歎)」, 「충귀(忠貴)」, 「부치(浮侈)」, 「신미(愼微)」, 「실공(實貢)」, 「반록(班祿)」, 「술사(述赦)」, 「삼식(三式)」, 「애일(愛日)」, 「단송(斷訟)」, 「쇠제(衰制)」, 「권장(勸將)」, 「구변(救邊)」, 「변의(邊議)」, 「실변(實邊)」, 「복렬(卜列)」, 「정렬(正列)」, 「상렬(相列)」, 「몽렬(夢列)」, 「석난(釋難)」, 「교제(交際)」, 「명충(明忠)」, 「본훈(本訓)」, 「덕화(德化)」, 「오미지(五美志)」, 「지씨성(志氏姓)」이다. 따로 서록(敍錄)이 있어 각 편의 주지(主旨)를 개괄·설명하고 있다. ○ 왕부의 자는 절신(節信)이다. 성격이 강직하여 세속에 부합하지 않아 줄곧 은거 생활을 하면서『잠부론』을 저술했는데, 이름이 알려지길 원치 않아 책명을『잠부론(潛夫論)』이라고 하였다고 한다. '잠부'는 은자라는 뜻이다. 그는 학문·도덕을 존중하고, 덕(德)에 의한 교화정치(敎化政治)를 주장하였으며, 운명론이나 미신도 배척하였다. 마융(馬融)·장형(張衡)·최원(崔瑗) 등과 교유했다.『후한서(後漢書)』〈왕부열전(王符列傳)〉.

289 한 : 원문은 '염한(炎漢)'이다. 한은 자칭 화덕(火德)으로 왕이 되었다고 해서 '염한'이라고 칭했다.

290 연희(延熹)·건녕(建寧) : 연희는 동한 환제(桓帝)의 연호로 158~167년이고, 건녕은 영제(靈帝)의 첫 연호로, 168~172년이다.

291 팔고(八顧)·팔주(八廚)·팔준(八俊)·팔급(八及) : 원문은 '고주준급(顧廚俊及)'이다. 후한(後漢) 영제(靈帝) 때 천하의 명사들을 일컫는 말로, 팔고·팔주·팔준·팔급을 통칭하는 말이다. 당고의 시대에 사대부들 사이에서는 당고를 당한 명사들을 '8'의 호칭을 붙여 부르

그 책에는 "선비는 효성과 우애를 근본으로 삼고, 교제는 말단으로 여긴다."[292]라는 말이 있다. 아! 이것이 참으로 천하의 훌륭한 선비인 이유일 것이다!

○○○ 〈『신감[293]정언』 발문申鑒精言跋〉

동한東漢 선비들의 의론과 풍골 및 절개는 서경西京에 비해 매우 융성했다. 그러나 후세에 전할 만한 입론과 저서를 찾으면 어찌 그리도 적막하단 말인가? 내가 볼 수 있었던 것은 열 가지도 채 되지 않는다. 왕충王充

며 드높이는 풍조가 형성되었다. "세상에서 그 풍도를 흠모하는 자들이 마침내 서로 표방(標榜)하면서 천하의 명사들을 지목하여 호칭하였다. 으뜸은 삼군(三君)이요, 다음은 팔준(八俊)이요, 다음은 팔고(八顧)요, 다음은 팔급(八及)이요, 다음은 팔주(八廚)라고 하였으니, 이는 옛날의 팔원(八元)이나 팔개(八凱)와 비슷한 것이었다. 두무(竇武)·유숙(劉淑)·진번(陳蕃)은 삼군이다. '군(君)'이라는 것은 일세의 종장이란 말이다. 이응(李膺)·순익(荀翌)·두밀(杜密)·왕창(王暢)·유우(劉祐)·위랑(魏朗)·조전(趙典)·주우(朱宇)가 팔준이다. '준(俊)'이라는 것은 빼어난 사람이란 말이다. 곽임종(郭林宗)·종자(宗慈)·파숙(巴肅)·하복(夏馥)·범방(范滂)·윤훈(尹勳)·채연(蔡衍)·양척(羊陟)이 팔고이다. '고(顧)'란 덕행으로 사람을 이끌 수 있다는 말이다. 장검(張儉)·잠질(岑晊)·유표(劉表)·진상(陳翔)·공욱(孔昱)·원강(苑康)·단부(檀敷)·적초(翟超)가 팔급이다. '급(及)'이란 사람을 따르도록 인도할 수 있다는 말이다. 도상(度尙)·장막(張邈)·왕고(王考)·유유(劉儒)·호모반(胡母班)·진주(秦周)·번향(蕃嚮)·왕장(王章)이 팔주다. '주(廚)'는 재물로서 사람을 구원할 수 있다는 말이다(自是正直廢放, 邪枉熾結. 海內希風之流, 遂共相標榜, 指天下名士, 爲之稱號. 上曰三君, 次曰八俊, 次曰八顧, 次曰八及, 次曰八廚, 猶古之八元·八凱也. 竇武·劉淑·陳蕃爲三君. '君'者, 言一世之所宗也. 李膺·荀翌·杜密·王暢·劉祐·魏朗·趙典·朱寓爲八俊. '俊'者, 言人之英也. 郭林宗·宗慈·巴肅·夏馥·範滂·尹勳·蔡衍·羊陟爲八顧. '顧'者, 言能以德行引人者也. 張儉·岑晊·劉表·陳翔·孔昱·苑康·檀敷·翟超爲八及. '及'者, 言其能導人追宗者也. 度尙·張邈·王考·劉儒·胡母班·秦周·蕃向·王章爲八廚. '廚'者, 言能以財救人者也)." 『후한서』〈당고열전서(黨錮列傳序)〉.

292 선비는 효성과 …… 말단으로 여긴다 : 『잠부론』 「무본(務本)」에 나온다.

293 『신감(申鑑)』 : 후한 말기의 순열(殉悅)이 유가에 근본을 두고 당시의 정치적 폐단을 논한 정론서이다. 「정체(政體)」, 「시사(時事)」, 「속혐(俗嫌)」, 「잡언 상(雜言上)」, 「잡언 하(雜言下)」의 5권으로 이루어졌는데, 참위를 비판하고, 토지 겸병에 반대했으며, 농상(農桑)을 진흥해서 백성의 본성을 기르며, 백성의 기호를 살펴 풍속을 바로잡고, 교화를 펼치며, 군비를 확립해 위세를 잡고, 상벌을 밝혀 법을 통일할 것을 주장하였다. ○순열은 후한 말기의

448

의『논형論衡』은 거칠고 경전과 배치된다. 최식崔寔의『정론政論』[294]은 격
렬해서 덕을 해친다. 환담桓譚의『신론新論』[295]과 중장통仲長統의『창언昌
言』[296]은 또 모두 흩어져 없어져서 완전하지 않다. 정치의 길에 도움이
되는 점이 있어 드러내고 서술할 만한 것으로는 왕부의『잠부론』과 순

문신·학자이며, 정론가이다. 자는 중예(仲豫)이다. 영제 때엔 환관의 발호를 보고 은거
했다가, 헌제(獻帝) 때 조조의 부름에 응해 황문시랑(黃門侍郎)·비서감(秘書監)·시중(侍
中) 등을 지냈다. 순욱(荀彧)·공융(孔融) 등과 헌제의 시강 역할을 맡았는데, 헌제의 요청
에 의해『좌전』의 체제에 의거한『한기(漢紀)』30편을 지었다. 이후 조조가 권력을 전횡
하는 것을 보고, 시폐를 논하는『신감(申鑒)』5편을 지었다. 그 밖에도『숭덕(崇德)』,『정론
(正論)』등의 저술과 수십 편의 논설이 있었다고 하나 대부분 사라졌다.『후한서(後漢書)』
〈순열전(荀悅傳)〉.

294 최식(崔寔)의『정론(政論)』: 최식은 후한 환제(桓帝) 때의 학자이다. 자는 자진(子眞)이고,
또 다른 이름과 자는 태(台), 원시(元始)이다. 대상서(大尙書)를 역임했다. 그가 저술한『사
민월령(四民月令)』은 고대 농업 및 경제를 연구할 수 있는 중요한 자료이다. ○「정론(政
論)」은『사민월령』에 실려 있다. 시무(時務) 10조에 대한 논의인데, 덕교(德敎)로 잔혹함
을 제거하고, 형벌을 엄격히 적용해서 태평을 이루어야 한다는 내용으로 되어 있다.『후
한서』〈최식열전(崔寔列傳)〉.

295 환담(桓譚)의『신론(新論)』: 환담은 후한의 학자로, 자는 군산(君山)이다. 왕망(王莽) 때엔
은거했으나, 광무제(光武帝)가 즉위하자 진출했다. 오경(五經)에 밝고 문장을 잘했으며,
음률(音律)에 정통했다. 박학다식하면서도 장구에 얽매이지 않고 대의의 연구에 힘썼다
고 평해진다. 의랑급사중(議郎給事中)의 신분으로 상소하여 시정(時政)을 개혁하여 국가
를 부흥할 것과 인재의 선발 및 상벌을 분명히 할 것을 극력 주장하였다. 도참설(圖讖說)
이 유행하던 시기에 황제에게 도참을 배척할 것을 직언했다가 겨우 참화를 모면했으나,
결국 좌천되어 육안군승(六安郡丞)으로 부임하는 길에 죽었다. ○ 당세의 일을 논한『신
론』29편은 광무제에게 올렸던 글이다.「금도(琴道)」한 편은 미완이어서, 숙종(肅宗)이
반고에게 이어서 완성하게 하였다고 한다.『후한서』〈환담열전(桓譚列傳)〉.『환담신론
(桓譚新論)』,『환자신론(桓子新論)』,『형산자(荊山子)』등으로도 불린다. 현재는 없어져 전
하지 않고, 일문들이 다른 책에 실려 있는 것을 청의 손풍익(孫馮翼) 등이 수집한 것만 전
한다.

296 중장통(仲長統)의『창언(昌言)』: 중장통은 후한의 정론가로, 자는 공리(公理)이다. 젊어서
부터 학문을 좋아하고 서적을 널리 섭렵했으며 문학에도 뛰어났다. 참승상군사(參丞相
軍事)가 되어 조조(曹操)를 섬겼다. 전원 은거를 이야기한 〈낙지론(樂志論)〉의 작가로도
유명하다. ○『창언(昌言)』은 중장통이 유가적 정치론을 바탕으로 고금의 치란을 비판하
고 시세(時世)의 퇴폐를 논한 저술이다. 34편이다.『창언』은 일실되고 전하지 않으며,『후
한서(後漢書)』〈왕충·왕부·중장통열전(王充王符仲長統列傳)〉에 〈이란(理亂)〉, 〈손익(損益)〉,
〈법계(法誡)〉 등 몇 편만이 실려 전한다.

열苟悦의『신감申鑑』뿐이다. 격절하고 통쾌한 맛은 순열이 왕부보다 못하고, 정확하고 간결한 맛은 왕부가 순열보다 못하다.

왕부의 글은 가슴속 말을 그대로 써 내서, 문체를 고려할 틈이 없다. 순열은 자못 다듬고 모의摸擬했으니, 양웅의『법언法言』[297]을 본받고자 했기 때문이다. 그러나 순욱苟彧·순유苟攸[298]의 일족으로 헌제獻帝의 조정에 서 있었는데도 조씨에게 더럽혀지지 않았으니, 그가 양웅보다 훨씬 더 훌륭하다.

혹자는 순열이 건안建安[299] 시대에 책을 쓰면서도 환란을 다스리고 임금을 높이는 일에 대해서는 한마디도 언급하지 않은 것을 의심하기도 한다. 아! 순열의 책이 환제桓帝·영제靈帝의 시대에 채용되었다면 천하가 건안 시대에 이르지 않았을 것이다. 이미 건안 시대가 되고 나서는, 아무리 일대의 호걸이라도 어쩔 수 없었을 것이다. 하물며 순열이겠는가? 그러나 순열의 책은 넉넉하고 부드럽고 평온하며 완만해서, 그 감개와 분노의 뜻을 드러내지 않는다. 이른바 '언어가 공손한' 자[300]에 가깝다!

○○○ 〈『안씨[301]정언』 발문顏氏精言跋〉[302]

내가 소위 '정언精言'을 저술한다고 한 것은 모두 제자의 책들이었다. [그런데] 왜『안씨가훈顏氏家訓』을 엮는가? 안씨의 책은 정말 제자에 비할

---

297 양웅의『법언(法言)』: 각주 178 참조.
298 순욱(苟彧)·순유(苟攸): 순욱과 순유는 형제간으로, 둘 다 조조(曹操)의 신하였다. 순욱은 자가 문약(文若)으로, 조조의 장자방으로 평가된다. 순유는 지모와 정략이 특히 뛰어났으며, 역시 조조에게 부름을 받아 벼슬이 상서령(尙書令)에 이르렀고, 능정후(陵亭侯)에 봉해졌다. 『후한서』〈순욱전(苟彧傳)〉, 『삼국지(三國志)』〈순유전(苟攸傳)〉.
299 건안(建安): 후한 헌제(獻帝)의 연호로, 196~220년이다.
300 이른바 '언어가 공손한' 자: 『논어』「헌문(憲問)」에 "나라에 도가 있을 때는 말과 행동 모두 소신 있게 해야 하지만, 나라에 도가 없을 때는 행동은 소신 있게 하되 말은 공손하게 해야 한다(邦有道, 危言危行, 邦無道, 危行言孫)."라는 말이 나온다.

것이 못 되고, 그 문장 역시 보잘것없다. 그러나 '말의 정수精言'라는 것은 도道 때문이지 글 때문이 아니다. 도에 부자·형제·남녀의 사이보다 더 큰 것이 있던가? 위魏·진晉 이후로 도를 말하는 자는 공론空論으로 추락 하고, 말을 꾸미는 자는 아름답고 고운 것만을 자랑한다. 사람에게 도움 될 것을 찾자면 백에 하나도 얻을 수 없다. 제齊·양梁·진陳·수隋 즈음에 이르면 더 말할 것도 없다. 주자께서 『소학小學』을 지으시면서 안씨의 글 에서 가져오신 것이 유난히 매우 많았다. 그의 말이 인륜에 돈독하고 사 정을 깊이 이해하며 학문으로 보조해서, 그저 육조시대六朝時代에는 없 던 말인 정도가 아니었던 것이다.

다만 너무 심하게 불교를 숭상하고 믿었다. 그는 양 무제梁武帝의 세상 에 태어나 동태사同泰寺의 일이나 대성臺城의 변고를 눈으로 보았다.[303] [그런데도] 오히려 이런 말을 하니, 풍습을 벗어나기란 몹시도 어렵다!

그런데 나는 안씨의 가법家法이 매우 반듯했고 무당이나 박수, 도교의 초제醮祭는 더욱 엄격하게 배척했으면서도 그 마지막 장에서는 제사에 술과 고기를 사용하지 말고 다만 불사佛事를 지으라고 자손들에게 당부 한 것[304]이 늘 괴상하다고 생각했다. 아마도 한 사람의 입에서 나온 것이

---

301 안씨 : 『안씨가훈(顏氏家訓)』을 가리킨다. 『안씨가훈』은 남북조시대(南北朝時代) 말기의 안지추(顏之推)가 자손을 위하여 저술한 교훈서이다. 2권 20편으로 구성되어 있다. 가족 윤리와 대인관계를 비롯해 다양한 내용을 다루고 있다.

302 『연천선생문집』에는 빠졌다.

303 양 무제(梁武帝)의 …… 눈으로 보았다 : 양 무제 소연(蕭衍)은 독실한 불교 신자였다. 황제 의 어소(御所)인 대성(臺城) 안에 동태사(同泰寺)를 짓고, 여기서 사신(捨身)과 속신(贖身) 공양에 힘쓰며 수많은 불사를 벌여 재화를 탕진하고 정사를 돌보지 않았다. 뒤에 후경 (後景)이 반란을 일으켜 대성을 함락시키자 그곳에서 굶어 죽었다. 『남사(南史)』 「양무제 본기(梁武帝本紀)」.

304 마지막 장에서는 …… 당부한 것 : 『안씨가훈』의 마지막 장은 「종제(終制)」편이다. 다음과 같은 내용이 있다. "영연에 베개와 궤석을 설치하지 마라. 삭망과 상제·담제 때엔 오직 흰 죽과 맑은 물, 마른 대추를 놓고 술과 고기, 떡과 과일로 제사 지내지는 마라. 친우들 이 와서 술잔을 올리려는 자가 있으면 일절 모두 거절하라. …… 불경의 공덕은 힘이 닿 는 만큼만 해서, 산 사람의 재물을 다 써서 굶주리거나 추위에 떨게 하지 마라. 사시의 제

아니지 싶다. 그 책의 어떤 본에는 또한 '충성과 신의를 다해서 그 어버이를 욕보이지 마라盡忠信勿辱其親'라는 일곱 글자가 '7월 15일 우란분회七月半盂蘭盆'[305]로 고쳐져 있기도 하다. 무식한 자가 고친 것이 매우 분명하다. 아마 다른 것도 이런 것이 많지 않을까?

내가 본받을 만한 것은 이미 다 모았다. 문자를 고찰하고 논하며, 풍속을 기술한 것 중에 조그마한 것이라도 볼만한 것은 아래쪽에 한둘 따로 엮어 두었다.

사는 주공과 공자의 가르침이니, 사람들이 그 어버이를 저버리지 않고 효도를 잊지 않게 하려는 것이다. [그러나] 불경에서 살펴보면 무익한 일이다. 살생하여 그것을 하는 것은 도리어 죄를 더 짓는 것이다. 만약 망극한 덕과 상로(霜露)의 슬픔을 보답하고자 한다면 시재의 공양이 있다. 충성과 신의를 다하여 그 어버이를 욕먹이지 않을 것이 너희들에게 바라는 바이다(靈筵勿設枕几. 朔望祥禪, 唯下白粥淸水乾棗, 不得有酒肉餠果之祭. 親友來餕餉者, 一皆拒之. …… 其內典功德, 隨力所至, 勿剗竭生資, 使凍餒也. 四時祭祀, 周孔所教, 欲人勿死其親, 不忘孝道也. 求諸內典, 則無益焉. 殺生爲之, 翻增罪果. 若報罔極之德·霜露之悲, 有時齋供. 及盡忠信, 不辱其親, 所望於汝也)."

305 7월 15일 우란분회(七月半盂蘭盆) : 우란분회(盂蘭盆會)는 음력 7월 15일 백중날 밤에 승려들을 공양하여, 그 공덕으로 조상의 혼령이 고통스러운 사후 세계로부터 구제되기를 기원하는 불교 행사이다.

452

第六觀 丁. 五車念 中

五.

太虛府【甲九】沆瀣樓【甲十】皆有藏書之室. 分藏書籍之奧祕散漫者. 各有守奴以掌之. 唯沆瀣樓之書室, 不藏它書, 惟家庭文字.

○『豐山世稿』

○ 先集

○ 家言

○「家庭唱酬錄」

○『續史略』

○『公穀合選』

○『唐名臣言行錄』【已上或有序跋而不錄】

○『學海內編』

○『學海外編』

○「恒言」

○『續史略翼箋』【有序不錄】

○『讀易雜記』

○『尙書補傳』

○『春秋備考』

○○○〈『春秋備考』序〉〉【淵泉先生作】

羅豫章先生有言, "唯靜可以讀『春秋』." 盖惟靜然後氣虛, 氣虛然後心平, 心平然後見理明, 見理明然後斷事精. 雖天下之事交錯於前, 而吾之應之恒綽然有餘. 故三傳之說, 至賾也, 二百四十二年之事, 至繁也. 征伐·盟會·卒葬之例, 月日名字書不書之辨, 至紛糾也. 如衡之稱各平其輕重, 如尺之量各分其長短, 無所逃吾權度之內者, 惟靜而已矣.

言『春秋』者, 皆本三傳. 左氏詳而富, 公羊辯而精, 穀梁質而覈, 皆聖經之羽翼也. 然左氏釋經多從赴告之文. 公穀之說往往以月日名字爲斷, 且其爲說多不本於君臣父子之大義. 而或雜以功利權謀不經之論.

嗚呼! 『春秋』何爲而作也? 爲亂臣賊子無所懼於天下而作也. 夫亂臣賊子之爲惡也, 豈欲自暴其惡於天下哉? 誠使亂臣賊子之惡已自暴於天下, 則『春秋』亦不必作矣. 今爲左氏之說者曰: "雖有簒弑之賊, 不告則不書. 不以簒弑告, 則亦不以簒弑書." 然則亂臣賊子欲隱其惡, 『春秋』亦從而隱之, 欲以欺天下後世, 『春秋』亦從而欺之也. 是何足以懼亂臣賊子, 是何足以爲『春秋』?

『春秋』又何爲而作也? 爲大義之不明於天下而作也. 夫使天下之人讀『春秋』, 而不知大義之所在耶,[1]『春秋』亦不必作矣. 今爲公穀之說者, 類皆以月日名字, 斷大義. 其說迂, 其義晦. 且均一辭也, 忽焉襃之, 忽焉貶之. 目眩於同異之辨, 心惑於是非之塗. 雖老師宿儒, 鮮能通其說. 又何望於人人而知之? 是聖人故爲迷藏怳惚不可識之語, 以疑天下而眩大義也. 安在其爲明之也? 至於左氏以鄭莊爲有禮, 公羊以祭仲爲能權, 穀梁以衛輒爲尊祖. 於是乎, 君臣父子之義, 俱不得其正, 而亂臣賊子益無憚於天下矣. 『春秋』之作, 夫豈端使然哉?

夫惟胡文定公出而正之, 然後『春秋』之義, 煥然復明于天下. 然其求經也太深, 其解經也太精, 君子猶或病之. 今世之人無言『春秋』者.

余始得四傳而讀之, 求其義數歲, 茫然苦其難入. 一日靜居, 獨取正經

---

1 耶: 『연천선생문집』엔 '則'으로 되어 있다.

454

讀之, 沈潛玩蹟, 若有所見. 喟然歎曰: "讀書之不可以不靜也, 如是. 夫爲諸家之說者, 惟其心不平, 其氣不虛, 已見先立而後文致經旨以合之. 以是求經, 宜乎其愈久而愈不合也." 余竊有感焉, 誦習之暇, 有得則識之, 名曰『春秋備考』. 盖以備考覽而已, 非敢求多於先賢之傳也. 杜預之註左氏也, 經傳有不合, 則不曰'傳誤'而曰'經誤', 余竊惑焉. 故是書也, 一以經爲主, 而四傳之得失皆取裁焉.

○○○ 「春秋問答」【余作『春秋備考』, 掇其通篇之大旨, 爲『問答』 ○ 淵泉先生作】

或有問於余者.[2]

曰: 世言『春秋』多艱深不可通之辭, 信乎?

曰: 惡! 惡然? 夫『春秋』者, 聖人之書也. 聖人之心, 正大光明而已矣, 聖人之道, 簡易白直而已矣. 故曰"正大而天地之情可見矣." 其道則父子君臣夫婦兄弟朋友, 其德則仁義禮智, 其行則孝悌忠信, 其敎則禮樂政刑, 其書則『詩』·『書』·『禮』·『論語』·『大學』·『中庸』. '中'也者, 無過不及之謂也. '庸'也者, 平常之謂也. 旣謂之平常矣, 而謂之有艱深不可通之辭, 可乎?

曰: 子言正大而天地之情可見. 天地之道, 獨無深遠而不可知, 神明而不可測者乎? 且如子言而已, 則何以謂之'言近而指遠', 何以謂之'探蹟[3]而索隱'也?

曰: 非是之謂也. 夫天廓然, 示人易矣. 夫地隤然, 示人簡矣. 明之以日

---

2 者:『연천선생문집』엔 '者'가 없다.
3 蹟:『연천선생문집』엔 '頤'로 되어 있다.

月, 皷之以風霆, 峙之以山嶽, 流之以江河. 春夏秋冬如期而至, 職職芸芸品物咸形. 孰謂天地之道而不正大光明簡易白直也?

且『春秋』與『論語』, 均之乎聖人之書也. 今以『論語』見之, 其文之易讀, 其義之易知, 雖[4]末學後生, 可以與焉. 推以[5]究之, 至於無窮, 則雖老師宿儒, 亦不得而盡焉. 夫推以[6]究之至於無窮者, 『春秋』與他經, 等耳. 其文之易讀, 其義之易知, 『春秋』與他經, 亦等耳. 今獨於『春秋』, 則並與其易讀易知者, 而謂之艱深不可通, 可乎?

天地之道, 固深遠而不可知, 神明而不可測矣. 然未有不先其正大光明簡易白直者, 而可以求其深遠而神明者也. 聖人之書, 固言近而指遠矣. 然未有不先其近者, 而可以及其遠者也. 今人之於『春秋』, 未及乎讀其文也, 先自阻於艱深而不可通者, 可乎?

曰: 然則左氏·公·穀, 俱博聞君子也. 何·杜·范甯, 皆大儒也. 其爲說也, 俱不能盡聖人之意. 且以朱夫子之大賢, 其於諸經莫不有解, 獨於是書而難之. 何也?

曰: 然. 有是言也. 子夏曰: "君子之道, 孰先傳焉? 孰後倦焉? 譬諸草木, 區以別矣. 君子之道, 焉可誣也?" 盖道無精粗, 教有先後. 『詩』·『書』·四子, 學問之要也, 『春秋』者, 紀事之書也. 爲道則一, 而其爲教有先後焉. 且先儒之治是書者, 多矣, 及乎胡文定公之書出, 而宏綱已擧, 大義已明. 朱夫子之意, 盖有不暇及者焉. 雖然, 觀乎『綱目』, 而夫子之春秋在是矣. 程子曰: "知『易』者莫如孟子." 余亦曰: "知『春秋』者莫如朱子." 若夫諸子之不得其意, 則正以其艱深而求之耳.

4 雖:『연천선생문집』엔 '雖' 앞에 '則'이 있다.
5 以:『연천선생문집』엔 '而'로 되어 있다.
6 以:『연천선생문집』엔 '而'로 되어 있다.

曰: 然則朱子之所不言者, 而子言之, 奈何?

曰: 今世之不言『春秋』, 亦已甚矣. 經之有『易』·『書』·『詩』·『春秋』, 猶天之有春夏秋冬, 不可廢其一也. 況『春秋』者, 經世之大法也, 聖人之大用也. 余恐後世以艱深觀[7]『春秋』, 而『春秋』遂爲不可讀之書. 則聖人之意, 不復見於後世矣.

曰: 然則聖人之意, 果何如?

曰: 聖人之意在乎經, 經之義詳乎傳. 余欲人因傳而求經, 因經而見意. 則亦可以得其一二耳. 若其精蘊之所存, 則余豈能知也?

雖然, 嘗試言之.

夫子之時, 禮樂征伐之不自天子出也, 久矣. 君臣父子之大義, 不明于天下, 久矣. 天子之適子與諸侯交質, 天下之大變也. 爲臣而弑其君, 爲諸侯而加兵於天子, 天下之大惡也. 尙稱其區區之得失, 以爲褒貶, 當時之號爲君子者, 亦然. 三綱淪而九法斁, 干戈交而夷狄肆, 幾何其不率天下而禽獸也? 聖人生於是時, 旣不得位以治之, 大懼人類之將盡也. 於是, 則因國史而筆削. 據事直書, 則善惡自著. 變文見意, 則大義可明. 言簡則辭嚴, 感深則指遠. 垂之勸懲, 則亂賊知懼, 弘其典則, 則王道可復. 此其大義也.

曰: 說『春秋』者, 多言其有例, 信乎?

曰: 信. 天地之化至無方也. 春而夏, 夏而秋, 秋而冬, 冬而又春. 每歲皆然, 終天地, 未嘗一易也. 夏而燠, 冬而寒, 春秋平其中. 每歲皆然, 終天地, 亦未嘗一易也. 然則天地之所以行變化也, 亦有例矣.

---

7 觀:『연천선생문집』엔 '視'로 되어 있다.

曰: 然則, 其例之或不一定, 何也?

曰: 雷發於春, 霜降于秋, 夏霖而冬雪. 是四時之例也. 人道不得其平, 則天之應之, 亦或有易其常者矣. 天地因時而運化, 『春秋』因事而成文, 其道一也. 雖然, 其小者可易, 而大者不可易. 是以有一定不易之例, 有隨事變文之例. 是則『春秋』之大要也.

曰: 道不爲今古而變, 理不爲遠近而異也. 公羊氏有見聞三世之說, 而胡文定公亦言 "定哀多微辭." 何也?

曰: 無今古無遠近者, 理之經也. 隨時而有變者, 義之權也. 所見益親, 則所感益深, 其時益下, 則其意益切, 亦其宜也. 隱·桓·定·哀之春秋, 固有異例者焉. 不可得而強同也.

曰: 左氏專以赴告爲主, 公穀多以月日爲義. 胡氏則兼用之, 而或取或不取焉. 敢問所安.

曰: 『春秋』因魯史而作, 固有從赴告者矣. 然斯謂其可以書可以無書者耳. 若其大義之所在, 皆從赴告而已, 則小史之執簡秉筆者, 皆可以作『春秋』. 安在其非聖人莫能修也? 然亦有不告而不書, 因以爲義者. 莊·僖不書崩之類, 是也.

若月日之辨, 誠非大義所在. 蘇氏所謂 "成於時者時, 成於月者月, 成於日者日", 寂爲近之. 然推之諸章, 亦多不合. 獨程子謂之 "因舊史而不益", 斯爲當矣. 且以益師之傳, 考之四傳之說, 皆相牴牾. 強爲說以文之, 愈文而愈鑿.

夫文公以上一百一十有四年, 而書日者百有七十. 宣公以下一百二十有八年, 而書日者二百二十. 大夫之書卒者三十有一. 而隱公之世不日者三, 宣公之世一, 以後則皆日焉. 蓋近而可考者, 不厭其詳, 遠而無稽者, 不可得而悉, 理之所宜. 然若如公穀之說, 則吾恐聖人之所垂訓而託

458

義者, 不如是之煩瑣而隱晦也.

曰: 四傳之義則旣有定論矣. 若何休以下諸儒之得失, 願卒聞之.

曰: 聖人沒而微言絶. 七十子喪而大義乖. 紛紛若聚訟然者, 章句訓詁之末而已. 雖然, "傳以通經爲主, 經以必當爲理", "若至言幽絶, 擇善靡從, 則並舍以求宗, 據理以通經", 斯固范武子所以度越羣儒者也. 引讖以亂經, 黜周而王魯, 文致太平, 曲說傅會. 於是乎何休之得罪於聖經也, 大矣. 若天文地理名物度數之詳, 則杜氏備矣. 惜乎其信傳而不信經也. 此則三子之優劣也. 楊士勛以下, 吾無譏焉. 合乎胡氏之說者, 自陸淳以下數十家. 雖得失不齊, 要之, 爲得其大者耳.

曰: 然則子之治『春秋』也, 何所本?

曰: 歐陽子有言: "六經之傳于今, 非一人之力也. 後之學者, 因迹前世之所傳, 而較其得失, 則有之矣." 若使其不見先儒中間之說, 而欲特立一家之學者, 吾未之信也. 余豈敢捨先儒之說而求經哉! 其例則雜取四傳, 其大旨則宗諸胡氏, 其意則獨求之遺經而已.

曰: 然則『春秋』無[8]不可通者乎?

曰: 夫豈然哉? 程子曰: "春秋大義數十, 炳如日星. 至其微辭隱義, 時措從宜者, 爲難知也." 故君子之釋經也, 信以傳信, 疑以傳疑. '春王正月'·'甲戌己丑'·'紀子帛莒子'之類, 皆其疑焉者也.

曰: '春王正月', 開卷第一義也. 此而有疑, 尙何以言其他?

曰: 道在知要而已矣. 論『詩』者, 不以〈苤苢〉之疑, 而廢興觀之效. 說

---

8 無 : 『연천선생문집』엔 '無' 앞에 '誠'이 있다.

『書』者, 不以五誥之疑, 而廢帝王之典. 春者, 天時也. 王者, 天子也. 正月者, 周正之月也. 先春於王, 統乎天也. 先王於正月, 大一統也. 此所謂開卷第一義. 亦何不可知之有? 抑其春之一字, 或爲[9]周正之舊稱, 或爲[10]仲尼之特筆. 斯蓋[11]典章殘缺, 不可以臆證者也. 且大匠可以一斧知也, 造化不可以一物測也. 義固有難通, 亦固有易知. 豈可以一字之難通, 而自絶于全經哉? 君子之於『春秋』, 蓋將盡心焉耳矣.

○『三漢名臣錄』
○『東史世家』
○『元史略』
○『北行錄』
○『福壽雙會』

○○○ 〈『福壽雙會』序〉【淵泉先生作】

或問於余, 曰: "爲善者獲福, 果可信歟?"

余應之, 曰: "奚爲其不信也? 周公之詩曰 '永言配命, 自求多福', 孔子曰 '仁者壽'. 使周·孔而非聖人歟, 則吾不敢知也. 使聖人而好爲欺人之言歟, 則吾又不敢知也. 不然, 則爲善者之獲福與壽, 吾請執契而質之"

曰: "聖人之言, 姑將以勸夫人耳. 爲善而不必福, 爲惡而不必禍,[12] 吾見亦多矣."

曰: "嗟呼! 否否. 如子之言, 則爲聖人者亦不誠甚矣. 天下之善, 莫大

---

9 爲 : 『연천선생문집』엔 '謂'로 되어 있다.
10 爲 : 『연천선생문집』엔 '謂'로 되어 있다.
11 蓋 : 규장각본, 동양문고본, 버클리본, 『연천선생문집』엔 '蓋', 연세대본엔 '皆'로 되어 있다.
12 禍 : 『연천선생문집』엔 '禍' 뒤에 '者'가 있다.

於誠己, 則不誠又將何以勸人善哉? 吾嘗[13]試爲子譬之.

夫爲善而獲福者, 猶食之必飽也. 爲不善而遘禍者, 猶夜入于山, 而餌豹虎也. 羸癆反胃之人, 有日飯數斗, 而腹愈欲然者. 太行之狂夫, 有入虎穴, 撩虎尾而免於搏噬者. 子亦將以爲食不必飽, 而虎不必避也哉?

嗟呼! 今世之人不肯爲善者, 皆唾棄五穀, 而以身試虎穴者也. 子不爲惻然奔走而往救之, 顧反設淫辭而益其惑耶? 且夫天之福禍於人, 猶王者之有賞刑也. 爲天下者, 懸法禁, 明趨避, 以齊下民. 人或見犯禁者之倖免于刑也, 嗷嗷然號于衆, 曰: '作奸而侮法者, 未必得罪.' 遂相率而爲不法, 則有不以是爲亂民者哉? 天道恢恢, 疎而不失. 禍福之應, 常要以久遠. 子姑務爲善而已, 愼無爲天之亂民也哉!"

問者始釋然而去.

世所傳福壽書, 有兩本, 皆明季人所述也. 其意皆勸人爲善, 其指多切近淺顯, 尤宜於愚夫愚婦. 雖其言時有未醇, 要其歸有近乎仁人者. 遂爲之擇而存其尤, 合而名之曰『福壽雙會』.

嗚呼! 不待勸而樂於爲善者, 上知也. 勸之而不肯信, 懲之而不知懼者, 至愚而自暴者也. 若中人之情, 則耖不以禍福爲懲勸. 世之爲上知者, 固鮮, 其至愚而自暴者, 亦不如中人之多也. 是書之裨于世, 其或不爲不多歟?

○『訂老』

○○○〈『訂老』題〉【淵泉先生作】

'訂'者, 正也. '老'者, 老氏書五千言也. '正'也者, 蓋正其不正也.

世以老氏爲異端, 固也. 然世之言老氏者, 未嘗有知老氏者也. 老氏書率皆言寡慾以養神, 不爭以應世, 省事去殺以治民. 其大要如是而已. 凡後世之所謂老者, 皆非老也.

老氏以慈爲寶. 且言"法令滋章, 盜賊多有." 而世或以老爲刑名. 老氏言'佳兵者不祥.' 而世或以『黃石』·『陰符』合諸老. 老氏言"無以生爲者, 是賢於貴生." 而言修煉服食以求長生者, 托於老. 老氏言治以"民復孝慈"爲上. 其書言治國愛民者居半. 而違親遺君絶俗以爲高者, 歸於老. 老氏言"致虛守靜", "自勝者强", 是克己也. 言"圖難於其易, 爲大於其細", "愼終如始", 是小心也. 其言謙退卑弱者, 又不一. 而猖狂倨傲, 恣欲而無憚者, 藉口於老. 老氏言"以道治天下者, 其鬼不神." 而修齋醮餙符籙, 以語怪神者, 亦自號爲老. 彼固皆不足道也. 爲吾儒者, 又或執彼以攻老, 其不爲老氏所笑者, 幾希矣.

余謂老氏之本旨, 明於世而後, 其合於聖人者可師, 而其不合者亦可辨. 於是乎爲是書以正之. 盖正老氏者, 什一, 正世之不知老氏者, 什九云.

嗚呼! 余出遊于世, 二十有三年. 困而歸, 始杜門謝交, 而爲此. 不知者, 將以爲托而逃也夫?

○『諸子精言』

○○○ 〈『管子精言』 跋〉【淵泉先生作. 諸跋竝同】

朱夫子嘗言『管子』書非夷吾自著. 今攷其書, 或說夷吾死後事, 又載夷吾見桓公事, 自相異同. 其非自著, 固明矣. 其文, 或平易卑近, 或僻奧不可讀. 其所言或純於先王之道, 或專任刑法, 似申韓. 至「輕重」諸篇, 挾數罔民, 殆有桑孔所不肯爲者. 而其爲術又多淺陋, 不可行. 疑又非一手[14]出也. 其「心術」·「內業」二篇, 皆正心修身之要. 夫主靜持敬之學, 周

程二子所以紹先聖不傳之緒者也. 而其說乃具於此. 嗚呼! 雖功利之士,
固未有不先治其心, 而能有爲者也.

○○○ 〈『晏子精言』跋〉

『晏子』書不知出何人. 其文頗萎弱, 其說如公孫捷·田彊之死, 殊不近
事理. 其「外篇」又雜引左氏及他書. 言晏子事者, 尤自相重複牴牾, 其去
晏子之實, 則盖遠矣.

晏子在春秋時最以直諫著. 今讀『孟子』左氏書所載, 率切而不劖, 婉
而不曲, 動必依先王之訓. 若如是書所言者, 則或劫之以彊, 或謔之以
術. 豈君子之所以事其君哉? 雖然, 後世之欲諫其君者, 亦難矣. 直言則
有不敬之誅, 微辭則有包藏之疑. 文致於情理之外, 剔抉於字句之間, 不
惟獲罪於其身而已, 且或沒世而不得免於悖逆之名. 使君天下者, 得是
書而讀之, 其亦庶有瘳乎? 自「仲尼之齊」以下凡十章, 劉向所謂'後世辯
士所爲'者也. 今削焉.

○○○ 〈『關尹子精言』跋〉

世所傳『關尹子』書, 出於南宋後. 其文最卑卑, 專襲用浮圖氏經偈語
錄之體. 惟〈在己無居〉一章, 辭旨俱古, 嶤然獨出於卷中, 及考之則莊子
所引關尹語也. 殆所謂作僞日拙者歟?

『文子』·『列子』·『關尹子』皆僞書也. 然『文子』集諸家而擷其精華. 故
其書雖僞, 而其言則多可觀. 『列子』之文, 高下不齊, 而要之, 奇麗者居
多. 故談藝者或喜稱道之. 唯『關尹子』陰剽釋氏之糟粕, 而襍之以黃白

---

14 手:『연천선생문집』엔 '乎'로 되어 있다.

家語. 其用意彌精而彌淺, 其修辭彌巧而彌下, 盖不足以班於諸子之列矣.

雖然, 余嘗讀其語, 有曰: "少言者, 不爲人所忌", 又曰: "人不明於急務, 而從事於多務者, 窮困及之." 斯皆余對病之藥也. 遂稍掇以存之.

○○○ 〈『文子精言』跋〉

文子不知其爲誰. 或言卽辛硏, 非也. 其書大抵掇拾老莊諸子語. 而其出於『淮南鴻烈解』者, 尤多. 其學原於老氏, 而往往以儒旨文之. 疑後世之士, 欲援儒以附老者, 所依托也.

然時亦有格言焉. 其上篇, 曰: "天地尙愛其神明. 人之精神, 何能馳騁而不乏?", 又曰: "精神日耗, 久淫而不返. 是以時有盲忘自失之患." 嗚呼, 千載之上, 已有知余病者矣!

○○○ 〈『孫子精言』跋〉

余書生也, 固不習兵家語. 且嘗聞諸記, 曰: "軍容不入國, 國容不入軍." 然國容尙有時而可以入軍. '輕裘緩帶, 雅歌而投壺'者, 是也. 軍容則決不可以入國. 挾數而抵隙, 盛氣而爭勝, 尋鋋戟于廟朝, 何不祥大是? 嗚呼, 如奇章贊皇・東林齊浙之爭, 其亦不祥之尤者歟!

孫武子世所稱兵家之祖也. 自二千年來, 良將策士, 得其隻字, 無不奉爲圭臬者. 余獨愛其一言, 曰: "善戰者之勝也, 無智名, 無勇功." 夫自古稱智能之士, 所以禍于國, 而灾于軀者, 未是[15]不起于功名之念. 如斯言者, 豈戰國之人所能及哉? 嗟乎, 其翔佯於子胥・種・蠡・伯嚭之際, 而超然獨遠於菑咎, 有以也夫!

---

15 是: 『연천선생문집』엔 '始'로 되어 있다.

464

余旣不習兵家語, 姑掇其或¹⁶稱于前志者, 得若干言. 以班于諸子之間.

○○○ 〈『吳子精言』跋〉

天下言兵者, 推『孫』·『吳』. 『孫子』書, 盖非武, 不能作也. 『吳子』則殆出於後世所記. 以故, 其指論兵家形勢, 不如武遠甚. 然往往能言禮義仁信. 先儒謂起嘗學於曾子, 得窮其緒言. 然亦不過倡家之讀禮耳. 如武所謂'百戰百勝, 非善之善'者, 則起又不能及也. 夫里名'勝母', 曾子不入, 朱子少嘗習曹操書, 晚而悔之, 君子之愼於擇術也, 如此.

舊應武擧者, 講『司馬法』·『六韜』·『三略』·『孫』·『吳』·『尉繚』·李靖書, 號爲'七書', 我 英廟始命斥『吳子』, 勿講. 盖以起殘忍薄行人也. 大聖人立敎勵俗之意, 遠矣哉!

○○○ 〈『商子精言』跋〉

太史公讀商鞅「開塞」·「耕戰」書, 稱與其人行事相類. 今其篇具存. 其文, 非先秦人不能爲也. 然觀其稱魏襄王之諡, 及長平之勝, 皆在鞅死四五十年後. 豈亦有所竄亂歟.

鞅書大抵以彊辭精辯, 補¹⁷其殘刻悍戾之術. 唯其欲壹民於農, 尙有古人務本之意, 治國者或有取焉. 然歐末利游食之民, 而歸之南畝, 可也. 至欲幷詩書禮義孝悌盡廢之, 而惟農戰是務, 則其悖又甚矣.

夫詩書禮義孝悌, 固親上死長之所由本也. 戰者, 殺人之器也. 使民無孝悌之行, 不知詩書禮義之敎, 而惟利之是趍, 以日從事於殺人之器, 方

---

16 或: 『연천선생문집』엔 '盛'으로 되어 있다.
17 補: 『연천선생문집』엔 '輔'로 되어 있다.

天下有事, 而偸取一時之功, 可也. 及其功成亂定, 又孰能一日安於是民之上哉? 嗚呼! 此固秦之所以亡也.

後世之國, 以禮義孝悌爲治者, 其弊也, 固將積衰而不堪其貧弱. 欲修其禮義孝悌而[18]復之, 則遲久而不睹其功. 必有使人懣然而不快者. 於斯時也, 而欲一赫然振之以蘄時月之效, 固莫如商鞅韓非之說者矣. 雖然, 用之而不得其術, 其禍固不旋踵. 用之而得其術, 且得其人, 强而爲秦, 富而爲隋, 一六合而威四海, 皆可也. 而國祚之長短, 則不在此. 嗚呼! 此百世之至戒也.

○○○〈『荀子精言』跋〉

余嘗讀李斯〈諫秦王逐客書〉, 愛其文馳騁奇偉, 足以動人. 而又怪其靡麗浮華, 殊不似先秦人語. 及讀『荀子』, 乃知其所得於師者, 然也. 荀子嘗言, ‘非其人而敎之, 齎賊兵借盜粮也’. 嗚呼! 彼果以李斯爲其人哉?

文章之奇, 至戰國諸子而極矣. 其紆餘曲折開闔變化, 如後世作家法度者, 自荀氏始. 韓愈氏盖得其彷彿, 餘未有能及之者也. 至其學術醇疵, 古人已具言之矣. 是以不復論, 論其文章云.

○○○〈『列子精言』跋〉

周秦書固多僞者, 而道家爲尤甚. 自老子而外, 惟莊周文最高. 然已不免眞僞相間. 如列禦寇關尹喜庚桑楚書, 皆紀乎僞者也. 世言蔣周多用『列子』語. 以今觀『列子』書, 惟見於『莊子』者, 文最古. 其雜出於『呂覽』『淮南』諸書者, 亦各肖其書之文. 時有增損一句者, 則已錄落然不相入

---

18 而:『연천선생문집』엔 '以'로 되어 있다.

矣. 其甚者, 宂沓膚近, 雖西京之婦人胥史, 無是語也. 而況於戰國乎?

至其論道, 率剽掠諸家. 如「楊朱」一篇, 專教人縱慾肆僞, 陷於禽犢, 而不悔. 是又老莊之賊也. 而其他則往往雜用禪語, 其稱'西方聖人', 蓋陰指佛氏也. 其出於東漢以後, 亦明矣. 或曰:"如劉向序何?"曰:"關尹子之爲唐以後書, 明矣, 而亦有向序. 向序又安知非僞也? 不然, 則 劉向所序之『列子』, 非今日之『列子』也."

○○○ 〈『鶡冠子精言』跋〉

鶡冠子, 嘗稱賢人之潛亂世也, 民多諱言, 士隱其實情, 心雖不說, 不敢不譽, 趍舍雖不合, 不敢不從. 嗟乎! 此叔季之士, 鼇蹵隱忍, 以苟偸祿利者之爲也. 鶡冠子隱處深山, 無求於當時. 彼又奚爲而發此言哉?

余觀鶡冠子書, 率支其言, 奧其義, 若不可解者. 徐繹之, 殊未見有異. 時或値一二格言, 又皆剽裂于他書者. 然柳子厚極詆其鄙淺不足取, 而昌黎韓子則顧極稱之不舍. 斯二子者, 俱文章之宗師也. 而其見之不同, 如此. 後世之論文者, 其又皆遽信于一口之毀譽, 而軒輊人哉? 嗚呼! 又豈獨論文也哉?

○○○ 〈『韓子精言』跋〉

韓非之學, 與李斯同出. 今讀非書, 絀德而尙刑, 尊君而抑臣, 賤文學而抑諫爭. 使人主專操其勢, 誅僇以立威, 而不禁其聲色淫佚之欲. 使君臣父子夫婦之間, 擧無一可信者, 而唯以權術相防. 大抵與斯之所以亡秦者, 如合一轍. 蓋其身雖廢, 而其術則已盡施, 其效亦較然可睹矣. 而其流習餘弊之爲毒於天下者, 至于今猶未已也. 嗚呼, 邪說之禍, 亦可謂烈哉!

戰國諸子書, 以十數. 其切事情·審利害, 無如非者. 其於爲身謀也, 宜亦有餘矣. 而卒不能自脫於李斯之譖. 豈禍福有命, 不可以知巧免耶? 抑所謂'事或避之, 適足以就之'者歟? 此古之君子所以直道以行, 不以外物易其中也.

或曰: "子之斥非也, 若此. 今其書猶有擇焉, 何也?" 曰: "余欲火非書, 久矣. 然每讀「孤憤」諸篇, 至其言奸臣蔽主賢臣絀抑之害, 未嘗不喟然以悕. 使萬世之爲人君者, 得此而讀之, 又安有亡國敗家哉? 嗚呼! 非之於法也, 誠酷矣. 然猶使人易知而易避也. 其於誅也, 誠果矣. 然猶待其明麗於法, 而後加之也. 故曰'設可避之罰, 故不肯子少罪.' 又曰'不吹毛而求小疵, 不洗垢而索難知'. 如此者, 雖謂之藹然忠厚之言, 可也. 後世之士, 舌唐虞而筆孔孟, 視申韓不啻虺蝎, 而'探情誅意'·'深文摘抉'之說, 顧反盡出於其口, 抑獨何哉?"

○○○ 〈『呂覽精言』跋〉

呂氏書, 世稱'春秋', 非也. '春秋'者, 記事之稱爾. 呂氏有十二紀·八覽·六論. 其特稱'覽', 蓋從史遷云.

秦漢諸子書, 精粗醇疵, 固不壹. 然皆有所深思獨得, 以自爲一家者. 惟『呂覽』與『鴻烈解』, 成於賓客, 不名一人. 故其說襍出於諸家, 而無所統. 其文辭亦支離散漫, 而神與氣不相屬.

然當『呂覽』初成時, 懸千金以求損益一字, 而卒無敢應者. 豈非以怵於勢哉? 嗚呼! 勢之所在, 雖懸賞而不得聞其過. 況以鼎鑊刀鋸, 待之乎? 君子是以知呂氏之不能保其富貴, 而嬴氏之亦從而亡也.

不韋之死, 在始皇初載. 而其言尊君卑臣之害, 及勸學容諫·薄葬省刑諸說, 皆切中其平生之失. 豈當時游士, 亦有能見微而慮遠者歟? 書又言韓·魏·趙氏之亡, 皆不韋死後事也. 豈後人又有所損益歟?

○○○ 〈『孔叢子精言』跋〉

孔叢子言, 子思見戰國重士, 遂自高以傲世主. 又亟稱叔孫通仕秦, 爲能見時變. 陋哉, 其言也!

『家語』・『孔叢子』皆僞書也. 『家語』所載, 皆取諸左氏・二載及秦漢諸子. 故其書雖僞, 而其言則皆有所稽. 『孔叢子』亦或漁獵傳記, 然厪厪什一耳. 又多衡決不相屬, 甚者剽戰國策士縱橫之說, 而被之以孔氏之名. 至其所自爲文, 則膚淺萎薾, 望而知其非兩漢也.

然如子思言苟變反衛君臣, 與穿詘公孫龍, 斌以燕雀喩魏, 皆出於是書, 而司馬文正朱文公俱取之. 豈不以其言之有警于世歟? 詩云: "采苘采菲, 無以下體." 顧其言可用否耳. 其眞僞亦不必問也. 嗚呼! 可以爲用人者法矣.

○○○ 〈『賈子精言』跋〉

蘇子瞻譏'賈生志大而量小, 一不見用, 而悲鬱憤悶以自殘'. 又譏其'立談之間, 而遽爲人慟哭.'

余考, 賈生始召見時, 年才二十餘. 及爲梁太傅, 數歲而卒, 年三十三. 而其陳治安之策, 在傅梁時, 其距始召時, 蓋亦已六七年矣. 言者固人之所難也. 恒誘曰我無位, 有位矣, 又曰時未可也. 以賈生之才, 遇漢文六七年. 而猶譏其盡言. 其爲循黙苟容者之勸也, 又甚矣.

蘇子又惜其不能深交絳灌以得志. 是欲使懷道自重之士, 皆必委蛇求合於權貴之門, 而後可以有爲也. 審然則爲子瞻者, 又何不先深交王・呂・章・蔡之徒也? 方賈生斥逐長沙, 年少, 不得志. 固不能無介介者. 然其所爲二賦磊落曠達, 可以想見其胸懷. 至其以梁王墜馬, 而哭泣成疾, 蓋自傷其不能盡輔導之任也. 古人之不苟於其職, 如此. 此眞忠臣貞士之用心, 可以'托六尺之孤'者. 而顧託其憤悶以自殘, 過矣. 夫脩短天也, 非其人之罪也. 年不及强仕, 位不登列卿. 而其言垂於百世. 其見用者, 十亦過四五, 而其澤之被於天下者, 甚博. 爲賈子者, 亦可以無憾已矣.

『新書』載賈子諸疏, 割裂文句, 顚倒序次. 甚者, 至不成文理. 它又剽『春秋』內外傳, 及『新序』·『說苑』所載, 以足卷. 其離賈子本書, 明甚. 然其幸而存斷爛之餘者, 時亦多格言. 由漢以後立言者, 亦衆矣.

語大者多不切時, 適用者恒遺其本. 才高氣豪者, 又往往闊略小節. 唯賈子言治道, 必以禮義敎化爲本. 而及論天下形勢食貨之利害, 纖密中縠會, 逆覩數十年, 如契龜. 其於修己也, 則奧焉而道德性命, 細焉而跬立步趨之節, 又無不曲致其詳者. 嗚呼! 亦可謂通儒高世之才矣.

○○○〈『淮南子精言』跋〉

古人稱淮南王安『鴻烈解』: "一出一入, 字直百金." 余嘗讀其書, 如入五都之肆, 鋪錦縠堆珠琲, 爗然目奪. 及徐而察之, 則皆窮割糜屑之餘耳. 其不能與徑寸之璧爭價也, 審矣.

淮南好賓客, 小山大山之徒, 無慮累百人. 其書不一人, 其人不一家. 是以諸子衆家之說, 無不咸具於中. 而求其尙爲淮南子者, 則枵然乎其無有也.

其書言侈靡及窮兵之害, 甚切, 意若以譏武帝者. 及篇末盛稱文王伐紂之事. 又有曰: "殺無罪, 而養無義之君, 害莫大焉. 殫天下之財, 而瞻一人之欲, 禍莫甚焉 …… 乘萬民之力, 而反爲殘賊, 是爲虎傅翼, 曷[19]爲不除?" 觀其意, 與安所語於伍被者, 頗相類. 豈其爲賓客者, 陰以是逢迎其逆謀歟? 吁! 亦悖矣.

---

19 曷: 『연천선생문집』엔 '局'으로 되어 있다.

高誘言安書大旨近老子. 嗚呼! 焉有得老子之道, 而肯托於驕王之門者哉? 雖然, 其書又有曰:'侯而求霸者, 必失其侯. 霸以求王者, 必喪其霸.''釋其所已有, 而求其所未得者, 必危.'安固已知此, 而顧反躬蹈其禍者, 何也?

○○○ 〈『揚[20]子精言』跋〉

善乎, 揚子雲之論魯兩生也! 曰:"魯有大臣, 史失其名. 叔孫通之徵先生於齊魯, 所不能致者, 二人. 如委己而從人, 雖有規矩準繩, 焉得以用之?" 嗚呼! 是誠醇儒之言也.

雖然, 吾獨未知成·哀之德, 孰與高皇? 新莽之時, 孰與漢興? 王音·劉歆, 何如叔孫? 長楊羽獵之荒, 又何如朝儀之討論? 而〈劇秦美新〉之作, 果不爲委己否耳?

子雲之失身于莽, 古人已備論之矣. 吾獨謂其失身, 不在乎美新之日, 而在乎因王音以進之初. 夫商鞅因景監以見, 而趙良知其敗. 袁盎爲呂祿舍人, 而君子不與. 其直因音於始, 而能不事莽於終者, 固未之有也.

古之爲文者, 固有巧拙, 要皆直抒其胸中之所欲出而已. 若故艱其字句, 以摸擬前人者, 蓋自子雲始. 其弊之流, 極于有明之李王, 而至于今, 誤人未已. 余嘗深病之. 是以, 汰其書特嚴.

然唐宋以前, 班『法言』于語孟. 其殘章斷句, 膾炙儒林者, 多矣. 今人亦相沿用之, 而尠知其所從出也. 故續採其若干言, 列于精言之左, 別爲之名曰「譚摘」云.

---

20 揚: 연세대본과 동양문고본엔 '揚'으로, 규장각본과 버클리본엔 '楊'으로 되어 있다.

○○○〈『文中子精言』跋〉

世所傳文中子『中說』, 其稱述人物事實, 多與史傳不合. 先儒辯之已詳矣. 然或遂以爲無是人, 則亦非也. 李翱在唐中葉, 嘗見其書. 『文苑英華』載王績無功文數篇, 其稱文中子事, 非一. 無功卽文中弟也. 又可謂無是人歟?

顧其歷數門人, 稱董恒·程元·賈瓊·薛收·姚義·杜淹·溫彥博, 而不及於他人. 獨其〈答馮子華書〉言"房·李諸賢肆力廊廟, 吾家魏學士亦申其才." 以'吾家魏學士', 別於房李, 則房李之非其門人, 可知也.

魏學士世以爲魏徵. 而徵撰『隋史』, 不及文中子一字. 曾謂徵背師忘本, 如是乎? 且徵在貞觀初, 由諫議大夫·尙書左丞, 登宰輔, 未嘗爲學士. 豈當時游王氏之門者, 別有所謂魏學士歟?

李翱稱『中說』, 其理往往有是者, 而文不工. 今所傳者, 修飾塗澤, 動傚聖言. 其文亦斐然可觀, 而其體裁議論, 則爲宋人作, 無疑. 盖文中子固嘗有書而已. 佚於唐·宋之間, 好事者遂緣無功之文而傅會之, 以爲是書, 因倂援唐初名臣, 以爲其門人也.

嗚呼! 文中子之書, 今不可覩其眞矣. 然生於六朝之季, 而能誦法先聖之道, 隱居潔身, 無一命之位, 而流風餘韻, 被於後世. 非有大過人者, 能如是乎? 今之所謂『中說』者, 徒傲然强爲大而已, 實少所自得者. 其論道又往往陰剽莊氏之餘, 以欺人. 嗟乎! 其爲文中子之累, 亦大矣.

余少, 嘗甚愛其書, 晚而益衰. 然猶得其格言十數, 姑列而存之.

○○○〈『逸周書精言』跋〉

古載籍淵奧難曉者, 莫如『尙書』今文. 然其可曉者, 固未始不明白深切, 而可以爲訓於萬世也. 世所傳『逸周書』, 聱牙晦澀, 往往類「盤庚」·「洛

472

誥」. 然細讀之, 不免有摸擬迹. 其可曉者, 非荒誕浮夸, 則率膚淺迂泛而無味. 間有一二格言, 則又他書之所已見也.

自明季以前, 多稱是書爲汲冢. 而是書實未嘗出汲冢. 楊用修辨之, 當矣. 然其果爲班固「藝文志」所載歟, 則猶未可知也. 今稍摘其近正可採者若干言. 其見于『周官』及二戴記者, 則竝不列云.

○○○ 〈『司馬法精言』跋〉

『司馬法』凡五篇, 世傳爲『周官』大司馬遺制. 或曰'齊司馬田穰苴所論次也.' 余見古禮樂兵刑之書, 率詳於法制度數. 由『春秋』以下者, 始多議論. 今是書專於議論, 殆非『周官』之舊也. 且其言有曰: "夏賞而不罰, 至教也. 殷罰而不賞, 至威也. 周以賞罰, 德衰也." 此尤豈成周盛時, 有司者之言哉?

其書本末旣不具, 字句脫誤, 往往不可讀. 然文辭近古奧, 所稱述皆仁義信讓節制之道. 在兵家諸書, 固莫有能先之者也. 嗚呼! 後世之爲兵者, 一降而爲狙詐, 再降而爲擴暴. 雖孫·吳·李靖之書, 方且以爲迂闊, 而莫之問矣. 而況於此篇乎哉?

○○○ 〈『六韜精言』跋〉

『六韜』「國務」篇言: "善爲國者, 賞罰如加於身. 賦斂如取於己." 此格言也. 然其他語多不類. 間有一二可取者, 率皆剽割他書.

至其論文伐十二節, 傾危險詐. 雖春秋伯者之佐, 如管仲·趙衰者, 亦不肯爲也. 而況於太公乎? 其言戰鬪形勢器械, 比他兵書稍詳. 而其文辭又支蔓, 無所要會. 求其可以施實用者, 亦寥寥矣. 程叔子嘗看詳武學制, 請紬『六韜』·『三略』及『尉繚子』, 勿講. 夫孰謂儒者不知兵哉?

○○○ 〈『三略精言』跋〉

『六韜』・『三略』皆漢以後書也. 『六韜』之文支, 『三略』之文簡. 『六韜』多言兵, 『三略』多論治國. 『六韜』專尙權詐, 而『三略』則猶爲近正. 至其言佞臣强宗之害, 深切著明, 雖百世不可廢也. 意者, 『六韜』[21]之稱太公, 專出於後人傳會, 而『三略』之傳, 猶有得於黃石・張良之遺歟? 余嘗讀其書, 至「下略」所謂"使怨治怨, 是謂'逆天', 使讐治讐, 其禍不救"者, 未嘗不廢書而欷. 嗚呼! 朋黨勝復之害, 不及於宗社不止. 古之人其知之矣.

○○○ 〈『新語精言』跋〉

近世纂『四庫全書目錄』者, 以『新語』有引『春秋穀梁傳』, 謂非漢初人所作. 盖謂公・穀『春秋』皆以口相授, 至漢景・武間, 始筆于書也. 然古人稱引所聞, 不必皆筆于書者也.[22] 公・穀之說, 在漢初已行于世數百年, 決不但口授于一人而至,[23] 如釋家所謂單傳密付者. 以陸賈之博, 安知不有所與聞哉?

但秦漢間, 文章皆奇偉勁健. 而高皇帝以命世之雄, 素不好讀書. 意其所稱善者, 必簡易明切, 捷於動人. 而今世所傳『新語』, 頗支離喑緩, 如元・成以後陋儒之文. 斯則爲可疑耳.

雖然, 其書大抵以用賢崇儉省刑息兵, 爲要務. 而推原敎化之本, 歸之於人主之身・閨門之內. 盖深得『大學』之旨者. 在漢世,[24] 惟董仲舒・劉向或庶幾焉. 而至其深闢陰陽災變神仙之學, 則又非[25]舒向之所能及也.

---

21 韜:『연천선생문집』엔 '韜'가 빠져 있다.
22 也:『연천선생문집』엔 '也'가 빠져 있다.
23 至:『연천선생문집』엔 '止'로 되어 있다.
24 世:『연천선생문집』엔 '時'로 되어 있다.

余是以不復辨其眞僞, 而取其言特多云.

○○○ 〈『繁露精言』跋〉

班固傳董仲舒, 稱其著春秋『玉杯』·『淸明』·『竹林』·『繁露』等數十萬
言. 今惟『繁露』在, 而「竹林」「玉杯」皆爲其篇名之一. 其書凡八十二篇.
而自十八篇以後, 多不說『春秋』者. 其文頗冗沓繁委, 如後世疏義之體.
而亦往往有一說疊見者. 其「離合根」·「立元神」兩篇, 又啓人君挾數匡
非之弊, 與其所謂'正心而正朝廷'者, 不啻相氷炭. 以故, 考古者皆疑之.

然余嘗讀其文, 似冗而實勁, 似駁[26]而實奧. 至其析理微密, 決非晉唐
以後學者, 所能及也. 意仲舒所著已多散佚, 而爲其徒者, 各以其所聞見
足成之, 如近代所謂語錄者歟?

仲舒治災祥家言, 其說頗迂廻牽合. 以是幾不免其身. 然是書所載陰
陽五行之說, 多醇實近理. 其拳拳乎德刑先後, 尤仁人之用心也.

嗚呼! 仲舒以對策, 受人主知遇, 由布衣, 一朝致二千石. 當是時, 公孫
弘·兒寬旣以經術爲輔相, 而田蚡·衛靑·韓安國皆以權寵臣, 有好士名.
使仲舒少枉道以周旋其間, 三公徹侯豈足道哉? 今讀其書, 有曰: "無有
去就, 儼然獨處, 惟山之意" 斯其所以擯斥於江都·膠西之間, 而終身不
得一試也. 嗚呼, 其誠眞儒也哉!

○○○ 〈『韓詩精言』跋〉

余年十許歲時, 閱『韓詩外傳』. 至孔子遇阿谷處子事, 曰: "此誣聖不

---

25 非: 『연천선생문집』엔 '非' 다음에 '仲'이 더 있다.
26 駁: 『연천선생문집』엔 '駮'로 되어 있다.

經之書也."遂廢不復觀. 及稍長而再讀之, 則格言至論往往而存. 雖醇疵相雜, 而要之可取者居多. 嗟乎! 以一眚掩大德, 取士者所宜戒也.

西漢言詩者, 稱齊·魯·韓·毛四家. 今唯毛氏大行, 齊·魯皆亡, 而韓氏厪存其外傳. 然四家所傳『詩經』, 字句皆不同, 如許氏『說文』·鄭氏『禮註』所引者, 可見也. 而此書所引詩, 一與毛氏本相合. 且其全用諸子語者, 甚多. 似掇拾漁獵而成, 殊不類漢初人所著. 其爲韓氏本書以否, 固未可知也. 然則如所謂阿谷處子事, 又安可遽以爲韓氏罪也? 若其引詩斷章, 率多與本旨不相近者, 則自『左氏傳』·『禮記』·『孝經』, 皆然. 不獨玆書也. 善讀者, 要取其所可取而已矣.

○○○〈『大戴精言』跋〉

"二戴記, 俱言禮, 俱出於西京. 而大戴又小戴之兄也. 其在『小戴』者, 不復取於『大戴』之選. 何也?"

曰:"『小戴』已列于經也."

"二戴記俱言禮.『小戴』之獨列于經, 何也?"

曰:"『小戴』之書完,『大戴』之書缺佚者過半.『小戴』專言禮. 其汎濫于他語者什一.『大戴』多雜記, 其言禮者亦什一耳.『小戴』之獨列于經, 固也."

"『小戴』則固然矣. 其互見于荀卿·賈誼·淮南之書者, 皆選于彼而不于此. 何也?"

曰:"彼皆先于『大戴』矣."

"然則『家語』不先于『大戴』乎?"

曰:"子以今之『家語』爲孔氏之遺耶? 今之『家語』王肅之書也. 其去戴氏二百年矣."

二戴記俱不能無駁,[27] 而『大戴』尤多可疑. 然周·文·武·孔子·曾氏

476

之遺言, 猶往往存乎其間. 其書凡八十五篇, 今存者, 自三十八至八十一, 厪及其半而止. 其文尤太半佚脫, 不可讀. 嗚呼, 惜哉!

○○○ 〈『鹽鐵論精言』跋〉

余雅甚[28]愛『鹽鐵論』. 以爲其學似董仲舒, 而辯過之, 其文似司馬遷, 而醇勝之. 至其直己懷忠不畏彊禦, 則汲黯·劉向不能亢也. 嗟乎! 有士如此, 而不能用, 至使後世不得擧其名, 千秋·弘羊不足道也, 爲霍光者, 惡能免蔽賢之殃哉?

雖然, 彼窮鄕一韋布耳. 攝弊衣曳穿履, 直入坐廟堂之上, 抗然與天子之三公上下. 其辭往復至累百, 而不見厭. 危言鯁論, 面折舌劘, 甚者幾於訕叱矣. 而不惟不獲罪, 方且反覆叩發, 不盡其底蘊, 不止. 嗚呼! 此亦豈西京以後所能有哉?

書稱文學者, 盖九江祝生, 賢良者盖中山劉子雍. 大夫者御史大夫桑弘羊也. 賢良語最粹, 文學語間有大而近迂·直而傷激者. 其論公孫弘·主父偃亦不中理. 至二子論古今奢儉及德刑先後之分, 則雖百世不能易也. 嗚呼, 旨哉!

○○○ 〈『新序精言』跋〉

『新序』·『說苑』皆劉向所述, 以進于成帝者. 以故, 其記諫諍語特詳. 嗚呼! 眞忠臣之用心也.

古之諫於其君者, 亦多術矣. 或托言以喩, 或反辭以諷, 或微引其端而

嗾其悟, 或多爲問答而叩其蘊. 直抉其隱而不爲訐, 逆探未形而不爲億. 動之以危而不爲脅, 佯爲不知而不爲謾. 隱語似嘲而不爲侮, 援喩不倫而不爲不敬. 觸犯不諱而不爲無禮.

盖非特三代盛時爲然. 雖春秋戰國衰亂之世, 猶未聞以肆志盡言爲罪者, 如是書所載可見也. 後世君臣之際, 其疎且卑者無論已, 雖大官近臣以弼違爲職者, 晝思夜草, 十書九削. 及其進對于前, 如講誦古書, 一讀而止. 稍不中格令, 則擧劾隨之. 使有史鰌汲黯之戇, 求其抒胸懷之什一也, 難矣. 又況加之以忌諱文網之密乎?

漢自武宣已後, 始稍漸寬大之風. 然懲秦誹謗·妖言之禁, 以諫獲戾者, 尙少. 至王鳳以盪腸陷王章, 而言路遂大塞, 竟馴成新莽之禍. 向之進書, 盖在是時, 宜乎其申申不憚複也.

『新序』所載, 率經傳諸子之言. 而其出於『戰國策』·太史公者, 亦衆. 以故不多採, 第論其本旨如右云.

○○○〈『說苑精言』跋〉

余讀劉子政『說苑』, 至鮑白令之及侯生二人事, 盖惕然廢書而嘆者, 屢矣. 嗟乎! 天下之稱悍戾恣睢杜塞忠諫者, 擧必曰'無道秦無道秦'. 今觀二人之面斥始皇, 無所顧忌, 雖漢世祖唐太宗, 亦不能堪也. 而乃脫於斧鑕之下. 由後世論之, 果何如哉? 嗟乎! 其能一六合, 而臣四海, 不逮蕳於其身, 有以也. 二人事不載遷史. 微子政爲之表章, 幾乎湮滅而不聞矣.

『說苑』敍事, 間有與正史相牴牾. 其所論亦往往多偏駁反道者. 然要其意出於匡君. 如其首篇言私門强盛之害, 其稱執民柄者不宜在一族, 其所以譏切王氏者至深, 非子政不能言也.

惟其論齊桓·衛靈公閨門無禮爲不害覇, 與其進『列女傳』意, 大異. 又常顯訟宗室以排外戚, 獨立於危難之朝, 不以敢言爲難. 而是書乃論秦

478

信同姓爲無益, 且以比干子壻之强諫而死, 爲惑. 宜若不出於子政之口者. 豈或爲劉歆輩所竄亂歟?

○○○〈『白虎通精言』跋〉

近世說經者, 往往治漢學. 以爲漢儒去聖人未遠, 欲盡絀宋儒之說, 以從之.

夫漢儒醇者, 莫如董仲舒. 仲舒作『春秋繁露』, 以衛輒拒父爲得禮, 祭仲逐君爲能權, 逢丑父[29]代君而死爲不忠. 此委巷小兒之所不肯言也. 而爲大儒者, 乃言之不疑, 何哉?

蓋其說皆出於公羊. 而公羊氏親受經於聖師之門人. 宜後儒之不敢不篤信也. 然余嘗見程朱高弟親記其師之訓, 其詭於本旨者, 十三四. 況自聖人而再得爲公羊, 自公羊以後歷戰國遭秦火, 垂三百年而後, 筆之於書者乎? 今乃欲奉其隻字缺句爲拱璧, 若皆眞出於聖人之口者, 其亦誤矣. 夫以公羊之近董子之賢, 而猶不可信若此. 而況於其它乎?

然則漢學可盡廢歟? 曰: 奚爲其然也? 夫愈講而愈精者, 義理也. 彌近而彌詳者, 訓詁名數也. 使今之委巷小兒, 皆能言君臣父子之大義, 而知董子之所不能知者, 固宋儒之功也. 如欲求訓詁名數, 則漢儒之學, 又焉可廢也?

古書專言訓詁者, 頗多. 釋字者, 不及理. 『爾雅』·『釋名』之類, 是也. 博物者, 不及用. 草木蟲魚疎之類, 是也. 唯『白虎通』討論典禮, 發揮經傳. 間雖或過於傅會, 而要之, 皆有所根據, 非無稽之言也. 余是以取之特詳. 然其襍出於『詩』·『書』·『春秋』疏及『通典』·『太平御覽』諸書, 而不見於本篇者, 殆五六十條. 蓋其殘缺已多矣. 惜哉!

---

29 父:『연천선생문집』엔 '尹'으로 되어 있다.

○○○ 〈『中論精言』跋〉

余讀徐幹『中論』, 愛其質而有味, 切而不絞, 依經稱[30]聖, 而不騖於空言. 又攷諸史, 知幹篤行寡慾, 不屈於爵祿. 蓋亦季漢之高士也.

然竊嘗怪, 幹以彼其志識, 甘爲曹氏父子所羅, 致上下於陳琳王粲之列, 而不之媿. 何哉? 及見其第十八篇. 稱王莽, ‘內實姦邪外慕古義, 脅[31]士以峻刑重勤.[32] 賢者恐懼莫敢不至, 非爵之, 實囚之’也. 又有曰‘欲進則不得陳其謀, 欲退則不得安其身. 小人樂之, 君子則以爲辱’. 嗚呼! 此固幹之所以自悲也.

伊洛諸儒, 以主敬愼獨之學, 接孔・曾・思・孟不傳之統. 幹書已先表章之. 其首篇所論鄙儒, 又切中近世考證之弊. 獨「考僞」・「譴游」兩篇, 似爲黨錮諸賢而發者. 黨錮諸賢固未可斥也. 雖然, 後世之士, 植朋黨招勢利, 好陷人而自成其名, 而顧反自托於古人之名節者, 亦多矣. 觀於斯, 其亦可以瞿然而恐歟!

○○○ 〈『潛夫論精言』跋〉

余讀王符『潛夫論』, 至「賢難」・「明闇」・「思賢」・「本政」・「潛歎」・「忠貴」諸篇, 曰: “嗟乎! 深哉! 其言之也. 是其當炎漢末造延熹建寧之際耶? 其殆身親罹之者耶? 不然, 何其言之痛且切也? 嗟乎! 使人君而味此言, 則賢者必不蔽於世, 使人臣而知此義, 則必不敢竊位而驕人. 上無蔽賢之咎, 下無竊位之罪, 而天下不治, 民不蒙其福者, 未之有也.”

---

30 稱: 『연천선생문집』엔 ‘稱’, 연세대본엔 ‘依’로 되어 있다.
31 脅: 『연천선생문집』엔 ‘脇’으로 되어 있다.
32 勤: 『연천선생문집』엔 ‘戮’으로 되어 있다.

嗚呼! 符生東漢之季, 寧沒身不遇, 而不肯踵戚宦之門. 此固所以爲賢士也. 然亦不聞有所表稱於顧廚俊及之間. 盖其書有曰: "士以孝悌爲本, 以交遊爲末." 嗚呼! 此眞所以爲天下之賢士歟!

○○○ 〈『申鑒精言』跋〉

東漢之士議論風節, 比西京甚盛. 然求其立言著書, 可傳於後世者, 又何其寥寥也? 余所得見者, 不能以十數. 王充『論衡』, 蕪而畔經. 崔寔『政論』, 激而傷德. 桓譚『新論』·仲長統『昌言』, 又皆散佚而不全. 其有裨治道, 可稱述者, 惟王符『潛夫論』·荀悅『申鑒』而已. 激切痛快, 荀不如王, 精核簡當, 王不如荀.

王之書直寫[33]胸臆, 不暇爲文. 而荀則頗琢煉摸擬, 盖欲效揚雄『法言』者. 然以或攸之宗, 立于獻帝之廷, 而略無所汚於曹氏, 其賢於雄, 亦遠矣.

或疑悅著書於建安之時, 而無一言及於撥亂尊主者. 嗚呼! 使悅書用於桓靈之時, 則天下將不至爲建安. 及其爲建安也, 則雖命世之傑, 亦將無如之何. 而況於悅乎哉? 抑悅書優柔平緩, 而不見其感憤之意. 殆所謂言孫者歟!

○○○ 〈『顔氏精言』跋〉

余所謂述精言者, 皆諸子也. 曷爲綴『顔氏家訓』? 顔氏書固非諸子比, 其文亦卑卑耳. 然言之精者, 以道不以文. 道有大於父子兄弟男女之間者乎? 繇魏·晉以降, 語道者墜空無, 修辭者夸綺靡. 求其裨于人者, 百十而不得一. 及齊·梁·陳·隋之間, 則尤無論已. 朱夫子作『小學』書, 獨取

『顏氏』甚多. 蓋其言篤于人倫, 深于事情, 而輔之以問學, 不但六朝之所未有而已.

惟崇信佛教太甚. 彼生于梁武之世, 目見同泰之事·臺城之變. 而其言尚如此, 甚矣, 習俗之難脫也!

然余恒怪顏氏家法甚正, 其斥巫覡齋醮尤嚴, 而其卒章乃戒子孫祭祀勿用酒肉, 惟作佛事. 疑不出一人之口者. 其書一本又以'盡忠信勿辱其親'七字, 改作'七月半盂蘭盆'. 其爲無識者所竄亂, 明甚. 豈其他又多是類歟?

余旣採其可法者. 其攷論文字紀述風俗, 雖小而有可觀者, 別掇其一二于下方云.

482

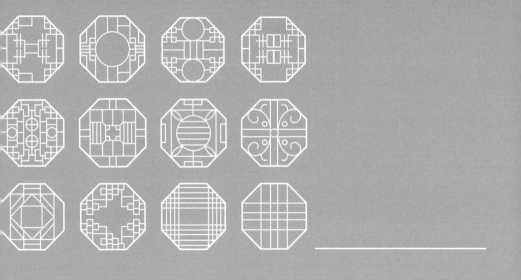

제7관
정丁. 오거념 하五車念下

6.

『기리경記里經』[1]

○○○ 〈『기리경』서문記里經序〉[2]

서울에서 서흥瑞興[3]까지는 340리이다. 취락이 형성된 곳이 여덟 곳이고, 성곽이 있는 곳이 네 곳이다. 험난한 곳이 한 곳, 가파른 고개가 스물네 곳, 툭 터진 평지가 세 곳이다. 배를 타고 건너야 하는 넓은 강이 한곳, 다리로 건너거나 옷을 걷고 건널 수 있는 작은 물이 열다섯 곳이다. 여행자가 머물 수 있는 객점이 서른한 곳이고, 말을 교대할 수 있는 역참이 열세 곳이다.

이것이 우리 형님의 『기리경記里經』에 실린 것이다. 이 책은 큰 줄기를 '경經'으로 엮고 자세한 부분을 '목目'[4]으로 말했다. 여기서는 나라의 법과 제도를 살필 수 있고, 여기서는 백성들의 슬픔과 기쁨을 들을 수 있고, 여기서는 산천과 도로의 평탄하거나 험함, 멀고 가까움을 살필 수 있다. 우리 형님께서 이 책에다 취합해 놓으신 것이 [그처럼] 넓다. 나는 어리석고 견문도 좁아 전부 이해하진 못하지만, [내가] 아는 바 문장을 가지고

---

1 『기리경(記里經)』 : 홍석주(洪奭周)가 지은 일종의 지리서이다. 한양에서 서흥(瑞興)까지 340리의 노정과 노정 사이의 이수(里數)를 경(經)으로 기술하고, 경과 지점마다 해당 장소에 대한 각종 정보를 '전(傳)'의 형태로 부기했다. 즉 길을 통한 공간적 이동을 기본 축으로 하면서 풍부한 인문지리적 정보를 부기한 지리지의 성격을 겸하고 있으며, 그것을 경전 주소의 형식으로 서술하고 있는 독특한 성격의 지리서다.

2 이 글은 『현수갑고 상(峴首甲藁上)』 3권에도 실려 있다.

3 서흥(瑞興) : 황해도 북쪽에 있는 고을 이름이다. 부친 홍인모(洪仁謨)가 서흥부사를 지냈다. 홍석주 형제들은 부친의 근친을 위해 서흥에 드나들었는데, 그 경험이 이 지리지로 탄생했다.

4 목(目) : 『현수갑고(峴首甲藁)』에는 '전(傳)'으로 되어 있다.

말해 보려 한다. 괜찮을지?

우리 형님의 문장은 제도制度가 근엄하다. 결구가 정연한 것이 용마루와 기둥, 회랑과 행랑이 반듯하게5 제자리를 잃지 않는 것 같다. [이는] 읍의 [모습]에서 가져온 것이다. 우리 형님의 문장은 공력을 오래 쌓아, 갈수록 우뚝 높아진다. 안은 견고하고 밖은 두터워, 침범할 수 없게 방어한다. 성곽의 [모습]에서 가져오신 것이다. 세상의 글한다는 자들은 고상해지길 바라 고심하고, 글자나 빌려다 심오해지려 한다. 우리 형님의 [문장은] 자연스럽게 된 것이지 인위로 된 것이 아니다. [그러므로] 가파르고 높아서 올려다보긴 하지만 붙잡고 오를 수는 없다. 위태롭게 험한 곳[의 모습]에서 가져오신 것이다. 세상의 글한다는 자들은 낮고 가까운 데서부터 익히지 않고 성급하게 높고 먼 곳을 추구한다. 우리 형님은 순서대로 차츰차츰 나아가서서, 스스로는 [낮고 가까운 곳으로부터] 벗어나는 줄도 모르시지만 진秦·한漢 이전 [시대]에 홀로 우뚝 서 계신다. 고개의 [모습]에서 가져오신 것이다. 세상의 글한다는 자들은 [그 문장이] 평이한 자는 쉽게 시들고, 광활한 자는 적당하지 않다. 우리 형님은 감돌아 순조롭게 흐르면서도 두텁고, 평탄하고 광활하면서도 기름져서, 잘 익은 오곡처럼 어디에 사용해도 마땅치 않음이 없다. 들판[의 모습]에서 가져온 것이다. 넓은 물결처럼 내달려 흘러서 하루에도 천 마디 말을 지어 내니, 큰물[의 모습]에서 가져온 것이다. 길게 이어지며 감돌아 드는 것이 마치 갔다가 돌아오는 듯하니, 작은 물[의 모습]에서 가져온 것이다. 크게는 풍비豐碑6와 현책顯册7으로, 작게는 한 구절이나 짧은 문장으로, 미리 준비

---

5 반듯하게 : 원문은 '식식(殖殖)'이다. 『시경』 「소아(小雅)」 〈사간(斯干)〉에서 사용된 적이 있는 부사인데, 의도적으로 사용되었다고 보아 밝혀 둔다. "판판하고 반듯한 그 뜰, 높고 곧은 그 기둥. 쾌활한 그 정당, 깊은 곳의 그 안방, 군자께서 편안히 계시는 곳일세(殖殖其庭, 有覺其楹, 噲噲其正, 噦噦其冥. 君子攸寧)." 『집주(集註)』의 주석에 의하면 "식식은 평평하고 반듯한 것이다(殖殖, 平正也)."라고 했다.

6 풍비(豐碑) : 공덕을 찬양하는 글을 새긴 큰 비석을 말한다. 원래는 천자의 관을 하관할 때

해 놓기라도 한 듯 요구하는 대로 응한다. 객점[의 모습]에서 가져온 것이다. 백가百家의 여러 갈래 [학설] 중 한 가지에 전념치 않고, 아침엔 경전을, 저녁엔 역사를 번갈아 꺼내면서도 지치지 않는다. 역참[의 모습]에서 가져온 것이다. 이것이 우리 형님 문장의 대략적 [모습]이다.

문장文章의 '길道'은 먼 길 가는 것과 같다. 말을 배우고 글자를 알게 된 이래, 몇 리를 가면 책을 받아 구두를 변별하는 데 이른다. 또 몇 리를 가면 말을 엮는 데 이르고, 또 몇 리를 가면 옛사람들의 작품을 흉내 낼 수 있게 된다. 또 몇 리를 가면 마침내 우뚝 일가의 언어를 이루게 된다. 그 가는 길이 역시 멀다. 그런데 이 글의 마지막에서는 "나의 발걸음은 여기에서 멈추지 않는다. 서흥의 서북에서부터 압록강까지가 다시 천여 리이다."라고 하셨다. '일가의 언어'에서 더 나아가 육경六經에 이르기까지, 다시 몇 리나 될지 알 수 없다. 내가 이것을 우리 형님께 기대한다. 삼가 두 번 절하고 서문을 쓴다.

○『홍씨독서록洪氏讀書錄』

○○○ 〈『홍씨독서록』 서문洪氏讀書錄序〉【연천 선생淵泉先生 작이다.】[8]

학자에게 서적의 용도란 대단히 중요한 것이다. [그러나] 다독을 자랑

사용하던 나무 비석 같은 모양의 장치였지만, 후대엔 비석을 뜻하는 말로 쓰였다.『예기(禮記)』「단궁 하(檀弓下)」의 '풍비(豐碑)'에 대한 정현의 주(註)에 "풍비는 큰 나무를 깎아 만드는데 모습이 비석과 같다. 외곽(外槨)의 앞뒤 네 귀퉁이에 세운다. 가운데를 파고 사이에 녹로를 만들어 동아줄로 하관하는데, 천자는 여섯 개의 동아줄에 네 개의 비이고, 앞뒤에 각각 이중의 녹로가 있다(豐碑, 斲大木爲之, 形如石碑. 於槨前後四角樹之. 穿中, 於間爲鹿盧, 下棺以綍繞, 天子六綍四碑, 前後各重鹿盧也)."라고 했다.

7 현책(顯冊) : 왕실의 예식을 거행할 때, 그 주된 내용을 기록한 책이다. 예를 들면 왕대비 봉책이나 존호 등을 올릴 때 그것을 기록한 책이 현책이다.

삼는 사람은 돌아올 줄 모르고 계속 나아가며, 소박한 것에 안주하는 자는 조금 터득하곤 자족한다. 이 두 가지 다 잘못이다. 공자께서는 "널리 문文을 배운다."[9]고 하셨고, 다시 "많이 듣고 그중 좋은 것을 골라 따르며, 많이 보고 기억해 둔다."[10]고 하셨다.

옛날의 학자 중 견문을 넓히지 않고서 통달한 선비通儒, 군자가 될 수 있었던 자는 없었다. 그러나 삼대三代엔 육예六藝[11]의 글들이래야 몇만 마디들에 지나지 않았다. 상庠과 서序[12]에서 공부하던 사람들은 경작과 독서를 겸했으니, 3년에 한 가지 예藝를 터득하고, 30년이면 오경五經[13]에 [대한 이해개] 확립되었다. 삼분三墳·오전五典·팔색八索·구구九丘[14]를 읽을 수 있으면 벌써 박학하다고 했다. 한漢의 전성기에 유향劉向과 반고班固가 교정한 책은 모두 13,269권이었다. 옛사람들은 대나무를 엮어 두루마리를 만들었으니, [두루마리] 10여 권이 오늘날의 한 권에 해당하기도 한다. [그러니] 실제론 몇천 권에 지나지 않을 것이다. 이런 시절엔 세상의 모든 책을 다 읽겠다고 작정해도 어렵다고 말할 수 없었을 것이다.

후대로 내려오면서 문文은 더욱 기승을 부렸고, 학문하는 자는 점점

---

8 『연천선생문집(淵泉先生文集)』 권18에 실려 있다. 홍길주가 지은 〈『홍씨독서록』 뒤에 쓰다 (題洪氏讀書錄後)〉가 별도로 『현수갑고 상(峴首甲藁上)』 권3에 실려 있다.

9 널리 문(文)을 배운다 : 『논어』 「옹야(雍也)」편에 나온다.

10 많이 듣고 …… 기억해 둔다 : 『논어』 「술이(述而)」편에 나온다.

11 육예(六藝) : 고대에 학교에서 가르쳤던 과목으로, 예(禮)·악(樂)·활쏘기[射]·말타기[御]·글씨[書]·수학[數]이다. 『주례(周禮)』 「지관(地官)」 대사도(大司徒).

12 상(庠)과 서(序) : 중국 고대의 학교를 가리키는 말이다. 주(周)에서는 '상(庠)', 은(殷)에서는 '서(序)'라고 했다. 후대엔 일반적으로 교육기관을 가리키는 말로 사용된다.

13 오경(五經) : 일반적으로 『시경(詩經)』, 『서경(書經)』, 『주역(周易)』, 『예기(禮記)』, 『춘추(春秋)』를 가리킨다.

14 삼분(三墳)·오전(五典)·팔색(八索)·구구(九丘) : 지금은 전하지 않는 고대의 서적들이다. 삼분은 복희(伏羲)·신농(神農)·황제(黃帝)의 글이고, 오전(五典)은 소호(少昊)·전욱(顓頊)·고신(高辛)·요(堯)·순(舜)의 글이고, 팔색(八索)은 팔괘(八卦)에 대한 설이고, 구구(九丘)는 구주(九州)의 풍물을 기록한 글이라고 한다.

그 근본으로부터 이탈했다. 그리하여 [실행 없는] 빈말로 서로 자랑하고 경쟁하니, 죽간이나 명주[15]에 전하는 것은 날이 갈수록 많아졌다. 독자는 머리가 희도록 읽어도 그 10분의 1도 읽을 수 없다. 박학을 추구하는 자는 종종 날밤을 새우고 정신을 피폐하게 만들며 오직 외우기만 힘쓴다. 그러니 책을 많이 읽을수록 마음은 더욱 단속되지 않고, 견문과 식견이 넓어질수록 덕을 닦는 일은 더 황폐해진다. 아! 우리 부자夫子께서 말씀하신 '널리 배우고 많이 듣는다博學多聞.'라는 것이 어찌 이런 것을 말하겠는가?

나는 태어나 여섯 살에 책을 읽을 줄 알았으니, 이제 30여 년이 되었다. 박학다문博學多聞에 뜻을 둔 적이 있었지만, 그 요령을 얻지 못했다. [그리하여] 때때로 제자백가와 술수術數의 책에서부터 패관잡기稗官雜記의 황당하고 자질구레하며 바르지 못한 이야기들까지 넘나들며 출입했었다. [그러나] 도리어 옛 도를 고찰하는 전적典籍이나 세상을 경영하는 일 같은 것에는 [독서가] 미칠 겨를이 없었다. 중도에야 깨달아 비로소 조금씩 집약하기 시작했다. [그러나] 총명은 미치지 않고, 지나간 시간은 되돌리기 어렵다는 것을 느끼고 한탄하게 되니, 단정히 앉아 책을 어루만지며 실의에 차 후회하지 않은 적이 없다.

내 아우 헌중憲仲[16]도 학문에 뜻을 두어, 경전과 역사서 및 여러 책을 제법 섭렵했다. 끝날 줄 모르고 도도하게 문장을 지어 내니, 게으름 부리지 않고 노력한다면 헤아릴 수 없는 성과가 있을 것이다. 그러나 헌중은 재능이 뛰어나고 영민해서 아주 쉽게 성취한다. 나는 그가 자족하고 멈출까 걱정이다. 또 나처럼 [이리저리] 넘나들며 요령을 얻지 못할까 걱정이기도 하다. 그래서 내가 읽고 소득이 있는 책들과, 읽고 싶었지만

---

15 죽간이나 명주 : 원문은 '죽소(竹素)'다. '죽백(竹帛)'과 같은 말로, 종이가 보편화되기 이전 대쪽이나 명주에 글을 썼기 때문에 이렇게 말한다.
16 헌중(憲仲) : 홍길주(洪吉周)의 자가 '헌중'이다.

못 읽은 책들을 모두 가져다 목록을 나열하고 개요를 적었다. 그리고 [그에게] 고한다.

천하엔 볼만한 책들이 많다. [그러니] 너는 노력하라! 예전에 한 세조漢世祖는 지도를 펼쳐 놓고 "천하에 고을과 나라郡國[17]가 이렇게 [많은데], 이제 겨우 그중 하나를 얻었을 뿐이구나."라고 탄식했었다.[18] 지금 헌중이 이 목록을 열람하고, 자신이 이전에 읽은 것을 돌이켜 보면 또한 망연자실하지 않겠는가? 그러나 세조는 중국을 차지한 다음엔 옥문관玉門關을 폐쇄해서 서역西域과의 통로를 끊어 버렸다.[19] 이 먼 땅 때문에 백성들을 피곤하게 할 필요가 없다는 걸 알았기 때문이다. 이 목록에 오르지 않은 책들도 모두 옥문관이고 서역이다. 헌중은 이를 유념하라.

경오년庚午年[20] 중춘, 양생방養生坊[21] 남쪽 집에서 쓰다.

---

17 고을과 나라[郡國] : '고을과 나라'라고 일반적으로 번역했으나, 한의 행정제도인 '군국제(郡國制)'를 떠올리게도 한다. 한의 군국제에 의하면 '군'은 천자의 직속 행정 구역이고, '국'은 제후의 봉지를 의미한다. '국'의 장관 역시 조정에서 임명하는 국상(國相)이니, 봉지의 군주에게 큰 실권은 없었고, '군'과 '국'의 지위는 대등했으므로 군·국으로 병칭하였다. 후대엔 행정구역을 일반적으로 가리키는 말로 쓰이기도 한다.

18 예전에 한 세조(漢世祖)는 …… 뿐이구나."라고 탄식했었다 : 『후한서(後漢書)』〈등구열전(鄧寇列傳)〉에 나온다. "왕랑이 병사를 일으키자 광무제는 계주에서 신도로 와서 우에게 동원령을 발하게 해서 수천 명을 얻은 뒤, 직접 거느리고 별도로 낙양을 공략하게 하였다. 뒤따라 광아에 도착한 광무제는 성루 위에 자리를 잡고 지도를 펼치고는 우에게 가리켜 보이면서 말했다. '천하의 고을과 나라가 이와 같은데, 이제 비로소 그 하나를 얻었다. 그대가 전에 말하길 나를 생각해 보니 천하도 군이 평정할 것 없다고 했었다. 어째서인가?'(及王郎起兵, 光武自薊至信都, 使禹發奔命, 得數千人, 令自將之, 別攻拔樂陽. 從至廣阿, 光武舍城樓上, 披輿地圖, 指示禹曰: '天下郡國如是, 今始乃得其一.' 子前言以吾慮天下不足定, 何也?)" ○ 세조는 광무제의 묘호이다.

19 세조는 중국을 …… 끊어 버렸다 : 옥문관(玉門關)은 한(漢)의 국경에서 서역(西域) 지방으로 통하던 관문이다. 광무제는 촉(蜀)을 평정한 이후로 군사 정벌을 멈추었다. 장궁(臧宮)과 마무(馬武) 등의 장수가 서역이 쇠약해진 틈을 타서 정벌하자고 청하자 『황석공기(黃石公記)』에 나오는 "부드러움이 억셈을 이기고, 약함이 강함을 이긴다(柔能勝剛 弱能勝强)."는 말로 거절한다. 마침내 옥문관을 폐쇄하여 서역(西域)의 볼모를 사절하고, 흉노의 사신을 예우하였다. 『후한서(后漢書)』〈오·개·진·장전(吳蓋陳臧傳)〉

20 경오년(庚午年) : 1750년이다.

○『의고시집擬古詩集』

○○○ 〈『의고시』 서문擬古詩序〉【연천 선생 작이다.】[22]

위로 순舜의 조정에서부터 아래로 당唐·송宋까지의 의고시擬古詩[23]를 약간 모았으니, 한 권이다.

어떤 이가 말했다. "아, 너무 지나치지 않은가? 순의 조정과 당·송은 아주 멀다. 당·송에서부터 현재까지도 역시 아주 멀다. 그대는 오늘날의 사람이면서 당·송 시대의 글을 하고, 당·송의 글에서 다시 순의 조정까지 미루어 올라간다. 이것은 칠웅七雄의 시대[24]에 결승문자를 사용하고, 오대五代[25] 말에 방패와 깃털을 들고 춤추는 격[26]이다. 아, 너무 지나치지 않은가?"

홍자洪子가 말했다. "그렇지 않다. 시詩라는 것은 하늘天로부터 나오는 것이다. 천지의 얽힌 기운[27]이 일렁거려 바람과 비가 제때 내리고, 그 정

---

21 양생방(養生坊) : 조선시대 한성부의 서부 9방 중의 하나이다. 현재의 행정구역으로는 남창동·서소문동·태평로가, 그리고 남대문로3·4가가 일대에 해당한다.

22 『연천선생문집』 권18에 실려 있다.

23 의고시(擬古詩) : 전대 시의 시풍을 모의하여 창작하는 것이다. 위진남북조시대에 창작의 중요한 방식으로 유행하였고, 고대의 악부시(樂府詩)를 모방한 작품들이 많이 지어졌다. 후대엔 작가의 개성이 사장된 날조의 것으로 폄하되기도 했으나, 계속 지어지는 동시에 문제적인 장르로 남아 있었다.

24 칠웅(七雄)의 시대 : 전국시대를 가리킨다. 전국시대에 이르러 천하는 한(韓)·위(魏)·조(趙)·제(齊)의 4개 신흥국과 진(秦)·초(楚)·연(燕)의 3개 구국(舊國)의 각축장으로 형성되는데, 이 7국을 '전국칠웅(戰國七雄)'이라고 한다.

25 오대(五代) : '오대십국(五代十國)'의 시대를 가리킨다. 당 멸망 후부터 송이 건립되기까지 후량(後梁)·후당(後唐)·후진(後晉)·후한(後漢)·후주(後周) 등 5개 왕조와 서촉(西蜀)·강남(江南)·영남(嶺南)·하동(河東) 등지를 나누어 차지한 10여 개 정권이 난립했다. 이들을 통틀어 '오대십국'이라고 부르고, '오대'는 그 약칭이다.

26 방패와 깃털을 들고 춤추는 격 : 고대에 일무(佾舞)를 출 때, 문무(文舞)는 깃털[翟]을, 무무(武舞)는 방패[干]를 들고 춤을 추었다.

화를 걸러 흘려서 만물을 만들어 내니[28] [이렇게 하는 것이] 천기天機다. 무
언가 그 마음을 건드리면 그것에 따라 슬퍼하거나 부끄러워한다. 생각
하거나 계산하지 않아도 그 천진天眞이 뭉글뭉글 피어오르니, 천기가 사
람에게서 작동하는 것이다. 그러므로 원시 혼돈의 시대부터 지금까지
68,900여 년 동안 춘하추동 사계절의 순서가 어긋났던 적이 없다. 만물
이 시작된 이후 지금까지 47,300여 년 동안, 인仁·의義·예禮·지智의 사
단四端과 희喜·노怒·애哀·낙樂의 발동이 달라진 적도 없었다.

어찌 이뿐이겠는가? 지금부터 억천만 년 전이나 지금부터 억천만 년
뒤라도 마찬가지이다. 사람이 변하는 것이지, 하늘은 한 번도 변한 적이
없다. 시라는 것은 하늘에서 나오는 것이다. 그래서 '시에는 고금에 따
른 변화가 없다.'라고 하는 것이다. 그러니 오늘날의 시골 노래와 거리
의 가요도 모두 「국풍國風」의 뒤를 이을 수 있다. 하물며 다른 것이겠는
가? 다만 짜 맞추는 것을 화려하다 여기고 조탁하는 것을 교묘하다고 여
겨서, 인위로써 천기를 죽이는 자는 [여기에] 들 수 없다.

공자께서는 '지금 세상에 태어나 옛 도道를 회복하려 하고도 재앙을
당하지 않은 자는 없었다.'라고 하셨다.[29] [그러나] 이것은 예와 악, 형벌
과 정사禮樂刑政를 두고 하신 이야기이다. 예악과 형정은 마음대로 하는

---

27 천지의 얽힌 기운 : 원문은 '인온(絪縕)'이다. 인온은 음양의 기운이 빈틈없이 서로 얽히는
것이다. 『주역』 「계사전 하(繫辭傳下)」에 "천지의 기운이 서로 얽히매 만물이 형성된다(天
地絪縕, 萬物化醇)."고 했다.

28 바람과 비가 …… 만들어 내니 : 원문의 표현은 "풍우시행(風雨時行) …… 유위품물(流爲品
物)"이다. 『주역(周易)』 〈건괘(乾卦) 단사(彖辭)〉에 나오는 "구름이 흐르고 비가 내리자, 만
물이 형체를 갖춘다(雲行雨施, 品物流形)."가 변형된 것이다. 원 구절의 뜻은 봄이 되면서 만
물이 자신의 본모습을 드러내고 활동하기 시작한다는 뜻이다.

29 공자께서는 '지금 …… 없었다.'라고 하셨다 : 『중용(中庸)』 28장에 나온다. "공자께서 말씀
하셨다. '어리석으면서 자기 의견을 쓰기 좋아하며, 천하면서 마음대로 하기를 좋아하고,
지금 세상에 태어나서 옛 도를 회복하려고 하면, 이와 같은 자는 재앙이 그 몸에 미친다'
(子曰 : '愚而好自用, 賤而好自專, 生乎今之世, 反古之道, 如此者, 菑及其身者也')."

492

것이 금지되고, [옛 방식으로] 되돌이키면 재앙이 생긴다. [그러니] '고古'가
될 수 없다. 오직 문사文詞만은 마음대로 해도 금지되지 않고 되돌아가
도 재앙을 당하지 않는다. 지금 [이것마저] 또다시 저지하고 억눌러서 '고
古'가 되지 못하게 한다면, 사람들은 어디서 옛날과 비슷한 것이라도 보
겠는가? 아아. 슬프다! 오늘날의 사람들은 얼마나 불행한가.

그렇긴 하지만 시란 각자 자기 뜻을 이야기하는 것이니, 모방과는 상
관없다. 생각해 본 적이 있다. 하늘 한가운데로 [날아오르는] 날개는 깃털
하나의 힘으로 되는 것이 아니고, 구름 위로 솟은 큰 집은 나무 하나가
지탱하는 것이 아니다. 천지가 만물을 낳을 때는 독초도 병을 공격할 수
있게 했고, 성인이 세상을 다스릴 때는 소경도 음악을 담당하도록 하셨
다. 지금 사람들은 한 가지를 쥐면 [나머지] 천 가지를 내버리고, 이것을
위주로 하면 저것은 종속시켜 시끄럽게 장단과 득실을 다투니 한탄스럽
다. 이 작품들은 체제體에 높고 낮은 차이가 있고 아雅와 속俗이 다르긴
하지만, 곡진히 드러내고 두루 수용해서 혼연히 하나로 귀결된다. 장차
이로써 세상의 생각들에 두루 통하고, 세상의 능력들이 각각 다 발휘되
게 되리니, 어찌 공연한 일이겠는가?"

의고시를 짓는 방법은 여러 가지이다. 그 제목을 사용하기도 하고, 그
화자를 대신하기도 하는데, 이것은 가탁假託이지 의고擬古가 아니다. 그
뜻만 사용하기도 하고, 때로 그 말을 훔치기도 하는데, 이는 도둑질이지
의고가 아니다. 가탁은 거짓에 가깝고, 도둑질은 천하다 할 수 있으니,
군자라면 하지 않는다. 나의 의고는 그 체제體를 본뜰 뿐이다. 고금이 애
초 다르지 않다는 것을 알면, [원초적] 큰 소박함大朴이 회복된다. 같고 다
름이 애초부터 [서로] 통하는 것이라는 것을 알면, 큰 공평大公이 확충
된다. 군자는 거짓이나 천박함을 달갑게 여기지 않는다는 것을 알면,
본심本心의 덕이 완전해진다. 그러니 시 한 수에 세 가지 선善이 갖추어
진다.

○『명문선明文選』

○○○〈「명문선목록」서문明文選目錄序〉

『명문선明文選』20권과 「목록目錄」 1권은 연천 선생께서 편찬하신 것이다.
이 책은 5집으로 되어 있다. 갑집甲集은 유백온劉伯溫[30] · 송경렴宋景濂[31] ·
방희직方希直[32] · 해대신解大紳[33] · 양사기楊士奇[34] · 이빈지李賓之[35] · 왕백안

---

30 유백온(劉伯溫) : 유기(劉基)의 자가 백온(伯溫)이다. 시호는 문성(文成)이다. 성의백(誠意伯)
  에 봉해졌으므로 유성의(劉誠意)라고도 불린다. 유기는 원말명초(元末明初)의 정치가이며
  문인이다. 원말에 진사가 되었으나 실의하고 은거했다. 이때 원 말 사회의 모순과 부조리
  를 풍자한 우언 산문집인 『욱리자(郁離子)』를 지었다. 이후 주원장의 모사 노릇을 하며 명
  의 개국을 도와 주원장이 '나의 장자방(張子房)'이라고 칭했다고 한다. 명 건국 이후 이선
  장(李善長) · 송렴(宋濂) 등과 명의 국가 체제를 정비하는 데 전념해서, 특히 역법(曆法)과 군
  정체제의 건립에 공헌했다. 천문 · 역법 · 군사 · 수리 등의 분야에 정통했으나, 특히 시문
  이 뛰어났다. 그의 시풍은 고아하며 질박하면서도 웅장하고 자유롭다는 평가를 받는다.
  송렴(宋濂) · 고계(高啟)와 함께 '명초시문삼대가(明初詩文三大家)'로 꼽힌다. 저술로『성의백
  문집(誠意伯文集)』과『욱리자』 등이 있다.
31 송경렴(宋景濂) : 송렴(宋濂)의 자가 경렴이다. 호는 잠계(潛溪) · 현진자(玄眞子)이고, 시호
  는 문헌(文憲)이다. 원말명초의 학자 · 관료이며 산문가이다. 원 말의 문인 유관(柳貫) · 오
  래(吳萊) 등에게 수학했다. 명에 들어와 출사해서 지제고(知制誥)에까지 올랐고『원사(元
  史)』 편찬의 책임을 맡았다. 정통 고문가로서 경전을 으뜸으로 따르는 문장을 역설했다.
  특히 전기문(傳記文)과 기사문(記事文)에 뛰어났다. 또 대각(臺閣)의 문장을 맡아, 당시 조
  정 의식에서 사용한 문장은 대부분 송렴이 쓴 글들이었다고 한다. 저술에『송학사문집(宋
  學士文集)』 등이 있다.
32 방희직(方希直) : 방효유(方孝孺)의 자가 희직(希直)이다. 호는 손지재(遜志齋)이다. 촉 헌왕
  (蜀獻王)이 그의 거처에 '정학(正學)'이란 이름을 내렸으므로 방정학(方正學) 혹은 정학 선생
  (正學先生)으로도 불리고, 그의 고향이 구성(緱城)이므로 구성 선생(緱城先生)으로도 불린
  다. 명 초기의 학자로, 저명한 문인이기도 하다. 홍무제(洪武帝)에게 등용되어 황족들의
  사부가 되었다. 영락제(永樂帝)가 황위를 찬탈하고 그에게 즉위 조서를 쓰도록 협박하자
  거부하다가 능지처참의 극형을 당했고, 일족 등 847명이 연좌되어 죽었다. 저술에『주례
  변정(周禮辨正)』 등 몇 가지가 있었으나 모두 영락제에 의해 소각되었고, 『손지재집(遜志齋
  集)』과『방정학문집(方正學文集)』만이 전한다. 그의 문장은 웅건호방하다는 평가를 받는다.
33 해대신(解大紳) : 해진(解縉)의 자가 대신(大紳)이다. 호는 춘우(春雨) · 희역(喜易)이며, 시호
  는 문의(文毅)이다. 명 초기의 정치가이며 문인이다. 태조 때 진사가 되어 한림대조(翰林待
  詔)를 지냈고 영락제 때 시독(侍讀) · 직문연각(直文淵閣)을 지냈다. 『영락대전(永樂大典)』을

494

王伯安³⁶·당응덕_{唐應德}³⁷·왕도사_{王道思}³⁸·귀희보_{歸熙甫}³⁹의 문장이다. '갑'

찬수했고, 여러 차례 한림학사 겸 우춘방대학사(翰林學士兼右春坊大學士)를 지냈다. 당시의 조령(詔令)이 모두 그의 손에서 나왔다고 한다. 재능과 학식이 뛰어났지만 직언으로 황제의 미움을 받아 여러 차례 좌천되었고, 끝내는 신하로서 무례했다는 이유로 사사되었다. 해진의 문장은 우아하고 굳세고 기이하며 예스럽다고 평가되고, 시는 호탕하고 풍성하다. 서예가로도 이름을 날려, 소해(小楷)는 정절(精絶)하다는 평가를 받았으며, 행·초서에 모두 능했는데 특히 광초(狂草)가 뛰어났다. 서위(徐渭)·왕신(楊愼)과 함께 명조의 3대 재자(才子)로 꼽히기도 한다. 저술엔『해학사집(解學士集)』등이 있다.

34 양사기(楊士奇) : 양우(楊寓)의 자가 사기(士奇)이다. 이름보다는 자로 행세했다. 호는 동리(東里)이고, 시호는 문정(文貞)이다. 명 초기의 정치가이며 문인이다. 성조(聖祖)·인종(仁宗)·선종(宣宗)·영종(英宗) 4대 조정의 내각에 있으면서 청렴하고 유능하여 칭송을 들었다. 양영(楊榮)·양부(楊溥)와 함께 삼양(三楊)으로 불렸다. 시문은 온화하고 전아하며 아름답다. 그러나 내용이 없고 대부분 공덕을 찬양하고 태평성대를 수식하는 응수작(應酬作)이어서, 전후칠자(前後七子)의 공격을 받았다.『동리전집(東里全集)』,『문연각서목(文淵閣書目)』,『역대명신주의(歷代名臣奏議)』등의 저술이 있다.

35 이빈지(李賓之) : 이동양(李東陽)의 자가 빈지(賓之)이다. 호는 서애(西涯)이고, 시호는 문정(文正)이다. 명 중엽의 정치가이며 문인이고 서예가이기도 하다. 다릉시파(茶陵詩派)의 핵심 인물이다. 다릉시파는 대각체(臺閣體)의 아첨하고 분식하는 문풍에 불만을 품고 개혁하고자 했으나 자신들도 위약(危弱)해서 시단의 새로운 국면을 개척하지는 못했다는 평가를 받는다. 그러나 당시(唐詩)를 최고의 전범으로 해야 한다는 주장이나 고(古)를 배우자는 창작 경향 등은 전후칠자(前後七子) 복고운동의 선성이 되었다.

36 왕백안(王伯安) : 왕수인(王守仁)의 자가 백안(伯安)이다. 호는 양명자(陽明子)이고, 시호는 문성(文成)이다. 보통 왕양명(王陽明)으로 불린다. 명 중기의 사상가·서예가·교육자이며 군대 지휘자이기도 하다. 학자로서의 왕수인은 육왕심학(陸王心學)을 집대성한 사람으로, 심즉리(心卽理)·지행합일(知行合一)·만물일체(萬物一體) 등의 학설을 확립했다. 문학에 있어서는 고인을 모방하지 않고 자연스럽고 유창한 독자적인 문체를 구사함으로써 일가를 이루었다고 평가된다. 저술로『전습록(傳習錄)』,『왕문성공전서(王文成公全書)』가 있다.

37 당응덕(唐應德) : 당순지(唐順之)의 자가 응덕(應德)이다. 다른 자는 의수(義修)이고, 호는 형천(荊川), 시호는 양문(襄文)이다. 당송파(唐宋派) 문인으로, 귀유광(歸有光)·왕신중(王慎中)과 함께 가정삼대가(嘉靖三大家)로 불린다. 병법에 통달했고 무술에도 밝았다고 한다. 저술로『형천선생문집(荊川先生文集)』,『육편(六編)』등이 있다.

38 왕도사(王道思) : 왕신중(王慎中)의 자가 도사(道思)이다. 호는 남강(南江), 준암거사(遵岩居士)이다. 왕중자(王仲子)라고도 불린다. 명대의 시인이며 산문가로, 당송파의 종사(宗師)로서 내용이 풍부하고 문자가 질박한 당송의 고문을 숭상하고 전후칠자의 복고 문풍에 반대했다. 저술로『준암집(遵岩集)』,『완방당적고(玩芳堂摘稿)』등이 있다.

39 귀희보(歸熙甫) : 귀유광(歸有光)의 자가 희보(熙甫)이다. 다른 자는 개보(開甫)이다. 저명한 문장가로, 만년에 진택(震澤)에 살아서 사람들이 진천 선생(震川先生)이라고 불렸다. 왕신중·당순지와 함께 가정삼대가(嘉靖三大家)로 불렸는데, 이들은 당송고문(唐宋古文)을 존

이란 한 시대의 으뜸이다. 을집乙集은 홍무洪武 이후 정덕正德[40] 초기[41]까지다. '을'이란 동방의 목덕木德이니, 생물이 극히 번성한 것이다.[42] 병집丙集은 정덕正德·가정嘉靖[43] 이래 이반룡李攀龍·왕세정王世貞[44] 이하 몇몇 사람들이다. '병'이란 천도가 동에서 남으로 옮겨 가는 것[45]이니, 때가 변한 것이다. 정집丁集은 가정 이후의 문장 중 일가一家로 명명할 수 없는 자들이다. '정'이란 남南이 끝난 것이니,[46] 만물의 생명력이 다한 것이다. 혁명의 때에 몸은 욕을 당했지만, 그 뜻만은 옛날을 잊지 않은 자들은 모두 무집戊集에 두었다. '무'란 가운데이니, 아무 방위에도 속하지 않는다. 이 사람들은 명나라 사람이 아니지만, 또한 차마 물리쳐 오랑캐로 여길 수

숭했으므로 '당송파(唐宋派)'로 분류된다. 저술로 『진천집(震川集)』, 『삼오수리록(三吳水利錄)』 등이 있다.

40 정덕(正德) : 원문은 연세대본과 규장각본, 동양문고본, 버클리본이 모두 '경덕(景德)'으로 되어 있다. 밑에서도 마찬가지이다. 반면 『현수갑고』에서는 모두 '정덕(正德)'으로 되어 있다. 경덕은 북송 진종(眞宗)의 연호이고, 정덕은 명 무종(武宗)의 연호이다. 내용상으로 정덕이어야 맞다. 따라서 '정덕'으로 바로잡아 번역한다. 이하도 마찬가지이다.

41 홍무(洪武) 이후 정덕(正德) 초기 : 홍무는 명 태조(明太祖)의 연호로 1368~1398년이고, 정덕은 명 무종(武宗)의 연호로 1506~1522년이다.

42 '을'이란 동방의 …… 번성한 것이다 : 오행(五行)의 목(木)은 천간(天干)으로는 갑·을, 색으로는 청색(靑色), 방위로는 동(東)이다. 따라서 '을집'은 동방의 목덕에 해당하는 것이고, 목덕은 봄이라 생명이 자라고 번성하는 것이니, 문장의 운세도 을집에서는 그러하다는 뜻이다.

43 가정(嘉靖) : 명 세종(世宗)의 연호로 1522~1566년이다.

45 이반룡(李攀龍)·왕세정(王世貞) : 명 말의 문인이다. 후칠자(後七子)를 대표하는 인물들로 '이·왕(李王)'으로 병칭되며 명말 문단을 주도했다. 이들은 진(秦)·한(漢)의 고문을 모범으로 삼고, 성당(盛唐) 이전의 시의 격조를 중시하는 고문사파(古文辭派)를 창도하고 계승했다. ○이반룡은 자가 우린(于鱗), 호는 창명(滄溟)이다. 이몽양(李夢陽) 등 전칠자(前七子)의 고문주의를 계승하여 고문사파(古文辭派)를 창도했다. ○ 왕세정은 자가 원미(元美), 호는 엄주산인(弇州山人)이다. 명 말 후칠자 중에서도 학식은 최고라는 평을 받는다. 이반룡 사후 고문사파를 이끌고 문단을 주도하였으나, 만년에는 당의 백거이(白居易)·한유(韓愈)·유종원(柳宗元), 송의 소식(蘇軾) 등의 작품에도 심취하였다.

45 '병(丙)'이란 천도가 …… 가는 것 : 병은 방위로는 동남방에 해당한다.

46 '정'이란 남(南)이 끝난 것이니 : '정'은 방위로는 정남쪽에서 서쪽으로 15도 범위의 방향이다. 즉 정남 방향을 지나 서쪽으로 진행된 것이다.

는 없다. 그러므로 '무'다. 갑집이 10권, 을집이 3권, 병집이 3권, 정집이 2권, 무집이 2권인 것은, 왕성한 시대는 자세하게 처리하고, 쇠락한 시대는 간략하게 처리한 것이다.

어떤 사람이 말했다. "선생께선 고문古文에 대해, 육경六經으로 갑을 삼고 제자백가를 을로 삼으셨습니다. 사마천·반고·한유·구양수는 병·정·무로 삼으시고 이리저리 바삐 드나들며 우열을 비교하셨습니다. 이 선집의 이른바 갑·을이라는 것들은 정말 기집己集이나 경집庚集에도 끼지 못할 것들입니다. 선생께선 이 선집에 왜 이리 열심이실까요?"

여기엔 그렇지 않은 점이 있다. 이윤伊尹·여상呂尙의 공로[47]와 증삼曾參·민자건閔子騫의 행실[48]은 온 세상의 부녀자나 어린애들까지 다 찬송한다. 어떤 사람이 작은 장점을 지녔으나 백정과 장사치, 나무꾼과 목동의 무리에 스스로 묻혀 버리고서 드러나지 않는다면, 이것은 어진 이와 군자가 두려워하며 마음을 쓰게 되는 일이다. 이른바 육경·제자·사마천·반고·한유·구양수의 글은 그 좋은 점이 이미 [사람들의] 이목에 찬란히 빛나고 있으며, 그것을 읽는 사람들은 입에 익숙하고 마음에는 물릴 지경이다. 명나라 한 시대의 문선文選엔 선본善本이 적다. 아부하는 자는 그 허물까지 감싸고 헐뜯는 자는 그 잘된 것도 단죄한다. 이 선집은 명나라 사람들을 후대하자는 것이니, 그 또한 어진 군자의 마음 씀씀이다.

아! 기근·경庚 이하로 세 번 변하면 계癸에 이르고, 십간十干의 자리도 끝난다. 끝나면 다시 갑에서 시작하게 된다. 명이 망한 이후 지금까지 2백 년이다. 문학의 폐단도 극에 달했다. 나는 선생이 여기에 머물지 않고 육경으로 복귀하기 바란다.

---

47 이윤(伊尹)·여상(呂尙)의 공로 : 이윤은 은의 탕(湯)을 도와 걸왕(傑王)을 정벌했고, 여상은 주 무왕(周武王)을 도와 주왕(紂王)을 정벌했다. 대표적인 현신으로 일컬어지는 인물들이다.
48 증삼(曾參)·민자건(閔子騫)의 행실 : 공자의 제자 중 증삼과 민자건은 효행으로 평가받았다.

○○○ 〈「황명문」을 뽑고서選皇明文小識〉【연천 선생 작이다. 여러 지識가 다
마찬가지다.】

삼대와 서한西漢의 문장은 육조六朝에 이르러 잠복했다가 당에서 떨쳐
일어나고 북송北宋 때 다시 떨쳐 일어났다. 그러나 고대에 비하면 이미
점차 하강하는 중이었다. [그러니] 그 아래는 비판할 것도 없다. 그렇다면
어째서 명의 문장을 뽑는가?

어허! 고대의 문장이라고 다 좋지는 않았다. 좋은 것만 지금까지 전해
질 수 있었다. 근대의 문장이라고 다 안 좋은 것은 아니다. [다만] 좋은 것
과 안 좋은 것이 가려지지 않고 잡다하게 뒤섞여 있는데, 좋은 것은 정말
적고 좋지 않은 것은 정말 많다. [그러니] 좋은 것이 좋지 않은 것에 가려
져 드러나지 못하는 것이다. 지금 사람들이 익히는 북송 이전의 문장은
모두 그중 좋은 것들이다. 오늘날 사람 중 남송南宋에서 원元까지의 문장
을 익히는 자는 또 드물다. [그러니] 명의 문장은 지금 사람들도 열심히 익
힌다. 그러나 그들이 익히는 것엔 항상 좋지 않은 것이 많고 좋은 것은
적다. 그 끝엔 난삽하거나 괴이하거나 [지나치게] 섬세한 말로 한 시대를
병들게 한다. 그 폐단을 경계하는 자들은 또 270년간의 큰선비와 거장
들을 한꺼번에 폐기한다. 이것이 명의 문장 선집이 없어선 안 되는 이유
이다.

황명皇明의 문장은 참으로 삼대나 서한, 당·송의 전성기만 못하다. 그
러나 작가는 더 많을지언정 못하지는 않다. 지금 등급과 순서를 매겨 5
집으로 만들었으니 모두 몇 명의 작가와 약간의 문장이다. 3개월 동안
뽑아 대략 [모양을] 갖추었으나, 서적을 다 구해 볼 수도 없고 필사할 도구
도 없어 우선 그 목록만 나열해 놓는다. 내가 말을 잘 꾸미지 못하니, 옛
사람들 글의 앞머리에 놓을 수 없다. 우선 그 대의를 위와 같이 기록하
여, 내 아우 헌중憲仲에게 주어 서문을 짓게 한다.

○○○ 〈「갑집」을 뽑고서選甲集小識〉[49]

오늘날 문학을 한다는 사람들은 명의 문장을 숭상하는 경우가 많다. 심한 경우엔 종종 한유韓愈 · 유종원柳宗元 · 구양수歐陽修 · 소식蘇軾조차 폐기하고 언급하지 않는다. [그런가 하면] 헐뜯는 자들은 또 다들 "명에 무슨 문장이 있느냐?"고 한다. 이 두 [부류의] 사람들은 모두 명의 문장을 모른다. 어찌 명의 문장만 모르는 것이겠는가? 참으로 애당초 어떤 것이 명의 문장인지도 알지 못하는 것이다.

이관李觀[50] · 번종사樊宗師[51] · 유태劉蛻[52] · 유휘劉輝[53] · 송기宋祁[54]의 문장은 모두 당 · 송의 문장이다. 지금 [혹자는] 이관 · 번종사 · 유태 · 유휘 · 송기의 문장을 배워 "나는 당 · 송의 문장을 배웠다."라고 한다. 또 어떤 이는 그를 보고 "당 · 송의 문장은 배울 것이 못 된다."고 비난한다. 이들을 당 ·

---

49 『연천선생문집(淵泉先生文集)』권24,「잡저 상(雜著上)」에 실려 있다.

50 이관(李觀) : 당의 문인으로, 자는 원빈(元賓)이다. 고문의 대가로서 전대의 문장을 답습하지 않고 독자적인 길을 개척해서 당대엔 한유와 나란히 이름을 날렸다. 한유는 〈이원빈묘지명(李元賓墓誌銘)〉에서 "재능은 당대보다 뛰어났고, 행실은 고인을 뛰어넘는다(才高於當世, 而行出於古人)."라고 했다.

51 번종사(樊宗師) : 당의 산문 작가로, 자는 소술(紹述)이다. 한유 등이 창도한 고문운동에 참가했던 사람 중의 하나지만, 그의 시문은 난해하고 기이한 것으로 유명해서 당시에는 '삽체(澀體)'로 불렸다. 작품은 대부분 흩어지고 그의 시문에 대한 여러 사람의 주석을 모은 『번간의집칠가주(樊諫議集七家注)』가 있다.

52 유태(劉蛻) : 당의 관료이자 산문 작가로, 자는 복우(複愚)이고 호는 문천(文泉)이다. 한미한 출신이나 박학다식해서 우습유(右拾遺)와 중서사인(中書舍人)을 역임했다. 재상 영호도(令狐綯)가 뇌물 받는 것을 탄핵했다가 화음령(華陰令)으로 좌천되어, 상주자사(商州刺史)로 벼슬을 마쳤다. 유태의 문장은 기궤하고 굳세서 나름의 일가를 이루었다고 평가된다.『문천자집(文泉子集)』이 있다.

53 유휘(劉輝) : 송(宋)의 관료 문인이다. 원래 이름은 기(幾)이다. 자는 옥함(玉函)이고, 호는 서산(西山)이다. 문장을 험하고 괴상하게 써서 구양수가 몹시 싫어했다고 한다.

54 송기(宋祁) : 북송의 관료이며 문장가, 사(詞) 작가이기도 하다. 자는 자경(子京)이며, 시호는 경문(景文)이다. 구양수와 같이 『신당서(新唐書)』 편찬을 담당했다. 저서로『송경문집(宋景文集)』등이 있다.

송의 문장에 대해 안다고 하겠는가?

명의 문장을 숭상하는 지금 사람들에 대해서는 내가 말하지 않을 뿐이다. 예전 어떤 사람이 중국에 갔는데, 요동·심양 언저리에 이르러 작은 시골 식당[55]에 들어가서 수수밥을 짓고 간장을 사서 먹었다. 그러고는 "중국에는 음식이랄 것이 없다."라고 했다. 지금 명의 문장을 헐뜯는 자들이 이 사람과 또 무엇이 다른가?

내가 송경렴宋景濂 이하 열 사람을 뽑아 「갑집」이라고 했으니, 그들이 찬란히 한 시대의 최고였기 때문이다. 송경렴·당응덕唐應德·귀희보歸熙甫를 선택한 것은 모두 옛사람들의 의견을 따른 것이다. 유백온劉伯溫을 송경렴과 짝지어 높이고, 방희직方希直과 왕백안王伯安을 귀희보와 당응덕보다 더 높인 것은 나의 선택이다. 해대신解大紳의 경쾌하고 표일함輕俊과 양사기楊士奇·이빈지李賓之의 평평함平衍, 왕도사王道思의 지리하고 산만함이 내 마음에 흡족한 것은 아니다. 그렇지만 그 장점을 확장한다면 역시 한 시대의 최고가 될 만하다. 모두 넣어서 「갑집」 10권으로 만들었다.

○○○ 〈「을집」을 뽑고서選乙集小識〉[56]

우리 고황제高皇帝[57]께서 오랑캐를 소탕하신 이후, 천하의 법도와 풍속이 한 곳에서 나왔다. 이때부터 홍치弘治·정덕正德[58] 즈음까지 천하는 태평성대로 불린다. 순박함이 사라지지 않았고 음란하고 교묘한 [풍조]

---

55 작은 시골 식당 : 원문은 '삼가점(三家店)'이다. 원래는 시골의 작은 역점을 의미하는 말이지만, 실제 홍길주 당시 북경 사행 길에 '삼가점'이라는 지명이 있기도 했다.

56 『연천선생문집(淵泉先生文集)』 권24, 「잡저 상(雜著上)」에 실려 있다.

57 고황제(高皇帝) : 명 태조 주원장(朱元璋)이다.

58 정덕(正德) : 여기도 연세대본과 규장각본, 동양문고본, 버클리본 모두 원문은 '경덕(景德)'으로 되어 있다. '정덕'으로 바로잡아 번역한다. 아래에서도 마찬가지이다. 각주 40 참조.

는 일지 않았다. 당대의 선비 중 문장을 잘 짓지 못하는 자는 있어도, [지의] 문장은 반드시 온화하고 장중하며, 조화로우면서 반듯하고, 여유 있으면서 평탄해서, 험하고 경박한 언어나 빠르고 조화를 잃은 소리는 없었다.

문장뿐이겠는가? 여기서 시대의 운수時運도 볼 수 있다. 조정에선 법도를 따르고 지키며, 사대부들은 기발한 책략과 특이한 의론을 내놓지 않는다. 민간에선 본업에 힘쓰고 정책과 교화를 받들며, 온순·공손해서 감히 간사하게 굴지 않는다. 사람들을 감동시켜 움직일 만한 탁월하게 아름다운 행위는 없어도 이런 시대 역시 치세治世라 할 수 있을 것이다. 그러자 그 특별한 것 없는 평범함을 싫어해 무언가 진작시켜 보고자하게 되었다. 그러나 이윤伊尹이나 주공周公처럼 보좌의 임무를 맡은 것도 아니었고 선왕의 법을 시행한 것도 아니었으니, 천하 백성들은 이제그 다사다난함을 견디지 못하게 되었다. 내가 명 중엽 문장의 변화를 관찰하니 이와 비슷했다.

홍치弘治로부터 정덕正德 이전까지를 모두 엮어서 「을집」 3권을 만들었다.

○○○ 〈「병집」을 뽑고서選丙集小識〉[59]

북지北地의 이몽양李夢陽[60]과 제남濟南의 이반룡李攀龍,[61] 두 이 씨가 나

---

59 『연천선생문집(淵泉先生文集)』 권24, 「잡저 상(雜著上)」에 실려 있다.
60 북지(北地)의 이몽양(李夢陽) : 북지(北地)는 본래 현 감숙성(甘肅省), 영하성(寧夏省), 내몽고 서부 지역을 통칭해 일컫는 말인데, 이몽양이 섬서(陝西) 경양(慶陽) 사람이므로 이렇게 말한 것이다. 이몽양은 명 중기의 문인이자 문신으로, 자는 헌길(獻吉), 호는 공동(空同)이다. 당시 문단의 화려하고 현실적 감각을 중시하는 풍조에 반대하여 진(秦)·한(漢) 시대의 고문과 이백(李白)·두보(杜甫)의 시로 돌아가야 한다는 고문주의를 주창하였다. 시에 있어서 격조설(格調說)을 주장해 문단을 주도하기도 했지만, 모의표절(模擬剽竊)이라는 비

타나자 문장은 이루 말할 수 없을 만큼 변했다. 그러나 뛰어난 재주를 지닌 그 한두 사람의 힘은 또한 한 시대를 누비며 스스로 기뻐할 만했다. 비록 고대의 작가들에 필적할 수는 없겠지만, 또한 이관·변종사·유태 등 몇 사람들보다야 어찌 못하겠는가? 이관·변종사·유태의 문장은 한 시대를 바꾸지는 못했다. 그러나 이 한두 사람은 도리어 수백 년의 위대한 종사宗師가 되었다. 이것이 또한 끝없이 비난받는 이유이기도 하다. 지금 그들을 위해, 그 [고대로부터] 유리되지 않은 것 몇 편을 추려서 보존한다. 한 시대의 호걸스러운 선비로, 의연히 자립해서 시속에 따라 변하지 않는 자들이라면 또 서둘러 현양하지 않을 수 없는 것이다. 합해서 「병집丙集」 3권이다.

○○○ 〈「정집」을 뽑고서選丁集小識〉[62]

이몽양과 왕세정의 문장은 고문이 아니다. 그러나 오히려 아직 완전히 달라지진 않았다. [그러나] 내려가면 갈수록 고상한 군자로선 말하기 어려운 바가 있다. [그러나] 혹 한마디라도 선善에 가까운 것이 있다면 또한 차마 다 폐기할 수는 없다. 시에선 "순무를 캐며 무를 캐나니, 그 밑동 때문이 아니라네."[63]라고 했고, 군자는 "사람과 널리 사귀며, 사람을 두

난도 들었다. 하경명(何景明)·왕구사(王九思)·왕정상(王廷相)·강해(康海)·변공(邊功)·서정경(徐禎卿) 등과 함께 전칠자(前七子)로 불린다.

61 제남(濟南)의 이반룡(李攀龍) : 이반룡이 산동(山東) 제남(濟南) 사람이므로 이렇게 칭한 것이다.

62 『연천선생문집(淵泉先生文集)』 권24, 「잡저 상(雜著上)」에 실려 있다.

63 순무를 캐며 …… 때문이 아니라네 : 『시경』 「국풍·패풍(邶風)〈곡풍(谷風)〉의 첫 장에서 가져왔다. "동풍이 솔솔 불더니, 흐리고 비가 내리네. 한마음으로 열심히 살았으니, 노여워할 일 무엇 있으랴. 순무를 캐며 무를 캐나니, 밑동 때문이 아니라네. 사랑이 변하지 않으면, 죽을 때까지 님을 모시려네(習習谷風, 以陰以雨. 黽勉同心, 不宜有怒. 采葑采菲, 無以下體. 德音莫違, 及爾同死)." 순무나 무는 잎줄기는 아름답지만 뿌리가 좋지 못하다. 그러나 뿌리

502

루 취한다."라고 했다. 이에 「정집丁集」을 만들었다. 가정嘉靖 이후의 문사文士 중 일가로 명명할 수 없는 자들은 모두 [여기에] 붙였다.

  그 사람은 옳으나 그 문장이 그릇되었다면, 감히 뽑지 않았다. 그 사람은 그릇되었으나 그 문장이 옳다면 혹 뽑기도 했다. 문장을 뽑은 것이지 사람을 뽑은 것이 아니기 [때문이다]. 그러나 「병집」과 「정집」 사이에는 혹 [앞으로] 내보내거나 [뒤로] 물리친 자가 있으니, 권장과 징계의 [뜻이] 또 밝혀졌을 것이다. 「정집」은 모두 2권이다.

○○○ 〈「무집」을 뽑고서選戊集小識〉[64]

  아, 슬프다! 영력永曆[65] 이후로 세상에 더는 명明이 존재하지 않는다. 그러나 초야의 선비로 외로이 떠돌면서, 남겨진 두발 제도를 따르고 옛 모습의 의관을 안고 슬피 노래하며 피눈물을 흘리는 자가 한둘이 아니다. 나는 그들 중 재주 있는 자들을 차마 오랑캐에 편입시킬 수가 없다. 그러나 현양하려 해도 이미 세상엔 명이 없다. 하여 별도로 「무집戊集」 2권을 만들었다. 아! 이 책을 읽다가 「정집」, 「무집」에 이르는 자들도 나라가 망하는 이유에 대해 개탄하게 될 것이다.

○『정관십술靜觀十述』

가 나쁘다 하여 그 줄기의 아름다움을 버려서는 안 되듯, 일부의 나쁜 점 때문에 다른 좋은 점을 버릴 수 없다는 뜻이다.
64 『연천선생문집(淵泉先生文集)』 권24, 「잡저 상(雜著上)」에 실려 있다.
65 영력(永曆) : 남명(南明) 소종(昭宗)의 연호이다. 1647~1662년이다. 소종은 남명의 제5대 황제이자, 사실상 마지막 황제이다.

○○○ 〈『정관십술』 서문靜觀十述序〉

　도道를 실행할 수 없고서야 말로 표현한다. 말을 글로 써 놓은 것이 책
이다. [그러니] 이는 군자로선 부득이해서 하는 일이다. 이미 [도를] 실행할
수도 없는데, 말조차 상세하게 하지 못하다면 얼마나 한스러운가?

　공자께서는 "하夏의 역법을 시행하고, 은殷의 수레輅를 타고 주周의 면
류관冕을 착용하고, 음악은 소무韶舞를 듣는다. 정鄭의 소리는 물리치고,
아첨하는 이를 멀리하라."고 하셨다.⁶⁶ 공자께선 자신의 도를 세상에 실
행하실 수 없으셨다. [그리하여] 그저 이런 부득이한 [실행 없는] 빈말空言만
을 하셨을 뿐이다. 그러나 이 역시 대략 말씀하신 것일 뿐이다. 공자께
서 천하를 얻어 왕 노릇을 하셨더라면, 시행할 수 있었을 예악과 법규가
어찌 겨우 이 정도였겠는가? [나는 공자께서] 한 부의 서적을 저술하셔서,
사대四代⁶⁷[의 제도를] 참작해서 가감하고 여러 법전을 바로잡아,『주례』의
육관六官이나『예기』의「왕제王制」같은 한 왕조의 법을 만들고, 천하 후세
를 향해 "내가 천하를 얻었더라면 이러한 것으로 조처하였을 것이다."라
고 말씀하지 않으신 것을 한으로 여긴다. 아!『역易』을 밝히고,『시詩』를 산
정하셨으며,『서書』를 서술하시고,『춘추春秋』를 지으신 것으로도 [그개]
천하 후세에 끼치신 은혜가 참으로 크다. 그러나 이것까지는 하지 않으
셨으니, 공자에게는 저술이 없다고 해도 될 것이다.

　『정관십술』은 육경六經을 씨줄로 삼고 역대의 역사를 날줄로 삼았다.
심오하게 온축된 진리와 환히 드러난 정치적 모범에서, 나라의 법·가훈·
언행·문장·인물에 이르기까지 크고 작은 모든 일이 갖추어져 있다. 집
약해서 간직하면 자신을 수양하고 후손을 양육할 수 있을 것이고, 널리

66　공자께서는 "하(夏)의 …… 멀리하라."고 하셨다 :『논어』「위령공(衛靈公)」에 나온다.
67　사대(四代) : 우(虞)·하(夏)·은(殷)·주(周)의 4대이다.

베풀면 나라를 풍요롭게 하고 백성들을 사랑할 수 있을 것이다. 그 바탕體은 비록 넓은 것의 한 지류이지만, 그 쓰임用은 예법의 큰 강령과 다름이 없다.

아, [이것은] 도를 품고 덕을 쌓아 천하에 시행하길 바랐지만 그렇게 할 수 없었던 자가 하는 짓이다! 시행하고 싶었으나 할 수 없었거늘, 이 책도 짓지 않는다면 또 얼마나 한이 될 것인가? 이런 이유로 먼저 그 의례를 저술했다. 그러나 그 글이 의례에서 멈추니, 공자께서 하의 역법과 은의 수레를 언급하시는 데 그치셨던 것과 같다. 아! 이 책을 만든 것은 자신이 시행하지 못한 것을 펼쳐 보이자는 것만은 아니다. 공자께서 책을 저술하지 않으셨던 유감을 뒤따르려는 것이다. 아, 어찌 공연히 그러겠는가! 아, 어찌 공연히 그러겠는가!

○○○ 〈『정관십술』의례靜觀十述義例〉【연천 선생 작이다.】

첫 번째는 「술전述典」이다. 국가의 정치 법령과 열성조의 가르침을 싣는다.

두 번째는 「술범述範」이다. 집안에 전해 오는 이야기와 선대가 남기신 열렬한 행적을 다 기록한다.

세 번째는 「술헌述獻」이다. 예전의 철인들과 근래 훌륭한 선비들의 언행을 싣는다.

네 번째는 「술경述經」이다. 도를 밝히고 경전을 연구하는 온상이다.

다섯 번째는 「술사述史」이다. 전 시대의 성공과 실패의 숲이다.

여섯 번째는 「술예述藝」이다. 문장과 산술의 아랫목이다.

일곱 번째는 「술이述耳」이고, 여덟 번째는 「술목述目」이다. 평생 보고 들은 자질구레하고 잡다한 일들로, 달리 실을 데가 없는 것들이다.

아홉 번째는 「술내述內」이고, 열 번째는 「술외述外」이다. 평생 거쳐 온 사실을 스스로 기록하는데, 마음에 보존하고 몸으로 실천하며, 가정에서 시행한 것은 모두 '내內'이다. 사람들과 만나고 외물에 응대하며, 정사와 의론으로 드러낸 것들은 모두 '외外'이다.

○『장유팔지壯游八志』

○○○ 〈『장유팔지』 서문壯游八志序〉

고금의 서적은 모두 하나의 원고書가 한 부의 글이 된다. 한 부의 글을 옮겨 베껴서 인쇄하면, 넓게는 백 부, 천 부, 만 부가 되지만, 그 글文은 다 같다. 오직『장유팔지壯游八志』라는 책의 속성만은 하나의 원고가 곧장 흩어져 백 부, 천 부, 만 부가 되는데, 그 글은 다 다르다.

지금 구리를 녹여 틀을 만들어서, 보옥의 모습을 새겨 밀가루에 찍으면 반드시 보옥의 모습이 밀가루에 찍힌다. 꽃의 모습을 새겨 찍으면 반드시 밀가루에 꽃이 핀다. 글자를 새겨 찍으면 반드시 밀가루에 글자가 나타난다. 한 번 찍으면 보옥이 되었다가 두 번째 찍으면 꽃이 되고 세 번째 찍으면 문자가 되고, 열 번, 백 번, 천 번, 만 번 찍으면 찍을 때마다 다른 모습인 것은『장유팔지』뿐이다.

지금 어떤 사람이 동쪽 바닷가 산에 갔는데, 이 의례義例를 이용해 그 여행을 기록한다. 거쳐 간 땅과 만났던 사람들과 겪은 일과 지은 시문을 합해 [책] 한 부를 만든다. [그러면] 그 책이『장유팔지』다. 내년에 어떤 사람이 북쪽 변경으로 가서, 이 의례를 이용해 그 여행을 기록한다. [그러면] 거쳐 간 땅이 지난번의 땅이 아니고, 만난 사람들도 지난번의 사람들이 아니고, 겪은 일이나 지은 시문도 모두 지난번과 다를 것이다. [그러나] 합해서 한 부로 만들면 그 책도『장유팔지』다. 이제부터 계속, 해마다 여행을 다니고 사람마다 여행을 다니며 산들과 물들을 만날 것이다. 그것을 기록한 책은 백 권, 천 권, 만 권으로 한정되지 않을 것이다. 그러나 그 책은 모두『장유팔지』다. 아! 어느 책이『장유팔지』의 진정한 원본이 될지 나는 모르겠다. 또 이 서문을 어느 책에 붙여야 할지도 모르겠다.

　아! 부상扶桑을 어루만지고 몽사蒙汜에서 목욕해서,[68] 하늘과 바다의 경계선까지, 해와 달이 나오고 들어가는 곳까지 다 가 본 사람이 분명 있을 것이다. 나는 하고 싶었지만 하지 못했다. 동쪽으론 바다에 뗏목을 띄우고 서쪽으론 황하의 근원까지 거슬러 올라가며, 민閩과 전滇[69] 같은 외진 땅을 내달리고 아루코르친阿嚕科爾沁과 할하喀爾喀의 거친 사막[70]에서 휘파람 불며, 언어가 통하는 곳, 바퀴 자국이 미치는 곳이라면 한 곳도 빠뜨리지 않고 다 다녀 본 사람이 분명히 있을 것이다. 나는 하고 싶었지만 하지 못했다. 됫박만 한 방에서 문을 닫고 눈을 감아 시선을 거두고는 정신만이 아득하고 텅 빈 곳廣漠으로 날아올라 새벽에는 원교圓嶠와 영주瀛州[71]에, 저녁에는 곤륜산에 노니는 사람이 분명히 있을 것이다. 나는 하고 싶었지만 하지 못했다. 이 몇 가지까지 다 하지 못하는 한『장유팔지』의 진정한 원본은 어느 세상 어느 때에야 지어질 수 있을지 정말 알 수 없다. 서문이 완성되었지만, 어느 세상 어느 때에야 책머리에 얹을 수 있을지도 또한 알 수 없다.

---

68 부상(扶桑)을 어루만지고 몽사(蒙汜)에서 목욕해서 : 부상은 동해(東海)에 있다고 전해지는 전설상의 나무로, 그 아래에서 해가 떠오른다고 한다. 몽사는 서쪽의 해지는 곳을 일컫는 말이다.

69 민(閩)과 전(滇) : 민은 민주(閩州)로, 현 복건성(福建省)에 속한다. 전은 운남성의 별칭이다.

70 아루코르친(阿嚕科爾沁)과 할하(喀爾喀)의 거친 사막 : 현재 내몽고사막 지역을 가리키는 명·청대의 명칭이다. 아루코르친(Aru Qorčin)은 현재의 내몽고 지역, 할하(Xalxa)는 현재의 막북몽고, 즉 고비사막 북쪽의 땅으로 외몽고 지역이다.

71 원교(圓嶠)와 영주(瀛州) : 발해(渤海)의 동쪽에 대여(岱輿)·원교(員嶠)·방호(方壺)·영주(瀛洲)·봉래(蓬萊)라는 다섯 개의 신산(神山)이 있었다고 한다.『열자(列子)』「탕문(湯問)」.

○○○ 〈『장유팔지』의례壯游八志義例〉【연천 선생 작이다.】

첫째는 총괄志總이다. [일어난] 일은 날짜별로 적고, 날은 한 달씩 묶고, 달은 한 해씩 묶는다. 큰일을 모두 기록한다.

둘째는 노정志程이다. 네 조목으로 다시 나눈다.

· 도로途里: 지역의 경계를 덧붙인다.

· 관부官府: 마을과 시장을 덧붙인다.

· 관령關嶺: 산에 관련된 것을 모두 적는다.

· 다리와 나루橋渡: 물에 관련된 것을 모두 적는다.

셋째는 일志事이다. 두 조목으로 다시 나눈다.

· 정사政: 공적인 일이다.

· 일事: 사적인 일이다.

넷째는 사람志人이다. 조목을 나누지 않고, 비슷한 종류별로 기록한다. 백성의 이익과 폐단·풍속 등도 덧붙인다.

다섯째는 사물志物이다. 네 조목으로 다시 나눈다.

· 기용用: 기계·의복·음식은 모두 [여기에] 적는다.

· 동물動: 날짐승과 털 짐승, 물고기와 조개 따위다.

· 식물植: 풀과 나무 따위다. 옥돌과 바위도 여기에 둔다.

· 완상물玩: 실질적 쓸모가 없는 물건들은 모두 여기에 둔다.

여섯째는 승경志勝이다. 세 조목으로 다시 나눈다.

· 산수山水

· 누관樓觀

· 고적古蹟

서로 겹쳐 나올 수도 있다.

일곱째 자질구레한 일들志瑣이다. 세 조목으로 다시 나눈다.

· 들은 것聞

- 본 것見
- 생각한 것思

눈과 귀에 닿고 마음에 지나간 것 중 붙일 만한 데가 없는 것은 모두 여기에 붙인다.

여덟째 언어志言이다. 세 조목으로 다시 나눈다.

- 문장文
- 시詩
- 이야기談

시와 문장 두 가지는 다시 셋으로 나눈다. 하나는 옛사람의 작품, 하나는 동시대인의 작품, 하나는 자신이 지은 것이다.

○『영가삼이집永嘉三怡集』【서문이 있지만 수록하지 않는다.】
○『상예회수象藝薈粹』[72]

○○○ 〈『상예회수』서문象藝薈粹序〉[73]

들자니,

현규玄圭의 성왕[74]은 의적儀狄을 멀리하셨으나,[75] 규찬에 울창주 담

---

72 『상예회수(象藝薈粹)』: 중국과 우리나라의 변려문 선집이다. 모두 10권 26조 69인 204편으로, 육기(陸機) 〈문부(文賦)〉에서 시작해 진(晉)에서 동시대까지 시대순으로 편찬되었다. 금속활자본인 규장각본에는 홍석주가 뽑고, 홍길주와 홍현주가 교정한 것으로 되어 있어서 홍석주의 저작 목록에 포함하는 것이 일반적이다. 그러나 이 서문의 내용에서는 홍현주의 역할이 매우 강조되어 있는 것을 볼 수 있다. 한편 『표롱을첨(縹礱乙䠢)』권12에 수록된 「수여방필 상(睡餘放筆上)」에는 한창 『상예회수』를 편찬하고 있을 당시 꿈에 한 노인이 나타나 사륙변려문의 문체에 대해 이야기를 나누었다는 기록도 있다. 따라서 명목과 달리 실제 편찬에서는 홍길주·홍현주 형제가 더 많은 역할을 하였던 것으로 보인다.
73 〈『상예회수』서문(象藝薈粹序)〉: 사륙문의 구법에 따라 분절하고 번역했으나, 한글과 한문의 어순 차이가 불가피하게 드러나는 부분이 있다.
74 현규(玄圭)의 성왕: 현규는 검은 옥으로 만든 규벽(圭璧)으로, 우(禹)가 치수를 끝내고 순

아⁷⁶ 여름 제사와 겨울 제사⁷⁷에 바치셨고,

튀어나온 이마의 성인⁷⁸은 정성鄭聲을 쫓아내셨으나,⁷⁹ 자갈과 옥돌을
나란히 현가弦歌에 올리셨다⁸⁰ 하니,

하늘이 보존한 것을,

사람이 어찌 폐하랴!

하물며,

(舜)에게 일이 끝났음을 고하면서 예물로 올린 구슬이다. 『상서(尚書)』「하서(夏書)·우공
(禹貢)」에 "우왕이 현규를 바치고 성공을 아뢰었다(禹錫玄圭, 厥告成功)."라는 구절이 있다.
따라서 '현규의 성왕'이란 우를 가리킨다.

75 의적(儀狄)을 멀리하셨으나 : 의적은 우임금 때 처음으로 술을 만들었다는 사람이다. 제녀
(帝女)가 의적에게 술을 빚게 했더니 맛이 좋아 우에게 올렸다. 우는 술을 마셔 보고 맛이
좋았으므로, 의적을 멀리해서 미주(美酒)를 끊고는, 후세에 반드시 술로써 나라를 망치는
자가 있을 것이라고 했다 한다. 『전국책(戰國策)』「위책(魏策)」.

76 규찬에 울창주 담아 : 규찬(圭瓚)은 규옥(圭玉)으로 손잡이를 만든 국자 모양의 제기(祭器)
로서, 울창주를 담는 술잔이다. 울창주(鬱鬯酒)는 검은 기장으로 빚은 술에 울금 향을 넣
어 만든 제사용 술이다. 강신(降神) 과정에서 사용되었다.

77 여름 제사와 겨울 제사 : 원문은 '증약(烝禴)'으로, 계절마다 지내는 시제(時祭)의 이름들이
다. 『예기집설(禮記集說)』의 주석에서 진호(陳浩)는 "주(周)에서는 봄 제사를 사(祠)라 하고,
여름 제사를 약(禴)이라 하고, 가을 제사를 상(嘗)이라 하고, 겨울 제사를 증(烝)이라 한다
(周則春祠·夏禴·秋嘗·冬烝也)."라고 했다.

78 튀어나온 이마의 성인 : 원문의 '주형(珠衡)'은 미간에 구슬을 꿰어 놓은 것같이 뼈가 튀어
나온 골상(骨相)을 이르는 말이다. 복희씨(伏羲氏)의 모습이기도 한데, 관상가들은 성현의
상으로 친다. 공자의 골상은 가운데가 움푹하고 양쪽이 솟은 모양이었다고 한다. 여기선
공자를 가리키는 말로 쓰였다.

79 정성(鄭聲)을 쫓아내셨으나 : '정성'은 정(鄭)의 음악을 가리키는 말인데, 공자는 정의 소리
는 음란하니 쫓아내야 한다고 말한 적이 있다. "정의 소리를 쫓아내고 말 잘하는 사람을
멀리하라. 정의 소리는 음란하고, 말 잘하는 사람은 위태롭다(放鄭聲, 遠佞人. 鄭聲淫, 佞人
殆)." 『논어』「위령공(衛靈公)」. '정성(鄭聲)'이 구체적으로 가리키는 것에 대한 해석은 여러
가지가 있으나 『시경』「국풍(國風)」에 실린 「정풍(鄭風)」을 가리키는 것이라는 설이 가장
일반적이다.

80 자갈과 옥돌을 나란히 현가(弦歌)에 올리셨다 : 자갈과 옥돌은 좋은 것과 나쁜 것을 의미한
다. 현가는 거문고와 비파 등의 악기를 연주하며 거기에 맞추어 시를 노래하는 것을 말한
다. 『시경』의 시들은 기본적으로 악기로 연주되는 곡의 노랫말이었다. 자갈과 옥돌을 나
란히 현가에 올리셨다는 말은, 음란하니 쫓아내야 한다고 한 정성(鄭聲), 즉 「정풍(鄭風)」
이 훌륭한 시로 평가되는 시들과 함께 『시경』「국풍(國風)」에 실려 있는 것을 말한다.

음양이 처음 나뉘자, 동정動靜이 모습을 갖추었고,

만물이 섞여 나매, 피차가 짝이 없을 수 없음에랴.

비록,

용을 타고 비단 치마 입었어도,[81] 제齊의 비파[82] 느긋이 타면 새삼스

레 듣고,

희준犧罇[83]을 사용하고 패옥을 찼어도, 월越에 눈이 몰아치면[84] 놀라

서 바라보네.

규수奎宿에 별빛이 모이니,[85] 육경六經의 문장을 잇고,

누수婁宿가 높은 곳에 임하여,[86] 만세의 법을 세우네.

---

81 비단 치마 입었어도 : 원문의 '상금(裳錦)'은 『시경』「국풍·정풍(鄭風)」〈봉(丰)〉의 "비단옷
에 홑옷을 덧입고, 비단 치마에 홑치마를 덧입었네(衣錦褧衣, 裳錦褧裳)."라는 구절에서 나
온 말이다. 부인이 복식(服飾)을 성대하게 갖추었다는 뜻이다. 여기서는 부귀한 신분을 의
미하는 것으로 읽힌다.

82 제(齊)의 비파 : 조식(曹植)의 〈공후인(箜篌引)〉이라는 시에, "진의 쟁 소리는 어찌 그리 강
개한가? 제의 비파 소리 온화하고 부드럽네(秦箏何慷慨, 齊瑟和且柔)."라는 표현이 나온다.

83 희준(犧罇) : 제례에 쓰이는 소 모양의 술 항아리이다.

84 월(越)에 눈이 몰아치면 : 유종원(柳宗元)이 〈위중립에게 답함(答韋中立書)〉에서 사용한 비
유이다. 따뜻한 땅인 월의 개들은 눈이 오면 짖어 대듯이, 특이한 것은 사람의 이목을 집
중시킨다는 뜻이다.

85 규수(奎宿)에 별빛이 모이니 : 규수는 이십팔수(二十八宿) 중 하나로 문장을 주관하는 별자
리이다. 이 규수 자리에 다섯 별(수성·금성·화성·목성·토성)이 일직선으로 나란히 모
이는 것을 '취규(聚奎)'라고 하는데, 이것은 길조로, 송(宋)에서 특히 문운이 크게 왕성할 징
조라고 여겼다. 송 초에 이러한 취규의 현상이 있었고, 이에 대한 감응으로 주돈이·정호·
정이·장재·주희의 다섯 현인들이 배출되었다고 한다. "宋太祖立國之初, 五星聚奎, 濂洛關閩
諸賢輩出, 若周敦頤·程顥·程頤·司馬光·張載·邵雍·朱熹, 相繼而起."『동몽선습(童蒙先習)』.

86 누수(婁宿)가 높은 곳 임하여 : '누수'는 이십팔수 중의 하나로, 목축과 희생 제물, 전쟁과
군중을 관장하는 별자리이다. 따라서 누성(婁星)이 밝은 것은 국가가 태평하고 백성들이
편안한 것을 상징하고, 그렇지 않으면 사방에서 병란이 일어날 것이라는 징조라고 한다. 『도
서편(圖書編)』에서는 『성경(星經)』을 인용하여 누수를 다음과 같이 설명하고 있다. "누수
는 하늘의 복록을 나르는 수레이며 만물이 숨겨져 있는 곳이다. 누수가 밝으면 교외의 제
사가 예를 얻고, 천자는 복을 누려 자손이 많아진다. 천하의 신하와 자식들은 모두 충성스
럽고 효성스러워진다. 그러나 누수가 어둡고 빛을 잃은즉 이와 반대가 된다(婁, 天福祿車
也, 萬物之所藏收也. 婁星明, 則郊祀得禮, 天子有福, 多子孫. 天下臣子忠孝. 暗小失色則反是)."

그러나 오히려,

난고鸞誥와 요책瑤册[87]은, 흰색으로 황색의 대구 맞춘 것[88]을 자랑하고,

치격雉檄과 낭함琅函[89]은, 비단을 자르고 수놓은 천 찢어 깁기를 다투며,

조정과 종묘에서 사용하고,

관석과 화균[90]처럼 받든다.

[다음과] 같은 데 이르러,

봉이 날고 교룡이 솟구쳐, 천 개의 입으로도 그 황홀함 형용할 수 없고,

금으로 조각하고 옥으로 깎아, 만 개의 눈 모두 그 찬란함에 눈부시면

창희蒼姬의 성왕도 창포 절임을 즐기셨고,[91]

자양紫陽의 선생도 운당포 영지를 탄식하셨네.[92]

---

87 난고(鸞誥)와 요책(瑤册) : '난고'는 임금이 내리는 말씀이고, '요책'은 제사나 황후·태자 등을 책봉할 때 임금이 내리는 봉책(封册)을 가리킨다. 임금의 글이기에, '고(誥)'와 '책(册)'에 각각 꾸미는 말이 붙은 것이다.

88 흰색으로 황색의 대구 맞춘 것 : 원문은 '추황대백(抽黃對白)'이다. 곧 문장을 지을 때 황색으로 백색의 대구를 맞추는 것같이 기계적이고 형식적인 측면에만 힘쓰는 것을 가리키는 말이다. 유종원(柳宗元)의 〈걸교문(乞巧文)〉에서 나왔다. ○ 변려문은 특히 전편을 대구로 짓도록 요구한다.

89 치격(雉檄)과 낭함(琅函) : 치격은 격문(檄文)이고, 낭함은 편지의 미칭이다.

90 관석과 화균 : 원문의 '관석화균(關石和勻)'은 『상서』 「하서(夏書)·오자지가(五子之歌)」에서 나온 것으로, 모든 사물에 표준이 되는 법칙이나 규칙을 가리킨다.

91 창희(蒼姬)의 성왕도 창포 절임을 즐기셨고 : '창희의 성왕'은 주 문왕(周文王)을 가리킨다. 주의 성(姓)이 희씨(姬氏)이고 음양오행으로 볼 때 푸른색·목(木)의 시대이기 때문이다. ○ 문왕은 창포 절임을 몹시 좋아했다고 한다. 『여씨춘추(呂氏春秋)』 「우합(遇合)」에 "문왕은 창포 절임을 좋아했다. 공자가 그 말을 듣고 잡수셨는데, 콧마루를 찡그려 가며 잡수셨다. 3년이 지나서야 익숙해지셨다(文王嗜昌蒲菹. 孔子聞而服之, 縮頞而食之. 三年然後勝之)."라는 기록이 있다.

92 자양(紫陽)의 선생도 운당포 영지를 탄식하셨네 : 자양은 안휘성(安徽省) 흡현(歙縣)에 있는 산 이름으로, 주희의 아버지가 공부하던 곳이다. 그 일로 인하여 주희는 자신의 집을 자양 서실(紫陽書室)이라고 이름 붙였다. 따라서 자양 선생이라고도 불렸다. ○ 주희가 젊어서 순창(順昌)을 지나다 왕대 가게[賈篷舖]의 벽에서 "빛나는 영지는 1년에 세 번이나 맺히는데, 나만 유독 어찌하여 뜻만 있고 이루지 못하는가(煌煌靈芝, 一年三秀, 予獨何爲, 有志不就)."라는 시가 적힌 것을 보았다. 거듭 감탄하며 여러 번 읽었는데, 40년 뒤 다시 그곳에 가서 보니 시는 보이지 않았다. 주희는 새삼스러운 감회에 젖어 "흐르는 백 년 인생 얼마나 되

다만,

형산荊山의 박옥은 오랫동안 버려지고,[93]

영문郢門의 노래는 화답하는 이 드물며,[94]

황하도 배를 채우면 금방 물리고,[95]

담장이 어깨에 닿으면 엿보기 쉬운 법.[96]

그래서,

『태평太平』과 『영화英華』, 이방의 호한함[97]은 연국공·허국공[98]과 맞먹고,

는가? 영지가 세 번이나 맺힘은 무엇을 위함인가? 세월이 늦도록 금단 소식은 없으니, 운당포 벽 위의 시에 거듭 한탄하노라(鼎鼎百年能幾時, 靈芝三秀欲何爲? 金丹歲晩無消息, 重歎賞篁壁上詩)."라고 시를 읊으며 슬퍼하였다고 한다. 『주자대전(朱子大全)』〈원기중이 교서한 참동계 뒤에 적다(題袁機仲所校參同契後)〉. ○ 여기서는 주희 시의 마지막 구가 전화되어, 영지에 대한 집착이라는 뜻으로 사용되었다.

93 형산(荊山)의 박옥은 오랫동안 버려지고 : 화씨벽(和氏璧)의 고사를 이용했다. 춘추시대 초(楚)의 변화(卞和)가 형산에서 옥 원석[璞玉]을 얻어 여왕(厲王)에게 바쳤다. 그러나 여왕은 옥 장인의 말만 믿고 왕을 속인다는 죄목으로 그의 왼발 발꿈치를 베었다. 다시 무왕(武王)에게 바쳤으나 결과는 마찬가지였다. 문왕(文王)이 즉위하자 변화가 박옥을 안고서 3주야를 피눈물을 흘리며 슬피 울었다. 그러자 문왕은 옥 장인에게 다시 조사하여 가공하게 하였고, 마침내 화씨벽(和氏璧)을 얻게 되었다고 하는 고사이다. 『한비자(韓非子)』〈화씨(和氏)〉.

94 영문(郢門)의 노래는 화답하는 이 드물며 : 고상한 노래는 알아듣고 화답하는 자가 드물다는 뜻이다. '영문'은 초(楚)의 도읍이다. ○ 송옥(宋玉)의 〈대초왕문(對楚王問)〉에서 유래했다. "어떤 사람이 영중(郢中)에서 노래했다. 처음에 〈하리(下里)〉, 〈파인(巴人)〉을 노래하자 화답한 국도의 사람이 수천 명이었다. 〈양아(陽阿)〉, 〈해로(薤露)〉를 하자 회답하는 국도의 사람이 수백 명이었다. 〈양춘(陽春)〉, 〈백설(白雪)〉을 하자 화답하는 국도의 사람이 수십 명에 불과하였다. …… 이는 그 곡이 고상할수록 화답은 더욱 적어지는 것이다(客有歌于郢中者. 其始曰〈下里〉·〈巴人〉, 國中屬而和者數千人. 其爲〈陽阿〉·〈薤露〉, 國中屬而和者數百人. 其爲〈陽春〉·〈白雪〉, 國中屬而和者不過數十人. …… 是其曲彌高, 其和彌寡)."

95 황하도 배를 채우면 금방 물리고 : 『장자』「소요유(逍遙遊)」에서 가져와 이용했다. "뱁새가 깊은 숲에 깃들지만 가지 하나에 지나지 않고, 두더지가 황하 물을 마셔도 그 배를 채우는 데 지나지 않는다(鷦鷯巢於深林, 不過一枝, 偃鼠飮河, 不過滿腹)."

96 담장이 어깨에 …… 쉬운 법 : 『논어』「자장(子張)」에서 가져와 비틀었다. "자공이 말했다. '담장으로 비유하면, 사(賜)의 담장은 어깨가 닿을 정도여서 건물이나 방 안의 아름다움을 엿볼 수 있습니다. 선생님의 담장은 몇 길이나 되어 그 문을 찾아 들어가지 않고선, 종묘의 아름다움이나 많은 벼슬아치를 볼 수 없습니다(子貢曰: '譬之宮牆, 賜之牆也及肩, 窺見室家之好. 夫子之牆數仞, 不得其門而入, 不見宗廟之美, 百官之富')."

『완산完山』과 『주석註釋』, 유劉의 깊고 넓음[99]은 낙빈왕·왕발[100]보다 풍성했네.

　　화려하게 호랑이를 수놓고 벌레를 새겨 넣으니,[101]

　　점점 지렁이 신음과 시끄러운 개구리 소리 되었네.

　　옥녀의 창과 봉황 기둥,[102] 전해 내려온 운치가 쇠퇴하여 슬프고,

　　계수나무 전각과 학의 모래섬,[103] 남은 향기 사라져 애달프도다.

　　하물며 이 동녘 들판 속된 말은,

　　〈하리下里〉의 소리[104]에 익숙하여,

　　『계원』과 『복궤』의 편찬, 황제黃帝 시절처럼 아득하고,[105]

---

97 『태평(太平)』과 『영화(英華)』, 이방의 호한함 : 『태평』은 『태평어람(太平御覽)』, 『영화』는 『문원영화(文苑英華)』이다. 모두 송 태종(宋太宗) 때 이방(李昉)이 주도하여 편찬한 총서의 이름이다. 『태평어람』은 1,690항목이 수록된 유서(類書)이고, 『문원영화』는 1,000권 분량의 시문 선집이다.

98 연국공·허국공 : 당 현종(唐玄宗) 때의 재상인 연국공(燕國公) 장열(張說)과 허국공(許國公) 소정(蘇頲)이다. 두 사람 모두 관각 문자에 뛰어나 '연허대수필(燕許大手筆)'이라 불렸다. 『신당서(新唐書)』 〈소정열전(蘇頲列傳)〉.

99 『완산(完山)』과 『주석(註釋)』, 유(劉)의 깊고 넓음 : 구조로 보아 서적과 편저자의 이름일 것으로 생각되지만, 미상이다.

100 낙빈왕·왕발 : 초당사걸(初唐四傑)로 불리는 당 초기 문인 중 두 명이다. 초당사걸은 왕발(王勃)·양형(楊炯)·노조린(盧照隣)·낙빈왕(駱賓王)을 합칭하는 말이다. 특히 변려문을 잘 지어 화려한 문장으로 당세를 풍미한 작가들이다.

101 화려하게 호랑이를 …… 새겨 넣으니 : 원문 '호수(虎綉)'는 수호조룡(綉虎雕龍)의 준말이다. 호랑이를 수놓고 용을 새긴다는 말이니, 문장을 화려하게 구사하는 것을 말한다. '충조(蟲雕)'는 벌레를 새긴다는 뜻이니, 자질구레하고 세밀하게 장구를 조탁하는 것을 말한다.

102 옥녀의 창과 봉황 기둥 : 유신(庾信)의 〈애강남부(哀江南賦)〉에서 가져왔다. "옥녀의 창에 활을 기대어 세우고, 봉황 누대 기둥에 말을 매었네(倚弓於玉女窗扉, 繫馬於鳳凰樓柱)."

103 계수나무 전각과 학의 모래섬 : 왕발(王勃)의 〈가을날 등왕각에서 잔치를 베푼 시의 서문(秋日燕滕王閣詩序)〉에서 가져왔다. "학이 노는 모래섬 오리가 노니는 물가가, 섬을 둘러 끝없이 이어졌고, 계수나무 전각과 목란 궁궐이 산등성이의 형세 따라 줄지어 있네(鶴汀鳧渚, 窮島嶼之縈廻, 桂殿蘭宮, 列岡巒之體勢)."

104 〈하리(下里)〉의 소리 : 대중적이고 천박한 소리를 말한다. 송옥(宋玉)의 〈대초왕문(對楚王問)〉에서 유래했다.

514

소루蕭樓의 대들보 던지는 송가, 겨우 봉양문鳳陽門뿐이라.[106]

근세 이래로,

물이 더욱 아래로 흐르듯,

사람의 귀와 눈을 가리고,

마귀가 간과 폐에 들었네.

규수와 벽수壁宿[107]가 모두 펼쳐져도, 어치산이나 성곽처럼 보고,[108]

옛것을 숭상하고 법규에 충실해서, 학슬鶴膝·봉요蜂腰[109]의 투가 이뤄

---

105 『계원』과 『복궤』의 …… 시절처럼 아득하고, : 『계원』은 『계원필경(桂苑筆耕集)』, 『복궤』
는 『중산복궤집(中山覆簣集)』을 말한다. 둘 다 최치원의 시문집이다. 최치원은 변려문으
로 유명세를 떨쳤고, 이 문집들엔 그의 변려문들이 실려 있다. ○ 원문의 '홍흘(鴻仡)'은
신화시대인 소흘기가 황제로부터 시작하고[『노사(路史)』], 황제의 이명이 제홍씨(帝鴻氏)
이므로[『사기정의(史記正義)』] 황제를 가리키는 것으로 해석했다. 여기선 아득히 먼 옛날
의 일이라는 뜻으로 쓰인 듯하다.

106 소루(蕭樓)의 대들보 …… 겨우 봉양문(鳳陽門)뿐이라 : '소루'는 진 목공(秦穆公)이 딸 농옥
(弄玉)과 사위 소사(蕭史)를 위해 지었다는 '봉루(鳳樓)'를 가리킨다. 후대엔 공주의 집을
가리키는 말로 자주 사용된다. '대들보 던지는 송가'라는 것은 상량문을 가리킨다. 상량
문의 마지막에 붙는 송(頌)이 '대들보 너머 동/서/남/북/상/하로 떡 던져라'로 시작하기
때문이다. '소루의 대들보 던지는 송가'는 공주의 집 상량문이라는 의미이다. 봉양문은
궁궐의 문을 가리킨다. ○ 『상예회수』에 조선인의 상량문으로는 이민구(李敏求)의 〈청평
공주신제상량문(靑平公主新第上樑文)〉과 이만수(李晩秀)의 〈인정전중건상량문(仁政殿重建
上樑文)〉이 실려 있는 것과 관계있는 구절로 보인다.

107 규수와 벽수(壁宿) : 모두 문운(文運)을 주관하는 별들이다.

108 어치산이나 성곽처럼 여기고 : 어치산은 산 이름이고, 원문의 '수각(獸角)'은 성곽이 맹수
의 뿔처럼 생겼음을 비유하는 말이다. ○ 이 구절은 북주(北周) 유신(庾信)의 〈애강남부
(哀江南賦)〉 중의 한 구절 "어치산 아래의 평지, 성곽이 위태로운 땅(地平魚齒, 地危獸角)"을
가져왔다. 평지엔 방어 시설이 없어 어치산을 넘어 군사가 쳐들어왔고, 성벽이 무너져
도 수리하지 않아 위태롭다는 뜻이다.

109 학슬(鶴膝)·봉요(蜂腰) : 둘 다 시의 성률에서 피해야 할 것으로, 팔병(八病)에 속하는 것
들이다. '학슬'은 소리가 가운데만 두터워져 둔해지는 것이고, '봉요'는 소리가 중간이 끊
일 듯이 가늘어져 불안을 야기하는 것이다. 여기서는 시를 지으며 따지는 많은 격식들
의 대칭으로 쓰인 듯하다. ○ 팔병(八病)은 남조(南朝) 양(梁)의 심약(沈約)이 사성에 대한
지식을 바탕으로 오언시의 창작에서 반드시 피해야 할 성률상의 폐해를 여덟 가지로 정
리한 것이다. 평두(平頭)·상미(上尾)·봉요(蜂腰)·학슬(鶴膝)·대운(大韻)·소운(小韻)·방
뉴(旁紐)·정뉴(正紐)이다.

졌네.

요동의 돼지들 똑같은 모습이지만[110] 간혹 용방龍榜[111]에 합격하기도 하고,

검黔 땅의 나귀가 재주를 부려,[112] 또한 관각館閣[113]에서 명예를 날리기도 하네.

막내 해거자는,

오랫동안 비단옷에 물려서,[114]

일찍부터 책 상자 탐닉했네.

이름을 탑에 쓸 수 없으니,[115] 영웅을 꾀는 사정거리에서 일찌감치 피했고,[116]

---

110 요동의 돼지들 똑같은 모습이지만:『후한서(後漢書)』〈주부전(朱浮傳)〉에 나오는 말이다. "예전에 요동에서 돼지가 머리가 흰 새끼를 낳자 신기하게 여겨 바치러 떠났다가 하동에 이르러 모든 돼지가 다 흰 것을 보고는 부끄러워 후회하며 돌아갔습니다. 그대가 조정에서 공을 논하려고 한다면 요동의 돼지 꼴일 것입니다(往時遼東有豕生子白頭, 異而獻之, 行至河東, 見群豕皆白, 懷慚而還. 若以子之功論於朝廷, 則爲遼東豕也)."

111 용방(龍榜) : 문과 급제자를 발표하는 방이다.『신당서(新唐書)』〈구양첨열전(歐陽詹列傳)〉에 따르면, 당 덕종(唐德宗) 때 육지(陸贄)가 시험관이 되어서 구양첨(歐陽詹)·한유(韓愈)·이관(李觀) 등 쟁쟁한 인재들을 한꺼번에 뽑자 사람들이 '용호방(龍虎榜)'이라고 했다고 한다. 조선에선 문과 방을 용방, 무과 방을 호방(虎榜)으로 나눠 부르는 관습이 있었다.

112 검(黔) 땅의 나귀가 재주를 부려 : 검주(黔州)에는 본디 나귀가 없었는데, 어떤 사람이 나귀를 들여다 산 밑에 풀어놓았다. 호랑이가 처음에는 나귀의 큰 체구와 울음소리 때문에 무서워했지만, 이윽고 나귀에게 다른 기량이 없다는 것을 알아차리고는 물어 죽였다는 고사가 있다.『유하동집(柳河東集)』〈검지려(黔之驢)〉.

113 관각(館閣) : 원문의 '난대(蘭臺)'는 문하성(門下省)·비서성(秘書省)의 별칭이다. 시대에 따라 다른 기관을 지칭하지만, 일반적으로 문필을 담당하는 관직을 가리킨다.

114 오랫동안 비단옷에 물려서 : 해거자 홍현주는 정조의 부마이다. 귀한 신분이 되어, 영화를 물리도록 한껏 누렸다는 표현이다.

115 이름을 탑에 쓸 수 없으니 : 원문의 '제탑(題塔)'은 소과(小科)에 급제함을 뜻한다. 당 때 진사시에 합격한 사람들이 모두 장안(長安) 자은사(慈恩寺)에 모여 탑에 이름을 기록했다는 고사에서 유래하였다. ○ 홍현주는 부마 신분이었으므로 관직에 나아갈 수 없었다.

116 영웅을 꾀는 사정거리에서 일찌감치 피했고 : 당 태종(唐太宗)이 궁의 정문 위에 올라가 진사들이 줄줄이 나오는 것을 보고는 즐거워서 '천하의 영웅들이 내 사정거리 안으로 들어오는구나(天下英雄入吾彀中矣).'라고 했다는 고사가 있다.『당척언(唐摭言)』. 이것을 뒤

자취가 영주에 오를 길 막혔으니,[117] 교묘한 솜씨 숨기고 남들 솜씨 실
컷 구경했네.[118]

이에,

문예 밭藝圃의 향기롭고 빛나는 꽃들을 따고,

글 동산文苑의 굽이진 오솔길을 걸었네.

우두커니 세상을 바라보며,[119] 밤의 꿈속에 오색구름[120] 들이마시고,

아득히 만물의 본원을 바라보며,[121] 저녁 담소에 구하九河[122]를 기울

집어 '사정거리에서 피했다[避讒].'라고 했다. ○한편 많은 선비가 관직과 봉록을 위해 평
생의 정력을 과거장에서 소모하여 심지어 이가 빠지고 머리가 희도록 골몰하기도 하니,
당의 시인인 조호(趙嘏)는 이것을 풍자해서 "태종 황제는 진짜 장구한 계책을 세웠으니,
영웅들을 꾀어 모두 백발이로구나(太宗皇帝眞長策, 賺得英雄盡白頭)."라는 시를 지었다고
한다. 『고금사문유취전집(古今事文類聚前集)』 권27, 〈잠료영웅(賺了英雄)〉. '영웅을 꾀는[賺
英]'은 여기서 가져왔다.

117 자취가 영주에 오를 길 막혔으니 : 원문의 '등영(登瀛)'은 '등영주(登瀛洲)'의 준말이다. 영
주는 신선 세계이니 원래는 신선이 된다는 뜻이지만, 문학관의 학사(學士)로 뽑혀 들어
가는 것을 선망하여 비유하는 말이기도 하다. "태종이 진왕부에 문학관을 설치하고 방
현령·두여회 등 18인을 뽑아 본관과 학사를 겸하게 하고 5품의 진수성찬을 내려 주며, 3
조로 나누어 숙직하면서 학문과 제도를 토론하도록 했다. 당시 사람들이 이것을 '영주에
오른다'라고 했다(太宗始於秦王府開文學館, 擢房玄齡·杜如晦一十八人, 皆以本官兼學士, 給五品
珍膳, 分爲三番, 更直宿於閣下, 討論文典. 時人謂之'登瀛洲')." 『한림지(翰林志)』. ○'자취가 막혔
다'라는 말 역시 홍현주가 부마 신분이므로, 문학적 능력이 있어도 그것으로 벼슬길에
나아갈 수 없음을 의미한다.

118 교묘한 솜씨 …… 실컷 구경했네 : 원문은 '자관착어축교(恣觀斲於縮巧)'인데, 능숙한 사람
이 자신의 기량을 숨긴 채 남들의 작업을 구경한다는 뜻이다. 한유(韓愈)의 〈제유자후문
(祭柳子厚文)〉에서 가져온 말이다. "서투른 목수가 나무를 깎으면 손가락에 피가 흐르고
얼굴에 땀이 나는데, 능숙한 장인은 곁에서 구경하며 손을 옷소매 속에 움츠리고 있다
(不善爲斲, 血指汗顔, 巧匠傍觀, 縮手袖間)."

119 우두커니 세상을 바라보며 : 원문은 '저람중구(佇覽中區)'이다. 육기(陸機)의 〈문부(文賦)〉
중에 "천지간에 오래 서서 현묘하게 관조하며, 전적에서 정과 뜻을 키운다(佇中區以玄覽,
頤情志於典墳)."에서 가져왔다. '천지간에 오래 서서 심원하고 공허한 심경으로 모든 것을
관조한다'라는 뜻이다.

120 오색구름 : 원문의 '오운(五雲)'은 오색(五色)이 찬란한 서운(瑞雲)을 말하는데, 길상(吉祥)
의 징조이다. 동시에 선약(仙藥)의 이름이기도 하다. 『한무고사(漢武故事)』에 "서왕모(西
王母)의 말에 의하면, 최고의 약은 옥진(玉津)과 금장(金漿)이요, 그다음 약으로는 오운(五
雲)의 장(漿)이 있다 한다." 하였다.

였네.

이에 마침내,

고금을 치달리며,

정묘한 것 발라내어,

가시나무 베고 잡목 다듬어, 질 나발과 젓대 사이에서 빼고 넣기를 결
정하고,[123]

가시덤불 헤치고 난초를 찾아, 술 단지와 술잔 사이에서 차용하고 반
납하길 번갈아 했네.

업후鄴侯의 서가[124]에서 만 권 책 조사해, 흰 책갈피와 붉은 쪽지 붙이고,

손님 방 주렴 사이 두 개 촛불을 끼고, 자색 벼루에 검은 먹으로 써 내
려갔네.

종류를 나누어, 경쇠를 엮듯 나열하고,

시대를 논해서, 구슬을 꿰듯 배열했네.

비단 바탕에 색실을 짜 놓은 문장 맨 앞에 놓고,[125] 각 문체로 뒤를 이

---

121 아득히 만물의 본원을 바라보며 : 원문 '묘적원시(眇覿元始)'는 소통(蕭統)의 〈문선서(文選
序)〉의 첫머리인 "저 만물의 본원을 바라보고, 아득히 현풍을 바라보면(式觀元始, 眇覿玄
風)"을 가져온 것이다. '원시'는 만물의 본원을 뜻하고, '현풍'은 인위에 물들지 않은 질박
한 풍속을 의미한다.

122 구하(九河) : 고대 황하(黃河)의 아홉 지류(支流)를 말한다. '구하를 기울였다'라는 것은 황
하 물결처럼 도도한 변론을 쏟아 놓았다는 의미로 보인다.

123 질 나발과 …… 넣기를 재가하고 : '질 나발과 젓대'는 『시경(詩經)』 「소아(小雅)」 〈하인사
(何人斯)〉에 나온다. "큰형이 질 나팔을 불고 동생이 젓대를 부네(伯氏吹壎, 仲氏吹篪)."라
는 구절이 있다. 형제가 화목한 모습을 상징한다. ○ 이하 두 절은 『상예회수』의 편찬이
형제들 사이에서 협력해서 이루어졌음을 말하고 있다.

124 업후(鄴侯)의 서가 : 당의 업현후(鄴縣侯) 이비(李泌)의 집에 장서가 아주 많았다고 한다.
원문의 '업가(鄴架)'라는 말은 장서량이 많다는 뜻으로 일반적으로 사용된다.

125 비단 바탕에 …… 앞에 놓고 : '비단 바탕에 색실을 짜 놓은 문장'은 사마상여가 부의 창작
법에 대한 질문에 대답했다는 내용에서 가져왔다. "사마상여가 말했다. '오색 실끈을 합
해서 무늬를 만들고, 비단과 수를 늘어놓아 바탕으로 삼으며, 하나는 날줄로, 하나는 씨
줄로 궁과 상을 교차하는 것, 이것은 부의 드러난 자취이다. 부를 짓는 사람의 마음은 우
주를 포괄하고 인간과 사물을 총람하니, 이는 안에서 얻는 것으로 전수할 수 있는 것이

518

었고,

금덕金德으로 제위에 오른 운세에서 시작해,[126] 동시대에 이르렀으니,

수와 그림의 곡절도 바뀌지 않았고,[127]

별자리들의 경위는 이제 정돈되었네.

모두 10권 26조 69인 204편이니, 그 책을 『상예회수象藝薈粹』라 하였네.

'상象'이란 법수法數를 아름답게 부른 것이고,

'예藝'란 사장학詞章學을 통틀어 이른 것이라네.

복희의 획은 천문을 살펴, 용마가 진 것에서 양의兩儀와 팔괘八卦를 맞추었고,[128]

주周의 관직은 만물에서 흥기했으니, 기러기 가는 길에서 덕행을 참조했네.[129]

아니다'(司馬相如曰: '合纂組以成文, 列錦繡而爲質, 一經一緯, 一宮一商, 此賦之跡也. 賦家之心, 包括宇宙, 總攬人物, 斯乃得之於內, 不可得而傳也')." 『태평광기(太平廣記)』「문장(文章)」. ○『상예회수』 본문은 육기(陸機)의 〈문부(文賦)〉로 시작한다.

126 금덕(金德)으로 제위에 오른 운세에서 시작해 : '금덕으로 제위에 오른 운세'란 진(晉)을 가리킨다. 원문의 금행(金行)은 오행 가운데 금을 말하는데, 진은 금덕(金德)으로 일어났다고 한다. "금덕의 운행으로 문헌이 극에 이르니 문장의 전아함이 이에 성하게 되었다(金行纂極, 文雅斯盛)." 『진서(晉書)』〈문원전서(文苑傳序)〉. ○『상예회수』에 실린 첫 번째 작가인 육기는 서진(西晉) 사람이다.

127 수와 그림의 곡절도 바뀌지 않았고 : 두보의 〈북정(北征)〉의 구절을 이용하였다. "바다 그림 휘장은 파도가 잘렸고, 오래된 수 옷은 무늬가 뒤틀렸네(海圖拆波濤, 舊繡移曲折)." ○ 두보의 시는 가난으로 물건들이 낡고 망가져 장막과 옷의 무늬들이 이지러진 모습을 형용하는 것이지만, 여기서는 원래의 모습이 이지러지지 않았다는 의미로 사용되었다. 아마도 변려문의 구율에 따라 분절해서 기록하는 방식에 대한 언급인가 싶다. 금속활자본인 규장각본 『상예회수(象藝薈粹)』는 사륙문의 형식에 따라 분절되어 독특한 방식으로 인쇄되어 있다.

128 복희의 획 …… 팔괘(八卦)를 맞추었고 : 복희씨는 황하에서 용마가 지고 나온 하도(河圖)에서 팔괘를 취했다고 한다.

129 주(周)의 관직은 …… 덕행을 참조했네 : '기러기 가는 길'은 '홍규(鴻逵)'이다. 기러기가 하늘길을 점차 나아가는 것에서 훌륭한 군자의 고상하고 초연한 행동거지를 표현하는 말이 되었다. 『주역』〈점괘(漸卦)〉의 "기러기가 하늘길에 점차 나아감이니, 그 깃이 의법이

사륙씨四六氏가 이름 바꾼 까닭을,[130]

여러분은 숨겼다 여기지 마시길.

아아!

『시詩』를 산정할 때, 문왕文王·무왕武王 때를 풍성히 뽑아도 「회鄶」와

「조曹」를 나무라진 않았고,

『서書』를 서술할 때, 은殷·주周 시대를 자세히 서술하고, 「진서秦誓」와

「비서費誓」는 겨우 남겨 두었네.

현포玄圃의 쌓인 옥[131]은, 다 가져도 탐욕이라 하지 않고,

홍창紅倉[132]의 썩은 겨, 세심히 키질해도 각박하다 않는다.

이는 마치,

보석이 길에 버려져 있으면, 대나무 상자가 다 차지 않아 불만이고,

쑥대 풀이 오솔길을 막으면, 도끼질이 혹시 빠트렸나 한탄하는 것과

같네.

부남扶南과 진랍眞臘에서도 대모玳瑁는 진흙보다 귀하고,[133]

될 만하니 길하다(鴻漸于陸, 其羽可用爲儀, 吉).”라고 하는 말에서 나왔다.

130 사륙씨가 이름 바꾼 까닭을 : 사륙씨는 변려문의 이칭인 사륙문(四六文)을 일컫고, 이름
을 바꿨다는 것은 사륙변려문을 내세우는 대신 ‘상예(象藝)’라는 말로 바꾼 것을 가리키
는 것으로 보인다. ‘상’이 법수의 미칭이라고 했으니, 이것이 ‘사륙’이라는 변려문의 법칙
숫자를 포함하고 있고, ‘예’가 문학을 일컫는다 했으니 이것이 ‘문’이라는 뜻일 것이다.

131 현포(玄圃)의 쌓인 옥 : 현포는 서왕모가 산다는 신화 속 곤륜산이다. 현포에 쌓인 옥[玄圃
積玉]이란, 현포에는 아름다운 옥이 많다는 전설에서 유래해서 정화(精華)가 모인 것을
비유한다. 『진서(晉書)』〈육기전(陸機傳)〉에서 갈홍이 육기의 문장을 형용한 표현이다.
“갈홍의 저서에서 육기의 문장을 칭해서 현포의 쌓인 옥이 야광주가 아닌 것이 없는 것
과 같다고 했다(葛洪著書稱機文, 猶玄圃之積玉, 無非夜光焉).” 『진서(晉書)』〈육기전(陸機傳)〉.

132 홍창(紅倉) : 명 태조(明太祖)의 황후 마태후(馬太后)가 태학생(太學生)들의 아내와 가족들
의 생활을 보살피기 위해 세운 20여 개의 창고이다. “효자황후가 국자감 중에 식량을 쌓
아 놓고 홍창 20여 개를 설치해 제생의 처자를 양육했다(孝慈皇后積糧監中, 置紅倉二十餘舍,
養諸生之妻子).” 『명사(明史)』「지·선거(志·選擧)」.

133 부남(扶南)과 진랍(眞臘)에서도 대모(玳瑁)는 진흙보다 귀하고 : 부남과 진랍 모두 현재의
캄보디아 부근에 존재했던 나라들이다. 부유하고 사치스러운 풍속으로 중국과 조선에
알려져 있었다. 『해록쇄사(海錄碎事)』에서 한 성제 때 만년합(萬年蛤)과 불야주(不夜珠)라

520

선곡宣曲이나 임공臨邛이라도 제포綈布가 고운 비단보다 흔하네.[134]

이 역시 이치리니,

어찌할 수 있으랴!

평소 생각을 펼쳐,

현묘한 뜻 보존케 할 뿐.

○○○ 부록 〈여율고儷律考〉

어떤 이가 말했다. "사륙문四六文[135]엔 자율字律이 있어, 당·송의 작품들은 한 구도 안 맞춘 것이 없다. 근래 우리나라 사람들의 변려문은 구율句律만 맞출 뿐 자율은 전혀 고려하지 않으니, 격식에 크게 어긋난다."

옛 변려문들에서 이 문제를 살펴보았다. 당나라 사람들은 맞춘 것이 많고 어긴 것은 적었다. 【왕발王勃[136]의 〈등왕각서滕王閣序〉에서 "세 강을 옷깃으로 삼고, 다섯 호수를 띠로 둘렀네襟三江而帶五湖."나 "석 자의 띠를 두른 미천한 사람三尺微命" 같은 것이라든지, 기타 문장에서 "천상은 준걸을 감싸고天象掩峻"[137]라든지, "문

는 보물을 진상한 이야기가 나오고, 『지봉유설(芝峯類說)』에서도 "나라가 매우 부유하고 풍속이 사치를 숭상한다. 그러므로 예부터 '부귀한 진랍국'이라고 불렸다(國甚雄富, 俗尙華侈. 故古有富貴眞臘國之稱)."라고 했다. 대모(玳瑁)는 거북의 등딱지 혹은 거북의 등껍질로부터 만들어진 옥석으로 매우 귀중한 물품이다.

134 선곡(宣曲)이나 임공(臨邛)이라도 …… 비단보다 흔하네 : 선곡은 장안(長安) 부근의 옛 지명이고, 임공은 촉(蜀)에 속한 옛 지명이다. 제포(綈布)는 올이 굵고 거친 명주이다.

135 사륙문(四六文) : 변려문[騈儷文]의 다른 이름이다. 사륙변려문(四六騈儷文)이라고도 한다. 육조시대와 당에서 특히 유행한 문체이다. 화려한 미문을 구사하는 문체로, 네 글자와 여섯 글자를 기본으로 다양하게 변주하는 율문의 형식을 취한다. 대구법(對句法)과 압운을 사용하고, 화려한 수사와 전고를 사용한다.

136 왕발(王勃) : 초당(初唐)의 문인이다. 자는 자안(子安)이다. 어려서부터 천재로 유명했으나 불우한 끝에 26세로 요절했다. 양형(楊炯)·노조린(盧照隣)·낙빈왕(駱賓王)과 함께 초당사걸(初唐四傑)로 병칭된다. 변려문에 특히 뛰어나, 그의 〈등왕각서(滕王閣序)〉는 변려문의 대명사처럼 여겨진다. 『왕자안집(王子安集)』 16권을 남겼다.

137 천상은 준걸을 감싸고(天象掩峻) : 왕발의 〈송백칠서(送白七序)〉에 나오는 구절이다.

장과 역사는 등용되기 충분하고, 예가 아닌 책은 읽지 않는다文史足用, 不讀非禮之書."[138]
라든지, "누가 뒤에 오는 사람의 어려움을 알라誰知後來者難."[139]와 같은 것들, 양형楊炯[140]
의 〈소실산소이묘비少室山少姨廟碑〉에서, "우뚝 선 천 길이요, 깎아지른 사방이라壁立而
千仞, 削成而四方."든지, "위론 칠성의 벌판을 돌고仰躔七星之野"라든지, "육합이 모인 곳六
合交會, 구주의 명산九州名山"이라든지, "안개와 구름 고요히 고운 빛을 더하고煙雲蕭索
而合彩"라든지, "옆으론 복비의 집에 임하리오旁臨宓妃之館?" 같은 것들[141]은 모두 전혀
자율을 맞추지 않았다. 당의 문장엔 이런 것들이 이루 다 기록할 수 없을 만큼 많다.
종종 구율句律에 맞지 않는 것조차 있다. 다만 협률한 것이 상대적으로 많은 것은 우연
한 차이라고 할 수 있을 것이다.】

　　송의 사람들은 안 맞춘 것이 거의 많다.【송의 여문儷文은 소자첨蘇子瞻[142]을
대가로 꼽는다. 그의 〈증왕안석태부제贈王安石太傅制〉에서 "삼가 태초를 살펴보니, 환하
게 하늘의 뜻을 볼 수 있다式觀古初, 灼見天意."라고 했고, "이름은 한 시대에 높고, 학
문은 천년을 관통한다名高一時, 學貫千載."라고 했고, "만물을 꾸민다藻飾萬物."라고 했고,
"천하의 풍속을 쏠리듯 변화시켰다靡然變天下之俗."라고 했고, "어려서는 공자·맹자를

---

138 문장과 역사는 …… 읽지 않는다(文史足用, 不讀非禮之書) : 왕발의 〈산정흥서(山亭興序)〉에
　　나오는 구절이다.
139 누가 뒤에 …… 어려움을 알라(誰知後來者難) : 왕발의 〈상사부강연서(上巳浮江宴序)〉에 나
　　오는 구절이다.
140 양형(楊炯) : 초당사걸의 한 명으로, 호는 영천(盈川)이다. 관리로서는 오만하고 가혹하였
　　으나 박학하였고, 변려문(騈儷文)에 능했고, 오언율시(五言律詩)와 악부(樂府)에도 뛰어났
　　다는 평을 받는다. 저술에『양영천집(楊盈川集)』이 있다.
141 〈소실산소이묘비(少室山少姨廟碑)〉에서, "우뚝 …… 같은 것들 : 양형의 〈소실산소이묘비
　　명·병서(少室山少姨廟碑銘·幷序)〉의 서 부분에서 나왔다. "우뚝 선 천 길이요, 깎아지른
　　사방이라(壁立而千仞, 削成而四方)."의 한 짝, "위론 칠성의 벌판을 돌고, 아래론 삼하의 구
　　비를 누르고 있네(仰躔七星之野, 俯鎮三河之曲)."의 안짝, "육합이 모인 곳이니, 이에 천제의
　　하계 도읍이 있고, 구주의 명산, 이에 신령한 신선들의 소굴이 있네(六合交會, 於是乎有天
　　帝之下都; 九州名山, 於是乎有靈仙之窟宅)."에서 '육합교회'와 '구주명산', "안개와 구름은 고
　　요히 고운 빛을 더하고, 해와 달은 말쑥하게 아침을 여네(煙雲蕭索而合彩, 日月淑清而啟旦)."
　　의 안짝, "어찌 다만 하정의 패궐, 풍이의 도읍을 부감하며, 낙수의 요단, 복비의 집 곁에
　　임할 뿐이리오?(豈直河庭貝闕, 俯瞰馮夷之都, 洛水瑤壇, 旁臨宓妃之館?)"의 바깥짝을 가져왔다.
142 소자첨(蘇子瞻) : 송의 문장가인 소식(蘇軾)이다. 그의 자가 자첨(子瞻)이다.

522

배웠고, 만년에는 구담瞿曇과 노담老聃143을 스승으로 삼았다少學孔孟, 晚師瞿聃."라고 했다.144 그 이하로도 구절구절이 거의 다 이러해서, 한 구절도 협률한 것이 없다. 그의 표表·계啓145 중의 명구들, 예를 들어 "제멋대로 망령된 행실을 하여 마침내 큰 환란에 빠졌으니狷狂妄行, 乃蹈大難"146라든지, "학식은 크게 문무를 아우르십니다學識文武之大."147라든지, "일곱 번 이름난 고을을 맡았고 …… 세 번 시독관이 되었으니七典名郡 …… 三忝侍讀"148라든지, "하늘과 땅처럼 널리 덮어 주고 실어 주십니다廓天地之覆載."149라든지, "중니께선 안자만 인정하셨고 …… 『주역』은 현인에겐 언급하지 않습

---

143 구담(瞿曇)과 노담(老聃) : 부처와 노자를 가리킨다. 석가모니의 성이 구담씨(瞿曇氏)였고, 노자의 시호(諡號)가 담(聃)이다.

144 〈증왕안석태부제(贈王安石太傅制)〉에서 "삼가 …… 삼았다(少學孔孟, 晚師瞿聃)."라고 했다 : 왕안석(王安石) 사후에 태부의 칭호가 추증되었는데, 당시 중서사인(中書舍人)이었던 소식이 이 고명(誥命)의 초안을 잡는 책임을 지고 지은 것이다. ○'제칙'은 황제가 발령하는 문서로 작성된 명령의 총칭이다. 책문(冊文)·제(制)·칙(敕)·조(詔)·고(誥)·책령(策令)·새서(璽書)·교(教)·유(諭) 등을 포괄한다. ○글의 도입에서 가져왔다. "짐이 삼가 태초를 살펴보니, 환하게 하늘의 뜻이 드러난다(朕式觀古初, 灼見天意命)."에서 앞부분, "그로 하여금 이름이 일시에 높고, 학술이 천년을 관통하게 하여(使其名高一時, 學貫千載)", "아름다운 문장은 만물을 꾸밀 만하고, 탁월한 행실은 사방을 감동시킬 만하다(瓌瑋之文, 足以藻飾萬物, 卓絕之行, 足以風動四方)."에서 안짝, "그때의 사이에 작용해서, 쏠리듯 천하의 풍속을 변화시킨다(用能於期歲之間, 靡然變天下之俗)."의 바깥짝, "어려서는 공자·맹자를 배웠고, 만년에는 구담과 노담을 스승으로 삼았다(少學孔孟, 晚師瞿聃)."를 가져왔다. 사실상 도입부를 거의 전부 언급하고 있다.

145 표(表)·계(啓) : 둘 다 신하가 임금에게 바치는 글의 문체이다. '표'는 신하가 심중을 나타내 임금에게 올리는 글이다. 자기의 심중을 나타내 임금에게 알린다는 의미에서 '표(表)'라고 한다. '계' 역시 문체의 일종으로 윗사람에게 올리는 글이다. 자기 생각을 윗사람에게 개진(開陳)한다는 뜻이다. 처음엔 임금에게 아뢰는 글을 '계'라 했으나 당(唐) 이후로는 윗사람에게 올리는 글을 모두 '계'라 하게 되었다.

146 제멋대로 망령된 …… 환란에 빠졌으니(狷狂妄行, 乃蹈大難) : 소식의 〈옥국관의 제거로 복관된 것을 사례하는 표(謝復官提舉玉局觀表)〉에서 나왔다.

147 학식은 크게 문무를 아우르십니다(學識文武之大) : 〈영주에서 도임을 사례하는 표(潁州謝到任表)〉 두 수 중 두 번째 수에 나온다. "(황제 폐하는) …… 생지로써 완전한 인효를 지니셨고, 학식은 크게 문무를 아우르십니다(生知仁孝之全, 學識文武之大)."

148 일곱 번 …… 시독관이 되었으니(七典名郡 …… 三忝侍讀) : 〈겸시독을 사직하는 표(謝兼侍讀表)〉 두 수 중 첫 수에 나온다. "일곱 번 이름난 고을을 맡았고 두 번 한림에 들어갔으며, 두 번 상서에 제수되었고 세 번 시독관(侍讀官)이 되었습니다(七典名郡, 再入翰林. 兩除尙書, 三忝侍讀)."

니다仲尼獨許於顏子 …… 周易不及於賢人.”**150**라든지, “지난날 바다 밖에서 담담히 생을 마치려니 했는데, 우연히 살아 돌아왔으니 내버려 두고 다시 말하지 않겠습니다頃者海外, 澹乎蓋將終焉, 偶然生還, 實之勿復道也.”**151**라든지, 이런 것들은 이루 다 기록할 수 없을 만큼 많다. 기타 왕조汪藻**152**의 “중이가 아직 살아 있다猶重耳之尙在.”**153**라든지, 증공曾鞏**154**의 “구진성과 태미성, 별들은 모두 제자리에 있네鉤陳太微星緯咸若.”**155**라든

---

149 하늘과 땅처럼 …… 실어 주십니다(廓天地之覆載) : 〈창화군에 부임하여 사례한 표(到昌化軍謝表)〉에 나온다. “(황제 폐하께서) …… 해와 달처럼 환하게 비춰 주시고, 하늘과 땅처럼 널리 덮어 주고 실어 주십니다(赫日月之照臨, 廓天地之覆育).”

150 중니께선 안자만 …… 언급하지 않습니다(仲尼獨許於顏子 …… 周易不及於賢人) : 〈구양소사께서 은퇴하심을 축하드리는 계(賀歐陽少師致仕啓)〉에 나온다. “이러한 까닭으로, 용사행장을 중니께선 안자만 인정하셨고, 존망진퇴를『주역』은 현인에겐 언급하지 않습니다(是以用舍行藏, 仲尼獨許於顏子, 存亡進退,『周易』不及於賢人).”

151 지난날 바다 밖에서 …… 말하지 않겠습니다(頃者海外, …… 勿復道也) : 〈왕유안 선덕께 답하는 계(答王幼安宣德啓)〉에 나온다.

152 왕조(汪藻) : 북송과 남송에 걸친 문인이다. 자는 언장(彦章)이다. 서부(徐俯)와 한구(韓駒)에게 시를 배웠다. 남송에 이르러 현달해 태상소경(太常少卿)·기거사인(起居舍人)·용도각직학사지호주(龍圖閣直學士知湖州)를 거쳐 현모각대학사(顯謨閣大學士)에 이르렀고 신안군후(新安郡侯)로 봉해졌다. 관직 생활이 청렴해서 높은 관직에 30년 있었지만 거처할 곳이 없었다고 한다. 사륙문의 영수로 평가되었고, 조령과 제고 등 조정 문서가 모두 그의 손에서 나왔다고 한다. 저서에『부계집(浮溪集)』60권이 있었다고 한다.

153 중이가 아직 살아 있다(猶重耳之尙在) : 〈융-우태후포고천하수서(隆祐太后布告天下手書)〉에 나온다. “한 황실의 액이 10대이니, 광무의 중흥이 마땅하고, 헌공의 아들 아홉 사람 중 중이가 아직 살아 있다(漢家之厄十世, 宜光武之中興, 獻公之子九人, 惟重耳之尙在).” ○중이(重耳)는 진 문공(晉文公)의 이름이다. 진 헌공이 애첩 여희의 참소로 태자 신생(申生)을 죽이자, 중이는 외국으로 도망했다. 이 글은 북송의 휘종·흠종 두 황제가 금으로 포로가 되어 가고 난 뒤, 융우태후가 강왕의 즉위를 명하는 교서이다. 이 구절의 고사의 운용이 매우 정교해서 당대에 널리 알려졌다고 한다.

154 증공(曾鞏) : 북송의 정치가, 문인이다. 남풍 출신이어서 남풍 선생(南豊先生)이라 불린다. 당송팔대가(唐宋八大家)의 한 사람이다. 제주(齊州)·양주(襄州)·창주(滄州) 등의 지주(知州)를 지냈고, 60세가 지나서 중앙의 관직인 사관수찬(史館修撰)·중서사인(中書舍人)에 올랐다. 정치가 청렴결백하고 근면하며 민생의 질고를 잘 돌보았다는 평가를 받는다. 문학적 성과가 뛰어나『송사(宋史)』「열전(列傳)」에서는 그의 문장이 “문장을 함에 상하로 치달리면서 내놓는 것마다 더욱 공교로웠으니, 육경에 근본을 두고 사마천과 한유를 참작했다. 당시의 글을 잘 짓는 사람 중에 그보다 나은 자가 드물었다(爲文章, 上下馳騁, 愈出而愈工, 本原六經, 斟酌於司馬遷·韓愈. 一時工作文詞者, 鮮能過也).”고 평가했다.

155 구진성과 태미성 …… 제자리에 있네(鉤陳太微星緯咸若) : 〈희령 10년 남교에서 예를 마치

524

지, 진덕수陳德秀¹⁵⁶의 "일정하고 안정되고 편안하고 사려가 깊어져서, 얻을 수 있는 경지에 나아가시고定靜安慮而進於能得"¹⁵⁷라든지, 이것들은 모두 되는대로 한두 가지를 거론한 것일 뿐이다. 송의 사람들이 자율에 맞춰 지은 것은 겨우 [몇 편뿐이다]. 우연히 합치된 것이지 의도적으로 맞춘 것이 아니기 때문이다.】

명·청의 작품에 이르면 조심스럽게 지키고 알뜰히 얽매여서, 감히 조금도 어기지 못했다.【명의 문장 중에도 전겸익錢謙益¹⁵⁸의 〈호기음서浩氣吟序〉 같은 것은 협률하지 않은 곳도 있다. 명·청 시대 사람일지라도 문장의 대가로 자처하는 자는 반드시 얽매이지는 않았다.】

우리나라 사람들이 구율만 맞추는 것은 송나라 사람의 법이니, 격식을 많이 어겼다고 할 일은 아니다. 지금 "왜 가까운 명·청을 본받지 않고, 멀리 당·송을 본받는가?"라고 한다면 내 참으로 할 말이 없다. 그러나 만약 "당·송 사람들은 한 구절도 율律이 없었던 적이 없다."라고 한다면, 당·송 사람들의 사륙문은 모두 남아 있어 새로 공부하는 아동들이라도 다 그 평측을 살펴볼 수 있다. 빈말로 속이는 것은 용납되지 않는다. 또 『숙수념孰遂念』한 책에 실린 것으로 말하더라도, 유가합柔嘉閤【갑2】

고 큰 사면을 베푸심을 경하드리는 표(賀熙寧十年南郊禮畢大赦表))에 나온다.

156 진덕수(眞德秀) : 남송의 학자, 문인이다. 자는 경원(景元)·희원(希元) 등이고, 호는 서산(西山), 시호는 문충(文忠)이다. 박학굉사과(博學宏詞科)를 거쳐, 호부상서(戶部尚書)·한림학사(翰林學士)·지제고(知制誥) 등의 벼슬을 거쳐 참지정사(參知政事)에 이르렀다. 강직하기로 유명했다. 정주이학(程朱理學)을 계승·발전시키는 데 힘써서, 그가 지은 『대학연의(大學衍義)』는 『대학장구(大學章句)』에 비견한다는 평을 들었다. 그 밖에 『당서고의(唐書考疑)』,『독서기(讀書記)』,『문장정종(文章正宗)』,『서산문집(西山文集)』 등의 저술이 있다.

157 일정하고 안정되고 …… 경지에 나아가시고(定靜安慮而進於能得) : 〈『대학연의』를 바치는 표(進大學衍義表))에 나온다.

158 전겸익(錢謙益) : 명말청초의 문신으로, 자는 수지(受之)이고, 호는 목재(牧齋)이다. 우산선생(虞山先生)으로도 불린다. 명(明)에서 출사했으나 명이 망하자 복명(復明) 운동에 참여했다. 그러나 결국 청(淸)에 항복하고 출사해서, 예부시랑(禮部侍郎)으로 『명사(明史)』의 편집을 맡았다. 사후, 건륭제(乾隆帝) 때 두 왕조에서 벼슬한 불충한 신하로 비난받고 저서의 판목이 모두 불태워졌다. 시문(詩文)에 뛰어나 청 초 시단의 맹주 중 하나로 활동했다. 저서로 『초학집(初學集)』,『유학집(有學集)』 등이 있다.

과 각건당角巾堂【갑3】의 상량문, 남삼원南三院【갑6】의 〈춘상서春賞序〉는 모두 엄격히 자율에 맞는다. 그러나 〈『상예회수』 서문象藝薈粹序〉이나 〈회문려어回文儷語〉【경6】, 〈기미제삼奇謎第三〉【경6】 같은 것은 또 다 그렇지 않다. 여기서도 맞추든 아니든, 구속될 만한 것이 아니라는 것을 잘 알 수 있다.

○『대동문준大東文雋』

○○○ 〈『대동문준』 서문大東文雋序〉

고려의 시중侍中 목은牧隱 이색李穡[159] 공의 글 몇 편, 우리 조정의 영의정 백사白沙 이항복李恒福[160] 공의 글 몇 편, 승문원 제조 간이簡易 최립崔岦[161]

---

[159] 목은(牧隱) 이색(李穡) : 고려 말의 문신이다. 자는 영숙(穎叔), 호는 목은이고, 시호는 문정(文靖)이다. 이제현(李齊賢)의 문인으로, 원(元)의 국자감 생원이 되어 성리학을 연구하였고, 귀국 후 성균관 대사성(大司成)으로, 성균관의 학칙을 제정하는 등 고려말 성리학의 정착과 발전에 공헌하였다. 이색의 문하에선 정몽주(鄭夢周)·길재(吉再)·이숭인(李崇仁) 등 고려에 끝까지 충성한 인물들이 배출되었고, 한편으로 정도전(鄭道傳)·하륜(河崙)·윤소종(尹紹宗)·권근(權近) 등 조선 창업의 주축 세력들도 배출되었다. 특히 정몽주·길재 계통을 이은 후인들은 이후 조선 초기 성리학의 주류가 되었다. 저서에 『목은문고(牧隱文藁)』, 『목은시고(牧隱詩藁)』 등이 있다.

[160] 백사(白沙) 이항복(李恒福) : 조선 중기의 문신이다. 호가 백사이고, 자는 자상(子常)이다. 또 다른 호는 필운(弼雲)·동강(東岡)이다. 오성부원군(鰲城府院君)에 봉해져 오성대감으로도 흔히 불린다. 율곡 이이의 문인으로 서인에 속한다. 벼슬은 대제학·우의정·영의정을 두루 역임했다. 특히 임진왜란과 정유재란 당시 다섯 번이나 병조판서를 맡아 전란을 지휘하고 외교력을 발휘하는 등 중요한 역할을 하였고, 전란 후에는 수습에 힘썼다. 광해군 즉위 후 폐모 논의에 반대하다 삭탈관직되었고, 북청으로 유배되어 죽었다. 저서로 『백사집(白沙集)』, 『북천일록(北遷日錄)』, 『사례훈몽(四禮訓蒙)』 등이 있다.

[161] 간이(簡易) 최립(崔岦) : 조선 중기의 문인이다. 자는 입지(立之), 호는 간이·동고(東皋)이다. 벼슬은 형조참판에 이르렀다. 문장으로 당대의 인정을 받아, 외교문서 작성 업무를 많이 맡았다. 주청부사(奏請副使)로 두 차례 중국에 가서 지은 외교적 글들은 중국에서도 인정을 받았다. 그의 문장은 당시 명에서 유행하던 왕세정 일파를 따라 의고문체(擬古文體)를 구사했는데, 예스럽고 우아하며 간결하고 법도에 맞는 글이라는 평가를 받았다.

공의 글 몇 편, 좌의정 월사月沙 이 모공李某公[162]의 글 몇 편, 영의정 상촌
象村 신흠申欽[163] 공의 글 몇 편, 좌의정 청음淸陰 김 모공金某公[164]의 글 몇
편, 우의정 계곡谿谷 장유張維[165] 공의 글 몇 편, 대제학 택당澤堂 이식李植[166]

저서로 『간이집(簡易集)』, 『십가근체시(十家近體詩)』, 『한사열전초(漢史列傳抄)』 등이 있다.

162 월사(月沙) 이 모공(李某公) : 이정구(李廷龜)이다. 홍길주와 인척 관계가 있으므로 직접 이
름을 쓰지 않고 '아무개 공[某公]'이라고 칭하고 있다. 자는 성징(聖徵), 호는 월사·보만당
(保晚堂)·응암(凝菴)이고, 시호는 문충(文忠)이다. 조선 중기의 문신이며 문장가이다. 벼
슬은 예조판서·우의정·좌의정 등을 역임했다. 왜란과 호란이 이어지던 병란의 시기에
뛰어난 문장력과 능통한 중국어 실력으로 외교적 역할을 담당했다. 특히 정응태(丁應泰)
의 무고 사건을 해결하는 데 결정적인 공헌을 한 〈무술변무주(戊戌辨誣奏)〉는 유명하다.
전형적인 관각문학(館閣文學)의 대가라고 할 수 있다. 문집에 『월사집(月沙集)』이 있다.

163 상촌(象村) 신흠(申欽) : 조선 중기의 문신이다. 자는 경숙(敬叔), 호는 현헌(玄軒)·상촌·현
옹(玄翁)·방옹(放翁)이고, 시호는 문정(文貞)이다. 벼슬은 이조판서·대제학·우의정·좌
의정을 두루 거쳐 영의정으로 죽었다. 선조의 총애를 받아, 장남 신익성(申翊聖)이 정숙
옹주(貞淑翁主)의 부마로 간택되기도 했다. 뛰어난 문장으로 외교문서의 제작을 담당했
고, 각종 의례문서의 제작에 참여하는 등 관각 문인 본연의 역할을 다했다고 평가된다.
저서에 『상촌집(象村集)』, 『야언(野言)』 등이 있다.

164 청음(淸陰) 김 모공(金某公) : 김상헌(金尙憲)이다. 홍길주와 인척 관계가 있으므로 이름을
직접 거론하는 것을 피해 '아무개 공[某公]'이라고 했다. 조선 중기의 문신으로, 자는 숙도
(叔度), 호는 청음·석실산인(石室山人) 등이고, 시호는 문정(文正)이다. 대사헌·대사성·대
제학·육조의 판서를 두루 역임하고 좌의정으로 치사했다. 병자호란 때 끝까지 주전론
(主戰論)을 주장했고, 청이 요구한 출병에 반대하는 상소를 올렸다가 청에 압송되어 6년
동안 억류되기도 했다. 효종이 즉위하자 북벌의 이념적 상징으로 대로(大老)라고 불렸
다. 저서에 『청음집(淸陰集)』 등이 있다.

165 계곡(谿谷) 장유(張維) : 조선 중기의 문신이며 문장가이다. 자는 지국(持國), 호는 계곡·
묵소(默所), 시호는 문충(文忠)이다. 김장생(金長生)의 문인으로, 대사간·대사성·대사헌·
예조판서·이조판서 등을 역임하였다. 그의 사상엔 양명학적인 요소가 많아 비판받기
도 했으나 송시열(宋時烈)은 그가 문장이 뛰어나고 의리가 정자(程子)와 주자를 위주로
했으므로 비교할 만한 이가 없다고 옹호했다. 천문·지리·의술·병서 등 다방면에 걸쳐
박학했고, 서화에도 뛰어났다. 무엇보다 문장에 뛰어나고 개성적인 문학세계를 이루었
다. 저서에 『계곡만필(谿谷漫筆)』, 『계곡집(谿谷集)』, 『음부경주해(陰符經注解)』 등이 있다.

166 택당(澤堂) 이식(李植) : 조선 중기의 문신이다. 자는 여고(汝固), 호는 택당·남궁외사(南宮
外史)·택구거사(澤癯居士)이고, 시호는 문정(文靖)이다. 벼슬은 부침이 많았으나 대사간·
대사성·대사헌·형조판서·이조판서·예조판서 등을 역임했다. 호란 때 척화론자로 김
상헌과 함께 심양(瀋陽)으로 잡혀갔다 돌아오기도 했다. 무엇보다 문장이 뛰어나, 그의
문장은 정통 고문으로 높이 평가받는다. 시에서는 고체에 뛰어나다는 평가를 받았는데
오언율시가 특히 뛰어났다. 저서에 『택당집』, 『초학자훈증집(初學字訓增輯)』, 『두시비해

공의 글 몇 편, 우의정 미수眉叟 허목許穆[167]의 글 몇 편, 우의정 식암息庵 김석주金錫胄[168] 공의 글 몇 편, 대제학 농암農巖 김 모공金某公[169]의 글 몇 편, 대제학 강한江漢 황경원黃景源[170] 공의 글 몇 편을 합해서 『대동문준大 東文雋』이라고 이름을 붙였다.

(杜詩批解)』 등이 있다.

167 미수(眉叟) 허목(許穆) : 조선 중기 학자 겸 문신이다. 자는 화보(和甫), 호는 미수, 시호는 문정(文正)이다. 산림(山林) 출신으로, 성균관제조와 이조판서를 거쳐 우의정에 올랐다. 남인(南人) 특히 청남(淸南)의 영수로, 기해예송(己亥禮訟)과 갑인예송(甲寅禮訟) 때 서인 들에 맞서는 복상(服喪)을 주장하며 남인들을 이끌었다. 경신환국(庚申換局)으로 남인이 실각할 때 관직을 삭탈당했다. 사서(四書)를 중심으로 한 주희(朱熹)의 학술보다 오경(五 經) 속에 담긴 원시 유학의 세계에 깊은 관심을 보였다. 이것은 진한(秦漢) 이전의 문물에 대한 탐구로 이어져, 문학적으로는 의고문(擬古文)을 추구하고 서체로는 '미전(眉篆)'이 라 불리는 독특한 서체를 이루었다. 저서에 『기언(記言)』, 『동사(東事)』, 『경례유찬(經禮類 纂)』, 『방국왕조례(邦國王朝禮)』, 『정체전중설(正體傳重說)』, 『척주지(陟州誌)』 등이 있다. ○ 홍길주는 허목에게만 '공(公)'이라는 존칭을 생략하고 있다.

168 식암(息庵) 김석주(金錫胄) : 조선 후기의 문신이자 문장가이다. 자는 사백(斯百)이고 호는 식암이며, 시호는 문충(文忠)이다. 이조판서·대제학을 거쳐 우의정에 이르렀다. 경신대 출척(庚申大黜陟)을 일으켜 남인(南人)을 숙청하고 그 공로로 청성부원군(淸城府院君)에 봉해졌다. 시문으로 이름이 높았고, 글씨는 초서를 잘 썼다. 저서로 『식암집(息庵集)』, 『해 동사부(海東辭賦)』가 있다.

169 농암(農巖) 김 모공(金某公) : 김창협(金昌協)이다. 직접 이름을 부르는 것을 피하기 위해 '아무개 공[某公]'이라고 했다. 조선 후기의 문신이자 문인이다. 자는 중화(仲和), 호는 농 암(農巖)이다. 김상헌(金尙憲)의 증손자이며, 아버지 김수항(金壽恒)과 형 김창집(金昌集) 이 모두 영의정을 지낸 명문 출신이다. 육창(六昌)으로 불리는 여섯 형제 중에서 특히 김 창협의 문장과 김창흡(金昌翕)의 시가 당대에 명망이 높았다. 기사환국에서 김수항이 사 사되자 이후 은거하고 학문에 전념하였다. 김창협의 학문 세계는 이황과 이이의 설을 절충한 것으로 평가된다. 문장은 전아하고 순정한 문체를 추구한 고문가(古文家)로, 구 양수(歐陽修)의 정수를 얻었다고 평가된다. 저서로는 『농암집(農巖集)』, 『주자대전차의 문목(朱子大全箚疑問目)』, 『논어상설(論語詳說)』 등이 있다.

170 강한(江漢) 황경원(黃景源) : 조선 후기의 문신이다. 자는 대경(大卿), 호는 강한(江漢), 시호 는 문경(文景)이다. 이재(李縡)의 문인이다. 이조참판·대제학·형조판서·공조판서 등을 역임하였다. 예학(禮學)에 정통하고, 고문 작가로 이름을 날려 양한의 문장[兩漢文章]이 라고 칭송되었다. 오원(吳瑗)·이천보(李天輔)·남유용(南有容) 등과 함께 관각사대가(館閣 四大家)로 병칭되었다. 망한 명(明)에 대한 의리를 강조해서 『명사(明史)』에서 빠진 남명 (南明)의 역사를 찬술해 『남명서(南明書)』를 저술했고, 명에 대해 절의를 지킨 조선 인물 들의 전기인 『명조배신전(明朝陪臣考)』을 저술했다. 문집으로 『강한집(江漢集)』이 있다.

아! 여기서 우리나라 문장의 융성함을 볼 수 있다.

한漢·당唐 이래 부귀하고 높은 지위에 올랐던 자들이라고 반드시 문장을 잘한 것은 아니었다. 웅장한 언어, 아름다운 문장은 초가집의 가난한 선비들에게서 많이 나왔다. 이에 "글은 사람을 가난하게 만든다."라는 말이 나오고, 불우한 선비들은 종종 [시행이 없는] 빈말空言을 빌려 후세에 이름을 남겼다. 우리나라는 그렇지 않다. 4백여 년을 거치는 사이에 열두 사람을 얻었는데, 재상의 자리에 있었던 사람이 두 명이고, 문형文衡[171]을 잡았던 사람이 세 명이고, 재상이면서 문형을 겸했던 사람이 여섯 명이다. 나머지 한 명도 한미한 출신이기는 하지만 조정에서 환하게 현양되었던 사람이다. 아! 여기서 또한 우리나라에 인재가 많음을 볼 수 있다.

혹시 초가집의 궁한 선비가 그 빛이 묻혀 드러나지 못한 일이 있다면, 내가 듣지 못했을 뿐이다. 내게 알려 주는 사람이 있으면, 당연히 한 권을 할애해 놓고 기다릴 것이다.

○○○ 〈동문십이가 소제東文十二家小題〉

목은牧隱은 긍상絙桑의 거문고가 잘 들리지 않고 나직한 것 같다.[172] 다

---

171 문형(文衡) : 조선시대 홍문관 대제학의 별칭이다. '문형'이란 말 자체는 문장의 고하를 판정하여 사람을 선발하는 일을 말한다. 문장을 평론하는 것이 마치 저울로 물건의 경중을 재는 것과 같으므로 그렇게 일컫는다. 그 문형을 쥐고 있는 것이 대제학이다.

172 긍상(絙桑)의 거문고 …… 것 같다 : 범속을 뛰어넘는 원초적인 위대한 소리라는 뜻이다. ○긍상은 복희씨가 만들었다고 하는 36현 큰 거문고의 재료이다. "복희씨가 잠상으로 명주를 만들고, 긍상으로 36현 큰 거문고를 만들었다(太昊伏羲氏, 化蠶桑爲繐帛, 絙桑爲三十六瑟)." 『잠상췌(蠶桑萃)』. ○'잘 들리지 않고'의 원문은 '희음(希音)'이다. 희음은 원초적인 소리로, 보통 사람은 귀로 듣지 못하는 심오한 의미가 담겨 있는 위대한 소리이다. 『도덕경(道德經)』의 "지극히 큰 소리는 잘 들리지 않는다(大音希聲)."에서 유래하였다. ○'나지막한'의 원문은 '소월(疏越)'이다. '소월'이란 비파의 밑에 구멍을 내서 낮은 소리가

만 성조가 너무 늘어져서 사람을 감동시키지는 못한다.

간이簡易는 백 아름드리의 나무로 천 칸짜리 집을 짓는데, 용마루와 문미, 들보와 서까래를 다듬지도 않고 단청도 하지 않은 것과 같다.

백사白沙는 녹이마騄駬馬[173]가 하루에 천 리를 달리니, 굴레와 고삐는 있어도 사용할 틈이 없는 것과 같다.

월사月沙는 시정의 폐단을 바로잡는 재상이 큰 띠를 늘이고 홀을 든 채 조정에 서서, 재물과 곡식, 군사와 수레에 대해 피로한 기색도 없이 응대하지만, 우虞의 음악韶과 은殷의 수레輅에 대해선 생각할 겨를이 없는 것과 같다.

상촌象村은 바위를 깎아 산을 만들고 진기한 풀을 심어 놓으니, 찬란해서 완상할 만하지 않은 것은 아니지만, 천지자연이 만든 것은 아닌 것과 같다.

청음淸陰은 종묘의 보簠·궤簋·호瑚·연璉[174]이 혹은 옛 척도에 맞고 혹은 지금 제도를 사용하기도 하며, 순박하기도 하고 [화려하게] 조각하기도 했지만, 줄을 맞춰 진열하면 모두 기장을 담아 상제께 제사를 지낼 수 있는 것과 같다.

계곡谿谷은 양자강이 드넓어서 만 이랑의 물결이 내달리지만, 파도는 멀리까지 평평해서 여량呂梁이나 삼협三峽[175] 같은 변화는 없는 것과 같다.

나게 하는 것이다. 『예기』「악기(樂記)」에 "〈청묘〉를 연주하는 큰 거문고는 마전한 붉은 실에 밑구멍을 뚫었다(淸廟之瑟, 朱絃而疏越)."고 했다.

173 녹이마(騄駬馬) : '녹이(騄駬)'는 본래 '녹이(綠耳)'로, 귀가 푸른 천리마이다. 주 목왕(周穆王)의 팔준마(八駿馬) 중 하나이다.

174 보(簠)·궤(簋)·호(瑚)·연(璉) : 종묘에서 쓰이는 제기의 이름들이다. 보는 기장이나 쌀을 담는, 안은 둥글고 바깥은 네모난 제기이고, 궤는 기장이나 쌀을 담는, 안이 네모나고 바깥은 둥근 제기이다. 또 종묘에서 서직(黍稷)을 담는 제기의 한 종류로 옥으로 장식한 것이 있는데, 하(夏)에서는 호(瑚)라고 했고, 은(殷)에서는 연(璉)이라 했다.

175 여량(呂梁)이나 삼협(三峽) : 여량은 중국 사수(泗水)에 있는 여울로, 물살이 급하고 험하기로 이름난 곳이다. 『장자』「달생(達生)」에서 "공자가 여량을 구경하였는데, 폭포가 30

530

택당澤堂은 시골집 밥맛이 인정스럽지만, 시고 짜서 입맛을 자극하는 특별함은 부족한 것과 같다.

미수眉叟는 찌그러진 솥鼎과 깨진 그릇敦[176]을 은殷·주周의 옛 그릇이라고 강변하면, 신기한 것을 좋아하는 어리석은 자들이 종종 속는 것과 같다.

식암息庵은 부장副將으로 졸개를 거느리면 행군의 대오가 흐트러지지 않지만, 원수元帥를 대신해 육군六軍의 전권을 쥐면[177] 능력이 책임을 감당하지 못하는 것과 같다.

농암農巖은 자유子游·자하子夏 여러 분들이 [공자를] 행단에 모시고 늘어서서 시를 이야기하고 예를 논할 때는 강직하면서도 온화하지만,[178] 삼군三軍[179]을 거느리는 용맹은 자로子路에게 뒤지는 것과 같다.

강한江漢은 태평성대의 재상이 예복黻冕을 차려입고 옥을 차고 붉은 신을 신고서[180] 나아가고 물러나고 읍하고 사양하니, 의젓해서 사람들

길 높이였고 거센 물결의 물거품이 40리나 퍼지니 자라와 악어, 물고기와 거북도 헤엄치지 못하는 곳이었다(孔子觀於呂梁, 縣水三十仞, 流沫四十里, 黿鼉魚鱉之所不能游也)."라고 했다. 삼협은 양자강(揚子江) 상류의 험난하기로 유명한 세 협곡으로, 구당협(瞿塘峽)·무협(巫峽)·서릉협(西陵峽)이다.

176 찌그러진 솥[鼎]과 깨진 그릇[敦] : '정(鼎)'과 '돈(敦)'은 둘 다 고대의 종묘 제기이다. 정은 제례용(祭禮用) 솥으로, 세 개 혹은 네 개의 다리가 있고 양쪽으로 손잡이 귀가 달린 모습이다. '돈(敦)'은 기장을 담던 청동 항아리이다. ○ 찌그러지고 깨졌다는 것은 발굴된 골동품으로의 고대 제기를 가리키는 표현이다. 허목의 의고체(擬古體) 문장을 가짜 골동품에 빗대고 있다.

177 육군(六軍)의 전권을 쥐면 : 원문의 '육사(六師)'는 '육군(六軍)'과 같은 말로, 천자가 거느리는 군대를 말한다. 원문의 '융통(戎統)'은 군권을 의미한다.

178 강직하면서도 온화하지만 : 『논어』 「향당(鄕黨)」편에 나오는 표현을 가져왔다. "조정에서 하대부들과 말씀하실 때는 강직하셨고, 상대부들과 말씀하실 때는 온화하셨다(朝, 與下大夫言, 侃侃如也, 與上大夫言, 誾誾如也)." 『설문해자(說文解字)』에 따르면 "간간(侃侃)은 강직한 것이고 은은(誾誾)은 화목하고 즐겁게 간쟁하는 것이다(侃侃, 剛直也. 誾誾, 和悅而諍也)."라고 한다.

179 삼군(三軍) : 중군(中軍)·우군(右軍)·좌군(左軍)을 합해 가리키는 말이다. 곧 전군(全軍)이다.

180 예복[黻冕]을 차려입고 …… 신을 신고서 : 원문은 '불면형석(黻冕珩舃)'이다. 제왕이나 고

이 바라보고 존경하지만, 재정錢穀과 재판에 대해 물으면 망연자실 대답하지 못하는 것과 같다.

○『항해일서沆瀣一書』. 문학文詞과 여러 가지 편찬 및 저술을 모두 모았다.

7.

운수루雲水樓【갑10】에 소장된 책 중에『운수루초사雲水樓草史』몇 권이 있다. 책이 완성되지 않았으므로, 베껴 두고 인쇄는 하지 않았다.

○○○〈『운수루초사』서문雲水樓草史序〉

역사 서술에는 세 가지 [서술 방식이] 있다. 하나는 역대의 총사總史로,『통감강목通鑑綱目』같은 것이다. 하나는 단대사로, 순열荀悅의『한기漢紀』,[181] 범조우范祖禹의『당감唐鑑』[182]이 그런 것이다. 하나는 자기 시대의 역사

급 관리가 정식의 예복을 갖춰 입은 모습이다. 불(韍)은 무릎을 덮는 가리개이고, 면(冕)은 머리에 쓰는 관인데, 모두 조정이나 종묘에서 착용하는 예복이다. 형(珩)은 패옥의 윗부분에 넣은 옥으로 작은 경쇠 모양이다. 적석(赤舃)은 고대에 천자나 제후 또는 높은 벼슬아치가 신던 붉은 가죽신이다.

181 순열(荀悅)의『한기(漢紀)』: 순열은 동한 말의 문신이자 학자로, 자는 중예(仲豫)이다. 조조(曹操)의 부름을 받고 황문시랑(黃門侍郎)이 되어 헌제(獻帝)에게 강의를 했다. 조조가 전횡하자 인의(仁義)를 바탕으로 시폐를 구제하는 정책을 논한『신감(申鑒)』을 저술했다. 헌제가 기전체인 반고의『한서』를 편년체인『춘추』의 체제로 고쳐 짓도록 요구하자, 한(漢)의 단대사(斷代史)인 편년체『한기』를 편찬했다. "문장은 간략하지만 일은 상세하고 논변이 대개 적중했다(詞約事詳, 論辨多美)."는 평을 들었다.

182 범조우(范祖禹)의『당감(唐鑑)』: 범조우는 송의 학자로, 자는 순부(淳夫)·몽득(夢得), 시호는 정헌(正獻)이다. 정호(程顥)·정이(程頤)를 스승으로 모셨고, 사마광(司馬光)을 추종했다. 역사에 해박해 사마광이『자치통감(資治通鑑)』을 편찬할 때 편수관(編修官)으로 '당사(唐史)'를 분장했다. 여기서 얻은 것을 가지고 따로『당감』을 편찬했다. 고조(高祖)부터

로, 노魯의 『춘추春秋』나 진晉의 『승乘』 같은 것이다. [역사 기술의] 체제도 세 가지가 있다. 한 가지는 『춘추』같이 연대를 따라 일을 서술하는 것이다. 다른 한 가지는 『상서尙書』같이 한 가지 일이 한 편이 되도록 하는 것이다. 또 다른 한 가지는 『사기史記』나 『한서漢書』같이 사람 한 명이 한 편의 전傳이 되도록 하는 것이다.

항해자가 초고를 쓰고 있는 역사는 어느 시대인지 알 수 없고, 어떤 체제인지도 알 수 없다. 항해자가 장서를 몇만 권 소장했고 새로 편찬한 책이 몇천 권인데, 모두 여러 문사와 함께 했다. [그러나] 이 역사의 초고를 쓸 때만은 좌우를 물리고 붓과 벼루를 가지고 운수루에 올라가 구름과 노을, 안개와 이내, 물과 달과 더불어 토론하고 연구한다. 자제라 할지라도 접근을 허용치 않는다. 열흘 만에 돌아올 땐 직접 그 빗장을 단단히 잠근다. 자물쇠를 보면 마치 여러 해 동안 여닫지 않은 것처럼, 쇠엔 이끼가 깔깔하게 수를 놓았다. 자물쇠에는 구멍도 없어서 항해자의 손만이 [그것을] 열 수 있다. 해마다 한두 차례씩 이렇게 하나, 저술해 놓은 것이 몇 권이나 되는지는 알 수 없다.

어떤 이는 "이것은 당대의 역사이다. 그러니 남에게 보일 수 없다."라고 한다. 어떤 이는 "이것은 잃어버린 상고시대의 일로서, 거북 껍질에 쓰인 주문籀文이고, 순비循蜚[183]의 지志이고, 고어기槀飫紀·골작기汨作紀[184]

소선제(昭宣帝)까지 큰 줄기[大綱]를 뽑고, 뒤에 논단(論斷)을 붙이는 방식을 사용했다. 모두 12권이다.

183 순비(循蜚) : 십기(十紀)의 하나이다. 까마득한 태곳적을 의미한다. '십기'는 인황씨부터 노 애공(魯哀公) 14년까지의 276만 년을 10기로 나눈 것이다. 구두(九頭)·오룡(五龍)·섭제(攝提)·합락(合雒)·연통(連通)·서명(序命)·순비(循蜚)·인제(因提)·선통(禪通)·소흘(疏訖)이다. 『광아(廣雅)』〈석천(釋天)〉.

184 고어기(槀飫紀)·골작기(汨作紀) : 『상서』 일서(逸書)의 편명이다. 순(舜)이 지었다고 한다. "순이 하토를 다스리셔서 바야흐로 관직을 설치하여 그 지방에 거하게 하시고, 족속을 구별하고 종류를 분별하셨다. 「골작」, 「구공」 9편, 「고어」를 지으셨다(帝釐下土, 方設居方, 別生分類, 作「汨作」·「九共」九篇·「槀飫」)." 『상서』 「순전(舜典)」.

의 경전이다. 그러니 함부로 남에게 보일 수 없다."라고 한다. 어떤 이는 "이것은 후세 일을 미리 점쳐서 기록한 것이니, 첫 번째 반고盤古의 성안 成案[185] 같은 것이다. 이것을 어찌 누설하겠는가?"라고도 한다. 이런 말들은 다 맞지 않는 말이기도 하고, 맞지 않는 말이 아니기도 하다.

세상의 책들은 모두 저술이 끝나 책이 되는 날이 있다. [그러나] 이 책만은 끝나지 않는다. 항해자의 시절엔 한 사람도 참여할 사람이 없고, 한 사람도 그 자물쇠를 열어 볼 사람이 없을 것이다. 항해자의 뒤에야 비로소 어떤 한 사람이 그 자물쇠를 열고 뒤이어 지을 수 있을 것이다. 이사람 다음에 다시 또 한 사람이 나타나리니, [이렇게] 계속 이어져 끊이지 않을 것이다. 어떤 이는 "술회戌會의 끝에[186] 인민人民이 다하면, 이 책도 끝날 것이다. [그러나] 이 책이 끝나더라도 다시 누가 차례를 짜서 부部와 질帙로 만들고, 인쇄하고 장정을 할 것인가? 또 누가 그것을 세상에 유포하고 읽고 연구하겠는가?"라고 한다. 아! 술회의 끝까지 기다리지 않아도 이 책을 꺼내서 읽어 줄 자가 반드시 있을 것이다. 서문을 숨기지 않는 것은 신령한 용이 비늘 하나를 내보이는 것과 같은 일이다.

---

185 첫 번째 반고(盤古)의 성안(成案) : 반고는 천지가 개벽하던 처음에 이 세상을 다스렸다고 하는 신화적 제왕이다. ○『자불어(子不語)』〈1차 반고의 성안을 봉행하다(奉行初次盤古成案)〉에서 내용을 확인할 수 있다. 절강 사람 방문목(方文木)이 바다 밖의 비건국왕(毗騫國王)을 만나 들었다는, 정해진 운명에 따라 세상이 운행하는 이유에 대한 설명 중에 나온다. 즉 세상은 12만 년마다 개벽을 반복하는데, 그때마다 반고가 등장해서 세상의 첫 황제가 되고, 첫 번째 반고가 만들어 둔 계획[成案]대로 모든 것이 한 치의 착오도 없이 12만 년마다 반복된다는 내용이다.

186 술회(戌會)의 끝에 : 천지의 종말을 가리킨다. 『황극경세서(皇極經世書)』에 따르면, 천지가 한번 개벽하여 종말이 오기까지는 12만 9,600년인데 이를 1원(元)이라 한다. 이 1원은 다시 12지지(地支)에 따라 10,800년씩 12회(會)로 나뉘는데, 자회(子會)·축회(丑會)에 천지가 열리고, 인회(寅會)에 사람이 지구상에 생겨나 문명사회를 이루었다가, 술회(戌會)가 되면 태양과 달이 없어지고 하늘이 캄캄하여져 종말이 된다고 하였다.

8.

여러 곳의 장서들은 한 해에 한 번 햇볕에 내다 말린다. 책을 말리는 날엔 술과 음식을 잘 차려 진체관【갑8】 문사와 여러 빈객, 이예들까지 모아 잔치를 한다. 그리고 여러 문사에게 흩어져 있는 책들을 마음껏 보게 허락한다.

○ 예전에 〈해서海書〉 한 편을 지었다. 원래 이 집의 장서를 위해 지은 것은 아니지만, 그 말 밖의 뜻이 실로 이 집의 장서를 설명하는 부분이 있다. 지금 아래에 덧붙여 보인다.

○○○ 〈해서海書〉[187]

동해 가운데 신선들의 비서부秘書府[188]가 있는데, 고금의 서적을 소장하고 있다. 다섯 등급으로 구분했다. 제일 상등의 것은 붉은 비단에 쓰고 오색 무늬 비단으로 장정을 했는데 책갑엔 옥을 조각하고 산호로 책갈피를 했다. 그다음 것은 자주색 비단에 써서 황금색 구름무늬 비단으로 장정을 하고, 붉은 옥으로 책갑을 만들고 마노로 책갈피를 만들었다. 또 그다음 것은 흰색 비단에 써서 자줏빛 노을 무늬 비단으로 장정을 하고 백옥으로 책갑을 만들고 차거車渠[189]로 책갈피를 만들었다. 또 그다음 것은 얇은 비단에 써서 진홍빛 비단으로 장정을 하고 유리로 책갑을 만들고 낭간琅玕[190]으로 책갈피를 만들었다. 가장 아래 것은 견지繭紙에 쓰고 비취색 비단으로 장정을 하고 무늬 조개로 책갑을 만들고 상아로 책갈피를 만들었다. 깊숙한 서가에 [꽂아] 단단히 잠궈 두고, 담당 관리郎吏

---

187 『표롱을첨 상(縹礱乙襜上)』 권1, 「잡문기 1(雜文紀 一)」에도 실려 있다.
188 비서부(秘書府) : 궁중의 문서와 서적을 보관·관리하는 관청을 가리킨다.
189 차거(車渠) : 서역(西域)에서 나는 옥돌이다.
190 낭간(琅玕) : 옥의 한 종류로, 어두운 녹색 혹은 청백색을 띠는 반투명한 보석이다.

가 관리한다. 남들은 올 수 없고, 오더라도 감히 함부로 열람하지 못한
다. 어떤 사람이 몰래 들어가, 겨우 최하에 [속하는] 책 한 권을 꺼내 보았
다. [거기에는] 왕발王勃·이백李白·한유韓愈의 작품이 있었다. [그러나] 미처
살펴보기도 전에 쫓겨났다.

　　바닷가 사는 어떤 사람이 책을 담당하는 하급 관리와 친하게 지냈다.
평소 여러 차례 간곡히 부탁했다. 관리가 틈을 엿보아 함께 들어가서 한
권을 뽑아 보여 주었다. 펼쳤으나 모두 제목만 있고 내용은 없었다. 그
사람이 이상해서 물어보니, 관리는 "뒷날 써 넣을 사람이 반드시 나올
걸세."라고 했다. 그 바탕을 보니 붉은색 비단이었다. 접어서 그 표지를
보려는데, 관리가 급히 빼앗아 감추고는 가라고 손을 저으며 말했다.
"담당관께서 오시니, 지체하지 말게." 그 사람이 나와서 사람들에게 [그
이야기를] 했지만, 제목만은 말하려 하지 않았다.

第七觀 丁. 五車念 下

六.

『記里經』

○○○〈『記里經』序〉

自京師至于瑞興, 三百有四十里. 其爲邑居者八, 爲城郭者四. 爲險阨者一, 岨而爲峴者二十有四, 廓而爲坪者三. 水之大而舟焉者一, 其小而橋若揭焉者十有五. 店而舘旅者三十有一, 遞而代馭者十有三.

此吾兄『記里經』之所載也. 其爲書, 以經而紀其大, 以目[1]而道其詳. 國家之典制於是焉稽, 生民之休戚於是焉諮, 山川道塗之夷險遠邇於是焉考. 吾兄之於斯, 蓋其所取也弘矣. 余顧懵陋, 不足以盡知之, 請以所知之文言之. 可乎?

吾兄之文, 謹嚴有制度. 結構井井, 若甍楹廊序之殖殖焉不失位置. 蓋取諸邑居. 吾兄之文, 積累功力, 屹然而彌尊. 中堅外厚, 禦之而不可犯. 蓋取諸城郭. 世之爲文者, 刻意以慕高, 借字以求奧. 吾兄獲於天造, 不容人爲. 而嶄巖峻兀, 仰而莫可攀. 蓋取諸險阨. 世之爲文者, 不習乎卑近, 而遽趍高遠. 吾兄循序漸進, 莫知所自離, 而歸然立乎秦漢之上. 蓋取諸峴. 世之爲文者, 平者易委, 闊者無當. 吾兄紆衍而厚, 坦廣而腴, 用

---

1 目:『숙수념』의 각 본에는 모두 '目'으로 되어 있지만, 『현수갑고(峴首甲藁)』엔 '傳'으로 되어 있다.

無不宜, 若五穀之熟焉. 盖取諸坪. 灝汗奔流, 一日而千言, 盖取諸水之
大者. 演迆縈曲, 若往而復, 盖取諸其小者. 大之爲豐碑顯册, 小之爲隻
句短章, 隨扣而答應之如素具. 盖取諸店. 百家衆歧, 不專乎一, 昕經旴
史, 迭出而不疲. 盖取諸遞. 此吾兄之文之大略也.

文章之道, 猶適遠者然. 夫自學語識字以往, 行幾里而至于受書辨句
讀. 又幾里而至于屬辭, 又幾里而能倣古人之爲. 又幾里而迺卓然成一
家言. 其爲行亦遠矣. 然是書之終曰: "吾行未嘗止於是也. 盖自瑞興西
北至于鴨江界, 又千有餘里也." 自一家言推而至於六經, 又不知幾里也.
此吾所以有待乎吾兄者也. 謹再拜爲之序.

○『洪氏讀書錄』

○○○〈『洪氏讀書錄』序〉【淵泉先生作】

書籍之爲用於學者, 尙矣. 矜繁富者, 往而不返, 安簡陋者, 得少而自
足. 是二者皆過也. 孔子曰: "博學於文", 又曰: "多聞擇其善者而從之, 多
見而識之."

古之學者, 未有不博其聞見而能爲通儒君子者也. 然三代六藝之書,
不過數萬言. 遊庠序者, 耕且讀, 三年而通一藝, 三十而五經立. 有能讀
三墳五典八索九邱者, 已號爲博矣. 漢氏之盛, 劉向·班固所校書, 凡萬
三千二百六十九卷. 古人以編竹爲卷, 或十餘卷而當今一卷. 實不過數
千卷耳. 當是之時, 雖欲盡窮天下之書, 亦不足以言勞矣.

暨世降而文彌勝, 爲學者浸離其本. 而以空言相夸競, 竹素之傳, 日以
滋多. 讀者雖白首, 不能及其什一. 務博者, 往往窮日夜弊精神, 唯記誦
之爲務. 是以, 讀書愈多而心愈放, 聞識益廣而德業益荒. 嗚呼! 吾夫子
所謂博學而多聞者, 豈謂是歟!

538

余生六歲而知讀書, 今三十餘年矣. 盖嘗有志於博學多聞之事, 而不得其要. 凡諸子百氏術數之書, 以及乎稗官雜記謠誕鬼瑣不經之談, 亦時時氾濫出入. 而稽古之典・經世之務, 顧反有不暇及者. 中道而悟, 始稍循約. 嘅聽明之不逮, 感年時之難追, 每端居撫卷, 未嘗不憮然而有餘悔焉.

吾弟憲仲, 亦有志於學, 於經史諸書, 頗涉其崖略. 爲文章滔滔不窮, 苟勉焉不怠, 其所就盖未可量也. 然憲仲才高而敏, 得之甚易. 吾懼其自足而止也. 又懼其如余之氾濫而不得其要也. 於是, 取凡余之所嘗讀而有得, 與夫所願讀而未及者, 列其目識其槪而告之, 曰:

天下之書可觀者, 亦多矣. 爾其勉之哉! 昔漢世祖披輿地圖而嘆曰: "天下郡國如是, 今纔得其一耳." 今憲仲閱是錄也, 反求其所嘗讀得, 亦無茫然而自失歟? 然世祖旣撫中國, 閉玉門絶西域而不通. 知荒外之不足以弊民也. 凡書之不登於是錄者, 亦玉門西域也. 憲仲其志之哉.

時庚午仲春, 書于養生坊南第.

○『擬古詩集』

○○○ 〈『擬古詩』序〉【淵泉先生作】[2]

擬古詩若干篇, 上自虞廷下訖于唐宋, 總而彙之, 凡一卷.

或曰: "噫, 不已過歟? 虞廷之與唐宋, 甚相遠也. 唐宋之與今日, 又甚相遠也. 子乃以今世之人, 而爲唐宋之文, 又自唐宋之文, 而推以及乎虞廷. 是結繩於七雄之世, 干羽於五季之後也. 嘻, 不已過歟?"

---

2 【淵泉先生作】: 연세대본, 동양문고본, 버클리본에는 모두 '淵泉先生作'이 있고, 규장각본엔 '淵泉先生作'이 없다.

洪子曰: "不然. 詩者出乎天者也. 絪縕蕩軋, 風雨時行, 浚其精華, 流爲品物, 天之機也. 有觸其中, 惻羞以類, 不思不度, 藹然其眞, 天機之動乎人也. 故由混元以迄于今, 六萬八千九百餘歲, 而春秋冬夏四時之序, 未嘗忒也. 由開物以迄于今, 四萬七千三百餘歲, 而仁義禮智之端·喜怒哀樂之發, 亦未嘗殊也.

奚但是而已哉? 雖前乎此億千萬歲, 後乎此億千萬歲, 亦惟如是而已矣. 夫其變者, 人也, 其未嘗變者, 天也. 詩者, 出乎天者也. 故曰: 詩未嘗有古今之變也. 然則今日之村謳巷謠, 皆可以續「國風」之後. 而況於其他乎? 惟其組織以爲華, 斲削以爲工, 以人而滅其天者, 則不與焉爾.

子曰: '生乎今之世, 反古之道, 未有不栽及其身者也.' 此爲禮樂刑政言也. 夫禮樂刑政, 專之有禁, 反之有栽. 旣不可得而古矣. 其專之無禁, 反之無栽者, 惟文詞爲然. 今[3]又阻而抑之, 俾不得古焉, 則將使人於何而見古昔之彷佛哉? 嗟乎, 悲夫! 何今人之不幸也?

雖然, 詩也者, 各言其志者也, 固無事乎擬焉. 獨嘗論之. 沖天之翮, 非一毛之力也, 凌雲之廈, 非一木之任也. 天地生物, 而毒草得以攻疾, 聖人御世, 而瞽矇得以司音. 竊獨恨當世之人執一以遺千, 主此而奴彼, 囂囂焉長短得失之爭也. 是作也, 雖高下異體, 雅俗殊塗, 而曲暢兼收, 混然歸一. 其將以兼通天下之志, 而各盡天下之能也, 豈徒然哉?"

爲擬古詩者, 多矣. 或用其題, 或代其人, 是託也而非擬也. 或專用其意, 或時勦其語, 是竊也而非擬也. 託近乎僞, 竊近乎鄙, 君子不爲也. 余之擬也, 擬其體而已. 知古今之未始異, 而大朴反. 知異同之未始不通, 而大公恢. 知君子之不屑僞鄙, 而本心之德全. 於是乎, 一詩而三善具焉.

---

3 今:『연천선생문집』엔 '숭'으로 되어 있다.

○『明文選』

○○○ 〈「明文選目錄」序〉[4]

『明文選』二十卷·「目錄」一卷, 淵泉先生之所編也.

其書有五集. 以劉伯溫·宋景濂·方希直·解大紳·楊士奇·李賓之·王伯安·唐應德·王道思·歸熙甫之文, 爲甲集. 甲者, 一代之宗也. 自洪武以後至于景[5]德之初, 爲乙集. 乙者, 東方木德, 生物之極盛也. 自正德嘉靖以來, 李王已下若干家, 爲丙集. 丙者, 天道自東而南, 時之變也. 嘉靖以后之文, 不能以一家名者, 爲丁集. 丁者, 南之終, 萬物之生意窮也. 革命之際, 其身已辱, 而其志不忘乎舊者, 并爲戊集. 戊者, 中也, 於方無屬焉. 是人也, 非明人也, 又不忍屛而夷之. 故曰戊也. 甲集十卷, 乙集三卷, 丙集三卷, 丁集二卷, 戊集二卷者, 詳於盛而略於衰也.

或曰: "先生至於古文, 方將以六經爲甲, 諸子爲乙. 馬·班·韓·歐爲之丙·丁·戊, 馳騁出入, 互與之京. 其眡是選所稱甲乙者, 固將己庚之不齒矣. 何先生之拳拳於是選也?"

是有不然者. 伊呂之功·曾閔之行, 擧天下婦人孩子莫不誦之. 有人焉, 抱尺寸之長, 自委於屠販樵牧之聚, 而莫之顯, 此仁人君子之所惕然而動心也. 夫所謂六經·諸子·馬·班·韓·歐之書, 其善者固已焯焯光耳目, 讀之者口滑而心飫. 至若有明一代之文選者, 少善本. 誂之者黨其尤, 訾之者罪其良. 是選也, 所以厚明人也, 其亦仁人君子之所用心也.

嗚呼! 自己·庚以下, 三轉而至于癸, 十干之位窮焉. 窮則復起于甲. 自明亡以后泛于今, 二百年. 文之弊亦極矣. 吾願先生之無淹乎是, 而復歸

---

4 〈「明文選目錄」序〉: 연세대본엔 제목 '明文選目錄序'가 빠졌다. 나머지 본에는 모두 들어 있는 것으로 보아, 필사 과정에서 누락된 것으로 보인다.

5 景: 『현수갑고(峴首甲藁)』엔 '正'으로 되어 있다.

於六經也.

○○○ 〈「選皇明文小識」〉【淵泉先生作. 諸識幷同.】

三代西漢之文, 至六朝而漓, 振于唐, 再振于北宋. 然視古已漸降. 其下者又無譏矣. 然則曷爲選明文?

於戲! 古之文非皆善也. 唯善者以後, 能至今傳. 近代之文非皆不善也. 善者與不善者, 雜然交糅, 而莫之擇, 則善者固少, 不善者固多. 善者因爲不善者所掩, 而不能自表見. 由北宋以上之文, 今人之所習, 固皆其善者也. 由南宋以汔于元, 今人之習其文者, 又鮮. 唯皇明文盛爲今人所習. 然其所習, 恒多于其不善者, 而寡于其善者. 其靡也, 旣以鉤棘侏離纖詭之辭, 病一世矣. 而懲其弊者, 又擧二百七十年之宏儒鉅公, 而幷棄之. 玆明文所以不可無選也.[6]

皇明之文, 固不若三代·西漢·唐·宋之盛也. 而其作者之衆, 則或過之, 無不及焉. 今頗差次爲五集, 凡爲人若干爲文若干. 選三月而略備, 以書籍之未悉觀也, 繕寫之無其具也, 姑第列其目. 以余之不餙于辭, 不可以弁古人也. 姑識其大意如右, 以畀吾弟憲仲, 序焉.

○○○ 〈選「甲集」小識〉

今之爲文辭者, 大率多尙明文矣. 其甚者, 往往棄韓·柳·歐·蘇, 不道. 而詆訶之者, 又率曰: "明安得有文?" 是二者, 皆未知明文也. 豈惟不知明文哉? 固未嘗知何者爲明文也.

夫李觀·樊宗師·劉蛻·劉煇·宋祁之文, 固皆唐宋也. 今有學李觀·樊

---

6 玆明文所以不可無選也: 『연천선생문집』엔 끝에 '嗚呼'가 더 있다.

宗師·劉蛻·劉煇·宋祁之文, 而曰:"吾學唐·宋文." 又有人從而詆之曰: "唐·宋之文, 不可學." 是尙爲知唐·宋文也哉?

今之尙明文者, 吾無論已. 嚮有適中州者, 至遼瀋之陲, 入其三家店, 炊蜀黍賣[7]醬而食之. 曰:"中國無飮膳." 今之詆訶明文者, 亦奚以異是哉?

余自宋景濂以下, 得十人, 以其傑然爲一時甲也, 故曰「甲集」. 其取宋景濂·唐應德·歸熙甫, 皆古人之餘論也. 其以劉伯溫配景濂而上之, 而尊方希直·王伯安於歸·唐之右, 余竊有取焉爾. 若解大紳之輕俊, 楊士奇·李賓之之平衍, 王道思之支蔓, 於余心未有慊焉. 雖然, 推其所長, 亦可以爲一時之甲矣. 遂緫爲「甲集」十卷.

○○○ 〈選「乙集」小識〉

自我高皇帝掃除夷狄, 而天下之法度風俗, 出于一. 繇是以泛于弘治·景德之間, 天下號爲昇平. 而醇朴未離, 淫巧不興. 一時之士有不能文, 文必皆雍容和雅, 紆餘坦易, 而無艱嶮輕佻之語, 促殺愗憏之音.

豈惟文哉? 亦可以觀時運矣. 夫朝廷之上, 循守法度, 士大夫無奇策異論. 閭里之間, 力本業, 奉政教, 恂恂不敢爲邪. 而無瓌瑋卓絶之行, 可以聳動人者, 此亦可謂治世矣. 於是焉, 厭其平常無奇, 欲有以振之. 而所任者非伊周之佐, 所行者非先王之法也, 則天下之民, 始不勝其多故矣. 余觀明中葉文章之變, 有似乎是者.

自弘治景德以前, 皆編爲乙集三卷.

---

7 賣:『연천선생문집』엔 '買'로 되어 있다.

○○○ 〈選「丙集」小識〉

自北地濟南兩李氏者作, 而文之變不可勝言矣. 然其一二能者之才之力, 亦足以馳騁自喜于一時. 雖不能追配古作者, 亦豈遽出李觀・樊宗師・劉蛻諸人下哉? 李觀・樊宗師・劉蛻之文, 不能以易一世. 而斯一二人者, 顧巍然爲數百年宗師. 此又所以蒙詬無窮也. 今爲之擇其未離者若干篇, 存之. 若夫一時豪傑之士, 毅然自樹, 不受變於俗者, 又不可不亟爲表章也. 合以爲「丙集」三卷.

○○○ 〈選「丁集」小識〉

李夢陽・王世貞之文, 非古也. 然猶有未離者存. 轉而彌降, 有大雅君子所難言者矣. 其或有一言之幾乎善者, 亦不忍盡棄也. 詩云: "采莒采菲, 無以下體." 君子曰: "與人之廣也, 取人之周也." 於是乎有「丁集」. 而嘉靖以後, 文士之不能以一家名者, 咸附焉.

其人是也, 其文非也, 則不敢取. 其人非也, 其文是也, 則或取焉. 選文也, 非選人也. 然或進之或抑之于丙・丁之間者, 有之矣, 則勸戒亦昭矣. 「丁集」凡二卷.

○○○ 〈選「戊集」小識〉

嗚呼, 悲夫! 自永曆以後, 天下不復有明矣. 而草茅孤羈之士, 循餘髮抱故衣, 悲歌而血泣者, 不可以一二數. 吾不忍使其胥而係之于夷狄也. 然而欲進之, 則天下已不復有明矣. 於是乎, 別爲「戊集」二卷. 嗚呼! 讀是書而至于丁・戊二集者, 亦可以慨然于亡國之故矣.

544

○『靜觀十述』

○○○〈『靜觀十述』序〉

道之不能行, 然後見於言. 言之著于文者, 爲書. 是固君子之不得已也. 旣不能行, 言又未果詳, 其爲恨又何如也?

孔子曰: "行夏之時, 乘殷之輅, 服周之冕, 樂則韶舞. 放鄭聲, 遠佞人." 孔子不能行其道于天下. 聊爲是不得已之空言耳. 然是亦論其大略已. 使孔子而得天下以王之, 其禮樂政法可施行者, 豈止此厘厘哉? 竊恨其不克著一部書, 損益乎四代, 橐括乎羣典, 以成一王之法, 若『周禮』之六官 ·『禮記』之「王制」, 而詔天下後世, 曰: "使我得天下, 當以是擧而措之耳." 嗚呼! 其贊『易』· 删『詩』· 述『書』· 作『春秋』, 爲惠於天下後世, 誠腆矣. 然其未及此也, 雖謂孔子無著述, 可也.

『靜觀十述』之爲書, 經之以六經, 緯之以歷代之史. 奧焉而理道之蘊, 昌焉而政治之典, 以及乎邦謨[8]家憲言行文章人物之巨細, 靡不賅焉. 約以懷之, 可以誠身而裁裔, 普以施之, 可以豐國而慈民. 其爲體, 雖汎于博, 其用, 未始不與經禮準.

嗚呼, 其抱道蓄德, 求施于天下, 而未能者之爲歟! 旣求施而未之能矣, 又並與是書而不作焉, 其爲恨又如何也? 是故, 著其義例以先之. 然其書止于義例而已, 則猶孔子之言止于夏時殷輅而已. 嗚呼! 是書之成, 不唯發已之所未施也. 盖將以追孔子不著書之憾也. 嗚呼! 豈徒然哉! 嗚呼! 豈徒然哉!

---

8 謨: 연세대본과 동양문고본엔 '謨'로, 규장각본과 버클리본엔 '謹'으로 되어 있다.

○○○ 〈『靜觀十述』義例〉【淵泉先生作】

一曰「述典」. 凡國之政令, 列聖謨訓, 在焉. 二曰「述範」. 凡家庭舊聞,
先世遺烈, 咸紀焉. 三曰「述獻」. 凡前哲曁近代賢士之言行, 載焉. 四曰
「述經」. 明道窮經之蘊也. 五曰「述史」. 前代得失之林也. 六曰「述藝」.
文章數術之奧也. 七曰「述耳」, 八曰「述目」. 平生聞見叢瑣之事, 無類可
附者也. 九曰「述內」, 十曰「述外」. 自紀其平生更歷之實, 存乎心, 踐乎
躬, 施于家者, 皆內也. 接乎人, 應乎物, 見之乎政事議論者, 皆外也.

○『壯游八志』

○○○ 〈『壯游八志』序〉

古今之書, 皆一書而各爲一部. 一部之移寫梓刻, 廣之爲百千萬部, 而
其文皆同. 惟『壯游八志』之爲書也, 一書而直散爲百千萬部, 而其文皆
不同.

今夫鎔銅爲範, 刻寶玉之狀, 印之以麪屑, 則必寶玉之狀搨于麪矣. 刻
花卉之狀而印之, 則必花卉于麪矣. 刻文字而印之, 則必文字于麪矣. 若
夫一印之而爲寶玉, 再印之而爲花卉, 三印之而爲文字, 至十百千萬印
之而印印異狀者, 唯『壯遊八志』也.

今有東之乎海嶽者, 取是義例而記其游. 其所歷之地·所遇之人·所
更之事·所著之詩文, 合而爲一部. 而其書則『壯游八志』也. 明年有北適
關塞者, 取是義例而記其游. 所歷之地, 非昔之地也, 所遇之人, 非昔之
人也, 所更之事·所著之詩文, 皆不與昔同. 合而爲一部, 而其書則亦『壯
游八志』也. 繼自今, 年年而有游也, 人人而有行也, 山山水水而有遭也.
其所記之書, 將不可以百千萬閱. 而其書則皆『壯游八志』也. 噫嘻! 吾不

知何書之爲『壯游八志』之眞正原本. 又不知此序文之宜弁乎何書也.

嗟乎! 人固有勵扶桑浴蒙汜, 窮天海之所疆界, 極日月之所出入者. 余欲之而未能也. 人固有東浮于海, 西泝于河源, 騁閩滇之陬, 歡嚕喀之荒, 言語之所通, 轍迹之所曁, 徧履而無一遺者. 余欲之而未能也. 人固有闔戶于如斗之室, 閉目翕炤而神超于廣漠, 晨嶠瀛而夕崑崙者. 余欲之而未能也. 是數者皆未之能焉, 則『壯遊八志』之眞正原本, 固不知何世何時可以作也. 序文雖成, 又不知何世何時可以弁于書也.

○○○〈『壯游八志』義例〉【淵泉先生作】

一曰志總. 以月繫年, 以日繫月, 以事繫日. 凡事之大者, 具紀焉.

二曰志程. 其目又有四. 曰塗里, 附以疆界. 曰官府, 附以村市. 曰關嶺, 凡山之屬, 皆見焉. 曰橋渡, 凡水之屬, 皆見焉.

三曰志事. 其目又二. 曰政, 凡屬乎公者也. 曰事, 凡屬乎私者也.

四曰志人. 不立目, 而略以類從. 凡民之利弊與風俗, 亦附焉.

五曰志物. 其目又四. 曰用, 則器械服饌皆在. 曰動, 則羽毛鱗介之屬也. 曰植, 則草木之屬, 而玉石亦從焉. 曰玩, 則凡物之不足爲用者, 皆見焉.

六曰志勝. 其目又三. 曰山水, 曰樓觀, 曰古蹟. 亦有迭相見者.

七曰志瑣. 其目又三. 曰聞, 曰見, 曰思. 凡接乎耳目, 經乎心, 而無類可附者, 皆歸焉.

八曰志言. 其目又三. 曰文, 曰詩, 曰談. 文與詩二者之中, 又分爲三. 一爲古人作, 一爲今人作, 一則己所作也.

○『永嘉三怡集』【有序不錄】

○『象藝薈粹』

○○○ 〈『象藝薈粹』序〉

盖聞,

玄圭疏儀, 瓚鬯尙薦於禜禴,

珠衡放鄭, 礫玉倂登於弦歌,

天之所存,

人豈得廢!

況,

二丕肇剖, 動靜得以相形,

衆品粲生, 彼此不能無對.

雖,

騎龍裳錦, 緩齊瑟而革聽,

罇犠佩琚, 濂越雪而誂觌.

奎垣聚曜光, 紹六經之章,

婁精泣尊丕, 建萬世之法.

然猶,

鸞誥瑤册, 夸對白而抽黃,

雉橄琅函, 鬪剪綺而裂綉,

用之朝廷宗廟,

奉爲關石和匀.

至若

鳳起蛟騰, 千噣莫狀其慌惚,

金鏤[9]玉琢, 萬目齊炫於陸離,

蒼姬聖王, 尙有菖菹之嗜,

---

9 鏤: 규장각본, 동양문고본, 버클리본엔 '鏤'로, 연세대본엔 '縷'로 되어 있다.

紫陽夫子, 不廢蕡芝之嗟.

唯其,

荊璞久捐,

郢曲寡和,

河滿腹而遠舉,

墻及肩而易窺.

所以,

『太平』『英華』, 浩李均於燕許,

完山註釋, 汪劉富於駱王.

靡靡乎虎綉蟲雕,

駸駸焉蚓唫蛙聒.

玉扉鳳柱, 悵流韻之衰低,

桂殿鶴汀, 悼餘芬之歇絶.

矧玆東野之諺,

習乎下里之音,

桂苑覆瓿之編, 尙矣鴻仡,

簫樓抛樑之頌, 厪乎鳳陽,

近世以來,

如水益下,

人塗耳目,

魔入肺肝.

奎璧畢張, 視若魚齒獸角,

盖故規悃, 套成鶴膝蜂腰.

遼豕同形, 或取雋於龍榜,

黔驢出技, 亦馳譽於鶯臺.

海居叔子,

久飫綺紈,

夙耽緗縹.

名殊題塔, 蚤避穀於賺英,

跡阻登瀛, 恣觀艷於縮巧.

于是,

擷[10]藝圃之芳潤,

步文苑之紆迤.

佇覽中區, 吸五雲於宵寐,

眇覿元始, 傾九河於夕談.

遂乃,

騁厲古今,

剔抉幽妙,

刈楚翦楛, 裁予奪於壚簜,

披棘覓蘭, 迭借還於瓵罃.

縆萬軸於粲架, 素籤丹標,

夾二燭於賓簾, 紫硯烏墨.

辨類則列若編罄,

論世則序以貫珠.

弁錦質合組之文, 繼以各體,

肇金行纂極之運, 訖于幷時,

繡圖之曲折不移,

瑤躔之經緯迺整.

凡十卷, 二十六目, 六十九人, 二百四篇.[11] 名其書曰『象藝薈粹』.

---

10 擷 : 규장각본, 동양문고본, 버클리본엔 '攟'로, 연세대본엔 '縜'로 되어 있다.

11 凡十卷, 二十六目, 六十九人, 二百四篇 :『표롱을첨 중(縹礱乙㦐中)』권7,「잡문기 7(雜文紀七)」에 실린 〈상예회수서(象藝薈粹序)〉에는 '凡若干卷, 若干目, 若干人, 若干首.'으로 되어 있다.

‘象’者, 法數之美諡,

‘藝’者, 詞學之通稱.

羲畫觀天, 中儀卦於驪負,

周官興物, 參德行於鴻逵.

四六氏所以易名,

二三子無以爲隱.

嗚呼!

刪『詩』, 盛文武之際, 無譏「鄶」·「曹」,

述『書』, 詳殷周之間, 厪存「秦」·「費」.

玄圃積玉, 竭取而不爲貪,

紅倉腐糠, 精簁而不爲刻.

斯猶,

珠貝委道, 歎箱篋之未盈.

蓬蒿塞蹊, 恨斤斧之或赦.

在扶南眞臘, 玳珀貴於泥沙,

雖宣曲臨邛, 綈布多於紈縠.

斯亦理也,

可奈何哉!

聊抒素情,

俾存玄旨.

○○○ 附〈儷律考〉

或謂: “四六有字律, 唐宋諸作無一句不叶. 近世東人之儷, 只叶句律,
全不顧字律, 大違式也.”

嘗以是攷之乎古儷. 蓋唐人則多叶而少違. 【王勃〈滕王閣序〉, 如“襟三江而

帶五湖'·如"三尺微命", 其他文如"天象掩峻'·如"文史足用, 不讀非禮之書"·如"誰知後來者難", 楊炯〈少室山少姨廟碑〉, 如"壁立而千仞 削成而四方'·如"仰躔七星之野'·如"六合交會·九州名山"·如"煙雲蕭索而合彩"·如"旁臨宓妃之舘", 皆全不叶字律. 唐文此類甚多, 不可勝紀. 竝與句律而不合者, 亦往往有之. 但其叶者較多, 尚可謂之偶有出入也.】

宋人則不叶者又甚多.【宋儷以蘇子瞻爲大家. 其〈贈王安石太傅制〉曰"式觀古初, 灼見天意'·曰"名高一時, 學貫千載'·曰"藻飾萬物'·曰"靡然變天下之俗'·曰"少學孔孟, 晚師瞿聃." 其下殆句句如此, 無一句叶. 其表啓中名句, 如"猖狂妄行, 乃蹈大難'·如"學識文武之大'·如"七典名郡, …… 三忝侍讀'·如"廓天地之覆載'·如"仲尼獨許於顏子, ……『周易』不及於聖人'·如"頃者海外澹乎盖將終焉, 偶然生還, 實之勿復道也", 如此之類又不勝紀. 餘如汪藻之"猶重耳之尙在'·曾鞏之"鈞陳太微星緯咸若'·眞德秀之"定靜安慮而進於能得", 此皆偶擧其一二耳. 宋人作叶字律者, 厪厪焉. 盖偶合也, 非故叶也.】

至明淸之作, 謹守曲拘, 毋敢少踰越.【明文如錢謙益〈浩氣吟序〉, 時或有不叶處. 雖明·淸人, 其以文章大家自處者, 固不必規規也.】

東人之只叶句律, 宋人法也. 不可謂大違式. 今若曰何不近倣明淸而遠倣唐宋, 則吾固無辭矣. 如云唐宋人未嘗一句無律, 唐宋人四六具在, 新學兒童皆得以考其平仄. 不可容空言誣也. 且以『孰邃念』一書之所載言之, 如柔嘉閣【甲二】·角巾堂【甲三】上樑文·南三院【甲六】春賞序, 皆嚴中字律. 而至〈象藝薈粹序〉及〈回文儷語【庚六】〉·〈奇謎第三【庚六】〉, 又皆不然. 於此, 益可知其或叶或否之, 無足拘也.

○『大東文雋』

○○○〈『大東文雋』序〉

高麗侍中牧隱李公穡文若干篇, 我朝領議政白沙李公恒福文若干篇, 承文院提調簡易崔公岦文若干篇, 左議政月沙李公某文若干篇, 領議政象村申公欽文若干篇, 左議政淸陰金公某文若干篇, 右議政谿谷張公維文若干篇, 大提學澤堂李公植文若干篇, 右議政許眉叟穆文若干篇, 右議政息庵金公錫胄文若干篇, 大提學農巖金公某文若干篇, 大提學江漢黃公景源文若干篇, 合而題之, 曰『大東文雋』.

嗚呼! 斯可以觀我邦文章之盛也.

自漢·唐以來, 富貴顯達者, 未必能文. 宏詞麗章, 多出於草茅之窮士. 於是乎有'文能窮人'之說, 而士之不遇者, 往往藉空言而名後世. 我邦則不然. 歷四百餘年之間, 得十有二人, 而位輔相者二人, 秉文衡者三人, 以輔相而兼文衡者六人. 其一亦起卑微而光顯于朝. 嗚呼! 斯又可以見我邦得人之盛也.

其或有草茅窮士之泯光而不著, 吾固不得以聞焉. 如有告我者, 當割卷而俟之.

○○○ 〈東文十二家 小題〉

牧隱, 如縆桑之瑟, 希音疏越. 而但聲調太緩, 不能動人.

簡易, 如百圍之木, 營屋千間, 棟楣宋桷, 不斵不綵.

白沙, 如駃騠之馬, 一日而千里, 控勒羈靮, 有之而不暇施.

月沙, 如救時之相, 紳笏廊廟, 金穀卒乘, 應之而不見其疲, 至於虞韶殷輅, 亦或未遑.

象村, 如斲石爲山, 種以奇草, 非不爛然可玩, 而匪天地自然之造.

淸陰, 如宗廟中, 簠簋瑚璉, 或中古尺, 或用今制, 純樸雕鏤, 錯陣互列, 而均之可以盛明粢, 祀于上帝.

谿谷, 如長江浩浩, 奔流萬頃, 而波濤平遠, 無呂梁三峽之變.

澤堂, 如村家飯, 味厚意眞, 少酸醎螫口之奇.

眉叟, 如缺鼎破敦, 彊稱殷周之古器, 愚而好奇者, 往往誑惑.

息庵, 如偏將馭卒, 行伍不亂, 使之代元, 戎統六師, 則才不勝其任.

農巖, 如游夏諸子, 列侍杏壇, 談詩說禮, 侃侃誾誾, 而三軍之勇, 或遜於子路.

江漢, 如治世宰相, 黻冕珩鳥, 進退揖遜, 儼然人望而敬之, 問之以錢穀決獄, 或茫然不能對.

○『沆瀣一書』文詞及雜纂述之總彙也.

七.

雲水樓【甲十】之藏, 有『雲水樓草史』若干卷. 未及成書, 寫而不梓.

○○○ 〈『雲水樓草史』序〉

史之述有三. 一曰歷代之總史, 『通鑑綱目』之類也. 一曰一代之史, 荀悅之『漢紀』·范祖禹之『唐鑑』是也. 一曰本朝之史, 魯之『春秋』·晉之『乘』之類也. 其體又有三. 一曰紀年以叙事, 『春秋』之類也. 一曰一事而自爲一篇, 『尙書』之類也. 一曰一人而自爲一傳, 『史記』·『漢書』之類也.

沆瀣子所草之史, 不知其爲何代也, 亦不知其爲何體也. 沆瀣子藏書若干萬卷, 新修書若干千卷, 皆與諸文士共之. 獨于草是史也, 屛其左右, 取筆硯, 登雲水之樓, 與雲霞煙嵐水月, 相講究. 雖子弟不許近前. 信宿而歸, 手固其局鐍. 視其鎖, 若不啓閉積年者, 鐵繡蘚澁. 鑰無鼛穴, 惟沆瀣子之手, 可以啓. 如是者, 歲一再, 所已著不知其爲幾卷也.

或曰: "是今之史也. 以故, 不可以示人." 或曰: "是上古逸事, 龜背之籀·循蜚之志·棄餘·汩作之典也. 以故, 不輕示人." 或曰: "是後世事之豫卜,

554

以記之者, 或初次盤古成案之類也. 是胡可洩也?" 是皆非中也, 亦皆非非中也.

天下之書, 皆有訖著成帙之日. 惟是書無終. 沆瀯子之時, 無一人與聞者, 無一人啓其鑰者. 沆瀯子之後, 方始有一人, 可以啓其鑰而續著之. 一人之後又復有一人焉, 相繩而無絶也. 或曰: "戌會之末, 人民盡, 是書可以終矣. 是書雖終, 又孰爲之編次部帙印刻而裝匣之? 又孰爲之布于世, 而讀以考之也?" 嗚呼! 固不俟戌會之末, 而必有出是書而讀之者. 序則不匿, 猶神龍之露一鱗也.

八.

諸處藏書, 歲一曝晒. 晒時, 盛設酒饌, 集津逮舘【甲八】文士及諸賓客吏隷宴飲. 仍許諸文士縱觀所散書帙.

○ 舊有〈海書〉一篇. 本非爲玆宅藏書而作, 其言外之旨, 實有以發揮玆宅之藏書者. 今附見于左.

○○○ 〈海書〉

東海中有僊靈秘書府, 藏古今書籍. 五等以別之. 太上書之紅羅, 衣以五文之錦, 雕玉其匣, 而珊瑚其籤. 其次書之紫羅, 衣以黃雲之繡, 赤玉其匣, 而瑪瑙其籤. 又其次書之素絹, 衣以紫霞之繡, 白玉其匣, 而車渠其籤. 又其次書之纖帛, 衣以絳綺, 玻璨其匣, 而琅玕其籤. 最下者書之繭紙, 衣以翠縠, 文貝其匣, 而有象齒其籤. 鄧架嚴鐍, 郎吏典之. 人不得至, 至亦毋敢妄閱. 有窺以入者, 塵得其最下一卷而見之. 盖王勃·李白·韓愈之作在焉. 未及究而逐.

海䳉之客，有與典書吏善者．常累懇焉．吏伺隙與俱至，抽一卷以畀．披之，皆有題而無文．客怪問之，吏曰：“后必有著之者．”視其質，羅而紅．方摺而觀其表，吏遽攘而藏之，麾令去曰：“郎至，不可淹．”客出而語人，唯不肯道其題．

제8관
무戊. 삼사념三事念

덕을 이바지하는 것을 '재물財'이라 하고,

도를 보좌하는 것을 '기용器'이라 한다.

이것들은 천하 공공재일 뿐,

사적으로 축적할 수는 없다.

무戊. 「삼사념三事念」을 서술하다.

1.

밭과 토지가 있는 장소와 한 해의 돈과 곡식, 옷감의 수입에 대해서는 각각 문서가 있다. 수록하지 않는다.

○산업의 경영과 재물의 출납을 맡은 자를 각각 두고, 수시로 적절히 재량하게 한다. 여기엔 기록하지 않는다.

○흉년이 들면, 수백 리 안의 유민과 거지 아이들을 불러 모으고, 죽을 많이 차려서 먹인다. 또 창고의 곡식을 내어 구제한다.

○굶주리고 어려운 이웃은 때맞추어 두루 보살핀다. 친척과 벗들은 매달 마련해 주고, 동계東溪의 처사【갑10】와 죽리관竹裏觀의 도사【갑9】, 신원사神圓寺의 승려【갑10】에겐 매달 땔나무와 쌀을 공급해 준다.

○집안의 빈객들은 그 가족들까지 후하게 보살펴야 한다. 용수원用壽院의 의원【갑8】은 더욱 신경 써서 보살핀다.

○남에게 재물을 빌려준 지 오래되었는데, 그 사람이 군색하거나 죽어서 자손들이 외로운 처지라면 그 문서는 빨리 태워 버린다.

○외출하거나 유람할 때는 종에게 전대에 돈을 담아 짊어지고 뒤따르게 한다. 도중에 거지를 만나면 적당히 가늠해서 준다.

○앞서 저축한 것이 남았는데 새로 걷은 것이 들어오면, 앞서 저장했던 것은 적당히 풀어 가난한 이들을 구휼하고 [묵혀] 썩히지 마라.

○간혹 빈객이나 종들을 나누어 보내 먼 곳의 물건을 사 오게 한다. 그러

---

1 삼사(三事) : 제8관의 주제인 '삼사(三事)'는 나라를 다스리는 세 가지 기본, 즉 정덕(正德)·이용(利用)·후생(厚生)을 가리킨다. 『상서』「우서(虞書)·대우모(大禹謨)」제8장, 순(舜)의 말 중에 "육부·삼사가 진실로 다스려져 만세가 길이 힘입게 되었으니(六府三事允治, 萬世永賴)"라고 한 데서 '삼사'가 나온다. 이에 대해 채침(蔡沈)은 "정덕과 이용과 후생이 잘 시행되었다(正德利用厚生惟和)."라고 한 우(禹)의 말을 인용하여, "삼사는 정덕·이용·후생이다. 이 세 가지는 사람의 일 중에 마땅히 해야 하는 것이므로 '사'라고 하였다(三事, 正德利用厚生也. 三者人事之所當爲, 故曰事)."라고 해설했다.

나 힘없는 백성들과 이익을 다투지는 않도록 엄하게 조심시킨다. 옷감과 약재 등 이용후생에 소용되는 물건만 사 올 뿐, 기이하고 진귀한 완상물 같은 것들을 구해서는 안 된다.

2.

소유하고 있는 기구와 물품엔 모두 장부가 있다. 여기에는 다 싣지 않고 그중 새롭고 기이한 것만 대략 적는다.

○ 관천경觀天鏡【이것으로 하늘을 보면, 작은 별들이 구리 쟁반만 하게 보이고, 요사한 구름 기운까지 다 보인다.】

○○○ 〈관천경에 새긴 명觀天鏡銘〉

해와 달은 바다 같고, 별들은 호수 같으니,
해와 달과 별들이, 그 속에 가득 모여 있네.
원질原質을 묻는다면, 억 개 중 하나,
십 층의 층대라면, 칠 층이 내 방일세.
내가 하늘을 바라보니, 근본은 내 눈동자에 있고,
거울이라도 칠흑 같으니, 저들은 몽매한 무리!
거울 속 광경이, 얼마나 많고 적은가?
말로 하려 하면, 거울은 빛을 감추네.
아아, 거울이여.
너는 증천曾泉·곡아曲阿[2]에 억만년 쌓인 정령인가?
지인至人·현성玄聖[3]의 두 바퀴 멀리 비추는 신령한 불빛인가?

560

내 감히 말로 따지지 못하고, 오직 이 명銘에서 한껏 즐기노라.

○ 관지경觀地鏡【땅을 비추면, 땅속을 볼 수 있다.】

○○○ 〈관지경에 새긴 명觀地鏡銘〉

깊은 곳에 숨겼으니, 사람이 못 보게 하려는 것,

보이지 않는 것을 보니, 하늘의 견책 두렵도다.

보이지 않게 숨겨 놓고, 다시 이 보물을 만드니,

저 조화옹이 한 노인을 편애하는 줄 알겠노라.

네 빛을 숨기고, 네 언어를 삼가라.

거울 가진 사람이 네 배 속 비출까 두렵구나.

○ 관해경觀海鏡【물을 비추면, 물 밑바닥의 물고기와 용, 보물들까지 다 보인다.】

○○○ 〈관해경에 새긴 명觀海鏡銘〉

교룡과 규룡·악어와 거북이여, 내 뜰의 개미며 지렁이이고,

---

2 증천(曾泉)·곡아(曲阿) : 해의 경로와 관련된 전설적인 지명들이다. 곡아는 새벽에, 증천은
아침 녘에 해가 지나는 장소다. 『회남자(淮南子)』「천문훈(天文訓)」에는 "태양이 양곡에서
나와서 함지에서 목욕하고 부상을 지나가니 이것을 신명이라고 한다. 부상에 오르면 이
에 비로소 출발하니 이를 비명이라고 한다. 곡아에 이르면 이것을 단명이라 하고, 증천에
이르면 이것을 조식이라 하고, 상야에 이르면 이를 안식이라 하고, 형양에 이르면 이를 우
중이라 하고, 곤오에 이르면 이를 정중이라고 한다(日出於暘谷, 浴於鹹池, 拂於扶桑, 是謂晨明.
登於扶桑, 爰始將行, 是謂朏明. 至于曲阿, 是謂旦明, 至于曾泉, 是謂蚤食, 至于桑野, 是謂晏食, 至于衡
陽, 是謂隅中, 至于昆吾, 是謂正中)."라고 하였다.
3 지인(至人)·현성(玄聖) : '지인'은 도가의 용어로, 범속을 초탈하여 무아의 경계에까지 도달
한 사람이다. '현성'은 크나큰 덕을 지녔으나 작위는 없는 성인을 가리키는 말이다.

구슬과 산호·무소뿔과 조개여, 내 섬돌의 흙덩이 버섯일세.

풍이馮夷와 천오天吳,[4] 여러 신들의 신비여, 다 내 미련한 노복과 종들.

거울이여 거울이여, 너는 그 밝음을 허비하고 조짐을 드러내지 않게

조심하라.

○ 시계꽃時花【옥을 다듬어 조화 여섯 송이를 만든다. 자시子時에 한 송이가 피고,

축시丑時에 두 번째 송이가 펴서, 사시巳時가 되면 여섯 송이가 모두 핀다. 오시午時에

한 송이가 오므라들고, 해시亥時가 되면 여섯 송이가 모두 오므라든다.】

○○○ 〈시계꽃에 새긴 명時花銘〉

간의簡儀·규얼圭臬[5]은, 태양이 숨으면 멍청해지고,

향 사르고 줄을 태우는 건, 바람이 세차면 틀려 버린다.

빙글빙글 윤종輪鍾,[6] 닷새면 먼지가 끼고,

겁먹은 고양이 눈동자,[7] 놀라면 부릅떠지네.

바탕은 옥이고, 모양은 꽃이니,

어느 솜씨 좋은 장인이, 해와 달에 끼어들었나?

---

4 풍이(馮夷)와 천오(天吳) : 전설 속의 수신(水神)들이다. 풍이는 『장자』 「대종사(大宗師)」에
나오는 황하(黃河)의 신이고, 천오는 『산해경』 「해외동경(海外東經)」, 「대황동경(大荒東經)」
등에 나오는 수신의 이름이다. 조양(朝陽)의 골짜기에 사는 천오는 여덟 개의 사람 머리,
호랑이 몸, 열 개의 꼬리를 지녔다고 한다.

5 간의(簡儀)·규얼(圭臬) : 천문을 관측하는 기구들이다. 간의는 원(元)의 곽수경(郭守敬)이
아라비아의 천문 기구 등을 참고해서 혼천의(渾天儀)의 결함을 보완한 천문 관측 기구이
다. 규얼은 토규(土圭)와 수얼(水臬)을 합한 말로, 고대에 해그림자를 측량해서 사시를 바
르게 하고 토지를 측량하던 기구이다.

6 윤종(輪鍾) : 태엽을 감아 움직이도록 한 자명종이다. 조면호(趙冕鎬)의 『옥수선생문집(玉垂
先生集)』 〈윤종설(輪鍾說)〉 참조.

7 고양이 눈동자 : 『유양잡조(酉陽雜俎)』 「지동(支動)」에 "고양이의 눈동자는 아침과 저녁엔
둥글다가 오후가 되면 실처럼 가늘어진다(猫目睛旦暮圓, 及午豎斂如綖)."라고 하였다.

복사꽃·오동꽃·국화가, 계절 따라 바뀌듯,

명협蓂莢[8]이 날짜를, 초하루에서 그믐까지 알리듯.

햇빛 없는 해시계요, 소리 없는 물시계로다.

늘 섬돌에 있어, 온갖 만남에 오염될까 두렵네.

아아 군자여, 때에 맞춰 가고 멈추니,

그 펼치고 거둠을, 속된 이 추측할 바 아닐세.

감춘 덕이 없다면, 어찌 귀중한 쓰임 보전하랴?

내 이 기구를 찬송하나, 이 기구의 송가頌歌가 아닐세.

○ 청원통聽遠筒【대나무를 잘라 대롱을 만들어 귀에 대면, 5리 밖의 속삭임도 들을 수 있다.】

○○○ 〈청원통에 새긴 명聽遠筒銘〉

귀로 백 보 밖의 소리를 들을 수 있는 자, 대통으론 오 리를 [들을 수 있고],

귀로 오 리 밖 소리를 들을 수 있는 자, 대통으론 또 몇 배를 [들을 수 있다].

귀로 천만리 밖 소리를 들을 수 있는 자라면, 대통이 무슨 소용이랴?

위로는 천 겁劫 전의 소리를 듣고, 아래로 천 겁 뒤의 소리를 듣는다면,

이 통은 쓸모없는 한 토막 대나무일 뿐.

오직 배회하며 거니노니, 무엇이 지금이고 옛날인지 나는 모르네.

○ 여의침如意枕【베고 자면 원하는 대로 꿈을 꾼다.】

---

8 명협(蓂莢) : 요(堯)의 조정 뜰에 났다는 상서로운 풀의 이름이다. 열다섯 개의 잎이 초하루 부터 매일 한 잎씩 나서 자라다가 보름이 되면 열다섯 개가 다 피고, 16일부터는 매일 한 잎씩 져서 그믐에는 다 떨어지기 때문에 이것으로 날을 계산했다고 한다. 『죽서기년(竹書紀年)』 「제요도당씨(帝堯陶唐氏)」.

○○○ 〈여의침에 새긴 명如意枕銘【병서幷序】〉

　　태산 늙은이의 베개는 회춘하게 할 수 있지만[9] 다른 것은 못 한다. 구자국龜玆國의 베개는 신선 세계를 유람하게 할 수 있지만,[10] 다른 것은 못 한다. 좌궁左宮의 베개는 숙취를 깨게 할 수 있지만,[11] 다른 것은 못 한다. 괵국부인虢國夫人의 베개는 밤을 밝혀 줄 수 있지만,[12] 다른 것은 못 한다. 백택침白澤枕과 복웅침伏熊枕은 도깨비를 쫓고 아들을 기원할 수 있지만,[13] 다른 것은 못 한다. 무강武岡의 기와 베개는 시간을 알려 줄 수 있지만,[14] 다른 것은 못 한다. 한단邯鄲 여옹呂翁의 베개는 부귀의 즐거움을 누

---

9 태산 늙은이의 …… 할 수 있지만 : 갈홍(葛洪)의 『신선전(神仙傳)』에 나오는 '태산 노부(泰山老父)' 이야기이다. 한 무제(漢文帝)가 동쪽으로 순행했을 때 태산에서 180세 된 노인을 만나, 그로부터 양생법을 얻었다. 그중 하나가 신침법(神枕法), 즉 신령한 베개를 만들어 베고 자는 것이었다. 잣나무를 길이 1자 2치, 높이 4치의 크기로 잘라 속을 파내고 그 안에 32종류의 약재를 넣은 다음, 뚜껑에 120군데의 구멍을 뚫어 그 냄새를 맡으며 베고 자면 앓던 병이 다 낫고 백발이 검어지며 빠진 이가 다시 난다고 한다.

10 구자국(龜玆國)의 베개는 …… 유람할 수 있지만 : '유선침(遊仙枕)'을 가리킨다. 오대(五代) 왕인유(王仁裕)의 『개원천보유사(開元天寶遺事)』〈유선침(游仙枕)〉에 나온다. "구자국에서 베개를 진상했는데, 색은 마노 같고 따뜻하기는 옥 같으며, 매우 질박하게 제조했다. 이것을 베면 십주·삼도·사해·오호가 모두 꿈속에 보이므로, 황제가 '유선침'이라 이름을 붙였다. 뒤에 양귀비의 오빠 양국충에게 하사하였다(龜玆國進奉枕一枚, 其色如瑪瑙, 溫溫如玉, 製作甚樸素. 若枕之則十洲·三島·四海·五湖盡在夢中所見, 帝因立名爲'遊仙枕'. 後賜與楊國忠)."

11 좌궁(左宮)의 베개는 …… 할 수 있지만 : '좌궁침(左宮枕)'은 오(吳)의 마지막 황제 손호(孫皓)의 후궁인 좌궁 왕부인(左宮王夫人)의 베개이다. 청옥으로 만들었는데 모양은 장방형이고 길이는 두 사람이 벨 수 있을 정도이며, 겨울엔 따뜻하고 여름엔 서늘하며, 취한 자는 술이 깨고, 꿈꾸는 자는 선계에 노닌다고 하였다. 『청이록(淸異錄)』.

12 괵국부인(虢國夫人)의 베개는 …… 줄 수 있지만 : '조야침(照夜枕)'을 말하는데, 야광침(夜光枕)·야명침(夜明枕) 등으로도 불린다. 양귀비의 동생인 괵국부인의 베개라고 한다. 『당서(唐書)』에 의하면, 괵국부인은 매우 사치스러워, 그가 베고 자는 조야침은 값을 매길 수 없는 보물이었는데, 이 베개는 밤이면 빛을 내서 집안을 대낮처럼 환하게 밝혔다고 한다.

13 백택침(白澤枕)과 복웅침(伏熊枕)은 …… 기원할 수 있지만 : 당 중종(唐中宗) 위황후(韋皇后)의 언니이자 풍태화(馮太和)의 아내인 칠이(七姨)라는 여자의 베개이다. 그는 표두침(豹頭枕)을 만들어 나쁜 기운을 쫓고, 백택침을 만들어 도깨비를 물리치고, 복웅침을 만들어 아들을 빌었다고 한다. 『태평광기(太平廣記)』 「요망기(妖妄記)」〈풍칠이(馮七姨)〉, 『당서(唐書)』 「오행지(五行志)」 등에 나온다.

리게 할 수 있지만,[15] 다른 것은 못한다. 호가胡家 요녀의 베개는 오음육

률五音六律의 연주를 들려줄 수 있지만, 다른 것은 못 한다. 여안도余安道

의 베개는 달밤에 피리 소리를 들려줄 수 있지만,[16] 다른 것은 못 한다.

구선瞿仙의 「태청천록太淸天錄」[17]은 허명일 뿐이다. 함희咸熙 연간의 옥호

침玉虎枕은 사람을 놀라게 했을 뿐이다.[18] 문약文約의 외침은 아녀자를 놀

라게 했을 뿐이다.[19] '원주장관元州羘管'의 주문[20]은 어리석은 사내를 유

14 무강(武岡)의 기와 …… 줄 수 있지만 : '계명침(鷄鳴枕)'과 같은 것이다. 우무맹(偶武孟)이라
는 사람이 호북 무강주(湖北武岡州)에서 막료로 있었는데, 우연히 북소리와 닭울음 소리를
내어 시간을 알리는 기와 베개를 얻었다. 이상하게 여겨 부숴 보니 안에 기관이 설치되어
있었다고 한다. 식자들은 이것을 제갈량이 만든 '계명침(鷄鳴枕)'이라 했다고 한다. 『원명
사류초(元明事類鈔)』.

15 한단(邯鄲) 여옹(呂翁)의 …… 할 수 있지만 : 『침중기(枕中記)』 속 여옹의 베개를 가리킨다.
노생(盧生)이라는 사람이 한단(邯鄲)에서 여옹의 베개를 빌려서 베고 잤는데, 꿈속에서 80
년 동안 온갖 부귀영화를 다 누렸다. 그러나 깨어 보니 메조로 밥을 짓는 동안에 불과했다
는 이야기이다.

16 여안도(余安道)의 베개는 …… 들려줄 수 있지만 : 여안도는 북송(北宋) 때의 관원인 여정(余
靖)으로, '안도'는 그의 자이다. 그는 계주(桂州)에 이르러 숲속에서 항상 피리 소리가 들린
다는 소리를 들었다. 사람을 보내 찾아보니 피리 소리가 큰 잣나무 속에서 흘러나왔다.
그 나무를 베어 베개를 만들었는데, 베개 속에서는 여전히 피리 소리가 흘러나왔다. 뒤에
그의 동생이 톱질해서 베개를 열어 보니, 이면의 나무 무늬가 생생하게 사람이 달 아래서
피리를 부는 모습이었다. 다시 아교로 붙였으나 다시는 소리가 나지 않았다고 한다. 『악
률전(樂律典)』「적부기사(笛部紀事)」에 『고기기록(古奇器錄)』의 기사가 인용되어 있다.

17 구선(瞿仙)의 「태청천록(太淸天錄)」 : 구선(瞿仙)이 만들었다는 책 베개[書枕]이다. 큰 종이
세 권을 말아 품(品) 자로 겹쳐 묶어서 베개를 만들었는데, 각 권마다 붉은 첨지와 상아 찌
를 엮어서 늘어뜨렸다. 세 권의 책명은 『태청천록(太淸天錄)』, 『남극수서(南極壽書)』, 『봉래
선적(蓬萊仙籍)』이다. 서재의 창 아래에서 그것을 베고 자면 문득 청아한 꿈을 꾼다고 했
다. 『준생팔전(遵生八箋)』「기거안락전(起居安樂箋)」.

18 함희(咸熙) 연간의 …… 했을 뿐이다 : 『습유기(拾遺記)』에 백호가 옥호침으로 변한 이야기
가 있다. 함희(咸熙) 2년 궁중에 희게 빛나는 이상한 짐승이 밤에 돌아다니는 일이 있었다.
왼쪽 눈에 화살을 맞은 채 사라졌는데, 나중에 궁중의 보물 창고에서 눈에 상처가 있고 아
직 혈흔이 젖어 있는 옥호침(玉虎枕)이 발견되었다고 한다. 이것은 단지국(單池國)에서 바
친 공물로 '제신(帝辛)의 베개'이니, 은(殷)의 마지막 임금인 주(紂)가 달기와 함께 베었던
베개라고 했다. 함희(咸熙)는 위 원제(魏元帝)의 연호이다.

19 문약(文約)의 외침은 …… 했을 뿐이다 : 『수신기(搜神記)』에 나오는 이야기이다. 위(魏) 경
초(景初) 연간, 함양현(咸陽縣) 한 관리의 집에 매일 밤 난데없이 박수를 치며 서로 부르는

혹하지만 끝내 효과가 없고, 병풍 사이 콩을 늘어놓고 절해도, 남의 이불과 바지만 더럽혔을 뿐 자기에겐 도움이 되지 않았다.

어떤 사람이 여의침을 얻어 베고 잤다. 하루는 큰 전각에 이르러 보의黼扆 병풍[21]을 등지고 남쪽을 향해 앉았다. 구경九卿[22]과 백관百官, 사방 제후국에서 온 배신陪臣[23]들이 뜰에 늘어서서 삼배구고두三拜九叩頭의 예[24]를 행했다. 그러다가 자기 머리를 만져 보니 반반한 것이 머리카락이 하나도 없었다. 몹시 놀라 절규하다가 깼다.

하루는 붉은 노을 관을 쓰고 푸른 봉황을 타고 구름 위 하늘을 날아다녔다. 그러다가 자기 집을 내려다보니, 모두 묵정밭에 폐허가 되고 쑥대와 명아주가 몇 길이나 자라 있었다. 흰 머리의 할아범과 할미가 지나가다 서글퍼하며 '우리 선조의 고택'이라고 했다. 다시 몹시 처량히 부르짖다가 깨어났다.

하루는 화려한 집에서 수놓은 비단 장막을 치고, 팔진미八珍味[25]의 호

소리가 들렸다. 살펴보아도 아무것도 보이지 않았다. 그 어미가 밤에 일어났다가 피곤해서 베개를 베고 잠들었는데, 잠시 후 다시 부뚜막 아래서 "문약은 왜 오지 않는가?" 하고 부르는 소리가 들렸다. 그러자 머리 밑의 베개가 "나는 베어져서 갈 수가 없다. 네가 내게 와서 마시게 하라."고 대답했다. 아침이 되어 보니, 바로 밥주걱이었다. 즉시 모아서 불살랐고, 그 괴이는 드디어 끝났다.

20 '원주장관(元州牂管)'의 주문 : 길몽을 꾸기 위한 주문이다. 밤에 잠자리에서 '원주장관, 취축미제(元州牂管, 娶竺米題)'라는 주문을 일곱 번 외우면 길하다고 한다. 『치허잡조(致虛雜俎)』.

21 보의(黼扆) 병풍 : '보의'는 자루가 없는 도끼를 그린 빨간 비단 병풍이다. 천자의 어좌(御座) 뒤에 치기 때문에 천자를 대칭하기도 한다.

22 구경(九卿) : 고대 중국의 아홉 가지 고위 관직을 일컫는다. 『주례』에서 시작되어, 총재(冢宰)·사도·종백·사마·사구(司寇)·사공의 육경(六卿)과 소사(少師)·소부(少傅)·소보(少保)의 고경(孤卿)을 아울러 일컫는 말이었지만, 구경의 내용은 시대에 따라 다르다.

23 배신(陪臣) : 제후국의 신하를 이른다. 배(陪)는 포개진 흙덩이[重土]란 의미로, 제후의 신하가 천자에게는 겹친 신하가 되므로 이렇게 부른다.

24 삼배구고두(三拜九叩頭)의 예 : 한 번 절할 때마다 세 번 머리를 땅에 닿게 숙이는 예를 세 번 반복하는 것으로, 청에서 시행된 황제 배알 예절이다.

25 팔진미(八珍味) : 여덟 가지의 진미(珍味)로, 최고의 미식을 가리킨다. 여덟 가지의 내용은

화로운 음식을 늘어놓고 있었다. 수십 명의 미녀가 쟁과 큰 거문고, 공후를 번갈아 연주하고 있었다. 노래를 부르는데, "계명성은 옥구슬 소리를 [내고], 흰 서리는 난초 향기를 [뿜네]. 토끼는 날아가고 제비는 달려가며, 대나무로 거문고 만들고 오동으로 피리 만들었네."[26]라는 노래였다. 다음 순간 보니, 장막은 모두 거미줄이고, 음식들은 모두 똥 구더기였다. 미녀들은 모두 마른 해골을 [머리에] 얹은 여우와 살쾡이들이었고, 쟁과 큰 거문고·공후는 모두 썩은 나무 그루터기였다. 자신을 돌아보니 마치 형틀에 놓인 사람 같았다. 또 몹시 원망하며 부르짖다가 깨었다. [그러고 나서는] 그 베개를 치워 버리고 다시는 가까이하지 않았다.

그 이웃에 책을 읽고 이치를 연구하기 좋아하는 선비가 있었다. 그 사람은 그에게 가서 그 일을 이야기했다. "제가 평소 하는 일마다 뜻대로 되는 것이 없습니다. [해서] 꿈이라도 빌려서 즐거워지고 싶었습니다. 어찌 환상이 진짜가 아니라는 걸 모르겠습니까? 그래도 잠시의 쾌락으로 제 밤낮으로 우울한 마음을 풀기 바랐던 것이지요. [그런데] 지금 처음엔 비슷하더니 마지막엔 어지러워집니다. 아마도 저의 궁한 팔자론 한순간도 즐거울 수 없는 것일까요? 역시 사물의 교묘한 속임수는 잠시일 뿐 오래 갈 수 없는가 보지요?"

이웃 선비가 말했다. "아! 자네가 심하게 미혹되었구먼. 자네가 낭패한 것은 당연하네. 하늘이 기이한 보물을 낼 때야 어찌 공연히 그렇게 하

조금씩 달라서, 순오(淳熬)·순모(淳母)·포돈(炮豚)·포장(炮牂)·도진(擣珍)·지(漬)·오(熬)·간료(肝膋)를 말하기도 하고, 용간(龍肝)·봉수(鳳髓)·표태(豹胎)·이미(鯉尾)·악적(鶚炙)·성순(猩脣)·웅장(熊掌)·수락선(酥酪蟬) 등을 말하기도 한다.

26 대나무로 거문고 …… 피리 만들었네 : 이 구절에 대해 연세대본에는 상단에 "대나무[篁]와 오동나무[桐] 두 글자는 아마도 바뀐 듯하다(篁桐二字 似是倒錯)."라는 첨주가 달려 있다. 그러나 앞 구절의 "토끼는 날아가고 제비는 달려간다."라는 구절과 함께 생각하면 정정하지 않는 것이 옳다. 허깨비 귀신의 노래라, 도착적인 것으로 표현하는 문학적 수사로 읽어야 할 것이다.

겠나? 그 기氣는 아주 맑고, 그 정精은 아주 빼어나고, 그 본체體는 아주 영험하고, 그 작용用은 아주 명백하지. 만승萬乘으로 남쪽을 향해 앉는 존귀함[27]은 필부가 감히 바랄 바가 아닐세. 신선 같은 황당한 속임수는 군자는 믿지 않네. 부귀와 미색은 사람을 미혹하는 벌레요, 사람을 해치는 도끼일세. 자네가 세 번 소원을 빌어 세 번 모두 낭패한 것이 당연하네. 자네는 본성을 잃은 사람이니, 조화造化가 자네 편이 아닌 것이 당연하지.

그러나 천 명의 기마병과 만 명의 보병으로 자네를 도성에서 포위해서, 태백기太白旗[28]를 휘날리며 지도軹道 곁[29]에 그대를 결박하지는 않았네. 용한겁龍漢劫[30]에 다섯 장사의 우레[31]로써 마귀를 보내 솥鼎을 엎거

---

27 만승(萬乘)으로 남쪽을 향해 앉는 존귀함 : 천자를 일컫는다. 만승은 천자의 지위이며, 천자는 북쪽을 등지고 남쪽을 향해 앉는다.

28 태백기(太白旗) : 군사 지휘용 깃발이다. 주 무왕(周武王)이 은(殷)을 토벌했을 때, 은의 마지막 황제인 주(紂)는 스스로 녹대(鹿臺)로 올라가 불길 속으로 뛰어들어 죽었다. 그러자 무왕은 도끼로 주의 머리를 베어 태백기에 매달았다고 한다. 『사기』「주본기(周本紀)」.

29 지도(軹道) 곁 : '지도'는 정(亭)의 이름이다. 진(秦)의 왕 자영(子嬰)이 유방(劉邦)에게 항복한 곳이다. 유방이 투항을 권하자 자영은 옥새의 끈을 목에 감고 흰말이 끄는 흰 수레를 타고 지도 부근에 나와 항복했다고 한다. 『사기』「진시황본기(秦始皇本紀)」.

30 용한겁(龍漢劫) : 용한(龍漢)은 도교의 원시천존(元始天尊)의 연호 중 하나인데, 오겁(五劫)의 첫 번째 겁이다. 41억만 년마다 새로운 겁이 시작되는데, 용한은 그 첫 번째 겁이다. 『수서(隋書)』「경적지(經籍志)」.

31 다섯 장사의 우레 : 『화양국지(華陽國志)』「촉지(蜀志)」에 의하면, '오정'은 촉의 다섯 역사로, 산을 옮기고 만 균을 들 만한 힘이 있었다고 한다. 진(秦)의 혜왕(惠王)이 촉왕에게 다섯 딸을 시집보내자 촉왕은 다섯 역사들을 보내 맞이하게 했다. 다섯 여자와 함께 재동현(梓潼縣)에 이르렀을 때, 뱀 한 마리가 구멍 속으로 들어가는 것을 보고, 다섯 장사가 힘을 합쳐 겨우 뱀을 빼냈다. 그러자 산이 무너지면서 다섯 장사와 다섯 여자들이 눌려 죽었다. 붕괴로 산은 다섯 개의 봉우리로 나뉘었다. 그 꼭대기에 평평한 바위가 있었는데, 촉 왕이 여기에 올라 애도하며 망부후(望婦堠)를 만들고 사처대(思妻臺)를 짓고, 이 산을 '오녀총산(五婦冢山)'이라고 명명했다. '오정총(五丁塚)'이라고도 한다고 했다. 같은 책 「한중지(漢中志)」 '재당군(梓潼郡)'조에서는 재동현에 오부산(五婦山)이 있는데 이곳이 다섯 역사가 뱀을 빼내서 산이 무너진 곳이라고 하였다. 여기에 선판사(善板祠)라는 사당이 있는데, 백성들은 여기에 해마다 뇌저(雷杼) 열 개를 만들어 바쳤다. 한 해 끝이 되면 남아 있지 않아 뇌신이 가져갔다고 여긴다고 했다. 즉 이 선판사는 뇌신의 사당이다. 다섯 역사와 뇌신의 관계에 대한 직접적인 언급은 찾지 못했지만, 『화양국지』의 기록을 종합하면 다섯 역사는 뇌신으로 여겨졌다는 것을 추론할 수 있다.

나, 구름을 무너뜨리고 학[날개를] 꺾어서 8만 4천 리 허공으로 자네 몸을 떨어뜨리지도 않았네. 호랑이·표범·이리·승냥이나 도적 무리를 자네의 방에 들여보내 용마루와 처마를 무너뜨리고, 그릇들을 부수고, 미인들을 잡아가고, 자네 몸을 낚아채 깊은 구덩이 속에 던져 버리지도 않았네. 아! 조화가 자네를 후하게 대접했네. 내게 큰 소원이 있으니, 그대의 분수에 넘치고 망령된 소원과는 다르다네. 자네는 내게 그 베개를 줘 보시게."

이웃의 선비가 이 베개를 얻어 베고 잤다. 사흘간은 꿈을 꾸지 못했다. 하룻밤엔 문득 산길을 가다가 구름 위로 솟은 깎아지른 절벽을 만났다. 매달려서 올라가다가 발을 헛디디며 천 길 골짜기 아래로 떨어졌다. 깜깜해서 한 발짝 앞도 볼 수 없었다. 어둠 속을 더듬어 나오다 가시나무 숲에 걸렸다. 빽빽한 가시들이 살갗을 찔러 대, 아파서 견딜 수가 없었다. 드디어 포기하고 다시는 베지 않았다.

어떤 사람이 [이 베개를] 가져다 높은 벼슬아치에게 바쳤다. 그 벼슬아치가 베고 잤는데, 사흘째 밤에 문득 입에 독초와 고삼苦蔘을 물고 돌과 화살이 날고 창칼이 [교차하는] 곳에 서 있었다. 그 아들이 또 [그 베개를] 벴다. 금·은·보석과 비단이 땅을 덮고 있는 것을 보고 급히 달려가다가 함정에 몸이 빠졌다. 이 뒤로 다시는 이 베개를 베는 사람이 없었다.

북산 골짜기에 도道를 지닌 사람이 살았는데, 호가 의유 선생疑有先生이었다. [이 베개에 대해] 듣고는 이상하게 생각해서, 사람을 시켜 그 베개를 구해 오게 했다. 한밤중에 향을 피우고, 책상 위에 책을 높이 쌓고서 손을 씻고 기도를 올린 다음 기대서 잠들었다. 새벽별이 지붕 너머로 숨고 저무는 달이 창문을 엿보는데, 갑자기 시냇물 소리가 커지고 숲새들은 두려운 듯 부르짖었다. 어리둥절 일어나서 춤추듯 움직여 지팡이 가는 대로 발길 따라 길 아닌 데를 걸어갔다. 이윽고 한 커다란 집에 도착했다.

어떤 노인이 높은 관과 넓은 웃옷을 입고 앉아 있었다. 책을 펼쳐서 읽는데, 그 소리가 큰 북을 울리는 듯 우렁우렁, 크고도 곡절이 있었다. 그 글은 "옛날 태시씨泰始氏 때를 상고하니 크고 넓고 무성하며, 화합하여 기쁨이 퍼졌다. 그 집을 크게 열어 온 세상에 걸쳤다. 이에 요휴寥休에게 명해, 엄숙히 신묘한 조화를 받들어 해와 달과 별과 구름, 산과 물, 새와 짐승, 풀과 나무, 흙과 돌 따위를 본떠서 하토下土의 꿈을 만들어 내리게 하셨다."32라고 했다.

의유 선생이 머뭇거리며 앞에 나가 몸을 굽히고 절을 하며 "어리석은 사람下士이 감히 뵙습니다." 했다. 노인이 웃으며 일어나 읍하고 다시 앉았다. "아, 내가 선생이 여기 올 줄 알고 있었소. 내가 들으니 선생은 유자儒子라고 합디다. 유자의 학문이란 이치를 연구하는 것에서 시작하여 마지막엔 귀신의 정상을 알게 됩니다. 선생은 10만 권의 책을 읽었고, 저서가 4~5만 축軸이오. 아직도 이치에 대해 의문이 있습니까?" 의유 선생이 머리를 조아리고 꿇어앉으며 "듣고 싶습니다." 했다.

노인이 말했다. "그 바탕質은 구기자·가래나무·편장나무·오동나무, 옥이나 돌, 뼈·뿔이 아닙니다. 그 거죽은 비단, 주름비단, 베나 면, 가죽이 아닙니다. 그것에 채워진 것은 곡식이나 꽃·잎·털도 아닙니다. 선생은 그것을 알겠습니까?" 선생이 "예, 예." 했다.

노인이 말했다. "그 바깥은 둥그니 하늘天이고, 그 안은 비었으니 해日입니다. 반듯하고 두꺼우니 땅地이요, 통하고 열렸으니 바다海입니다. 밤을 맡아서 편안케 휴식하도록 하니 음陰이요, 해가 뜨면 잠을 깨우니

---

32 옛날 태시씨(泰始氏) …… 내리게 하셨다 : '어떤 노인'이 읽고 있는 글의 원문은 "奧若稽古泰始氏, 弘皇廣茂, 融翕舒意. 大啓厥宅, 曼于八表. 酒命寥休, 肅奉神化, 象日月星雲·山川鳥獸·草木土石之薰, 誕錫下土夢."이다. 『상서』의 문체를 의도적으로 흉내 내고 있다. 이 단락에 나오는 '태시씨'나 '요휴' 같은 이름 역시 직임이나 능력을 나타내는 말로써 인물을 명명하는 어법을 따르고 있다. '태시씨(泰始氏)'는 문명 이전 태초의 상태를 의인화한 이름이고, '요휴(寥休)'는 '적요한 쉼'이라는 뜻이어서, 적요한 휴식으로부터 꿈이 탄생했다는 말로 읽을 수 있게 하는 명명이다.

양陽입니다. 사람의 뜻을 헤아리니 지知요, 사람의 욕망을 이루어 주니 인仁이요, 불가한 것을 만나면 경계하니 의義입니다. 모호한 모습體이나 통하지 않는 곳이 없으니 성聖이요, 만상을 포괄하여 끝없이 내보내니 신神입니다. 선생은 그것을 알겠소?" 선생이 "예, 예." 했다.

노인이 말했다. "날아다니는 새들은 소원이 곡식에 그치고, 제멋대로 [헤엄치는] 물고기는 소원이 물결에 그치오. 새가 사람 먹는 음식에 뜻을 두면 새장에 갇히게 되고, 물고기가 물 바깥의 것을 바라면 벌여 놓은 그물에 걸릴 것이오. 그러니 쾌락을 구하는 자에겐 쾌락을 주고, 근심과 재앙을 사모하는 자에겐 근심과 재앙으로 갚아 주는 것이오. 그래서 '뜻대로如意'라고 하는 것이오. 선생은 그것을 알겠소?'라고 했다. 선생이 "예, 예." 했다.

노인이 말했다. "선생은 이미 다 아는데, 무엇이 더 의심스럽소?" 선생이 다시 일어나 절을 하고 "어리석은 사람에게 큰 소원이 있으니, 감히 여쭙습니다." 했다. 노인이 "아! 나는 선생이 이치를 아는 사람이라고 생각했는데, 선생은 아직도 미혹되어 있는가? 세상 누군들 이 소원이 없겠는가? 어찌 선생뿐이겠는가? 진리眞에 맞지 않는 여러 가지 소원들이라도 드넓은 인간 세상에서 구한다면 오히려 잠시 기뻐하기에는 충분하오. [그러나] 선생이 추구하는 바는 몽황蒙荒의 집에서 즐거워하고, 혼륜混圇33의 마을에서 기쁨에 젖는 것입니다. 한번 옮겨 가면 [다시는] 궤도로 돌아오지 않으리니, 마음에 무엇이 즐거울 것이며, 세상에 무슨 보탬이 되겠는가?" 하였다. 의유 선생이 문득 모습을 가다듬고, 다시 일어나 절하고 말했다. "예, 예. 삼가 명을 듣겠습니다."

마침내 하직하고 물러났다. 계단을 내려오려는데, 한 동자가 뜰에서

---

33 몽황(蒙荒) …… 혼륜(混圇) : '혼륜'은 '혼륜(混淪)'·'혼돈(混沌)'과 같은 말이다. '혼돈'은 세계가 개벽하기 전, 원기(元氣)가 나뉘기 이전의 모호한 한 덩어리였던 상태를 지칭한다. 『백호통(白虎通)』「천지(天地)」. 몽황(蒙荒)도 같은 의미인 듯하다.

시를 읊었다.

> 어여쁜 연꽃이, 둥근 연못에서 아름답네.
>
> 이슬방울은 진주가 되어, 멈추지 않고 굴러가네.
>
> 군자가 그칠 곳에 이르렀으니, 깨달은 듯 의심되는 듯.
>
> 각기 너의 추구를 삼가라, 기이한 보배는 지니기 어려우니.
>
> 흥興이면서 비比라.[34]

항해 늙은이가 평한다. 여러 사람은 논할 거리도 못 된다. 영화에 취해 재앙에 눈먼 자들이니 불쌍할 뿐이다. 이웃 선비는 깬 채로 꿈꾸는 자이다. 아! 그는 무엇을 공부했는가? 의유 선생은 참으로 가르칠 만한 자이다. 실마리를 말해 주니, 심오한 도리까지 이해한다. 노인이라면 내 그를 잘 안다. 그의 말은 아마도 자신을 빗댄 것이리라! 나는 소원이 없는 사람이니, 이 베개가 있어 봐야 소용이 없다. 명銘을 짓고 간직해 놓는다.

명銘[35]에 이르길

> 신령한 구름 날고, 별똥별 빛나니,
>
> 여러 맹아 나타나고, 온갖 상象이 모인다.
>
> 급한 듯 느긋하고, 서 있는 듯 누웠다.

---

34 어여쁜 연꽃이 …… 흥(興)이면서 비(比)라:『시경』의 문체를 의도적으로 흉내 내고 있다.『시경』의 4언체 형식을 사용하였고, 노래 끝에 '흥이면서 비라'가 붙은 것 역시『시경』의 주석 방식을 모방한 것이다. ○'흥(興)'과 '비(比)'는 육의(六義) 중 시의 수사법으로 운위되는 것들이다.

35 명(銘): 명의 원문은 3언 제언체이다. 안팎의 모든 구를 26개의 입성(翕·燮·入·集·急·立·習·炭·瀰·霅·襲·及·隰·邑·揖·級·十·廿·褶·笠·執·戢·慹·吸·悒·汲)으로 압운했다. 상고의 음운 체계에선 모두 '집(緝)' 운부에 속한다. 번역에선 2구를 한 짝으로 늘어놓았다.

처음엔 살랑살랑 불어오더니, 갑자기 급해져서,

차가운 바람 회오리치고, 가랑비 자욱이 가린다.

엄습할 듯도 하고, 미치지 못할 듯도 하니,

들판도 언덕도 아니고, 성곽이나 읍도 아니라.

두 손 마주 잡아 읍하고, 계단으로 오르네.

다섯은 열이 되고, 열은 스물이 되니,

가난뱅이는 비단 겹옷, 귀한 자는 대 삿갓.

내 덕은 지키고, 내 욕망은 거두며,

기쁨과 두려움 막고, 들숨과 날숨 고르게.

무엇이 답답하며, 무엇에 급급하랴.

○ 정통주定痛珠【아픈 곳에 문지르면 즉시 [통증이] 그친다.】

○○○ 〈정통주를 찬송함定痛珠贊〉

지인至人[36]에겐 병이 없으니, 구슬이 무슨 필요며,

백성의 병엔 의원이 있으니, 구슬이 무슨 상관이랴.

그래서 기이한 보배가, 늘 필요한 건 아니고,

벼·보리와 비단·베는, 보배라고 하지 않네.

아아, 가난한 마을, 염병과 학질·고질로 아파하니,

괴로운 우짖음 그치지 않고, 죽어 소생하지 못하네.

누가 이 구슬을 가지고, 기백岐伯·유부兪拊[37]가 될까?

---

36 지인(至人) : 『장자(莊子)』에서는 탈속하여 무아의 경지에 도달한 사람을 의미하며, 『순자(荀子)』에서는 도덕적 수양이 최고의 경지에 이른 사람을 가리킨다.

37 기백(岐伯)·유부(兪拊) : 중국 고대의 전설적인 명의들이다. 기백(岐伯)은 신농씨(神農氏) 때의 의원이고, 유부(兪拊)는 황제(黃帝) 때의 의원이다.

내 구슬은 상자에 담겨, 빛을 감추고 펴지 않으나,

한번 시혜를 펼치면, 온갖 신음이 다 기쁨이 되리.

아아! 큰 상인들은, 눈이 멀어 살 줄 모르네.

우리 백성 끝내 병들면, 누가 아끼고 누가 염려하랴?

우습구나! 이 구슬이여, 있어도 그만 없어도 그만.

저 넓은 세상[38] 바라보나니, 누가 페르시아 사람[39]일까?

○ 양렴凉簾【여름에 [이 발을 치면] 더위를 막을 수 있다.】

○○○ 〈양렴을 찬송함凉簾贊〉

여름의 큰 더위란, 참으로 언제나 그런 날씨,

누가 조화에 맞서, 타고 찌는 더위를 막으랴.

혹은 샘물에 타기도 하고, 불길에 얼기도 하니,

속임수라 하지 마라, 이치를 증명할 겨를 없다.

혹형을 사면받은 듯, 맑은 덕을 받들어,

큰 집에 드리움은, 군자가 맡은 바일세.

○ 난구煖裘【입으면 눈구덩이, 얼음구덩이를 걷더라도 춥지 않다.】

---

38 넓은 세상 : 원문은 '굉역(紘域)'이다. 팔굉(八紘)의 끝이란 말인데, 팔굉이란 여덟 방향의 끝으로, 『회남자(淮南子)』 「지형훈(地形訓)」에 나온다.

39 페르시아 사람 : 원문은 '파사호(波斯胡)'이다. 이 말은 '페르시아 오랑캐'라는 뜻인데, 페르시아는 신기한 온갖 물산이 모여들고 보석이 흔한 나라로 상상되었고, 페르시아 상인은 견문이 넓은 뛰어난 상인으로 상상되었다. 여기선 보배를 알아보는 사람이라는 뜻으로 쓰였다.

○○○ 〈난구를 찬송함煖裘贊〉

재빨리 몸을 덥히기엔, 이보다 은혜로운 게 없지만,

내 일신에만 해당할 뿐, 어찌 이 세상에 미치겠나.

이 갓옷 가진 자, 겹방에 두꺼운 휘장, 두꺼운 솜옷에 구들은 따뜻한데,

해진 갈옷 주린 창자로, 줄지어 길바닥에 엎어진 자들, 이 갓옷 보기
라도 원하나 할 수 없네.

세상 쓸모없는 것이, 또 이 갓옷만 한 것이 없으리.

아!

천하 백성들, 봄볕[40] 못 쬐는 자 하나도 없게 하고야,

그런 뒤에야, 이 갓옷 입고 행차하며 물렀거라 하리라.

○ 위의 아홉 가지는 모두 신령하고 이상한 기물들이다. 일상적으로 사용
해서 신비를 누설해선 안 된다.

○ 겸미기兼美几【윗면의 오른쪽은 가운데가 비어 연적과 먹을 넣을 수 있고, 뚜껑을
덮으면 평평해진다. 좌우 모서리에는 모두 필통을 붙인다. 앞에는 서랍을 몇 단 만들어
편지나 종이, 작은 책들을 넣는다.】

○○○ 〈겸미기에 새긴 명兼美几銘〉

혁혁한 경전들, 우리 도斯道의 도통이니, 드러내 높이고,

반듯반듯 붓과 벼루, 이 학문斯學의 도구이니, 감춰 넣는다.

---

40 봄볕 : 원문은 '양춘(陽春)'이다. 음력 정월의 별칭으로 따뜻한 봄날을 뜻하는 단어지만, '덕
정(德政)'의 은유로도 쓰인다.

배치는 정확하고 제도는 소박하니, 어느 장인이 창안했나.
독서로 뜻에 힘쓰고 저술로 문예 드날려, 온갖 복을 더하라.

○ 반원의기半圓儀器【놋쇠나 나무로 만든다. 모양은 부신符信을 반으로 나눈 것 같다. 원의 중심에서 가장자리까지를 균등하게 나눠平分 180도 선을 만든다. 거리를 측량하는 데 쓴다.】

○ 현조구도懸組矩度【구도矩度는 나무로 만든다. 모양은 정사각형이다. 사각형의 각 면을 균등하게 나누어, 50도 선이나 100도 선을 만든다. 높이를 측량하는 데 쓴다. 다음, 한 귀퉁이에 작은 막대를 세우고 끈에 조그만 돌멩이를 꿰어 막대기에 매단다. [이렇게 하면] 더욱 사용하기 편하다.】

○ 산기算器【나무로 네모난 쟁반을 만들어, 반으로 구획해 나눈다. 위쪽 반면엔 반원 모양의 구멍을 하나 파서 [그] 안에 반원의기를 둔다. 그 아랫면은 다시 반으로 나눠, 아무 쪽에나 정사각형의 구멍을 파고, 안쪽에 현조구도를 설치한다. 구도를 저울에 달아서, 나머지 반쪽의 빈 곳에 그 무게를 기록한다. 또 나무로 벼룻집 뚜껑 모양으로 뚜껑을 만든다. 뚜껑에 곡식을 담아, 한 되마다 획을 긋는다升限劃. 뚜껑의 윗면에는 자로 재서, 각 변마다 푼점分點·치점寸點 혹은 이점釐點[41]을 그린다. [각각의] 점에서부터 연장선을 그려 바둑판처럼 종횡으로 서로 교차하는 선을 그린다. 이것을 '구반矩盤'이라고 부른다.
○무게를 나타내는 수重數를 기록하고, 승획升畫과 척점尺點을 그린 것은 저울이나 자, 되나 말이 없는 곳에서도 이 기구만 있으면 모두 대용할 수 있다. 기구 하나가 율律·도度·양量·형衡의 용도를 겸한다.

---

41 푼점[分點]·치점[寸點] 혹은 이점(釐點) : 푼·치·이는 길이의 단위이다. 10리가 1푼, 10푼이 1치, 10치가 1자[尺], 10자가 1장(丈)이다.

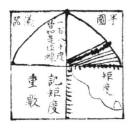

〈산기算器〉

반원의기 : 180도에 다 이렇게
선을 만든다.

구도 : 구도의 중수重數[42]를 적
는다.

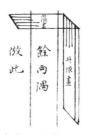

〈뚜껑 안쪽 모퉁이〉

승한획升限畫. 승한획升限畫.
나머지 두 모퉁이도 이렇게 한다.

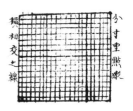

〈뚜껑 윗면〉

분·촌·이 점을 종횡으로 교차
한 선.

○구반矩盤으로 계산을 대신할 수 있다. 예를 들어 3과 7을 곱한다고乘 하자. 그러면, 가로변의 제7분점에서 실을 매어 비스듬히 끌어다가, 가로변 제6분점에 그은 세로선의 제3분점의 바깥을 지나게 한다. 그리고 그것이 세로변을 끊고 지나가는 지점을 보면 반드시 2치 1푼 점 위를 지나간다. 그러면 구하려는 수가 21이라는 것을 알 수 있다. 예를 들어 28을 4로 나누려고除 한다고 하자. 그러면, 가로변의 제4분점에서 실을 매어 비스듬히 끌어다가 세로변의 2치 8푼 점을 끊고 지나게 한다. 그런 다음 가로변의 제3분점에서 만들어진 세로선이 실로 끊어지는 곳을 보면 반드시 7푼일 것이다. 이에 구하려는 수가 7임을 알 수 있다. 약분約分에는 더 편리하다. 예를 들어 $\frac{14}{49}$를 약분한다고 하자. 가로변의 제14점이 있는 곳에서 실을 매어 비스듬히 끌어다, 세로변의 제49점을 끊고 지나게 한다. 가로변의 제1점에서 제13점에 이르기까지, 그려진 13개의 세로선을 보면서, 그 가로·세로의 교차점을 딱 실이 끊고 지나가는 곳을 구한다. 만약 많으면 실을 맨 곳에 가장 가까운 것을 택하는데, 그러면 제12선일 것이다. 가로로 실을 맨 곳까지 보면 제2분점이고, 세로로 실 위까지 보면 제7분점을 얻게 된다. 그러면 약분해서 얻는 수가 $\frac{2}{7}$푼이라는 것을 알 수 있다. 만약 제1점으로부터 실을 맨 점까지의 사이에 여러 선이 종횡으로 교차하지만, 실로 끊어지는 변이 하나도 없다면, 이 분수는 약분이 불가

---

42 중수(重數) : 무게를 단위(單位)로 헤아려 숫자로 나타낸 것이다. 수학 용어이다.

능하다는 것을 알 수 있다.】

○「군경목록 병풍群經目錄屛」

【모두 팔 첩이다. 제1첩은 『역易』이다. 7층으로 나누는데, 제2층부터 7층까지는 높이
가 모두 균일하다. 제1층만은 다른 층의 3분의 1 정도로 낮게 한다. 제2층 이하 각 층은
다시 균등하게 12칸으로 나눈다. 제1층의 한가운데 '주역周易' 두 글자를 가로로 쓰고,
그 좌우에 작은 글자로 주자의 『주역본의周易本義』[43]의 편제를 대략 쓴다. 제2층의 제1
칸에 조금 내려서 '상경上經' 두 자를 쓴다. 제2칸부터 제4층의 제7칸까지, 차례로 「상경」
30괘掛[44]를 그린다. 각 괘 아래에는 '괘체卦體'·'괘사卦辭'·'대상大象'·'서괘序卦'[45]를 세
주細註로 쓴다. 제4층 제8칸에 조금 내려서, '하경下經' 두 글자를 쓴다. 제9칸에서 제7층
제6칸까지 차례로 「하경」 34괘[46]를 그린다. 각 괘의 아래엔 「상경」의 예처럼 세주를 단
다. 제7층 제7칸에서 제11칸까지 「계사 상전繫辭上傳」, 「계사 하전繫辭下傳」, 「설괘전說

---

43 주자의 『주역본의(周易本義)』: 『주역(周易)』의 본뜻을 해설한 주희의 저작이다. 주희는 송
  대 의리학(義理學)인 성리학의 집대성자이지만, 이 책은 소옹(邵雍)의 상수학(象數學)을 많
  이 채용한 것으로 평가된다.

44 「상경」 30괘(掛): 『주역』은 「상경」과 「하경」으로 나뉘는데, 「상경」은 건괘(乾卦)부터 이괘
  (離卦)까지의 30괘로 이루어져 있고, 「하경」은 함괘(咸卦)부터 미제괘(未濟卦)까지의 34괘
  와 〈계사전(繫辭傳)〉, 〈설괘전(設卦傳)〉, 〈서괘전(序卦傳)〉, 〈잡괘전(雜卦傳)〉으로 이루어져
  있다. ○ 「상경」 30괘는 차례로 건(乾)·곤(坤)·둔(屯)·몽(蒙)·수(需)·송(訟)·사(師)·비(比)·
  소축(小畜)·이(履)·태(泰)·비(否)·동인(同人)·대유(大有)·겸(謙)·예(豫)·수(隨)·고(蠱)·
  임(臨)·관(觀)·서합(噬嗑)·분(賁)·박(剝)·복(復)·무망(无妄)·대축(大畜)·이(頤)·대과(大
  過)·감(坎)·이(離) 괘이다.

45 '괘체(卦體)'·'괘사(卦辭)'·'대상(大象)'·'서괘(序卦)': '괘체'는 괘의 형태로, 괘의 전체적인
  생김새를 말한다. '괘사'는 각 괘를 설명하는 말이다. 문왕(文王)과 주공(周公)이 지었다고
  도 한다. '대상'은 괘의 상징[象]을 풀이한 것이다. 각 괘 아래에서 총상(總象)을 설명한 상
  사(象辭)가 대상인데, 십익(十翼) 중의 제삼익(第三翼)이다. 괘의 총상이므로, 효(爻)의 상을
  설명한 소상(小象)과 구분하여 대상이라고 한다. '서괘'는 64괘(卦)의 배열과 순서에 대해
  설명한 〈서괘전(序卦傳)〉을 말한다. 공자(孔子)가 지었다고도 한다.

46 「하경」 34괘: 제31괘부터 제64괘까지이다. 차례로 함(咸)·항(恒)·둔(遯)·대장(大壯)·진
  (晉)·명이(明夷)·가인(家人)·규(睽)·건(蹇)·해(解)·손(損)·익(益)·쾌(夬)·구(姤)·췌(萃)·
  승(升)·곤(困)·정(井)·혁(革)·정(鼎)·뇌(雷)·간(艮)·점(漸)·귀매(歸妹)·풍(豐)·여(旅)·손
  (巽)·태(兌)·환(渙)·절(節)·중부(中孚)·소과(小過)·기제(既濟)·미제(未濟) 괘이다.

卦傳, 세주細註 달린「서괘전序卦傳」상·하편을 죽 쓴다. 나머지 한 칸은 비워 둔다.

○ 제2첩은『서書』[47]다. 6층으로 나눈다. 제2층부터 6층까지는 높이가 모두 균일하다. 제1층만은 다른 층에 비해 낮게, 거의 반이 되게 한다. 제2층 이하 각 층은 다시 각각 11칸으로 똑같이 나눈다. 제1층의 한가운데에 '상서尙書' 두 글자를 가로로 쓴다. 그 좌우에 작은 글자로 공안국孔安國 서문[48]의 개요를 쓴다. 제2층 제1칸은 조금 내려서 '우서虞書' 두 글자를 쓴다. 제2칸에서 6칸까지,「우서」5편[49]을 나란히 쓴다. 제7칸에 조금 내려서 '하서夏書' 두 글자를 쓴다. 제8칸부터 11칸까지「하서」4편[50]을 나란히 쓴다. 제3층 제1칸에 조금 내려서 '상서商書' 두 글자를 쓴다. 제2칸부터 제4층 제1칸까지는「상서」17편[51]을 나란히 쓴다. 제4층 제2칸은 조금 내려서 '주서周書' 두 글자를 쓴다. 제3칸

47『서(書)』: 일반적으로『서경(書經)』혹은『상서(尙書)』로 불린다. 유교의 5경 가운데 하나로, 중국에서 가장 오래된 역사서로 공자가 편찬하였다고 전한다. 요순시대, 하(夏)·상(商)·주(周)의 왕들이 내린 포고문, 신하들의 상소, 왕의 연설문 등 각종 정치 문헌을 모아 둔 것이다.『우서(虞書)』,『하서(夏書)』,『상서(商書)』,『주서(周書)』로 나뉘어 있다. 전국시대에는 공문서라는 의미로『서(書)』라고 했고, 한에서는 존중하고 숭상해야 할 고대의 기록이라는 뜻에서『상서(尙書)』로 불렸다. 송에 와서 '경(經)'의 지위를 획득해『서경(書經)』이라 불리게 되었다. ○『상서』의 판본은『금문상서(今文尙書)』와『고문상서(古文尙書)』가 있다.『금문상서』란 분서갱유 이후 한 문제(漢文帝) 때 복승(伏勝)이 전한 상서 29편이고,『고문상서』는 한 무제(漢武帝) 때 공자의 옛집에서 발견된 것으로, 과두문자로 죽간에 적혀 있다. 공안국(孔安國)이 고문을 해석하고 전(傳)을 지었으나, 위진(魏晉) 시대에 이미 소실되었다. 동진(東晉) 때 매색(梅賾)이 공안국의 전이 달린『고문상서』58편을 찾아 올렸다. 그 내용은『금문상서』와 일치하는 33편과, 그 외의 25편으로 되어 있었다. 당의 공영달(孔穎達)이『상서정의(尙書正義)』를 편찬하면서 매색의『고문상서』를 정본으로 삼았기 때문에 널리 세상에 통용되었다. 그러나 매색의『고문상서』는 위서라는 것이 통설이다. 이후 송의 채침(蔡沉)이 주희의 명을 받아『서경집전(書經集傳)』을 편찬했다.

48 공안국(孔安國) 서문 : 매색이 바친『공안국전고문상서(孔安國傳古文尙書)』에 들어 있는 공안국 서문이다. ○ 공안국은 서한(西漢)의 문신이자 학자로, 자는 자국(子國)이며 공자의 12세손이다. 무제(武帝) 때 박사(博士)·간의대부(諫議大夫)를 지냈으며 신공(申公)에게서『시경』, 복생(伏生)에게서『상서(尙書)』를 배웠다.『고문상서』를 수립하고 전을 지었다.

49「우서」5편 :「요전(堯典)」,「순전(舜典)」,「대우모(大禹謨)」,「고요모(皐陶謨)」,「익직(益稷)」이다.

50「하서」4편 :「우공(禹貢)」,「감서(甘誓)」,「오자지가(五子之歌)」,「윤정(胤征)」이다.

51「상서」17편 :「탕서(湯誓)」,「중훼지고(仲虺之誥)」,「탕고(湯誥)」,「이훈(伊訓)」,「태갑 상(太甲上)」,「태갑 중(太甲中)」,「태갑 하(太甲下)」,「함유일덕(咸有一德)」,「반경 상(盤庚上)」,「반경 중(盤庚中)」,「반경 하(盤庚下)」,「열명 상(說命上)」,「열명 중(說命中)」,「열명 하(說命下)」,「고

부터 제6층 제10칸까지는 「주서」 32편[52]을 나란히 쓴다. 「상서」와 「주서」처럼 상·중·하가 있는 것은 상·중·하라고 쓸 뿐 나누지는 않는다. 「우서」, 「하서」, 「상서」, 「주서」의 아래마다 채전蔡傳[53]의 편제를 세주로 단다. 몇 편이 없어졌고 몇 편이 남았는지 덧붙여 기록한다. 각 편명의 아래엔 채전의 편명을 대략 세주로 달아 둔다. 혹 공씨 설孔氏說[54]을 가져다 합하기도 한다. 일서逸書[55]는 모두 보존하는데, 세주 가운데 그 편명을 기록한다. 나머지 한 칸은 비워 둔다.

○제3첩은『시詩』다. 5층으로 나눈다. 제2층부터 제5층까지는 높이가 균일하다. 제1층만 다른 층에 비해 낮은데, 4분의 1 정도이다. 제2층 이하 각 층을 다시 9칸으로 똑같이 나눈다. 제1층의 한가운데 '모시毛詩'[56] 두 글자를 가로로 쓴다. 그 좌우에 육의六義[57]

종동일(高宗肜日)」, 「서백감려(西伯戡黎)」, 「미자(微子)」다.

52 「주서」 32편 : 「태서 상(太誓上)」, 「태서 중(太誓中)」, 「태서 하(太誓下)」, 「목서(牧誓)」, 「무성(武成)」, 「홍범(洪範)」, 「여오(旅獒)」, 「금등(金縢)」, 「대고(大誥)」, 「미자지명(微子之命)」, 「강고(康誥)」, 「주고(酒誥)」, 「재재(梓材)」, 「소고(召誥)」, 「낙고(洛誥)」, 「다사(多士)」, 「무일(無逸)」, 「군석(君奭)」, 「채중지명(蔡仲之命)」, 「다방(多方)」, 「입정(立政)」, 「주관(周官)」, 「군진(君陳)」, 「고명(顧命)」, 「강왕지고(康王之誥)」, 「필명(畢命)」, 「군아(君牙)」, 「경명(冏命)」, 「여형(呂刑)」, 「문후지명(文侯之命)」, 「비서(費誓)」, 「태서(秦誓)」이다.

53 채전(蔡傳) : 채침(蔡沈)의『서집전(書集傳)』를 가리킨다. 채침이 스승 주희(朱熹)의 명으로 지은『상서』주석서이다. 주희의 명으로 시작했으나 주희는 저술 시작 1년 뒤 사망했으므로,『서경』에 대한 주희의 입장이 왜곡되었다는 비판도 많다. ○채침은 남송(南宋)의 학자로, 자는 중묵(仲默), 호는 구봉(九峰), 시호는 문정(文正)이다. 저서로『서집전(書集傳)』,『홍범황극(洪範皇極)』,『채구봉서법(蔡九峰筮法)』등이 있다.

54 공씨 설(孔氏說) : 공영달(孔穎達)『상서정의(尙書正義)』의 설을 가리킨다. 공영달은 당의 학자로 자는 중달(仲達), 시호는 헌공(憲公)이다. 공자의 32세손이다. 당 태종(唐太宗) 때 국자사업(國子司業)·국자좨주(國子祭酒) 등을 역임하고, 안사고(顏師古) 등과 함께『수서(隋書)』와『대당의례(大唐儀禮)』등을 편찬했다. 642년에 태종의 명으로 오경(五經)에 대한 기존의 주석들을 모아『오경정의(五經正義)』를 편찬해서, 남북조(南北朝) 이래 여러 학파의 경전 해석에 대한 통일을 시도했다.『상서정의』는『오경정의』중에 포함되어 있다.

55 일서(逸書) : 공자 고택에서 나온 과두문자의『고문상서』45편 중, 공안국이 금문으로 해독한 29편 외 나머지 16편을 일서라고 한다. 일서 16편의 내용에 대해서는 여러 가지 설이 있다. 김정희는 〈상서고금문변 상(尙書今古文辨上)〉에서 「순전(舜典)」, 「골작(汨作)」, 「구공(九共)」, 「대우모(大禹謨)」, 「기직(弃稷)」, 「오자지가(五字之歌)」, 「윤정(允征)」, 「탕고(湯誥)」, 「함유일덕(咸有一德)」, 「전보(典寶)」, 「이훈(伊訓)」, 「사명(肆命)」, 「원명(原命)」, 「무성(武成)」, 「여오(旅獒)」, 「경명(冏命)」이라고 했다.

56 모시(毛詩) :『시경(詩經)』의 별칭이다. 분서갱유 이후 한 초기에 전해진 시에는 제시(齊詩)·

580

의 이름과 예例, 시에 대한 공자의 논의, 주자朱子 주석의 대략을 작은 글씨로 쓴다. 제2층 제1칸엔 조금 내려서 '국풍國風' 두 글자를 쓴다. 제2칸부터 제3층 제7칸까지 15국의 「국풍」[58]을 나란히 쓴다. 제3층 제8칸엔 조금 내려서 '소아小雅' 두 글자를 쓴다. 제9칸에서 제4층 제7칸까지 「소아」 8십什[59]을 나란히 쓴다. 제4층 제8칸엔 조금 내려서 '대아大雅' 두 글자를 쓴다. 제9칸에서 제5층 제2칸까지 「대아」 3편[60]을 나란히 쓴다. 제5층 제3칸엔 조금 내려서 '송頌' 한 글자를 쓴다. 제4칸부터 제8칸까지 「주송周頌」 3편[61]과 「노송魯頌」, 「상송商頌」을 나란히 쓴다. 풍風·아雅·송頌의 아래에는 편장의 표제를 각각 세주로 쓴다. 국명國名과 편명篇名의 아래에다 대략 편장의 표제와 편목, 장章의 수를 세주로 쓴다. 남은 한 칸은 비워 둔다.

○ 제4첩은 『의례儀禮』[62]·『주례周禮』[63]·『춘추春秋』다. 첩 전체의 한가운데에서 가로

노시(魯詩)·한시(韓詩), 그리고 모형(毛亨)과 모공(毛公)이 전한 '모시'가 있었다. 후한(後漢) 정현(鄭玄)이 『모시』에 전주(箋註)를 붙이자 다른 세 가지 시는 사라지고 모시만이 후대에 전해졌다. 지금의 『시경』은 이것을 바탕으로 한다.

57 육의(六義) : 『시경』 〈관저(關雎)〉편 대서(大序)에서 언급된 것이다. "시에는 육의가 있으니, 첫째는 풍, 둘째는 부, 셋째는 비, 넷째는 흥, 다섯째는 아, 여섯째는 송이라 한다(詩有六義, 一曰風, 二曰賦, 三曰比, 四曰興, 五曰雅, 六曰頌)." 육의에 대한 해석은 여러 가지이다. 가장 널리 통용된 것은 주희의 해석인데, 주희는 풍(風)·아(雅)·송(頌)은 시의 체재인 삼경(三經)으로, 부(賦)·비(比)·흥(興)은 표현 방식인 삼위(三緯)로 해석했다.

58 15국의 「국풍」 : 「주남(周南)」, 「소남(召南)」, 「패풍(邶風)」, 「용풍(鄘風)」, 「위풍(衛風)」, 「왕풍(王風)」, 「정풍(鄭風)」, 「제풍(齊風)」, 「위풍(魏風)」, 「당풍(唐風)」, 「진풍(秦風)」, 「진풍(陳風)」, 「회풍(檜風)」, 「조풍(曹風)」, 「빈풍(豳風)」이다.

59 「소아」 8십(什) : 『모시』는 「소아」를 「녹명지십(鹿鳴之什)」, 「남유가어지십(南有嘉魚之什)」, 「홍안지십(鴻雁之什)」, 「절남산지십(節南山之什)」, 「곡풍지십(谷風之什)」, 「보전지십(甫田之什)」, 「어조지십(魚藻之什)」의 7십으로 나눴고, 주희의 『시경집전(詩經集傳)』은 「녹명지십(鹿鳴之什)」, 「백화지십(白華之什)」, 「단궁지십(彤弓之什)」, 「기보지십(祈父之什)」, 「소민지십(小旻之什)」, 「북산지십(北山之什)」, 「상호지십(桑扈之什)」, 「도인사지십(都人士之什)」의 8십으로 나누었다. 10편씩 1십으로 묶는 방식의 이 분류에서 『모시』는 편명만 전하는 6편을 빼고 10편씩 묶었고, 주희는 이를 포함해서 10편씩 묶었기 때문에 이런 차이가 발생했다.

60 「대아」 3편 : 「문왕지십(文王之什)」, 「생민지십(生民之什)」, 「탕지십(蕩之什)」이다.

61 「주송(周頌)」 3편 : 「청묘지십(淸廟之什)」, 「신공지십(臣工之什)」, 「민여소자지십(閔予小子之什)」이다. ○ 「노송(魯頌)」은 「경지십(駉之什)」 1편이고, 「상송(商頌)」은 따로 편제가 없다.

62 『의례(儀禮)』 : 13경의 하나로, 관혼상제 등의 예법을 기록한 유교 경전이다. 『주례(周禮)』, 『예기(禮記)』와 함께 '삼례(三禮)'로 통칭된다. 『의례』의 저자를 주공(周公)이라고도 한다.

로 나누어 두 단으로 만든다. 윗단을 다시 세로로 나누어 두 단으로 만드는데, 왼쪽 단이 오른쪽 단의 3분의 1이 되게 한다. 먼저 그 오른쪽 단을 3층으로 나눈다. 제2층과 3층은 높이가 같고, 제1층은 다른 층에 비해 낮은데, 절반 정도다. 다시 제2층과 3층의 각 층을 똑같이 9칸으로 나눈다. 제1층의 한가운데 '의례儀禮' 두 글자를 가로로 쓴다. 그 좌우에 작은 글씨로 가공언賈公彦[64] 총론의 개요를 쓴다. 제2층 제1칸부터 제3층 제8칸까지, 17편[65] 편명을 나란히 쓴다. 편명마다 아래에는 해당 편 대강의 요지를 세주로 단다. 남은 한 칸은 비워 둔다. 다음, 왼쪽 단은 2층으로 나누는데, 1층이 2층에 비해 4

한대(漢代)에는 '금문의례(今文儀禮)'와 '고문의례(古文儀禮)'가 있었다. '금문의례'는 서한(西漢) 초부터 노(魯)의 학자들이 전수한 것을 하간헌왕(河間獻王)이 헌상한 것인데, 예서(隷書)로 필사되어 '금문의례'라고 했다. 총 17편이며 편목은 현재의 『의례』와 동일하다. '고문의례'는 『한서(漢書)』 「예문지(藝文志)」에 언급된 '예 고경(禮古經)' 56권인데, 한 무제(漢武帝) 때 처음 알려졌으며 전체 편 중에서 17편만 금문의례와 동일하고 나머지 39편은 '금문의례'에는 없는 것들이다. 선진(先秦) 시대에 유행한 전서(篆書)로 쓰여 있어서 '고문의례'라고 한다. 금문의례와 고문의례는 정현(鄭玄)에 의해 집대성되어 지금의 『의례』로 정착되었다.

63 『주례(周禮)』: 13경의 하나로, 주(周) 왕실의 관직 제도와 전국시대 각국의 제도를 기록한 책이다. 『주관(周官)』 또는 『주관경(周官經)』으로 불리다가, 전한(前漢) 말에 유가 경전에 포함되면서 『주례』라고 불리게 되었다. 『예기(禮記)』·『의례(儀禮)』와 함께 삼례(三禮)로 통칭된다. 성립 시기와 편저자에 대해선 주 초의 주공(周公), 한대의 유흠(劉歆) 등 다양한 설이 있다. 현재는 전국시대에 성립된 것으로 보는 것이 통설이다. 정현(鄭玄)이 『주례주(周禮注)』를 편찬하고, 당(唐)의 가공언(賈公彦)이 여기에 소를 붙여 『주례정의(周禮正義)』를 편찬함으로써 13경의 하나로 확정되었다. 이 책의 체재는 천(天)·지(地)·춘(春)·하(夏)·추(秋)·동(冬)의 육상(六象)에 따라 직제를 천관(天官)·지관(地官)·춘관(春官)·하관(夏官)·추관(秋官)·동관(冬官)의 여섯으로 나누고, 그 아래에 각 관직과 직무를 서술하는 형태로 되어 있다.

64 가공언(賈公彦): 당의 학자로, 고종(高宗) 연간에 태학박사와 홍문관 학사를 지냈고, 예학(禮學)에 정통하여 공영달 등과 『예기정의(禮記正義)』의 편찬에 참여하였다. 그가 편찬한 주석서로는 『주례소(周禮疏)』, 『의례소(儀禮疏)』, 『예기소(禮記疏)』, 『논어소(論語疏)』, 『효경소(孝經疏)』가 있으며, 그 가운데 『주례소』와 『의례소』는 『십삼경주소(十三經注疏)』에 들어 있다.

65 17편: 『의례』의 17편은 다음과 같다. 「사관례(士冠禮)」, 「사혼례(士昏禮)」, 「사상견례(士相見禮)」, 「향음주례(鄕飮酒禮)」, 「향사례(鄕射禮)」, 「연례(燕禮)」, 「대사의(大射儀)」, 「빙례(聘禮)」, 「공식대부례(公食大夫禮)」, 「근례(覲禮)」, 「상복(喪服)」, 「사상례(士喪禮)」, 「기석례(旣夕禮)」, 「사우례(士虞禮)」, 「특생궤식례(特牲饋食禮)」, 「소뢰궤식례(少牢饋食禮)」, 「유사철(有司徹)」.

분의 1이 되게 한다. 제2층은 6칸으로 균일하게 나눈다. 제1층 한가운데 '주례周禮' 두 글자를 가로로 쓴다. 그 좌우에 작은 글씨로 정강성鄭康成 총론의 개요를 적는다. 제2층의 6칸엔 육관六官[66]을 나란히 쓴다. 그런데 동관冬官은 '사공司空'이라고 하지 않고 '고공기考工記'라고 한다.[67] 각 관직 아래에는 세주로 총서總敍와 속관屬官의 수를 적는다. 고공기 아래엔 세주로 대략 편장의 제목과 공인工人의 수를 적는다.

다음, 아랫단을 3층으로 나눈다. 제2층과 3층은 높이가 대략 같다. 제1층만은 다른 층에 비해 낮아 겨우 3분의 2 정도다. 제2층은 12칸으로 똑같이 나누고, 제3층은 27칸으로 똑같이 나눈다. 제1층의 한가운데에 '춘추春秋' 두 글자를 가로로 쓴다. 그 좌우엔 작은 글씨로 맹자孟子·사마천司馬遷·두예杜預·정자程子 설[68]의 대략을 적는다. 제2층 12칸에는 노로魯의 12공公[69]을 나란히 적는다. 공마다 밑에 이름과 재위 연수를 세주로 적는다. 그리고 은공隱公·애공哀公의 경우엔『춘추春秋』의 시말을 대략 서술한다.[70] 제

---

66 육관(六官) : 「천관총재(天官冢宰)」, 「지관사도(地官司徒)」, 「춘관종백(春官宗伯)」, 「하관사마(夏官司馬)」, 「추관사구(秋官司寇)」, 「동관고공기(冬官考工記)」의 여섯 편이다. 이 중 「동관고공기」는 유실된 「동관사공(冬官司空)」 대신 한대(漢代)에 보충해 넣은 것이다.

67 동관(冬官)은 '사공(司空)'이라고 …… '고공기(考工記)'라고 한다 : 각주 66 참조.

68 맹자(孟子)·사마천(司馬遷)·두예(杜預)·정자(程子) 설 : 유교 문헌 가운데『춘추』에 관한 언급이 최초로 보이는 것은『맹자』의「등문공 하(滕文公下)」·「이루 하(離婁下)」편이다. 맹자는 군부(君父)를 시해하는 난신적자(亂臣賊子)가 배출되는 혼란기에 공자가 명분을 바로잡고 인륜을 밝혀 세태를 바로잡고자『춘추』를 지었다고 했다. ○『사기』「공자세가(孔子世家)」에서 사마천은『춘추』가 "노(魯)의 역사에 근거하고, 주(周)를 가까이하고, 은(殷)을 참고하여, 삼대를 계승하고 있다(據魯, 親周, 故殷, 運之三代)."라고 하며, "『춘추』의 대의가 행해지면, 천하의 난신적자들이 두려워하게 될 것(春秋之義行, 則天下亂臣賊子懼焉)"이라고 했다. ○ 두예(杜預)는 진(晉)의 두릉(杜陵) 사람으로, 자는 원개(元凱)이다. 군공(軍功)으로 당양현후(當陽縣侯)에 봉해졌다. 유가의 경전에도 조예가 깊어, 스스로 자신이 좌전벽(左傳癖)이 있다고 하며『춘추좌씨전』주해에 전력해서『춘추좌씨경전집해(春秋左氏經傳集解)』를 저술하였다.『진서(晉書)』〈두예열전(杜預列傳)〉. ○ '정자의 설'은 정이(程頤)의 〈춘추전서(春秋傳序)〉를 가리킨다. 정이는『춘추전(春秋傳)』을 시도했으나 미완이고, 서문이『근사록(近思錄)』「치지(致知)」에 수록되어 있다.

69 노(魯)의 12공(公) :『춘추(春秋)』에 실린 노(魯)의 12국군(國君)은 차례로, 은공(隱公)·환공(桓公)·장공(庄公)·민공(閔公)·희공(僖公)·문공(文公)·선공(宣公)·성공(成公)·양공(襄公)·소공(昭公)·정공(定公)·애공(哀公)이다.

70 은공(隱公)·애공(哀公)의 …… 대략 서술한다 :『춘추』는 은공에서 시작해서 애공에서 끝난다.

3층의 제1칸엔 조금 내려서 '열국이십이列國二十二' 다섯 자를 적는다. 제2칸에서 제23
칸까지 열국의 이름을 나란히 적는다. 나라마다 그 밑엔 성姓과 작위, 『춘추春秋』에 들
게 된 자초지종을 세주로 적는다. 제24칸엔 조금 내려서 '삼전명씨三傳名氏'[71] 네 글자를
적는다. 제25칸에서 27칸까지 좌구명左丘明·공양고公羊高·곡량적穀梁赤의 성명을 나
란히 적는다.

○ 제5첩은 『예기禮記』[72]이다. 6층으로 나눈다. 제2층에서 제6층까지는 높이가 모두
균일하다. 다만 제1층은 다른 층에 비해 낮아 겨우 5분의 2 정도다. 제2층 이하 각 층을
다시 똑같이 각각 10칸으로 나눈다. 제1층 한가운데 '예기禮記' 두 글자를 가로로 적는
다. 그 좌우엔 작은 글씨로 소疏·설說·총론[73]의 개요를 적는다. 제2층 제1칸에서 제6
층 제6칸까지엔 49편의 편명[74]을 나란히 적는다. 상·하편이 있는 것은 『상서』의 예와

---

71 삼전명씨(三傳名氏) : 『춘추』의 주석서인 『좌씨전(左氏傳)』, 『공양전(公羊傳)』, 『곡량전(穀梁
傳)』을 삼전(三傳)이라고 통칭한다. 삼전의 저자들은 좌구명(左丘明)·공양고(公羊高)·곡
량적(穀梁赤)이다.

72 『예기(禮記)』 : 5경의 하나로, 예(禮)의 이론 및 실제를 논하는 경전이다. 예를 특별히 강조
한 공자의 가르침이 전해지면서 예에 대한 다양한 논의가 발달했고, 한(漢)에 이르면 200
여 편의 예설(禮說)들이 존재했다. 그것을 대덕(戴德)·대성(戴聖) 같은 학자들이 수집해서
예서(禮書)로 편찬했다. 정현(鄭玄)은 〈육예론(六藝論)〉에서 "대덕은 기(記) 85편을 전하였
으니 곧 『대대례(大戴禮)』이고, 대성은 예 49편을 전하였으니 바로 이 『예기(禮記)』다."라
고 했다. 정현은 『주례』, 『의례』와 함께 『소대례기』를 『예기』라고 부르며 주석을 붙여 '삼
례(三禮)'로 칭했고, 이후 대성의 『소대례(小戴禮)』는 『예기』로 행세하게 되었다. 당의 공영
달이 『오경정의』를 편찬하면서, 정현의 주석을 바탕으로 소(疏)를 달아 『예기정의(禮記正
義)』를 저술했다. 이것이 『예기』의 주석서로 통용된다.

73 소(疏)·설(說)·총론 : 『예기정의』에 실린 공영달의 소, 원의 진호(陳澔)가 『예기』에 관한
기존의 주석들을 편집한 『예기집설(禮記集說)』, 명의 호광(胡廣) 등이 편찬한 『예기집설대
전(禮記集說大全)』의 총론을 가리킨다.

74 49편의 편명 : 「곡례 상(曲禮上)」, 「곡례 하(曲禮下)」, 「단궁 상(檀弓上)」, 「단궁 하(檀弓下)」, 「왕
제(王制)」, 「월령(月令)」, 「증자문(曾子問)」, 「문왕세자(文王世子)」, 「예운(禮運)」, 「예기(禮器)」,
「교특생(郊特牲)」, 「내칙(內則)」, 「옥조(玉藻)」, 「명당위(明堂位)」, 「상복소기(喪服小記)」, 「대
전(大傳)」, 「소의(少儀)」, 「학기(學記)」, 「악기(樂記)」, 「잡기 상(雜記上)」, 「잡기 하(雜記下)」, 「상
대기(喪大記)」, 「제법(祭法)」, 「제의(祭義)」, 「제통(祭統)」, 「경해(經解)」, 「애공문(哀公問)」, 「중
니연거(仲尼燕居)」, 「공자한거(孔子閒居)」, 「방기(坊記)」, 「중용(中庸)」, 「표기(表記)」, 「치의
(緇衣)」, 「분상(奔喪)」, 「문상(問喪)」, 「복문(服問)」, 「간전(間傳)」, 「삼년문(三年問)」, 「심의(深
衣)」, 「투호(投壺)」, 「유행(儒行)」, 「대학(大學)」, 「관의(冠義)」, 「혼의(昏義)」, 「향음주의(鄕飮

같이 기록한다. 각 편명 아래엔 대략적인 편장의 제목篇題을 세주로 단다. 『대학大學』과 『중용中庸』은 '주자朱子 장구章句'라고만 주를 단다. 남은 네 칸은 비워 둔다.

○ 제6첩은 『논어論語』와 『대학大學』이다. 전체 첩의 한가운데서 가로로 나누어 두 단으로 만든다. 먼저 그 상단을 3층으로 나눈다. 제2층과 3층은 높이가 같고, 제1층만은 다른 층보다 낮아 겨우 반이다. 다시 제2층과 3층에서 각 층을 10칸씩으로 똑같이 나눈다. 제1층 한가운데 '논어論語' 두 글자를 가로로 쓴다. 그 좌우엔 작은 글씨로 하안何晏과 정자程子 설[75]의 개요를 쓴다. 제2층 제1칸부터 제3층 제10칸까지 20편의 편명[76]을 나란히 쓴다. 매 편명 아래에는 편장의 제목을 세주로 단다. 다음 그 아랫단을 3층으로 나누는데 대략 상단과 동일하다. 제2층은 11칸으로 똑같이 나누고, 제3층은 28칸으로 똑같이 나눈다. 제1층 한가운데 '대학大學' 두 글자를 가로로 쓴다. 그 좌우에 작은 글씨로 편장의 제목篇題과 정자程子의 설을 적는다. 제2층 11칸에 경經 1장, 전傳 10장의 목차를[77] 나란히 적는다. 각 장 아래엔 석의釋義[78]를 세주로 단다. 그리고 옛적의 착간錯簡과 보망補亡[79]을 부록한다. 제3층 28칸에는 주자의 서문을 쓴다.

酒義)」, 「사의(射義)」, 「연의(燕義)」, 「빙의(聘義)」, 「상복사제(喪服四制)」이다.

75 하안(何晏)과 정자(程子) 설 : 『논어』의 대표적 주석서로는 하안의 『논어집해(論語集解)』, 황간(皇侃)의 『논어의소(論語義疏)』, 형병(邢昺)의 『논어정의(論語正義)』, 주희(朱熹)의 『논어집주(論語集註)』가 '4대 주석'으로 꼽힌다. 정이(程頤)는 「논어해(論語解)」, 「논어설(論語說)」 등의 논어 해설을 남겼는데, 그의 견해는 대부분 주희의 『논어집주』에 수록되었다. ○ 하안은 삼국시대 위(魏) 사람으로, 자는 평숙(平叔)이다.

76 20편의 편명 : 『논어』 20편의 편명은 「학이(學而)」, 「위정(爲政)」, 「팔일(八佾)」, 「이인(里仁)」, 「공야장(公冶長)」, 「옹야(雍也)」, 「술이(述而)」, 「태백(泰伯)」, 「자한(子罕)」, 「향당(鄕黨)」, 「선진(先進)」, 「안연(顏淵)」, 「자로(子路)」, 「헌문(憲問)」, 「위령공(衛靈公)」, 「계씨(季氏)」, 「양화(陽貨)」, 「미자(微子)」, 「자장(子張)」, 「요왈(堯曰)」이다.

77 경(經) 1장, 전(傳) 10장의 목차 : 『대학장구(大學章句)』의 경 1장, 전 10장은 차례로, 「삼강령장(三綱領章)」, 「명명덕장(明明德章)」, 「신민장(新民章)」, 「지어지선장(止於至善章)」, 「본말장(本末章)」, 「격물치지장(格物致知章)」, 「성의장(誠意章)」, 「정심수신장(正心修身章)」, 「수신제가장(修身齊家章)」, 「제가치국장(齊家治國章)」, 「치국평천하장(治國平天下章)」이다.

78 석의(釋義) : 경전 본문의 뜻을 해설하는 것이다.

79 착간(錯簡)과 보망(補亡) : 『대학大學』은 원래 『예기(禮記)』의 42번째 편이었다. 송의 사마광(司馬光)이 이것을 처음 독립시켜 『대학광의(大學廣義)』를 지었다. 이후 정호(程顥)·정이(程頤) 형제와 주희는 『예기』에서 독립시킨 『대학』과 『중용』을 『논어』·『맹자』와 함께 '사

○제7첩은 『중용中庸』이다. 5층으로 나눈다. 제2층에서 제5층까지는 높이가 모두 같다. 다만 제1층은 다른 층에 비해 낮아 겨우 반이다. 제2층에서 제4층까지 각 층을 다시 각각 11칸으로 똑같이 나누고, 제5층은 35칸으로 나눈다. 제1층 한가운데 '중용中庸' 두 글자를 가로로 쓴다. 그 좌우에 작은 글씨로 편장의 제목과 정자의 설을 적는다. 제2층 제1칸에서 제4층 제11칸까지에 33장의 목차[80]를 나란히 적는다. 각 장章 아래에는 장 아래의 원주原註를 세주로 적는다. 많은 것은 추려서 기록하고, 없는 것은 뺀다. 제5층 35칸엔 주자의 서문[81]을 쓴다.

○제8첩은 『맹자孟子』, 『효경孝經』,[82] 『이아爾雅』[83]다. 첩 전체를 가로로 나누어 두 단

서(四書)로 확립했다. 이 과정에서 정이는 『예기』 속에 들어 있던 『대학』이 순서가 뒤섞였다고 보고 바로잡았다. 주희는 여기에 더하여 순서만이 아니라 빠진 부분이나 잘못된 부분도 있다고 보아, 고본 『대학』의 본문을 교정하고 순서를 재정돈했다. 결과 『대학』의 205자(字)를 경문(經文), 이하를 경문을 해설하는 전(傳)이라 하여, 경 1장 전 10장의 체제를 확립하여 『대학장구(大學章句)』를 저술했다. 주희는 이 과정에서 고본 『대학』은 '격물치지(格物致知)'에 관한 전이 빠져 있다고 하여, 『대학장구』 전 5장의 '차위지지지야(此謂知之至也)' 6자 앞에 128자를 더 보충해서 전을 만들었다. 이를 '보망장(補亡章)' 혹은 '격물치지보망장(格物致知補亡章)'이라고 한다. 그러나 『대학』엔 원래 착간이나 빠진 부분이 없다는 반론은 계속 제기되기도 했다. 대표적인 학자가 왕수인(王守仁)이다.

80 33장의 목차: 『중용』 33장의 목차는 다음과 같다. 「천명장(天命章)」, 「시중장(時中章)」, 「능구장(能久章)」, 「지미장(知味章)」, 「도기불행장(道其不行章)」, 「순기대지장(舜其大知章)」, 「개왈여지장(皆曰予知章)」, 「회지위인장(回之爲人章)」, 「백인가도장(白刃可蹈章)」, 「자로문강장(子路問强章)」, 「색은행괴장(索隱行怪章)」, 「부부지우장(夫婦之愚章)」, 「도불원인장(道不遠人章)」, 「불원불우장(不怨不尤章)」, 「행원자이장(行遠自邇章)」, 「귀신장(鬼神章)」, 「순기대효장(舜其大孝章)」, 「문왕대우장(文王無憂章)」, 「주공달효장(周公達孝章)」, 「애공문정장(哀公問政章)」, 「자성명장(自誠明章)」, 「천하지성장(天下至誠章)」, 「기차치곡장(其次致曲章)」, 「지성여신장(至誠如神章)」, 「성자자성장(誠者自成章)」, 「지성무식장(至誠無息章)」, 「존덕성장(尊德性章)」, 「오종주장(吾從周章)」, 「왕천하장(王天下章)」, 「중니조술장(仲尼祖述章)」, 「총명예지장(聰明睿知章)」, 「성지천덕장(聖知天德章)」, 「무성무취장(無聲無臭章)」.

81 주자의 서문: 주희가 지은 〈중용장구서(中庸章句序)〉를 가리킨다.

82 『효경(孝經)』: 13경의 하나로, 효의 원칙과 규범을 수록한 유교 경전이다. 진시황 분서 때 안지(顏芝)가 감추었다가 후에 공자의 옛집에서 나온 『고문효경(古文孝經)』과 그 아들 정(貞)이 다시 쓴 『금문효경(今文孝經)』이 있었다. 주희(朱熹)는 고문과 금문의 차이를 주목하여, 고문(古文) 위주로 『효경』의 내용을 경(經) 1장과 전(傳) 14장으로 나누어 다시 정리해서 『효경간오(孝經刊誤)』를 지었다. 주희는 여기서 경 1장은 공자와 증자가 묻고 대답한 것을 증자의 문인이 기록한 것이고, 전은 혹자가 전기(傳記)를 이끌어 경문을 해석한 것이라

으로 만드는데, 상단이 아랫단에 비해 10분의 3 정도 되게 한다. 먼저 그 상단을 2층으로 나눈다. 제1층이 제2층에 비해 4분의 3가량 되게 한다. 제2층은 7칸으로 똑같이 나눈다. 제1층 한가운데 '맹자孟子' 두 글자를 가로로 쓴다. 그 좌우에 작은 글씨로 『사기史記』 본전⁸⁴의 개요를 쓴다. 제2층 7칸에는 7편의 편명⁸⁵을 나란히 쓴다. 각 편명의 아래에는 상·하편의 장수章數를 주로 나누어 단다. 다음, 아랫단을 세로로 나누어 두 단을 만드는데, 오른쪽 단이 왼쪽 단에 비해 7분의 5 정도 되게 한다. 먼저 오른쪽 단을 4층으로 나눈다. 제2층에서 4층까지는 높이가 모두 균일하다. 다만 제1층은 다른 층에 비해 낮아 겨우 5분의 3 정도다. 제2층 이하 각 층을 다시 각각 5칸으로 똑같이 나눈다. 제1층 한가운데 '효경孝經' 두 글자를 가로로 쓴다. 그 좌우엔 작은 글씨로 총서總敍의 개요를 쓴다. 제2층 제1칸부터 제4층 제5칸까지는 주자가 정한 경經 1장, 전傳 14장의 목차⁸⁶를 나란히 쓴다. 각 장 아래에는 석의釋義와 금문今文의 장章 차례를 세주로 단다. 다음, 왼쪽 단을 4층으로 나눈다. 제2층에서 4층까지는 높이가 모두 균일하다. 다만 1층은 다른 층에 비해 낮아 겨우 3분의 1이다. 제2층 이하 각 층은 다시 각각 7칸으로 나눈다. 제1층의 한가운데 '이아爾雅' 두 글자를 가로로 쓴다. 그 좌우에는 작은 글씨로 총서의 개

고 하였다. 『효경간오(孝經刊誤)·제요(提要)』.

83 『이아(爾雅)』: 13경의 하나로, 중국의 가장 오래된 훈고서이다. 『시경(詩經)』, 『서경(書經)』, 『주역(周易)』, 『예기(禮記)』, 『춘추(春秋)』 등 경전에 수록된 한자들의 음과 뜻을 풀이하였는데, 3권 19편이다. 형성 시기는 한(漢) 이전이며, 저자 또는 편자는 주공(周公), 자하(子夏) 등의 설이 있지만 분명하지 않다. 주(周)에서 한(漢)까지의 학자들이 여러 경서에 수록된 석의들을 채록한 책이라고도 한다. 현재 『이아』는 전해지지 않으며, 서진(西晉)의 곽박(郭璞)이 주석한 『이아주(爾雅注)』가 가장 오래된 것으로 남아 있다.

84 『사기(史記)』 본전: 『사기』의 〈맹자·순경열전(孟子荀卿列傳)〉을 가리킨다.

85 7편의 편명: 『맹자』 7편의 편명은 「양혜왕(梁惠王)」, 「공손추(公孫丑)」, 「등문공(滕文公)」, 「이루(離婁)」, 「만장(萬章)」, 「고자(告子)」, 「진심(盡心)」이다.

86 주자가 정한······ 14장의 목차: '경(經) 1장, 전(傳) 14장'은 『효경간오(孝經刊誤)』를 통해 주희가 재정리한 『효경』의 편장 체제이다. 경(經) 1장은 개종명의장(開宗明義章)이고, 전(傳) 14장은 「광지덕장(廣至德章)」, 「광요도장(廣要道章)」, 「삼재장(三才章)」, 「효치장(孝治章)」, 「성치장 상일절(聖治章上一節)」, 「성치장 하일절(聖治章下一節)」, 「기효행장(紀孝行章)」, 「오형장(五刑章)」, 「사군장(事君章)」, 「감응장(感應章)」, 「광양명장(廣揚名章)」, 「규문장(閨門章)」, 「간쟁장(諫爭章)」, 「상친장(喪親章)」이다.

요를 쓴다. 제2층 제1칸에서 제4층 제5칸까지 19편의 편명[87]을 쓴다. 각 편명 아래에는 석의를 세주로 달고, 없는 것은 뺀다. 남은 두 칸은 비워 둔다.】

○「역대도 병풍歷代圖屛」【모두 여덟 폭이다. 첫째 폭은 상고시대부터 은殷까지이다. 둘째 폭은 주周부터 진秦까지인데, 열국列國을 부록한다. 셋째 폭은 한漢에서 수隋까지인데, 참위僭僞[88]와 북조北朝는 모두 해당 세대에 부록한다. 넷째 폭은 당唐과 오대五代인데, 오대 때 할거했던 여러 나라를 모두 나열한다. 다섯째 폭은 송宋과 원元인데, 요遼·금金을 부록한다. 여섯째 폭은 명明과 청淸이다. 일곱째 폭은 동국東國이다. 단군부터 고려까지인데, 고찰할 수 없는 것은 빼놓는다. 이상 모두 제왕의 호와 시호를 죽 적고, 그 이름과 재위 연수를 세주로 단다. 한 무제漢武帝 이후는 또 그 연호를 주석에 달고 흥망의 대략을 기록한다. 여덟째 폭은 도통도道統圖이다. 정통正統과 익통翼統[89]이 있고, 그 이름과 호, 언행의 개요를 모두 세주로 단다.

---

87 19편의 편명 : 『이아(爾雅)』 19편의 편명은 다음과 같다. 「석고(釋詁)」, 「석언(釋言)」, 「석훈(釋訓)」, 「석친(釋親)」, 「석궁(釋宮)」, 「석기(釋器)」, 「석악(釋樂)」, 「석천(釋天)」, 「석지(釋地)」, 「석구(釋丘)」, 「석산(釋山)」, 「석수(釋水)」, 「석초(釋草)」, 「석목(釋木)」, 「석충(釋蟲)」, 「석어(釋魚)」, 「석조(釋鳥)」, 「석수(釋獸)」, 「석축(釋畜)」.

88 참위(僭僞) : 정통이 아닌, 가짜 왕조라는 말이다. 여기선 신망(新莽)을 가리킨다. 신망은 왕망(王莽)이 세운 신(新)나라를 말한다. 왕망은 서한(西漢) 말에 제위(帝位)를 찬탈하고 국호(國號)를 신(新)으로 바꿨다. 서기 9년에서 25년까지 존속하였다.

89 정통(正統)과 익통(翼統) : 유학의 학통을 도의 전수 계보로 이해하고 수립하는 것을 도통(道統)이라고 한다. 맹자부터 도의 전수에 대해 언급하지만, 당의 한유(韓愈)가 처음 '도통'이라는 말을 사용했으며 송의 성리학자 주희가 완성했다. 주희는 정주학이 유학의 정통임을 내세우는 방법으로, 상고(上古)의 신성(神聖)으로부터 요(堯)·순(舜)·우(禹)·탕(湯)·문(文)·무(武)를 거쳐 공자(孔子)·안연(顔淵)·증자(曾子)·자사(子思)·맹자(孟子), 그리고 두 명의 정자(程子)로 도의 계보가 형성되었다고 주장했다. 이러한 논의는 이후 발달을 계속해서, 웅사리(熊賜履)의 저서인 『학통(學統)』에선 유가의 도통을 정통(正統)·익통(翼統)·부통(附統)으로 세분하고, 선진시대부터 명대까지의 유자들을 배정했다. 공자 문하의 대종(大宗)인 정통엔 공자 이후 안자·증자·자사·맹자·주자(周子), 그리고 두 명의 정자와 주자(朱子)를 넣고, 경전을 보익하고 뛰어난 학문으로 '오도(吾道)'의 공신이 된 자들로 민자(閔子) 이하 명의 나흠순(羅欽順)까지 23인을 익통에 배속했다. 부통엔 공자 문하의 여러 현인과 역대의 훌륭한 유자들로 염백우(冉伯牛) 이하 명의 고반룡(高攀龍)까지 178인을 배속했다.

○「사시도 병풍四時圖屏」【모두 여덟 폭이다. 첫째·둘째 폭은 '서호의 봄 경치西湖春景'를 그리고, 셋째·넷째 폭은 '북산의 여름 정취北山夏意'를 그린다. 다섯째·여섯째 폭은 '남강의 가을 구경南江秋賞'을 그리고, 일곱째·여덟째 폭엔 '동계의 눈 내린 경치東溪雪色'를 그린다. 북산은 갑9에 나오고, 나머지는 모두 갑10에 나온다.】

3.

사람 사는 집이면 늘 있는 이용후생의 도구들은 다 기록하지 않고, 명銘이나 지識가 있는 것만 기록한다.

○○○ 〈솥에 새긴 명鼎銘〉

속은 비고 몸체는 견고하며, 그릇은 무겁고 쓰임은 형통하여,
대팽大烹[90]으로 천하 백성을 기른다.
아, 그 덕은 성대하고 공이 넉넉하도다!

○○○ 〈지팡이에 새긴 명杖銘〉

굳세야지 약해선 안 되니, 약하면 부러진다.

---

90 대팽(大烹) : 원문은 '대형(大亨)'으로, '대팽(大烹)'과 같다. 풍성하게 잘 차려진 음식을 말한다. 『주역』 정괘(鼎卦)에 "성인이 삶아서 상제를 제향하고, 크게 삶아 성현을 기른다(聖人亨以享上帝, 而大亨以養聖賢)."라고 한 데서 나왔다. 주희는 이에 대해 "상제께 제향함은 정성을 귀중히 여기니 송아지를 쓸 뿐이다. 어진 이를 봉양함은 옹손(饔飧)과 뇌례(牢禮)를 매우 성대하게 해야 하므로 '크게 삶음[大亨]'이라고 말하였다."라고 해석했다. 『주역본의(周易本義)』. 옹손(饔飧)은, 빈객이 처음 당도했을 때 대접하는 예를 옹(饔)이라고 하고, 폐백을 마치고 대접하는 예를 손(飧)이라고 한다. 뇌례(牢禮)는 소·양·돼지의 세 가지 희생을 갖추어 빈객을 대접하는 예이다. ○홍길주의 〈정명〉은 이 구절을 인용하되, '대팽으로 성현을 봉양하는 대신 '천하 백성을 기른다.'로 문맥을 바꾸어 놓았다.

부드러워야지 강해선 안 되니, 강하면 찢어진다.
곧아야지 굽으면 안 되니, 굽으면 기울어진다.
무거워야지 가벼워선 안 되니, 가벼우면 위태롭다.
자신이 머뭇댐에 그치지 않고, 재앙이 부축한 분께 미친다.
여러 군자여, 각기 자기 몸을 잡도리하라.

○○○ 〈술병에 새긴 명酒壺銘〉

네 배는 크고 네 입은 작으니,
넉넉히 받아들여 조심스레 내놓으면, 진실로 군자에게 허물이 없으리.
항상 저장하고 드물게 쏟아내, 군자에게 술로 인한 허물이 없게 하라.

○○○ 〈목욕통에 새긴 명浴盤銘〉

"진실로 어느 하루 새로워졌으면, 나날이 새로워지고, 또 날로 새로워
져라."
탕湯의 세 마디 말씀,[91] 지극하고 극진하도다. 내 어찌 한마디인들 덧
붙이랴?

○○○ 〈안석에 새긴 명倚几銘〉

네 몸을 기댈 때, 길 가는 자 잊지 마라.
네 몸이 편할 때, 수고하는 자 잊지 마라.

---

91 탕(湯)의 세 마디 말씀 : 은 탕왕(殷湯王)이 목욕반(沐浴盤)에 새긴 명을 말한다. 바로 앞에
인용된 구절이다. 『대학(大學)』.

○○○ 〈투호에 새긴 명投壺銘〉

단지가 빈 것은, 비지 않으면 받지 못하기 때문이고,

화살이 곧은 건, 곧지 않으면 통하지 않기 때문이다.

단지가 둥근 건, 둥글지 않으면 막히기 때문이고,

화살이 무거운 건, 무겁지 않으면 무력하기 때문이다.

○○○ 〈거문고에 새긴 명琴銘〉

한 번 놀면 바람이 일고, 두 번 놀면 어우러지며, 세 번 놀면 통달한다.

산 높고 물 넓으니,[92] 너는 깃들인 봉황을 보라, 저 오동나무에.[93]

○○○ 〈칼에 새긴 명劒銘〉

대지가 대장장이가 되어, 정련된 쇠가 튀어 오르니,

교룡이 또아리 틀고 표범이 포효하듯, 기운이 하늘에 드러났네.

정련해 신검을 만드니, 빗돌도 단단하다 못 하고,

형형히 위로 뻗는 기운, 해와 별도 선회한다.

---

92 산 높고 물 넓으니 : 『열자(列子)』 「탕문(湯問)」에 나오는 백아(伯牙)와 종자기(鍾子期)의 이
야기를 암시하고 있다. "백아가 거문고를 연주하며 그의 마음을 높은 산에 두면 종자기는
'좋구나, 높디높아서 태산과 같구나.'라고 하고, 마음을 흘러가는 물에 두고 연주를 하면
종자기는 '좋구나, 넓디넓어서 황하와 양자강 같구나.'라고 하였다. 백아가 생각하는 바
를 종자기는 반드시 알아내었다(伯牙鼓琴, 志在登高山, 鍾子期曰: '善哉! 峩峩兮若泰山.' 志在流
水, 鍾子期曰: '善哉! 洋洋兮若江河.' 伯牙所念, 鍾子期必得之)."

93 깃들인 봉황을 보라, 저 오동나무에 : 『시경』 「대아(大雅)」 〈권아(卷阿)〉에 "봉황의 울음이
여, 저 높은 뫼에 있네. 오동나무가 자람이여, 저 조양에 있네(鳳凰鳴矣, 于彼高岡. 梧桐生矣,
于彼朝陽)."라고 한 구절이 있다. 그 주(註)에 "봉황의 성질은 오동나무가 아니면 깃들지 않
는다(鳳凰之性, 非梧桐不棲)."라고 하였다. 군자는 거주할 곳을 얻음을 의미한다.

곧은 신하에게 주어 간사한 자 제거하지 못하고,

씩씩한 장수 만나, 위엄과 무력을 떨치지 못했네.

암고래·숫고래 베지 않고, 연못에 잠겼고,

무소와 비휴 베지 않고, 산속에 숨어 있네.

늙은 항해옹, 협객도 아니고 신선도 아니니,

마음은 한가지로 고요하고, 기운은 오롯이 엉겼다.

예禮를 입고 시詩를 차며, 『금판金版』과 『육도六弢』[94]는 버리고,

요사한 귀신과 맹금 맹수들, 새나 벌레처럼 보네.

담로湛盧[95]를 녹여, 송곳과 저울추 만드니,

어째서 이 기물이, 벽에 걸려 있는가?

칼집 있으나 벗기지 않고, 숫돌 있으나 갈지 않아,

그 예리함 드러나지 않고, 그 빛은 연기 낀 듯하다.

항해옹 태허부에 있어, 정신이 순수하고 완전하니,

왼쪽엔 거문고 오른쪽엔 책, 그 노래 퍼져 나가네.

휘파람 소리 멀리 퍼지고, 웃음소리 활시위 같고,

연못엔 자라와 거북이, 저 구름 위엔 매가 있네.

어찌 이 기물을, 손에다 쥐랴?

쓸모없는 쓸모가, 완벽한 쓸모.

네 신령한 칼날을 품고, 천년만년 가리니,

누가 알까? 이 기물이 항해옹의 전신傳神[96]인 줄.

---

94 『금판(金版)』과 『육도(六弢)』 : 둘 다 고대의 병서이다.

95 담로(湛盧) : 고대의 명검 이름이다. 춘추시대 월(越)의 검장인 구야자(歐冶子)가 월 왕을 위해 거궐(巨闕)·담로(湛盧)·승사(勝邪)·어장(魚腸)·순구(純鉤)의 다섯 검을 만들었다고 한다. 그중 하나이다.

96 전신(傳神) : 원문은 '신전(神傳)'이나 '전신'의 의미로 해석하였다. '전신'은 그림이나 문자로 어떤 인물을 모사(摹寫)하여 그 고유한 정신과 모습을 전달하는 것을 말한다.

○○○ 〈부채에 새긴 명扇銘〉

구름과 노을, 번개와 천둥이, 손길 따라 나오고 물러나네.
큰 더위 든 해에, 차가운 회오리를 일으킬 뿐만이 아닐세.

○○○ 〈작은 수레에 새긴 명小車銘〉

반듯하긴 수레처럼, 둥글긴 바퀴처럼.
움직임은 수레의 앞말처럼, 고요하긴 수레 위 사람처럼.

○○○ 〈향로에 새긴 명香爐銘〉

겉은 강하고 굳세며 안은 문채 나고 밝으니, '동인同人'의 형통함에서
취했고,[97]
광휘를 간직하고 향내를 멀리 풍기니,『중용』의 마지막 장[98]에서 얻

---

97 겉은 강하고 …… 형통함에서 취했고 : 동인괘(同人卦: ䷌)는 64괘 중 13번째 괘로, '천화동
인(天火同人)' 괘이다. 괘상(卦象)은 이괘(離卦)가 아래, 건괘(乾卦)가 위에 포개져서, 하늘
아래 불이 있는 모습이다. 향로에 새긴 명에서 동인괘가 거론되는 이유이다. 동인괘의 괘
사(卦辭)는 "들판에서 사람들과 함께하면 형통하리니, 큰 내를 건너는 것이 이롭고, 군자
가 올바르게 행하는 것이 이롭다(同人於野, 亨, 利涉大川, 利君子貞)."이다. 주희는『주역본의』
에서 이 괘에 대해 "괘의 됨됨이 안은 문채 나고 밝으며, 밖은 강하고 굳세며 육이가 중정
하면서 응함이 있으니, 군자의 도이다. 점치는 이가 이와 같이 한다면 형통할 것이요 또
험난함을 건널 수 있다. 그러나 반드시 함께하는 바가 군자의 도에 합하여야 이로움이 된
다(爲卦, 內文明而外剛健, 六二中正而有應, 則君子之道也. 占者能如是, 則亨而又可涉險. 然必其所同,
合於君子之道, 乃爲利也)."고 해설하였다. 여기에 나오는 "안은 문채 나고 밝으며, 밖은 강하
고 굳세며(內文明而外剛健)"가〈향로명〉본문에선 "밖은 강하고 굳세며 안은 문채 나고 밝
으니(外剛健而內文明)"로 변형되어 인용되었다.
98 『중용』의 마지막 장 : 중용의 마지막 장인 제33장은 일명 '무성무취장(無聲無臭章)'이다. '소
리도 없고 냄새도 없다'라는 것은, 성인의 덕화는 하늘의 조화와 같아서 소리도 없고 냄새
도 없다는 말이다. "『시경』에 '나는 밝은 덕이 있으니, 음성과 얼굴빛을 중요하게 여기지

었도다.

이런 덕을 지닐 자 누구인가? 오직 군자만이 할 수 있으리!

○○○ 〈벼루에 새긴 명硯銘〉

돌의 품질엔 좋고 나쁜 것이 있지만, 문학의 공졸工拙은 여기 매이지 않는다.

단계 산이나 흡주의 공물[99]이라고, 모두 「우서虞書」, 「하서夏書」나 〈관저關雎〉, 〈칠월七月〉 시를 쓰는 건 아닐세.

벼루여, 너는 삼가서 좋은 자질만 믿지 말고, 웅장한 문사에 아름다운 덕을 드러내게 힘써 도우라.

○○○ 〈등잔에 새긴 명燈銘〉

책 읽는 자는 이것으로 밤을 낮에 잇고, 참선하는 자는 방에 빛을 밝힌다.

술과 도박으로 새벽까지 지새는 자라도, 모두 그 편리함에 힘입는다.

사물은 쓰기 나름일 뿐, 어찌 잘못 쓰인다고 그 기물을 벌하랴?

장생莊生이 "성인이 천하를 해친 것이 많다"【['다多'는] 협운叶韻이니, 장章·

않는다.'라고 했으니, 공자께선 '음성과 얼굴빛은 백성을 교화시키는 데 지엽적인 것이다.' 하셨다. 『시경』에 '덕은 가볍기가 터럭과 같다.' 했는데, 터럭은 오히려 비교할 만한 것이 있다. '하늘의 일은 소리도 없고 냄새도 없구나.'라고 했으니, 지극하도다(詩云: '予懷明德, 不大聲以色', 子曰: '聲色之於以化民, 末也.' 詩云: '德輶如毛', 毛猶有倫. '上天之載, 無聲無臭' 至矣)." 『중용장구(中庸章句)』. 여기서는 앞 절의 "광휘를 간직하고 향내를 멀리 풍기니"가 향로의 덕으로, 바로 '무성무취'의 덕을 연상시킨다는 뜻으로 인용되었다.

99 단계 산이나 흡주의 공물 : 중국 광동성(廣東省) 단계(端溪)에서 나는 단계연(端溪硯)과 안휘성(安徽省) 흡주(歙州)에서 공물로 진상되는 흡주석으로 만든 흡주연(歙州硯)은 벼루 중의 명품이다.

이移의 반절이다.]고 했던 것[100]처럼.

○○○ 〈물레에 새긴 명繅車銘〉

경륜經綸이란 손을 움직여 우리 백성들을 입히는 데서 나오는 것.
물레여 물레여, 우리 무리가 어찌 부끄럽지 않으랴.

○○○ 〈베틀에 새긴 명織機銘〉

직녀의 솜씨도 베틀 없으면 꽃무늬[101]를 만들 수 없고,
베틀만 있으면 촌마을 부녀가 삼베 치마라도 만든다네.
아! 베틀 얻기가 이처럼 어렵구나.『숙수념』책을 어째서 감추어 두나?

○○○ 〈자에 새긴 명尺銘〉

순舜이 음률과 자를 통일했지만,[102] 후세엔 그 예제를 잃었네.
그 명칭 번다해질수록, 장단은 제도가 달라지고,
황종黃鍾의 기장[103]은, 아득히 알 수 없게 되었다.

---

100 장생(莊生)이 "성인이 …… 많다."고 했던 것 :『장자(莊子)』「거협(胠篋)」편에 나오는 말이다. "성인이 천하를 이롭게 하는 것은 적고, 천하를 해친 것은 많다(聖人之利天下也少, 而害天下也多)."

101 꽃무늬 : 원문은 '장(章)'이다. 고대 예복 위에 수놓던 붉은색과 흰색을 섞어 놓은 꽃무늬를 가리킨다.『주례(周禮)』「고공기(考工記)·화궤(畫繢)」.

102 순(舜)이 음률과 자를 통일했지만 : 순(舜)은 등극하자 천하의 율(律)·도(度)·양(量)·형(衡)을 통일하였다. '율'은 음률이고, '도'는 길이를 재는 자[尺]이고, '양'은 부피를 재는 되이고, '형'은 무게를 다는 저울이다.『상서』「순전(舜典)」.

103 황종(黃鍾)의 기장 : 고대엔 도량형의 기본을 황종(黃鍾)으로 삼았는데, 길이의 경우 중간 크기의 기장 알 90개를 포갠 것이 황종의 길이다.『한서(漢書)』「율력지(律曆志)」.

누가 알겠는가? 이것이, 공수工倕[104]가 손수 만든 것이 아닐지.

○○○ 〈휘[105]에 새긴 명斛銘〉

아홉 말 아홉 되를, 억지로 '가득하다'라고 할 수 없고,
열 말 한 되를, 억지로 '평평하다'라고 말할 수 없다.
만약 군자의 배가 휘처럼 모양이 있다면,
천하에 어질다거나 못났거니 다툼 없으리.

---

104 공수(工倕) : 수(倕)는 요(堯) 때의 전설적인 장인이다. 일반적으론 '공수'라고 부른다. 『장자』 「달생(達生)」 편에 "공수가 손으로 도안을 하면 그림쇠나 곡자를 쓴 것처럼 정확했다. 그의 손가락이 물건과 동화되어 마음으로 계산하지 않았다. 그러므로 그의 정신은 하나로 모아져 아무런 구속도 없는 것이다(工倕旋而蓋規矩, 指與物化, 而不以心稽, 故其靈臺一而不桎)."라는 말이 나온다.

105 휘 : 곡식을 되는 그릇이다. 스무 말 들이와 열닷 말 들이가 있다.

第八觀 戊. 三事念

資德曰財,
輔道曰器.
是惟天下之公,
不可得以私積.

述 戊「三事念」.

1.

田土所在處, 及一歲所收錢穀布帛, 俱各有券. 不錄.

○ 産業之營理, 財幣之出納, 各有所司, 隨時裁度. 今不具錄.

○ 歲飢, 則招集數百里內流民乞兒, 大設粥飯以賑之. 又發倉粟, 以周之.

○ 隣里人飢困者, 以時周救. 而族戚士友, 則月周之, 東溪處士【甲十】及竹裏觀道士【甲九】·神圓寺浮屠【甲十】皆月供柴米.

○ 宅中賓客, 俱宜厚卹其家屬. 而用壽院醫人【甲八】益加意周給.

○ 或以財貸人, 而年久, 其人窘敗或歿, 而子孫孤弱, 亟火其券.

○ 出入游覽, 使一奴貯錢于帒, 擔以從. 途遇行丐, 量多少, 予之.

○ 舊蓄贏而新收繼, 則量發舊蓄, 以周貧乏, 勿令陳朽.

○ 或分遣賓客僕隸, 貿販遠物. 而切戒其與小民競利. 所販只是布帛藥材等利用厚生之需, 不可求奇珍异玩.

2.

蓄儲器用, 具有簿錄. 玆不該載, 略錄其新异者.

○ 觀天鏡【用以觀天, 小星皆大如銅槃, 氛祲畢見.】

○○○ 〈觀天鏡銘〉

日月如海, 星辰如湖,
日月星辰, 中有于于.
若問原質, 斯億之一,
若十層臺, 七層吾室.
我視穹蒼, 本在我瞳,
雖鏡猶漆, 彼哉羣蒙.
鏡中之觀, 何多何少?
若道以言, 鏡遁其耀.
嗚呼鏡乎,
爾是曾泉曲阿億萬年之積精歟?
抑亦至人玄聖雙輪照遐之神熒耶?
吾不敢質于言, 聊蕩燄于斯銘.

○ 觀地鏡【照地, 可見地中.】

○○○ 〈觀地鏡銘〉

幽之于幽, 欲人不見.

598

見所不見, 懼穹有譴.

旣幽厥觀, 又産斯寶,

認彼玄縡, 若私一老.

葆尒光明, 昚尒言謂.

恘人有鏡, 炤尒肝胃.

◯觀海鏡【照水, 水底魚龍及珍寶, 畢見.】

○○○〈觀海鏡銘〉

蛟虬鼉龜兮, 我庭之蟻蟦,

珠珊犀貝兮, 我砌之塊菌.

馮夷天吳, 百神之秘兮, 皆我僕魯而隸蠢.

鏡兮鏡兮, 尒昚毋費其明而宣其眹.

◯時花【琢玉爲假花六朶. 子時開一朶, 丑開二朶, 至巳六朶盡開. 午時一朶合, 至亥六朶盡合.】

○○○〈時花銘〉

簡儀圭臬, 暘匿則愚,

燒香爇繩, 飉勁則殊.

斡斡輪鍾, 五日而塵,

虢虢猫瞳, 遭驚而瞋.

有玉其質, 有葩其肖,

孰是匠巧, 而參兩曜?

譬桃桐鞠, 隨候而代,

譬蕡于日, 諗朔泊晦.

無景之晷, 無聲之漏.

宜恒于砌, 恐褻羣覿.

嗟嗟君子, 與時行息,

其敷其斂, 匪俗夫測.

不有潛德, 奚葆珍用?

我頌斯器, 匪斯器頌.

○ 聽遠箭[1]【破[2]竹爲箭, 接扵耳, 可聽五里外細語.】

○○○ 〈聽遠箭銘〉

耳能乎百步者, 箭則五里,

耳能乎五里者, 筒又倍筵.

至若耳能乎千里萬里者, 箭詎得以補之?

上聰乎千劫之前, 下聰乎千劫之後,

是筒也, 一無用之斷筈耳.

聊逍遙以相羊, 吾不知孰今而孰古.

○ 如意枕【枕之而寐, 得夢如意.】

○○○ 〈如意枕銘【幷序】〉

泰山父之枕, 可以轉少而不能乎他. 龜玆之枕, 可以游仙而不能乎他.

---

1 箭 : 연세대본과 동양문고본엔 '箭'으로, 규장각본과 버클리본엔 '蕭'로 되어 있다.
2 破 : 연세대본과 동양문고본엔 '砍'으로, 규장각본과 버클리본엔 '吹'로 되어 있다.

左宮之枕, 可以解醒而不能乎他. 虢國夫人之枕, 可以照夜而不能乎他. 白澤伏熊之枕, 可以辟魅祈男而不能乎他. 武岡之瓦枕, 可以候更皷而不能乎他. 邯鄲呂翁之枕, 可以極豪富之樂而不能乎他. 胡家妖女之枕, 可以聞五音六律之奏而不能乎他. 余安道之枕, 可以聞月夜吹笛而不能乎他. 臞仙之「太淸天籙」, 虛名而已. 咸熙之玉虎, 驚人而已. 文約之呼, 怵婦孺而已. '元州牂3管'之呪, 惑愚夫, 而竟無驗, 屛間列豆之拜, 穢人衾袴而無益於己.

客有得如意枕而寐者. 一日, 至大殿閣, 背黼扆南嚮而坐. 九卿百官四國之陪臣列于庭, 行三拜九叩頭禮. 旣而自摩其頭, 板板然無一髮. 大驚叫而覺.

一日, 冠紫霞, 馭青鸞, 翶翔于雲霄. 旣而下視其家, 皆荒田曠墟, 蓬藋生數丈餘. 有白頭翁媼過而唏曰: 吾先祖故宅也. 又大悽呼而覺.

一日, 在華屋中, 張錦繡幕, 列八珍綺食. 美女數十人, 以箏瑟箜篌相間而奏. 歌曰: "明星兮玉聲, 素霜兮蘭馨. 兔飛兮燕走, 簹爲琴兮桐爲笙." 俄而視之, 則其幕皆蛛絲, 其食皆糞蛆. 其美女皆狐狸之戴枯髏者, 而箏瑟箜篌皆朽枑也. 自顧其身, 若麗于械楉者. 又大冤號而覺. 屛其枕, 不復近.

其隣有士, 好讀書窮理. 客造而告其事, 曰: "吾平居遇事, 未嘗有稱意者. 冀一假之夢而嬉焉. 寧不知幻虛之不足以參夫眞也? 尙庶幾頃刻之快以紓吾朝晝之悒悒. 今像乎始而亂乎終, 皆如此. 豈吾命之窮會, 不足以舒愉乎一瞬耶? 亦物之巧僞, 固暫而不能久耶?"

隣之士曰: "嘻! 甚矣, 子之惑也. 子之狼狽也, 宜哉. 天之産异寶也, 豈徒然哉? 其氣至淸也, 其精至秀也, 其體至靈也, 其用至明也. 夫萬乘南面之尊, 非匹夫之可僭希也. 神仙荒譓, 君子之所不信. 富貴聲色, 惑人

---

3 牂: 연세대본, 동양문고본엔 '牪', 규장각본, 버클리본엔 '牂'으로 되어 있다.

之蠱而戕[4]人之斧也. 子三願而三失, 其宜. 子喪性人也, 宜造化之不子私也.

然不以千騎萬甲, 圍子于都, 而麾太白之旗, 縛子于軹道之旁也. 不以龍漢之劫·五丁之嚚, 遣魔而覆鼎, 崩雲而折鶴, 墮子之身於八萬四千里之虛空也. 不以虎豹豺狼盜賊之隊入子室, 壞子之棟宇, 碎子之杯盤, 擄子之美女, 攫子之身投之于阬谷也. 噫! 造化之厚於子也. 吾有大願, 不類子僭而妄. 子試以其枕遺我."

隣之士得是枕, 枕之而寐. 三日不得夢. 忽一夜山行, 遇峭壁揷雲. 攀而登, 跌足, 墜千仞谷. 昧不能覯跬步. 冥捫而出, 冑于荊棘之林. 萬刺集膚, 癢不可忍. 遂棄而不復枕.

有持以獻搢紳大夫者. 大夫枕而寐, 三夜輒口衘毒菫苦夢, 立矢石戈劍之下. 其子又枕之, 見有金璧錦綺被于地, 急趨以赴, 身陷于穽中. 繇是無復御是枕者.

北山之谷有有道者, 號曰疑有先生. 聞而异之, 使人求其枕. 中夜炷香崇書于丌, 盥手禱心, 馮焉而臥. 晨星匿宇, 斜月伺櫺, 澗流暴哽, 林鳥惶號. 瞿瞿然而起, 僛僛然而擧, 信杖肆屨, 不路而往. 已而至一大廈中.

有老人, 高冠博衣而居. 披書而讀之, 其聲吰吰如也, 隆隆如也, 訏訏折折如也. 其書曰: "粵若稽古泰始氏, 弘皇廣茂, 融翕舒熹. 大啓厥宅, 曼于八表. 迺命寥休, 肅奉神化, 象日月星雲·山川鳥獸·草木土石之黨, 誕錫下土夢."

疑有先生逡巡鞠躬拜于前, 曰: "下士敢謁." 老人笑而起, 揖而復坐. 曰: "噫! 吾固知先生至此也. 吾聞先生儒者也. 儒之學, 始於窮理, 其終也, 知鬼神之情狀. 先生讀書十萬卷, 著書四五萬軸. 其尙有疑於理乎?" 疑有先生稽首而跽, 曰: "願聞之."

---

4 戕 : 연세대본과 버클리본엔 '戕'으로, 규장각본과 동양문고본엔 '戕'으로 되어 있다.

老人曰: "其質則非杞梓梗梧玉石骨角也. 其襮則非錦縠布帛皮革也. 其充則非穀粟花葉毛氄也. 先生知之乎?" 先生曰: "唯唯."

老人曰: "其外圓則天也, 其內虛則日也. 廉以厚則地也, 通以谿則海也. 掌夜而安其息, 陰也, 及旭而警其寤, 陽也. 度人之意, 知也, 成人之所欲, 仁也, 遇不可而戒之, 義也. 藐然之體, 無所不通, 聖也, 包有萬象, 出之而不竭, 神也. 先生其知之乎?" 先生曰: "唯唯."

老人曰: "禽鳥之翔兮, 其願止乎秔粱, 魚之偃偃兮, 其願止乎瀾洋. 使鳥而志人之饗, 墮乎樊籠之藏, 使魚而求水之外, 麗乎罾筍之張. 是故, 希逸樂者, 予以逸樂, 慕憂咎者, 醨之以憂咎. 故謂之如意. 先生其知之乎?" 先生曰: "唯唯."

老人曰: "先生旣皆知之, 奚復疑?" 先生復起而拜, 曰: "下士有大願, 敢問焉." 老人曰: "噫![5] 吾以先生爲知理者, 先生猶惑歟? 夫天下孰無是願? 奚獨先生哉? 凡諸願之不諧于眞者, 求之於滺瀁之寰, 猶足以熙夫甃也. 若夫先生之所求, 姁愉于蒙荒之蔀, 雍浹于混圇之都. 壹輾而無復軋, 奚樂乎衷, 奚裨乎大宇?" 疑有先生矍然斂容, 復起而拜, 曰: "唯唯. 謹聞命矣."

遂辭而退. 將降階, 有童子誦詩于庭. 曰:

"娟娟者荷, 秀于圓池.

滴露爲珠, 不駐而馳.

君子至止, 如悟如疑.

各愼爾求, 异寶難持.'

興而比也."

沆瀣叟評之曰: 衆人不足論也. 酣榮而替栽者, 可哀已. 隣之士覺而夢者也. 嗚呼! 其所學, 何事? 疑有先生洵可敎者. 告之端而融之蹟. 若老人

---

5 噫: 연세대본과 동양문고본엔 '噫'로, 규장각본과 버클리본엔 '嬉'로 되어 있다.

則吾固知之矣. 其言殆自況歟! 余無願者, 有是枕, 無用也. 銘以藏之.

銘曰:

靈蠚翁, 翾星熠,

群萌入, 衆象集.

舒如急, 臥如立.

始習習, 倏炎炎,

徊冷飆, 翳濛霄.

若將襲, 如不及,

非原隰, 非郊邑.

拱而揖, 升而級.

五爲十, 十爲廿,

貧綺褶, 貴簦笠.

我德執, 我欲戢,

屏忻慼, 平噓吸.

何悒悒, 奚汲汲.

○定痛珠【摩人痛處, 卽止.】

○○○〈定痛珠贊〉

至人無疾, 珠亦奚需,

民痾有醫, 奚事乎珠.

所以奇寶, 不恒其須,

禾麥帛布, 不以寶呼.

吁嗟窮閭, 癘瘠痼痛,

嗷嗺不惺, 垂絕無甦.

執此珠持, 徧爲歧兪?

我珠在櫝, 輝匿不敷,

一宣其施, 衆呻咸娛.

唉哉大賈, 瞍莫之沽.

我民卒瘏, 孰矜孰虞?

哂哉斯珠, 可有可無.

睞彼紘域, 孰波斯胡?

○涼簾【夏月垂之, 能辟暑氣.】

○○○ 〈涼簾贊〉

大暑于夏, 固天其恒,

孰敵玄化, 屛玆熬蒸.

或泉而炙, 或火而氷,

言莫曰詐, 理不暇徵.

酷罰如赦, 淸德其承,

垂之于厦, 君子攸膺.

○煖裘【服之, 行氷雪中, 不寒.】

○○○ 〈煖裘贊〉

煦人于慄, 莫如玆惠,

專于一身, 詎溥斯世.

有斯裘者, 複房重帷, 厚纊而煖炙,

其弊褐枵腸, 顚連于道路者, 求一見斯裘而不可得.

天下之無用者, 又莫斯裘若.

嗚呼!

使天下之民, 無一夫不圉乎陽春,

夫然後, 可以服斯裘而行辟人.

○ 右九種皆靈异之器. 不可恒用而洩神秘.

○ 兼美兀【上面之右, 虛中, 容硯墨, 覆以盖, 令平. 左右隅, 皆粘筆筒. 前作舌盒數層, 容簡牘戔牋及小書册.】

○○○ 〈兼美兀銘〉

奕奕經傳, 斯道之統, 顯以崇之,

庭庭筆硯, 斯學之用, 秘以宮之.

矩矩其置, 亞亞其制, 孰匠刱之.

讀以劬志, 述以昌蓺, 百福其尙之.

○ 半圓儀器【以鍮或木爲之. 狀如符之半分者. 自圓心至界, 平分, 作一百八十度線. 用於測遠.】

○ 懸組矩度【矩度以木爲之. 狀正方. 而每方邊平分, 作五十度線, 或一百度線. 用於測高. 今于其一角, 立小杙, 以組貫小石子, 懸于杙. 尤便於用.】

○ 算器【以木爲方盤, 劃分一半. 就其上半, 鑿一半圓穴. 內安半圓儀器. 就其下半, 又劃分一半, 任從一半, 鑿一正方穴, 內安矩度. 秤矩度于衡, 記其重于餘半空地, 又以木爲其盖,

606

如硯盖形. 盛穀于盖, 作每升限劃. 就其盖上面, 尺量得數, 遂於每邊作分寸點, 或作釐點. 引點而悉長之, 作縱橫相交線, 如碁盤樣. 是名矩盤. ○記重數, 作升畫尺點者, 雖在無衡尺升斗處, 只以此器自隨, 則皆可代用. 盖一器而兼律度量衡之用.

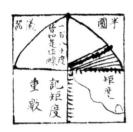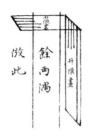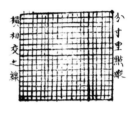

○矩盤可以代算數. 如三與七相乘. 則就橫邊第七分點, 係絲斜引, 令過橫邊第六分點所作縱線第三分點之外. 而視其切過縱邊者, 必過二寸一分點上. 乃知所求之數, 爲二十一也. 如欲以四除二十八. 則就橫邊第四分點, 係絲斜引, 令切過縱邊二寸八分點. 然後視橫邊第三分所作縱線, 爲絲所截處, 則必爲七分. 乃知所求之數, 爲七也. 尤宜於約分. 如以四十九分之十四, 約之. 則就橫邊第十四點處, 係絲斜引, 令切過縱邊第四十九點. 觀橫邊第一點至第十三點所作十三縱線, 求其縱橫之交, 適爲絲截者. 若多則取其最近於係絲處者, 卽是第十二線. 橫看, 至係絲處, 得二分點, 縱看, 至絲上, 得七分點. 乃知約分所得之數, 卽七分之二也. 如自第一點至係絲點之間, 諸線縱橫之交, 無一邊爲絲截者, 則知此是分之不可約者也.】

○「群經目錄屛」【凡八帖. 第一帖『易』也. 分爲七層, 自第二層至第七層, 長短皆均. 惟第一層短比他層, 菫爲三之一. 又自第二層以下每層, 平分作十二間. 第一層之正中, 橫書'周易'二字, 其左右細書朱子『本義』編題之略. 第二層之第一間稍低, 書'上經'二字. 自第二間至第四層之第七間, 以次列畫「上經」三十卦. 而每卦下, 細註'卦體'·'卦辭'·'大象'·'序卦'. 第四層第八間稍低, 書'下經'二字. 自第九間至第七層之第六間, 以次列畫「下經」三十四卦. 而每卦下, 細註, 例全「上經」. 自第七層第七間至第十一間, 列書「繫辭上傳」·「繫辭下傳」·

「說卦傳」・「序卦傳」・細註上下篇. 餘一間, 空之. ○ 第二帖『書』也. 分爲六層. 自第二層至第六層, 長短皆均. 唯第一層短比他層, 董半. 又自第二層以下每層, 平分作十一間. 第一層之正中, 橫書'尙書'二字. 其左右細書孔安國序之略. 第二層之第一間稍低, 書'虞書'二字. 自第二間至第六間, 列書「虞書」五篇. 第七間稍低, 書'夏書'二字. 自第八間至第十一間, 列書「夏書」四篇. 第三層之第一間稍低, 書'商書'二字. 自第二間至第四層之第一間, 列書「商書」十七篇. 第四層第二間稍低, 書'周書'二字. 自第三間至第六層之第十間, 列書「周書」三十二篇.「商」・「周書」之有上中下者, 直書曰上・中・下, 而不分之. 每「虞」・「夏」・「商」・「周書」之下, 細註蔡傳編題. 而添錄幾篇亡幾篇存. 每篇名之下, 細註蔡傳篇題之略. 或取孔氏說, 以參合之. 逸書皆存, 其篇名記于細註之中. 餘一間, 空之. ○ 第三帖『詩』也. 分爲五層. 自第二層至第五層, 長短皆均. 唯第一層短比他層, 董四之一. 又自第二層以下每層, 平分作九間. 第一層之正中, 橫書'毛詩'二字. 其左右, 細書六義名例, 及孔子論詩・朱子註釋之略. 第二層之第一間稍低, 書'國風'二字. 自第二間至第三層之第七間, 列書十五「國風」. 第三層第八間稍低, 書'小雅'二字. 自第九間至第四層之第七間, 列書「小雅」八什. 第四層第八間稍低, 書'大雅'二字. 自第九間至第五層之第二間, 列書「大雅」三什. 第五層第三間稍低, 書'頌'一字. 自第四間至第八間, 列書「周頌」三什, 及「魯」・「商頌」. 每風・雅・頌之下, 細註篇題之略. 每國名什名之下, 細註篇題之略, 及篇目章數. 餘一間, 空之. ○ 第四帖『儀禮』・『周禮』・『春秋』也. 就全帖之正中, 橫分作兩段. 就其上段, 又竪分作兩段, 而令左段比右段堇爲三之一. 先就其右段, 分爲三層. 第二層三層長短均, 而第一層短比他層, 董半. 又於第二層三層, 每層平分作九間. 第一層之正中, 橫書'儀禮'二字. 其左右細書賈公彦總論之略. 自第二層之第一間至第三層之第八間, 列書十七篇名. 每篇名之下, 細註篇指之大略. 餘一間空之. 次就其左段, 分爲二層, 令第一層比第二層, 堇爲四之一. 第二層平分作六間. 第一層之正中, 橫書'周禮'二字. 其左右細書鄭康成總論之略. 第二層六間, 列書六官. 而多官則不曰'司空', 而曰'考工記'. 每官下, 細註總敍, 及屬官之數. 考工記下, 則細註篇題之略, 及工人之數. 次就其下段, 分爲三層. 第二層三層, 長短略均. 唯第一層短比他層, 堇三之二. 第二層平分作十二間, 第三層平分作二十七間. 第一層之正中, 橫書'春秋'二字. 其左右細書孟子・司馬遷・杜預・程子說之略. 第二層十二間, 列書魯十二公. 每公下, 細註其名及在位年數.

而隱哀則略敍春秋之始終. 第三層之第一間稍低, 書'列國二十二'五字. 自第二間至第二十三間, 列書列國之名. 每國下, 細註姓爵及入『春秋』始終. 第二十四間稍低, 書'三傳名氏'四字. 自第二十五間至第二十七間, 列書左·公·穀名氏. ○ 第五帖『禮記』也. 分爲六層. 自第二層至第六層, 長短皆均. 唯第一層短比他層, 厘五之二. 又自第二層以下, 每層平分作十間. 第一層之正中, 橫書'禮記'二字. 其左右細書疏·說·總論之略. 自第二層之第一間至第六層之第六間, 列書四十九篇名. 其有上下篇者, 記之, 如『尙書』例. 每篇名之下, 細註篇題之略. 『大學』『中庸』, 則只註曰朱子章句. 餘四間, 空之. ○ 第六帖『論語』『大學』也. 就全帖之正中, 橫分作兩段. 先就其上段, 分爲三層. 第二層三層長短均, 唯第一層短比他層, 董半. 又於第二層三層, 每層平分作十間. 第一層之正中, 橫書'論語'二字. 其左右細書何晏·程子說之略. 自第二層之第一間至第三層之第十間, 列書二十篇名. 每篇名之下, 細註篇題. 次就其下段, 分爲三層, 略全上段. 第二層平分作十一間, 第三層平分作二十八間. 第一層之正中, 橫書'大學'二字. 其左右細書篇題·程子說. 第二層十一間, 列書'經一章·傳十章'之目次. 每章下, 細註釋義. 而舊錯簡及補亡, 附見焉. 第三層二十八間, 書朱子序文. ○ 第七帖『中庸』也. 分爲五層. 自第二層至第五層, 長短皆均. 唯第一層短比他層, 董半. 又自第二層至第四層, 每層平分作十一間, 第五層平分作三十五間. 第一層之正中, 橫書'中庸'二字. 其左右細書篇題·程子說. 自第二層之第一間至第四層之第十一間, 列書三十三章之目次. 每章下, 細註章下原註. 而多者節錄, 無者闕之. 第五層三十五間, 書朱子序文. ○ 第八帖『孟子』·『孝經』·『爾雅』也. 就全帖, 橫分作兩段, 而令上段比下段, 董爲十之三. 先就其上段, 分爲二層, 令第一層比第二層, 董四之三. 第二層平分作七間. 第一層之正中, 橫書'孟子'二字. 其左右細書『史記』本傳之略. 第二層七間, 列書七篇名. 每篇名之下, 分註上下篇之章數. 次就其下段, 竪分作兩段, 而令右段比左段, 董爲七之五. 先就其右段, 分爲四層. 自第二層至第四層, 長短皆均. 唯第一層短比他層, 董五之三. 又自第二層以下每層, 平分作五間. 第一層之正中, 橫書'孝經'二字. 其左右細書總敍之略. 自第二層之第一間至第四層之第五間, 列書朱子所定'經一章. 傳十四章'之目次. 每章下, 細註釋義及今文章次. 次就左段, 分爲四層. 第二層至第四層, 長短皆均. 唯第一層短比他層, 董三之一. 又自第二層以下每層, 平分作七間. 第一層之正中, 橫書'爾雅'二字. 其左右細書總敍之略. 自第二層之

第一間至第四層之第五間, 列書十九篇名. 每篇名之下, 細註『釋義』, 而無者闕之. 其餘二間, 空之.】

○「歷代圖屛」【凡八帖. 第一帖, 自上古至殷. 第二帖, 周及秦, 而列國附焉. 第三帖, 自漢至隋, 而僭僞及北朝皆以其世附. 第四帖, 唐及五代, 而五代時割據諸國皆列焉. 第五帖, 宋及元, 而遼金附焉. 第六帖, 明及淸也. 第七帖, 東國也. 自檀君至高麗, 而未考者闕焉. 以上皆列書帝王之號諡, 而細註其名及在位年數. 漢武以後, 又註其年號, 其興廢之大故略記之. 第八帖, 道統圖也. 有正統及翼統, 皆細註其名號言行之大略.】

○「四時圖屛」【凡八帖. 第一二帖畵西湖春景, 第三四帖畵北山夏意. 第五六帖畵南江秋賞, 第七八帖畵東溪雪色. 北山見甲九, 餘皆見甲十.】

3.

利用厚生之具, 人家所恒有者, 不盡錄, 而只錄其有銘識者.

○○○〈鼎銘〉

中虛而體堅, 器重而用通,
而大亨以養天下之民.
嗚呼, 其德之盛而功之豐歟!

○○○〈杖銘〉

宜强而不宜弱, 弱則折.

宜柔而不宜剛, 剛則裂.

宜直而不宜曲, 曲則欹.

宜重而不宜輕, 輕則危.

不止自踣, 咎及所扶.

凡百君子, 各敬爾軀.

○○○ 〈酒壺銘〉

大爾腹小爾口,

豊容而謹發, 固君子之無咎.

儲之恒而洩之罕, 俾君子罔愆于酒.

○○○ 〈浴盤銘〉

"苟日新, 日日新, 又日新."

湯之三言, 至矣盡矣. 余何敢益一言焉?

○○○ 〈倚几銘〉

爾身倚, 無忘行路.

爾身安, 無忘勞苦.

○○○ 〈投壺銘〉

壺之虛也, 不虛不容,

矢之直也, 不直不通.

壺之圓也,不圓則格,
矢之重也,不重則無力.

○○○〈琴銘〉

一弄而風,再弄而融,三弄而通.
山崔水洪,爾觀巢鳳,于彼梧桐.

○○○〈釰銘〉

大塊爲冶,精金躍焉,
蛟盤豹吼,氣見于天.
鍊爲神器,碻石無堅,
熒熒上指,星日廻旋.
不畀直臣,佞壬是鐲,
不遭雄帥,威武是宣.
不截鱷鯢,而湛于淵,
不劚兕貚,而秘于巔.
番番鬈翁,非俠非倦,
心恬于壹,氣凝以專.
被禮佩詩,弢版可捐,
邪魅鷩獸,眂如翹蠕.
于將湛盧,鑄爲錐權,
云胡是器,于辟之懸?
有鞘不脫,有硎不研,
不見其銛,其光煙煙.

翁在太虛, 神宇粹圓,
左琴右書, 其歌延延.
其歡逈逈, 其笑如弦,
沼有龜鼈, 彼雲有鳶.
孰是器也, 而捉于拳?
無用之用, 是用之全.
抱爾神利, 邃千萬年,
孰知斯器, 盖翁神傳.

○○○ 〈扇銘〉

雲霞電雷, 進退隨麾.
不獨冷[6]颷, 于大暑歲.

○○○ 〈小車銘〉

方若車輿, 圓若車輪.
動若車前之馬, 靜若車上之人.

○○○ 〈香爐銘〉

外剛健而內文明, 取諸'同人'之亨,
蘊輝光而達馨香, 得於『中庸』之卒章.
有斯德者誰耶? 其惟君子之成乎!

---

6 冷: 연세대본과 버클리본엔 '冷'으로, 규장각본과 동양문고본엔 '冷'으로 되어 있다.

○○○ 〈硯銘〉

石之品有苦良, 而文詞之巧拙, 不繫於斯.
端産歙貢, 未必皆寫「虞」·「夏」之書, 〈關雎〉〈七月〉之詩.
硯乎, 尒育無自恃其良, 而務助人發令德於宏辭.

○○○ 〈燈銘〉

讀書者, 夜以繼日, 靜坐者, 存光于室.
若酒食博塞, 嬉荒以達曙者, 又莫不資其便宜.
物在用之而已, 烏可推其用之不善而罪其器,
如莊生所謂"聖人之害天下者多【叶章移切】也"耶?

○○○ 〈繰車銘〉

經緯, 出於運手以能衣被我羣黎.
繰車乎, 繰車乎. 豈不媿夫吾儕.

○○○ 〈織機銘〉

天孫之巧, 不以機杼, 不能成章,
有機杼, 則邨嫗巷娘, 得成大布之裳.
嗚呼! 機杼之難得, 若是耶. 『孰邃念』之書, 胡爲而藏?

○○○ 〈尺銘〉

舜同律度, 后失其禮.

厥名滋繁, 長短殊制,

黃鐘之黍, 邈乎靡考.

孰知此物, 匪倕手造.

○○○ 〈斛銘〉

九斗九升, 不可强曰盈,

十斗一升, 不可强曰平.

使君子之腹如斛之有形,

天下無賢不肖之爭.